Sur l'auteur

François-Henri Soulié est un homme de théâtre aux multiples casquettes : écrivain, comédien, marionnettiste, scénographe, metteur en scène et scénariste. Il a reçu le Prix du premier roman du festival de Beaune en 2016 pour *Il n'y a pas de passé simple*, paru aux Éditions du Masque. Ce livre a inauguré la série des « Aventures de Skander Corsaro ».

François-Henri Soulié est l'auteur chez 10/18 d'une trilogie écrite à quatre mains avec Thierry Bourcy, qui nous fait voyager à travers l'Europe du début du XVIIe siècle : *Le Songe de l'astronome*, *La Conspiration du Globe* et *Ils ont tué Ravaillac*.

De F.-H. Soulié et T. Bourcy
aux Éditions 10/18

LE SONGE DE L'ASTRONOME, n° 5147
LA CONSPIRATION DU GLOBE, n° 5190
ILS ONT TUÉ RAVAILLAC, n° 5307

FRANÇOIS-HENRI SOULIÉ

ANGÉLUS

10/18

Grands détectives

créé par Jean-Claude Zylberstein

ISBN 978-2-264-07448-5
Dépôt légal : mars 2020

À mon ami Guillaume Lagnel,
grand explorateur du « mystère roman »

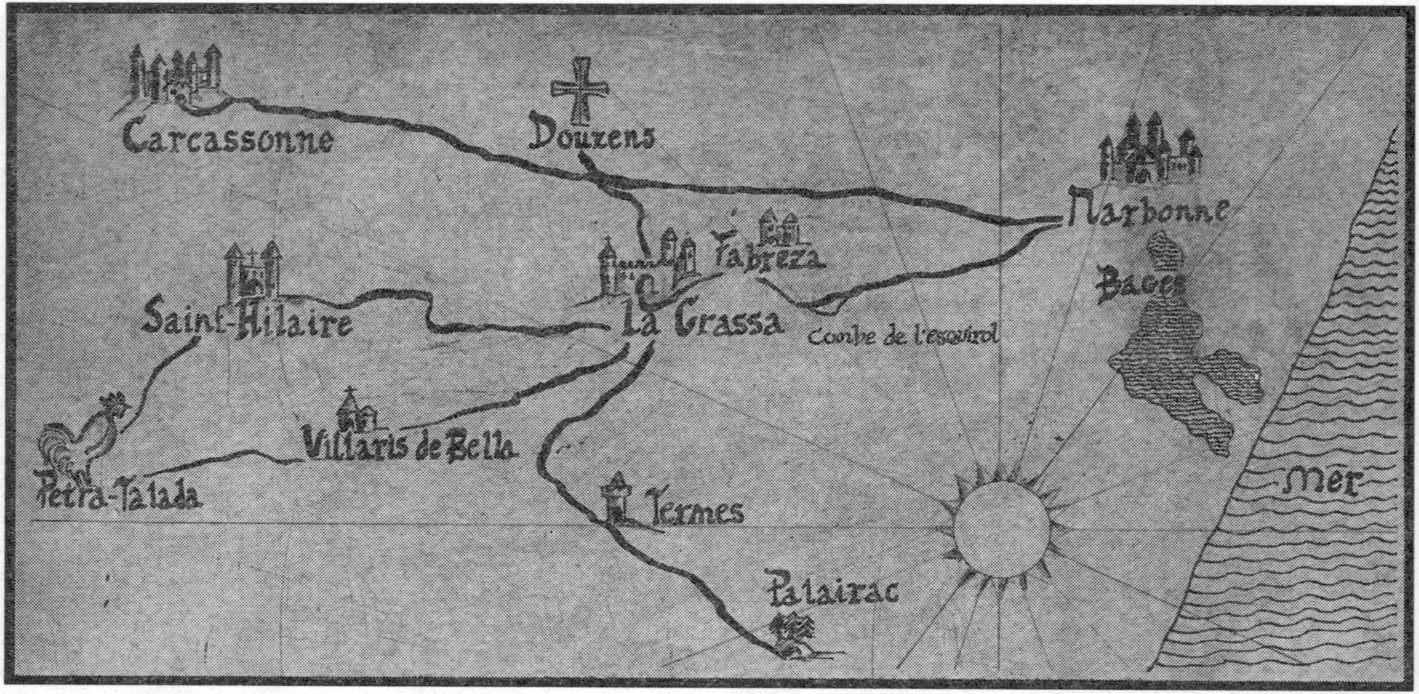

Trajets effectués par les protagonistes :

Jordi de Cabestan : Petra-Talada –, Abbaye de Saint-Hilaire –, Petra-Talada –, Villaris de Bella –, Abbaye de La Grassa –, Fabreza.
Dame Aloïs de Malpas : Narbonne –, Fabreza.

Raimon de Termes : Carcassonne –, Abbaye de La Grassa –, Fabreza.

Note : Il faut environ deux jours pour se rendre de Carcassonne à Narbonne à cheval ; entre trois et quatre jours à pied.

Le Moyen Âge ayant épuisé le contenu de l'éternité, nous donne le droit d'aimer les choses passagères.

Emil Cioran, *Des larmes et des saints*

Prologue

ANGÉLUS I

Un ange était dans l'arbre. À califourchon sur une branche médiane, le dos contre le tronc. Ses vastes ailes blanches déployées pour l'envol. Son visage, auréolé de cheveux bruns, rejeté en arrière, semblant scruter le ciel.

À sa vue, Joan a laissé choir le sac rempli de champignons. Un tremblement sacré s'est emparé de lui. Tout son corps a frissonné. Le souffle s'est bloqué dans sa gorge sans que son cri d'effroi puisse franchir la barrière de ses dents. Presque aussitôt il a plongé au sol, se prosternant devant l'apparition céleste.

Il ne bouge plus. Il ne sait s'il est mort ou vif. Il n'ose lever les yeux. Il attend le son de la trompette ou l'apparition de l'épée flamboyante qui lui annoncera la fin des Temps.

Une image lui vient, qu'il voudrait chasser. Celle du corps de Géraude, tout chaud contre le sien sur la couche qu'il a quittée à peine une heure plus tôt. Il faisait nuit encore. Le coq dormait, la tête sous l'aile. Les enfançons dormaient aussi, tête-bêche sur leur litière auprès de l'âtre étouffé. La fillette gémissait doucement, comme elle le fait parfois, travaillée par un songe.

Joan avait quitté la masure emplie de sa bonne odeur de bêtes, d'humains assoupis et de cendres tièdes. Puis il avait attendu sur le pas de la porte, piqué par l'air vif de septembre, que bleuisse la cime du mont. L'heure où la peur se replie au fond de la forêt quand les loups ont regagné leur tanière. L'heure où se tait la chouette maléfique. Enfin l'angélus avait sonné, emplissant la combe d'une vibration de bronze et l'aube avait répondu à cet appel.

Est-ce pécher que de se souvenir du corps de Géraude ? Les Bons Hommes le lui ont dit. Le monde visible tout entier est œuvre mauvaise. Mais le prêtre de Rome soutient au contraire que la Création est le temple du vrai Dieu chrétien. Qui croire en cet instant fatal ?

Le visage plongé dans l'humus du sous-bois, Joan voudrait se souvenir des paroles du salut. *Paire nòstre que siès dins lo cèl...* Qu'y a-t-il ensuite ? Les mots se sont effacés de son esprit. Et puis, est-ce la bonne façon de dire ? Ce sont là les paroles que sa mère lui a enseignées dans son parler maternel. Les anges comprennent-ils la langue du berceau ? Trop d'odeurs empêchent Joan de penser.

L'odeur des feuilles pourries, mêlée à celle des champignons éparpillés hors du sac. La senteur discrète de la mousse et l'âcre acidité du lierre emplissent ses narines. Sensations franches de la vie ordinaire. Les morts peuvent-ils flairer les parfums du sous-bois ?

Nulle trompette n'a résonné pour entonner l'apocalypse. Nulle épée de feu n'a embrasé les broussailles.

Alors Joan ose relever la tête. Il ose poser son regard sur l'apparition surnaturelle.

L'ange n'a pas bougé. Joan se redresse. Il l'observe, à présent. Il remarque soudain ce qu'il n'avait pas vu tout d'abord. La longue trace qui barre la tunique à hauteur de poitrine. Une traînée de sang écarlate sur le lin blanc. Et Joan comprend alors que l'ange est mort.

PREMIÈRE PARTIE

Chapitre 1

RAIMON DE TERMES

Carcassonne

Au seuil de l'aurore, les trilles de l'alouette ont ricoché de pierre en pierre, jusqu'à l'étroite croisée de la chapelle.

Raimon de Termes a tendu l'oreille. Ce modeste chant d'oiseau résonne pour lui comme un olifant victorieux. Prélude aux sonneries qui célébreront, un jour prochain, ses combats contre les ennemis du Droit et du Bien. Ils sont légion. Raimon sait qu'il ne manquera pas d'ouvrage et son âme est toute gaillarde à l'idée de pourfendre l'infidèle. Bientôt, si Dieu le veut, il répandra le sang mauvais des païens et ses hauts faits deviendront chants de troubadours.

Mais pour l'heure, ses genoux sont dolents d'avoir trop longtemps reposé sur la pierre, face à l'autel. Les yeux lui piquent d'avoir tant lutté contre le sommeil tout au long de cette nuit de veille.

Pourtant, après le bain rituel, le corps bien décrassé, et ayant revêtu une tunique de douce laine blanche, il s'était senti plus fringant qu'un poulain au sortir du haras. Les premières heures de prière ne lui avaient point trop coûté. Du crépuscule à la minuit, il avait enchaîné les saintes paroles d'une voix claire, sans trébucher sur le latin inculqué à l'âge tendre, à coups de férule sur les bras et les jambes, avant même de savoir lire. Car Raimon de Termes sait lire aussi bien qu'il sait réciter. De tous les jouvenceaux du Terménès et des contrées environnantes, pas un ne pourrait l'égaler dans cet art difficile. Outre le latin, il déchiffre hardiment la langue de Provence et celle du pays catalan, qui toutes deux ressemblent peu ou prou à la sienne. Cette habileté, il la tient de son maître, le prieur de la cathédrale. Un homme tout de science et de piété que son père lui a donné pour l'instruire sitôt qu'il a su parler. De lui, il a acquis tout le savoir de l'âme et de l'esprit. À son père – Dieu ait son âme – il doit de connaître les techniques de la chasse, l'art de tendre des pièges ainsi que le patient dressage des chevaux et le maniement des armes. De sa mère, Raimon n'a rien appris. La malemort l'a emportée trop tôt pour qu'il pût la connaître. La mémoire de Raimon n'en garde nulle trace. Le sein généreux de sa nourrice lui a tenu lieu de giron maternel. Tout le reste, ce que l'on nomme « parage » en langage de chevalerie, c'est son parrain qui le lui a enseigné, le noble Raimon de Trencavel, vicomte de Béziers, Carcassonne et Albi ainsi que des terres du Terménès qui sont aussi sous la domination du roi d'Aragon. C'est de lui, Trencavel, qu'il recevra la colée[1] dans quelques heures. Le vicomte est maître dans l'art de se tenir en parfait chevalier. Tout au long de ses années d'apprentissage, Raimon, auprès de lui, s'est montré bon élève. Il peut paraître, à présent, sans rougir dans les plus nobles cours. Il sait même chanter d'assez gracieuse façon pour peu qu'un jongleur l'accompagne de la vielle ou du rebec.

À l'heure des matines, où l'ombre de la nuit couvre encore toutes les nuances des choses de la terre, Raimon avait entendu les moines entrer dans la chapelle. Un grincement de gonds avait annoncé leur approche, bientôt

1. Colée : coup donné par le parrain, du plat de la main, sur la nuque du chevalier au moment de l'adoubement.

suivi par le raclement des sandales et le chuintement des robes sur les dalles du pavement. La lueur des torchères faisait trembler les ombres jusqu'au pied de l'autel où se tenait le jeune homme. Il ne s'était pas retourné. Il voulait que chacun le vît prosterné devant la croix, dans la parfaite concentration du futur chevalier tout entier aux préparatifs de l'adoubement et insensible aux distractions du monde. Certes, c'était là pécher par orgueil mais, en lui, l'ardeur de la jeunesse l'emporte de loin sur l'humilité.

Puis le chant des moines s'était élevé dans la nef, entonnant les psaumes où alternaient la voix du soliste et les répons du chœur. « *Non timebit a timore nocturno...* » Cette pieuse incantation l'avait un moment soustrait à sa propre prière. Ainsi que le proclamait le cantique, lui non plus ne craignait pas les terreurs de la nuit. Il serait plus brave encore dès le lendemain, son épée battant contre son flanc. Raimon avait profité des chants pour se détourner un peu du côté de ses parrains, les deux nobles sires qui l'accompagnaient durant sa nuit de veille. Ils les avaient trouvés tous deux endormis, rompus de fatigue. Le vicomte de Trencavel reposant assoupi sur sa chaise, le menton sur la poitrine tandis qu'Arnaud de Fabreza gisait de tout son long, enveloppé de son mantel couleur de feuille morte. À peine si l'on pouvait le distinguer du repli d'ombre où il s'était lové au bas d'un mur de la chapelle. Raimon avait retenu un sourire. « Passé trente ans, un homme n'est bon qu'à vieillir », s'était-il dit, bien heureux d'en avoir dix de moins. Autant dire une éternité.

À présent, les moines se sont retirés. Avec eux s'en est allée la lueur des torches. La vaste nef est à nouveau plongée dans les ténèbres et le silence. Ni les chants aux voix profondes ni l'écho de la porte n'ont réveillé les chevaliers de parrainage. « C'est mieux ainsi », se dit Raimon tout en fixant la flamme vacillante du cierge qui brûle depuis la veille. La petite étoile qui l'a accompagné tout au long de la nuit ne s'éteindra qu'une fois la cérémonie achevée. Un lutrin se dresse tout près. Une bible est posée dessus. Raimon s'en approche. Il l'ouvre au hasard. C'est dire qu'il s'en remet à la main de Dieu, car il n'est point de hasard aux yeux du vrai croyant.

Le Cantique des cantiques. Voilà le texte que la volonté du Seigneur a désigné à son attention. Et Raimon pose son regard sur ces paroles troublantes : « Que tu es belle, ma bien-aimée, que tu es belle ! Tes yeux sont des colombes… »

Aussitôt les pensées de Raimon traversent les murs épais de la chapelle. Elles s'envolent au travers de la croisée où bleuit l'aube. Les pensées de Raimon sont des oiseaux légers pareils à ceux qui pépiaient dans les buissons de genièvre ce bel après-midi d'été lointain.

C'était en descendant des collines où le jeune homme avait chevauché depuis la pique du jour pour plier à sa main son jeune cheval fraîchement débourré. Cavalier et monture transpiraient pareillement. La soif leur brûlait le gosier.

Après avoir caracolé à vive allure dans les hauteurs sans arbres, Raimon menait maintenant sa bête d'un pas prudent sous les ombrages du sentier rocailleux qui serpentait en pente abrupte vers l'Orbieu.

Sitôt parvenu au bord de la rivière, il avait mis pied à terre, ôtant chaussures et cotte courte qu'il avait déposées dans les herbes. Puis, ayant pissé sur le rivage, il avait pris son cheval par la bride et s'était avancé jusqu'au milieu de l'eau, peu profonde à cet endroit. La source n'était pas bien loin. L'onde était aussi claire qu'au jaillir de la roche. Aucune tannerie n'y déversait ses souillures. De furtives écrevisses se cachèrent à son approche, signe de la pureté parfaite de la rivière. La bête et le garçon s'y désaltérèrent à longs traits.

Un cri soudain fit se redresser Raimon. C'était un appel de détresse venant d'un peu plus bas, en aval. Quelqu'un était en train de se noyer. Le jouvenceau entortilla à la hâte la bride de son cheval à une branche de bois mort qui pointait hors du courant et il partit à grandes enjambées jusqu'à ce que l'eau, devenue plus haute, l'obligeât à nager. En quelques brassées vigoureuses, il était parvenu au coude de la rivière.

La première chose qu'il vit fut un bouillonnement de chiffon clair puis une main qui frappait vainement le courant, enfin une tête qui plongeait et déplongeait, la bouche aspirant plus d'eau que d'air chaque fois qu'elle émergeait. C'était une fille dont l'ample chevelure brune dénouée flottait comme une molle brassée d'algues.

Raimon saisit la malheureuse par la taille, l'attira contre lui et s'efforça, tout en nageant tant bien que mal d'un seul bras et des jambes, de dériver jusqu'à la berge. Par chance, la fille ne pesait pas grand poids. À cet endroit, le fond de la rivière constitué de plaques de roches dessinait une sorte d'escalier chaotique. Le jeune homme sentit bientôt la pierre sous ses pieds. Il parvint à prendre la noyée dans ses bras et à la porter sur le talus. Il la déposa avec douceur sur une vaste dalle de calcaire, toute chaude de soleil. C'était une jouvencelle au visage délicat que Raimon trouva adorable dès le premier regard qu'il posa sur elle. Sa tête bascula sur le côté. Un spasme secoua son buste qui la fit dégorger toute l'eau qu'elle avait avalée. Elle toussa plusieurs fois, reprenant souffle peu à peu. Plaqué contre son corps, le tissu détrempé de sa tunique épousait les rondeurs de sa croupe et de ses seins, les soulignant de mille petits plis semblables à l'écorce soyeuse d'un arbre et plus suggestifs que la peau elle-même. Une chaleur soudaine irradia le bas-ventre du jouvenceau qui se tenait debout près de la belle. Il se retint de masquer de sa main le trouble dont ses braies moulantes trahissaient la nature, de crainte que cela ne fît que souligner l'ardeur qui l'envahissait.

La jeune fille se souleva sur un coude, passant une main sur ses yeux mouillés. Des gouttes qui n'étaient que de l'eau s'écoulèrent de ses paupières et ruisselèrent sur ses joues. Raimon y vit des larmes. Cela l'émut encore davantage et accrut la tension qui le prenait au ventre.

— Mon panier ! dit la jouvencelle dans un souffle.

Raimon dut avoir l'air égaré. Cela la fit rire.

— J'ai perdu mon panier d'osier et toutes mes noix et mes avelines.

— Tu as failli perdre bien plus que cela, répondit Raimon, qui s'assit sur ses talons, cachant ainsi l'enflure de ses braies.

— Tant pis pour le panier et grand merci à toi.

La demoiselle le regardait en souriant, alors qu'elle découvrait soudain le franc visage qui lui faisait face. Elle s'étonna de la gravité de son regard juvénile que contredisait sa bouche avenante et joyeuse. Elle contempla un instant la prestance de son torse tout bosselé de muscles et la couronne de boucles plus noires que plumes de choucas dont était coiffé le garçon. Tout cela lui parut à son goût.

— Serais-tu mon ange gardien ?

— Par Dieu ! Je ne suis que Raimon de Termes, fils de sire Raimon II et écuyer du vicomte de Trencavel… Et bientôt chevalier, ajouta-t-il fièrement.

— Pour ma part, je ne suis que la modeste fille de *mestre* Béneset, qui tient une boutique d'herbes à Fabreza… J'ai là des plantes qui font tomber la fièvre.

De la main, elle désignait un ballot fait d'une grosse toile nouée aux quatre coins, posé au pied d'un noyer.

— J'ai dérapé sur la branche en voulant cueillir des noix… On me nomme Lucia.

Raimon aurait bien voulu répondre quelque plaisante chose comme en disent les troubadours dans leurs chansons mais il n'était point accoutumé à parler aux filles.

Tout ce qu'il trouva fut une sottise qu'il regretta sitôt qu'il l'eut prononcée :

— Mon cheval risque de prendre mal si je le laisse en la froide rivière.

— Va quérir ton cheval et reviens chercher ta récompense.

— Qu'appelles-tu ma récompense ?

Lucia ne répondit pas. Elle se détourna pour essorer les pans de sa tunique dégoulinante.

Raimon ne mit pas bien longtemps à rejoindre sa monture et à s'en retourner prestement sur la roche plate tout ensoleillée.

À son grand ébahissement, il y trouva Lucia dans le simple état de nature où sa mère l'avait faite, allongée auprès de sa tunique qu'elle avait mise à sécher sur la roche brûlante.

— Qu'attends-tu ? lui lança la jouvencelle d'un ton guilleret. Te crois-tu plus solide que ton cheval ? Tu pourrais prendre mal à garder ainsi des braies plus trempées qu'une soupe ! Hâte-toi de t'en défaire.

Et c'est ainsi que l'écuyer Raimon, s'étant dépouillé de ses hardes sur le gazon verdoyant, avait pris sa récompense des lèvres même de celle qui la lui avait promise.

À présent, dans la froide chapelle où l'aube commence à poindre, il pose à nouveau ses yeux sur le texte saint : « Tes deux seins : deux faons, jumeaux d'une gazelle ; ils pâturent parmi les lis. » L'image lui paraît un peu obscure. Ce sont là mots de poète. Il n'y faut point chercher trop d'exactitude. Pour Raimon, les seins de Lucia sont deux pêches de velours couronnées chacune d'une framboise où la langue aime à se promener. Son connil[1] est pareil à un petit animal soyeux contre lequel la joue prend plaisir à se poser.

1. Connil : en référence au lapin, ce terme désigne le sexe de la femme.

Le futur chevalier voudrait bien poursuivre encore un peu sa douce rêverie. Il n'en doute pas : si la bible s'est ouverte à cette page, c'est bien que son amour pour Lucia est inscrit dans le livre du Destin. Bientôt il l'épousera. Mais l'heure n'est plus à ces aimables pensées. Un rayon de soleil frappe à présent la pierre blanche de l'autel. Là est posée l'épée qui lui sera remise après la bénédiction. Raimon doit maintenant réveiller ses parrains et revêtir, par-dessus sa tunique blanche, la robe rouge et le pourpoint noir. Blanc, comme la pureté de son âme, rouge comme son sang qu'il acceptera de verser pour la Justice et pour le Droit ; noir enfin pour signifier qu'il se soumet à sa condition de mortel.

En lui-même, il se répète la phrase qu'il prononcera en mettant genou à terre devant le vicomte, son parrain : « Ici, je vous prie qu'en retour de mon service vous me donniez mes armes et me fassiez chevalier. » Et le cœur de Raimon se met à battre, presque aussi fort qu'à l'instant où, pour la première fois, il avait approché sa main du corps offert de Lucia.

Chapitre 2

JORDI DE CABESTAN

Carrières de Petra-Talada

Tout autour du cirque montagneux, une auréole de lumière nimbe la crête rocheuse. La carrière à ciel ouvert bruisse déjà des pics et des masses que manient les ouvriers. L'entaille dans la montagne dresse une immense muraille de marbre clair striée par endroits de coulées ocre ou brunes trahissant la présence de fer ou d'autres métaux dans la pierre. On pourrait croire à la façade de quelque fabuleuse citadelle édifiée par des géants, tant les hommes qui œuvrent à son pied ressemblent à des fourmis. Il se raconte dans le pays que les Romains ont commencé l'ouvrage à l'époque où la Narbonnaise était la plus glorieuse province de l'empire.

Une rangée de petites cabanes en bois aux toitures de fines lauzes s'aligne en contrebas de la carrière. C'est là que dorment les ouvriers. Le village de Petra-Talada n'est distant que de quelques lieues, mais les heures sont courtes en ce début d'automne. Mieux vaut employer au labeur le temps que l'on perdrait en trajets fastidieux.

Maître Jordi de Cabestan s'est levé avant tous les autres. Au sortir de sa couche, il a ranimé l'âtre et déjeuné d'une pomme, ainsi que d'une large tranche de lard et d'un morceau de pain trempé dans un bol de vin coupé. Avant que le jour paraisse, il s'est mis au travail à la lueur d'une lampe à huile. Il s'agit de vérifier certains calculs d'épaisseur pour le bloc dont il surveille la taille depuis plusieurs jours. Ce soir, les pierres préparées dans la montagne arriveront à l'abbaye de Saint-Hilaire. Dès demain il se mettra à son véritable ouvrage : la sculpture en haut-relief d'un sarcophage destiné à contenir les restes de saint Sernin. Cet édifice constituera le maître-autel de l'abbatiale. Ce sera aussi le chef-d'œuvre du sculpteur, l'aboutissement de toute une vie besogneuse passée à dialoguer avec la pierre.

Il contemple le parchemin posé devant lui, sur une planche. Le dessin, tracé à l'encre de noix de galle, est une merveille de construction où les rythmes, les masses et les lignes directrices alternent en une frise continue qui raconte le martyre du saint homme. Maître Jordi a tiré le plus grand parti possible de la surface dont il disposait. L'image, grouillante de personnages, fourmille de détails pleins de vie, depuis le mufle du taureau bondissant, traînant le corps de la victime, jusqu'au visage moqueur d'une femme surgissant d'une fenêtre. D'un côté du dessin, l'arrestation de l'évêque, de l'autre son supplice. Un sourire éclaire le visage du sculpteur. Il s'amuse de cette petite énigme qu'il pose à ses futurs contemplateurs. Verra-t-on qu'il a représenté le temps au rebours de la lecture chrétienne ? En effet, dans son image, le passé est à dextre et le futur à sénestre. Sur le côté gauche du monument seront figurées de pieuses jeunes filles recueillant le cadavre, tandis que, sur le côté droit, saint Sernin ressuscitera en majesté aux côtés d'autres évêques de l'Église. Qui comprendra que cette image ne représente pas le temps des hommes, ce temps linéaire qui commence avec la Genèse et s'achève au Jugement dernier, mais qu'elle est le symbole même de l'éternité ? Un temps circulaire, sans fin ni commencement. Qui saura déchiffrer ces signes ? Plus tard, peut-être, dans les siècles des siècles, mais pour l'heure, personne assurément.

Maître Jordi est satisfait autant qu'on peut l'être d'un nouvel ouvrage en train de naître, encore riche de tous ses possibles. D'une main preste, il roule le parchemin et le glisse dans son étui de cuir. « Voyons où en est le chantier », se dit-il en poussant la porte de la cabane.

Sous la direction de l'appareilleur, quatre compagnons ont conjugué leurs efforts et leur savoir pour venir à bout de la taille du bloc principal ainsi que des longues dalles qui formeront l'embase et la table de fermeture, d'un seul tenant. Les initiés disent « la *mensa* ». Elle ne doit être ni trop épaisse ni trop fine. Ensuite, il faudra l'ajuster pour qu'elle s'emboîte parfaitement au sarcophage. C'est ce dernier dont la préparation cause au Maître le plus de souci. Le bloc bien dégrossi est d'une taille impressionnante. Il a fallu le creuser suffisamment pour l'alléger, mais point trop, afin que le Maître puisse en sculpter l'extérieur sans le fragiliser. L'excavation est bien trop petite pour contenir un corps humain. Pressé de questions, le père abbé de Saint-Hilaire a reconnu qu'il restait fort peu de choses du corps vénérable. La vérité est que les reliques consistent en une poignée de terre mêlée de débris d'ossements. Les siècles ont mangé le cadavre du saint. Un peu de boue séchée dans un sac de soie. Voilà devant quoi se prosterneront les fidèles. Nul ne le verra. Ainsi va le mystère. Chacun saura qu'il y a quelque chose de sacré dans la pierre, mais personne ne pourra dire de quoi cette chose est faite. Est-on même bien assuré qu'il s'agisse des cendres du très saint messire Sernin ? Le Maître hausse les épaules. Peu lui chaut ce culte des idoles. L'art de faire danser la pierre aux yeux du monde est tout ce qui lui importe. C'est à cela qu'il a voué sa vie et c'est pour cela qu'on les paie, lui et ses compagnons. Leur ouvrage est reconnu bien au-delà des limites du comté, jusqu'au cap d'Estanh au bord de la mer et plus loin encore, à Sant'Antimo dans la verte Toscane.

Maître Jordi salue les ouvriers d'un signe de la main. D'une accolade chaleureuse, il embrasse son frère, Valerian, qui le seconde depuis des années. Ensemble, ils s'approchent du lieu de la taille. L'ébauche du sarcophage est achevée. Le bloc imposant repose sur les rondins qui lui permettront de rouler jusqu'au bord de la pente. Ensuite, il faudra le faire glisser à l'aide de palans jusqu'au chemin où on le hissera à bord du charroi. La descente d'une pièce de cette dimension est une opération délicate. On a vu des cordages lâcher en cours de route, des membres écrasés, des corps navrés à mort sous des quintaux de pierre.

Pour l'heure, les compagnons vont dresser l'appareillage de bois que l'on nomme « chèvre à trois pieds ». Une potence soutenue par de lourdes poutres équipées de cordes et de treuils. C'est de cette mécanique complexe que dépendra la réussite de l'opération.

Le Maître s'est avancé tout au bord de la plateforme dominant le vallon. Il se penche pour scruter le sentier. Pas l'ombre d'un attelage. Seulement l'herbe qui verdoie jusqu'aux lointaines frondaisons d'or. À cette heure, pourtant, les convoyeurs devraient être arrivés avec bêtes et charroi.

— Quelqu'un a-t-il des nouvelles du Boiteux ?

Les compagnons, le ténébreux Teubald et León-le-Rieur, écartent les mains et secouent la tête en signe de dénégation.

Le Maître ne comprend pas. Thomas-le-Boiteux a toute sa confiance. Cela fait des années qu'ils travaillent ensemble. L'homme n'a jamais failli. Il l'a missionné, hier, pour recruter au village le personnel nécessaire au transport jusqu'à l'abbaye. L'affaire était déjà bien emmanchée depuis plusieurs jours. Il n'y avait plus qu'à conclure. Qu'est-il arrivé ? Cette absence n'est pas de bon augure. L'équipe des tailleurs de pierre de son atelier doit être libérée aujourd'hui pour l'embauche sur un autre chantier. Il faut que les pierres soient descendues avant midi.

Maître Jordi s'approche de l'apprenti occupé à déblayer la sciure de marbre.

— Peire, prends un mulet et galope jusqu'à Petra-Talada. Tâche d'y retrouver Thomas. Si tu ne peux le trouver, fais ce qu'il devait faire. Ramène ici les hommes avec qui nous avons traité le marché du transport. Ne tarde pas. Les pierres doivent être à Saint-Hilaire avant ce soir.

Le marmouset s'est redressé, tout fier de se voir confier cette tâche. Treize ans à peine, mais déjà bien en muscles et le regard vif des êtres curieux de tout. Il apprend vite. Il ne le sait pas encore, mais c'est lui que le Maître a choisi pour l'ouvrage du sarcophage. Il l'aidera à dégrossir les figures.

Le garçon essuie ses mains poudreuses contre ses chausses et tire, d'un air mystérieux, un objet d'une bourse de toile accrochée à sa ceinture. Il le tend au Maître.

— J'ai achevé celui-ci avant de me coucher.

L'homme saisit l'objet. C'est une fleur délicate, taillée dans un éclat de marbre. Sept pétales parfaitement ciselés autour d'un cœur piqueté d'une dizaine de trous minuscules imitant le relief de la marguerite. Le dessin est impeccable, le polissage d'une finesse étonnante. Le Maître plisse les yeux tout en faisant jouer la lumière sur la sculpture.

— Pourquoi sept pétales ?

— C'est plus difficile que six, dit l'apprenti en souriant. Gardez la fleur. Elle est pour vous.

Sans laisser au Maître le temps de répondre, il court vers l'auvent de branchages où sont parqués les mulets. D'un geste assuré, il bride une des bêtes, l'enfourche aussitôt à cru et, donnant du talon, s'éloigne vers la sente à flanc de montagne.

Chapitre 3

DAME ALOÏS

Narbonne

Dame Aloïs s'est levée au son de l'angélus. Le premier tintement l'a vue sortir du songe, le deuxième lui a fait ouvrir l'œil ; au troisième, elle avait déjà le pied hors de la couche.

Sitôt tirée la lourde courtine qui masque le lit, l'air vif l'a saisie tout entière. Par-dessus sa chemise, elle a enfilé un pelisson de fourrure et un épais bliaud de laine à capuche et manches longues.

Elle a ouvert l'un des volets de bois qui occulte la partie basse de la croisée pour laisser entrer le jour naissant. Elle se dit qu'il faudra bientôt placer sur les ouvertures les cadres tendus de lin huilé, si l'on veut laisser filtrer un peu de lumière, sans périr de froid. Sur la berge d'en face, du côté de la Cité, la ville semble encore endormie. Les façades opposent au gris du ciel leurs fenêtres obstinément closes. Même de ce côté-ci, sur la rive dextre, règne encore le silence nocturne. Pourtant, tout un peuple d'artisans et de boutiquiers doit déjà s'affairer à son labeur dans ce quartier du Bourg. Mais d'ici, on ne l'entend pas.

La maison commune des Bons Hommes et Bonnes Femmes où loge dame Aloïs est sise en bordure de l'Aude. La rivière coule presque à son pied. Au fil du courant, la brume s'effiloche. Des lambeaux de nuages s'engouffrent sous les arches du pont. On dirait que les cormorans jouent à les pousser du bec.

Aloïs descend l'escalier étroit qui mène au rez-de-chaussée. Elle entre dans la cuisine déjà tiédie par le feu ranimé. La vieille Catou a retiré la grande cassole de l'âtre, où elle a passé la nuit. Elle soulève le morceau de tissu qui la recouvre.

— La pâte a bien levé. Nous aurons une bonne fournée.

— Ta pâte est toujours aussi belle, Catou, et ton pain d'épeautre est le meilleur de Narbonne.

Au compliment d'Aloïs, la vieille femme répond par un sourire qui découvre ses incisives. Les seules dents qui lui restent et la font ressembler à un gros lapin.

Les deux femmes aiment à se retrouver seules chaque matin avant que la maison s'anime de tous ses occupants. Ce petit moment, dérobé à l'agitation du jour, leur appartient. Dans l'intimité de l'aube, elles se plaisent à échanger des bribes de rêves qu'elles s'amusent à interpréter l'une pour l'autre tout en partageant leur déjeuner. Ce matin, ce sera une purée de panais agrémentée d'un morceau de poisson fumé. Dans les maisons des Vrais Chrétiens, la viande est proscrite. Seul le poisson est autorisé en souvenir du miracle accompli par Notre-Seigneur sur le lac de Tibériade. Hors cette exception, on ne saurait faire ripaille de l'agonie d'un animal. Pas plus qu'on n'oserait répandre la moindre goutte de sang humain en bravant l'interdit du sixième commandement transmis par Moïse.

Une fois la prière dite et la purée dégustée, Catou se lance la première :

— C'est un goupil[1] qui m'est venu visiter cette nuit. Un énorme goupil au pelage de feu qui traînait après lui un gros sac rempli de plumes. Il a traversé la cuisine comme un voleur et s'est engouffré dans la cheminée où il a disparu, pareil à un feu follet.

1. Goupil : nom ancien du renard.

Aloïs plisse les yeux comme pour susciter en elle la vision de l'animal.

— Était-il menaçant ?

— Nullement. Tout au rebours, il paraissait inquiet que je l'aie vu. Se trouvant découvert, il a filé d'un trait en laissant choir quelques plumes hors du sac.

— Le présage ne me semble pas funeste. Mais le goupil est toujours signe de tromperie. Prends bien garde, Catou, à ne pas te faire duper dans quelque malaventure qui te viendrait aujourd'hui.

La vieille femme acquiesce d'un air entendu.

— Si rien ne me presse au-dehors, j'ai assez d'ouvrage ici sans avoir à m'aventurer plus loin que le potager.

Aloïs répond par un sourire à cette sage décision. Sait-on jamais ? Les rêves tissent des liens secrets avec la trame de nos jours. Lorsque le corps s'endort au monde des sens, l'âme s'ouvre à des récits dont la signification nous échappe. Bien hardi celui qui veut résoudre les énigmes du songe. Bien malheureux celui qui y renonce. Il abandonne au néant une part de lui-même.

— Et toi, chère Aloïs, quel rêve est-il venu se loger dans ton sommeil ?

— Hélas ! Catou, j'en ai perdu la souvenance. L'oreiller a bu mes visions.

Ce que vient de dire dame Aloïs n'est pas l'exacte vérité. Tant s'en faut. À l'orée du réveil des images lui sont apparues, mais le fil en est déjà rompu. Tout ce qui lui reste est pareil à un tesson de céramique inutile, un éclat de quelque chose qui ne dit rien de plus que lui-même. Ce qui subsiste des mirages du sommeil, c'est la vision de l'atelier désert. Plus de rouets ni de fuseaux, plus de métiers à tisser ni de peignes, plus de panières dégorgeant leur mousse de laine blanche. Rien que l'absence et le vide dans la grande salle dépeuplée de ses ouvriers.

Aloïs a détourné son regard vers la porte du fond. Elle sait bien que, derrière le panneau de bois, rien n'a bougé dans l'atelier de tissage. Meubles et objets y sont à leur place coutumière. La pièce d'étoffe qu'elle a abandonnée la veille l'attend toujours, tendue sur les barreaux de bois. Sa main, bientôt, va reprendre le geste interrompu, nouant la trame à la chaîne dans son va-et-vient monotone et rassurant. Ce soir, le pan de drap sera achevé. Peut-être aura-t-elle le temps, avant que le jour ait trop décliné, de monter une autre chaîne sur le métier. Mais l'impression du rêve effacé laisse traîner en elle comme une ombre sale qui fait tache sur ce jour naissant.

Un coup frappé à la porte de la rue interrompt la rêverie d'Aloïs. Les deux femmes ont sursauté. Qui diantre peut bien toquer à l'huis si tôt matin ? Les portes de la ville sont encore closes. Nul, dans le voisinage, ne rend visite à son prochain tant que le jour ne s'est pas bien installé. Pourtant, le coup est suivi d'un autre, plus net. D'un geste impérieux tempéré d'un sourire apaisant, Aloïs retient sa compagne qui s'apprêtait à aller voir.

— Reste ici, Catou… C'est peut-être le goupil de ton rêve qui vient récupérer les plumes qu'il a perdues ! Si c'est lui, je saurai le recevoir.

Saisissant au passage un caleil qui brûlait sur la table, elle pousse la porte donnant dans l'atelier.

La lumière vacillante de la lampe à huile repousse juste assez les ombres pour éviter à Aloïs de heurter les meubles qui encombrent la vaste salle.

Un troisième coup retentit, plus fort que les précédents. À cette heure et tout bien réfléchi, ce pourrait être quelque homme du guet venu demander aide ou asile.

À tâtons, Aloïs fait coulisser dans l'épaisseur du mur la barre de bois pour dégager la porte. À peine a-t-elle entrouvert le lourd panneau, qu'un petit museau d'enfant se glisse dans l'entrebâillement. Aussitôt, elle le reconnaît. C'est un garçonnet qui vient à l'école des Bons Hommes suivre l'enseignement de la Vraie Foi.

— Guilhem ! Mais que fais-tu là si tôt matin ?

— Bonne dame, c'est ma mère qui m'envoie vous quérir. Notre père se meurt. Il réclame le *consolament*[1]. Il veut le tenir de vous.

Aloïs a pris quelques secondes pour enfiler une ample cape par-dessus son bliaud et prévenir Catou du funeste motif qui l'appelle au-dehors. Elle ne pouvait refuser de suivre l'enfant Guilhem. Enric et Gari, les frères Bons Hommes, sont partis prêcher au loin. Ils ne seront de retour qu'au premier jour des ides d'octobre. Il n'y a dans la maison que les deux novices, Rotland et Tierric. Ils sont trop jeunes encore pour porter le *consolament*. Elle seule est autorisée à accomplir le baptême salvateur.

À peine dans la rue, il lui faut hâter le pas, courant à demi, ralentie par ses sandales épaisses. Devant elle, le gamin, qui va nu-pieds, a plusieurs coudées d'avance. « C'est la vie qui tente de courir plus vite que la mort, songe Aloïs. Arriverai-je à temps ? »

L'enfant Guilhem a bifurqué dans une venelle sans pavement. Une ornière le creuse en son milieu, où stagne une eau grasse. La prochaine pluie l'entraînera vers l'Aude dont on distingue tout au bout le miroir mouvant. En attendant, cela pue la graisse froide et le pissat des bêtes du muletier. Un pourceau gyrovague s'éloigne à leur approche.

Aloïs est coutumière de ce quartier du Bourg. Plusieurs fois auparavant, accompagnée d'un frère Bon Chrétien, elle a rendu visite aux parents de Guilhem, tous deux désireux depuis peu de s'initier à la pure vérité de l'Évangile.

Le père est forgeron. L'habitation jouxte l'atelier. La silhouette d'une femme se tient sur le pas de la porte. C'est la mère, postée à guetter le retour de son fils. Peut-

1. *Consolament* : rituel purificateur de type baptismal.

être est-elle là depuis qu'elle l'a envoyé quérir de l'aide, plantée dans l'inquiétude, l'âme ballante. Tandis qu'Aloïs s'approche, elle froisse nerveusement ses mains aux ongles encrassés ; son visage marqué par les nuits de veille se creuse encore davantage. Il y a longtemps qu'elle n'a eu le loisir de prendre soin d'elle-même.

— Il est au plus mal, lâche-t-elle dans un souffle, s'agenouillant par trois fois devant la visiteuse en signe de piété.

Avant de pénétrer dans la maison, Aloïs pose le bout des lèvres sur le front de la mère dans un geste qui bénit.

— Que Dieu ait merci de toi !

Il leur faut un peu de temps pour s'accoutumer à la pénombre de la salle tout enténébrée. À leur entrée, une vieille assise près de l'âtre ajoute un fagot dans le feu. Aloïs ne la connaît pas. C'est sans doute une voisine ou une parente venue prêter main-forte aux affaires du trépas. La flamme s'élève haut, faisant une manière de flambeau.

Réveillé par cette clarté soudaine, un bébé se met à vagir. Pendue à une poutre par des cordelettes tressées, une panière d'osier fait office de berceau. La mère s'empare du nourrisson et l'approche du téton qu'elle dégage prestement du col de sa tunique. L'enfant se calme aussitôt, tétant avec avidité la mamelle généreuse.

Dans le silence revenu, un râle, comme un appel, attire Aloïs vers l'alcôve de bois où se trouve le lit avec l'homme allongé dedans.

— Il y a huit jours de cela, un lourd marteau lui est tombé sur le pied. Plusieurs os ont été brisés. Le mage est venu lui poser un emplâtre d'herbes. Mais la jambe a pris une vilaine couleur rouge sombre, puis elle a viré au noir…

Tout en parlant, la femme a soulevé de sa main libre l'édredon informe. La jambe est dans un état de putréfaction avancée, marquée d'affreuses taches noirâtres virant au vert. Par endroits, la peau s'enfle de cloques purulentes. L'odeur est telle qu'Aloïs peine à réprimer un haut-le-cœur.

Elle a reconnu le mal. Elle en ignore le nom, mais c'est celui dont elle a vu mourir un enfant moult années auparavant. Un petiot d'une ferme, renversé par une charrette. La roue lui avait écrasé la jambe. Il était trépassé après douze jours de souffrance.

Aloïs fait signe à la femme de rabattre l'édredon, puis elle se penche pour examiner le visage du mourant. Elle ne pourra lui donner le *consolament* que s'il lui reste assez de conscience. Le front moite, les cheveux collés par une mauvaise sueur, le nez pincé, les paupières closes au fond des orbites creuses cernées d'une vilaine couleur de cire ; autant de signes indiquant que la mort n'a plus grand chemin à faire pour le rejoindre.

— Antoni, c'est moi, Aloïs, qui te viens apporter le *consolament*. Entends-tu mes paroles ?

Sous le voile des paupières, les globes oculaires ont bougé. On dirait que l'homme cherche à la regarder de ses yeux aveugles. Un râle sourd accompagne cet infime mouvement. Cela suffit à Aloïs. Elle pose sa main délicate sur le front enfiévré et approche ses lèvres de l'oreille de l'agonisant. Alors commence la cérémonie du baptême qui est aussi le viatique pour que l'âme soit accueillie dans la lumière du vrai Dieu.

— Père saint, juste Dieu des bons esprits, Toi qui jamais ne Te trompas, Toi qui jamais ne mentis, qui jamais ne connus l'errance, qui jamais ne connus le doute, afin que nous ne mourrions pas dans le monde du dieu malin, car nous n'appartenons pas à son monde et qu'il n'est pas des nôtres, apprends-nous ce que Tu sais, fais-nous aimer ce que Tu aimes…

Au fur et à mesure qu'Aloïs récite la prière salvatrice, le fagot achève de se consumer. La lumière décroît peu à peu dans la pièce. Il ne reste bientôt plus dans l'âtre qu'une brassée de brindilles de braises rougeoyantes. Et le feu de la vie, lentement, s'éteint dans le corps du forgeron. Son souffle n'est plus qu'un halètement saccadé qui s'interrompt soudain pour reprendre, plus bref encore. Enfin, Aloïs, qui termine le Notre Père des Vrais Chrétiens, entend ces mots sortir en un murmure à peine articulé de la bouche de celui qui s'en va :

— Des anges… vont mourir.

A-t-elle vraiment entendu ? Elle se penche plus près de l'oreille du forgeron. Le corps de l'homme se crispe dans une tension qui arque son buste, le soulevant à demi de la couche. Ses doigts pareils à des serres s'enfoncent dans la literie.

— Que dis-tu, Antoni ?… Quels sont ces anges ? demande Aloïs.

— Il va les tuer…

— Qui ?… De quoi parles-tu ?

Un craquement lui répond. C'est le châssis de bois qui s'est affaissé sous le poids du corps, tous les muscles lâchant d'un coup. Aloïs baisse les yeux vers les larges mains calleuses aux replis de peau tellement marqués par le maniement du fer et la suie de la forge qu'on dirait des mains d'écorce, des mains d'arbre. Les grosses veines qui battaient sur le dessus il y a un instant encore ont cessé de palpiter.

Aloïs se redresse. Elle se tourne vers la mère qui finit d'allaiter.

— Bertrande… Antoni vient de passer.

La mère hoche silencieusement la tête. Son enfançon est repu. D'un revers de manche, elle absorbe la goutte de lait perlant à sa bouche et essuie son mamelon dans le même mouvement. Elle attend, immobile, que l'enfant ait émis son rot avant de le reposer dans la panière, où elle l'emmitoufle d'une peau de mouton. Puis elle se retourne vers Aloïs :

— Merci à toi. Tu l'as accompagné comme il le désirait.

Aloïs va répondre quand la vieille qui s'était absentée durant la prière revient dans la pièce, portant une écuelle remplie d'eau. Elle se penche avec difficulté et glisse l'ustensile sous le lit du mort. La mère l'interpelle :

— Pourquoi faites-vous cela ?

La vieille s'est redressée péniblement. Le souffle court, elle prend appui sur le lit de son poing fermé. Plus petite que Bertrande, elle semble pourtant la toiser d'un regard dominateur et de sa bouche édentée sortent des paroles cinglantes :

— Moi, je n'ai pas oublié les gestes des anciens… C'est mon fils qui est là. Dois-je te le rappeler ?

D'un doigt aux articulations déformées, elle désigne le cadavre.

— Il est mort sans s'être confessé. Il a refusé l'extrême-onction. Son esprit tourmenté va errer dans les limbes.

— Il a reçu le *consolament*. Il est sauvé, réplique Bertrande.

Un ricanement déforme le visage de la vieille femme. Elle hausse les épaules.

— Bougreries que tout cela ! Mon Toni a été baptisé par l'eau et par le sel. Il devait mourir en catholique… L'écuelle que j'ai placée sous sa couche prendra au piège de son miroir d'eau sa pauvre âme damnée… Dans trois jours, j'irai la verser dans la rivière. Jusque-là, ne t'avise pas d'y toucher… Je reviendrai ce soir pour la veillée funèbre.

Tournant le dos, elle sort en claudiquant, sans plus un regard pour sa bru ni pour Aloïs. Le bruit de ses sabots décroît dans la venelle.

— Ne t'inquiète pas pour ton mari. Il est mort en Bon Chrétien.

Bertrande sourit à Aloïs.

— Je ne m'inquiète pas pour Toni… C'est pour Guilhem que je suis en peine.

Elle se détourne un instant vers le jeune garçon qui s'est approché du lit et fixe ce corps qui, pour lui, n'est plus son père mais une énigme. Puis elle revient vers Aloïs.

— Le bébé et moi, nous irons demeurer chez mon frère. Il est menuisier à Carcassonne. Hélas ! il a déjà deux enfants, je ne vais pas pouvoir garder Guilhem auprès de nous. Cela fait trop de bouches à nourrir.

— Rassure-toi, Bertrande, Guilhem pourra rester chez nous… Je dois attendre le retour de nos frères pour en parler avec eux. Mais je ne doute pas de leur acquiescement. Chacun apprécie ton fils dans notre maison. Et puis il a sept ans passés. Il est assez grand pour entrer en apprentissage. Le métier de tisserand lui permettra de bien vivre.

Bertrande prend les mains d'Aloïs dans les siennes et y pose ses lèvres avec ferveur.

— Je pourrai vous payer pour sa nourriture. Aussitôt que j'aurai vendu la forge et la maison et une fois déduite la part qui revient à ma belle-mère. Tu l'as vu : elle ne nous aime pas, mais il nous restera de l'argent en suffisance.

— Ne te soucie pas de cela. Pour l'heure, prends soin de tes enfants et hâte-toi de porter en terre la dépouille de ton mari. Les chairs se décomposent vite.

— Il m'a semblé ouïr qu'il te parlait avant que de mourir. Qu'a-t-il dit ?

— Rien… Ce n'était qu'un vague bruissement des lèvres… Rien que des sons à peine articulés. Sans signification.

Aloïs préfère celer ce qu'elle a entendu pour de bon. Il serait vain et inutile de charger en confusion l'esprit de Bertrande, déjà bien dolente du deuil qui la frappe. Et puis, quel crédit peut-on apporter aux paroles d'un mourant en proie à la fièvre et dans l'angoisse de l'agonie ?

Cependant, alors qu'elle a pris congé et s'en retourne vers son logis, elle chemine toute pensive. Les mots ultimes du défunt tournent dans sa tête. Voilà qui est bien plus ardu à interpréter que les songes légers de la vieille Catou. Qui sont donc ces anges qui vont mourir ? Et qui sera leur assassin ?

Chapitre 4

JORDI DE CABESTAN

Abbaye de Saint-Hilaire

— *Mestre !... Mestre Jo... Jo... Jordi !*

La silhouette qui dévale la pente paraît avoir le diable aux trousses. La coule[1] flottant autour de son corps maigrelet, la capuche en bataille, les bras battant l'air comme s'il voulait s'envoler, l'homme fait penser à quelque oiseau bancal et malhabile. C'est à sa voix que le Maître l'a reconnu. C'est le seul moine catalan de l'abbaye. Frère Lluc est son nom. Il est convers[2], affecté à l'entretien du jardin. On le croit sot parce qu'il est bègue.

À bout de souffle, il manque de s'affaler dans les bras du Maître.

— Eh bien, frère Lluc, avais-tu hâte à ce point de nous voir arriver ?... Il est vrai que nous avons mis plus de sept heures à parcourir moins de sept lieues ! Nos bœufs sont épuisés et nous aussi... Allons, encore un effort pour monter cette pente et nous boirons tout notre soûl. Aide-nous, si tu veux bien, à soulager le chariot.

Mais frère Lluc semble n'avoir rien entendu. Prenant l'air à profondes goulées, il est en grande presse d'expliquer quelque chose :

— *El co... el coco... el coix !*

1. Coule : longue robe noire à capuche portée par les bénédictins.
2. Convers : moine chargé des taches matérielles au service de la communauté.

Maître Jordi comprend aussitôt. Le moine a remarqué qu'il manquait quelqu'un dans leur petite troupe.

— Tu te demandes où est le Boiteux ? Figure-toi que nous l'avons perdu depuis hier. Disparu, volatilisé comme un fantôme dans le brouillard.

Les yeux ronds d'effarement, comme s'il n'entendait plus une syllabe de languedocien, le frère convers fait des signes de dénégation.

— *No s'ha pe... pe... perdut... Ell... é... é... és mort !*

La stupeur fige le Maître.

— Que dis-tu là ? Le Boiteux est mort ? Mais qu'en sais-tu ?

Le moine hoche du menton, comme s'il tremblait, tout en pointant le doigt vers les murs de l'abbaye en haut de la colline.

— *Que... esta... a... a... a... alla !*

Voilà donc la funeste réponse à cette étrange disparition. Mais comment se fait-il que le malheureux se retrouve mort à Saint-Hilaire, alors qu'il était hier soir, bien en vie, à Petra-Talada ? A-t-il marché toute la nuit pour s'en venir mourir ici ? S'il était atteint de quelque mal, pourquoi n'est-il pas remonté à la carrière ?

Le Maître se retourne vers les compagnons.

— Attendez ici… Je vais à l'abbaye avec frère Lluc. Nous vous enverrons des aides pour pousser le chariot. Toi, Peire, prends les gourdes et les outres et cours jusqu'au ruisseau puiser de l'eau claire pour chacun, bêtes et gens.

L'apprenti a du mal à cacher son dépit. Il aurait bien voulu accompagner le Maître. L'annonce de la mort du Boiteux lui cause grand chagrin. Ils étaient en amitié tous les deux, depuis le jour où Peire a rejoint l'atelier. Le gamin aimait bien les longues veillées où l'homme racontait sa première vie, celle d'avant qu'il devînt tailleur de pierre. Peire se prenait à rêver à ces récits de jongleurs et d'acrobates et à ces fêtes mirobolantes de château en château où allait le Boiteux du temps qu'il ne boitait pas, en compagnie des poètes-chanteurs, les troubadours. Et voici qu'aujourd'hui cette bouche d'où sortaient tant de plaisantes fantaisies vient de se taire à jamais. Sur ce visage qui toujours fut joyeux, la mort pour toujours a mis son masque d'ombre.

Le cœur lourd, l'apprenti obéit à l'ordre qui lui a été donné. Il charge sur ses épaules les outres en peau de chèvre et descend par la sente qui conduit à l'eau vive, laissant auprès de l'attelage les bavards compagnons débattre de la triste nouvelle. Malgré lui, deux larmes jumelles roulent au long de ses joues.

Maître Jordi a renoncé à questionner frère Lluc. Il lui en aurait trop coûté de subir les paroles trébuchantes du moine bègue. C'est en silence qu'ils ont gravi, côte à côte, le chemin pentu vers l'abbaye. Accordant son souffle à son pas, il a mis à profit la montée pour apaiser le tumulte de ses pensées. Inutile de se forger quelque conte aventureux. Il apprendra bientôt l'exacte vérité sur ce qui s'est passé.

Frère Lluc vient de pousser la porte basse sous l'ogive taillée dans le mur qui longe l'abbatiale. La rouille fait grincer les gonds en une longue plainte. Les deux hommes cheminent dans un étroit couloir chichement éclairé de hautes meurtrières. Tout au bout, une autre porte. C'est la buanderie. Du linge sale s'empile dans les panières d'osier. Du plafond pendent de longues perches où sont enfilées les coules noires fraîchement lavées et mises à sécher. On croirait voir une procession de moines fantômes flottant au-dessus du carrelage. Frère Lluc écarte un pan de ce labyrinthe de toiles. Au bout de la pièce se tient le sire abbé Forton Deltheil, identifiable, malgré le contre-jour, à sa forte carrure et à son crâne aussi chauve et poli qu'un galet du Lauquet. Près de lui, le

Maître reconnaît Anselme de Montlaur, un moine du chapitre qui a fonction d'archiviste. Il œuvre d'ordinaire dans le *scriptarium*, à recopier les parchemins qui cheminent d'abbaye en abbaye. Sa face en biseau, cernée d'un fin collier de barbe rejoignant la couronne drue de ses cheveux, le fait ressembler à un mouton frisé. Mais l'expression sévère des deux clercs n'inspire pas la moindre gaieté.

Au bruit des pas des visiteurs, le père abbé s'est écarté, dévoilant la longue pierre d'évier où repose le cadavre.

Avant de s'en approcher, le Maître met un genou en terre devant l'abbé qui lui donne sa bénédiction et lui fait signe de se relever.

— Jordi de Cabestan, reconnaissez-vous en cette dépouille celui de vos compagnons que l'on surnomme « le Boiteux » ? Frère Lluc semble en être assuré, mais nous attendions de vous entendre.

Le premier regard a suffi au Maître pour écarter toute possibilité d'un doute. En dépit du teint de cire et des yeux vitreux, il reconnaît bien là le visage de son ami, Thomas Vaudrier, dit le Boiteux. Sa courte tunique dévoile ses jambes nues. Sur la droite, une longue boursouflure de chair longe le tibia. C'est la cicatrice d'une ancienne blessure, cause de la claudication incurable qui lui a valu son surnom.

— Frère Lluc ne s'est pas trompé. C'est bien mon compagnon… Dieu ait son âme.

D'un geste charitable, il veut clore les yeux absents qui ne voient plus le monde. Mais les paupières durcies déjà se refusent à sa piété. C'est en reculant que le Maître aperçoit les ailes. Les deux grandes ailes de plumes blanches qui font du cadavre une espèce d'ange atroce. Les plis froissés de la tunique les lui avaient jusque-là dérobées.

— Que signifie cet accoutrement ?

— Ce rustaud prétend que c'est l'œuvre du diable ! répond l'abbé en désignant une forme tassée dans l'ombre, sur un tabouret bas, puis il ajoute : C'est lui qui a trouvé le corps, à l'aube, dans un arbre de notre forêt. Il l'a pris pour un ange véritable tombé du ciel par malédiction et il a couru nous prévenir… Comme si les anges, êtres immatériels, pouvaient choir des nuées et mourir !

Au ton sarcastique de l'abbé, le paysan a relevé la tête. Sans oser le regarder, il le prie d'une voix geignarde :

— Seigneur abbé, ma Géraude doit s'inquiéter de moi… Je voudrais m'en retourner au logis.

— Ta femme sait que tu es ici. Nous l'avons prévenue. Tu partiras quand nous n'aurons plus besoin de toi.

Forton Deltheil se détourne et, prenant le Maître par l'épaule, d'une poigne insistante, il l'entraîne derrière les rangées de coules suspendues, à l'autre bout de la pièce. Il veut l'entretenir de quelque chose qui ne doit être entendu que de lui seul.

— Cet homme est un quasi-imbécile qui s'occupe des pourceaux dans une de nos fermes. C'est à peine s'il est capable de distinguer un verrat d'une truie. Je l'ai interrogé autant que je l'ai pu sur sa découverte du corps. Toutes ses réponses m'ont paru d'un esprit obscur et entêté. Si bien que j'ai l'impression qu'il me cèle quelque chose. Je doute qu'il soit l'assassin de votre compagnon car, malingre et chétif tel qu'il est, il serait bien en peine de hisser un corps sur la fourche d'un arbre. Je voudrais cependant, avant que de le relâcher, m'assurer qu'il n'a en rien participé à ce crime.

— Croyez-vous qu'il serait venu frapper à la porte de l'abbaye pour vous en avertir, s'il était impliqué de quelque manière ?

— L'âme humaine est capable de tous les détours. On a vu des incendiaires se précipiter pour éteindre le feu qu'ils avaient eux-mêmes allumé.

— Pourtant, vous m'avez dit que ce paysan était convaincu que c'était là l'œuvre du Malin.

— Satan ne s'abaisse pas à maltraiter les corps. Ce sont les âmes qu'il met à la torture. Il se peut qu'un démon soit l'instigateur de ce crime, mais il ne saurait en être l'exécuteur… Aussi voudrais-je que vous interrogiez à votre tour ce paysan. Il a dû sentir dans mes propos quelque rudoiement qui l'a effrayé et réduit au silence. Peut-être saurez-vous, mieux que moi, trouver les mots qui le mettront en confiance. Je connais la subtilité de votre esprit… Je resterai à l'écart tandis que vous l'entretiendrez.

Maître Jordi hoche pensivement la tête. L'abbé n'est point un mauvais homme, il est vrai toutefois que tant de longues années dans la seule fréquentation de Dieu l'ont quelque peu éloigné du commerce de ses semblables. Au moins a-t-il la finesse de s'en rendre compte.

— Je ferai ce que vous souhaitez.

De retour auprès de l'évier sinistre, le Maître fait un signe à frère Lluc et au moine copiste.

— Frère Lluc, ayez la bonté d'envoyer quelques convers pour appuyer notre attelage. Il faut que les pierres soient ici au plus tôt. Les bœufs doivent prendre du repos à l'étable avant que de retourner demain à Petra-Talada… Quant à vous, frère Anselme, vous m'obligeriez en me laissant seul avec ce paysan.

Le moine copiste a compris qu'il s'agit là d'un ordre de l'abbé. Aussitôt les deux hommes se retirent. Maître Jordi écoute leurs pas s'éloigner. Enfin, lentement, il s'accroupit sur ses talons pour se mettre à la hauteur de l'homme toujours tassé sur son tabouret.

— Dis-moi, quel est ton nom ? articule-t-il d'une voix douce.

Le paysan attend un instant avant de relever la tête. Sa folle chevelure aux crins tout emmêlés brouille son regard que l'on devine craintif. Il est d'une affreuse maigreur et d'une saleté repoussante. La crasse accumulée dans les plis de son cou lui fait comme une résille de traits noirs.

— Par-devant Notre-Seigneur, j'ai été baptisé Joan, messire.

Pour une bête brute, l'homme s'exprime plutôt bien. Sans doute est-il moins rustaud qu'il n'y paraît.

— Point de messire entre nous, répond le Maître. Je travaille, moi aussi, tout comme toi. Regarde…

Il tend sous le nez du paysan ses paumes déployées. L'usage du burin et du marteau a laissé des cals qui sont la signature du labeur. À cette vue, quelque chose se dénoue dans l'attitude de l'homme.

Le Maître en profite pour pousser plus loin.

— J'ai entendu que tu te souciais de ta femme, Joan. Depuis quand l'as-tu quittée ?

— Le jour n'était pas levé quand je suis sorti de chez nous.

La réponse est pour le moins étrange. Qu'est-ce qui peut bien pousser un miséreux à sortir si tôt matin dans la froidure ? Et presque aussitôt le Maître comprend. C'est la même raison qui force un animal à sortir de sa tanière. La faim.

— Tu as des enfants, Joan ?

— Deux petiots. Un garçon et une fille.

Le Maître baisse encore le ton et, à voix presque basse, il interroge :

— Ils ont faim et tu n'as pas eu le temps de relever les collets, n'est-ce pas ?

L'homme a levé les yeux. Sous la crasse, son visage s'est empourpré. D'un geste apaisant, le tailleur de pierre le rassure.

— Ne crains rien. Il m'est arrivé à moi aussi de braconner, dans ma jeunesse. Nous étions fort miséreux… Ce n'est point pécher que de vouloir nourrir les siens.

Un pli soucieux barre le front de l'homme.

— À cette heure, j'ai bien peur que la fouine m'ait emporté les lapins.

— Je m'arrangerai pour compenser cette perte… Mais auparavant il faut que tu me dises ce que tu as vu au pied de cet arbre.

— J'ai tout dit au seigneur abbé. L'ange, il était assis sur la branche, tout au-dessus de moi…

— Non, non… Ce n'est pas cela qui m'intéresse. Te souviens-tu de ce qui était par terre ?

— Par terre ?

— As-tu remarqué quelque chose sur le sol ? Une trace, des empreintes…

L'air soucieux, le paysan se met à gratter sa tignasse comme si cela l'aidait à se souvenir. Peut-être est-ce seulement un pou qui le démange. Le Maître insiste :

— Rappelle-toi. Il faisait à peine jour et tu devais garder les yeux sur le sol pour ne pas trébucher dans quelque ornière. Le sol, était-il terreux ou herbeux ?

— De la terre, oui. Et de la mousse. De l'herbe, il n'en vient pas sous ces futaies. Et… oui !

Joan tout à coup se souvient. Il secoue la tête en signe d'approbation.

— Oui.

— Quoi donc ?

— Des traces de lune.

— De lune ?

— Pardi ! La marque du diable !

À cette seule évocation, l'homme est saisi d'un frisson. Il se revoit, le nez dans la terre, persuadé de sa fin prochainc avec, sous les yeux, une empreinte en forme de croissant de lune profondément creusée dans l'argile. Et puis une autre, un peu plus loin. Tout cela, il s'efforce de le décrire du mieux qu'il peut à cet homme qui travaille de ses mains et l'interroge avec bienveillance. À ce prix, peut-être lui rendra-t-on sa liberté ?

— Es-tu sûr que ce n'étaient pas les brisées d'un cerf ou les traces d'un sanglier ?

— Non, messire ! Non. Ces formes-là, je les connais. Celles que j'ai vues étaient pareilles à des croissants de lune, toutes rondes et bien nettes. Les pieds du diable.

Le Maître a compris. Ce sont les empreintes des sabots d'un cheval ferré. Le paysan n'en a probablement jamais vu. Ici on ne ferre pas les bêtes de trait et les palefrois ne s'aventurent guère auprès des porcheries.

— Joan, je sais que tu as dit la vérité. Serais-tu capable de retrouver cet arbre ?

— Je peux vous y conduire aussi aisément que j'y ai mené le seigneur abbé et ses moines.

— Je viendrai te voir demain quand il fera grand jour. Pour l'heure, prends ceci…

Le Maître lui tend deux pièces d'un denier qu'il a tirées de sa bourse.

— Tu iras trouver frère Lluc. C'est le moine qui m'accompagnait. Dis-lui bien que c'est moi qui t'envoie afin qu'il te vende de quoi nourrir ta famille.

L'homme est stupéfait. Il contemple les modestes deniers comme s'il s'agissait d'un véritable trésor. Jamais, de toute sa vie de serf, il n'a tenu entre ses doigts une pièce d'argent. Alors, que dire d'en posséder deux à la fois ? Pour être sûr de ne pas les perdre, il les fourre dans sa bouche et presse son visage contre les mains du Maître. « Un chien ne s'y prendrait pas d'autre façon pour manifester sa reconnaissance », songe le tailleur de pierre. Et il est en même temps ému par la touchante candeur de ce geste et révolté d'un monde injuste au point de rendre un tel geste possible.

— Allons, file, à présent. Ta Géraude doit se faire du mauvais sang.

Le paysan resserre ses haillons autour de son corps grêle et disparaît à la hâte entre les étendages de linge, laissant derrière lui une odeur surette de vieille transpiration, de suie humide et de fange. Une odeur de bauge.

À peine a-t-il disparu que l'abbé Forton surgit, l'air mécontent.

— Vous l'avez laissé partir ?

— Il sera plus utile chez lui, au soin de vos pourceaux, qu'il ne l'est ici à trembler sur son siège... Il a répondu à toutes mes questions. Et nous savons où le trouver si nous voulons l'interroger encore.

— Eh bien, qu'en avez-vous tiré ?

— Rien que je ne savais déjà. Vous pouvez m'en croire, il n'a aucune part à cette chose... horrible.

Le Maître a détourné son regard vers le corps de l'ange martyrisé. Pour le moment, il préfère garder pour lui l'histoire des « croissants de lune ». Surmontant le chagrin que lui cause la vue du cadavre, il entraîne l'abbé du côté de l'évier.

— Pouvez-vous me dire, Révérend Père, à quelle hauteur le corps était perché ?

— Guère plus haut que la longueur d'une canne. Il se tenait à califourchon sur une branche, les jambes pendantes, de telle façon qu'on pouvait toucher ses genoux en tendant le bras.

— Était-il maintenu contre l'arbre par quelque attache ?

— Aidez-moi à le retourner, vous comprendrez plus aisément.

Saisir les membres raidis par la mort et basculer le corps sur le côté est une épreuve pour le Maître. Mais il le fait avec courage. Rendre justice à ce malheureux est sa seule pensée. Comment oublier qu'hier encore Thomas-le-Boiteux partageait son pain avec lui ? Cependant, devant le monstrueux appareil qu'il découvre, il peine à retenir un cri d'effarement. Le torse est traversé de part en part par une sorte de fourche large et sans manche, en forme de U dont les tiges longues s'enfoncent sous les omoplates pour ressortir au niveau des mamelons. De part et d'autre de la base du U, sont fixées deux tiges plus petites portant les grandes ailes d'oie pour figurer l'ange.

De son index, le père abbé désigne une sorte d'anneau soudé entre les deux ailes.

— Ici, il y avait une corde qui le tenait adossé contre le tronc de l'arbre afin de lui donner une posture naturelle. Nous avons dû la trancher pour le décrocher de son perchoir.

— Qu'en avez-vous fait ?

— Je l'ignore.

L'air intrigué, l'abbé interroge le Maître :

— Quelle importance peut avoir cette corde ?

— Un objet fait de main d'homme peut garder trace de celui qui l'a fait. Même une simple corde. La manière dont les fils sont tressés, leur matière, leur usure ou leur nouvelleté.

— J'interrogerai les frères qui l'ont détaché. Nous saurons ce qu'il est advenu de la corde.

Le Maître approuve d'un vague grommellement. Autre chose le tracasse.

— S'il vous plaît, remettons-le sur le dos.

Cette fois, Jordi de Cabestan ne prête plus attention au visage du mort. Même si ses lèvres, légèrement retroussées sur les gencives, laissent pointer des dents comme s'il voulait mordre. La mort est un mauvais sculpteur, capable de transformer la figure d'un ami en un masque inquiétant.

Le Maître se concentre sur la poitrine du cadavre. D'un geste sec, il déchire l'encolure de la tunique, dégageant le buste. De part et d'autre, les tiges de fer ont traversé la cage thoracique. Leur pointe s'achève en forme de harpon. On ne pourrait les retirer qu'en déchirant les chairs. Tout a été pensé pour que le corps ne puisse pas glisser ni perdre ses ailes. Celui qui a conçu un tel dispositif a fait preuve d'une grande ingéniosité dans l'horreur. Ce n'est pas cela cependant qui retient l'attention du Maître.

— Regardez, mon père, sur la poitrine, il n'y a pas une goutte de sang.

— Il est vrai.

— Il n'y en a pas non plus sur le dos.

— Pourtant la tunique porte deux traînées sanglantes, insiste l'abbé.

— Ce n'est pas du sang. Si cela en était, il aurait viré au brun depuis plusieurs heures. Sans doute frère Anselme pourrait-il nous dire avec quoi il fabrique le rouge de ses enluminures. Pour ma part, je suis prêt à parier qu'il s'agit ici d'une teinture de garance. La trace a été peinte pour figurer du sang. Voyez, d'ailleurs, la forme étrange. Ne dirait-on pas une sorte de triangle malhabile ou peut-être un alpha majuscule ?

— Mais pourquoi n'y a-t-il pas de sang sur le corps ?

— Parce que le cœur avait cessé de battre depuis longtemps lorsque la fourche a été plantée dans le corps. L'assassin a tué Thomas Vaudrier d'une manière ou d'une autre, j'ignore laquelle, et ce n'est qu'ensuite qu'il l'a transformé en cet ange monstrueux.

Le long regard silencieux de l'abbé dit toute la considération que lui inspire le raisonnement du tailleur de pierre. Il le savait plein de discernement. Il le découvre plus habile encore et tout pétri d'une science qui l'étonne. Serait-ce un émule du redoutable Abélard ? Il lui revient à l'esprit une phrase de ce clerc un peu trop épris de controverse et qu'il a découverte tout récemment : « Celui qui peut comprendre sait sonder et pénétrer les causes réelles des choses. Par causes réelles, nous voulons dire celles qui sont à l'origine cachée des choses, celles que l'on examine davantage à l'aide de la raison que grâce à l'expérience des sens. » Ce sont là paroles pleines de dangers qui pourraient ouvrir bien des gouffres sous le pas de consciences aventureuses. Mais, employées à bon escient, elles peuvent aussi déboucher sur quelques découvertes utiles au service de Dieu…

Brusquement l'abbé sort de sa rêverie.

— Maître Jordi de Cabestan, pensez-vous qu'il serait en votre moyen de débusquer l'assassin et de le confondre ?

— Mon Révérend Père, je ne suis que tailleur de pierre. C'est là toute ma vie et j'ignore ce qu'il en est de mes compétences hors de cette rude matière… Cependant, je sais qu'un homme peut beaucoup, à condition que Dieu le veuille.

— Je vous entends, mon fils… Alors, au nom de Notre-Seigneur Jésus, je vous demande de trouver l'assassin.

L'abbé lève les deux doigts de la bénédiction.

— Que Dieu vous assiste en cette tâche.

Maître Jordi incline la tête.

— *Amen.*

Chapitre 5

RAIMON DE TERMES

Carcassonne

Dans un champ au gazon ras tondu, de vastes tentes ont été dressées. Sous la plus haute, au dais orné des armoiries de Trencavel, se tiennent le puissant vicomte Raimon Ier et dame Saura, son épouse, ainsi que leur fils, le jeune Roger. Arnaud de Fabreza est assis auprès d'eux, drapé dans son mantel couleur de feuille morte. Toute la fine fleur de la noblesse du Terménès et du Carcassonnais est là : sires, dames, damoiselles et damoiseaux dans leurs plus beaux atours, l'humeur joyeuse et le verbe enjoué. Les vivats ont fusé de maintes gorges aux prouesses du nouveau chevalier Raimon de Termes. Chacun s'est esbaudi de le voir esquiver – avec quelle prestesse ! – la masse d'armes de la quintaine, virevoltant à chaque coup qu'il lui portait de sa lance. Pas une fois il n'a manqué le but, pas une fois il n'a failli alors que son cheval, stimulé des éperons, fonçait au galop sur la cible pivotante. Il a tant fait qu'à force de lance et d'épée il a démantelé la quintaine tout entière. Elle gît, à présent, sur le pré. Tas de bois et de ferraille juste bon pour le feu.

Alors qu'il allait mettre pied à terre et saluer ses parrains, un page a couru en bordure du terrain déposer sur une pierre une écharpe de soie pourpre tissée de fils d'or. Celle que portait, un instant plus tôt, en travers de son bliaud, dame Saura de Trencavel. Raimon, aussitôt, a compris le défi qu'on lui lançait. D'une volte, il a ramené son cheval au bout de la lice. L'animal est échauffé maintenant. Une mousse d'écume blanche marque son pelage noir et ourle le mors autour des lèvres. Il faudra l'étriller et le bouchonner ardemment. Raimon sait qu'il peut encore lui demander un dernier galop. Son cheval est un autre lui-même. Voilà deux ans que feu le baron, son père, le lui a offert. C'est un poulain arabe, élégant et râblé, bien différent des lourds destriers de combat que montent la plupart des autres chevaliers, mais Raimon sait qu'il pourra faire merveille dans une charge de bataille. Deux ans plus tard, à peine adulte, il peut en remontrer à bien d'autres en endurance comme en agilité. Le jeune homme l'a lui-même débourré dans les règles de l'art équestre, l'accoutumant patiemment au mors de bride, à la selle et au poids de son cavalier. Il l'a baptisé Drac. Un nom de dragon. Un nom de diable, car à eux deux ils mettront en grand péril tous les démons de la Terre. Un sifflement de son maître suffit à le lancer à vive allure. Un autre sifflet et il s'arrête aussitôt.

D'une main sûre, la sénestre, Raimon a ramené sa monture au bout du pré. Il a gardé sa dextre libre pour accomplir le tour que l'on attend de lui. Il serait trop aisé de le faire d'un simple trot. Raimon confie à son écuyer Lucas sa lance et son épée, puis il déchausse ses étriers et bloque les rênes au pommeau de la selle. Drac piaffe, arrachant une motte d'herbe de la pointe du sabot. Le cavalier se penche sur l'encolure, murmurant quelques mots à l'oreille de l'animal. Il suffit alors d'une simple pression des mollets pour que le cheval se cabre, battant l'air de ses antérieurs, et bondisse au galop droit vers le bord de lice. Raimon a les yeux fixés sur l'objet à atteindre, une tache rouge cernée d'herbe verte. Rien qu'une tache qui s'approche de lui à la vitesse de l'éclair alors que les sabots martèlent le pré à un rythme de tambour enfiévré. Le cavalier se laisse alors glisser sur le côté, une jambe sur la selle, l'autre sous le ventre du cheval, il se maintient cramponné de la main au pommeau de cuir clouté. L'écharpe se rapproche à toute allure, comme si une force invisible la jetait vers lui. Il se baisse encore davantage, tous ses muscles crispés et soudain l'idée lui vient. Il lui serait aisé de ramasser son trophée de sa main libre, mais il décide tout à coup de faire encore mieux. Il a vu le page déposer l'étoffe sur une pierre affleurant. Ce qu'il imagine le met en grand péril. Il va emporter l'étoffe, non pas entre ses doigts, mais entre ses dents. C'est une folie. À cette vitesse, une erreur d'appréciation pourrait lui emporter la mâchoire ou même lui tordre le cou. Qu'importe ! Si l'on n'est pas fou maintenant, on ne le sera jamais. Et puis il croit à sa bonne fortune. Et Raimon descend encore un peu plus, presque sous le ventre de Drac. Le vent siffle à ses oreilles. L'écharpe est là, à portée de dents, encore un coup de sabot et il l'arrache du sol entre ses lèvres, battant l'air de son bras victorieux. D'un coup de reins, il reprend assise sur la selle et ressaisit les rênes de ses deux mains, l'écharpe purpurine fouettant l'air autour de son visage, en étendard glorieux. Les acclamations fusent sous la tente d'apparat, où chacun lève les bras pour applaudir bien haut la prouesse du héros.

Raimon fait encore un tour de pré. Il veut laisser à son Drac le temps de prendre le trot, puis c'est au pas qu'il vient faire face à la tribune. Son valet Lucas l'attend qui saisit le cheval frémissant par la bride tandis que Raimon se laisse glisser au sol et s'approche de la dame, l'écharpe à bout de bras.

Tous, alors, le voient mettre un genou en terre dans la plus courtoise posture et, pudique, baisser les yeux devant dame Saura.

Celle-ci d'un geste noble vient reprendre son gage des mains du jouvenceau. Elle lance d'une voix de cristal :

— De par le monde, il n'y aura nul meilleur chevalier que vous !

Ces mots ont l'effet d'une caresse sur la fierté de Raimon. Assurément il aurait encore préféré que ce fût Lucia qui les prononçât. Mais un sou est un sou d'où qu'il vienne et celui-ci, venant de cette dame-là, lui paraît d'or pur.

Autour de lui, l'estrade tout entière bruit d'un brouhaha flatteur. Il lui semble même percevoir, dans le tumulte des voix, ces quelques pointes de jalousie voilée qui font le sel d'un vrai triomphe.

Les parrains, quant à eux, ne cachent pas leur joie d'avoir formé un chevalier aussi parfaitement accompli. Arnaud de Fabreza prend à témoin l'archevêque de Narbonne qui a fait le voyage jusqu'à Carcassonne, tout exprès pour la cérémonie :

— Eh bien, monseigneur, que dites-vous de notre nouvel adoubé ? demande-t-il tandis que le jeune chevalier baise avec dévotion la main gantée que lui tend le prélat.

— Puissent sa vaillance et son cœur être aussi bien trempés au combat qu'ils le sont dans les jeux. Nous aurons besoin bientôt de bras solides afin de remettre à flot le vaisseau de saint Pierre qui fait eau de toutes parts.

Le chevalier de Termes baisse la tête, montrant dans l'expression de son acquiescement une sorte de modestie fière. L'archevêque lui sourit. Ce Pons d'Arsac est un homme au verbe aussi fleuri que ses manières. Tout, chez lui, n'est qu'allusion, image et contournement. Pour être gainées de précaution, ses piques n'en sont pas moins acérées. Arnaud de Fabreza le connaît un peu. Il a su déchiffrer les propos du prélat. Il le questionne :

— Comment, monseigneur, alors que l'Église ne fut jamais aussi puissante qu'elle ne l'est aujourd'hui, le Vatican pourrait-il se sentir menacé ?

— Rome a beau être solide, les coups de boutoir des hérétiques menacent ses fondations par toute la Chrétienté. Particulièrement dans nos comtés. Du Quercy jusqu'à Toulouse, d'Albi jusqu'à Montpellier, il n'est de terre où cette ivraie n'ait planté sa graine démoniaque.

Arnaud paraît étonné. L'archevêque s'interroge : est-il possible qu'il ne sache rien de ce mal ou feint-il l'ignorance ? Et, lui prenant le bras, il poursuit d'un ton plein d'amertume :

— Je me trouvais récemment à Lombers, où s'est tenue une vive controverse nous opposant à ces soi-disant « Bons Hommes », ces trafiquants d'Évangile qui prétendent être meilleurs chrétiens que nous.

— J'ai ouï grand bien de cette rencontre, dit sire Arnaud.

Au regard scrutateur que lui a lancé l'archevêque, Trencavel a opposé un visage de marbre. Rien ne transparaît de ce qu'il pense. Pourtant, lui aussi a assisté à la controverse.

— Tout le bien que j'y ai trouvé, moi, insiste l'archevêque, est la ferme condamnation que nous avons opposée à leurs vils mensonges et honteuses duperies. C'est en vain que nous les avons exhortés. Aucune persuasion n'est venue à bout de leur fol entêtement. Il sera désormais connu publiquement que cette soi-disant « Vraie Religion » n'est que tissu de fausseté et que ceux qui s'y adonnent doivent être considérés comme hérétiques.

Cette fois, le langage est direct. Et si l'évêque ne se soucie plus de précautions oratoires ni de style, c'est que le sujet lui semble de la plus haute importance.

— Ces ennemis de notre sainte Église sont d'autant plus à craindre qu'ils affectent une piété véhémente doublée d'une complaisante douceur propres à émouvoir les cœurs simples. Et s'il ne s'agissait encore que du bas peuple, ce ne serait que moindre mal, mais il se trouve moult personnes dans la noblesse pour accorder crédit à ces fables diaboliques.

Arnaud de Fabreza s'est éloigné sous le prétexte d'échanger quelques mots avec dame Saura. Trencavel, quant à lui, hoche pensivement la tête. Il a rencontré plusieurs de ces Bons Hommes qui cheminent et prêchent comme tant d'autres au travers des campagnes. Il n'a discerné en eux ni faux-semblants ni fourberie. Les cheveux longs, la barbe de même et tout de noir vêtus, rien dans leur apparence ne s'attache à séduire. S'ils trouvent quelque écho chez les humbles, c'est surtout parce que leur confrérie ne réclame aucun impôt et qu'ils ne font de leur croyance qu'un exemple à suivre librement et non point un dogme auquel chacun doit se soumettre corps et âme. Mais cela, Raimon de Trencavel le garde par-devers lui.

— Monseigneur, dit-il, nos États sont fragiles. Votre appui et celui de la noble dame Ermengarde, qui dirige Narbonne, me sont d'un secours précieux pour tenir tête aux prétentions toulousaines sur notre vicomté. Je saurai, pour ma part, soutenir votre lutte pour tenir tête aux ennemis du Christ.

Les paroles du vicomte sont d'un fin diplomate. Cela peut, en effet, sonner aux oreilles de l'archevêque comme une allégeance à son combat contre les hérétiques. Cependant, jamais les Bons Hommes n'ont déclaré la guerre au Sauveur. Bien au contraire, ils s'en disent les dignes représentants. En parlant comme il vient de le faire, Trencavel s'est aventuré sur une corde raide. Mais il ne semble pas que Pons d'Arsac ait entendu le double sens. À ses yeux, tout vicomte qu'il soit, Trencavel n'est qu'un *militares*, un homme d'armes assurément illettré tout à fait incapable des subtilités de langage d'un clerc. L'archevêque l'a entendu dire qu'il viendrait au secours de Rome. C'est là tout ce qui lui importe. Il lui sourit aimablement avant d'engager leur échange dans une tout autre direction.

— Le bruit a couru jusqu'à moi que nos frères bénédictins de Saint-Hilaire accueilleraient bientôt les vénérables reliques de l'évêque Sernin.

— On ne vous a pas menti, monseigneur. Carcassonne peut même s'enorgueillir d'avoir contribué aux dépenses pour la pierre d'autel qui en sera le réceptacle. J'ai vu dans ce projet une entreprise du plus haut intérêt.

— N'en seriez-vous pas l'instigateur ?

La question est moins innocente qu'il n'y paraît. Mais Trencavel a cru percevoir une pointe de complicité dans la voix du prélat. Il répond franchement.

— Pour tout dire, l'abbaye a vu diminuer ces derniers temps le nombre des pèlerins. Ce bon Hilaire semble quelque peu tombé en désamour. Notre ami, l'abbé Deltheil, a pensé qu'il était nécessaire de ranimer l'engouement pour la vénération des reliques en invitant le saint martyr dans ses murs. Je l'ai encouragé dans cette visée.

— Sage décision. Les cendres du premier évêque toulousain à Saint-Hilaire, voilà qui renforcera l'abbaye et rabattra les prétentions du comte de Toulouse.

Décidément on ne peut rien cacher à l'archevêque. Il est aussi fin politique qu'homme d'Église avisé.

— À qui a-t-on confié la fabrique de cette pierre d'autel ?

— Jordi de Cabestan en est le maître d'œuvre, monseigneur.

— Alors je ne doute pas de la parfaite réussite de l'entreprise. Le Maître de Cabestan est un ouvrier de grande valeur. Je le connais assez pour savoir que sa formation de clerc lui assure une parfaite connaissance des textes sacrés. Son travail en est l'illustration. Il est heureux qu'il ait dévié de la prêtrise. Au service de Rome, son marteau et son burin ont plus d'efficacité que n'en auraient eu un crucifix et un goupillon. Les images qu'il fabrique sont propres à attiser la foi et à inciter les âmes à la prière… Vous m'obligerez en me tenant informé de l'avancée de l'ouvrage.

— J'y veillerai, monseigneur.

Le chevalier Raimon de Termes n'a rien perdu de cet échange. L'archevêque lui a fait bon accueil. Il lui a même souri. Raimon y voit un signe nouveau de sa bonne fortune. Il lui faudra trouver le meilleur chemin pour l'approcher davantage afin de bénéficier de sa protection. Il ne sait point encore par quel biais s'y prendre, mais il ne doute pas de son succès prochain.

Pour l'heure, il se doit tout entier aux réjouissances que ses parrains ont organisées en son honneur. Les écuyers ont ramené les bêtes vers leurs écuries. La compagnie des belles dames et de leurs sires a quitté les tribunes. Tous s'acheminent à présent vers le château comtal où les attendent festin et divertissements.

Le vicomte vient de faire un signe aux jongleurs et musiciens. Dans le ciel tendu d'azur s'élèvent les hautes voix des cornemuses et des chalumeaux.

Chapitre 6

DAME ALOÏS

Narbonne

Le fil s'est cassé entre les doigts d'Aloïs. Ce n'est pas la laine qui est en cause, non plus que les prunelles de la vieille Catou, experte en filage depuis l'âge le plus tendre. Même s'il arrivait que sa vue vînt à faiblir, ses doigts sont d'autres yeux qui sauraient reconnaître le moindre défaut dans l'écheveau de laine. Les pelotes qu'elle prépare pour le tissage sont irréprochables. Si le fil s'est rompu, Aloïs ne peut en incriminer qu'elle-même et son inattention. Depuis qu'elle est revenue de la maison du forgeron, son esprit vagabonde sans qu'elle puisse l'assagir. Elle s'étonne elle-même de sa capricieuse distraction. Elle qui a passé tant d'années à se détacher des passions terrestres, tant de jours et de nuits à méditer sur les chemins du ciel, voici qu'à l'heure où elle en aurait le plus grand besoin, toute cette constance ne lui est d'aucun secours.

Patiemment, elle répare le fil rompu et replace la navette au bon endroit, mais son esprit est bien loin du métier. Et les images reviennent, insistantes, troubler son bon vouloir. Ce ne sont point tant le souvenir du forgeron agonisant, ou les étranges paroles qu'il a lâchées dans son dernier souffle, qui égarent Aloïs. C'est le souvenir de la jeune mère qui la trouble. Elle revoit cette femme, confrontée à sa solitude avec ses deux enfants et sa belle-mère qui la hait. Son désarroi, son abandon, elle les fait siens. Cette jeune femme lui présente le douloureux miroir de ce qu'elle fut jadis.

À la mort de son père adoptif, elle s'était retrouvée toute seule avec Catou. Ses beaux-parents étaient enterrés depuis longtemps. Elle n'avait ni beau-frère ni belle-sœur. Quant à sa vraie famille, celle du sang, elle n'avait pas un visage, pas même un nom à donner en pâture à son imagination. Pas le moindre souvenir non plus. Tout ce qu'elle savait de sa propre histoire, c'était ce que son père adoptif lui en avait dit. Une histoire de violence et de larmes.

C'était du temps où le comte Alfonse Jourdain de Toulouse avait pris Narbonne qu'il revendiquait pour son fief. Un tel abus, alors que l'héritière Ermengarde n'était encore qu'une enfant, avait levé une coalition contre lui. De Carcassonne jusqu'en Aragon, des troupes s'étaient mises en marche. En l'an 1143, battu et fait prisonnier par Trencavel, Alfonse Jourdain avait dû rendre la ville.

Un marchand drapier, qui fuyait alors les combats, avait trouvé une fillette errante en bordure d'un champ dévasté. Une masure flambait non loin. Les corps éventrés d'un homme et d'une femme gisaient dans le fossé. Exaction de quelque soldat en déroute ou d'un de ces pillards que les batailles traînent dans leur sillage. Saisi de pitié pour l'orpheline, le marchand l'avait ramenée avec lui à Narbonne. Là, étant lui-même largement pourvu en descendance, il l'avait confiée à ses voisins, un couple de tisserands fort marris de se trouver sans progéniture. La femme, bréhaigne par constitution, avait beau multiplier les dévotions à sainte Anne et son homme avait beau la braquemarder tout son soûl, rien n'y faisait. Son ventre restait plus sec que le lit de l'Orbieu au mois d'août. Devant cette enfant qui leur tombait du ciel, les époux, Clémence et Aubin Dubreil, n'avouèrent pas qu'ils auraient préféré un garçon. La Providence ne peut songer à tout. Ils accueillirent donc ce vivant cadeau davantage en guise de consolation que par amour véritable. C'est ainsi que la petite fut adoptée et baptisée Aloïs par des parents de rencontre. Et c'est là que ses malheurs prirent une tournure nouvelle.

Les premières années de la fillette, passées dans la maison qui sentait bon la laine, furent plutôt paisibles sinon douces. Sous l'œil distrait d'une mère à peu près indifférente et d'un père inattentif, elle apprit – sans que personne s'en aperçût – les rudiments du tissage. Il lui suffisait pour cela de s'installer dans un coin d'ombre et d'observer, silencieuse, les objets et les gestes qui leur donnent vie. Au fil du temps, son intérêt s'affirma. Aloïs se révéla douée dans le maniement du peigne et habile à actionner le rouet. Ce talent, qui ne s'était développé que par ennui, finit par passer aux yeux de tous pour une prédestination. « La petite était faite pour ça », disait le père avec fierté en présentant Aloïs à la clientèle. On s'appliqua dès lors à faire d'elle une bonne catholique et une tisserande meilleure encore.

Et puis il y avait Catou qui faisait office de servante pour la maisonnée tout entière et de dame de compagnie auprès de la maîtresse du logis. La frêle Catou, qu'Aloïs du haut de ses dix ans trouvait déjà bien vieille alors qu'elle frôlait tout juste la quarantaine. La tendre Catou qui soignait les petits bobos, consolait les gros chagrins et enseignait à l'enfant l'art difficile d'éplucher les navets. La discrète Catou, enfin, qui ne voulait être mère de personne, car elle partageait en secret la foi des Vrais Chrétiens. Ce fut elle qui, des années plus tard, allait initier Aloïs au mystère de cette religion nouvelle.

Et puis, un triste jour de printemps, survint par accident la mort de Clémence Dubreil. L'eau croupie d'une fontaine où quelque charogne avait dû pourrir, fut la cause d'une fièvre qui l'emporta. Aloïs avait alors treize ans accomplis.

Au retour du cimetière, le veuf, qui avait un peu trop bu, s'aperçut tout soudain que l'adolescente n'était ni disgracieuse ni contrefaite. À croire que son corps avait grandi en une nuit et que des seins lui avaient poussé miraculeusement. Au lieu de rendre grâce à Dieu pour tant de beauté gratuite, le mauvais bougre voulut en tirer profit pour soi. Après tout, elle n'était pas sa fille. Rien n'interdisait d'instruire son innocence. Un autre s'occuperait bientôt de le faire puisque la virginale brebis est vouée de toute éternité au bélier lascif. Tant valait-il que ce fût lui-même qui s'en chargeât. Il avait au moins de son côté l'autorité paternelle. Il n'osa pas l'aborder tout de suite. Un reste de pudeur le retenait encore. Le vin l'aida à faire taire ses derniers scrupules. *In vino veritas*, dit l'adage. La seule vérité que le félon trouva au fond de sa chope fut la noirceur de son âme de brute. Cela lui plut et, lorsqu'il fut assez ivre pour donner sans remords libre cours à sa lubricité, il monta dans la chambre où la petite Aloïs s'était retirée seulette.

Il prit son refus pour un jeu taquin, ses supplications pour des minauderies, ses sanglots, enfin, pour l'explosion du plaisir. Tant il est vrai que le diable sait peindre l'enfer de couleurs chatoyantes aux yeux du criminel.

Le lendemain, le tisserand violeur fit mine d'avoir tout oublié. La figure revêche que lui opposait Aloïs le mit de fort méchante humeur. Il prétexta, pour la battre sans vergogne, que lui seul en cette maison endeuillée avait le droit de faire étalage de son affliction.

Aloïs n'avait d'autres refuges que le silence, le travail à l'atelier et les larmes dans la solitude de sa couche. Peu à peu, elle finit par souffrir de cette honte qu'éprouvent parfois les victimes au souvenir d'un mal dont elles se croient coupables, décuplée par l'idée du châtiment divin. Il arrivait même qu'à l'église, où elle accompagnait son bourreau tous les dimanches, il lui semblât que le Christ la regardait parfois avec sévérité. La bonne Catou, qui se doutait bien de quelque chose, ne voulut pas forcer la confidence et se confina dans l'attente muette d'un aveu qui ne vint pas.

Les jours passant, Aloïs put croire que cela n'avait été qu'un instant d'égarement. Mais un autre soir arriva qui la détrompa. Aubin s'était remis à boire. À nouveau, au mitan de la nuit, il la rejoignit dans son lit. À nouveau, elle dut subir, terrifiée, les assauts de son odieux pilon tandis que le mufle de la Bête, plongé entre ses seins, lui soufflait son haleine vineuse au visage, tout en lui murmurant de tendres et vains mots d'amour.

Les mois puis les saisons passèrent. Il y eut maintes visites du malfaisant. Elles étaient aussi irrégulières qu'imprévisibles, laissant chaque fois Aloïs plus meurtrie et plus honteuse. Cela lui donna le coït en abomination et lui rendit le commerce des hommes presque insupportable. Leur simple odeur la faisait frissonner. Leur voix, même, quand elle devenait trop impérieuse, la clouait sur place comme l'eût fait un coup de fouet. Chaque nuit, elle guettait le moindre craquement de l'escalier de bois. Une souris qui détalait, un chien qui tapait de la queue quelque part, un volet claquant au vent, la plongeait dans une inquiétude affreuse. Pendant quatre ans elle vécut en enfer.

À cet effroi quotidien s'ajoutait celui, plus grand encore, de ne point voir couler son sang entre les lunaisons. L'idée qu'un enfant pût naître de cet ignoble accouplement lui apparaissait comme une horreur insurmontable.

Sans doute Dieu mesure-t-il le vent à la brebis tondue. En dépit des assauts du satyre, chaque mois le sang souillait les linges d'Aloïs. Il faut croire que l'infécondité du couple des tisserands Dubreil avait trouvé là son explication. La faute était du mâle et non de la femelle. Mais qu'importe !

De plus en plus souvent, il venait à la jouvencelle la sombre pensée d'en finir. Combien de fois avait-elle songé à se pendre à l'une des poutres de sa chambre ? Combien de fois imaginé son corps emporté lors des crues par les flots de l'Aude en furie ? Combien de fois ?... Cependant, l'idée du châtiment éternel l'avait toujours empêchée d'accomplir le geste fatal. Car il n'est de plus grand péché que de se substituer à la volonté de Dieu. Lui seul détient entre Ses mains la pesée des vies humaines. Mettre un terme à sa propre existence était le plus sûr viatique pour la damnation éternelle.

Un jour où ce trouble l'habitait plus qu'à l'ordinaire, elle s'en était ouverte à la servante :

— Peux-tu me dire, Catou, toi qui sais tant de choses, pourquoi notre Dieu Bon permet-Il la souffrance du monde terrestre ?

Catou l'avait observée en silence un moment. Tant de franc désarroi, tant d'avide désir d'apaisement se lisait sur le visage de la jeune fille, que cela l'avait décidée à répondre en son âme et son cœur :

— Peut-être, Aloïs, est-ce parce que la Terre n'est point l'œuvre de Dieu. Peut-être même est-Il tout à fait absent de ce monde-là ?

La petite l'avait regardée, les yeux ronds, abasourdie par de telles paroles.

— Ce n'est point Lui qui aurait fait la Création et les choses que l'on voit par les champs et les forêts ? interrogea-t-elle avec inquiétude.

— Peut-être que non.

— Mais alors, qui donc aurait accompli tout cela ?

— Peut-être le diable ?

Et cela fut la révélation d'Aloïs. La jeune fille, qui n'était jamais sortie de Narbonne que pour se rendre aux pâturages d'alentour, avait de l'univers une vision bornée aux collines voisines. Tout le mal qu'elle connaissait était celui dont elle avait été victime. La mort violente de ses géniteurs inconnus, l'incendie de leur maison qu'on lui avait narré et les douleurs dans son corps lorsque le tisserand la prenait de force. Tout cela ne constituait qu'un piètre échantillonnage. Mais c'était suffisant pour souffrir.

À partir de cet échange, elle n'eut de cesse de questionner Catou. La servante lui enseigna secrètement les fondements de cette religion nouvelle. Ce n'était, à dire le vrai, qu'une nouvelle façon de comprendre l'ancienne et de pousser au plus loin la lecture des Évangiles.

— Vois-tu, Aloïs, si la prière commence ainsi : « Notre Père qui êtes aux cieux… », cela signifie bien qu'Il n'est point sur la Terre. Sinon, on l'aurait ajouté.

La damoiselle apprit ainsi que les âmes déchues sont prisonnières de leur tunique de chair, qui est l'œuvre de Satan, depuis qu'elles sont tombées du paradis céleste. Seule une vie d'ascèse, d'abstinence et de prière peut rompre le maléfice des réincarnations successives. C'est là le prix de la rédemption. Voilà pourquoi il ne faut point violenter ni tuer d'animaux, car le moindre d'entre eux peut recéler une âme en perdition.

Ainsi renaquit l'enthousiasme dans le cœur d'Aloïs. Ces paroles bienveillantes, rejetant la violence et le mal, étaient un baume pour ses plaies juvéniles. Elles lui semblaient décrire le monde avec plus de justesse que les contes mirifiques qu'elle entendait à l'église. De cette façon, la bonté de Dieu s'accommodait de la méchanceté des hommes, puisque leur vilenie était hors de Sa volonté.

Et puis survint un miracle. Ce fut la mort d'Aubin Dubreil. Il rendit son âme damnée, un soir de beuverie, entre les cuisses d'Aloïs. D'ordinaire les étreintes – si tant est que ce mot eût un sens en pareilles circonstances – étaient aussi brèves que sauvages. Il la pénétrait sans préambules et jouissait en peu de soubresauts. Ce soir-là, après quelques remuements dans son bas-ventre, elle l'entendit pousser un cri rauque et s'affaisser sur elle de tout son poids. Comme il ne bougeait plus, elle le repoussa loin d'elle. Le corps roula hors de la couche et s'écrasa sur le plancher avec un bruit mat. Aloïs resta ainsi quelque temps, haletante dans l'obscurité de la pièce, se demandant si ce n'était pas quelque mauvais tour que le tisserand lui jouait. Peu à peu, le jour parut par les interstices du panneau de la fenêtre. Émergeant des vêtements froissés, la masse extraordinairement poilue des fesses du mort lui apparut. Cela ressemblait à quelque bête pharamineuse à demi enfouie dans un terrier de chiffon. Aloïs, sans quitter des yeux le monstre velu, se laissa glisser hors du lit. Puis elle descendit à tâtons jusqu'à la cuisine où dormait Catou et s'effondra en larmes dans ses bras. Son martyre avait pris fin.

Par un de ces détours merveilleux que peuvent prendre les consciences les plus retorses, le tisserand avait fait un testament en faveur d'Aloïs. Sans doute avait-il vu là une manière posthume de s'acquitter de son plaisir et de se disculper de sa faute. Le clerc chargé du règlement de l'affaire préleva la part importante qui revenait à l'Église tout en conseillant aux deux femmes de poursuivre, sous sa gouverne, l'activité de l'atelier jusqu'à ce que l'héritière fût en âge d'être mariée. Assistées de l'ouvrier qui travaillait à demeure, elles pourraient aisément satisfaire la clientèle. Le clerc, moyennant rétribution, se proposait pour tenir les comptes. Ce qui fut fait. Et cependant que, sous son vigilant contrôle, l'atelier tournait à plein régime, Catou réaménageait la maison selon les plans qu'elle avait formés avec Aloïs.

Les crucifix disparurent des murs ainsi que la figure en bois de sainte Anne qui trônait dans la chambre de feu les époux Dubreil. Tout cela atterrit dans l'âtre. Car c'est là que les idoles sacrilèges doivent finir. On disposa un dortoir dans l'une des salles de l'étage et, de l'autre, on fit une pièce consacrée à l'étude et à la prière. Catou perdit son statut de servante, car seule règne l'égalité entre les êtres parmi les membres de la nouvelle Église. Hommes et femmes y sont également considérés, car également avilis par leur état d'humanité. Cela ne changeait rien aux tâches à accomplir, mais cela changeait tout dans le motif de leur accomplissement.

De plus en plus souvent, la maison accueillait des visiteurs à la mine austère, tout de noir vêtus, avec qui on se retrouvait à la veillée, porte closes, pour commenter les Saintes Écritures dans le sens de la Vraie Foi. À leur contact, la jeune fille apprit à lire ; chose exceptionnelle pour une femme de sa condition. Elle apprit aussi à détisser la trame des légendes obscures que l'Église de Rome avait échafaudées autour de Notre-Seigneur Jésus-Christ.

Trois ans plus tard, Aloïs Dubreil, jeune orpheline de vingt et un ans, épousait un certain sire Enric de Malpas, de vingt ans plus âgé qu'elle, et entrait en pleine possession de son héritage sous le nom très respectable de dame Aloïs de Malpas. Le mariage était un leurre. D'un commun accord entre les époux, il ne fut jamais consommé, car tous deux étaient coreligionnaires, adeptes de la nouvelle croyance. Pour eux, le sacrement du mariage n'avait aucune valeur puisqu'il avait pour but l'œuvre de chair et la procréation qui sont choses du diable. Pour preuve, le Christ, qui ne s'était jamais marié et n'avait procréé qu'en esprit. Mais il fallait bien donner le change.

La demeure des tisserands n'en continua pas moins de produire de beaux draps en bonne laine tout en devenant, avec discrétion, une maison commune aux Bons Hommes et aux Bonnes Femmes, à qui elle offrait asile sur le chemin de la justice et de la vérité.

Dame Aloïs vient d'achever sa pièce de drap. C'est à peine si elle s'est rendu compte du temps qui a passé.

Comme si le ressouvenir de ces années enfuies l'avait enlevée hors du monde. Et tandis qu'elle défait les liens qui attachent le tissu au métier de bois, ses pensées s'envolent vers l'enfant Guilhem. Accueillir le garçonnet lui paraît un devoir. C'est ce qu'elle a dit à Catou, qui en est tombée d'accord avec elle. Mais, au fond de son cœur, elle sait que ce sera surtout un plaisir. En sa conscience, elle a su faire taire le désir d'enfanter. Il lui en coûte toutefois bien davantage de le museler en son corps. Ce matin, la vision de la mère allaitant son bébé a fait tressaillir en elle quelque chose de viscéral. Comme chaque fois, elle a su éloigner d'elle cette douleur impie. Tout enfant qui vient au monde parachève l'œuvre maudite du Malin, elle le sait bien. La fin des Temps sera accomplie le jour où la dernière âme aura quitté sa tunique charnelle pour s'unir à Dieu dans la perfection de l'Esprit saint. La Terre, enfin vide des hommes, ne sera plus que le réceptacle du néant de Satan. Ce sera une apocalypse de douceur. Une fin sans destruction ni enfer, car toutes les âmes auront été sauvées. C'est la foi parfaite d'Aloïs. Son secours contre les viles tentations. Et puis le souvenir des assauts lubriques du tisserand est encore inscrit dans sa chair. Plus jamais mains d'homme ne brutaliseront sa poitrine. Plus jamais verge hideuse ne labourera sa matrice.

Cependant, Guilhem viendra habiter ici. Ses pas légers résonneront dans les escaliers. Son rire clair retentira entre les murs. Sa joie vive sera la clarté de la maison jusqu'aux plus sombres heures de l'hiver qui approche. Depuis quand Aloïs n'a-t-elle point ri ?

Elle va déposer le drap sur la table où s'entassent déjà d'autres pièces, prêtes à être livrées au foulon. Sous la seconde fenêtre, quadrillée de sa verrière à losanges, l'ouvrier travaille sur l'autre métier. Il se nomme Simian. Il était déjà là du temps des époux Dubreil. Il a vu grandir Aloïs. Aloïs a vu ses gestes s'alentir au fil des ans. Il lui arrive de chantonner, parfois. Une de ces rengaines lointaines apprises au berceau, dont la ritournelle, à jamais imprimée dans la mémoire, sort des bouches à l'insu même du chanteur, pour accompagner un labeur monotone ou une pensée errante. Simian chante de moins en moins souvent.

Mais Guilhem, lui, chantera. Aloïs en est convaincue. Tous les enfants aiment à chanter. Elle lui apprendra certains airs qui lui restent de sa propre enfance. À la foire de mars, ils iront écouter les jongleurs. Ils chanteront ensemble.

Soudain, interrompant cette tendre rêverie, la porte s'ouvre violemment. Aloïs sursaute. Le battant cogne le mur. Deux silhouettes se détachent dans l'encadrement. Gari et Enric, les deux frères dans la foi, partis prêcher par les chemins. L'un soutenu par l'autre. À bout de forces, chancelant tous deux. Enric est blessé à la tête. Un bandage ensanglanté entoure son front. Aloïs pousse un cri et s'élance vers eux.

Chapitre 7

JORDI DE CABESTAN

Abbaye de Saint-Hilaire

— *De profundis ad te clamavi, Domine. Exaudi vocem meam...*

Debout près du trou creusé dans la glèbe, l'abbé récite la prière des morts.

Le jeune Peire se tient tout proche du Maître. Il murmure, à peine audible :

— Qu'est-ce que cela veut dire ?

— Du fond de l'abîme, je t'appelle, Seigneur. Écoute ma voix... répond le Maître en posant la main sur l'épaule du petit, avant d'ajouter sèchement : Maintenant, tais-toi.

Quelques heures plus tôt, l'abbé Forton a autorisé l'inhumation dans la partie du cimetière réservée aux laïcs. Les derniers sacrements ont été administrés *post mortem*. Ensuite, Jordi de Cabestan et ses compagnons ont eux-mêmes creusé la fosse. Les coups de pioche et de pelle ont alterné, une heure entière, rythmés par les psalmodies des moines dont les voix, chantant l'office de none au cœur de l'abbatiale, parvenaient aux fossoyeurs sur les bourrasques du vent.

Autour du Maître sont l'apprenti et les trois compagnons, Teubald, Valerian, le frère de Jordi, et León. Tous portent le deuil sur leur visage. Il est une fraternité de la pierre comme il en est une du sang. Plus forte, peut-être, de toutes les heures traversées ensemble, des travaux accomplis, des épreuves et des blessures partagées. Toute gaieté a disparu sur la face d'ordinaire réjouie de León-le-Rieur. Teubald, désemparé, fait tourner machinalement autour de son poignet son gros bracelet de cuivre. Il revoit les images de la veille où il s'est pris de violente querelle avec Thomas au sujet d'une somme dérisoire que son compagnon lui devait. Tous deux avaient bu plus que de raison. Ils en sont même venus aux mains. La honte le tient, à présent, de s'être ainsi laissé aller au pire de lui-même. Mais peut-on demander pardon à l'âme d'un mort ? Au remords s'ajoute encore l'inquiétude. Pourvu que personne ne les ait vus et ne vienne témoigner contre lui !

Valerian, quant à lui, fixe le sol avec obstination. Les compagnons ont encore à l'esprit l'image du corps malmené de leur ami. Avant de le rouler dans le linceul, il a fallu le débarrasser de son horrible déguisement. Pour ôter la fourche qui le transperçait de part en part sans déchirer les chairs, ils ont dû scier les pointes en hameçon qui sortaient de sa poitrine. Cette affreuse image flotte devant leurs yeux à l'instant où ils se baissent pour jeter, chacun à son tour, une poignée de terre dans le trou. « *Requiescat in pace* », prononcent-ils d'une seule voix brisée par la tristesse, à l'issue de l'oraison.

— *In nomine Patris et Filii et Spiritus Sancti.*

— *Amen.*

Les dernières pelletées de terre forment à présent le tumulus qui tient lieu de tombeau. D'un coup de maillet, un moine parachève le tout en enfonçant une frêle croix de bois au sommet. Le Maître s'est promis d'en sculpter plus tard une de pierre pour Thomas-le-Boiteux.

Ce soir, une messe sera dite pour le repos de son âme. Maître Jordi en a négocié le prix qui sera soustrait au paiement du sarcophage de sire Sernin. Mais, ce soir, les trois autres compagnons seront déjà loin. Ils doivent prendre aussitôt la route. Ils sont attendus à La Grassa pour le chantier du nouveau portail de l'abbaye. Les plans en sont arrêtés. Ils prépareront le terrain et dégrossiront l'ouvrage sous la direction de Valerian de Cabestan en attendant que le Maître les rejoigne. Le chemin est long jusqu'à leur destination. Il franchit collines et vallées et serpente au travers de sombres futaies. Même en poussant le pas des mulets, il faudra bien compter quatre heures avant de parvenir au pied des murailles de La Grassa. Si le soir venait à les surprendre, ils n'auraient d'autre choix que de trouver refuge dans la petite église de Villar-en-Val, à moins de dormir à la belle étoile.

Frère Lluc a accompagné les trois compagnons à la cuisine. Là, ils ont fait provision d'un pain, d'un morceau de jambon ainsi que d'un sac de noix et de pommes. Avec les gourdes d'eau fraîche puisée par l'apprenti, les voici parés pour le voyage. C'est l'heure de l'au revoir et des embrassades. Au portail de l'abbaye, ils enfourchent leurs montures. Un quatrième mulet est chargé des paquetages. Maître Jordi et le jeune Peire ont fait quelques pas hors de l'enceinte pour les suivre du regard jusqu'au bas de la descente. Un dernier bras qui se lève, un dernier regard échangé, puis la petite troupe disparaît dans l'ombre de la forêt.

— Allons, au travail ! lance le Maître d'un ton qui se voudrait léger.

Peire répond d'un simple mouvement de tête. Il ne peut se départir de sa tristesse. Tout en regagnant le terre-plein devant l'abbaye, il se détourne, mains jointes, doigts croisés, adressant une prière muette vers la croix qui orne le porche. Puis il s'en revient vers le Maître. Leurs regards se croisent.

— Est-il vrai que Notre-Seigneur a ressuscité d'entre les morts ?

— C'est la pure vérité.

— Est-il vrai aussi qu'Il a fait sortir messire Lazare du tombeau ?

— L'Évangile nous en donne l'assurance.

— Alors pourquoi ne permet-Il pas à Thomas de revenir ?

Maître Jordi a perçu dans la voix de l'adolescent un tremblement de dépit mêlé de froide colère. Quelle réponse apporter au scandale de la mort, quelle consolation si ce n'est celle de la foi ?

— Si Thomas ne peut ressusciter, c'est que Dieu le veut auprès de Lui.

— Dieu est égoïste !

La réponse a fusé tout d'un trait.

D'un coup d'œil circulaire, le Maître s'assure que nulle autre oreille que la sienne n'a entendu la phrase frémissante de rage.

— Veux-tu bien te taire ! Il te faudra confesser sans tarder un aussi grand blasphème.

— Je…

Un fracas de roues interrompt leur échange. Surgissant d'un des bâtiments de la ferme, mené par le bouvier, l'attelage des bœufs traverse l'esplanade, précédé du convers chargé de la manœuvre de la porte. Maître Jordi s'approche pour saluer le paysan, étonné de le voir s'en aller si tôt :

— Vous nous quittez déjà, compère ? Ne deviez-vous pas passer la nuit à Saint-Hilaire ?

L'homme trapu et rougeaud a un petit haussement d'épaules. Sans s'arrêter, il lance en grommelant :

— Bah ! Les bœufs sont reposés et puis nous ferons halte à Limoux où demeure ma mère… Sa table est mieux pourvue que celle de nos bons moines – Dieu me pardonne ! – et la mort ne rôde pas dans ses murs.

Le Maître allonge le pas pour rattraper l'attelage.

— Je n'ai point eu le temps de vous questionner sur notre malheureux compagnon. À ce que je sais, vous êtes le dernier à l'avoir vu vivant.

— Je vous l'ai dit, il se portait comme vous et moi… J'ai raconté à votre apprenti le détail de notre rencontre d'hier quand il est venu me trouver pour le chariot… allez ! Jusques au revoir, sire Jordi !

D'un geste sec, le bouvier tire sur la longe, encourageant les bêtes de son aiguillon. L'attelage franchit le porche dont le portier referme les lourds vantaux.

Le Maître est resté un instant songeur face à la porte close, puis il se retourne vers l'apprenti.

— Cette fois, mettons-nous à l'ouvrage.

D'un pas vif, il se dirige vers les bâtiments communs où il a demandé à l'abbé de lui réserver une pièce de plain-pied pour qu'il puisse tout à la fois y habiter et travailler à sa guise.

Le logis, qui jouxte le dortoir des novices, est assez vaste pour les abriter, lui, son élève et l'énorme pierre qui deviendra reliquaire.

Le bloc de marbre a été disposé, selon ses indications, face à une fenêtre munie d'une verrière par où le jour pénètre d'abondance. Une grande planche posée sur deux tréteaux fera office de table. À dextre et à sénestre, le long des murs en vis-à-vis, deux couchettes ont été aménagées sur des châlits, munis de paillasses bien rembourrées et de grosses couvertures taillées dans cette bure épaisse dont les moines s'habillent, eux ainsi que leur mobilier. Maître Jordi balaie d'un regard satisfait ce qui sera son décor quotidien pour les semaines à venir.

— A-t-on veillé à nous fournir la glaise que j'avais demandée ?

— Oui, Maître, elle est là.

Peire pointe du doigt un recoin de la pièce où se trouve une cuve recouverte d'un tissu grossier.

— Très bien, aide-moi à la tirer jusqu'ici.

La cuve est lourde. Deux ou trois quintaux pour le moins. À deux, ils ne sont pas de trop pour la charrier chacun par une anse. Dans un dernier effort, ils la déposent auprès du bloc de marbre.

— Qu'allez-vous faire de cette terre ? questionne Peire.

— Un modèle… Je ne veux point risquer de gâter l'ouvrage en allant trop vite en besogne. Il est aisé de tailler directement un chapiteau que l'œil embrasse tout entier, à condition d'avoir le motif bien en tête. En revanche, la sculpture d'un haut-relief de cette importance ne peut s'exécuter sans une répétition.

— Le dessin n'y suffit-il pas ?

— S'il sert à tracer les lignes et délimiter les espaces, le dessin ne permet pas d'apprécier la lumière. Or, contrairement à ce que peuvent s'imaginer les simples, ce ne sont pas la pierre ni le bois qui créent la sculpture. C'est la lumière. Selon qu'elle glisse de pan en pan ou qu'elle s'accroche à quelque arête ou encore qu'elle disparaît dans une anfractuosité, c'est elle qui est la vie du relief. Une sculpture est un piège à lumière. C'est pourquoi nous allons réaliser ici un modèle à taille réelle pour la face principale du reliquaire. À partir de là, nous pourrons corriger le projet et pratiquer les retouches nécessaires.

Tout en parlant, le Maître a dégainé son couteau et tranché un large morceau de terre glaise qu'il dépose sur la table, puis un second qu'il tend à l'apprenti.

— Tiens… Imite mes mouvements afin de bien malaxer la terre. Il faut l'aérer et la débarrasser de ses impuretés pour en faire une pâte homogène et souple, obéissante à la main. Comme ceci…

L'adolescent le regarde faire attentivement. Jamais encore il n'a bâti de modèle pour une sculpture. Il sait qu'il s'agit là d'une nouvelle étape dans son apprentissage. Un secret de plus que son maître lui transmet. Il est heureux en son cœur, car il comprend qu'on lui a pardonné son emportement de tout à l'heure. Un remords le prend de s'être laissé aller à tant de colère. Il se dit qu'il ira se confesser. De toutes ses forces, à pleines mains, il pétrit la pâte de sa rédemption.

— Dis-moi, Peire, que penses-tu de ce départ hâtif ?

Le garçon suspend son mouvement.

— Quel départ ?

— Eh bien, celui du bouvier et de son attelage.

— Que devrais-je en penser, Maître ? demande-t-il en reprenant le pétrissage.

— Ma question n'était pas : « Que dois-tu penser ? » mais : « Que penses-tu ? » Ce n'est pas une leçon que je te demande de réciter, mais un avis qui serait le tien.

Pour le coup, Peire repose la masse de glaise. Il réfléchit un court instant avant de répondre.

— Le bouvier n'aime pas la cuisine de l'abbaye. Il l'a dit.

— Cependant la purée de carottes dont nous avons été régalés à notre arrivée était délicieuse... Et que dire du pâté aux épices ?

— Succulent.

— Donc le bouvier a menti.

— Sans doute.

— Et pourquoi, selon toi, nous a-t-il menti ?

Cette fois, Peire écarquille grands les yeux tout en se frottant le bout du nez.

— Je n'en ai pas la moindre idée.

Pendant un moment seuls retentissent les coups dans la glaise. Puis le Maître se détourne de la table pour découper un nouveau morceau dans la cuve.

— Quant à moi, mon idée est que le bouvier est parti parce qu'il ne voulait pas que je le presse de trop de questions. Il a préféré que ce soit de ta bouche que j'apprenne la vérité plutôt que de la sienne.

Le Maître n'a jeté qu'un bref regard vers Peire. Cela lui a suffi pour noter le trouble du garçon. Il revient à sa motte de glaise et, sans paraître y attacher beaucoup d'importance, il poursuit, d'un ton égal :

— Souviens-toi des paroles qu'il a prononcées : « J'ai raconté à votre apprenti le détail de notre rencontre d'hier… » Peux-tu me dire quelque chose de ce détail, Peire ?

Cette fois, le garçon est à la torture. Il se laisse choir sur le banc comme sous le poids d'une charge trop lourde qui l'accablerait. Du bout de l'index, il gratte nerveusement un peu de glaise coincée sous l'ongle de son pouce. Il finit par murmurer :

— C'est…

— … difficile à dire, n'est-ce pas ? Cependant, tu sais que l'abbé Forton Deltheil m'a chargé de tirer au clair la mort de notre ami. Car, je te le rappelle, Thomas était autant mon ami qu'il était le tien. Et quand bien même l'abbé ne m'aurait pas investi de cette quête, je l'aurais menée de mon propre chef.

Le Maître s'interrompt un instant. Le temps que l'apprenti relève la tête et finisse par le regarder, les yeux dans les yeux.

— Peire, reprend-il alors, si les chemins qui conduisent à la vérité étaient d'un abord aisé, il n'y aurait aucun mérite à s'y aventurer. C'est pourquoi tant de gens préfèrent se tenir dans l'erreur confortable et le mensonge tranquille. Mais il en va tout autrement pour nous, qui dans la pierre faisons œuvre de vérité. Au nom de cette vérité périlleuse, nous devons à la mémoire de Thomas de nous efforcer de confondre son assassin. La moindre chose qui pourrait esquisser l'ombre d'un indice peut nous aider dans cette voie. Si une telle chose est dans ta connaissance et qu'il t'en coûte de me la confier, sache qu'il t'en coûtera bien plus de ne pas me l'avoir dite. Tu t'en trouveras châtié par le plus impitoyable juge qui soit au monde. Ta conscience.

Les paroles du Maître sont une flèche qui va droit au cœur du garçon. À quoi bon tergiverser ? On dit que l'esprit des morts flotte encore quelque temps sur terre après leur trépas. Peire lui-même a surpris des feux follets, par une nuit d'été, tout près d'un cimetière. Qui sait si l'esprit de Thomas n'est pas ici, dans cette pièce, en cet instant ? Peut-être son fantôme attend-il ardemment que toute la vérité soit dite ? Et seul Peire est en mesure de le satisfaire. Alors, qu'il en soit ainsi. Il parle pour libérer son cœur :

— Hier au soir, lorsque Thomas s'en est allé trouver le bouvier pour régler les détails du trajet, l'homme lui a proposé de le suivre à la taverne qui se nomme *Au Coq-Gaillard*. Selon lui, ils y seraient plus à leur aise pour traiter leur affaire et surtout loin des oreilles de sa femme qui a le travers de se mêler de tout. Thomas l'a donc suivi. Là, tout ayant été arrêté entre eux, du nombre de bêtes et du type de chariot nécessaires au transport, rapport au poids de la pierre, ainsi que de l'heure fixée pour le départ, les deux hommes ont bu à la conclusion de l'affaire. Le bouvier m'a avoué qu'une chope en avait appelé une autre, et ainsi de suite, sans trop qu'ils voient le temps passer. Or il se trouve qu'il y avait aussi dans cette auberge, deux… heu…

— Deux quoi ?

Une rougeur est venue aux joues de Peire et le Maître se retient de sourire quand il l'entend articuler confusément :

— Deux ribaudes.

— Sais-tu donc ce que c'est, Peire, qu'une ribaude ?

— Parbleu, mon maître, ne me prenez pas pour plus benêt que je ne suis. J'ai bientôt quatorze ans et je sais que certaines femmes sont à la fois marchande et marchandise.

Cette fois, Jordi de Cabestan laisse fuser un franc éclat de rire. C'est aussi la meilleure façon de rendre les aveux plus légers. Il enchaîne lui-même, pour encourager le garçon :

— Or donc, je présume que ces ribaudes se sont retrouvées, sans que l'on sache comment, à la table de Thomas et de son compère.

— Tout juste... Le bouvier m'a dit ensuite qu'il s'était écarté un moment dans l'arrière-salle de l'auberge, en compagnie de la plus âgée des deux femmes tandis que Thomas restait à discuter avec la plus jeune. Mais à son retour, il n'y avait plus personne. Ni Thomas ni la fille. Et comme il se faisait bien tard et que l'aubergiste allait fermer sa boutique, le bouvier, qui s'était fort enivré, s'est hâté de retourner en son logis, par crainte des reproches de sa femme. Il sortait du lit, ce matin, lorsque j'ai frappé à sa porte et, quand je lui ai parlé de Thomas, c'est à peine s'il se souvenait de lui et du marché qu'ils avaient passé ensemble. Il a fallu que j'insiste pour que la mémoire lui revienne et qu'il finisse, peu à peu, par tout me raconter en me faisant jurer de n'en rien dire. Lorsque j'ai exprimé notre inquiétude pour Thomas qui n'était pas revenu à la carrière, il m'a dit de ne point me tracasser, que notre ami avait dû s'endormir dans les bras de sa belle – on ne sait où – et qu'il ne tarderait pas à nous rattraper sur le chemin de l'abbaye. Il m'avait à ce point persuadé que, tout au long de la route, je m'attendais à voir Thomas nous rejoindre.

— Voilà pourquoi je t'ai vu maintes fois te retourner alors que nous cheminions vers l'abbaye.

Pour toute réponse, Peire s'en tient à un hochement de tête. Une soudaine inquiétude l'accable.

— Croyez-vous, Maître, que Thomas soit trépassé en état de péché mortel ?

— Certes, la luxure figure au nombre des péchés capitaux. Mais l'abbé a accepté de bénir le corps de notre ami... Et puis, la miséricorde divine est infinie. Ce soir, à l'office, nous prierons ensemble pour le pardon de ses fautes et le repos de son âme.

Le Maître s'est levé. Il fait quelques pas tout en frottant ses mains l'une contre l'autre pour en faire tomber les croûtes de glaise séchée. Il semble en proie à une réflexion profonde, qui marque son front d'un pli soucieux. Peire l'observe, se disant que ce doit être à propos de cette ribaude. Se pourrait-il qu'elle soit la cause de la mort de Thomas ? Et pour quel motif ? L'apprenti se souvient d'histoires qu'il a entendues, où il était question de femmes de mauvaise vie assassinées par leur client, mais il n'a jamais rien ouï qui parlât d'un homme tué par une ribaude. Certainement les mêmes questions doivent agiter les pensées du Maître au même instant.

Celui-ci se retourne :

— Peire, va nous chercher un seau d'eau et deux écuelles. Nous en aurons besoin pour humidifier nos doigts pendant l'ouvrage de la glaise.

Chapitre 8

RAIMON DE TERMES

Carcassonne

Les torches de poix flambent déjà haut dans la vaste salle du château comtal. Ainsi leur lumière prendra insensiblement le relais du jour finissant qui tombe des verrières.

Tout vicomte qu'il soit, le sire de Trencavel mène le train d'un très grand seigneur. Pour la richesse du mobilier, la beauté des étoffes ou les décors peints, sa cour ne le cède en rien à celles de Toulouse ou de Narbonne. Au sol, un pavement de terres cuites vernissées présente un damier aux vives couleurs alternées de carreaux historiés montrant scènes de chasses et signes zodiacaux.

Un sonneur a donné du cor, invitant chacun à se diriger vers les pages porteurs d'aiguières pour se purifier les mains dans une eau parfumée. Tous, selon le rang et la puissance, ont ensuite pris place au son d'une citole et d'une flûte à bec, jouées par des musiciens qui appartiennent au vicomte.

Trois écuyers de haut lignage, préposés au service de bouche, ont apporté de belles corbeilles tressées débordant de fruits mûrs à point, de beignets de légumes et de boudins grillés. Dans les hanaps ciselés, l'échanson verse un vin miellé et parfumé d'épices. Dessus les trois longues tables, les servants ont déposé leurs corbeilles où chacun pioche à présent en respectant les préséances.

Sur des tréteaux de chêne, les longs plateaux revêtus de linge fin ont été dressés avec soin. La table du haut bout, sous un dais tendu de soieries, reçoit le maître des lieux et sa dame ainsi que l'archevêque et son secrétaire, un homme au visage étrange, avec qui converse le seigneur de Fabreza. À leurs côtés ont pris place Raimon de Termes accompagné de son jeune frère Benoît. Ils ont pour commensal le fils de Trencavel, le jouvenceau Roger, encore tout esbaudi par les prouesses équestres du chevalier. Piqué d'une pointe d'envie, celui-là ne peut se retenir de défier Raimon sous couvert de faire son éloge :

— Lorsque j'aurai hérité de mon père, je serai fier d'être le suzerain d'un vassal tel que vous, messire.

Raimon a bien senti la pointe de provocation par laquelle le jeune noble se prévaut de son rang futur avec quelque arrogance, mais nulle ombre, en ce jour, ne peut ternir son parfait plaisir. Il sourit à l'impudent.

— Je prie Dieu, sire Roger, qu'il vous ait en Sa protection assez longtemps pour que j'aie l'heur de vous servir.

Devant cette riposte acérée, le jeune Roger masque avec peine son dépit. Il a quinze ans tout juste. Cela ne fait que cinq ans de moins que Raimon. Mais cinq ans, à cet âge, c'est presque une vie et la vie est chose bien fragile. Roger a saisi l'allusion à l'humaine finitude. Cependant, le chevalier de Termes ne veut point le froisser davantage. Pour l'avoir côtoyé du temps tout récent que lui-même était l'écuyer de son père, il sait que le garçon est sans méchanceté.

— Si vous le désirez, demain avant que de partir, je vous enseignerai une de mes acrobaties à cheval.

Aussitôt, le regard de Roger s'illumine.

— Me montrerez-vous comment ramasser une écharpe au galop ?

— À la condition que vous me promettiez d'observer mes conseils avec prudence.

— Oh, oui ! Vous avez ma promesse !

Et disant ces mots, avec une candeur enfantine, il serre à toute force la main du chevalier en signe de serment.

Dame Saura, sa mère, a suivi leur échange d'une oreille discrète. Elle se penche légèrement vers eux.

— Mon fils, exercez votre adresse autant que vous voudrez, mais oncques n'oubliez combien vous m'êtes précieux et combien plus précieux encore pour notre famille est le sang qui coule en vous. Ne courez point de péril inutile. Quant à vous, chevalier de Termes, sans rien diminuer de l'estime où je tiens votre bravoure, permettez-moi de vous rappeler que les écharpes des dames ne sont point faites pour qu'on les morde.

À ces mots empreints de sagesse, que la dame a prononcés d'un ton léger, Raimon répond par un sourire. La mâle ardeur qui bouillonne en lui, il sait la tempérer de doux respect et de modération. Du moins s'efforce-t-il de s'en convaincre et d'en donner l'apparence.

Mais déjà, distrayant les conversations, les valets nettoient les tables des reliefs du premier service. On a mangé les fruits ; les corbeilles vides sont vite remplacées par des brouets de citrouille aux entrailles d'oiseaux.

Servi le premier, l'archevêque Pons d'Arsac affiche sa franche délectation. Il ne regrette pas d'avoir accepté l'invitation du vicomte, ni d'avoir effectué ce pénible voyage depuis Narbonne. Il est vrai qu'il est surtout venu pour faire le service de Rome et s'assurer du plein soutien de Trencavel contre les hérétiques. Mais à cette heure, la gastronomie l'emporte sur la pesante politique. Engloutissant d'une lippe gourmande une cuiller de cœurs de canards, il se tourne vers le maître des lieux.

— C'est grande pitié que notre frère bien-aimé en Jésus-Christ, l'évêque de Carcassonne, ne puisse partager avec nous ces dons succulents de la Nature dont vous nous régalez ici, messire.

— Las, monseigneur ! ainsi que vous le disait ma missive, notre malheureux Pons de Brugals est cloué dans son lit depuis plus de dix jours par de vives douleurs à l'abdomen. Il ne se nourrit que de bouillons légers et le moindre mouvement le met à la torture. Mais il se réjouit de savoir Votre Excellence dans nos murs. Ce matin encore, en dépit de son mal, il m'a répété combien votre présence à Carcassonne apporterait à notre fête un lustre bien plus grand que s'il l'avait présidée lui-même. Il tient pour un signe du Ciel d'avoir dû vous céder la place.

— Dieu le bénisse. Nous le visiterons demain avant notre départ. D'autant que j'ai des nouvelles à lui donner de nos frères Templiers de Douzens chez qui nous avons fait halte.

Au mot de « Templiers », Raimon de Termes a dressé l'oreille. Aussitôt son imagination s'échauffe à l'évocation des moines soldats. Une équipée en Terre sainte, voilà qui siérait à sa toute fraîche chevalerie et le distrairait plaisamment de ces paysages du Terménès dont il connaît les moindres recoins. Il ose interpeller l'évêque.

— Monseigneur, j'ai ouï que moult chevaliers, qui ne sont point moines, ont prêté main-forte aux Templiers dans leurs expéditions à Saint-Jean-d'Acre ou à Jérusalem. Votre Seigneurie pourrait-elle me recommander auprès d'eux ?

Surpris par l'intervention fougueuse du jeune homme, l'archevêque le fixe un instant tout en essuyant ses lèvres du revers de son pouce. L'ardeur de Raimon l'amuse, de même que la virile beauté de son visage ne lui est pas indifférente.

— Chevalier, finit-il par dire, le temps n'est plus aux croisades lointaines. Depuis la fâcheuse aventure de notre roi Louis VII devant Damas et surtout depuis que l'Aquitaine est passée aux mains d'Henri Plantagenêt, la terre de France a besoin de tous ses soldats. Ici, tout particulièrement, Rome devra s'appuyer sur des bras tels que les vôtres. Peut-être m'avez-vous entendu évoquer le combat que nous menons contre les hérétiques ? Si, comme tout porte, hélas, à le craindre, la douce persuasion ne suffit point à éradiquer ce mal, force sera alors de recourir à d'autres armes, plus redoutables que les pieuses paroles. Votre vaillance y trouvera tout son emploi pour la défense de Notre-Seigneur Jésus-Christ. Croyez-moi, nous aurons bientôt une autre croisade à mener que celle par-delà les mers.

— Ne doit-on pas compter les juifs au nombre des hérétiques et ennemis du Christ ?

La question de Raimon surprend l'archevêque. Il est vrai que le judaïsme est l'objet de maintes controverses au sein même de l'Église. Cependant, en cette délicate matière, Pons d'Arsac prône une bienveillante modération.

— Notre frère Bernard de Clairvaux a pris de miséricordieuses positions à leur sujet. Il s'est élevé fermement contre les massacres dont ils ont été victimes en Allemagne, voici près de vingt ans. Il a écrit très précisément ceci : « Il ne faut pas s'attaquer aux juifs, ni les tuer, ni même les expulser. Ils reviendront vers le soir et, au temps écrit, ils croiront. » En cela Bernard suit les préceptes des Pères de notre Église dans ses débuts. L'apôtre Paul lui-même nous l'enseigne, à la fin des Temps tout Israël sera sauvé. Je ne saurais, pour ma part, me dresser contre un pareil enseignement. Les ennemis qui me préoccupent représentent un danger bien plus grand, car ils sont issus du peuple même des chrétiens, dont ils faussent perfidement la voie vers le salut.

— C'est pour cela, insiste Raimon, que l'on tolère un Roi des Juifs à Narbonne ?

L'archevêque élève son hanap et avale une longue rasade de vin avant de lui répondre. Décidément, la curiosité de ce jeune chevalier pour les choses de la foi renforce l'intérêt que suscite sa belle prestance.

— Que ce titre de « roi » ne vous abuse point, mon fils. Car voilà un roi sans royaume ni vassaux, bien que la communauté juive de Narbonne possède de nombreuses terres, d'un grand profit, hors les murs de la cité. Ce sont eux-mêmes, les ismaélites, qui nomment leur chef *Nassi*. Le mot peut en effet se traduire par « prince ». Le *Nassi* d'aujourd'hui, qui a pour nom Kalonymus II, est un homme de grande sagesse et de grand savoir. Sa demeure, qui est fort belle, jouxte le palais vicomtal et nous sommes, pour ainsi dire, voisins en bonne intelligence.

Le sieur de Trencavel, qui suivait jusque-là cet échange sans dire mot, renchérit sur les paroles de l'archevêque.

— Le grand empereur Charles installa lui-même le premier *Nassi* de Narbonne dans ses privilèges.

— Comment cela ? s'étonne Raimon de Termes. Un empereur chrétien, dont on dit qu'il bouta les Sarrasins hors de ses terres, offrit donc un fief à des païens ?

Mais l'archevêque ne laisse pas au vicomte le temps de répondre. On dirait qu'il souhaite faire de cet échange avec le chevalier de Termes une affaire les concernant tous deux.

— Les juifs ne sont point des païens. Ce terme doit être réservé aux peuplades anciennes, aux polythéistes et autres adorateurs de fétiches. Mais, pour revenir à notre sujet, sachez qu'au temps des Carolingiens le roi Charles fit en effet le siège de Narbonne, qui se trouvait aux mains des Sarrasins. On raconte qu'un certain Makir était alors le chef des juifs de la ville. Celui-ci vint avec une délégation trouver l'empereur dans son propre camp pour lui offrir la capitulation de Narbonne. Ainsi les Francs carolingiens pénétrèrent grâce à lui dans la cité et les Sarrasins en furent chassés à tout jamais. En gratification de son allégeance, Charles maintint le « roi juif » dans sa seigneurie, comme il le fit pour le vicomte et l'évêque.

— Il me revient à présent que feu mon père m'avait conté cette histoire, mais il la tenait, me semble-t-il, pour une fable de pure invention et non point pour la vérité.

— Si cela vous intéresse, accompagnez-moi donc jusqu'à Narbonne, je vous y présenterai à l'éminent érudit Kalonymus. Je ne doute pas qu'il se fasse un plaisir de vous montrer ses documents datant de l'époque de Carolus Magnus. Le manuscrit est l'œuvre d'un copiste du *scriptarium* de l'abbaye de La Grassa.

Pour Raimon, l'invitation de l'archevêque est une opportunité dont il n'aurait pas osé rêver quelques instants plus tôt. Son seul projet était de retourner au château de Termes après avoir laissé son jeune frère en apprentissage d'écuyer auprès du sire de Fabreza. Mais voici que la proposition épiscopale bouleverse tous ses plans et le comble d'aise. Après tout, ne mérite-t-il pas que l'archevêque s'intéresse à sa personne ?

Le chevalier de Termes a conscience de n'être pas n'importe qui. Son fief compte près de soixante villages et hameaux. La moitié est défendue par de puissantes fortifications. Lui-même est le vassal de plusieurs suzerains, dont le roi d'Aragon n'est pas le moindre. La situation frontalière des terres sous sa juridiction lui confère une stature importante en cas de tensions diplomatiques. Finalement, songe-t-il avec toute la fierté de ses vingt ans, l'archevêque fait un bon choix en lui offrant son amitié.

Ce que le chevalier de Termes ignore, c'est qu'en cet instant précis l'archevêque Pons d'Arsac n'a que faire de la seigneurie de Termes, toute puissante soit-elle. Non. Ce qui stimule l'intérêt du prélat, c'est la mâle jeunesse du beau chevalier qu'il lui plaît de caresser en imagination.

— Monseigneur, Votre Excellence peut me compter au nombre de son escorte, dit Raimon en s'inclinant dans un salut respectueux.

Aussitôt, et ce hasard semble donner plus de solennité à son geste, les musiciens attaquent un nouvel air. Ils sont quatre à présent. Aux deux premiers, la citole et la flûte, se sont joints un joueur de chalemie et un autre de tambourin. Le rythme sautillant de leur musique suscite les vivats enjoués de l'assemblée tandis que paraissent les panetiers, porteurs des tranchoirs qu'ils disposent devant les convives. Sur les épaisses tranches de pain chacun posera les viandes que les écuyers sont en train de découper savamment.

D'un regard satisfait, le vicomte de Trencavel envisage l'assistance. S'il a apporté tant de soin et tant de dépenses à cette fête, ce n'est pas seulement pour honorer son vassal, Raimon de Termes, mais plus encore pour impressionner l'archevêque de Narbonne. Certes, il se devait de célébrer avec faste celui qui fut son page puis son écuyer et qu'il vient d'adouber, mais il voulait bien davantage faire éclater aux yeux de tous la richesse et la puissance de la maison Trencavel. Il ignore tout, bien sûr, des inclinations de Pons d'Arsac et de son penchant pour le « vice grec », ainsi que l'on nomme l'amour honteux des garçons, aussi a-t-il pris l'invitation de l'archevêque à son vassal pour une reconnaissance tacite de sa propre valeur de suzerain. Cela l'encourage à questionner l'évêque sur le sujet des hérésies auquel il est particulièrement sensible. Depuis la rencontre de Lombers, elles occupent ses pensées et il n'est pas loin de les faire siennes dans le secret de sa conscience.

— Or donc, monseigneur, si j'ai bien entendu votre réponse à la question du chevalier, il ne faut point inscrire les juifs dans la liste des ennemis du Christ ?

— Certes, ils sont éloignés de Lui, mais un jour leurs yeux seront dessillés. N'en doutons pas… On ne saurait parler de même des musulmans, infâmes imitateurs et corrupteurs des Saintes Écritures. N'oublions pas que

Jésus, à peine au sortir de l'enfance, a ébloui les prêtres du Temple par la finesse de Son savoir. Il en va tout autrement du soi-disant prophète de l'islam qui n'était qu'un misérable chamelier illettré tout affairé à ramasser le crottin de ses chameaux. Croyez-moi, le contenu de son *al-Coran* est à la hauteur de ses occupations.

— L'auriez-vous lu ?

— Un homme de Dieu se doit de connaître les thèses qui menacent l'Église.

— Y compris celles des hérétiques ?

— Surtout celles des hérétiques !

Face à la mine déconcertée du vicomte, le prélat prend grand plaisir à développer ses arguments.

— Peut-on, avec quelque espoir de succès, combattre un ennemi dont on ignore tout ? Évidemment non. Je suppose qu'en ordre de bataille vous vous interrogeriez sur le face-à-face et que vous ne lanceriez pas des fantassins armés d'épieux contre une troupe d'archers, n'est-ce pas ?

— Diantre non ! Ce serait courir à la défaite.

— Eh bien, il en va de même pour les batailles de la foi. Nous devons apprendre à fourbir nos armes par la parfaite connaissance de celles de l'adversaire.

— Je reçois l'argument de Votre Excellence qui est, certes, pétri de sagesse, cependant n'y a-t-il pas à redouter que la fréquentation des thèses vicieuses ne finisse par mener l'ignare ou le paysan vers l'hérésie elle-même ? Ne doit-on pas craindre la transmission du mal par une contagion de l'âme semblable à celle que l'on connaît pour les maladies du corps ?

— À moins qu'il ne soit d'ores et déjà la proie du démon, un clerc, ou tout homme disposant d'un minimum de connaissances, n'aura nulle peine à résister aux arguties hérétiques. Vous ou moi, par exemple, avons tout à gagner à nous y frotter.

— Pourquoi donc ?

— Parce que ce sont les torts et les travers qui nous indiquent avec le plus de netteté la voie stricte de la vérité. La ligne droite s'impose comme une évidence face aux contorsions et aux arabesques. Et puis vous avez fort justement employé deux mots qui définissent toute forme d'hérésie, quelle qu'elle soit.

— J'ai parlé tout à trac et ne m'en souviens plus, répond le comte d'un ton absent.

— Vous avez nommé les ignares et les paysans. Ce sont eux qui, par leur non-savoir, sont les plus sensibles aux vaines fables. J'irai même plus loin dans ma pensée en affirmant que ce sont eux qui sont la cause première des hérésies.

— Comment cela ?

— Pour la raison très assurée qu'ignorance et rusticité sont synonymes de pauvreté. Or, le pauvre, pour peu qu'il s'agite à penser, engendre l'hérésie aussi naturellement que le pou crée la démangeaison. Fiez-vous à mon expérience, messire vicomte. Notre véritable ennemi, c'est le pauvre.

— Votre Excellence est-elle bien assurée que Notre-Seigneur Jésus partagerait ce point de vue ?

C'est Arnaud de Fabreza qui vient de parler. Raimon regarde son parrain d'un œil intrigué. Il le connaît assez bien pour être capable de discerner un frémissement de colère sous l'apparente courtoisie du propos. Le baron insiste, d'ailleurs, avec plus de force :

— Et l'Évangile ne nous enseigne-t-il pas à aimer les pauvres ?

— Certes, réplique l'archevêque en pinçant les lèvres, mais l'Évangile fut écrit en un temps où les pauvres se tenaient à leur place.

Chapitre 9

DAME ALOÏS

Narbonne

— Nous étions en route vers Fabreza quand l'averse nous a surpris. C'était à cinq lieues d'ici, dans ce vallon nommé « la combe de l'Esquirol ». À quelques coudées du chemin se dressait une grange où nous décidâmes d'attendre la fin de la pluie. Mais la porte en était fermée, aussi nous étions-nous réfugiés dans l'appentis. Il y avait de la paille sèche et des brassées de fougères qui invitaient au repos. Comme nous marchions depuis longtemps, cette halte forcée était la bienvenue. Nous avons dit nos prières tandis que la pluie tombait dru sur les tuiles. À la fin, j'ai dû m'endormir, rompu de fatigue.

— Enric était encore auprès de toi ?

— Assurément, car la dernière chose que j'ai entendue, c'était sa voix qui me disait : « Dors, frère, si ton corps le réclame. Je veillerai sur ton sommeil. » Si j'avais pu me douter…

Gari se tait. Il enfouit son visage dans ses mains comme s'il voulait y déposer son remords. Aloïs en est affligée pour lui.

— Ne te reproche rien, Gari. Remercie plutôt Dieu de t'avoir permis de le ramener ici… Aide-moi à le défaire de sa tunique.

Enric repose sur la paillasse de la vieille Catou, dans la salle commune. Son état est si pitoyable qu'ils ont renoncé à le hisser jusqu'à l'étage.

Avec l'aide de Gari, Aloïs dénoue les liens du vêtement en loques pour mettre à nu le torse décharné du malheureux. Il est couvert d'ecchymoses comme si mille diables l'avaient roué de coups furieux.

— T'a-t-il dit quelque chose de ceux qui l'ont attaqué ?

— Sa mâchoire est très abîmée. Parler semble lui causer d'infinies douleurs. Quand je lui ai demandé s'il avait vu ses agresseurs et quel était leur nombre, il a tendu deux doigts sans pouvoir rien prononcer.

— Où l'as-tu trouvé ?

— Lorsque je me suis réveillé sous l'appentis, j'ai vu tout de suite qu'il n'était plus auprès de moi. Comme la pluie avait cessé, je suis sorti et l'ai appelé plusieurs fois sans obtenir de réponse. Aussitôt, j'ai commencé à m'inquiéter. C'est en faisant le tour de la grange que je l'ai découvert, gisant le visage contre le sol à quelques pas de l'entrée. Mais il n'y avait plus personne alentour. Ceux qui l'ont battu ont dû croire qu'ils l'avaient tué.

— La grange était fermée ?

— Exactement comme elle se trouvait à notre arrivée. Je me suis même étonné de voir pareille serrure sur une porte de grange.

Tout en parlant avec Gari, d'une main qu'elle fait la plus légère possible, Aloïs ôte le bandeau qui enserre le crâne d'Enric. Une large entaille saigne sur son front.

— Catou, apporte vite de l'eau tiède et des linges propres !

Gari a un peu reculé, comme si le sang, une fois qu'il a coulé, était de toute éternité une affaire de femmes. D'une voix troublée, il poursuit son récit :

— Sans ce pastoureau providentiel, je ne sais comment nous aurions fait.

— Un pastoureau ?

— Un enfant qui menait ses moutons à travers la combe. Par chance, il a répondu à mes appels. Sur le chemin en contrebas, son père conduisait un chariot de foin vers Narbonne. Grâce à leur aide, nous avons pu installer Enric sur l'attelage. C'est ainsi que nous sommes revenus en ville.

Peu à peu, l'eau rougit dans le faitout où Catou trempe les linges avec lesquels les deux femmes nettoient les plaies. Malgré ses yeux grands ouverts, Enric semble absent à lui-même. Il bouge les lèvres, faiblement. Il n'en sort qu'un murmure vague, indéchiffrable. Peut-être veut-il dire : « Merci, merci… » Mais il a beau serrer les poings, chaque geste qu'on fait pour le soigner lui arrache un gémissement douloureux. Son souffle court, haletant est celui d'un homme qui aurait couru plus de dix lieues d'une traite.

— Pourvu que Simian soit prompt à revenir avec *mestre* Brémond ! souffle Aloïs.

— Simian a de bonnes jambes, mais il doit franchir le pont et encore passer trois rues avant d'atteindre la boutique. Et puis il faut le temps du retour. Le *mestre* n'est plus tout jeune. Il avance à pas de tortue. Prenons patience, répond Catou.

Aloïs frissonne. Sa journée a débuté au chevet d'un mourant, faut-il qu'elle s'achève au chevet d'un autre qui lui est si cher ? Elle pose un regard de tendre pitié sur cet homme qui est son mari selon la détestable loi de Rome, mais qui est bien plus que cela à ses yeux. Un ami doublé d'un frère, un Parfait dans leur foi commune. Enric est aussi homme de devoir et de charité, doté d'un esprit habile en toutes matières. C'est ensemble qu'ils ont décidé de faire de la maison du tisserand une demeure commune à tous les Vrais Chrétiens, qui soit à la fois un refuge, un lieu de prière et d'étude et une source de revenus pour venir en aide à plus pauvres qu'eux. Auparavant, alors qu'il était encore la proie du mensonge, Enric était marchand. Souventes fois il a pris la mer pour faire cargaisons d'épices, de pierres rares, de cuirs ouvragés. Pendant de longues années, son commerce l'a mené à côtoyer des infidèles, des barbares et des princes. Jusqu'au jour où la rencontre avec un Parfait Croyant lui a fait prendre conscience de la vilenie des choses matérielles. Il a vu les crimes que poussait à commettre la soif de l'or et des vaines richesses. Il a vu des hommes en réduire d'autres à l'état d'esclaves pour assouvir leur seul appétit de pouvoir. Ajoutant ainsi de l'enfer à l'enfer pour quelques misérables années d'une futile jouissance, prélude à une éternité de damnation. Quand son ami, Vrai Chrétien, lui a montré clairement toutes ces choses qu'il voyait sans les voir, sa perdition lui est apparue comme une apocalypse. La vraie parole de l'Évangile a trouvé alors le chemin de son cœur. Il a distingué la misère hideuse sous le masque des ornements somptueux, pareille aux hideurs de la chair sous le déguisement mensonger de la peau et sa fallacieuse séduction. Tout cela lui est devenu insupportable. Alors il a quitté sa boutique et son commerce florissant. Puis il a remis ses biens et toutes ses affaires aux mains de ses fils en leur recommandant de s'en débarrasser au plus vite à leur tour. Ils l'ont pris pour un fou.

Malgré ses cinquante ans passés, Enric est encore un homme robuste. Bien qu'il ait beaucoup maigri à force de jeûner, sa solide constitution devrait l'aider à se remettre de ses blessures. Mais, tandis qu'elle le considère pantelant sur sa couche, Aloïs est prise d'une autre inquiétude. Peu avant le retour tragique des deux hommes, elle a aidé les novices, Rotland et Tierric, à charrier les draps sur le tombereau pour les apporter au foulage et à la teinture. Ils ne devraient pas être longs à rentrer. Leur désarroi sera bien grand quand ils verront dans quel état se trouve Enric.

— Gari, il faudra veiller à ne pas troubler l'imagination de nos jeunes frères.

— Comment cela ?

— Mieux vaut leur celer qu'Enric a été battu.

— Ils verront bien qu'il n'est point tombé du haut d'un mur !

Devant l'évidence de la réponse, Aloïs se mord les lèvres.

— Pour sûr, tu as raison, ses multiples blessures montrent qu'on l'a frappé. Dis-leur seulement que ce sont des brigands de la forêt qui l'ont attaqué pendant que tu dormais.

— Quel profit des brigands pourraient-ils bien tirer de gens tels que nous qui allons mains vides et prônons la pauvreté ?

— Si ce n'étaient pas des brigands, qui cela pouvait-il être ?

— Des moines, probablement. Tu sais bien qu'ils nous haïssent.

Aloïs secoue la tête en signe de dénégation.

— Pas tous. J'en connais qui ne sont pas loin de nous approuver. Toi-même, tu viens bien de chez eux... Et puis il n'est pas bon que nos jeunes frères constatent qu'on peut vouloir nous tuer à cause de notre foi.

Une douce consternation passe dans le regard de Gari.

— Les crois-tu naïfs au point de l'ignorer ? Ils vont par les rues et les champs, eux aussi. Ils entendent vitupérer contre nous la méchante Église romaine. Mais ils savent que le peuple nous suit. Les pauvres sont sensibles à la vraie prophétie. Cela doit nous donner à tous la force nécessaire d'affronter avec courage ceux qui nous sont hostiles.

Aloïs finit d'essuyer une dernière trace de sang coagulé sur le bras d'Enric. Elle remonte la couverture sur lui et se retourne vers Gari.

— Frère, tu parles justement. Pardonne ma soudaine faiblesse.

— Que pourrais-je te pardonner, à toi qui es tellement plus avancée que moi sur le chemin de la Parfaite Foi ?

Du bruit venant de la porte sur la rue interrompt leur échange. Ce ne sont pas les novices mais Simian, devancé par le *mestre* Brémond qui salue à la ronde en soulevant son bonnet. Son nez comme un museau surmontant sa barbiche blanche taillée en pointe lui donne un petit air caprin. Mais sa renommée de savant docteur et son titre de médecin de la vicomtesse Ermengarde lui valent le respect de tous. Nul n'oserait sourire de sa plaisante apparence.

— Bienvenue en notre demeure, *mestre* ! Que Dieu vous bénisse.

— Où se trouve notre blessé ?

D'un geste, Aloïs lui désigne le bat-flanc encastré dans une niche du mur.

Le premier geste du *mestre* est de coller son oreille sur le torse d'Enric du côté du cœur puis en divers endroits. De la main, il réclame le silence autour de lui. Enfin il se redresse émettant un petit grognement dont on ne sait s'il est de satisfaction ou de dépit.

— Un peu plus de lumière, s'il vous plaît, réclame-t-il.

Aussitôt, Catou sort d'un tiroir le bougeoir des grandes occasions, où est fichée une coûteuse chandelle en cire d'abeille. Bien vite jaillit une lumière autrement claire que la lueur falote des caleils. Le *mestre* s'en empare et, lentement, promène le bougeoir au-dessus du corps dénudé, parcourant du regard et du doigt les ecchymoses et les contusions, dont les plus importantes se situent sur le bras gauche et le torse. Lorsqu'il presse sa main contre le flanc d'Enric, celui-ci ne peut retenir un cri qui fait frissonner Aloïs.

— Bien, bien, dit le *mestre*. Tout cela est fort bien… Il apparaît clairement qu'une côte est fêlée, voire cassée. Il faudra maintenir le torse par des bandages renouvelés tous les jours en conservant l'immobilité la plus complète possible pendant deux semaines au moins. L'os sera long à se ressouder, mais il se ressoudera. Quant à la plaie de la tête, je vais avoir besoin d'un peu de vin et d'étoupe, ainsi que d'une aiguille et d'un fil de lin, le plus fin possible. Par la suite, vous appliquerez en protection une feuille de chou rouge à renouveler quotidiennement... Par chance, le sang coagule vite, la cicatrisation ne tardera pas. Mais il faut que le patient se nourrisse. Cette maigreur n'est point bonne pour l'équilibre des humeurs.

— Plusieurs dents sont brisées, *mestre*, et sa mâchoire est fort dolente. Il ne peut pas parler, intervient Gari. Comment pourra-t-il s'alimenter ?

— Servez-lui des potages clairs qu'il aspirera au moyen de fétus de paille ou d'une tige de sureau évidée de sa moelle. Lorsque j'en aurai terminé, je vous donnerai une décoction à lui administrer par ce même moyen afin d'apaiser la douleur et de favoriser le sommeil.

Catou s'est approchée, apportant le nécessaire à couture. Soudain des voix s'élèvent dans la pièce voisine. Les novices sont de retour. Aloïs se tourne vers l'ouvrier, lui prenant vite des mains l'étoupe et le pot à vin.

— Simian, veux-tu bien ranger l'atelier avec l'aide de Rotland et Tierric ? Nous ne travaillerons plus aujourd'hui. Prie-les de ma part de regagner leurs chambres. Nous souperons là-haut. Je ne veux pas que nos bavardages fatiguent Enric.

L'ouvrier a compris. Dame Aloïs souhaite se retrouver seule avec Enric et le médecin. Il s'éclipse aussitôt tandis que Gari s'éloigne discrètement vers l'escalier et que Catou va s'affairer auprès de l'âtre, à l'autre bout de la pièce.

Dans les doigts habiles du *mestre*, l'aiguille s'enfonce sous la peau, refermant les lèvres de la plaie. Enric a réagi à l'instant où l'étoupe imbibée de vin a touché sa blessure. Mais à présent, paupières mi-closes, il supporte sans broncher le travail de couture que le médecin pratique dans sa chair à vif.

— Pour l'heure, je ne puis rien faire de plus, dit le *mestre* en se redressant.

Il tire de son sac de cuir une petite fiole qu'il tend à Aloïs.

— Vous mêlerez cet élixir à une pinte d'eau claire qu'il prendra ainsi que je vous l'ai indiqué. Pour le reste, il n'y a plus qu'à s'en remettre au temps et à la Nature.

— Et à Dieu.

— N'est-ce pas la même chose ?

Certes non. Pas pour Aloïs. Mais, en cette minute, il serait malséant de contredire le *mestre*. Autre chose la préoccupe, d'une plus grande importance. Elle s'arrange pour tourner le dos à Enric et questionne d'une voix sourde :

— Pourquoi ne parle-t-il plus ?

Mestre Brémond semble hésiter à répondre. De ses longs doigts, il effile la pointe de sa barbiche.

— Ni la dentition abîmée ni le choc sur la mâchoire ne sont la cause de son mutisme… Le siège de la parole ne se situe pas dans la bouche ou la gorge, celles-ci n'en sont que les instruments. Or, un instrument ne joue pas tout seul. Il lui faut un musicien. Et le musicien de la parole, c'est le cerveau.

— Mais l'os du crâne n'a pas été touché.

— L'os semble intact en effet… Toutefois, il n'est pas impossible que la violence du coup ait ébranlé certaine partie interne, empêchant ainsi la pensée de se mouvoir jusqu'à la langue et aux lèvres.

— Croyez-vous qu'il y parviendra de nouveau ?

— Je ne crois rien, dame Aloïs. J'appartiens à l'école du grand maître Avicenne de Perse. Celui-ci nous enseigne à ne croire que ce que l'on acquiert par l'expérience et l'observation. Je ne crois donc que ce que je sais… Pour le reste, j'espère. Mais je me refuse à faire de cette espérance une certitude ; encore moins une vérité.

Aloïs est soudain troublée par les paroles de l'homme de science. Elle sent qu'il vient de lui parler de tout autre chose que de médecine. Ses propos ne sont pas ceux d'un catholique romain. Or elle sait que le *mestre* n'est pas juif. Serait-il de la religion des Sarrasins ou bien d'une secte nouvelle dont elle n'a jamais entendu parler ? Celui-ci reprend, comme s'il avait deviné ses pensées :

— Ne me demandez point quelle est la cause première de la vie. Je l'ignore absolument. En revanche, j'en connais le principe mécanique. Il se trouve dans l'échange entre le cœur et les poumons. Ici, cet échange ne paraît point en péril. En conséquence, votre mari vivra.

— Peut-il nous entendre ?

Pour toute réponse, le *mestre* se retourne vers la couche.

— Messire Enric, si vous m'entendez, battez une fois des paupières.

Presque aussitôt, le blessé répond par un cillement insistant.

— Merci… Voyez, dame Aloïs, vous aurez tout loisir de communiquer avec lui par le simple truchement des yeux. Pour les choses du quotidien, ne posez que des questions où l'on puisse répondre par oui ou par non. C'est-à-dire par un cillement ou par deux. Pour le reste, fiez-vous à votre intuition.

Le *mestre* n'a pas demandé bien cher pour sa consultation. Il est réputé pour régler ses tarifs à la bourse de sa clientèle. On dit que la vicomtesse Ermengarde fait souvent appel à lui et qu'elle le couvre d'or. Des pauvres, il n'accepte que ce qu'ils peuvent donner. Deux œufs sont parfois son salaire.

Aloïs le raccompagne jusqu'à la porte de l'atelier où Simian l'attend pour le reconduire chez lui. Le jour n'est pas encore tout à fait éteint, mais un homme de son âge portant bagage et bel habit n'est pas à l'abri de fâcheuses rencontres.

À l'instant de franchir le seuil, il ajoute, comme s'il se parlait à lui-même :

— C'est une grande chance que l'agresseur n'ait point frappé avec une arme de métal.

— Comment en êtes-vous sûr ?

— Dans ce cas, le crâne eût été fendu bel et bien. Un gourdin eût d'ailleurs produit le même effet… À mon avis, notre homme s'est servi d'une canne ou d'un bâton de marche.

— Un bâton de berger ?

— De berger ou de pèlerin… Il se rencontre parfois parmi ces marauds des fanatiques capables du pire. Certains sont prêts à tout pour l'expiation de leurs péchés. Y compris d'en commettre de plus grands encore. Il leur suffit de croire que cela plaît à Dieu… Illusions !… Illusions funestes que tout cela !… Allons, je repasserai dans les jours à venir. D'ici là, prenez soin de vous, dame Aloïs. Ce qui est arrivé à votre mari est de bien mauvais augure.

DEUXIÈME PARTIE

ANGÉLUS II

La Grassa

« … L'orient avant-coureur du jour chante la prochaine apparition de la lumière… » Tel est l'hymne que fredonne à mi-voix frère Flavian. Si cela ne tenait qu'à lui, il entonnerait volontiers le chant à pleine gorge. La tour creuse du clocher se prête admirablement à cette fantaisie. La résonnance en est telle que le chanteur, poussant un peu haut la neume[1], se croirait doté d'un organe vocal capable de rivaliser avec les voix célestes. Mais ce serait là péché d'orgueil. D'ordinaire, frère Flavian se contente d'émettre un « Ha ! » d'enthousiasme à l'instant d'empoigner la corde de la cloche et ce cri plein d'entrain s'envole bien haut sur les ailes de l'écho pour la plus grande joie du carillonneur. Mais, au jour d'hui, les paroles de l'hymne s'éteignent sur ses lèvres. Quelque chose qu'il vient de voir l'a interrompu dans son élan.

— Oh, la pauvre bête ! s'écrie-t-il en se penchant vers le dallage poussiéreux.

Et l'écho répète dans le lointain du clocher : « Bête… bête… bête… »

Il vient de ramasser trois plumes blanches maculées d'un peu de sang. Traces d'un drame nocturne révélé au

1. La neume est un groupe de notes chanté d'un même souffle ; le mot désigne au masculin un signe médiéval de notation musicale.

jour naissant. Ce doit être une palombe qu'une chouette a tuée. Frère Flavian glisse les plumes dans la doublure de son scapulaire. « Que venait faire une palombe dans le clocher ? » se demande-t-il avec tristesse. Le tintement formidable de la cloche, survenant à heures fixes, retient d'ordinaire les oiseaux de nidifier en ce lieu. Et frère Flavian ne peut s'empêcher de songer à la raison de tant de violence dans la Création. « Pourquoi toujours la proie, par le prédateur assassinée ? Si les animaux avaient une âme, en seraient-ils pour autant moins cruels ? Hélas non », conclut le moine en songeant à Caïn et à l'engeance damnée de ses fils criminels.

Frère Flavian est affecté par un cœur trop sensible. Sa puissante carrure et ses muscles bien découplés l'ont désigné comme le plus apte parmi les membres de la communauté pour manier la lourde cloche. Il est le sonneur attitré de l'abbaye. C'est aussi lui qui donne allègrement de la cognée quand il s'agit d'abattre un chêne au tronc massif. Sa force physique semble inépuisable. Mais ce corps d'Hercule renferme une âme de séraphin. Quand vient l'époque des salaisons, nul ne saurait dire où il se trouve. La vérité est qu'il va se terrer au plus profond d'une cachette connue de lui seul, derrière la crypte, afin de ne pas entendre les cris déchirants des pourceaux qu'on égorge.

Ce jour d'hui, la mort de cette palombe l'attriste et c'est d'une main désemparée qu'il détache la grosse corde de l'anneau scellé dans le mur. Frère Flavian va sonner à toute volée l'angélus du matin. Au premier coup du bronze, les moines rassemblés dans le chœur entonneront l'hymne des laudes[1]. Il empoigne solidement la corde dans ses mains calleuses, la tire vivement vers lui

1. Laudes : prière de la « liturgie des heures » pour célébrer le lever du soleil.

puis la relâche aussitôt pour lui donner du mou dans son mouvement de retour.

Or voici qu'au lieu du choc puissant suivi d'une longue et profonde sonorité, ce n'est qu'un coup mat, sans résonance, qui vient frapper l'oreille du carillonneur. Comme si le battant, pourtant fort lourd, s'était bloqué contre la panse de la cloche, empêchant toute vibration.

Frère Flavian lève les yeux vers le haut du clocher. Dans la perspective de la charpente lui apparaît alors une vision d'effroi. De mémoire de sonneur, oncques ne vit pareille monstruosité sous la robe d'une cloche. Le cœur du moine se glace à l'instant.

Ailes déployées, un ange mort oscille à l'à-pic du battant.

Chapitre 10

JORDI DE CABESTAN

Abbaye de Saint-Hilaire

Sur un vaste plateau de bois reproduisant les dimensions exactes de la face du bloc de marbre, le modelage d'argile commence à prendre forme. Hier, jusqu'à ce que le jour déclinant les obligeât à renoncer, Maître Jordi et son apprenti ont bien avancé dans l'ouvrage de la maquette. Sur le côté droit du haut-relief, le Maître a placé l'architecture qui représentera le temple capitolin où les païens honoraient les dieux anciens. Ensuite, il a disposé les masses grossières de terre qui figureront la scène de l'arrestation du saint évêque par les prêtres ou les soldats. Pendant ce temps, Peire s'est chargé d'affiner les contours du Capitole à la ressemblance la plus proche possible du dessin sur le parchemin. Les portes et les fenêtres, la triple arcature du portail, les créneaux du fronton, tout cela doit être réalisé avec précision pour créer ce « piège à lumière » cher à l'imagier. À cette étape du travail, la terre offre tout loisir de rectifier ou de modifier lignes et volumes. Plus tard, dans le marbre, tout sera définitif. Comme le dit le Maître : « Il n'y a plus qu'un sculpteur pour faire œuvre après le sculpteur : c'est le Temps. Mais son œuvre à lui n'est que de destruction. »

Pour l'heure, il s'agissait de bâtir et le garçon s'y était mis avec grande ardeur. Plus les mains sont occupées, plus l'esprit échappe aux pièges de la mélancolie. Son empoignade avec la terre avait fait oublier à Peire sa songeuse tristesse après la mort de son ami Thomas. Le soir venu, il avait assisté à la messe pour le repos de l'âme du défunt. Tout au long de la cérémonie, qu'il avait suivie d'une oreille distraite, les gais souvenirs du temps de la vie lui étaient revenus par bouffées nostalgiques. Mais les gais souvenirs sont les plus tristes de tous lorsqu'on les partage avec les morts.

La nuit, des rêves ont agité de remous inquiétants l'eau trouble de son sommeil. Des visages, mi-humains mi-animaux, flottaient autour de lui, menaçants comme le sont parfois certaines figures nées du burin de Maître Jordi, babines retroussées, dents acérées, folles crinières et regards habités de ténèbres. Soudain ces masques qui semblaient de chair redevenaient de pierre et s'effritaient tout d'un coup, ne laissant d'eux qu'une poignée de sable plus légère que de la cendre. Plusieurs fois, le garçon s'était réveillé, le front moite d'une mauvaise sueur. Il s'était signé pour conjurer les esprits malins et éloigner de sa couche incubes et succubes, dont on dit qu'ils hantent les abords des lieux les plus saints pour y apporter tentation et désordre. Chaque fois, la respiration du Maître dormant à l'autre bout de la pièce l'avait rassuré par sa paisible présence.

Ce matin, le soleil était bien haut lorsque Peire avait ouvert les yeux. Le Maître, déjà attelé à sa tâche, lui avait souri avec bonté.

— Pardonnez-moi de m'éveiller si tard !

— Allons, tu avais besoin de repos. Tu rattraperas les heures perdues au long du jour à venir.

En sortant de sa couchette, Peire avait dû repousser une épaisse couverture faite de peaux de moutons assemblées qui n'était point là à son coucher. Assurément une attention du Maître pendant la nuit. Voilà trois ans que celui-ci a pris le relais de son propre père tant pour l'instruire que pour l'éduquer. Exigeant et rigoureux dans le travail, Jordi de Cabestan sait tempérer son autorité de patron par une bienveillance paternelle que bien des géniteurs devraient prendre en exemple. Aussi le garçon éprouve-t-il à son égard un respect quasi filial. Rien n'aide mieux à grandir que la confiance reçue dès la prime jeunesse. Peire sera un grand sculpteur. Il en a décidé ainsi. Non seulement pour lui-même, mais surtout pour se montrer digne de l'estime du Maître.

— Qu'as-tu à rêvasser ? Ne te suffit-il point d'une nuit à rallonge ?... Saute donc dans tes hardes et file en vitesse aux cuisines. Le déjeuner t'y attend. Et ne tarde pas à revenir, il y a de l'ouvrage pour toi.

Le temps pour le gamin d'enfiler braies, chausses et ganache[1], il est déjà dehors. Au travers de la verrière, le Maître le regarde courir vers les bâtiments des communs où se situent les cuisines et le réfectoire. Plusieurs fois, cette nuit, il l'a entendu gémir dans son sommeil. Il sait que la mort de Thomas-le-Boiteux a affecté l'apprenti comme elle a navré son propre cœur et celui de leurs compagnons. Teubald, León et Valerian ont dû partir sans qu'ils aient le temps de partager le deuil et les larmes. Avec Peire, en revanche, Jordi de Cabestan pourra tout à loisir évoquer la mémoire de leur ami disparu. Mais comment faire pour que ce souvenir ne distille pas un venin sournois dans l'âme du garçon ? Il l'a entendu, hier, vitupérer Dieu. C'est là le chemin qui peut conduire au désaveu de la vie elle-même. Il lui faut transformer ce désespoir en enthousiasme.

Tandis qu'il songe à tout cela, le Maître laisse errer son regard sur le plan de travail portant la maquette en cours. Et soudain l'idée lui vient. Il a trouvé comment faire de cette défaite de la vie une victoire sur la mort.

1. Robe d'homme.

Aussitôt, il s'empare d'un outil et se met à tailler dans la forme de glaise.

Au même instant, le jeune Peire est de retour. Il s'approche de la table et s'immobilise stupéfait.

— Maître ! Que faites-vous ? lance-t-il, inquiet. Mon travail était donc si mauvais, qu'il vous faut le défaire à présent ?

Maître Jordi se retourne, le visage illuminé d'un large sourire.

— Au contraire. C'était parfait. Regarde… Je n'ai fait qu'enlever la partie haute du bâtiment entre les deux tours que tu as si bien modelées.

— Je le vois. Mais vous m'avez appris à remplir tous les espaces et j'ai suivi votre dessin avec fidélité. Pourquoi laisser toute cette place vide ?

— Pour rendre hommage à la mémoire de Thomas.

À son tour, le visage de l'apprenti s'éclaire d'une lueur de joie.

— Qu'allons-nous faire ?

— Tu te souviens qu'avant de devenir tailleur de pierre Thomas était jongleur et acrobate ?

— Il m'a souvent raconté les tours d'adresse qu'il faisait dans les foires et lors des banquets des seigneurs avant l'accident qui lui a cassé la jambe. Il m'a même enseigné comment marcher sur les mains ! Mais il m'a dit de ne pas le montrer, car on pourrait croire que c'est là une science du diable. L'Église n'aime pas que l'on mette le monde à l'envers.

Le Maître sourit.

— T'a-t-il dit comment il savait marcher en équilibre sur une corde tendue au-dessus du vide ?

— Il m'en a parlé, en effet.

— Eh bien, voici ce que nous allons faire.

Du doigt, le Maître désigne sur la maquette les différentes parties de l'architecture.

— Nous attacherons un cordage épais qui partira de cette tour pour aller jusqu'à celle-ci et nous y assiérons Thomas en équilibre. Tout cela dans la glaise d'abord, ensuite dans le marbre. De cette façon, notre ami continuera ses acrobaties à la face de l'humanité tout entière et ce, jusqu'à la fin des Temps… Qu'en dis-tu ?

Le silence de Peire fait se retourner le Maître. Deux larmes coulent sur les joues du garçon. Deux larmes de joie.

— Allons, allons ! Ne perdons pas de temps. D'autant plus que c'est toi qui vas commencer l'ouvrage. Pour ma part, aujourd'hui, j'ai à faire au-dehors. L'abbé Forton m'a investi d'une mission d'enquête autour de ce crime. Je dois aller interroger quelqu'un. Commence par bâtir le modelé de la corde sans oublier de bien préparer ta terre ainsi que je te l'ai appris.

Tout en parlant, le Maître a enfilé son bliaud. L'apprenti plonge les mains dans la cuve de glaise. L'espoir est en marche.

Chapitre 11

RAIMON DE TERMES

Sur la route

C'est entre tierce et sexte[1], au milieu des vivats et des cris d'adieu, que le convoi s'est ébranlé. Du haut des remparts, les trompes ont sonné pour saluer le départ des visiteurs. Un vol de choucas criailleurs a aussitôt pris son envol. Pareils à mille tambours, les sabots des bêtes et les chaussures à semelles cloutées des hommes de la troupe ont martelé le tablier du pont-levis, le faisant vibrer d'une musique martiale. « On ne fait pas moins de bruit pour partir à la guerre », songe le chevalier Raimon fièrement dressé sur son Drac. Il a l'honneur de chevaucher en tête du cortège, suivi de près par les hommes de sa propre escorte et les gens d'armes de l'archevêque. Ceux-ci sont au nombre de dix. Trois cavaliers et sept fantassins armés de courts épieux et de dagues. Derrière, avance la chaise à porteurs de l'archevêque, ornée de ses armoiries. C'est un grand meuble de bois et de cuir muni de portants de part et d'autre, auxquels sont attelés deux lourds chevaux de trait, à l'avant et à l'arrière, caparaçonnés aux couleurs épiscopales. Des palefreniers, à pied, mènent les chevaux par des longes attachées à leur bride. Derrière eux, sur une mule blanche, s'avance le secrétaire de l'archevêque. À sa selle sont reliées les brides de deux mulets chargés de bagages.

1. Entre la neuvième et la douzième heure du jour.

L'arrière-garde de ce train seigneurial est menée par le sire de Fabreza sur son destrier à la robe alezane. Il porte en croupe le jeune Benoît de Termes, frère de Raimon et qui sera désormais son page puis son écuyer, jusqu'à ce qu'il soit en âge d'être adoubé à son tour. Derrière eux trottent deux autres mulets. La piétaille ordinaire des valets ferme le défilé. Les deux troupes feront route commune environ la moitié du chemin avant de se séparer au carrefour de la route de Narbonne d'un côté et de celle pour Fabreza de l'autre. Pour l'archevêque, une étape de nuit est prévue à Douzens, chez les moines du Temple. On devrait y parvenir aisément avant la fin du jour.

À peine franchis les murs de la cité de Carcassonne, c'est déjà la pleine campagne, jonchée de rares masures d'où montent des filets de fumée pour parapher le ciel. Tout autour s'étend la mer figée des labours avec ses sillons de glèbe retournée ondulant comme autant de vaguelettes brunes qu'aucun vent ne fait bouger. Çà et là, quelques prés en jachère laissent la terre reposer. Plus loin commencent la forêt clairsemée et les contreforts rocailleux des monts des Corbières.

Sur une lieue et demie environ, ils vont avancer dans le chemin qui longe les ruines de la *via aquitania*. De l'antique voie romaine, il ne reste que quelques dalles chaotiques au milieu d'ornières. L'ouvrage n'a pas survécu au démantèlement de l'empire ni aux invasions successives des Wisigoths et des Sarrasins. Mais le tracé nouveau est plan et bien entretenu par les serfs du vicomte. On y avance sans obstacle. Plus tard, le convoi empruntera les routes plus hasardeuses que suivent marchands et pèlerins.

Dans l'air frais matinal, hommes et bêtes vont au pas. Parfois un nuage de vapeur sort d'un naseau ou d'une bouche. Chacun est à sa rêverie silencieuse, seulement troublée par l'appel d'un geai ou les agaceries d'une pie disputant une charogne aux corbeaux.

Soudain, au détour d'une haie bordant un champ, un homme surgit de derrière une murette. Vêtu de haillons, tout crotté, tout breneux, il est d'une maigreur extrême. En guise de souliers, ses pieds sont emmaillotés de peaux de lapins maintenues par des lanières. D'un seul élan, il se jette au-devant de Drac, forçant le cheval à s'arrêter.

— Messire ! Messire !

D'une main impérieuse, Raimon retient un des fantassins qui s'élançait, la pique menaçante. Du haut de sa monture, il baisse les yeux vers le manant. Ses joues hâves, son teint grisâtre, sa chevelure et sa barbe hirsutes le font ressembler à quelque créature fabuleuse, mi-homme mi-bête, dont on raconte qu'elles peuplent les couverts des forêts. À se demander s'il ne cache pas des sabots de bouc sous ses bandages de fourrure.

— Pitié, messire ! Du pain… Du pain pour l'amour de Notre-Seigneur Jésus !

Toute la colonne s'est immobilisée. De proche en proche, on s'interroge sur le motif de cet arrêt.

Le manant insiste.

— Par pitié, du pain pour moi et mes enfants.

— Qu'il les bouffe, ses morveux ! grommelle un fantassin. Ou qu'il ramasse le crottin des chevaux, c'est rien que du bon fourrage !

L'extrême pauvreté de certains serfs ou la détresse des vagabonds que l'on croise aux abords des villes, tout cela, Raimon de Termes y est accoutumé. L'époque est dure aux miséreux. Mais en fut-il jamais autrement ? Cependant, quelque chose le trouble chez ce demi-sauvage. Il faut une bien grande désespérance pour se jeter ainsi, les mains nues, au-devant d'une troupe armée. Raimon se retourne vers le fantassin qui a parlé.

— Toi !… Va prendre une boule de pain dans nos provisions et donne-la à cet homme. Vite !

À contrecœur, l'homme d'armes obtempère. Sans même prendre la peine de s'approcher du manant, comme on jette un os à un chien, il lui lance le pain que l'autre saisit au vol.

— Merci, monseigneur, merci, dit-il à Raimon tout en le regardant droit dans les yeux.

Puis il disparaît d'un bond, derrière le mur de pierres sèches et détale à travers les champs, pareil à une bête des bois, serrant son butin contre lui.

Il a suffi d'une pression des mollets de son cavalier pour que Drac reprenne sa marche. Lentement la troupe s'ébranle à nouveau. L'archevêque, qui s'était penché hors de sa chaise, disparaît à l'intérieur en rabattant le lourd panneau de cuir qui fait office de portière. Rien ne lui a échappé de la petite scène qui vient de se dérouler à quelques coudées de lui. Décidément, ce jeune chevalier de Termes s'avère d'un tempérament plus complexe qu'il n'y paraît. Tant de mâle assurance doublée d'une sensibilité de pucelle, voilà qui laisse songeur. Peut-être le jouvenceau est-il moins inabordable qu'on ne pourrait le craindre. A-t-il seulement connu la femme ? À cet âge, l'appel de la chair est violent. Il n'est pas impensable que quelque gueuse du château ou bien des environs de Termes se soit donnée à lui, au cours d'une étreinte rustique et bestiale. Si c'est le cas, ce garçon mérite mieux. Sans doute ne sait-il pas grand-chose des raffinements de Vénus. Quoi qu'il en soit, il semble plus préoccupé de chevaux que de femelles. Sait-il seulement ce qu'il perd ? Et voici qu'il vient tout à coup à l'idée de l'évêque de se faire le pourvoyeur des plaisirs du jeune homme. À bien l'examiner, ce projet lui semble des plus prometteurs. Un homme, ordinairement fait, sait gré des loisirs illicites qu'on lui offre. Surtout lorsqu'on peut dispenser de la même main l'agrément de la faute et le pardon d'icelle. C'est décidé. Arrivé à Narbonne, l'archevêque commandera à son secrétaire d'aller quérir une *fillette* habile en certaine maison lupanarde qu'il connaît dans le quartier du Bourg. À coup sûr, voilà le meilleur moyen d'approcher le garçon sur le terrain compromettant de la volupté. Un sourire satisfait flotte sur les lèvres du prélat. Ce sont là de bien agréables pensées qu'il aimerait tourner et retourner longuement dans sa tête. Mais le déjeuner, pris avant de partir, a été fort copieux. Doucement bercé par le balancement de sa chaise, Mgr d'Arsac ne tarde pas à s'endormir, affalé dans ses moelleux coussins de duvet.

Le chemin suit à présent une déclivité assez forte. Il faut ralentir le pas. Bien que ferrés, les chevaux ont le sabot moins sûr que les mulets sur cette sorte de terrain caillouteux et pentu. On doit prendre garde qu'ils ne trébuchent. Du doigt ou de la voix, Raimon indique aux autres les meilleurs endroits où passer, tantôt d'un côté, tantôt de l'autre. Il prend à cœur de remplir du mieux qu'il peut son rôle de meneur de convoi. Ce n'est que demain que l'on parviendra au carrefour où la troupe se scindera en deux. Jusque-là, le chevalier ne veut commettre aucune faute. Il reste encore au moins deux bonnes lieues à parcourir avant d'atteindre la halte templière de Douzens.

Tout à sa vigilance, le jeune homme n'en garde pas moins en tête une image qui ne le quitte plus depuis tout à l'heure. Celle de ce gueux misérable quand leurs regards se sont croisés. Alors même que les lèvres de l'homme prononçaient ses mots de remerciement, Raimon a senti ses prunelles se planter dans les siennes avec une haine d'une ardeur sans pareille. Même s'il n'a duré que le temps d'un éclair, il était impossible de se leurrer sur la nature d'un tel regard. À l'instant qu'il disait : « Merci », les yeux du misérable criaient : « Je te hais. » La violence de ce regard hostile a été si soudaine et si brève que Raimon s'en est trouvé tout désemparé. Et à peine lui est-il venu à l'esprit de réagir que l'homme des bois courait déjà au loin.

On dit que certains chiens fous mordent cruellement la main qui les caresse. Se peut-il que la misère engendre si violente folie qu'on en vienne à haïr celui qui vous veut du bien ? Si Raimon avait laissé faire le fantassin, celui-ci aurait repoussé le manant d'un coup de pique. Peut-être même l'aurait-il blessé ? Le miséreux a forcément compris qu'il l'avait échappé belle et qu'il devait à Raimon non seulement son pain mais aussi sa sûreté. Alors pourquoi ce regard de détestation ? Faut-il porter cela au crédit de l'archevêque ? Le chevalier se souvient avec horreur des paroles que l'homme d'Église a dites la veille, au sire de Trencavel. « Notre véritable ennemi, c'est le pauvre. » Sur l'instant, cela lui a paru une affreuse trahison vis-à-vis de l'enseignement de Jésus. Un homme de Dieu peut donc, sans frémir, tourner ouvertement le dos à Ses commandements. Seul le respect que Raimon doit à l'archevêque l'a retenu de réagir. Et aussi, pour être tout à fait honnête, le sentiment de lui être redevable de sa flatteuse invitation narbonnaise. Or voici que cet incident avec le gueux vient, par un fâcheux exemple, d'illustrer le bien-fondé des méchants propos du prélat.

Tout cela contredit l'idée que Raimon s'est forgée du monde et de la relation que les chrétiens se doivent d'entretenir entre eux. Bien sûr, il a conscience d'appartenir, par la fortune du berceau, à la noble caste des guerriers devant qui le petit peuple s'incline avec respect et obéissance. Mais on lui a aussi inculqué tout ce que cette noblesse implique de devoirs et de responsabilités vis-à-vis de ce même peuple. Raimon croit à ces vertus. Ce matin même, prêtant serment devant Dieu, ses parrains et la foule assemblée, il a, d'une voix ferme, prononcé ces paroles : « Je jure de défendre tous les faibles. » Or voici que celui qu'il a défendu lui a craché au visage. Non en acte, mais en intention ; ce qui revient au même.

Cette aventure jette en son esprit un trouble tel qu'il ne s'en peut déprendre. Il a beau s'efforcer d'évoquer, pour s'en distraire, le doux visage de Lucia, sans cesse s'impose devant lui le masque haineux de l'homme sauvage.

Cependant, le jour progresse à grands pas. De larges langues d'ombre bleutée lèchent les rochers lointains. D'ici la vue porte à plus d'une lieue. Raimon plisse les paupières. Il lui a semblé apercevoir une forme, au loin sur la route. Il n'est pas le seul. Le fantassin qui chemine à son côté a porté sa main en visière.

— Quelqu'un vient par-devant nous, messire !

Peu à peu, la forme se précise. C'est un cavalier qui s'approche au grand trot. À sa silhouette, Raimon devine que ce n'est pas un homme d'armes. Il s'agit plutôt d'un clerc dont le mantelet noir flotte incommodément autour de lui. Il n'est pas non plus fort habile cavalier, à en juger par la façon dont il tressaute sur la selle et s'accroche par moments au pommeau d'une main mal assurée.

À la vue de la colonne qui lui fait face, l'homme ralentit l'allure. Il finit par mettre sa monture au pas pour parcourir la distance qui le sépare de Raimon. Ce dernier a fait signe à la troupe de s'immobiliser à nouveau.

Il s'agit bien d'un moine. Un bénédictin reconnaissable maintenant à sa tête rasée et à sa coule noire, dont il a dû retrousser les pans et attacher les manches pour pouvoir tenir sur son mulet. À en juger par le pelage mouillé de l'animal, cela doit faire assez longtemps qu'il le mène à vive allure. L'homme est rassuré à la vue de Raimon et de la chaise à porteurs de l'archevêque dont il reconnaît les armoiries.

— Messire, je suis frère Léonce, cellérier[1] de l'abbaye de La Grassa.

1. Moine chargé du cellier et de son approvisionnement.

— Chevalier Raimon de Termes, répond le jeune homme en inclinant la tête.

— Je vois que Mgr d'Arsac est ici. Pourrais-je lui parler ?

— Assurément, frère Léonce.

Aussitôt, descendant de son cheval, Raimon en confie les rênes au fantassin. De son côté, le moine met aussi pied à terre. Tous deux s'approchent de la chaise dont le rideau de cuir vient de se soulever.

— Qu'est-ce encore ?... Qu'y a-t-il ? s'enquiert l'archevêque d'une voix pâteuse encore barbouillée de sommeil.

— Monseigneur, dit Raimon, voici frère Léonce qui nous arrive de La Grassa. Il a demandé à s'entretenir avec Votre Excellence.

Par l'ouverture de la portière, l'archevêque a tendu sa main gantée dont le moine s'empresse de baiser l'anneau.

— Je vous écoute, mon fils, dit le prélat en esquissant au-dessus du crâne tondu un vague signe de bénédiction.

Le moine jette un coup d'œil furtif vers Raimon. Il semble hésiter à parler devant lui. L'archevêque s'impatiente.

— Eh bien, êtes-vous frappé de stupeur ? Parlez donc !

— Monseigneur, articule le moine d'une voix étouffée, notre abbaye vient d'être le théâtre d'un crime bien affreux. Aussi, notre Révérend Père, l'abbé Robertus, m'envoie-t-il quérir auprès de nos frères du Temple un homme qui pourrait nous prêter main-forte dans la protection de nos frères et la recherche du criminel.

— J'ignorais que notre maison de La Grassa se fût réconciliée avec la commanderie de Douzens.

— À vrai dire, elle ne l'est point tout à fait, mais…

— Dans ce cas, pourquoi chercher secours chez les Templiers ? L'abbaye ne détient-elle pas le droit de justice sur ses propres domaines ?

— Certes, monseigneur. Votre Excellence sait tout cela bien mieux que moi-même. Cependant, devant l'étrangeté et la violence du crime perpétré dans nos murs, notre abbé a jugé préférable de requérir le concours d'un homme d'armes.

— Qui a été tué ? Un de vos frères, je présume ?

— Point du tout, monseigneur. Il s'agit d'un tailleur de pierre venu œuvrer chez nous.

— Et vous prétendez importuner les hommes du Temple pour la mort d'un simple artisan ?

— Que Votre Seigneurie me pardonne, mais il ne s'agit pas d'un artisan ordinaire. L'homme appartenait à l'atelier du Maître de Cabestan. Vous savez que le Maître est un clerc… Il se trouve que la victime est son propre frère.

— Je croyais le Maître de Cabestan à l'ouvrage à Saint-Hilaire.

— C'est exact, Votre Excellence. Il s'y trouve en effet. Mais les gens de son atelier sont arrivés hier chez nous pour l'amorce d'un grand chantier d'architecture… Et, ce matin, l'un de nos frères a découvert le corps de ce pauvre homme, pendu dans le clocher, déguisé en ange.

Le mot a fait s'allumer une lueur d'intérêt dans les yeux de l'archevêque.

— En ange, dites-vous ? Mais comment cela ?

— Le malheureux avait deux ailes d'oie clouées dans le dos, figurant une espèce d'ange tout à fait horrible.

À cette évocation, le regard du prélat s'enténèbre.

— Que voilà une singulière affaire !

— Au point que certains de nos frères ont cru y déceler la main du démon.

— J'y verrais plus volontiers celle des hérétiques.

— Votre Excellence possède sans nul doute bien plus de clarté dans ses affaires-là que nous autres, pauvres moines. Cependant, Dieu me pardonne, je dois à la vérité d'ajouter de l'horreur à l'horreur.

Les lèvres de frère Léonce se sont mises à trembler. Ses yeux furètent de droite et de gauche comme s'il redoutait d'être entendu.

Tant de tergiversations agacent l'archevêque, lequel, d'un regard impérieux accompagné d'un mouvement du menton, lui intime l'ordre de parler.

D'une voix à peine audible, le moine finit par poursuivre :

— Il s'est produit un autre assassinat, monseigneur. Hier matin, dans une forêt des environs de Saint-Hilaire, le cadavre d'un autre des ouvriers du Maître de Cabestan a été retrouvé dans des circonstances identiques.

— Vous voulez dire affublé d'ailes d'ange, lui aussi ?

Le moine hoche la tête.

Sous son apparente lenteur, Pons d'Arsac est un homme qui pense vite. Pour assassiner deux hommes en deux jours, c'est qu'à l'évidence quelqu'un en veut à l'atelier du Maître. Il peut s'agir d'un confrère évincé de commandes de chantiers importants. C'est le premier motif de suspicion qui lui vient à l'esprit. Il se dit qu'il faudra enquêter de ce côté-là, sans rien négliger. Mais il peut aussi se trouver derrière cette affaire une manœuvre du comte de Toulouse. La mainmise de l'abbaye de Saint-Hilaire sur les reliques de saint Sernin ne doit point être à son goût, bien qu'elles aient été vendues par les moines toulousains eux-mêmes. Et hier, Trencavel a bel et bien confirmé qu'il était à l'origine de ce transfert. Cela pourrait déclencher des hostilités entre Toulouse et Carcassonne. On a vu des conflits armés éclater pour moins que cela. Sans compter que le vicomte de Toulouse est à présent le beau-frère du roi de France. L'affaire pourrait même s'envenimer et prendre des proportions préjudiciables à l'équilibre du pays. Les alliances sont chose fragile. Il faut couper court à cette malaventure. Et vite, très vite, débusquer le coupable.

— Frère Léonce, reprend le prélat d'une voix douce, nous allons tous deux réciter un *Credo* pour remercier la Divine Providence de nous avoir mis l'un et l'autre sur la même route... À genoux, mon fils.

Aussitôt, insoucieux de la boue du chemin, le moine met rotules en terre et, les mains jointes, accompagne l'archevêque dans la prière.

— *Credo in Deum, Patrem omnipotentem...*

Raimon de Termes a suivi l'échange entre les deux hommes avec d'autant plus d'intérêt qu'un signe discret de l'archevêque l'a invité à le faire. Cette histoire d'assassinats est bien la plus étrange aventure qu'il ait jamais ouïe. Tuer un homme, passe encore. Vengeance, jalousie, dépit, il peut y avoir moult raisons à cela. Mais en tuer deux à un jour de distance et, là-dessus, s'embesogner à les travestir en anges, voilà qui passe l'entendement. S'il n'avait entendu les doutes de l'archevêque, Raimon pencherait volontiers pour le diable ou pour l'œuvre d'un possédé agissant sous sa coupe.

— ... *Carnis resurrectionem, vitam æternam. Amen.*

Leur prière achevée, le moine et le prélat se signent, puis l'archevêque prend la parole :

— Relevez-vous, mon fils... Et remerciez sire Dieu qui a voulu que vous soyez soulagé de cette pesante mission. Vous cherchiez du secours, nous allons y pourvoir tout à l'heure. Mais dites-moi d'abord, quelles mesures notre bien-aimé Robertus a-t-il prises pour la sûreté de La Grassa ?

— Sitôt que la nouvelle lui en est parvenue, notre Révérend Père a fait clore toutes les issues de l'abbaye, de sorte que, si l'assassin s'y trouvait encore, il n'en puisse sortir, ou qu'il n'y puisse retourner s'il en était parti.

— Fort bien. C'est ainsi qu'il fallait agir.

— Ensuite, il a chargé un de nos frères de faire route jusqu'à Saint-Hilaire pour informer l'abbé du drame survenu chez nous, tandis qu'il m'envoyait de mon côté pour la mission que je vous ai dite. Il s'est assuré personnellement de notre départ afin que nul ne puisse profiter de l'ouverture de la porte pour s'enfuir.

— On ne saurait mieux faire… À présent, voici comment nous allons procéder. C'est moi-même qui demanderai conseil, si ce n'est assistance, auprès de nos frères Templiers chez qui je comptais faire halte. De votre côté, frère Léonce, vous poursuivrez jusqu'à Carcassonne. Vous informerez le seigneur Trencavel de ce qui est survenu dans nos deux abbayes et vous lui manderez expressément de ma part de ne rien entreprendre avant que de m'en avertir.

Le moine semble désemparé par la tournure imprévue que prend son aventure. L'archevêque ne serait-il pas en train d'outrepasser ses prérogatives en faisant fi des consignes de l'abbé ? Mais un ordre archiépiscopal équivaut à un ordre du pape. Frère Léonce ne peut que s'incliner.

Feignant d'ignorer le désarroi dans les yeux du moine, Pons d'Arsac poursuit en s'adressant, cette fois, à Raimon.

— Chevalier de Termes, il m'apparaît qu'en cette circonstance votre empressement à servir l'Église pourrait trouver matière à s'illustrer. Vous l'avez entendu : l'abbé Robertus de La Grassa attend un secours armé. Daigneriez-vous lui accorder le soutien de votre épée ?

Plus encore, si cela se peut, que l'invitation à Narbonne, cette nouvelle proposition de l'archevêque comble d'aise Raimon, bien au-delà de ce qu'il en pourrait dire. Mais il se méfie de son impétuosité naturelle. Le titre de chevalier impose une certaine retenue. Aussi décide-t-il de garder tête froide et masque impénétrable.

— Monseigneur, mon épée est au service de Votre Excellence, lance-t-il d'une voix ferme.

L'archevêque sourit. Il n'en attendait pas moins du jeune homme.

— Bien… Sans plus perdre de temps, prenez congé de vos gens, embrassez votre jeune frère et partez sur-le-champ pour La Grassa. Votre présence rassurera l'abbé Robertus. Nous vous y rejoindrons demain. Sur place, nous estimerons ensemble ce qu'il convient de faire face à une situation aussi peu ordinaire. D'ici là, ne hasardez rien qui vous puisse mettre en péril… Que Dieu vous ait en Sa sainte garde, chevalier !

— Grâce vous soit rendue, monseigneur.

Raimon s'incline et s'apprête à faire demi-tour lorsque le moine l'arrête d'un geste fort embarrassé.

— Qu'y a-t-il, frère Léonce ?

— C'est que… Vous n'êtes point connu de nos frères, messire. Si vous frappez à l'huis, nul ne vous ouvrira. Il vous faudrait pour cela le mot de passe que notre Révérend Père n'a confié qu'à moi seul.

— L'avez-vous oublié ?

— Point du tout.

— Eh bien, dites-le-moi.

— Je ne le puis, messire, car j'ai juré, devant la Sainte Vierge Marie, de le garder secret.

Raimon et l'archevêque échangent un regard atterré. Ce rustaud de moine pourrait-il tout empêcher par son obstination butée ? Pons d'Arsac s'impatiente :

— Frère Léonce, la fidélité à la parole donnée est, certes, chose sacrée. Mais au nom de Notre-Seigneur Jésus-Christ, je vous relève de votre serment et prends sur moi votre dédit. C'est à moi que vous allez confier ce mot de passe. Autant dire que vous le confierez à Dieu qui vous le demande par ma bouche.

L'argument semble cheminer péniblement dans la conscience du cellérier. Puis il finit par s'approcher de la chaise à porteurs et se penche à l'oreille du prélat.

— C'est bien, mon fils. Je vous bénis… Partez vite pour Carcassonne. En vous hâtant, vous y serez avant none.

Sans plus demander son reste, le moine court vers son mulet et s'y hisse promptement, tout bouleversé d'avoir désobéi à son abbé pour se plier aux ordres de l'archevêque. Jamais, de sa vie, il n'a connu pareil déchirement. Il en veut à ce maudit criminel. Non pas tant d'avoir tué quelqu'un que d'avoir perpétré son forfait à l'abbaye de La Grassa. Ne dirait-on pas qu'il l'a fait tout exprès pour lui nuire ? N'avait-il d'autre lieu pour assassiner à son aise ? Que le diable l'emporte !

Frère Léonce, dans sa fébrilité, a donné si fort du talon dans les flancs de son mulet que celui-ci envoie une ruade telle qu'il manque de le désarçonner. Et les voici partis au grand trot vers cette cité de Carcassonne où oncques ils n'avaient songé se rendre.

Le comique n'a point échappé à l'archevêque et au chevalier. Tous deux échangent un sourire amusé tandis que le prélat prononce, comme en se délectant, les trois syllabes du mot de passe :

— An… gé… lus.

Chapitre 12

DAME ALOÏS

Narbonne

Pour cette nuit où le blessé occupe encore la couche de la salle commune, Aloïs a invité Catou à partager son lit. Elles deux, ainsi que Gari et les novices Rotland et Tierric, ont divisé les heures en cinq pour prendre le relais au chevet d'Enric. Chacun, l'un après l'autre, veillant au sommeil de leur compagnon, a regardé se consumer la mèche d'un caleil. Chacun, à l'issue de son tour de garde, a glissé une mèche neuve dans le bec huileux, avant de réveiller son remplaçant. Ainsi s'est écoulé le lent filet des heures dans le grand ruisseau du temps. Le philtre apaisant de *mestre* Brémond a permis au Bon Homme de traverser la nuit sans encombre.

D'accord, finalement, avec Gari, dame Aloïs s'était résolue à dire aux novices l'exacte vérité sur l'agression dont Enric a été la victime. Tierric et Rotland sont aussi différents l'un de l'autre que deux hommes peuvent l'être, mais tous deux sont également engagés dans la voie du salut, bien que cela soit par des chemins fort divers. Rotland a dix-sept ans passés. L'an dernier encore, il était pêcheur au village de Bages. Mais depuis que les Templiers ont acheté les étangs du bord de mer, ils les assèchent pour en faire des terres agricoles. Les gens de sa famille ont décidé de rester malgré tout et de se faire paysans. Lui a préféré suivre Gari et Enric lorsqu'il les a entendus prêcher un soir, au bord de l'eau. Ces hommes lui ont plu, qui le traitaient en égal et leurs paroles ont trouvé le chemin de son cœur plus sûrement que ne l'avait fait aucun sermon du curé du village. À quoi bon être pauvre toute une vie pour trimer au service des riches ? En revanche, si on la choisit pour elle-même, la pauvreté peut devenir la plus belle forme de liberté qui soit. Depuis près d'un an, Rotland a trouvé mieux qu'une famille dans la maison des Vrais Chrétiens : des amis qui l'ont accueilli avec la même franchise que lui-même les a choisis. Oserait-il avouer que la troublante beauté de dame Aloïs n'a pas été pour rien dans son engouement pour la nouvelle religion ? Certainement pas, car il sait bien qu'il doit réformer autant qu'il le peut les obscurs frémissements de sa chair. Mais ce lui est un vrai bonheur chaque fois qu'il pose son regard sur elle.

Désormais, le matin il va pêcher dans la rivière et la journée, en compagnie de Tierric, il travaille à charrier les ballots de laine pour l'atelier. Ce sont eux aussi qui aident les cardeurs et s'occupent du lavage. À la veillée, Tierric lui apprend à lire dans un livre qu'il a conservé du temps où il était clerc. C'est un livre plutôt aisé à comprendre, car il parle la langue de tous les jours. Il est rempli de bêtes fabuleuses qui ne se rencontrent point à l'entour de Narbonne. On y trouve des licornes et des sirènes, des chevaux avec des ailes ou d'autres, énormes, qui ont un long museau qui traîne jusqu'au sol et qu'on nomme éléphants. Rotland s'émerveille qu'un simple livre puisse contenir tant de choses et tout cela par la magie de petits signes d'encre posés sur le parchemin. Ces histoires d'animaux l'intéressent beaucoup plus, il doit le reconnaître, que les choses appelées « grammaire » ou « logique » que le livre renferme aussi. Parfois, lorsqu'il retire ses nasses au bord de l'Aude, il se prend à espérer qu'il trouvera une sirène au milieu des ablettes et des barbeaux. Cela ne s'est point encore produit, car les sirènes sont des créatures très rares et très farouches.

Tierric, lui, est tout au rebours de Rotland. Petit et rondouillet de nature, il peine à la moindre tâche manuelle et s'empêtre dans mille détails dont il complique les choses les plus simples, comme par exemple nouer les quatre coins d'une bure autour d'un monceau de laine. Cela fait rire Rotland de le voir si confus et pataud. En revanche, il est très habile dans les choses de la pensée et pour tout ce qu'on ne peut tenir entre les mains ni voir avec les yeux. L'autre soir, il a débattu longuement avec Gari pour savoir de quelle matière était fait Jésus-Christ. Voilà bien une question que Rotland ne s'était jamais posée. Tierric a démontré avec des mots très intéressants que Jésus n'avait pas de chair véritable puisqu'il était Dieu qui est esprit. Par conséquent, l'incarnation n'a jamais eu lieu, ni la mort ni la résurrection, car un esprit ne meurt pas. D'ailleurs, a expliqué Tierric, nulle part il n'est écrit dans les Évangiles que Jésus ait bu ou mangé quelque chose. Lorsqu'il partage le pain et le vin, il les donne à ses disciples mais il ne garde rien pour lui, car un esprit n'a ni faim ni soif.

— Mais alors, qu'en est-il de la crucifixion ? a objecté Rotland.

— Ce n'est pas un corps véritable qui a été cloué sur la croix. C'est une idée, une image, un fantôme si tu préfères. C'est pourquoi il est vain d'adorer un instrument de torture qui n'a jamais porté qu'un simulacre.

De pareilles démonstrations impressionnent beaucoup Rotland. « Peut-être, se dit-il, pourrais-je penser des choses aussi compliquées lorsque j'aurai appris à lire parfaitement. » Aussi s'applique-t-il de son mieux aux leçons que lui donne son ami. Mais qu'on ne lui demande pas d'apprendre le latin. Voilà qui est hors de sa mesure. Et tant pis si, à cause de cela, il ne pourra jamais accéder au niveau de sagesse d'un Parfait Croyant. La condition de novice n'est pas pour lui déplaire. Il s'en contenterait volontiers pour le restant de ses jours. D'autant qu'il y a, sur le chemin de la perfection spirituelle, diverses épreuves redoutables, dont l'abstinence n'est pas la moindre. Rotland a beau savoir que la chair est l'œuvre du diable, elle le tenaille parfois très fortement et l'assouvissement qu'elle lui procure est d'un effet tout à fait plaisant. Il a essayé de s'en entretenir en deux ou trois circonstances avec son ami Tierric, mais celui-ci s'en est chaque fois offusqué tout vif. Il ne veut point entendre parler de ces choses et encore moins y participer. Rotland a renoncé à pousser plus avant ses tentatives. Pour rien au monde, il ne voudrait perdre l'estime de son compagnon ni mettre en péril ses leçons de lecture.

Ce matin, après la prière dite en commun, Tierric s'est absenté dans l'étude d'un livre tout en latin. Autant dire qu'il s'en est allé dans un autre monde où Rotland n'a pas sa place. Gari est sorti avec Catou travailler au potager. Rotland les y a suivis, le temps de vider le seau d'aisance d'Enric qu'il a fallu aider à se soulager dans la nuit au prix de mille difficultés. Ce qui est arrivé à leur frère Parfait a bouleversé Rotland. Qui peut bien violenter ainsi un homme sans aucun motif de querelle ? Cette aventure injuste a fait voler en éclats la douce sérénité de leur maison. Leur asile de paix est devenu lieu de souffrance et d'inquiétude sans qu'aucun d'entre eux ait commis le moindre mal. Rotland n'a pas peur de la violence. Son propre père l'a battu souvent dans son enfance sous des prétextes plus ou moins fondés. Un filet de pêche déchiré ou mal raccommodé, une fausse manœuvre avec la barque, une rame cassée par négligence, autant de fautes qui attiraient un châtiment. Quand ce n'était pas la simple mauvaise humeur qui rendait son père teigneux. Combien de fois Rotland ne s'est-il pas entendu traiter de bâtard, de fils de chienne, et jamais sa mère, craintive, n'a rien dit pour se défendre. Jusqu'au jour où il s'est découvert plus grand et plus fort que son père. De ce moment-là, les coups ont cessé de pleuvoir. Il a connu des bagarres aussi, avec des garçons du village de Bages. Des conflits pour un mot de travers ou une jalousie mesquine ou simplement pour le plaisir stupide de mesurer sa force à celle d'un autre mâle, comme font les bêtes dans les troupeaux. Rotland n'a pas peur de se battre. Des pieds et des poings, il a infligé davantage de plaies et de bosses qu'il n'en a souffert. Aujourd'hui, cette main criminelle qui a frappé Enric, il aimerait la trancher comme on coupe la tête d'un serpent venimeux. Mais comment couper une main invisible ? Dame Aloïs a prêché le pardon. « Si on te frappe sur la joue gauche, tend la joue droite », a-t-elle lu dans le Livre saint. Il devait être bien savant, sire Jésus, pour tenir pareils propos. Au village de Bages, il n'aurait pas résisté longtemps. Peut-être que ce sont là des choses surnaturelles que l'on est capable d'accomplir lorsqu'on a lu beaucoup de livres.

Tout en rassemblant ses affaires de pêche, Rotland jette un regard vers Enric. Après avoir changé le bandage qui lui ceint la tête, dame Aloïs a soigneusement peigné la barbe et les cheveux du blessé. Il dort d'un sommeil de pierre au point qu'on pourrait le confondre avec une statue. Seule la couverture qui lentement se soulève et s'abaisse au rythme de son souffle prouve qu'il n'est point mort. Lui qui, hier encore, parcourait la campagne d'un pas hardi pour porter aux malheureux aide et réconfort, le voici à présent sans forces ni paroles.

À sa vue, la colère de Rotland se réveille. Ce qui est advenu à Enric pourrait tout autant lui arriver à lui. Depuis quelque temps, les prêtres catholiques les vitupèrent, eux, les Bons Chrétiens. Il y a huit jours de cela, l'un d'eux, perché sur une borne de pierre, s'est mis à haranguer les passants, en plein marché.

— Voici que la Bête aux dix cornes et sept têtes va sortir de la mer ! criait-il, les bras levés vers le ciel. Et la colère de l'agneau fera s'ouvrir la terre sous vos pieds et les rochers des montagnes s'écrouleront sur vous, hérétiques ! Voici que les temps sont proches, plus que jamais ! Repentez-vous ! Nourrissez les entrailles de l'enfer avec les âmes des damnés car voici que la Bête fera pitance de votre chair maudite ! Mort aux hérétiques ! Repentance, repentance !

Ainsi criait-il, la bouche écumante, les yeux exorbités, ses paroles résonnant plus haut que les voix des marchands hélant la clientèle. Quelques personnes se signaient en passant devant lui. Nul n'aurait pu dire si c'était d'effroi ou de piété. La plupart hâtaient le pas en tournant le dos comme on s'éloigne d'un roquet qui montre les crocs. Seules deux ou trois matrones écoutaient pieusement ses imprécations tonitruantes. Mais alors qu'il tapait d'un pied coléreux sur la borne où il était monté, la lanière d'une de ses sandales céda sous le coup et l'homme, perdant l'équilibre, s'étala de tout son long sur la chaussée, dans la fange et les immondices. Nul ne vint au secours du prophète merdeux, qui finit par se relever tout seul tant bien que mal de son tas d'ordures et s'éloigna puant et boitillant sous les quolibets de la foule. Rotland lui-même avait laissé éclater sa franche hilarité devant un spectacle aussi comique.

Mais, en y repensant ce matin, il se disait qu'un jour les mêmes paroles prononcées par des bouches plus habiles pourraient bien faire leur chemin et trouver un écho dangereux pour lui et ses amis. Car c'étaient eux les « hérétiques » : Aloïs, Catou, Gari, Enric, Tierric et lui, Rotland. Eux qui s'efforçaient de vivre au plus près des Évangiles et faisaient profession d'aimer leurs semblables sans jamais chercher querelle à quiconque.

Eux que désignait pourtant à la détestation générale la vindicte des curés catholiques de Rome.

D'un geste prompt, Rotland vient de saisir un couteau qui traînait sur l'évier. Il l'enroule dans un chiffon de cuisine et le glisse dans les plis de sa tunique. Sait-on jamais ? Puis il enfile la bandoulière de son panier de pêche et ouvre la porte donnant dans l'atelier.

Simian est déjà au travail, assis à son métier sous une des fenêtres. Aloïs est debout auprès d'une des tables où l'on plie les draps. Un enfant se tient à côté d'elle. Sur l'instant, Rotland ne l'a pas reconnu, tant il est bien coiffé, les cheveux coupés court en frange sur le front, tout débarbouillé et vêtu de frais.

— Bonjour, Rotland, lance le gamin en souriant.

— Guilhem ? Mais aujourd'hui n'est pas jour d'école... s'étonne le novice qui vient de le reconnaître.

Aloïs pose la main sur l'épaule de l'enfant.

— Guilhem n'est point ici pour étudier. Je te l'avais dit : il vient s'installer chez nous. Il ne devait pas arriver si tôt... Sa mère nous le confie, car elle est trop occupée à organiser les funérailles de son époux et préparer son déménagement.

Rotland se souvient qu'ils ont évoqué tout cela, hier, au retour d'Aloïs de chez le forgeron. À vrai dire, il n'y avait guère attaché d'importance. Pour lui, le lendemain est affaire lointaine. Seul compte, à ses yeux, de bien remplir le jour présent. Maintenant que Guilhem est là, il s'en fait une fête. Le jeune garçon débute aussi dans l'apprentissage de la lecture. Ensemble, ils pourront s'entraider.

— Alors, puisque tu es avec nous, je vais tâcher d'attraper une grosse carpe. Ce soir, nous en ferons une soupe !

D'un mouvement de l'index, le petit l'invite à s'approcher.

— Regarde !

Une petite boîte de fer en forme de cube est posée sur la table. L'une des faces est constituée d'une fine grille coulissante. Délicatement, Guilhem fait jouer la glissière et, posant la main à plat devant l'ouverture, il émet entre ses dents un sifflement à peine audible.

Une minuscule souris en sort aussitôt, la moustache frémissante. Pointant son fin museau rose, elle avance, confiante, jusqu'à se placer sur le dos de la main du garçon. Celui-ci, les yeux brillants de fierté, l'élève vers Aloïs et Rotland.

— Il s'appelle Mirgo, c'est mon ami… Il sait plein de choses, dit-il en passant très délicatement le bout de son doigt sur la tête de la bestiole.

— Il est beau ! s'exclame Rotland.

— Quel genre de choses ? demande Aloïs en souriant devant la naïveté de l'enfant.

— Des choses sur les anges.

À ce mot, Aloïs réprime un frisson d'inquiétude. Aussitôt, les derniers mots prononcés par le père de Guilhem sur son lit d'agonie ont résonné dans sa mémoire. Elle se baisse afin que son visage se trouve à la hauteur du visage de l'enfant et lui parle avec douceur :

— Ton papa aussi savait des choses sur les anges.

— C'est normal. C'est moi qui lui avions dit le secret de Mirgo. Il dort toujours avec moi et, quand je rêve, il rêve aussi. Parfois c'est joli. Parfois ça fait peur.

— Quels sont ces rêves qui font peur, Guilhem ?

Le petit garçon ne répond pas tout de suite. De sa main libre, il présente la cage ouverte face à la souris. Celle-ci se faufile à l'intérieur pour se blottir dans la boule de laine qui en tapisse le fond. Guilhem, alors, referme la petite grille et pose le tout sur la table, puis il se tourne vers dame Aloïs. Son visage a perdu son sourire. Une ombre passe dans ses yeux clairs.

— Le rêve des anges morts… Ça fait très peur.

Chapitre 13

JORDI DE CABESTAN

Abbaye de Saint-Hilaire

Au dire de l'abbé Forton, la masure du porcher est à une demi-lieue de l'abbaye. Maître Jordi a décidé de s'y rendre à pied. Mal empierré et tout juste assez large pour laisser passer une charrette, le sentier serpente parmi les champs et les haies. De part et d'autre, deux sillons plus ou moins marqués signalent le passage régulier des charrois. Tout en cheminant, concentré sur ses pensées, le Maître apprécie en connaisseur la qualité des labours. Pour impécunieux qu'ils prétendent être, les moines ont adopté les inventions du siècle. Ils ont troqué l'antique araire pour le soc incurvé et certainement équipé leurs chevaux de trait de colliers d'épaules qui rendent le travail bien plus aisé que celui des bœufs. Tout autour de l'enceinte de l'abbaye, un défrichement acharné a repoussé la forêt aussi loin que le permettait le relief. Ces terres doivent être d'un excellent rapport.

Cependant, Maître Jordi revient à ce qui le préoccupe. Quel chemin a bien pu suivre l'assassin pour transporter le corps de Thomas ? De Petra-Talada jusqu'au pied de Saint-Hilaire, cela fait sept lieues et demie. Soit environ trois heures à dos de mulet. Il n'existe qu'une seule route. Celle qu'ils ont prise hier avec le chargement des pierres. La pleine lune de ces dernières nuits permet d'y voir sans encombre même au travers des futaies dépouillées de leur feuillage. Si le criminel loge à Petra-Talada, il lui a été assez facile d'effectuer l'aller et retour pour s'en retourner avant l'aube dans son repaire. S'il habite l'abbaye ou ses proches abords, l'affaire était encore plus simple.

En prenant ce sentier que l'abbé lui a indiqué comme étant le plus court, le Maître avait le vague espoir d'y relever quelque empreinte de sabot. Mais ces dernières heures, trop de monde est passé par là. Les moines eux-mêmes, en rapportant le corps, ont dû brouiller toutes les pistes si tant est qu'il y en eût.

Au débouché du sentier, un bruit de coups répétés tire Maître Jordi de ses pensées.

Du premier coup d'œil, il reconnaît le serf qu'il a interrogé la veille. L'homme, maniant un lourd maillet, est affairé à consolider l'enclos de bois autour d'une soue à pourceaux. Une infecte odeur de lisier stagne alentour, mais nul, à part le Maître, n'en semble incommodé. Assise sur une souche près du seuil de la masure, une femme est en train de tresser de l'osier. Ce doit être Géraude, la compagne du porcher, pour qui celui-ci manifestait tant d'inquiétude pendant son interrogatoire. Un enfant accroupi auprès d'elle suce un morceau de lard. Sans doute un relief des provisions que le paysan a pu acheter grâce à l'aumône du Maître. Cela le fait sourire. En dépit de l'âcre puanteur qui s'en dégage, le tableau misérable qui s'offre à lui, réchauffé par un doux soleil d'automne, exprime une parfaite quiétude. Ces gens sont pauvres, certes, mais sont-ils malheureux pour autant ? Rien n'est moins sûr. Tant que la maladie, la vieillesse et la mort ne les ont point touchés, ils vivent dans la grâce innocente des bêtes. Leurs maîtres ne sont pas mauvais et, même si la faim, parfois, se fait pressante, la nature y pourvoit peu ou prou. Serait-ce là la noble pauvreté de l'Évangile ?

Le Maître s'avance un peu. La femme est la première à l'apercevoir. Elle abandonne sa tâche et se lève aussitôt, inquiète, appelant son mari.

— Joan ! Quelqu'un nous vient voir !

Maître Jordi s'est arrêté à quelques coudées de la maison, la main levée en signe d'amical salut. Il ne veut pas impressionner ces gens. Il sait que sa seule apparence, pourtant bien modeste, le désigne à leurs yeux comme étant de la race des puissants. Ceux dont on doit se méfier. Mais le paysan l'a reconnu. Aussitôt il lâche son maillet et presse sa femme de venir saluer le visiteur qu'il lui présente comme leur bienfaiteur, l'homme aux deux deniers.

Le Maître déteste ces manifestations de gratitude servile pourtant inscrites dans les mœurs et la coutume. Et, malgré l'évidente sincérité de cette reconnaissance, il lui répugne d'en être l'objet. Il a bien du mal à empêcher le couple de miséreux de se prosterner devant lui pour lui baiser les mains.

— Dieu vous bénisse, mes amis, leur dit-il en posant à chacun une main sur l'épaule. Je ne vous importunerai pas longtemps. Vous avez à faire et moi aussi… Joan, peux-tu me conduire à l'arbre que tu sais ?

— Pour sûr, messire. Nous y serons bientôt, suivez-moi.

La masure que jouxte la porcherie a été bâtie presque à l'orée de la forêt. Ici le terrain se fait trop accidenté pour que l'on ait songé à défricher plus avant. Bien vite commencent les taillis giboyeux et les ronciers pourvoyeurs de mûres à la belle saison. Une sente, à peine plus large qu'un passage de sanglier, entaille le hallier. Maître Jordi s'y engage sur les pas du paysan.

Un peu plus loin, c'est le sous-bois peuplé de fougères et de mousses faisant tapis sous les troncs des chênes ou des châtaigniers.

— Attends, Joan ! Pas si vite… Peux-tu me dire qui a cassé ces branchages ?

Du doigt, le Maître désigne des fourches d'arbustes qui ont été brisées à hauteur d'homme. Certaines pendent encore à angle droit comme si on avait voulu élargir le passage.

Sourcils froncés, le porcher observe attentivement les arbres.

— Est-ce toi ? Ou peut-être les moines lorsqu'ils sont venus récupérer le corps ?

— Nenni, messire. Nous sommes passés commodément tant à l'aller qu'au retour.

— Te souviens-tu si les branches étaient déjà cassées lorsque tu es venu tout seul ?

— Je ne sais pas. Je marchais en regardant par terre, à cause des champignons.

Pour Jordi de Cabestan, cela confirme son intuition. Les brisures ne sont que d'un seul côté du sentier. C'est donc le fait d'un homme qui a voulu élargir le passage en s'aidant de sa main dextre tandis que de la sénestre il devait mener la monture portant le cadavre de Thomas. Sans doute avait-il mis pied à terre avant de s'engager dans le sous-bois.

— Et ces traces de lune, dont tu m'as parlé, où sont-elles ?

— Elles étaient là, messire. Voici l'arbre de l'ange… Je veux dire l'homme que j'ai pris pour un ange. Il était perché sur la fourche juste au-dessus de vous.

Tout en levant la tête, le Maître a surpris le signe de croix que le paysan a esquissé furtivement. Comme une conjuration contre quelque maléfice qui pourrait encore se dégager de l'arbre. Pour lui, l'hypothèse du diable est loin d'être exclue.

Le Maître s'est penché pour scruter le sol. Mais trop de pieds ont foulé la mousse. Il est impossible d'y distinguer quoi que ce soit.

— Sais-tu comment les moines ont décroché le corps ?

— Ils avaient apporté une échelle avec eux. Au retour, ils s'en sont servis de civière.

L'arbre est un chêne au tronc imposant. Sa vaste ramure a dégagé autour de lui un espace formant clairière. Le Maître le contourne.

— Là ! les voici, tes lunes !

Ce côté de l'arbre a été épargné par les piétinements. Des traces apparaissent nettement sur le sol. Il s'agit bien d'empreintes de sabots ferrés, qui ont écrasé la mousse. Certaines sont encore fortement imprimées dans la terre meuble. Étrangement, elles sont pointées dans la direction de l'arbre, à l'opposé du sentier. Et soudain le Maître comprend. L'assassin s'est servi de l'horrible fourche de fer qui traversait le corps de Thomas pour y attacher une corde. Il lui suffisait ensuite d'adosser le malheureux contre le tronc et de lancer la corde par-dessus une branche. Une fois retombée derrière l'arbre, il n'avait plus qu'à la fixer à la selle de sa monture et faire reculer l'animal pour hisser sans effort le cadavre à la hauteur de la fourche. Tout en songeant à l'ingéniosité du système, le Maître ne peut retenir une grimace d'effroi. Le moindre détail a été soigneusement calculé dans cette démonstration macabre. Ainsi placé, le corps ne pouvait guère passer longtemps inaperçu. La porcherie n'étant distante que d'une centaine de pas, on devait même le voir de l'arrière de la masure, au travers des branchages sans feuilles.

— Es-tu le seul, Joan, à connaître l'existence de ce sentier ?

— Non, messire. Les moines le connaissent aussi. Une source jaillit un peu plus haut. Au printemps, on y mène parfois boire les chèvres ou les moutons.

Cela confirme le sentiment du Maître. L'assassin voulait que l'on découvrît son crime sans trop tarder. Sans doute lui aurait-il été plus simple de déposer le corps devant la porte de l'abbaye et de s'en retourner sans plus de complications. Mais peut-être redoutait-il la discrétion des moines. Ils auraient pu garder le crime secret, à l'intérieur de leurs murailles silencieuses. Tandis qu'en exposant le cadavre à la vue des simples promeneurs il était garanti que le bruit de sa découverte se répandrait et que le récit d'un ange mort, circulant de bouche en bouche, aurait tôt fait le tour du pays. Ainsi procède-t-on en exposant aux yeux de tous les corps des suppliciés, afin que leur châtiment serve d'exemple. Ce crime avait donc un sens qu'il fallait découvrir et qui n'appartenait pas à la sphère privée. Ni vengeance, ni règlement de comptes, ni conflit ordinaire entre deux hommes : tout avait été pensé pour donner à cette mort l'allure d'un jugement. Aux yeux de l'assassin, ce n'était pas un assassinat. C'était l'exécution d'une sentence. Qui donc pouvait ainsi s'ériger en juge ? Et en punition de quelle faute la mort avait-elle été décidée ? Seule la réponse à ces questions pourrait venger Thomas-le-Boiteux d'un sort aussi abominable. Devait-on imaginer que c'était l'abbaye elle-même qui était visée par cet acte odieux ? Mais que pouvait-on reprocher aux moines de Saint-Hilaire et à leur abbé davantage qu'à toute autre confrérie monacale ? Et si, au rebours de cela, c'était la personne de Thomas, son passé de jongleur ou quelque chose appartenant à son ancienne vie qui avait mérité la mort, qu'avait-on alors besoin de le travestir en cet ange monstrueux ?

Le Maître de Cabestan, grand imagier s'il en est, est mieux placé que quiconque pour savoir qu'une image n'est rien par elle-même. Elle est ce qu'elle évoque. Elle est toujours signe d'autre chose qui se donne à déchiffrer à travers elle. Qu'y a-t-il donc à déchiffrer dans l'image d'un ange mort ?

Tandis qu'il parcourait en lui-même le labyrinthe de ses pensées, le Maître a redescendu le sentier, accompagné de Joan, sans même s'en rendre compte. Soudain la puanteur fétide de la porcherie le ramène au monde présent. Il se tourne vers le serf :

— Joan... Une fois le corps descendu de l'arbre, sais-tu ce que les moines ont fait de la corde qui l'y retenait ?

L'homme semble hésiter à répondre. Comme hier, lorsqu'il l'interrogeait dans la buanderie du monastère, le Maître voit son visage s'empourprer d'une gêne soudaine.

— Attendez-moi, messire, je vous prie.

En quelques enjambées, l'homme s'éloigne vers sa masure, y pénètre vivement pour en ressortir presque aussitôt, portant autour du bras un épais rouleau de cordage muni d'un crochet à l'un de ses bouts.

— Ils l'avaient laissée par terre. Je croyais que ça n'intéressait personne, alors je l'ai ramassée. Ça vaut cher une belle corde aussi longue !... Mais je ne pensais pas la voler.

— Rassure-toi, tu n'as rien volé... Je te l'emprunte seulement, le temps de l'examiner. Je te la rapporterai ensuite.

Et lui prenant la corde des mains, il salue d'un geste le paysan puis s'élance à grands pas dans le chemin qui mène à l'abbaye.

Il lui faut moins de dix minutes pour remonter le raidillon jusqu'au mur d'enceinte et regagner le terre-plein central devant l'abbatiale. Un envol de pigeons salue son arrivée d'un battement d'ailes tumultueux. Sur le dallage de pierre, le soleil plaque ses ombres franches. On dirait un jour d'été planté au cœur de l'automne, comme il en vient parfois avant les calendes de septembre.

Au bout du bâtiment des communs, la porte de l'atelier est béante dans la lumière. Peire a eu raison d'ouvrir, il doit faire meilleur dehors que dedans.

À l'entrée du Maître, l'apprenti sursaute. Tout absorbé dans sa tâche, il ne l'avait pas entendu venir.

L'œil aigu de Jordi de Cabestan s'est posé sur la table où le modèle d'argile prend forme.

— Bon travail, complimente-t-il. Tu peux commencer à placer les volumes entre les jambes des soldats, n'hésite pas à bien marquer les reliefs. Nous en ferons sortir des têtes monstrueuses.

— Quelle signification faut-il leur donner, Maître ?

— Le paganisme enfante de fausses idoles qui sont autant de créatures malfaisantes... Mais nous reparlerons plus tard de tout cela. Poursuis ton travail. Je vais seller un mulet et partir sur-le-champ pour Petra-Talada. Je ne sais si je serai de retour avant demain. Tu préviendras l'abbé de mon absence.

Tout en parlant, le Maître s'est débarrassé du cordage, qu'il a posé sur sa couche. Prestement, il saisit son manteau et s'apprête à sortir quand Peire vient au-devant lui, le regardant avec embarras.

— Vous ne pouvez partir maintenant, Maître. Le seigneur abbé a mandé que vous alliez le voir dès votre retour. Il vous attend dans le *scriptarium*.

— T'a-t-il dit de quoi il s'agissait ?

— Point du tout. Mais j'ai compris, à son air tourmenté, que l'affaire était grave.

Irrité par ce contretemps, le Maître abandonne à regret son manteau et sort à grandes enjambées. Quelque urgence qu'il ait, il ne saurait se soustraire à un ordre de l'abbé, il est cependant bien décidé à régler cela au plus tôt. Il lui tarde de retourner à Petra-Talada. Il espère y retrouver la trace de cette ribaude, qui est sans doute la dernière personne, avec l'assassin, à avoir vu Thomas vivant. Plus il laisse s'écouler de temps, plus la garce a de chances de s'en aller au diable... Que peut donc avoir à lui dire le Révérend Père Forton Deltheil ? Espérons, au moins, que ce sera du neuf au sujet du crime.

Maître Jordi pénètre sous le cloître désert à cette heure. Son entrée fait s'enfuir à tire-d'aile un geai qui s'était perché sur la margelle du puits. Pareil à un rire strident, le cri de l'oiseau résonne un instant puis s'éteint dans le silence des pierres.

Au passage, le Maître ne peut s'empêcher de jeter un regard sur les lourdes colonnes surmontées de leurs chapiteaux sans ornements. Tout cela date de plus d'un siècle et témoigne de l'esprit d'épure et de dépouillement cistercien des premiers temps. Le sculpteur sourit en pensant à Bernard de Clairvaux, le pourfendeur de toute nouveauté, qui ne croyait qu'en la « sobre ivresse » : celle de l'illumination intérieure sans le recours à aucune figure ni représentation. Cela fait plus de dix ans que Bernard est mort. Sa rigueur toute géométrique n'est plus dans l'esprit du temps. On ne rencontre plus, à présent, que quelques rares bernardins attardés pour s'élever contre les formes nouvelles et la floraison d'images puissantes. Selon eux, les images seraient malfaisantes en ce qu'elles distrairaient de la méditation. À leurs yeux, l'homme n'a point à se substituer au Créateur et moins encore à fabriquer de ses propres mains une parodie de la Création...

Balivernes que tout cela ! Lui, Jordi de Cabestan, est de cette race actuelle qui, par la force de sa sculpture, fera naître une foi revivifiée par l'imaginaire. Les temps nouveaux arrivent. Il est là pour annoncer leur venue.

En haut de la volée de marches, la porte est ouverte sur la galerie supérieure. Le *scriptarium* est la première pièce à sénestre, précédant la bibliothèque dont il est l'antichambre.

À peine le Maître a-t-il toqué au lourd panneau de chêne qu'il entend la voix de l'abbé l'invitant à entrer.

Étrangement, alors que devrait se trouver là l'habituelle équipe des copistes, penchés sur leur table, le calame ou la plume à la main, Forton Deltheil est seul en compagnie de deux hommes. L'un d'eux est frère Anselme de Montlaur, l'archiviste à tête de mouton qui dirige les travaux du *scriptarium*. Le troisième visage est inconnu du Maître, mais il ne peut se souvenir de tous les habitants de l'abbaye. Celui-ci est un petit homme râblé aux joues tavelées des séquelles d'une maladie de peau et dont le bas des vêtements est maculé d'éclaboussures terreuses. Ce moine doit travailler au jardin. Tous trois ont triste mine. Leur front soucieux barré d'un pli d'amertume n'est point de bon augure.

L'abbé coupe court à toute supposition.

— Maître Jordi, voici notre frère Albin qui nous arrive de La Grassa, porteur d'une terrible nouvelle.

Au seul nom de La Grassa, le Maître a frémi. Il pense tout de suite à ses compagnons. Il comprend que ce qu'il a pris pour des salissures de jardinage sur la coule du moine est en réalité dû à sa chevauchée depuis l'abbaye lointaine. Quel malheur est-il survenu pour que l'abbé envoie un émissaire jusqu'ici ?

— Parlez, frère Albin. Quelle qu'elle soit, redites la nouvelle. J'aurai assez de cœur pour l'entendre.

Sans doute gêné par le regard de feu que le Maître darde sur lui, le moine baisse les yeux. Froissant ses mains l'une contre l'autre, il se met à parler d'une voix tremblante.

— Messire, est-il plus grande peine pour un homme que d'être, malgré lui, le messager de l'affliction ?

— Parlez droit au but, vous dis-je, s'impatiente Maître Jordi. Je vous écoute.

— Peu avant l'aube de ce jour, un de vos compagnons a été retrouvé mort dans le clocher de notre église.

Et c'est comme si l'on frappait le sculpteur d'un premier coup de couteau. À grand-peine, il se retient de vaciller, mais le second coup ne sera pas moins terrible.

— Qui ? Qui de mes amis est mort ?

— Celui qui a pour nom Valerian. On dit qu'il était votre frère.

Et c'est un cri sourd qui sort de la bouche du Maître. Un cri presque bestial qui a la forme étouffée d'un sanglot et le son d'un coup de cognée contre un tronc creux. « Le cri d'une âme morte », songe l'abbé Forton Deltheil.

Chapitre 14

RAIMON DE TERMES

Abbaye de La Grassa

— Qui va là ? demande une voix aigrelette.

— Angélus ! clame le chevalier devant le pertuis qui vient enfin de s'entrouvrir dans un des battants de la porte massive toute cloutée et bardée de fer.

— Qui va là ? répète la voix de l'autre côté de la petite grille.

— Angélus, vous dis-je ! Angélus !… N'est-ce point le mot de passe ? s'impatiente Raimon.

Un temps s'écoule, puis le filet de voix questionne derechef :

— De qui le tenez-vous ?

— De votre frère Léonce qui l'a confié à notre archevêque d'Arsac. Je suis le chevalier Raimon de Termes, missionné en ce lieu pour vous prêter main-forte.

De nouveau, le silence s'instaure. Raimon ne sait quelle contenance prendre. Il lui a déjà fallu mettre pied à terre pour frapper au heurtoir cinq fois sans que nul se décide à lui répondre. De dépit, il est remonté en selle, s'apprêtant à renoncer, lorsque le clapet s'est enfin entrouvert. Maintenant la colère l'emporte :

— Par Dieu ! M'ouvrirez-vous à la fin ?

Il s'emporterait assurément bien davantage s'il pouvait voir, derrière la porte monumentale de l'abbaye, le moine portier s'interroger à son sujet. C'est un tout petit homme, fort avancé en âge et tant chétif et contrefait qu'une chiquenaude suffirait à l'envoyer à terre. Hissé sur un escabeau, il a collé son œil le moins myope au pertuis et s'inquiète de ce visiteur inconnu. « Il est trop jeune, trop beau et trop bouillonnant d'impatience, songe-t-il. Ce ne peut être là le chevalier du Temple que notre abbé attend. D'ailleurs, il n'en porte point la vêture. Il vient même de jurer par le saint nom de Dieu. Se pourrait-il que ce soit quelque créature dépêchée sur la Terre par messire le diable, afin de nous désespérer ? »

Toutefois, le moine ne s'estime pas assez compétent pour trancher pareil cas. Le mot de passe est certes juste, mais celui qui l'a prononcé sonne faux. Seul l'abbé aurait assez de sapience pour départir la vérité du mensonge.

— Messire chevalier, finit-il par lancer à travers l'ouverture, je prie Votre Seigneurie de ne point m'en tenir rigueur, mais il ne m'appartient pas de vous ouvrir la porte. Je ne suis ici que pour recevoir le mot de passe… Le fait est que je l'ai bien reçu. Veuillez patienter un peu céans. Je m'en vais le transmettre à notre supérieur, de qui je dois prendre toutes les directives.

Dans un claquement sec, le clapet se referme. Pour Raimon de Termes, c'est le son d'un soufflet. Faute de pouvoir mener le siège de l'abbaye ou d'en défoncer la porte, il s'en faut de peu qu'il ne tourne bride et ne renonce à sa mission. Mais l'orgueil le tient de se montrer digne de la confiance de l'archevêque. Et puis il y a aussi cette vieille querelle entre les abbés de La Grassa et la seigneurie de Termes au sujet de la propriété de certaines mines d'argent dont le bénéfice est l'objet d'interminables litiges. Raimon se dit qu'il trouvera peut-être ici l'occasion d'en finir une fois pour toutes avec cette affaire. Cela lui ferait presque oublier le vrai motif de sa présence en ces lieux : ces crimes étranges qui ont paru tant émouvoir Mgr d'Arsac.

Cependant, Raimon ne va pas pour autant piétiner sur place comme un vulgaire manant en attendant que cette maudite porte daigne s'ouvrir devant lui. De la voix et du pied, il invite Drac à se mettre en marche. Il compte faire le tour de l'enceinte afin d'avoir une idée précise de la configuration des lieux.

Face au village qui s'étend sur la rive opposée de l'Orbieu, l'abbaye semble si vaste que l'on dirait une autre cité à elle seule. De forme approximativement quadrangulaire, elle est ceinte de si hautes murailles qu'elle évoque davantage une citadelle fortifiée qu'une demeure monacale. Tout enclose sur elle-même, sans aucune ouverture apparente sur le monde extérieur, l'abbaye s'impose à Raimon, au fur et à mesure qu'il la contourne, comme un lieu mystérieux où il a hâte de pénétrer. Tout ce qu'il sait à son sujet, c'est de son père qu'il le tient. L'abbaye est immensément riche. Elle jouit de terres qui vont d'Albi à Zaragoza. On prétend que sa bibliothèque est une des mieux pourvues de toute la Chrétienté. Son *scriptarium* est renommé pour l'art de ses copistes et la très haute qualité des manuscrits qui naissent de leurs doctes mains. Tout homme d'épée qu'il soit, Raimon éprouve un grand intérêt pour les livres. Son professeur, le chanoine, lui en a donné le goût. Il lui citait souvent cette parole de son ami l'abbé Guéric d'Igny : « Tous les livres que tu lis sont autant de jardins où tu te promènes. »

Aujourd'hui, le chanoine est mort, mais ses paroles résonnent dans la mémoire de Raimon. L'abbaye de La Grassa lui apparaît soudain comme un immense livre clos dont il lui tarde d'explorer les pages. Pas seulement un livre de prières, mais aussi un gigantesque codex renfermant des siècles de l'histoire de ce pays. Romains, Wisigoths, Sarrasins et jusqu'aux Francs des terres du Nord ont foulé cette contrée du pas de leurs armées. Ils lui ont donné leurs lois, leurs coutumes et leurs mœurs jusqu'à ce que le vrai Dieu de Carolus Magnus ait triomphé des idoles païennes. Peut-être le chevalier de Termes trouvera-t-il ici certaines traces de ses glorieux ancêtres, ceux qui ont édifié la puissance du Terménès et dont il ne sait que par ouï-dire quelques-uns des hauts faits. Raimon lève la tête vers le sommet de la muraille lisse, exempte d'aspérités et d'ouvertures, opposant une indifférence minérale à son impétueux désir d'entrer. Un rapace tournoie, loin au-dessus, comme par défi à sa lourdeur terrienne. S'il avait un arc, de jalousie, il l'occirait sur-le-champ. Il ne trouve plus le moindre intérêt à longer ces murs interminables. Il presse le pas de Drac et c'est au petit trot qu'il rejoint la plateforme dont il était parti.

Or voici qu'une surprise l'y attend. La porte est largement ouverte à présent. À deux battants, alors qu'un seul aurait amplement suffi à les laisser passer, lui et son cheval. Devant tant d'égards, Raimon se rengorge. Ces petits moines ont enfin compris qu'ils avaient affaire au seigneur de Termes, noble chevalier devant Dieu et les hommes. Il leur sait gré de l'accueillir avec tous les honneurs dus à son rang. Fièrement, il s'avance et franchit enfin cette enceinte qui se refusait à lui quelques minutes plus tôt. Aussitôt les lourds vantaux se referment dans son dos avec un grondement de tonnerre dont l'écho remplit tout l'espace.

Face à lui, en demi-cercle, se tient une quarantaine de moines aux capuches rabattues. Cette muraille de coules noires est presque aussi impressionnante que le mur qu'il vient de traverser. Le profond silence qui succède au grondement de la porte rajoute à la solennité de l'instant.

Raimon met pied à terre. Un moine sort alors de la masse indistincte des frères, fait quelques pas vers lui puis s'arrête. Le damoiseau est décontenancé. Il ignore l'importance ou la fonction de celui qui lui fait face et dont il n'entrevoit que confusément le visage dans l'ombre de la capuche et le contre-jour qui le lui cache. À la manière dont il s'est avancé, l'homme paraît encore jeune et vif. Raimon fait trois pas lui aussi, tenant toujours Drac par la bride. Il salue d'une inclinaison de la tête. Le moine lui répond de même puis se met à parler.

— Sire chevalier, au nom de notre bien-aimé frère en Jésus-Christ et très Vénérable Père de notre communauté, l'abbé Robertus, je vous prie de me remettre votre épée.

À cette annonce prononcée d'un ton de ferme injonction, Raimon se fige. De quel droit ce va-nu-pieds de moine prétend-il le dépouiller de son arme ? Il doit accomplir un grand effort pour réprimer l'envie de la lui passer au travers du corps. Mais ce ne serait point digne d'un chevalier. Et puis, peut-être est-ce là une coutume inscrite dans la règle de l'abbaye ? Raimon s'en veut de ne pas s'être renseigné plus avant sur les usages des bénédictins.

Le moine a dû percevoir son hésitation.

— N'ayez crainte, messire, votre épée vous sera rendue, dès que notre Vénérable Abbé se sera assuré de votre personne... Il vous attend. Nous allons vous conduire sans tarder auprès de lui.

Raimon sent peser sur lui le poids de quarante regards invisibles qui le fixent sous autant de capuches noires. Inutile de tergiverser plus longtemps. D'un geste, il défait l'attache de son baudrier et tend sa précieuse épée au moine, qui la reçoit.

— Notre frère Flavian va prendre soin de votre monture, messire.

Un homme à la stature impressionnante sort du groupe et s'approche de Raimon. Sa coule, mal ajustée à sa haute taille, dévoile des mollets massifs pareils à des fûts de colonne. Il domine largement Raimon de plus d'une tête et celui-ci doit lever le visage vers lui en lui tendant la bride de Drac. En dépit de son apparence de colosse, le moine affiche sous sa capuche une figure candide dont les grands yeux naïfs accentuent l'expression enfantine.

Sa poigne est celle d'un géant, mais c'est avec un geste très doux qu'il saisit les rênes tout en murmurant :

— C'est un beau cheval. J'en prendrai grand soin, messire.

Dans le même mouvement, il pose son autre main sur les naseaux de Drac qui, sans broncher, pivote sur lui-même et s'éloigne docilement en suivant son nouveau guide. Raimon de Termes est subjugué. Il connaît le sang vif et inquiet de son cheval. Jamais il ne l'a vu se laisser approcher aussi aisément par un autre que lui. Il s'est passé quelque chose de mystérieux entre le moine et l'animal. Il n'est plus temps de s'interroger sur cette merveille. Déjà le frère, portant son épée comme une pieuse relique, fait signe à Raimon de le suivre. Aussitôt la foule des moines se met en marche derrière eux, formant colonne deux par deux dans un ordre impeccable.

Dans le déambulatoire du cloître, le bruit des chaussures ferrées de Raimon se détache du glissement des sandales légères. Ce simple cliquetis de son pas le désigne comme un intrus, un homme de tapage dans un univers de silence. Il en ressentirait presque une gêne confuse si l'étrangeté de la situation ne lui inspirait de s'affranchir de son malaise. Après tout, il est venu librement au service des moines, il n'est en rien leur vassal et encore moins leur prisonnier.

Soudain, le cortège ralentit et s'immobilise. À l'entrée de la salle capitulaire, le moine portant l'épée a ôté sa capuche, dévoilant une tonsure cernée d'une couronne de cheveux bruns et drus. C'est bien un homme encore jeune, ainsi que Raimon se l'était figuré.

Le moine s'est engagé sur un plan de bois incliné, couvrant trois marches qui débouchent dans une pièce voûtée en contrebas. D'un geste, il invite le chevalier à le suivre.

La pénombre humide dans laquelle ils pénètrent pourrait être celle d'une caverne. En prévision des rigueurs hivernales, les ouvertures en ogive donnant sur le cloître ont été obturées par des volets de bois. Il faut quelque temps pour que l'œil s'accoutume à la faible lumière dispensée par les torches aux quatre coins de la salle. Une odeur de salpêtre se mêle à celle de la résine brûlée. Trois personnages se tiennent au fond de la pièce. Deux sont debout, légèrement en retrait par rapport au troisième, assis sur un étrange siège muni de deux roues et de bras de bois. Cela ressemble à une sorte de trône agencé sur une brouette. L'homme qui siège là est à l'évidence l'abbé Robertus. Appuyée sur l'accoudoir, sa dextre s'agrippe à une grande crosse agitée d'un tremblement involontaire. La sénestre repose, inerte, sur ses genoux, dans les vastes replis de la coule et du scapulaire. Tout en avançant lentement vers lui, Raimon en profite pour l'examiner discrètement. L'homme est très vieux. La peau cireuse et flasque semble posée à même le crâne, se plissant sous le menton, pareille à un parchemin détrempé. Son visage, entouré d'une couronne de rares cheveux blancs, est à ce point émacié et ses yeux tellement enfoncés dans le creux des orbites qu'on ne dirait point un vivant mais un revenant surgi du plus profond de la tombe. Malgré son apparence spectrale, il se dégage de cette figure une sorte d'effrayante majesté comme pourrait en inspirer la relique momifiée d'un saint dans son sarcophage.

Devant lui, en signe de respectueuse soumission, Raimon de Termes s'agenouille et prononce les seules paroles qui lui viennent à l'esprit :

— *Benedicite, sacerdotes Domini, Domino.*

— *Benedicite, servi Domini, Domino*, répond l'abbé à tête de mort.

Aussitôt tous les moines qui ont pris place sur les degrés de pierre tout autour de la salle, se signent d'un même geste, entonnant d'une même voix un « *amen* » solennel. Puis le silence retombe.

L'abbé Robertus balance lentement la tête d'avant en arrière, par trois fois. Raimon veut y voir un signe d'approbation. Il a bien fait de s'adresser à lui en latin, prouvant ainsi qu'il n'était pas un homme d'armes illettré ; mais il s'inquiète de devoir poursuivre l'échange dans cette langue qu'il maîtrise fort mal. Par bonheur, c'est en langue vulgaire que l'abbé l'interroge à présent :

— D'où connaissez-vous le Cantique de Daniel, mon fils ?

— Vénérable Père, mon maître, chanoine de la cathédrale, me l'enseigna lorsque j'étais très jeune.

— Savez-vous ce qu'il signifie ?

— Je serais bien en peine d'en décrypter tout le sens profond, mais j'en connais l'histoire.

— Quelle est-elle ?

— Trois jeunes gens ayant refusé d'adorer la statue de Nabuchodonosor furent jetés par lui dans une fournaise. Mais l'ange du Seigneur descendit avec eux et leur fit trouver, au milieu des flammes, un vent frais et une douce rosée.

Raimon a débité tout cela d'un trait, presque sans reprendre souffle. Il serait bien incapable de dire pourquoi cette aventure, qui l'avait tant impressionné lorsqu'il était petit, vient de renaître spontanément sur ses lèvres, face à l'assemblée des moines noirs.

Un temps s'écoule où seul se fait entendre le grésillement des torches de résine. Puis l'abbé interroge à nouveau :

— Pour quelle raison votre cheval porte-t-il un nom de démon ?

La question stupéfie Raimon. Comment se peut-il que l'abbé connaisse le nom de Drac ? Serait-il magicien doué d'un don de divination ? Il est si vieux, qu'il a peut-être appris à déchiffrer le secret des consciences…

Mais le jeune homme se souvient d'avoir encouragé son cheval de la voix au moment de s'élancer à la découverte des fortifications de l'abbaye. Le portier a dû l'entendre et le rapporter au Révérend Père Robertus. Raimon est rassuré. Il est fait de telle nature, qu'il aime à trouver des solutions simples aux problèmes compliqués. La vérité est aussi qu'il a peur des magiciens et des sorciers alchimistes, contre lesquels on ne lui a point appris à combattre.

— Drac est le nom du dragon, explique-t-il, car mon cheval est le dragon qui sèmera la terreur et l'effroi parmi les hérétiques et les ennemis de notre sainte Église.

La réponse semble satisfaire l'abbé. L'un des moines proches du trône secoue la tête, ce qui a pour effet de faire ballotter le goitre qui pend à son cou. Un murmure approbateur parcourt l'assemblée des frères. La voix de l'abbé le fait taire à l'instant.

— Vos paroles, mon fils, comblent notre espérance et apaisent nos craintes. Dans le trouble où le crime que vous savez a plongé notre communauté, nous redoutions que vous ne fussiez un envoyé du Malin venu nous accabler davantage. Or, nous voyons qu'il n'en est rien. Grâce en soit rendue à Notre-Seigneur Jésus et à Sa très sainte Mère la Vierge Marie.

— *Laudate Domine !* répond d'une seule voix le chœur des moines.

La lueur qui brillait au fond des orbites de l'abbé s'est éteinte. Le lourd rideau de ses paupières s'est baissé. On pourrait croire qu'il a rendu le dernier souffle, n'était le tremblement de la crosse à laquelle il se cramponne. Puis, avec une infinie lenteur, ses paupières se rouvrent. À nouveau sa voix rompt le silence :

— On nous dit que Son Excellence l'archevêque de Narbonne a pour projet de nous visiter. Savez-vous quand il sera là ?

— Mgr d'Arsac souhaitait faire halte ce soir en la commanderie de Douzens. Il devrait parvenir à La Grassa demain avant sexte, je présume. Il a mandé que je vous prête assistance jusqu'à son arrivée.

Le regard que, soudain, l'abbé pointe sur lui est d'une telle acuité que Raimon se sent pétrifié. Il lui semble que son âme est mise à nu.

— Chevalier de Termes, vous sentez-vous l'esprit apte à résoudre une énigme ?

De s'entendre nommé par son titre apaise un peu l'inquiétude de Raimon.

— Je m'en sentirais la volonté si Votre Grandeur m'en donnait l'ordre.

Un fin sourire étire imperceptiblement les lèvres desséchées du vieil homme.

— Fort bien, dit-il. Voici donc cette énigme : « Je parcours tous les livres sans augmenter mon savoir. Dis-moi comment je m'appelle. »

L'abbé marque une pause, le temps de reprendre le souffle qui lui fait défaut. Puis il rajoute :

— Votre épée vous sera rendue en échange de la juste réponse.

Cette fois, Raimon a bien du mal à contenir sa bouillante colère. Que signifie cette énigme ridicule ? C'est à peine une devinette tout juste bonne à amuser un petit enfant. Devra-t-il se soumettre aux caprices d'un vieillard apparemment retombé en enfance ? Se peut-il que tous ici, autant qu'ils sont, se plient à la loi inepte de cette momie à demi paralysée ?

D'un regard furieux, Raimon balaie les visages des moines ; Il les scrute tous, un par un. Les jeunes, les vieux, les décrépits, les ronds, les maigres, les barbus et les glabres. Mais tous ont les yeux obstinément baissés vers le sol, comme si aucun ne voulait affronter son regard. Tous fidèles à la règle qui ordonne obéissance absolue à l'abbé. Il n'a aucun appui à chercher de leur côté.

Jamais, de toute sa vie, il ne s'est encore trouvé en pareille situation. Tout à coup, son titre de chevalier lui paraît une imposture puisqu'il ne lui est d'aucune aide face à une troupe de moines désarmés.

La voix de l'abbé, teintée d'une pointe de moquerie, le tire de ses pensées.

— Eh bien, mon fils, auriez-vous oublié la question ? « Je parcours tous les livres sans augmenter mon savoir. Dis-moi comment je m'appelle. »

Raimon pense à un livre. Il s'efforce de le voir en imagination. Sa couverture de cuir épais, les pages plus ou moins fines de parchemin selon la rareté de l'ouvrage, les lettres et les lettrines, les enluminures, les signets. Voilà ! Il est tenté de répondre : « Un signet ! » Car il est vrai qu'un signet peut se trouver de page en page dans tous les livres selon les hasards de la lecture. Mais il ne le dit pas. Quelque chose lui souffle que ce n'est pas la bonne réponse. Un signet n'est qu'un objet, or un objet ne possède aucun savoir. Il faut qu'il s'agisse de quelque créature vivante. Humain ou animal, peu importe, car seule la vie, même la plus infime, dispose d'une sorte de savoir. Il s'en veut d'être incapable de trouver la solution d'une devinette aussi banale. Il en veut encore davantage à ce maudit abbé de la lui avoir posée. Il lève son regard vers lui, vers cette détestable figure de cadavre, plus fripée et flétrie qu'une pomme vermoulue. Et tout à coup Raimon exulte ! À l'instant même, il vient de trouver la juste réponse. Sa propre rage la lui a soufflée. Il la lance comme un cri victorieux à la face de tous. Sa voix résonne haut dans la salle capitulaire :

— Le ver !… Je suis la vermine qui peut parcourir tous les livres sans rien y apprendre.

Le visage de l'abbé reste impassible. Agrippé à sa crosse, il fait un effort pour se détourner vers l'un des frères :

— Que l'on rende son épée au chevalier de Termes.

À l'ordre de son supérieur, le moine qui portait l'épée la tend à Raimon d'un geste aussi cérémonieux que celui qu'il avait eu pour la lui prendre.

Sans un mot, le chevalier la saisit et la fixe à son ceinturon. Tout ce qu'il veut à présent, c'est qu'on lui donne congé et qu'on lui indique les cuisines pour qu'il puisse se restaurer avant d'aller prendre un peu de repos.

Mais, au même moment, un tumulte de pas précipités retentit du côté du déambulatoire. Quelqu'un court vers la salle du chapitre. Un moine proche de la porte s'empresse de sortir afin d'intercepter l'importun.

Les têtes se sont tournées dans une attente inquiète. Très vite, le moine qui était sorti s'en revient la mine grave. Il s'approche d'un de ses frères qui entourent l'abbé et lui murmure quelques mots. Puis il se retire pour se fondre dans le groupe des autres.

Alors celui à qui il vient de s'adresser se tourne vers le vieillard et, d'un ton cérémonieux, déclare aux oreilles de tous :

— Revérendissime Père, on vient de découvrir un cadavre du côté de la forge.

Chapitre 15

DAME ALOÏS

Narbonne

Enric s'est réveillé. Dame Aloïs ne voulait pas que le petit Guilhem le découvrît par hasard en furetant dans la maison. Elle craignait que cette vision ne lui fît peur. Elle a préféré le conduire elle-même au bord de sa couche.

— Vois-tu, Guilhem, il ne faut point faire trop de bruit. Notre ami Enric a la tête douloureuse. Il a eu… un accident. Il ne peut pas parler, mais nous échangeons avec lui en suivant le mouvement de ses paupières.

Elle se penche vers le blessé.

— Enric… C'est Guilhem, le fils d'Antoni, le forgeron. Tu le reconnais ?

Dans le masque souffrant, les yeux se ferment et se rouvrent.

— Le père de Guilhem a trépassé hier. En ton absence, je lui ai apporté le *consolament*… De ce jour d'hui, le garçon va habiter ici. Sa mère nous le confie pour quelque temps.

D'un nouveau battement des paupières, Enric semble donner son aval.

Guilhem s'est approché, sans aucune inquiétude. Il observe attentivement cette figure creusée par la douleur, d'un regard identique à celui qu'Aloïs lui a vu porter, la veille, sur le cadavre de son père. Un regard sans émotion et comme habité d'une étrange profondeur pour un enfant si jeune. Un regard qui semble voir au-delà des choses visibles. Puis, au bout d'un moment, il se tourne vers Aloïs :

— Il veut boire… Il a très soif, insiste-t-il.

— Comment le sais-tu ?

L'enfant a un haussement d'épaules accompagné d'un petit sourire.

Sans plus insister, Aloïs saisit le cruchon d'eau fraîche posé au pied du lit. Elle y plonge un des brins de paille préparés pour Enric et en approche l'extrémité de ses lèvres. Du coin de la bouche, le blessé se met à aspirer à longs traits, autant qu'il le peut. Autant que sa mâchoire meurtrie le lui permet. C'est pourtant vrai qu'il avait grand soif.

L'effort l'a fait transpirer. Du revers de sa manche, Aloïs éponge la moiteur de ses tempes. Alors qu'elle va reposer le cruchon, Guilhem s'approche :

— Mirgo aussi a soif.

Sans plus d'explication, il ouvre la porte de la petite cage qu'il porte en bandoulière. La souris en surgit et grimpe d'un bond sur son bras.

Le garçon tend vers Aloïs sa main en coupelle pour recueillir quelques gouttes que la bestiole vient boire aussitôt, perchée sur son poignet.

Ce n'est qu'une souris apprivoisée en train de boire dans la main d'un marmouset, mais cela semble un spectacle extraordinaire aux yeux d'Aloïs. À la vérité, elle n'avait jamais vraiment prêté attention à ce petit Guilhem qui venait, depuis deux ou trois mois, assister aux leçons hebdomadaires données par Gari et Enric aux enfants des nouveaux croyants en âge d'apprendre à lire. Ils sont une demi-douzaine de gamins issus de familles d'artisans ou de marchands assez fortunés pour payer des professeurs à leur progéniture. Guilhem, jusque-là, s'était fondu dans le lot. Il arrivait avec son étui contenant un morceau de parchemin et ses outils d'écriture, s'installait sur le banc et s'appliquait assidûment à suivre les consignes qu'on lui donnait. Puis, la leçon terminée, il saluait et rentrait chez lui.

Aujourd'hui, Aloïs le découvre. Il lui semble le voir pour la première fois. Déjà, quand il s'est approché d'elle, son odeur l'a troublée. Une senteur inconnue, un peu douceâtre, à la fois sucrée et légèrement épicée. Une odeur pas vraiment humaine ni tout à fait animale qui a eu sur elle l'effet d'une ivresse légère et fugace. « Tous les enfants sentent-ils ainsi, s'était-elle demandé, ou seulement celui-ci ? » Face à tant de douceur, elle douterait presque que le monde visible tout entier fût l'œuvre d'un mauvais démiurge. Mais elle se reproche aussitôt d'avoir pareille pensée. Elle sait bien que toute cette suavité n'est destinée qu'à la corruption et à la mort. Tant de grâce ne porte en elle-même qu'une promesse qui sera inévitablement trahie. L'enfant Guilhem n'est qu'un mensonge ravissant. Cependant, Aloïs ne peut chasser tout à fait cette bouffée de tendresse inquiète qui l'envahit.

Et puis il y a eu ses paroles étranges au sujet de son rêve d'anges morts. Était-ce vraiment lui qui avait soufflé ces mots mystérieux à son père sur son lit d'agonie ? Si tel était le cas, d'où tenait-il ces choses ? Et comment, présentement, avait-il deviné qu'Enric avait soif ?

Aloïs préfère garder ses questions pour elle-même. Elle n'est pas sûre de savoir parler à un enfant. Surtout un bâti de si curieuse façon que l'est Guilhem. Il faudra qu'elle apprenne à s'approcher de lui ainsi qu'on apprivoise un animal inconnu. Elle doit aussi veiller à ne point trop le regarder. La fascination qu'il exerce sur elle est bien trop forte. Il en pourrait prendre ombrage s'il venait à la ressentir. En le voyant folâtrer dans le mystère avec tant de naturel, Aloïs se prend à songer qu'il existe des êtres à ce point merveilleux qu'on doit les considérer comme des créatures ordinaires sous peine de voir se dissiper l'enchantement. L'enfant Guilhem est peut-être une vieille âme dans le dernier état charnel sur la voie de la perfection. Il importe de ne point le troubler.

Il vient de faire rentrer la souris dans sa cage et se tourne vers Aloïs :

— Où dormirons-nous, ce soir ?

La question la prend au dépourvu. L'arrivée de l'enfant a été si soudaine qu'elle n'a pas eu le temps d'organiser les choses.

— Eh bien… je ne sais pas encore, hésite-t-elle.

— Si vous le permettez, Mirgo peut indiquer l'endroit qui nous convient.

Cette idée de confier à une souris le soin de choisir sa chambre laisse Aloïs bouche bée.

— C'est permis ?

La jeune femme désemparée se contente d'acquiescer d'un hochement de tête. Après tout, peu importe où l'enfant décidera de passer sa première nuit. Il sera toujours temps de corriger son choix s'il s'avère trop incommode.

Guilhem a remercié d'un sourire. Déjà il s'élance dans l'escalier, sa petite cage à la main. En trois bonds, il a disparu.

Aloïs s'est retournée vers Enric. Du fond de sa douleur muette, il a certainement entendu leur échange. Elle frémit soudain d'avoir pris pareille décision sans en référer aux hommes. Elle n'est plus du tout assurée que le battement de cils d'Enric, un peu plus tôt, ait signifié son accord. Une femme a-t-elle le droit d'agir par elle seule ? Certes non. L'assentiment qu'elle avait quêté auprès de Catou lui paraît tout à coup comme une faute redoublée. Anxieuse, elle se penche vers la couche.

— Me pardonnes-tu d'avoir accueilli cet enfant sous notre toit ?

L'homme ferme les paupières, longuement. Puis son regard s'éclaircit à nouveau. Ses yeux la regardent et c'est comme une aube qui se lève sur son inquiétude pour en balayer les nuages. Plus encore qu'un pardon, son regard est une approbation bienveillante. De reconnaissance, Aloïs saisit la main d'Enric et la garde un moment dans la chaleur de la sienne.

Elle n'a jamais éprouvé le moindre désir physique pour cet homme – ni pour aucun autre, d'ailleurs. Par la férocité bestiale de ses assauts, le tisserand Dubreil a piéça[1] tué en elle toute envie charnelle. Mais c'est bien de l'amour qu'elle ressent pour Enric de Malpas. Un amour pétri de confiance, d'estime et de reconnaissance. Elle lui doit sa sécurité et son salut. Jamais il n'a exigé d'elle d'autre contrepartie qu'une attention fidèle aux écrits des apôtres. Enric est, sans contexte, le chef de leur assemblée de Vrais Croyants. Tous le considèrent comme Parfait dans sa foi et sa présence au monde. Il est féru en maintes matières ardues, aussi diverses que le droit coutumier ou l'eschatologie[2]. On vient le consulter de loin pour toutes sortes de litiges et de questionnements. Il est même arrivé, par deux fois, que la vicomtesse Ermengarde le fasse venir en son palais pour s'entretenir secrètement avec lui. Et, tout récemment encore, c'est lui, Enric de Malpas, qui a représenté leur communauté à Lombers, aux côtés du Parfait Olivier. Convoqués par les émissaires de l'Église romaine, ils ont été sommés d'expliquer les fondements de leur foi. Le verdict d'hérésie a mis un terme brutal à la rencontre. Enric en est revenu fort meurtri de l'anathème lancé contre eux par le redoutable archevêque d'Arsac parlant au nom du pape. Le prélat a même usé à leur égard d'un mot inconnu pour désigner leur prétendue infamie : *catharos*. C'est, paraît-il, une invention d'un évêque allemand, Eckbert de Schönau. Ce suppôt de la papauté a écrit un traité

1. Depuis longtemps.
2. Étude des fins dernières de l'humanité et du monde selon la théologie.

intitulé *Sermones contra catharos*, rédigé à l'encontre d'autres communautés chrétiennes semblables à la leur, au-delà du Rhin.

Au retour d'Enric à Narbonne, tous ont été troublés par le récit qu'il leur a fait de cette entrevue de Lombers. Il leur a expliqué que *catharos* signifie « pur » dans la langue grecque, mais que, dans la bouche de l'archevêque, cela sonnait comme un mot de dérision et de mépris. Il leur a narré aussi la fin tragique du vénérable Pierre de Bruys. Cet ancien moine professait une lecture des Évangiles toute semblable à la leur. Dans la véhémence de sa foi, le prêcheur brûlait des croix en place publique. Il a fini lui-même sur le bûcher allumé à Saint-Gilles par les catholiques. Tous se sont émus des récits d'Enric, mais il a su les convaincre de trouver, au contraire, une force nouvelle dans cet objet d'accablement. Enric est ainsi fait qu'il sait tourner une épreuve en bienfait.

Alors qu'elle le contemple sur sa couche de souffrance, Aloïs ne doute plus qu'il guérisse. Une âme telle que la sienne est sous la protection de Dieu. Par Sa volonté, il recouvrera la parole. Bientôt, l'ordre et la paix reviendront dans leur maison.

D'une pression des doigts dans le creux de sa paume, elle prend congé de lui, forte de l'énergie qu'il lui a transmise de peau à peau, d'âme à âme. À présent, son ouvrage la requiert au métier à tisser.

— Cruelles sont les heures de l'hiver qui s'approche, car elles tombent vite dans le gouffre du temps, a dit Simian en décrochant son drap de dessus le cadre de bois.

Aloïs a souri en l'entendant maugréer. Avec le vieil ouvrier, on ne sait jamais trop s'il s'adresse à quelqu'un pour de bon ou s'il poursuit à haute voix une conversation destinée à lui seul. Si par hasard on lui répond, il arrive qu'il fronce les sourcils pour signifier qu'on le dérange au cœur de sa méditation. Si, au contraire, on ne dit rien, il revient à la charge en répétant un ton plus haut ce qu'il vient de grogner vaguement.

À cela, Aloïs a trouvé depuis longtemps une habile parade qui consiste à émettre un long soupir chargé de mille sens contradictoires. Un semblant de réponse qui dit tout et ne dit rien. Simian semble y trouver son compte. Il leur arrive alors à tous deux, tandis que leurs mains s'affairent sur le métier, de mener de longs débats où l'un grognonne quand l'autre soupire.

Ainsi se sont écoulées les heures claires de l'après-midi. Entre soupirs et vieux dictons, fils de chaîne et fils de trame ont transformé le temps en une belle étoffe. Maintenant, Simian a raison, bientôt on n'y verra plus assez ; il faut laisser là le travail.

Un raclement de bois qui résonne au plafond signifie qu'à l'étage Gari et Tierric ont repoussé leurs bancs et refermé leurs livres d'étude.

Dans la salle commune, Catou tisonne les bûches pour le feu de la veillée, autre signe que le jour s'achève.

Aloïs quitte son siège et se redresse, massant du dos de la main ses reins douloureux d'être trop longtemps restée assise. C'est au moment où elle raccompagne Simian à la porte que le vigoureux Rotland surgit sur le seuil, son épaule ployant sous une lourde bourriche. La pêche a été fructueuse.

— Bonsoir, sieur Simian, lance le garçon au passage, marquant à peine le pas et traversant vivement l'atelier vers la cuisine.

Aloïs n'a fait que croiser son regard, mais cela a suffi pour qu'elle y discerne une pointe de noirceur. Quel souci préoccupe donc le novice ? Il devrait, au contraire, afficher sa joie d'une aussi belle pêche. Cet air sombre ne lui ressemble pas. Pourvu qu'il ne soit point porteur d'une fâcheuse nouvelle.

Elle se hâte de refermer la porte donnant sur la rue et de bien assujettir la barre de bois qui tient lieu de verrou.

Puis, ayant loqueté les vantaux des fenêtres, elle se dirige vers la salle commune.

Rotland s'affaire déjà auprès de l'évier où il a déversé une partie de sa pêche. Certains poissons frétillent encore. Il les achève d'un coup de couteau, puis leur ouvre le ventre et, d'un doigt habile, retire les entrailles qu'il jette dans une écuelle avec les têtes et les queues. Un par un, il les fait passer à Catou pour qu'elle les écaille sur un coin de la grande table. À côté de Rotland, dressé sur la pointe des pieds, le petit Guilhem assiste à ces opérations, fasciné par les vessies natatoires qu'il fait rouler entre pouce et index avant de les faire éclater avec délectation.

— Tiens donc, Guilhem ! s'exclame Aloïs, où étais-tu passé, que l'on ne t'ait point vu depuis plusieurs heures ?

— J'étions avec Mirgo, sous les combles. Notre nid, on l'a fait là-haut, répond le gamin, l'œil tout brillant.

— N'as-tu point peur d'avoir froid ?

— Mirgo est tout chaud. Et puis ma mère m'a donné ce qu'il faut. J'ai monté le sac. On sera bien.

Aloïs a quelque doute sur la chaleur que peut dégager une souris, mais elle s'est souvenue du gros baluchon que Bertrande avait apporté en amenant son fils. Elle lui a dit qu'il y avait là-dedans tout ce dont l'enfant pouvait avoir besoin. Et puis Guilhem a l'âge de raison. Il faut lui faire confiance.

— Je te prêterai un caleil pour aller te coucher, mais donne-moi ta parole que tu n'oublieras pas de l'éteindre.

— Parole donnée, répond le garçon en faisant éclater entre ses doigts une petite vessie en forme de bulles jumelles.

D'un regard, Aloïs s'est assurée qu'Enric avait suivi leur échange de sa couche. Le blessé a la tête tournée vers eux. Il semble attentif à tout ce qui se passe dans la salle commune. Elle espère qu'il puise un peu de réconfort dans cette vie qui l'entoure. La présence des siens devrait l'aider à guérir.

Rotland a fini de vider sa bourriche. Il s'égoutte les mains au-dessus de l'évier et s'approche du feu pour les réchauffer. Tout au long de son travail, il ne s'est pas départi de cette expression soucieuse qu'on ne lui connaît guère. Mais Aloïs n'ose pas l'interroger. S'il a quelque chose d'important à dire, mieux vaut que ce soit en présence de tout le monde. Gari et Tierric ne devraient pas tarder à descendre.

Déjà Catou a baissé la crémaillère dans l'âtre. L'eau bouillonne dans un gros faitout où elle a mis à cuire une partie des poissons. La soupe sera copieuse. Une autre part grillera sur les braises. Le reste sera pendu à sécher aux poutres ou mis au saloir.

Aloïs finit de couper les tranchoirs de pain bis. Elle les dispose trois par trois de chaque côté de la table en veillant bien à laisser vide la place qu'occupe Enric d'ordinaire, tout au bout, face à la cheminée. Il n'est pas question que qui que ce soit le remplace. Rien ne doit changer du rituel quotidien afin que tout redevienne comme avant.

Les prières dites, la soirée s'est déroulée dans la simplicité du repas partagé et la dégustation des brèmes et des truites grillées. Chez les Bons Chrétiens, les femmes font le service, comme partout ailleurs, mais elles ont le droit de s'asseoir à la table des hommes et de souper en même temps qu'eux.

Le petit Guilhem, installé entre Catou et Aloïs, a mérité les compliments de chacun pour sa bonne tenue, silencieux et ne quémandant rien. Tout du long, sa souris est restée sur ses genoux, grignotant les miettes qu'il lui donnait. Quand elle ne se tient pas dans sa cage, elle se blottit dans la manche du garçon dont il resserre le cordon de poignet pour qu'elle ne tombe pas. Chacun s'est amusé de la voir boire, perchée au bord du bol, sans renverser une goutte d'eau et s'essuyer le museau du bout de ses pattes.

Puis Gari a parlé de ces nouveaux métiers à tisser munis de pédales, qui fonctionnent à l'horizontale et peuvent produire jusqu'à vingt-cinq aunes[1] de drap d'un seul tenant. Selon lui, il serait bon que leur maison dispose bientôt d'un tel outil. Les établissements concurrents ne tarderont pas à en acquérir.

— Il faudra en parler avec Simian, a dit Aloïs. De nous tous, c'est lui qui est le plus apte à maîtriser une nouvelle technique et à nous l'enseigner. Bien sûr, Enric devra d'abord être consulté.

Elle a prononcé ces mots assez haut pour que le blessé l'entende à l'autre bout de la pièce. Tierric et Catou ont approuvé la proposition de Gari. Il y a fort à parier qu'Enric sera de leur avis. Si leur communauté veut poursuivre son œuvre de charité, il est indispensable qu'elle maintienne sa place dans le commerce narbonnais. Cela ne contredit en rien la règle de pauvreté que chacun a volontairement choisie. Pauvreté ne veut pas dire dénuement.

Gari se tourne vers Rotland.

— Et toi, Rotland, on ne t'a point encore entendu. Que te semble-t-il de cette affaire-ci ?

Rotland achève d'avaler sa bouchée de pain, puis il lèche ses doigts tout luisants de sauce.

— Je ne suis pas tisserand. Je tiens pour certain que vous savez mieux que moi ce qui est bon pour nous… Cependant, je crois qu'il serait prudent d'acheter des armes pour nous défendre.

Prononcées d'un ton froid et tendu, les paroles du novice ont creusé un profond silence dans l'épaisseur du soir. Aloïs, du regard, interroge Gari. D'eux tous, il

1. Environ trente mètres.

est le plus avancé dans la voie du salut. Il est donc le plus à même de répondre à son compagnon novice.

— Rotland, tu le sais, nous avons choisi de vivre selon l'Évangile. Nous devons apprendre à résister par la douceur à la violence du monde.

Aloïs a surpris le furtif coup d'œil que le jeune homme a jeté du côté de la couche.

— Redoutes-tu qu'il nous arrive ce qui est arrivé à Enric ?

— Non. Grâce à Dieu, j'ai santé et robustesse. D'une attaque pareille, je saurais me défendre… mais j'ai grand tourment d'un autre péril qui nous menace tous.

De nouveau, Rotland se tait. Tierric le connaît assez bien pour savoir que ce silence est lourd de paroles retenues.

— Si tu sais quelque chose qu'il est bon que chacun d'entre nous connaisse, ouvre ton cœur, mon ami, sans plus nous faire languir.

Le novice lève vers eux son franc visage au regard clair et il se met à parler :

— Je m'étais rendu en un certain endroit de la rivière, assez éloigné du lieu où je me tiens d'ordinaire pour pêcher… J'avais entendu dire qu'on y trouvait de belles carpes. Il y avait là deux hommes que je ne connaissais point. Au lieu de me chasser comme il arrive souventes fois à des pêcheurs jaloux, ceux-là voulurent bien partager leur bord de rive avec moi. À vrai dire, ils étaient plus occupés à bavarder qu'à prendre du poisson. L'un d'eux tenait une nouvelle qu'il racontait à l'autre et qui semblait les passionner tous deux. Voyant que je tendais l'oreille pour la savoir, ils n'ont eu d'autre hâte que de me la narrer, tant elle leur paraissait étonnante.

Comme Rotland s'est interrompu, le temps de porter la gargoulette à ses lèvres, Gari l'encourage :

— Rapporte-la sans rien omettre, aussi fidèlement qu'elle t'a été dite. Nous jugerons ensemble si elle a valeur de vérité ou si ce n'est qu'une de ces folles inventions qui courent la campagne.

— Jugez-en, mais l'homme qui me l'a racontée la tenait de son frère, curé à Limoux, qui l'avait apprise d'un certain bouvier de sa connaissance… Voici la chose : c'est arrivé hier matin, du côté de Saint-Hilaire. Des moines ont découvert, dans un bois proche de l'abbaye, un cadavre perché sur un arbre. Ils l'ont pris d'abord pour un ange, car le corps avait des ailes dans le dos. Mais c'était un homme né d'une femme et fait de chair et d'os comme vous et moi.

Saisie d'effroi par ce qu'elle vient d'entendre, Aloïs a jeté un coup d'œil vers l'enfant Guilhem. Celui-ci semble n'avoir d'intérêt que pour sa souris.

— Connaît-on cet homme qui est mort ? interroge Gari.

— À ce qu'a dit le pêcheur, c'était un ouvrier d'un atelier de tailleurs de pierre embauchés par l'abbaye.

— Si elle est vraie, l'histoire est bien horrible et ce détail des ailes d'ange bien singulier. Cependant, en quoi devrait-elle nous inquiéter ?

— Le curé a dit à son frère que l'abbé avait désigné un homme pour chercher le coupable. D'après lui, il n'y a pas à chercher bien loin. C'est dans un repaire d'hérétiques qu'on trouvera le criminel. « Allez voir du côté de ceux qui se disent "Bons Chrétiens" alors qu'ils sont les vrais ennemis de Dieu. À n'en pas douter, c'est chez eux que l'assassin se cache ! » Voilà ce qu'a dit le curé de Rome et les deux pêcheurs, qui ignoraient qui j'étais, semblaient bien d'accord là-dessus.

Le récit de Rotland a jeté la consternation parmi ses commensaux.

Aloïs, plus encore que les autres, a l'âme en peine de ce qu'elle vient d'entendre. Mais elle hésite encore à parler de ce qui s'est passé au moment où le forgeron a trépassé ainsi que des étranges propos que lui a tenus le jeune Guilhem. Il vaudrait mieux que l'enfant aille se coucher.

À ses côtés, celui-ci est en train de jouer avec des arêtes de poisson. Il les a bien nettoyées jusqu'à les rendre aussi blanches que des brindilles de bois sec. Sur le bois de la table, il les dispose avec soin, formant une sorte de dessin.

— Tu écris quelque chose, Guilhem ?

— Non pas… J'avions vu cette chose à la forge. C'est la fabrique pour tuer les anges.

Tous, à cette minute, braquent leurs yeux sur le motif tracé par les arêtes. On dirait une petite fourche à deux branches dont les pointes s'achèvent en hameçon. Un pur objet de torture.

Chapitre 16

JORDI DE CABESTAN

Abbaye de Saint-Hilaire

— Messire, nous avons grand dol du deuil qui vous frappe. Nos prières de ce soir iront à l'âme de votre frère et nous offrirons une messe pour son salut.

Forton Deltheil s'est efforcé de mettre le plus de douceur possible dans ses paroles. Depuis de longues minutes, le sculpteur se tient dos tourné, appuyé à la croisée, le regard perdu au-delà de la verrière vers le lointain de la campagne. À l'annonce de la mort de son frère Valerian, il n'a pas dit un mot. Seulement ce cri sourd qui est sorti de sa bouche et puis le silence.

Devant lui, les petits losanges de verre découpent le paysage en une mosaïque un peu floue. Le fauve camaïeu des frondaisons automnales s'estompe dans le bleu délavé du ciel. Un tableau qui, en d'autres circonstances, le comblerait d'une sereine plénitude. Mais, en cet instant, il n'en est rien. La campagne dans la splendeur de sa parure, il ne la voit pas. Ni l'or ni la pourpre et l'azur de la nature ne le touchent, non plus que les paroles bienveillantes de l'abbé. Pour quelques instants encore, il se veut sourd et aveugle aux messages du monde. Le temps que reflue en lui cette vague de colère qui le submerge. Ce n'est pas l'impudeur des larmes qu'il veut cacher aux yeux des moines, mais la fureur meurtrière qui déforme ses traits. S'appliquant à maîtriser le rythme de son souffle, il ferme les paupières et l'aimable visage de Valerian lui apparaît. Son frère, de dix ans son cadet, le suivait avec ferveur dans cet art de la pierre. Il en avait fait son maître ouvrier. C'était lui, Valerian, qui devait diriger en son absence les travaux de La Grassa. Teubald, qui était devenu depuis peu son premier ouvrier, en avait manifesté quelque aigreur. Mais l'autorité du Maître avait tranché.

Or, voilà qu'en deux jours deux morts criminelles viennent frapper de plein fouet l'équipe des imagiers, mettant gravement en péril la pérennité de l'atelier.

En tuant Thomas-le-Boiteux et Valerian, c'est un peu de lui-même, Jordi de Cabestan, que l'assassin vient de tuer aussi. Les morts réclament vengeance et lui, il réclame justice.

Il se retourne vers l'abbé.

— Révérendissime Père, j'attends de Votre Grandeur qu'elle me confirme dans la mission dont elle m'a investi de débusquer l'assassin.

Forton Deltheil s'attendait à cette requête de la part du Maître. D'un geste de la main, il invite les trois hommes à s'asseoir, lui-même prenant place sur un des sièges hauts où d'ordinaire travaillent les copistes.

— Mon bien cher fils, tandis que nous vous espérions, frère Anselme et moi-même avons débattu longuement avec notre frère Albin, de La Grassa, sur tout ce qui vient d'advenir. Or voici ce que nous avons conclu : nous sommes convaincus que ces deux crimes aux formes identiquement monstrueuses n'ont qu'un seul et même instigateur, le diable.

À ce mot, le moine de La Grassa hoche vivement la tête tout en se signant par trois fois. Jordi de Cabestan, quant à lui, ne peut s'empêcher de réagir.

— J'ignore, pour l'heure, le détail de la mort de mon frère Valerian, mais peut-on sérieusement imaginer que le diable en personne ait accroché mon compagnon

Thomas à l'aide d'un appareil de fer, à l'évidence forgé de main d'homme ?

Un sourire apaisant fleurit sur les lèvres de l'abbé.

— Ne vous mettez pas en peine, mon fils, de ce que je n'ai point dit… Sachez, tout d'abord, que votre malheureux frère a été découvert pendu à la cloche de l'abbaye de La Grassa, à l'aide du même dispositif hideux que nous avons trouvé ici. Cela montre bien, en effet, qu'un homme, ou peut-être plusieurs, ont été les noirs artisans de ces deux crimes. Cependant, ils n'en sont à nos yeux que les exécutants, obéissant à une inspiration diabolique qui vise à semer l'effroi dans nos saintes communautés.

Imaginer que le corps de son frère a subi la même profanation que celui de Thomas ravive la douleur de Jordi de Cabestan. Il ose de nouveau interroger l'abbé :

— Que Votre Grâce daigne pardonner mon insistance, mais êtes-vous tout à fait assuré que l'assassin vise votre communauté ? Je vous le demande humblement. Car ce ne sont point des moines qui ont été tués, mais de modestes artisans, issus de la plèbe. J'ajoute que ce ne sont pas les abbayes qui auront à souffrir des conséquences de ces assassinats, mais bien notre atelier dans ses entreprises à venir. Songez que j'ai perdu là deux de mes meilleurs ouvriers.

— Nous entendons vos arguments et nous ne sommes pas loin de partager vos conclusions. Il n'est pas à exclure, en effet, que des envieux, poussés par une jalousie meurtrière, aient voulu vous porter préjudice. Mais alors, pourquoi ne pas se contenter d'assassiner vos compagnons dans quelque carrière où vous travaillez ? Elles sont faciles d'accès et offrent toutes sortes de cachettes… Ou encore, lors d'un de ces jours de congé au cours desquels chacun se retrouve isolé occupé à ses propres affaires ? La tâche du criminel en aurait été bien facilitée. Or voilà que notre homme a compliqué son affaire en s'approchant de nos abbayes. Que dis-je ? En y entrant, pour ce qui est de La Grassa, profitant sans doute d'on ne sait quelle complicité. Et qui plus est, dans les deux cas, en prenant le temps d'affubler ses victimes d'oripeaux angéliques. Il y a, dans cette ostentation démoniaque, une évidente volonté de troubler les consciences chrétiennes. On cherche ici à semer l'effroi et la consternation chez ceux qui veulent vivre au plus proche de Dieu.

Cette fois, le Maître ne peut qu'approuver.

— Je suis moi-même convaincu que l'exposition du cadavre de Thomas cherchait à troubler les âmes… J'imagine que le sort infligé au corps de mon pauvre frère visait le même but.

— C'est ce qui s'est passé, messire, intervient le moine de La Grassa. Nos frères ont été bouleversés par cette vision macabre. Il a fallu toute la force spirituelle de notre abbé pour calmer les esprits et que notre demeure retrouve enfin un peu de sérénité.

Forton Deltheil approuve de la tête les propos de frère Albin.

— Sachez enfin, Maître Jordi, ajoute-t-il, que nous tenons pour très important que l'affaire soit jugée devant un tribunal ecclésiastique. Le *tuitio defensio* dont je dispose me donne, entre autres droits, celui de justice. C'est pourquoi nous voulons que vous poursuiviez les recherches. Nous avons toute confiance en votre sagacité et votre prudence. Ces crimes commis dans la maison de Dieu, ou dans ses abords immédiats, doivent rester entre les mains des hommes de Dieu. Une fois le coupable arrêté et le jugement rendu, nous le remettrons alors au pouvoir séculier afin que la sentence soit exécutée. Mais seulement à ce moment-là.

Le Maître a compris le message. Son passé de clerc lui permet de déchiffrer tout ce que l'on tait sous l'apparence des choses dites. Il tient toutefois à ce que tout soit clairement énoncé.

— Le seigneur de Trencavel doit donc être tenu à l'écart de cette enquête ?

Un profond soupir de Forton Deltheil lui signifie qu'il ne s'est pas trompé.

— Autant que faire se peut, mon fils. Ainsi que le comte de Toulouse et la vicomtesse de Narbonne. Nous voulons éviter que l'affaire ne devienne politique. Vous n'ignorez pas les querelles qui ont si longtemps opposé ces trois maisons et déchiré notre pays. Aujourd'hui, l'incendie est éteint, mais nous devons nous garder du feu qui couve sous la cendre. Un rien peut suffire à l'embraser à nouveau.

— Encore faudrait-il que l'assassin n'appartînt, de près ni de loin, à aucune des trois maisons.

La remarque de Maître Jordi a fait mouche. À l'évidence, l'abbé Deltheil a envisagé cette hypothèse.

— La paix de Dieu est bien fragile. C'est pourquoi, mon cher fils, nous prierons ardemment pour que vous trouviez le bon coupable.

Pour sincère qu'elle paraisse, l'épithète a quelque chose de troublant. Qu'est-ce donc qu'un « bon » coupable. Celui qui a commis le crime ? Ou bien celui à qui on serait heureux de l'attribuer ? Maître Jordi ne peut se retenir d'exprimer son doute :

— Révérendissime Père, suggéreriez-vous qu'il y aurait une piste à privilégier, plutôt qu'une autre ?

Une expression plus soucieuse qu'embarrassée vient obscurcir le visage de l'abbé. Il se détourne vers l'archiviste à tête de mouton :

— Frère Anselme, pouvez-vous exposer à messire de Cabestan les motifs de soupçon dont vous nous avez fait part ?

Des trois hommes qui lui font face, Anselme de Montlaur est assurément celui qui a le plus de mal à contenir son inquiétude. Depuis le début de l'entretien, il n'a cessé de froisser ses mains, de les rentrer et de les sortir de sous son scapulaire ou d'en triturer fébrilement le tissu. Il commence par se racler la gorge afin d'affermir une voix que l'émotion aurait tendance à faire chevroter.

— Voici cinq ans de cela, un de nos frères a semé la discorde au sein même de notre *scriptarium*.

— À quel sujet ?

— Eh bien, précisément au sujet des images. Non point des images sculptées, mais de celles qu'il apprenait à tracer ici, sur le parchemin de nos livres.

— Sous quel motif ?

— Laissez-moi d'abord vous dire qui était ce garçon... Alors qu'il était âgé de dix ou onze ans, il avait été conduit à l'abbaye par sa famille, des pauvres gens de Limoux qui, ne pouvant en assumer la charge, nous l'avaient confié à titre d'oblat[1]. C'est moi qui fus chargé de son instruction. Très vite, je remarquai les dons particuliers de mon jeune élève pour le dessin. Naturellement, je l'ai orienté vers la bibliothèque et les travaux du *scriptarium*. En peu de temps, il s'est révélé un scribe remarquable doublé d'un excellent *pictor*. Tenez, regardez ce manuscrit...

Frère Anselme a saisi un codex et l'ouvre en grand sur l'un des pupitres.

C'est un exemplaire magnifique, en pur vélin, de l'Apocalypse de Jean, orné de frises d'une délicatesse incomparable et de figures aux chatoyantes couleurs en tout point admirables. À peine a-t-il posé les yeux dessus que le Maître se sent envahi par une émotion fort ancienne. Lui reviennent aussitôt les années de sa prime jeunesse où il découvrit les enluminures de Catalogne ; ces images prodigieuses qui décidèrent de son destin d'imagier.

— Voyez, dit l'archiviste, les entrelacs gracieux, les teintes délicates, tout cela est l'œuvre de notre oblat.

1. Un oblat est un laïc qui est donné ou qui se donne à un monastère.

Il avait alors à peine treize ans… J'avais fondé sur lui les plus grandes espérances.

— Que s'est-il passé ?

— Pendant les années d'apprentissage, il a fidèlement observé mon enseignement, se conformant en tout point aux consignes que je lui donnais. Cependant, j'aurais dû me douter que le Malin instillait en son âme un poison pernicieux. Petit à petit, je l'ai vu rechigner à pratiquer son art d'enlumineur, qu'il possédait pourtant à la perfection. Il me semblait qu'il y mettait moins de cœur, qu'il se lassait des livres qui avaient fait sa joie… Un jour, à l'abord de ses vingt ans, il se prit de querelle avec un de ses compagnons à propos de la pureté de notre ordre. Il soutenait que nous avions dévoyé l'esprit de Cîteaux et trahi la pensée de saint Benoît. Il répétait avec emportement les paroles de notre père fondateur : « Tu trouveras bien plus dans les forêts que dans les livres. Les bois et les pierres t'apprendront bien plus que n'importe quel maître… » Je parvins à calmer sa colère et, en pénitence du désordre qu'il avait causé, je l'exclus quelque temps du *scriptarium* et l'envoyai aux travaux des champs.

Au ton de dépit de l'archiviste, le Maître a perçu le trouble qui l'habite encore, au souvenir de cet oblat talentueux et détestable.

— Mais vous lui avez pardonné, n'est-ce pas ?

— Aveugle que j'étais ! Ayant eu confiance en son repentir, je commis peu après une erreur qui fut sans doute à l'origine de sa perte.

Tout en parlant, le moine a saisi un autre livre sur une étagère et le tend à Jordi de Cabestan.

— Je lui avais demandé d'exécuter cette copie à partir d'un manuscrit qui nous venait de Tolède.

Le codex est un ouvrage d'Origène intitulé *De principiis.* Le Maître ne peut cacher son étonnement.

— Mais… n'est-ce pas le livre dans lequel cet auteur soutient que Dieu aurait créé de purs esprits dont un grand nombre auraient sombré dans la révolte ? De ce refus d'obéir au Créateur seraient nés les anges, les démons et les hommes.

— C'est bien celui-là même.

— Je croyais qu'Origène avait été frappé d'anathème et déclaré hérétique lors du concile de Constantinople en l'an 553 de l'Incarnation.

— C'est exact, intervient l'abbé. Cependant il importe que nos bibliothèques conservent tous les écrits de tous les temps – y compris les plus éloignés de notre doctrine –, cela permet d'en réfuter les fausses théories et d'y dénoncer les racines malfaisantes des hérésies nouvelles.

L'archiviste enchaîne, la voix plus tremblante encore :

— En ce temps, notre oblat avait recouvré toute ma confiance, au point que je lui avais attribué la tâche d'exécuter cette copie.

Anselme de Montlaur a tourné vivement les pages du manuscrit pour en pointer la dernière :

— Voyez ici, ce qui est marqué à l'encre rouge, de la main même de ce scélérat.

Le Maître s'est penché pour lire la phrase placée en léger décalage et tracée d'une écriture plus ample que le reste du texte : « *Veritas veritatum, omnia veritas.* »

— Vérité des vérités, tout est vérité... lit-il à haute voix. Mais, ne dirait-on pas une parodie de l'Ecclésiaste ? « Vanité des vanités, tout est vanité. »

— C'est en effet une odieuse parodie de l'Ecclésiaste, confirme l'abbé d'une voix tranchante en martelant son propos du plat de la main sur le pupitre.

— Outrepassant son rôle de copiste, cet oblat s'est permis de commenter les écrits démoniaques d'Origène et d'y apposer son approbation.

— Pourquoi n'avez-vous pas gratté le parchemin et effacé le commentaire ?

Cette fois, c'est frère Anselme qui répond :

— Lorsque je m'en suis aperçu, j'ai voulu lui demander raison de son acte, mais l'oblat avait disparu. Nous l'avons cherché en vain, plusieurs jours durant. Il n'est jamais réapparu à l'abbaye. Aussi avons-nous décidé de conserver la trace de sa faute afin de le confondre, le jour où nous l'aurions retrouvé.

Le Maître a refermé le codex. De nouveau, il s'éloigne vers la fenêtre, comme si la lumière du jour pouvait mettre un peu de clarté dans son esprit embrumé. La voix de Forton Deltheil l'interrompt dans sa rêverie.

— Récemment, nous avons eu des nouvelles de cet oblat. Ou tout au moins d'un homme qui lui ressemblait. Un de nos paysans l'aurait vu arpentant la campagne, non loin d'ici, en compagnie d'un de ces hérétiques qui se disent « Vrais Chrétiens » ou « Bons Hommes ».

— Peut-on se fier à ce témoignage ?

— Il est vrai qu'en cinq ans une figure humaine peut changer considérablement. Surtout masquée par la barbe hirsute qu'arborent ces mauvais bougres. Mais le paysan, à qui les deux hérétiques ont parlé, était très assuré de l'avoir reconnu.

Le Maître s'est arrêté dans sa déambulation. Il se retourne vers Anselme de Montlaur.

— Vous qui l'avez bien connu et côtoyé de longue date, pensez-vous qu'il puisse être coupable des crimes qui nous frappent ?

L'archiviste réfléchit quelques secondes avant de répondre :

— Il y a, évidemment, grande distance entre le reniement et le meurtre, – tous les crimes ne sont pas de même degré ni de même nature. Mais je vois dans le départ soudain de l'oblat et son obstination à nous fuir une sorte de haine à l'égard de ce que nous représentons. D'autant plus forte qu'elle ne s'était jamais manifestée auparavant et qu'elle a jailli d'un coup. Certes, il ne s'en est pris à aucun d'entre nous, sa signature apposée au bas des hérésies d'Origène est cependant un coup porté à l'abbaye tout entière et, indirectement, à l'ensemble des membres de notre communauté. De plus, pour s'introduire, sans être soupçonné, dans une abbaye comme celle de La Grassa, il faut une certaine connaissance du fonctionnement d'un monastère. Ce que notre homme possède parfaitement… Enfin, je vois dans l'odieux déguisement des victimes non seulement une attaque contre les saintes images, mais encore plus un dénigrement de la sainteté de la Création.

Le Maître est songeur. Les arguments exposés par l'archiviste ne constituent nullement des preuves. Ils présentent toutefois un faisceau de correspondances pour le moins troublant. Il faudrait pouvoir rencontrer cet homme, parler avec lui. Non point de prédication ou d'images, mais savoir par exemple s'il connaît quelque ribaude du côté de Petra-Talada.

— Votre paysan sait-il d'où venaient les deux hérétiques ?

— De Narbonne, d'après ce qu'ils lui ont dit.

— Et comment se nomme votre ancien oblat ?

— Gari. Gari Destarac… Il semblerait qu'il y exerce le métier de tisserand.

Chapitre 17

RAIMON DE TERMES

Abbaye de La Grassa

Dès l'entrée, tous ont eu un haut-le-cœur à l'odeur âcre de chair calcinée. Le cadavre est à demi ployé, les pieds posant au sol et le buste enfoncé dans le foyer de la forge, un bras tendu comme s'il y cherchait quelque chose. La mince silhouette et les mollets nus visibles sous la tunique de travail indiquent qu'il s'agit d'un homme jeune. L'arrière du crâne est brisé, montrant la matière blanche visqueuse du cerveau au milieu d'éclats d'os. Tout près, dans la cendre, émerge le manche de la lourde masse qui a servi à fendre le crâne du malheureux. L'assassin n'a même pas pris la peine de la retirer, comme s'il lui importait peu que l'on découvrît l'arme en même temps que le crime. À moins qu'il n'ait été obligé de s'enfuir en vitesse, de crainte d'être pris sur le fait.

Un véritable tumulte a suivi l'annonce de cette mort. Il a fallu donner de la voix pour calmer les esprits et empêcher les frères de se ruer hors du chapitre. Les deux moines chargés du pesant trône à roues de l'abbé ont dû se frayer un chemin au milieu de l'agitation générale. Avec mille précautions, ils ont conduit l'infirme tout-puissant depuis le cloître jusqu'aux bâtiments extérieurs, où se trouvent les différents ateliers de l'abbaye. C'est dans cette partie de l'enceinte que convers et laïcs œuvrent quotidiennement aux divers travaux de fabrique. Verriers, mégissiers, céramistes, couturiers, herboristes et autres artisans disposent chacun de leur bâtiment aménagé avec tout le nécessaire à la pratique de leur métier. L'ensemble forme une sorte de rue au bout de laquelle se trouve la forge. À cette heure, les ateliers sont fermés. Depuis que frère Flavian a découvert le premier cadavre pendu sous la cloche, tous se sont conformés à l'ordre exprès de l'abbé. Hormis pour les offices et la prière, il a été interdit à quiconque de rien entreprendre, ni de tenter de sortir de l'enceinte de l'abbaye. Peu après l'heure de tierce, alors que le soleil était déjà haut, le secteur des ateliers était aussi désert et silencieux qu'en pleine nuit. À présent, la porte de la forge grande ouverte semble une bouche provocante, comme un défi lancé aux consignes de l'abbé.

Le maître forgeron se tient devant l'entrée, interdisant à quiconque de passer. C'est lui qui a fait la macabre découverte alors qu'il se rendait aux latrines. Voyant l'ouverture béante et apercevant le corps dans l'âtre, il a aussitôt donné l'alerte, sans chercher plus avant.

À l'approche du cortège des moines, la foule s'est écartée. Raimon de Termes, d'autorité, s'est placé en tête, son épée à la main. Sa belle stature et sa noble prestance ont imposé à tous le calme et le silence.

Cloué dans son fauteuil, l'abbé Robertus a demandé qu'on l'approche de l'âtre.

— Sait-on qui est ce malheureux ? demande-t-il en pointant vers le cadavre sa main décharnée.

— Non, Votre Sublimité. Nous n'avons pas osé y toucher avant votre arrivée.

— Retournez-le et sortez-le de là !

Toucher un cadavre est une sale besogne chargée de mille superstitions. La plupart des êtres ordinaires y répugnent. On ne touche un mort que par piété, seulement s'il s'agit d'un proche. Mais le chevalier de Termes, qui se veut homme de guerre, se doit d'avoir le cœur mieux trempé que quiconque. Il lui faut montrer à tous qu'il s'est affranchi de ces vaines craintes, bonnes pour le commun des mortels. Il fait un signe au forgeron. À eux deux, ils empoignent le corps, le retirent de l'âtre et le déposent au pied de l'énorme enclume, face au fauteuil de l'abbé.

Tout un côté du visage est horriblement brûlé. L'œil a éclaté et fondu en une coulée noirâtre. Les chairs des tempes et de la joue sont calcinées, montrant l'os. Une braise ardente grésille encore dans la mâchoire, coincée entre les dents à nu comme si le mort dévorait ce sinistre brandon. Surmontant sa répulsion, de la pointe de l'épée Raimon l'extrait de la bouche et l'écrase d'un coup de talon. Dans le mouvement, la tête s'est retournée dévoilant le côté indemne. À l'image hideuse succède le doux profil d'un jeune homme aux traits fins de jeune fille. Un même cri d'effroi jaillit de plusieurs bouches en même temps :

— Matéu !

Le prénom se répète, murmuré de bouche en bouche pour atteindre ceux qui n'ont pu entrer. L'émotion sincère des voix trahit la sympathie dont le jeune mort bénéficiait parmi les moines.

Il y a peu de laïcs, ce jour d'hui. La plupart d'entre eux habitent au village. Ce matin, ayant trouvé porte close, ils s'en sont retournés chez eux. Seuls sont présents ceux qui dorment à l'abbaye pour les nécessités de leur travail. Le forgeron est du nombre, car les ouvriers tailleurs de pierre lui avaient commandé, la veille, l'affûtage de leurs outils. Il avait travaillé jusqu'à une heure avancée dans la soirée. Ce n'est que fort tard qu'il avait regagné son logis à l'étage après avoir recouvert les dernières braises de la forge. C'est pourquoi, au matin, quelques-unes rougeoyaient encore sous la cendre.

Sur le pas de la porte, Teubald et León, les compagnons du Maître de Cabestan, se sont approchés du groupe des convers. Ces derniers, qui sont illettrés, n'intégreront jamais le chœur des moines. Ils ne sont pas soumis à la règle majeure non plus qu'à l'observance stricte du silence. En quelques mots prononcés à voix basse, ils informent les tailleurs de pierre de ce qui vient de se passer. Les deux compagnons sont atterrés. À l'aube, l'annonce de la mort de leur ami Valerian les avait glacés d'horreur. Celle du jeune convers les plonge à présent dans un abîme d'épouvante. Ils ne sont pas les seuls. Tous les visages à l'entour sont marqués du même effroi. Sans que personne en dise mot, la peur peu à peu étend sur chacun son emprise d'ombre. Un assassin se tient là, parmi eux. C'est l'un d'eux. Soudain, le frère a pour le frère un regard d'inquiétude. Chaque visage, hier encore amical et paisible, semble devenu le masque même de la fourberie et, chaque fois que deux yeux en croisent deux autres, ils paraissent demander dans un silence affreux : « Est-ce toi ? » ou encore : « Qui d'autre va mourir aujourd'hui ? Toi ou moi ? »

Cependant, par cette étrange attraction qui pousse parfois les cœurs les plus fragiles à s'approcher de l'horreur la plus noire, personne ne s'éloigne de la forge. Tous restent là, ignorant ce qui se passe dans l'antre obscur, mais prêtant une oreille avide de détails à la description qui circule à mi-voix de celui qui hier encore était le beau Matéu. Son charmant visage affreusement calciné par les braises, son crâne brisé d'un coup de marteau, sa jeunesse cruellement interrompue, tout cela ramène chacun au *memento mori*[1] qui est le moteur même de la prière et de la foi. L'inexorable rappel à l'ordre de l'ascétisme et du détachement des choses de ce bas monde.

Au milieu de cette foule des badauds de la mort, un seul manque à l'appel. Nul n'y a prêté attention pour le moment, mais on chercherait en vain, parmi eux, la

1. « Souviens-toi que tu vas mourir. »

haute silhouette du colosse à l'âme trop délicate, le bon frère Flavian. À peine la rumeur de ce nouveau crime lui est-elle parvenue que le sonneur de cloches a couru se réfugier dans l'écurie. Le cœur battant, l'esprit ballant, il se tient blotti contre le flanc de ce beau cheval dont on lui a confié la garde. Longuement il le caresse, un bras passé autour de son encolure dans une étreinte enfantine, passant et repassant la main dans la crinière, faisant de cette tendresse qu'il donne une sorte de consolation. L'animal ne bronche pas. Sans doute a-t-il senti que l'homme avait besoin de lui. Flavian a fini par poser sa joue contre le chaud poitrail de Drac.

Dans l'odeur apaisante et douceâtre de la litière, les larmes du géant trop sensible se mêlent à la sueur de la bête.

De l'autre côté de l'abbaye, un moine vient d'entrer dans la forge, portant un vaste drap de serge. Aussitôt Raimon de Termes et le forgeron y déposent le corps martyrisé du pauvre Matéu. Avant qu'on l'emporte, l'abbé Robertus tourne sa petite tête de momie vers l'un de ses servants :

— Frère Albéric, les consignes de confinement que nous avions données n'ont eu d'autre effet que d'autoriser ce nouveau crime… Or donc, voici mes ordres : que les moines qui font partie du chapitre retournent à la salle capitulaire tandis que les autres se rassembleront dans l'abbatiale pour y prier. Toute autre personne, laïque ou converse, doit reprendre les travaux du jour, à la condition de ne jamais se retrouver seule, où que ce soit. Que tous aillent et viennent et travaillent par groupes de trois au minimum. Que l'on ne soit jamais deux, par crainte que le diable ne se glisse au milieu… Quiconque enfreindra cette règle sera, sur-le-champ, jeté au cachot.

Aussitôt les consignes sont transmises des uns aux autres. En quelques instants, la place se vide de ses occupants. Outre Raimon de Termes et le forgeron, il ne reste plus dans l'atelier que les trois moines chargés d'accompagner l'abbé en tous lieux.

Sa trop longue péroraison a fatigué Robertus. Il a fallu tendre l'oreille pour en percevoir les derniers mots. Frère Albéric s'incline avec respect.

— Révérendissime Père, que doit-on faire du corps ?

— Déposez-le au cellier avec celui du tailleur de pierre. Faites creuser une fosse dans le carré des convers. Nous procéderons à l'inhumation ce soir même.

Les moines amorcent un geste vers le cadavre, quand soudain Raimon s'interpose :

— Attendez !

Tous échangent un regard inquiet. Tout chevalier qu'il soit, ce damoiseau devrait savoir que l'on n'interfère pas dans un ordre de l'abbé. Toutefois, ce dernier ne semble pas choqué par cette intervention intempestive. On dirait même que cela lui plaît. Il a levé ses pupilles profondes vers Raimon d'un air interrogatif, mais non point sévère.

— Révérendissime Père, tout à l'heure Votre Grandeur m'a posé une énigme que j'ai eu grand plaisir à résoudre. Or j'en vois ici une autre qui m'intrigue tout autant, si ce n'est davantage et dont la solution m'échappe.

— Quelle est-elle ?

— Je ne puis la dire pour le moment tant elle me paraît hasardeuse et confuse. Mais sachez qu'elle touche à l'assassinat de frère Matéu et qu'elle est une des clés de ce mystère.

— Frère Matéu a été tué d'un coup de masse. Je ne vois là aucun mystère.

— Eh bien, moi, je vois là un mensonge... Ce que nous avons vu en entrant ici est une illusion que l'assassin veut nous faire prendre pour la réalité. C'est, du moins, ce que je suppose. Et j'en serais tout à fait assuré si Votre Grandeur m'autorisait à emprunter une sandale du mort. Je n'en aurai pas besoin bien longtemps. D'ici une heure de temps, tout au plus, je la rapporterai et avec elle la solution à cette énigme.

La sidération des moines face à l'effronterie du jeune chevalier s'est muée en effarement. Pour qui se prend-il pour oser s'adresser ainsi à l'abbé et lui exposer une aussi folle requête ?

Mais, une fois encore, le vieillard devant lequel tous s'inclinent avec révérence ne manifeste aucune impatience. Il se tait et observe Raimon de toute l'acuité de son regard d'aigle. Puis ses lèvres s'entrouvrent :

— Qu'il en soit ainsi… Vous avez aussi l'autorisation de vaquer librement à l'intérieur de l'enceinte durant l'heure qui vient. À l'issue de ce temps, vous nous rejoindrez dans la salle capitulaire. Je vous y attendrai, vous, votre énigme et votre solution.

Raimon courbe la tête.

— Grâce vous soit rendue, Révérendissime Père.

Dans le même mouvement, il s'incline jusqu'au pied du cadavre dont il dénoue délicatement l'une des sandales qu'il ôte du pied maculé de poussière et de crasse.

Cela fait, il se relève et s'éloigne avec son butin dérisoire dans la lumière du dehors.

Ce que Raimon n'a pas dit, c'est que la faim lui mord le ventre. Depuis le déjeuner pris au départ de Carcassonne, son estomac sonne creux. Lorsque l'archevêque l'a missionné pour La Grassa, il n'a voulu s'encombrer d'aucun serviteur. Il a laissé son écuyer Lucas diriger les gens de sa suite et s'en est allé tout de gob, chevauchant d'une traite, sans autre arrêt que pour s'abreuver à une source. Sa longue attente ensuite, avant que l'abbaye s'ouvre pour lui, puis sa pénible comparution devant l'abbé et enfin la malencontre de ce nouveau crime, tout cela a mis son énergie à rude épreuve. S'il veut mener à bien ce qu'il a en tête, il lui faut prendre des forces.

Sur l'instant, il s'en veut d'être sorti de la forge en affichant la détermination de celui qui sait où il va. Quelle folie l'a pris de s'aventurer ainsi sans l'aide de personne ? Il n'a aucune idée de la conformation de l'abbaye et serait bien incapable de trouver tout seul le chemin des cuisines. De plus, l'abbé ne lui a donné qu'une heure pour reparaître devant lui. C'est trop peu pour perdre du temps à explorer les bâtiments.

Soudain des hennissements s'élèvent dans le silence monacal. Un braiement d'âne leur répond aussitôt. « À coup sûr, c'est là un de ces sourires que la Fortune adresse aux audacieux », se dit Raimon, tournant sans hésiter ses pas dans la direction des hennissements. Il vient de se souvenir qu'une poignée de noix et quelques pommes sauvages se trouvent encore dans les fontes de sa selle.

Pour accéder aux écuries, il faut tourner le dos au quartier des ateliers, longer l'immense logis abbatial et contourner l'abside de l'église. Les chevaux se sont tus, mais un dernier braiement confirme Raimon dans la direction à prendre. Il hâte le pas.

À peine franchi le seuil de l'écurie, la bonne odeur de litière le saisit aux narines. Y a-t-il senteur plus rassurante au monde que ce mélange de paille, d'ammoniaque et de crottin ? Pour le jeune chevalier, c'est là le parfum de ses premières années, lorsque son père lui apprenait à dresser les chevaux et à apprivoiser sa propre peur. Ce sont les effluves mêmes de l'enfance.

Un roncin[1] se tient tout près de l'entrée, piaffant et s'ébrouant tandis que, dans les stalles d'à côté, mules et mulets tournent la tête à l'approche de Raimon.

Dans la pénombre tiède et odorante, il aperçoit son Drac, tout au bout, et auprès de lui, le colosse au regard

1. Cheval de charge, de valeur médiocre.

bienveillant à qui il l'avait confié un peu plus tôt. Le moine géant laisse tomber la poignée de paille avec laquelle il bouchonnait l'animal et sourit à Raimon.

— Messire, c'est un bien gentil compagnon que vous avez là !

Raimon acquiesce d'un hochement de tête. Son cheval a été dessellé, les crins de sa queue et de sa crinière sont soigneusement peignés et ses flancs bien étrillés. Lui-même ne l'aurait pas mieux soigné que ne l'a fait ce moine inconnu.

Le chevalier plonge la main dans les fontes de sa selle posée sur la murette de la stalle. Il en sort deux pommes, en tend une au moine :

— Tenez, mon père.

— Oh, non ! proteste le moine. Je ne suis point père. Je n'ai reçu que les ordres mineurs. Ici, on m'appelle frère Flavian. Et, pour ce qui est de cette pomme, je ne suis pas sûr que ce ne soit pas péché de gourmandise que de manger hors du réfectoire…

— Elles vont se gâter si on ne les mange pas, rétorque Raimon. Cependant, ce qui est une faute, c'est d'être tout seul dans l'écurie. L'abbé Robertus a ordonné que tous, ici, devaient aller par trois, de crainte qu'un autre crime ne soit commis. Pour l'heure, je suis le seul à être exempté de cette obligation.

Frère Flavian sourit tout en prenant la pomme.

— Eh bien, nous sommes trois. Vous, le cheval et moi… Mais puis-je vous demander à qui appartient cette sandale que vous serrez dans votre ceinture ?

— Elle est au moine qui a été tué. On m'a dit qu'il s'appelait Matéu.

À ce nom, les yeux de frère Flavian s'emplissent de larmes.

— Mon Dieu, mon Dieu, murmure-t-il en retenant un sanglot, cela devait arriver.

— Pourquoi dites-vous cela ? Il avait des ennemis ?

— Que nenni… Il n'avait que des amis. Trop d'amis. Cela fait à peu près autant de jaloux… Une si belle âme sous un aussi beau visage, ce sont autant d'épreuves que le Ciel vous envoie. Y a-t-il pire disgrâce que d'être trop gracieux ?

À peine a-t-il prononcé ces mots que frère Flavian s'en veut de les avoir dits. Voulant parler de Matéu, il se rend compte trop tard qu'il vient aussi de décrire le beau chevalier de Termes. Il croque dans sa pomme et se détourne pour cacher sa gêne. Mais Raimon est à des lieues de penser à lui-même. Il n'a qu'une idée en tête : résoudre son énigme.

— Que faisait Matéu à l'abbaye ?

— Il était frère convers, tout comme moi. Il travaillait dans les jardins ; tant celui des légumes que celui des plantes médicinales. Cela aurait fait deux ans, à la Noël, que nous l'avons accueilli… Bien que nul ne l'ait jamais entendu chanter autre chose que des cantiques, la rumeur courait qu'il avait été troubadour. Certains disaient que la mort de sa bien-aimée l'avait réduit au désespoir. On peut se faire moine pour moins cher… Pauvre Matéu !

Cette évocation a fait jaillir dans les pensées de Raimon l'image de l'adorable Lucia. Combien il lui tarde, soudain, d'être auprès d'elle ! Sa dernière visite à la maison de l'apothicaire est déjà vieille de plusieurs mois. Depuis qu'il est chevalier, il n'a plus qu'une hâte : demander sa main à son père, ainsi qu'il le lui a promis, et faire d'elle la dame de Termes aussi longtemps que Dieu le permettra. Dès demain, une fois cette affaire réglée – car il ne doute pas qu'elle le soit promptement –, il donnera son congé à l'archevêque et volera jusqu'à Fabreza. La ville de Narbonne, il la visitera plus tard avec sa femme. Un mariage dans la cathédrale ne serait d'ailleurs pas pour lui déplaire. Il imagine déjà Pons d'Arsac bénissant lui-même cette union. Ce serait un beau cadeau à faire à celle qui lui a offert son amour en partage.

Tout heureux de cette idée, Raimon revient à l'urgence du jour. Il tend, dans le creux de sa main, le trognon de pomme que Drac engloutit goulûment.

— Frère Flavian, accepteriez-vous de m'aider à démasquer l'assassin de Matéu, qui est sans doute aussi celui de l'imagier ?

Le géant hausse les épaules dans un geste d'impuissance.

— Vous ne pourriez faire plus mauvais choix pour vous assister, messire. Je n'ai aucun talent dans cette sorte d'entreprise. Ni dans aucune autre d'ailleurs… Moi, tout ce que je sais faire, c'est sonner les cloches ou bien scier des arbres.

— Mon cheval me dit que vous connaissez beaucoup d'autres choses, frère Flavian.

Le moine lève au ciel des sourcils amusés. Raimon enchaîne :

— Par exemple, je suis sûr que vous savez où je pourrai trouver un plant de thym dans cette abbaye. Car c'est bien une brindille de thym qui est prise dans la boucle de cette sandale, ne croyez-vous pas ?

Raimon a tiré de sa ceinture la chaussure de Matéu. Frère Flavian recueille délicatement le petit rameau et le porte à ses narines.

— Du thym. À n'en pas douter.

— Or il ne vient point de thym dans une forge. Je suis persuadé que l'assassin a déguisé son crime.

— Vous voulez dire que Matéu portait lui aussi des ailes d'ange ?

— Point du tout. Il était couché dans l'âtre de la forge, le crâne brisé. Mais, pour moi, ce n'est qu'un leurre pour cacher autre chose. M'est avis qu'il a été tué quelque part où pousse cette plante et que l'assassin l'a ensuite porté ailleurs afin d'orienter les soupçons vers une fausse piste.

Le moine réfléchit un bref instant.

— Je ne connais qu'un endroit… Suivez-moi.

Le jardin des herbes aromatiques et médicinales s'étage en degrés qui descendent jusqu'au pied de l'enceinte monumentale. Un étroit escalier de pierre le coupe en son travers, permettant d'accéder à chacune des terrasses.

— Nous y voici, dit frère Flavian en pointant l'index vers les arbustes. Thym, romarin et lavande. Le laurier est un peu plus loin. Il y a quelques rosiers, méfiez-vous des épines.

— Regardez celui-ci ! s'exclame Raimon. Il est brisé. La terre est piétinée tout autour. Assurément c'est ici que Matéu a rencontré la mort. Peut-être s'est-il écroulé sur le pied de thym, l'écrasant sous son poids.

À cette image affreuse, frère Flavian ne peut s'empêcher de frissonner. Il détourne les yeux, mais une autre découverte ajoute à son trouble une inquiétude nouvelle.

— Messire chevalier, voyez ces plumes sur les marches de l'escalier !... Ce sont les mêmes que celles qui se trouvaient sous l'ange mort, dans le clocher.

Vivement, Raimon ramasse deux ou trois plumes. Une tache attire son regard. Des yeux, il inspecte le bas de l'escalier. Quelques taches semblables parsèment de brun rougeâtre les dernières marches de pierre. Du sang séché ! Les marques s'achèvent au pied d'une porte basse taillée dans l'épaisseur de la muraille.

— Où mène cette porte, tout en bas ? Ce matin, lorsque j'ai fait le tour de l'abbaye, je ne l'avais point remarquée.

— C'est qu'elle n'est pas visible du chemin extérieur. Elle donne au creux d'un fossé caché par un escarpement.

— À quoi sert-elle ?

— Nous y passons parfois pour nous rendre au village. Par-là, le chemin est plus court.

— Descendons et ouvrez-la, je vous prie.

Tout cela ne plaît guère au moine. D'ordinaire, on ne doit ouvrir cette porte qu'après en avoir informé quelqu'un du monastère. Tout au moins le responsable du cellier. Toutefois, il est vrai que celui-ci a été envoyé comme messager et qu'il n'est point de retour. Et puis aujourd'hui n'a rien d'un jour ordinaire. Enfin, le ton impérieux du jeune chevalier de Termes donne le sentiment qu'il sait ce qu'il fait.

Le colosse s'approche de la porte basse. Elle semble ridiculement petite par rapport à lui. C'est à peine si le haut de l'entablement lui arrive au menton. De sa main de Titan, il soulève la poutre de chêne qui assure la fermeture. De l'autre, il tire le lourd panneau clouté.

Aussitôt, Raimon se glisse au-dehors. Il s'écoule à peine une minute dans le sablier du temps avant que retentisse la voix du damoiseau vibrante d'excitation :

— Frère Flavian ! Venez me rejoindre ! Venez voir !

Vérifiant d'un coup d'œil circulaire que personne ne le voit faire, le géant se courbe en deux pour franchir le pertuis. En deux pas, il est dehors.

De l'autre côté de la muraille, Raimon de Termes, la mine grave, désigne quelque chose au sol.

Frère Flavian fait quelques pas dans sa direction et ce qu'il voit lui fait déjà regretter d'être sorti.

Accroché dans un roncier gît le cadavre d'une belle oie blanche au plumage maculé de sang. Des mouches bourdonnent tout autour. Certaines sont en train de pondre dans les plaies qu'ont laissées ses ailes arrachées.

Chapitre 18

DAME ALOÏS

Narbonne

Aux carreaux de la petite fenêtre, le voile d'ombre s'épaissit. Dans le fond de la salle commune enténébrée, Catou dispose de nouvelles bûches dans l'âtre. Sur la table débarrassée des reliefs du repas, deux caleils éclairent les visages de leur lueur tremblante. Tous observent avec inquiétude l'étrange dessin que le petit Guilhem a composé avec les arêtes de poison.

Aloïs voudrait que l'enfant leur raconte ce qu'il sait, mais elle craint de le heurter. C'est très doucement qu'elle demande :

— Où as-tu vu cette chose, Guilhem ?

— À la forge, c'était avant que mon père se blesse.

— Il y a longtemps ?

— Très longtemps.

Mais que signifie longtemps pour un enfant de sept ans ? Entre huit jours, un mois ou davantage, quelle différence fait-il ?

Rotland se penche vers lui.

— C'est ton père qui l'a fabriquée ?

— Oui. Il en a fait plusieurs.

— Combien ?

— Je savions pas le nombre. Il en a fait beaucoup. L'homme a dit à mon père que c'était pour tuer les blaireaux. Mais, à un moment, mon père est sorti, alors j'étions seul avec l'homme. J'ai expliqué qu'il fallait pas tuer les bêtes… Je l'avions appris ici, qu'il fallait pas.

— C'est vrai, approuve Aloïs. Les bêtes sont comme nous. Elles ont une âme.

— Mais l'homme, il a ri. Il m'a dit comme ça qu'il faut pas que je m'inquiète et que les fourches, c'est pour tuer les anges mauvais. Ça, c'était un secret. Je devais en parler à personne… Et puis quand mon père est revenu, l'homme a pris les fourches dans un sac, il a payé et puis il est parti. Alors moi, j'ai rien dit. Parce que c'était un secret.

Aloïs pose une main qu'elle voudrait tendre sur l'épaule de Guilhem, pour le mettre en confiance, mais le gamin se dérobe d'un mouvement souple de chat. « Un petit chat sauvage qui n'a jamais été caressé par personne », songe la jeune femme.

— Pourtant, Guilhem, tu l'as dit à ton père… avant que son âme s'envole, il m'a parlé des anges morts.

L'enfant tourne vers elle un regard où la tristesse se teinte d'inquiétude.

— C'était après… À cause des rêves. Mirgo et moi, on a rêvé des anges morts. Alors je l'avions dit à mon père, parce que j'avions crié la nuit. Mais mon père ne m'a pas cru. Et maintenant Rotland a dit qu'un ange était mort et moi, je savions pourquoi. C'est à cause de ça !

D'un doigt vif, il a pointé les arrêtes blanches en forme de fourche.

Cette fois, c'est Tierric qui se veut rassurant :

— Il ne faut pas t'inquiéter, Guilhem. Rotland a simplement entendu des pêcheurs qui racontaient une histoire. Elle n'est peut-être pas vraie.

— Si, c'est vrai. Tout ce que je rêvions, Mirgo et moi, c'est vrai.

Autour de la table chacun échange des regards mi-anxieux, mi-intrigués. Que peut-il bien se passer dans la tête d'un enfant ? Peut-être les enfants sentent-ils des choses imperceptibles aux adultes ? On dit même que certains ont des pouvoirs étranges. Il y en a, paraît-il, qui peuvent prévoir les événements à venir. Il ne faudrait pas que Guilhem soit de cette espèce. On a vite fait de parler de magie ou de sorcellerie. Si le voisinage venait à l'apprendre, des rumeurs ne tarderaient pas à courir au sujet de leur maison. D'hérétique à sorcier, la distance n'est pas bien grande et, du sorcier au bûcher, elle est plus étroite encore.

Aloïs s'était déjà posé ce genre de questions, un peu plus tôt dans la journée, lorsque le petit lui avait dit qu'Enric avait soif. Comment l'avait-il pressenti ? À présent, elle devine que tous, autour de la table, sont en train d'agiter les mêmes pensées troublantes.

— Mais dis-moi, Guilhem, interroge Gari, à quoi ressemblait cet homme ? Je veux dire l'homme qui a commandé les pièges à ton père, comment était-il ?

— Comme vous, messire Gari.

La réponse a fusé avec une telle franchise que Gari ne peut se retenir de rire.

— Comment cela, comme moi ?

— Grand pareil que vous, les cheveux comme du poil de fouine et la grosse voix. Mais sans la barbe et habillé en riche… Maintenant, Mirgo et moi j'avions sommeil. C'est permis de monter avec la lampe ?

— Oui, Guilhem. Et sois prudent ainsi que tu me l'as promis.

Sans plus attendre, l'enfant glisse sa souris dans sa manche, quitte la table et, après avoir salué d'une pieuse génuflexion chacun des Bons Hommes et des Bonnes Femmes, il disparaît dans l'escalier, son caleil à la main, plus furtif qu'un moineau.

Son départ a plongé la tablée dans un silence de tombe. N'étaient le crépitement du feu et les lueurs mouvantes qu'il projette sur les visages, on pourrait croire à une assemblée de statues tant chacun se trouve plongé en grand désarroi. Gari, le premier, secoue cette torpeur qui les accable tous :

— Frères et sœurs, il s'est passé en peu de temps moult choses de grande infortune. Mais il ne faut point s'alarmer plus que de raison des paroles de l'enfant Guilhem. Il n'a fait que rapporter, dans ses mots à lui, ce qu'il a vu et entendu et qui fut la cause de ses rêves pleins d'effroi. À l'en croire, un homme a commandé à son père quelque arme meurtrière, et peut-être plusieurs destinées à servir un projet criminel dont le forgeron Antoni ignorait tout. Cependant, en confiant la vérité à un enfant, cet homme a voulu que la nouvelle s'en répandît après son départ. Sans doute faudrait-il interroger la mère de Guilhem afin de savoir si son mari lui aurait dit quelque chose de ce client mystérieux. Peut-être connaît-elle son nom ?

Aloïs interrompt Gari d'un geste.

— Pardonne-moi, frère, mais je connais un peu Bertrande. De toutes les fois où je me suis rendue chez eux, jamais je ne l'ai rencontrée dans la forge. Elle était toujours embesognée à la maison et je n'ai jamais ouï son mari l'entretenir des affaires de l'atelier. Je lui parlerai bien volontiers, je doute cependant que nous apprenions quoi que ce soit d'utile en cette matière. Maintenant qu'Antoni n'est plus, seul Guilhem pourrait reconnaître le criminel. Et il faudrait un bien grand hasard pour qu'ils se retrouvent face à face. Dieu l'en préserve !

Les paroles d'Aloïs, tout empreintes de bon sens, incitent le timide Tierric à intervenir. À son habitude, il parle d'un ton calme et posé, propre à apaiser le trouble de ses compagnons :

— Tout ce que l'on sait de cet homme, c'est qu'il ressemble à Gari. C'est-à-dire qu'il doit avoir un peu plus de trente ans, qu'il a le cheveu châtain clair et la parole forte. On sait aussi qu'il porte de riches vêtements. Mais, aux yeux d'un fils de forgeron, n'importe quel drap tant soit peu orné fait figure d'objet de luxe. En bref, la description que nous en avons est celle de centaines de Narbonnais et bien plus encore si l'on sort de la ville. Autant dire que nous ne savons rien de lui. Si ce n'est qu'il était avant-hier à l'abbaye de Saint-Hilaire pour y commettre son forfait.

À l'évocation de l'abbaye, Gari se sent piqué d'une pointe de colère qu'il ne peut apaiser sans la partager avec les autres.

— Vous tous, ici, savez ce que le nom de Saint-Hilaire m'inspire de révolte à l'égard de toutes les faussetés et de tous les mensonges dont on y a abreuvé ma jeunesse. C'est là que, sous le couvert d'une feinte pauvreté, j'ai vu certains moines faire assaut de roueries pour alimenter leurs caisses et augmenter le trésor de l'abbaye dans le plus grossier oubli des enseignements du Christ. Je ne dis point que tous étaient coupables ou complices de ces vilenies, j'en connais, certes, d'innocents dans leur foi et de mœurs très pures. Mais tous ont prêté allégeance à la hideuse Rome… Parmi les autres, je veux dire ceux que j'ai mis le plus d'empressement à fuir, il en est un des plus redoutables qui a pour nom Anselme de Montlaur. Celui-là est l'archiviste de l'abbaye. Il conserve tous les livres qui l'ont rendu le plus savant d'entre tous. Plus encore que l'abbé. Aussi connaît-il bien les penseurs des temps anciens qui ont traité de la vérité en des termes lumineux. Mais il tient cette lumière en horreur, car elle mettrait à bas les tricheries de Rome plus sûrement que les trompettes de Josué abattirent les murailles de Jéricho.

Gari s'est interrompu. D'un geste vif, il porte la gargoulette à ses lèvres. Moins pour apaiser sa soif que pour calmer l'ire qu'il sent monter en lui.

Le naïf Rotland a écouté son discours d'une oreille avide d'apprendre. Il s'émerveille de ce qu'il a entendu :

— Tout de bon, est-il vrai qu'on puisse démolir un mur à coups de trompettes ?

— Aussi vrai que le Soleil tourne autour de la Terre, Rotland, confirme Catou avec toute la certitude de l'évidence.

Face au regard fort ébahi de Rotland, le subtil Tierric vient à son aide :

— Quand tu auras appris à lire, tu découvriras toutes les histoires que la Bible contient et, plus tard, si tu apprends à comprendre, tu sauras lire la vérité cachée derrière les histoires.

— Mais toi, Tierric, avec tous les livres que tu as lus, qu'est-ce que tu comprends à cette affaire d'ange mort ?

— Tu as dit que la victime était un tailleur de pierre, n'est-ce pas ?

— C'est ce que racontaient les pêcheurs. Et ils ont ajouté que le cadavre portait des ailes d'ange.

— Bien… Tout me porte à croire que le dessin tracé par le petit Guilhem à l'aide de ces arêtes est exact. La peur l'a gravé avec précision dans son souvenir. Cependant un tel appareillage me paraît bien compliqué pour servir à tuer, alors qu'une simple dague y suffit amplement. En revanche, ces deux fourches parallèles sont aptes à fixer sur un corps humain des ailes jumelles, ainsi que les imagiers les représentent dans leurs sculptures.

À cette description, Catou et Aloïs ont frémi d'horreur.

Tierric reprend, bannissant toute émotion de son discours :

— Il est donc probable qu'un atelier d'imagiers travaille en ce moment à l'abbaye. Peut-être le criminel a-t-il voulu effrayer à la fois les moines et les artisans. Peut-être aussi s'agit-il de quelqu'un qui, comme toi, Gari, a renié les images et les tient pour choses diaboliques.

— Je suis tes pensées pas à pas, mon ami. C'est pourquoi j'ai tout lieu de craindre pour moi-même. Car tel que je connais Anselme de Montlaur, s'il se sent visé par ce crime, c'est à moi qu'il songera tout de suite. Cet archiviste est aussi intelligent que retors. Je le connais assez pour être sûr qu'il arde de me voir tomber entre ses mains afin de se venger de ce qu'il nomme ma trahison. S'il le peut, il tirera profit de cet ange mort et il en fera mauvais usage contre moi et contre nous. Sans doute n'est-il pas étranger à la rumeur qui court déjà à notre encontre.

— Eh bien, n'avais-je pas raison quand je disais qu'il nous faudrait des armes ? Et j'ai compris tout cela sans savoir lire ! s'exclame Rotland, la mine radieuse.

Aussitôt Tierric le détrompe :

— Non, mon frère, non. « Celui qui a vécu par l'épée, périra par l'épée. » Il nous appartient de nous prouver à nous-mêmes que notre foi n'est point bâtie sur le vent de vaines paroles.

— Devons-nous, alors, nous laisser mettre à mal ?

— Que nenni !

— Mais quel autre choix avons-nous que de nous battre ou de nous laisser abattre ? rétorque Rotland, le sang tout échauffé.

Tierric se redresse sur son banc et pose les mains à plat fermement devant lui.

— Il nous faut devancer le Mal… Croyez-moi, nous devons nous mettre en quête du criminel et le dénoncer devant la justice de Dieu et celle des hommes.

— Sire Dieu le connaît déjà, répond Catou.

— Par le secours de Sa sainte grâce, nous le connaîtrons aussi et la vérité éclatera, dit Gari. Tierric a raison : l'un de nous doit partir à sa recherche… Et je suggère que ce soit notre sœur Aloïs.

Tous sont interloqués par la proposition de Gari. Dame Aloïs la première, qui lève vers lui un regard atterré.

— Frère, comment pourrais-je accomplir pareille prouesse, moi qui ne suis qu'une femme ?

— C'est justement parce que tu es une femme. Les femmes ont sur les hommes cette supériorité de pouvoir se glisser partout sans éveiller les soupçons et de poser des questions sans que l'on s'en méfie.

— Elles savent aussi se taire bien mieux que les hommes, ajoute Catou d'un ton très assuré.

D'un hochement de tête, Tierric montre qu'il approuve ce qui vient d'être dit. Il se tourne vers Gari :

— Si notre sœur accepte la mission, l'un de nous doit l'accompagner, car elle ne saurait aller seule par routes et chemins… Pour ma part, vous le savez tous, je ne suis guère habile aux choses pratiques. Et je ferai un piètre compagnon en cas de danger. Mais toi, Gari, tu pourrais l'accompagner.

— En toute autre circonstance, je l'aurais fait volontiers. Mais on m'a vu prêcher par toutes les villes de la région. Mon visage est connu de trop de gens pour que je passe inaperçu… J'ajoute que, si Anselme de Montlaur est mêlé à cela, il fera tout ce qui est en son pouvoir pour me faire arrêter par les gens du pape.

Les arguments du frère sonnent juste aux oreilles de tous. Après l'agression dont a été victime Enric, mieux vaut que Gari ne s'expose pas au danger.

Rotland, qui se taisait depuis un moment, lève la main pour prendre la parole :

— Frères et sœurs, avec votre permission, c'est moi qui accompagnerai dame Aloïs. Je suis robuste et saurai la défendre si quelqu'un lui cherche noise. Et aussi loin que nous mène notre voyage, il y aura toujours une rivière où je pourrai prendre du poisson. Nous ne mourrons pas de faim.

La voix claire et déterminée du jouvenceau et ses yeux pleins d'ardeur disent toute la fermeté de son âme. Aloïs lui sourit.

— Sois béni, Rotland, pour ton dévouement à notre communauté. Pour ma part, je m'en remets à la décision de tous. Rien n'a plus de prix, à mes yeux, que la foi que nous vivons ensemble. Que Dieu nous apporte conseil et assistance.

Aloïs s'est tue. Le silence harassé qui suit ses paroles est lourd de tout le tumulte du jour vécu.

— Demain, nous déciderons de ce qu'il convient d'entreprendre pour notre sûreté.

C'est Gari qui a parlé. Il vient de se lever, indiquant à tous que la discussion doit s'achever ici.

Une dernière bûche rougeoyante roule dans l'âtre presque éteint. Seule la mèche du caleil pose une vague lueur sur les visages las.

— Que la nuit vous soit douce, dit Aloïs. Je monterai un peu plus tard. Pour l'heure, je souhaite m'entretenir seule avec Enric. Je l'ai vu qui nous écoutait tout au long de notre débat. J'ai compris dans ses yeux qu'il avait quelque chose d'important à me dire.

Chapitre 19

JORDI DE CABESTAN

Abbaye de Saint-Hilaire

Dans le *scriptarium*, les quatre hommes vont prendre congé. Tout a été dit de ce que l'on pouvait dire de ce double crime et de ce que l'on peut supposer sur celui qui l'a commis. L'abbé Forton Deltheil renoue la ceinture de son scapulaire.

— L'heure de none va bientôt sonner. Je dois rejoindre mes frères à l'abbatiale.

— Permettez que je me joigne à vous, Révérend Père, demande frère Albin. Après l'office, je m'en retournerai à La Grassa… Cheminerons-nous ensemble, Maître ? ajoute-t-il à l'adresse de Jordi de Cabestan.

— Je ne le puis. Le temps me presse, si je veux être à Petra-Talada assez tôt pour y faire ce que j'ai projeté. Aussitôt que possible j'irai à La Grassa. Mes compagnons doivent être dans un trouble bien grand et il me faudra prendre de nouvelles dispositions pour le chantier que mon frère devait y diriger.

L'abbé, qui vient d'ouvrir la porte, s'immobilise sur le seuil.

— Serez-vous longtemps loin de nous ?

— Une poignée de jours… Mon frère avait femme et enfants. Je me dois d'aller les visiter à Narbonne pour leur annoncer la funeste nouvelle.

— J'imagine que notre sarcophage sera un peu retardé.

— Je m'engage à ce qu'il ne le soit pas. Je remets mon apprenti, Peire Brun, entre les mains bienveillantes de Votre Grâce. En dépit de son jeune âge, c'est un ouvrier d'une habileté fort grande. En mon absence, il travaillera au modelage. Je serai de retour avant que le calcin[1] apparaisse et, lorsque vous aurez approuvé la maquette définitive, nous passerons tout de suite à la taille du marbre.

L'abbé est rassuré. La parfaite réussite du transfert des cendres de saint Sernin lui importe par-dessus tout. Plus encore que l'éclaircissement des meurtres. Il y va de la renommée de son abbaye et de la bonne santé de ses finances. « *Ad majorem Dei gloriam* », songe-t-il en se répétant pour lui-même la belle formule de Grégoire le Grand. Peut-être afin de s'en convaincre.

Laissant à l'archiviste le soin de refermer le *scriptarium*, il s'engage dans le couloir, suivi par le Maître de Cabestan et le moine messager de La Grassa.

— C'est bien, mon fils. Nous avons toute confiance en votre parole. Si vous nous dites que cet apprenti…

Il laisse sa phrase en suspens comme si la suite était naturellement sous-entendue et, tout en marchant, se tourne vers Jordi :

— Mais, dites-moi, quelle hâte vous presse de vous rendre sur-le-champ à Petra-Talada ?

— C'est là-bas que tout a commencé, Révérendissime Père. Je veux y rencontrer les personnes qui y ont vu Thomas pour la dernière fois et découvrir tout ce qu'elles pourront m'apprendre sur ce qui s'est passé dans la soirée d'avant-hier.

— N'y aurait-il pas plus grande urgence à aller à La Grassa ? D'après ce que nous a rapporté frère Albin, l'abbaye a été fermée sitôt le second crime découvert. Le meurtrier a de fortes chances de s'y trouver encore.

1. Couche dure se formant sur la pierre après son extraction de la carrière.

— Il en a tout autant de n'y être plus, s'il a eu la prudence de partir avant que l'on ferme les portes. Il me semble que c'est ce que j'aurais fait à sa place.

Pour l'abbé, l'esprit de logique dont le Maître fait preuve est la marque profonde de son instruction de clerc. Assurément, il a bien assimilé l'enseignement du *quadrivium*, cette « quadruple voie » de la connaissance, selon Boèce, qui mêle arithmétique, musique, astronomie et géométrie. Cela forme les esprits à la compréhension du monde. Pour l'heure, il n'est pas certain que ces subtiles connaissances permettront de découvrir le meurtrier, mais elles sont la garantie que le sarcophage de saint Sernin sera une œuvre accomplie.

Il est cependant trop tard pour s'entretenir de tout cela avec Jordi de Cabestan. Les quatre hommes sont parvenus au rez-de-chaussée. L'archiviste ouvre la porte qui donne accès à l'abbatiale à partir du déambulatoire du cloître. Les moines saluent le Maître avant de s'y engouffrer. L'abbé lève sur lui sa main qui bénit :

— Que Dieu vous garde, mon fils.

« Qu'Il garde surtout mes compagnons », songe le sculpteur en regagnant la vaste cour où donnent les logis des novices et des convers.

La porte de l'atelier est grande ouverte en face de l'abbatiale où le soleil déclinant pose une flaque d'or.

Au bruit des pas du Maître, Peire se retourne. Il est barbouillé de glaise ocre jusque sur les sourcils.

— J'espère, Maître, que la nouvelle n'était point trop mauvaise.

— Elle l'était, Peire. Mais nous ferons comme si elle ne l'était point.

Jordi de Cabestan ne veut pas assombrir d'un deuil nouveau l'esprit du garçon, déjà très affecté par la mort de Thomas. Sachant qu'il va le laisser seul, il préfère que ce soit dans la seule pensée heureuse du travail à accomplir.

— Allons, pousse-toi un peu que je voie où nous en sommes.

L'apprenti recule, timidement, découvrant le modelage en cours.

— J'avais achevé les volumes et, comme vous tardiez à revenir, je me suis amusé à…

— Amusé ! tranche le Maître d'un ton vif, tout en scrutant le bloc travaillé.

Peire est saisi d'inquiétude. Il est vrai qu'il a de beaucoup outrepassé les consignes. Profitant d'un peu de temps, il ne s'est pas contenté de disposer les masses à l'identique de celles du dessin ; il a aussi modelé avec moult détails le visage et le corps de Thomas l'acrobate, à califourchon sur sa corde, entre les deux tours du palais capitolin.

— Tu appelles cela t'amuser ?

— Pardonnez-moi. Je pensais à Thomas. Je ne voulais pas vous offenser.

Le Maître saisit au vol le poignet du garçon qui s'apprêtait à démolir son modelage.

— Arrête, malheureux !… Ce que tu as fait là est magnifique. Du bel et bon ouvrage, crois-moi.

À l'instant, le regard de Peire s'illumine et c'est un autre soleil que son visage.

Le sculpteur s'approche du modelage, le sourire aux lèvres.

— Peut-être pourrait-on rajouter davantage de vie en tordant un peu le cou au personnage. Regarde : comme ceci…

Délicatement, entre pouce et index, le Maître saisit la tête de terre glaise et la fait pivoter d'un quart de tour sur son épaule, comme si l'acrobate jetait un regard vers l'arrière. De figée qu'elle était, la figurine paraît soudain saisie dans le vif du mouvement.

— Alors, qu'en dis-tu ?

— Thomas serait heureux de se voir ainsi.

Le Maître et son élève ont reculé. Ils contemplent, côte à côte, silencieux, la danse immobile des formes disposées sur la grande planche. Ce ne sont encore que des masses organisées en volumes géométriques, mais déjà les lignes de force se dégagent et déjà la lumière commence à enchanter la terre. Jordi de Cabestan pose une main paternelle sur l'épaule de Peire.

— Écoute-moi bien, Peire. Je vais devoir m'absenter quelques jours. Poursuis notre travail. Continue de bâtir les deux autres faces du sarcophage ainsi que tu as procédé pour la première. Et si tu as fini avant mon retour, n'hésite pas à passer aux figures et aux personnages eux-mêmes, comme tu l'as fait pour Thomas. Commence par suivre le dessin au plus près, le plus fidèlement possible, et lorsque ta main ne pourra plus être fidèle, alors c'est elle que tu devras suivre… Fais confiance à ta main. Elle te conduira vers toi-même… À mon retour, nous corrigerons ensemble ce qui méritera de l'être.

L'apprenti reste un moment à rêver, ses yeux allant du modelage au bloc parfait de marbre où l'éphémère projet de glaise prendra corps pour les siècles des siècles. Et le cœur de Peire Brun exulte à l'idée qu'un peu de lui-même se confondra à cette éternité.

Le Maître s'est éloigné afin d'enfourner dans deux sacs de toile tout le nécessaire pour son voyage. C'est une grande violence qu'il se fait à lui-même, de s'arracher ainsi aux heureuses promesses de l'atelier. Devoir en différer la réalisation est une pénitence qui lui sera comptée au jour du Jugement. Jamais, jusqu'à ce jour, son devoir d'homme n'avait primé sur son engagement d'imagier. Il a plié sa vie tout entière à cette règle de solitude offerte à la dévotion de la pierre. Ni femme ni enfants ne l'ont distrait de cette voie. Même dans le temps fort bref de son lointain mariage. Oncques il ne s'est détourné de sa tâche sous aucun motif. Mais voici qu'aujourd'hui les âmes de Valerian et de Thomas exigent ce sacrifice et réclament sa présence dans le tumulte du monde.

Par-dessus son bliaud, il enfile un court mantel et coiffe une aumusse et une calotte à larges bords, puis il noue les cordons de ses sacs et glisse dans sa ceinture un fin coutelas gainé de cuir.

— Une dernière chose, Peire. Conforme-toi en tout point aux usages de ce lieu qui t'accueille. Tiens-toi aux places que l'abbé t'assignera et respecte les horaires communs. Assiste aux offices autant que tu le veux et prie quand tu le peux. Mais n'oublie pas que ton travail est une forme de prière. Enfin, lorsque l'heure viendra de te coucher, couvre la terre d'un linge humide et veille surtout à bien fermer ta porte.

Tout empreint d'une gravité attentive à ses paroles, le visage de l'apprenti rassure le Maître. Il se dit qu'ici Peire sera en sécurité. L'assassin est loin et l'abbé a dit qu'il veillerait sur lui. Il peut le laisser sans crainte.

— Maître, j'ai oublié de vous dire quelque chose…

Jordi de Cabestan hausse les sourcils.

— La corde que vous avez rapportée tout à l'heure, c'est moi qui l'ai fabriquée. Je la croyais perdue.

Tout à la pensée de la mort de son frère, le sculpteur avait effacé de son esprit ce cordage récupéré par le porcher au pied du chêne de Thomas.

— Que veux-tu dire, par « c'est moi qui l'ai fabriquée » ?

— Un jour que nous étions sans trop d'ouvrage à la carrière, Thomas m'a demandé de l'aider à préparer quelques cordages pour le transport les pierres.

Le garçon s'interrompt pour ramasser l'objet et le tend vers Jordi de Cabestan.

— Voyez, c'est moi qui ai formé le nœud autour du crochet de fer et tressé les fils de chanvre. Thomas m'avait enseigné à le faire, mais je reconnais bien ma façon… Avant-hier, au moment du départ, je n'ai plus trouvé ce cordage. Comme nous étions pressés, je n'ai pas eu le temps de chercher plus avant.

Maître Jordi observe la corde. Il hésite un instant, mais il lui semble que ce serait trahir la confiance de Peire que de lui masquer la vérité. La parfaite franchise et le dévouement absolu que lui témoigne son apprenti exigent de sa part la même honnêteté. En cette circonstance douloureuse, vouloir l'épargner équivaudrait à lui mentir.

— Cette corde a été ramassée sur le lieu du crime. L'assassin s'en est servi. C'est pourquoi je pars pour Petra-Talada. Ce que tu viens de me dire me confirme que tout a commencé là-bas… Enfin, Peire, ce que je ne t'ai pas dit, sache-le à présent. Écoute bien l'affreuse nouvelle. Écoute-la en retenant autant que tu le peux les mouvements de ton cœur, car j'ai besoin de ton propre courage pour soutenir le mien. Un moine de l'abbaye de La Grassa est venu jusqu'ici nous annoncer le drame qui s'est déroulé là-bas. C'est pourquoi l'abbé avait demandé à me voir. Voici ce qui s'est passé : un autre de nos compagnons a été à mort navré par le même meurtrier. Et cette malheureuse victime est mon propre frère Valerian, Dieu ait son âme.

À ces mots, l'apprenti ne dit rien. Il laisse choir le rouleau de corde et saisit dans ses mains celles du Maître, son regard planté dans le sien. Les larmes qu'il sent poindre au coin de ses yeux, il les chasse d'un battement de paupières. L'émotion qui l'envahit, il la refoule dans sa poitrine, dents serrées.

Ils restent ainsi tous deux face à face, une minute qui est une éternité, en confiant au silence tout ce qu'ils ont à se dire. Puis Jordi de Cabestan se détourne. Il parle d'une voix détachée :

— Tu es barbouillé de terre glaise jusqu'au-dessus des sourcils. Rends-toi aux bâtiments des bains et demande de ma part à frère Lluc qu'il te remplisse un baquet d'eau chaude. Frère Lluc est un ami de longue date, tu peux t'en remettre à lui pour tout ce qui touche aux nécessités du quotidien. Une fois récuré de pied en cap, tu lui demanderas de t'accompagner aux cuisines et te faire servir un bon repas… Souviens-toi que ton ouvrage d'imagier a besoin de tes forces et souviens-toi que tu le fais sous le regard de Dieu. Maintenant, file vite et fais ce que je t'ai dit si tu veux honorer ton travail et Celui au nom de qui tu l'accomplis.

Plus léger qu'un elfe, Peire a déjà franchi le seuil. Jordi de Cabestan le regarde s'éloigner dans la vaste cour pavée. Et même s'il lui semble que c'est un peu de sa propre jeunesse qui lui tourne le dos, il sent monter en lui une sorte de mélancolie joyeuse. Il se dit que l'œuvre de sa vie est peut-être d'avoir su transmettre à un être aussi gracieux le secret de la vie d'une œuvre. Et c'est ainsi que l'on doit se séparer. Avec la certitude que l'on ne se quitte pas.

Chapitre 20

RAIMON DE TERMES

Abbaye de La Grassa

— Frère Flavian, savez-vous s'il manque une oie dans le troupeau de l'abbaye ? demande Raimon de Termes à son compagnon.

Le moine à carrure de colosse sourit de toutes ses dents.

— À coup sûr, messire, je puis certifier qu'il n'en manque aucune. Car il n'y a jamais eu une seule oie dans notre basse-cour depuis l'élection de notre abbé Robertus.

— Pour quelle raison ?

— Aux oreilles de notre Révérend Père, les oies cacardent de trop violente manière. Il soutient que leurs cris d'olifant sont une atteinte à la sérénité de la méditation. Aussi les a-t-il interdites sur toute l'étendue de l'abbaye.

— Mais alors, d'où sort celle-ci ? interroge Raimon en faisant rouler de la pointe de son pied le cadavre de la volaille aux ailes arrachées.

— Je ne puis l'affirmer en toute certitude, mais il y a fort à penser qu'elle provient de la maison Taupiac. C'est une ferme du hameau de La Grassa où il nous arrive de faire emplette de ces oiseaux en certaines occasions. Je n'en connais point d'autre dans les environs de l'abbaye.

— Matéu connaissait-il cette ferme ?

— Pour sûr, il la connaissait bien. Le cellérier le chargeait souvent de certains achats à y faire.

Raimon s'est baissé pour ramasser l'oie qu'il saisit par les pattes, puis il se retourne vers le moine géant.

— Si les ténèbres finissent par se dissiper sur ces crimes, ce sera en grande partie grâce aux lumières que vous y avez apportées, frère Flavian. Je saurai vous en rendre justice devant tous quand l'heure sera venue... Pour l'heure, il faut nous en retourner et garder le secret de cette rencontre. Le temps me presse de rendre les comptes que l'on attend de moi. Quant à vous, ne tardez pas à rejoindre vos frères dans l'église, si vous ne voulez pas encourir les foudres de l'abbé... Sachez aussi que je vous tiens en grande amitié pour le soin que vous avez eu de mon cheval.

Tant il a mis de juvénile courtoisie en ses paroles que le géant s'en trouve tout attendri.

— Votre cheval aussi est mon ami, messire. Et le peu de savoir et d'habileté dont je dispose seront toujours prêts à vous servir tous deux.

Puis il empoigne le lourd bastaing de bois pour refermer la porte, tandis que Raimon de Termes remonte en hâte l'escalier du jardin des simples, l'oie morte dans une main, la sandale de Matéu dans l'autre.

Cette fois, le plan général de l'abbaye s'est imprimé en son esprit. Il lui reste encore beaucoup à découvrir, mais on ne le verra plus rôder au hasard dans ce qui lui paraissait, de prime abord, un véritable labyrinthe.

Une fois parvenu dans la cour dallée, aussi vaste qu'une place publique, il ne lui reste plus qu'à longer les ateliers pour se retrouver face au logis des novices jouxtant l'entrée du cloître. Alors qu'il va traverser l'esplanade en diagonale, il voit venir vers lui trois hommes portant de longues planches. Chaussés de pesants souliers et les jambes couvertes d'épaisses braies de laine sous leurs tuniques courtes, on ne saurait les confondre avec des moines. Comme il s'écarte pour les laisser passer, Raimon reconnaît dans les deux premiers les tailleurs de pierre, Teubald et León, dont le compagnon a été assassiné. C'est au seuil de la forge qu'il les a entendus nommer par des convers parlant d'eux à mi-voix. Mais il serait bien en peine de trancher qui est León et qui est Teubald. Le troisième homme qui les accompagne doit être le menuisier de l'abbaye. Les fins copeaux dont le drap de sa tunique est constellé ne prêtent pas à équivoque. Quant aux planches grossièrement équarries qu'ils transportent, elles sont à coup sûr destinées aux victimes. Au passage, l'un des compagnons imagiers a tourné la tête vers le chevalier, jetant un regard d'effroi sur le cadavre de l'oie. Il s'en détourne vivement, comme si ce corps, ensanglanté et sans ailes, venait de raviver l'image de son ami supplicié.

Déjà, tous trois s'éloignent et Raimon ne peut que déplorer l'infortune de cette malencontre qui s'est faite bien malgré lui. En quelques pas, il franchit la cour et pénètre dans la solitude minérale du cloître.

Mais alors qu'il s'attendait à plonger dans un bain de silence, c'est la forte sonorité d'une voix parlant haut qui l'accueille, à l'abord de la salle capitulaire. Le pas léger pour ne point attirer l'attention, il se faufile contre une colonne, masquant le corps de l'oie dans les plis de son manteau.

— Je vous jure, honorables frères, que sitôt passée la porte de la forge, j'ai vu la silhouette dans l'âtre et suis ressorti tout de gob pour alerter frère Jean qui revenait des cuisines.

L'homme qui vient de parler est le forgeron. Il se tient debout, face à l'assemblée des moines dont le chapitre semble s'être mué en un tribunal.

Devant lui se dresse un moine que Raimon reconnaît pour être celui qui l'avait accueilli en lui prenant son épée. C'est l'un des trois qui constituent les proches servants de l'abbé. Cette fois, capuche relevée, son visage apparaît tout entier, montrant une expression sévère qu'accentue la froideur de ses yeux d'un bleu presque gris. Il toise le forgeron qu'il domine d'une tête.

— Frère Jean ne t'a point vu entrer dans la forge. Il t'a seulement vu en sortir. Tu pouvais très bien t'y trouver depuis fort longtemps.

— Il ne pouvait pas me voir. Il était loin, la capuche rabattue, et marchait tête baissée. Et puis quel motif aurais-je eu de tuer l'imagier que je ne connaissais pas et frère Matéu que je connaissais ?

— Nous envisagerons les motifs en leur temps. Pour l'heure, nous examinons ce qui s'est passé. Nous reparlerons plus tard de Valerian de Cabestan. Revenons à Matéu. Les novices avec qui il partageait le dortoir ont dit qu'il n'était pas rentré hier soir à l'heure de se coucher et qu'ils ne l'ont pas vu non plus à leur réveil.

— Matéu était connu pour ne pas dormir toujours dans sa couche. Plusieurs fois, on l'a trouvé, dès matines, endormi dans l'église. Tout le monde ici connaît l'adoration qu'il vouait à la très sainte Mère de Dieu. Il passait des nuits entières en adoration aux pieds de sa statue.

— Il est vrai. La piété de Matéu et l'amour qu'il vouait à la Vierge faisaient l'admiration de tous. Mais nul ne sait où il a passé sa dernière nuit. Et ce n'était pas dans l'église.

— Ce n'était pas non plus dans la forge !

L'homme a presque crié sa repartie. De la place où il se tient, Raimon de Termes ne le distingue que de dos, mais il pourrait jurer que le forgeron transpire à grosses gouttes, tant il le voit trembler et s'émouvoir face au visage impassible de celui qui le questionne.

— C'est pourtant là qu'on l'a trouvé.

— Encore une fois, bien-aimé frère, c'est moi qui l'ai trouvé.

— Mais on dit aussi que la lumière a brillé jusqu'à fort tard dans la forge.

— Peut-on travailler dans le noir ? Les compagnons tailleurs de pierre m'avaient remis leurs outils à affûter et aiguiser. Je voulais que tout soit prêt pour le lendemain et n'ai point économisé ma peine. Mon ouvrage achevé, je suis sorti de l'atelier et j'ai regagné ma soupente au-dessus, par le petit escalier extérieur. La fatigue m'avait rompu le dos au point que je dormirais encore si l'on n'était point venu m'avertir du crime qui avait été commis dans le clocher et des consignes de cantonnement que j'ai strictement observées. Je ne suis sorti de chez moi qu'une seule fois pour assouvir un besoin pressant. C'est de retour des latrines que j'ai trouvé la porte ouverte. J'ai pensé sur l'instant que les imagiers étaient venus récupérer leurs outils.

Le forgeron a cessé de parler. Face à lui, le moine aux yeux perçants l'observe en silence. Puis il reprend :

— Bien… Revenons-en à l'imagier…

— Non !

La voix qui a coupé la parole au moine n'est pas celle du forgeron. C'est l'abbé Robertus qui a parlé, levant une main impérieuse du fond de son trône à roues ferrées.

Aussitôt l'interrogateur se tourne vers lui.

— Mais, Révérendissime Père…

— Il suffit pour maintenant, frère Diego. *Nimium altercando veritas amittitur*[1]. Nous en avons assez entendu. Que l'on conduise le forgeron au cachot. Nous prierons le Très-Haut qu'Il nous inspire et nous éclaire en nos âmes afin que demain nous ayons tous meilleure compréhension de ce qui s'est réellement passé.

L'homme au tablier de cuir a baissé la tête, montrant ainsi qu'il se soumet sans broncher à la décision de l'abbé. Sans doute envisage-t-il la solitude d'une geôle de très loin préférable aux questions insidieuses de son interrogateur.

Encadré par les deux moines préposés d'ordinaire au chariot de l'abbé, le forgeron sort tête basse de la salle capitulaire. Il passe sans le voir tout près de Raimon qui

1. « En discutant trop, la vérité se perd. »

remarque sur son visage une telle expression de soulagement qu'il ne peut s'empêcher de penser que cet homme cache quelque chose. Mais il n'a pas le temps de réfléchir à cela. Du fond de la salle, la voix du vieil abbé s'élève à nouveau.

— Chevalier de Termes, approchez !

L'interpellation a presque fait sursauter Raimon, qui se croyait à l'abri des regards. Cet homme aux yeux d'aigle aurait-il le don de voir au travers des colonnes de pierre ?

Toutefois, le jeune homme se ressaisit sur-le-champ et s'approche d'un pas tranquille jusqu'au siège d'infirme au pied duquel, mettant genou à terre, il dépose la sandale de Matéu et l'oie mutilée.

À la vision du cadavre de l'oiseau, un murmure scandalisé parcourt l'assemblée des moines. Vit-on jamais un aussi vil et répugnant objet dans l'enceinte du chapitre ?

L'abbé lui-même a marqué un mouvement de recul.

— Que signifie ceci ? interroge-t-il d'un ton plein de reproche.

— Ceci est la réponse à l'énigme dont je vous ai parlé dans la forge, Révérendissime Père.

— Expliquez-vous, chevalier.

Raimon se redresse et, s'adressant à l'abbé, il parle d'une voix suffisamment forte pour être entendu de tous.

— Lorsque nous avons retourné le corps du jeune frère Matéu, j'ai remarqué que le dessus de ses pieds était maculé de traces d'herbes et de terre. De plus, l'une de ses sandales avait un brin de thym fixé dans sa boucle. Or il ne pousse point d'herbe ni de thym dans une forge. J'en ai conclu que Matéu avait été tué ailleurs et que l'assassin avait dû le traîner sur un terrain herbeux… Voici la sandale et voici le thym.

Raimon s'est penché pour les tendre à l'abbé, mais frère Diego intercepte aussitôt son geste et les saisit pour les examiner d'abord avant de les remettre à son supérieur.

— Cela paraît exact, Votre Grandeur.

D'un geste, l'abbé signifie que ce témoignage lui suffit. Visiblement, il ne souhaite pas se salir les mains.

Insoucieux de ces minuties protocolaires, Raimon reprend sa démonstration.

— En me rendant au jardin des simples, j'ai trouvé la terre piétinée auprès d'un pied de thym écrasé. Signe probable que le drame s'est déroulé à cet endroit. Soit que frère Matéu ait tenté de se défendre contre son agresseur, soit que, frappé à mort, il se soit écroulé sur le buisson. Mais il y avait autre chose. Des traces de sang qui conduisaient au bas du jardin jusqu'à la porte basse de la muraille. Je l'ai ouverte et je suis sorti.

— Vous avez osé franchir l'enceinte de votre propre chef ? interrompt l'abbé d'une voix courroucée. Certes, je vous avais laissé liberté de parcourir l'abbaye, mais l'interdiction d'en sortir n'était pas levée pour autant.

— Votre Grandeur se souvient qu'elle m'avait aussi ordonné de résoudre l'énigme. Les deux injonctions étant contradictoires, j'ai jugé que la dernière primait sur l'autre.

La franche repartie du jeune homme a fait, une fois de plus, frémir l'assemblée. Mais, une fois de plus, l'abbé semble s'accommoder de cette arrogance. On dirait même qu'il s'en amuse.

— Poursuivez, chevalier de Termes.

— Que Votre Grandeur se rassure, je ne suis guère allé bien loin et je suis resté fort peu de temps dehors. C'est au pied de la muraille, dans un éboulis rocheux que j'ai découvert le cadavre de l'oie aux ailes arrachées. J'ai aussitôt compris qu'elles avaient servi à fabriquer l'ange pendu sous la cloche.

— Comment connaissiez-vous ce détail ?

— Votre émissaire, frère Léonce, l'a confié devant moi à Son Excellence l'archevêque d'Arsac, sur la route de Carcassonne. Lui-même pourra vous le confirmer lorsqu'il nous aura rejoints.

Du fond de ses orbites creuses, l'abbé darde ses yeux d'oiseau de proie dans ceux du chevalier. Décidément, ce jeune homme est doté d'un sens de l'observation hors du commun et son esprit d'analyse est tout à fait étonnant. Est-il vraiment bon qu'un homme d'armes soit doué d'une pareille intelligence ? Il fait partie de ces nobles dont le pouvoir grandissant pourrait bien un jour prendre le pas sur celui des abbayes.

C'est néanmoins d'un ton avenant que l'abbé l'interroge à nouveau.

— Sans doute, chevalier, vous êtes-vous forgé un récit du déroulement des événements ? Pourrions-nous l'entendre de votre bouche ?

À la vérité, Raimon n'a point trop réfléchi à tous les aspects de l'aventure. Il en pressent les grandes lignes mais pas davantage.

— Divers éléments me sont apparus, qu'il faudra assurément vérifier. J'ai observé ce qui se donnait à voir, voilà tout, et j'en ai déduit certaines choses. Je ne puis qu'exposer mes idées telles qu'elles me sont venues. Je m'en remets à la sagesse de Votre Grâce pour en assembler les morceaux épars.

— Parlez en confiance, mon fils. Nous vous écoutons.

— Ainsi j'ai ouï dire que les oies n'avaient point droit de cité dans l'abbaye et qu'une certaine maison Taupiac en fournissait lorsque le besoin des cuisines l'exigeait. Or il aurait été fâcheux pour l'assassin de se faire connaître des fermiers en allant leur acheter une oie. Ils auraient pu témoigner contre lui. En revanche, il était bien plus habile d'y envoyer quelqu'un qui leur fût déjà connu et dont la démarche pût sembler ordinaire. Une simple visite chez eux aura tôt fait de confirmer mon idée. J'imagine que le frère Matéu est allé acheter l'oie à la ferme Taupiac, pendant que l'assassin l'attendait au pied de la muraille. À son retour, sans doute a-t-il dû être surpris de voir celui-ci arracher les ailes de la bête. Mais il n'a pas eu le temps de s'étonner beaucoup car, sitôt revenu dans l'enceinte, il a été occis par celui à qui il venait de rendre service. L'homme devait tenir les ailes à la main jusqu'à la hauteur du bosquet de thym où il a commis son forfait. Au-delà, il n'y a plus trace de gouttes de sang. On peut penser qu'il les avait dissimulées sous son vêtement avant de regagner un lieu où il risquait de rencontrer quelqu'un.

Sous les voûtes de la salle capitulaire, la voix de Raimon de Termes résonne dans un silence de tombe. Tous l'écoutent bouche bée. Alors qu'il marque une pause, frère Diego, aux yeux d'aigue-marine, le questionne :

— Pourquoi, selon vous, le meurtrier aurait-il laissé cette oie visible au pied de l'enceinte plutôt que de l'enterrer ?

— Je suppose qu'il était pressé par le temps. Peut-être comptait-il sur quelque goupil pour l'emporter pendant la nuit. Si je ne l'avais pas trouvée, des charognards en auraient sûrement fait ripaille. Tout cela a dû se passer juste avant le coucher du soleil. À une heure où personne ne risquait de passer par là. Une fois Matéu tué, il suffisait de cacher son cadavre sous les buissons du jardin pour venir le récupérer à la nuit. Pendant ce temps, le meurtrier avait tout loisir d'occire sa deuxième victime. Ou plutôt la troisième, car tout semble montrer, par l'identité des procédés, qu'il fut aussi le tueur de Saint-Hilaire.

À présent, c'est l'abbé Robertus qui intervient :

— Votre hypothèse suppose que l'assassin avait su gagner la confiance de Matéu. À moins qu'il ne l'ait connu de longue date… Mais il est vrai que le novice n'était point d'un naturel méfiant. Cependant deux choses me paraissent obscures : pourquoi son meurtrier ne l'a-t-il pas déguisé en ange, lui aussi ? Il ne lui en coûtait pas grand-chose de lui faire acheter deux oies au lieu d'une. Et pourquoi s'être donné la peine de le traîner jusqu'à la forge et de lui fendre le crâne après l'avoir tué ? Avez-vous réponse à cela ?

— Oui, Vénérable Père... Matéu a été occis parce qu'on n'avait plus besoin de lui et qu'il était un témoin gênant. Mais il n'entrait pas dans le plan diabolique de l'assassin, c'est pourquoi il ne l'a pas affublé d'ailes.

— Que voulez-vous dire ?

— Où trouve-t-on des anges, Votre Grâce ?

L'abbé n'a point l'habitude d'être interrogé. Il répond avec une irritation à peine voilée.

— Ils apparaissent tout au long des pages des Saintes Écritures. Le combat de Jacob, le livre de Daniel, l'Annonciation. Je pourrai vous donner mille exemples. Les anges sont partout.

— Certes, mais ce ne sont là que des récits et les anges n'y sont visibles que par le truchement de l'imagination. Tandis qu'on peut les voir de façon sensible dans toutes les images. Celles des enluminures, des peintures ou bien, plus frappantes encore, celles des chapiteaux ornés, des tympans ou des statues dans les églises. C'est-à-dire dans l'œuvre des imagiers. Et à Saint-Hilaire comme à La Grassa, ce sont des imagiers qui ont été transformés dans leur chair en figures angéliques. J'ai la conviction que ce sont eux que vise l'assassin et l'on peut redouter qu'il y ait bientôt d'autres victimes parmi les compagnons du Maître de Cabestan, car il n'y a nulle raison pour que cette folie meurtrière s'arrête ici.

— Où sont-ils ? Où sont les tailleurs de pierre ?

La voix de l'abbé a frémi d'une inquiétude sincère.

— Je les ai croisés en venant ici. Ils transportaient des planches en compagnie d'un autre homme.

L'abbé se tourne vers son homme de confiance.

— Frère Diego, choisissez deux personnes parmi les convers. Qu'ils s'arment de bâtons et qu'ils aillent monter la garde auprès des tailleurs de pierre. Ils sont en train de préparer les tombes. Dieu veuille qu'il ne leur arrive rien !

Alors que frère Diego s'incline devant l'abbé, Raimon de Termes s'enhardit.

— Il me semble, Révérendissime Père, que l'on pourrait en profiter pour libérer le forgeron de son cachot. Ce ne serait que justice. Et c'est là ma réponse à votre deuxième question : si le corps de Matéu a été transporté dans la forge, c'était pour désigner un coupable et détourner sur lui tous les soupçons. Sur ma vie, je suis prêt à me porter garant de son innocence dans cette affaire. La maladresse avec laquelle il s'est défendu prouve bien qu'il n'est pour rien dans tout cela. Pour ma part, si je tuais trois hommes, je m'arrangerais pour n'offrir aucune matière à soupçon.

Un bref regard échangé entre eux suffit à sceller la décision de l'abbé :

— Qu'on libère le forgeron.

L'un des moines proches du trône à roues s'incline devant son supérieur.

— Puis-je vous suivre ? demande Raimon.

Pour l'heure, l'abbé Robertus n'attend plus rien du chevalier. De sa main tremblante aux doigts décharnés, il accorde l'autorisation. Sans plus attendre, le moine et le jeune homme quittent la salle capitulaire.

— Souhaitez-vous m'accompagner à la geôle pour interroger plus avant notre forgeron ? s'enquiert le moine, une fois dehors.

— Point du tout, répond Raimon. Il est inutile qu'il me confirme ce que je sais déjà. Mais je voudrais visiter le lieu où dormait l'imagier qui a été tué. Pouvez-vous m'indiquer où diriger mes pas ?

— Les deux ouvriers s'étaient installés dans le dortoir que nous réservons d'ordinaire aux pèlerins. Mais

Valerian de Cabestan avait fait dresser à l'avance une cabane pour son usage personnel derrière l'abbatiale, au plus près du pierrier. Il préférait avoir ses plans auprès de lui pour y travailler à loisir.

— Daigneriez-vous m'y conduire ?

— Volontiers. Cela ne fera pas de mal à notre forgeron de patienter un peu, ajoute le moine d'un ton satisfait.

Faite de planches soigneusement équarries et couverte d'une toiture de tuiles, la cabane de l'imagier est une maisonnette où deux personnes peuvent vivre à l'aise.

— Valerian de Cabestan devait loger ici avec son frère, Maître Jordi, durant le temps des travaux, explique le moine en montrant les deux bat-flanc et leur literie soigneusement préparée.

— Aucune des litières n'est défaite. Cela signifie que le tailleur de pierre ne s'est pas couché.

— Sans doute a-t-il travaillé tard et son assassin a dû le surprendre en plein ouvrage. Voyez, l'encrier n'est même pas rebouché et personne n'a soufflé la chandelle. La mèche s'est entièrement consumée dans le godet.

Raimon de Termes s'est approché de la table dressée sur des tréteaux qui occupe toute la longueur d'une cloison. Un *volumen* constitué de plusieurs parchemins assemblés est déroulé d'un bout à l'autre du plateau. Il présente divers schémas en plans, coupes et profils du futur portail de l'abbatiale tel que le Maître l'a conçu. Plus vaste et plus haut que l'actuel, le projet d'architecture supporte un tympan richement orné en hommage à la Vierge Marie, dédicataire de l'abbaye. Sur l'une des figures dessinées avec grande application la sainte Mère de Dieu s'envole au plus haut des cieux, soutenue par une farandole d'anges.

— Les anges, toujours les anges, murmure le chevalier pour lui-même. Que peut bien tramer le démon à l'ombre de leurs ailes ?

Chapitre 21

DAME ALOÏS

Narbonne

Après avoir rajouté un peu d'huile dans le caleil, Aloïs l'a accroché au montant du lit, le plus près possible du visage d'Enric afin que le plus infime battement de cils ne puisse lui échapper. Mais, avant de s'entretenir avec lui, elle veut faire la toilette du malade et appliquer les soins préconisés par *mestre* Brémond.

Dans le faitout pendu à la crémaillère, il reste assez d'eau tiède pour laver les blessures. Munie d'un linge propre, Aloïs procède avec douceur, commençant par les membres bleuis d'ecchymoses. La vue de ce grand corps, usé par les ans et amaigri par les jeûnes trop rigoureux, ne lui inspire que tendresse. Enric le sent qui s'abandonne comme le ferait un enfant dans les bras de sa mère. Il sait que sa misérable tunique de peau renferme une âme immortelle. S'il accepte de se laisser soigner, c'est parce qu'il doit accompagner ses proches, plus avant dans leur chemin vers la vérité. C'est pour cela que Dieu n'a point voulu qu'il périsse sous les coups de ses assaillants. Dans ce monde de corruption tout entier voué au Mal, lui, Enric de Malpas, n'a pas encore mené à son terme son œuvre bienfaisante. La vie lui coûte, mais il lui en coûterait davantage de la quitter à présent, quelque désir qu'il en ait. Un cri sourd fuse entre ses lèvres quand Aloïs entreprend de refaire le bandage autour de son torse meurtri. Le mage a parlé d'une côte fêlée, cassée peut-être. Cela fait comme un coup de poignard dans sa cage thoracique. Sa souffrance d'aujourd'hui, il l'offre en rachat des ans de sa mauvaise vie.

— Pardon ! murmure Aloïs à son oreille.

Et c'est une autre douleur que cette excuse à lui adressée quand c'est lui-même qui voudrait demander pardon. Non point envers la pure Aloïs entre les mains de qui il a remis son salut. Il n'a jamais eu pour elle que respect et prévenance. Il s'est gardé de toute parole et de toute attitude qui eût pu l'offenser. Mais il voudrait demander pardon à toutes les autres femmes dont il a, par le passé, tiré plaisir et jouissance dans l'habituelle brutalité du mâle conquérant. Lui revient en mémoire cette jeune esclave de Tunis que lui avait prêtée, pour une nuit, un marchand avec qui il faisait affaires d'épices et de soieries. Au souvenir de ses odieux débordements de cette nuit-là, les larmes lui viennent aux yeux. Ses années d'ascèse et de mortification n'effaceront jamais sa superbe d'alors. Le Bon Chrétien, le Parfait qu'il figure aux yeux de tous lui paraît vile imposture en regard de ce qu'il fut.

Aloïs a vu couler les larmes le long du visage raviné. Elle se croit fautive encore de cela et redouble de douceur pour défaire le bandeau qui enserre le front du blessé. Ainsi que l'avait dit le *mestre*, la plaie cicatrise vite. La chair boursoufle un peu autour des points de suture, mais la croûte de sang séché a bonne apparence. Aloïs pose alors avec délicatesse un pétale de chou rouge sur la chair malmenée avant de rattacher par-dessus une bande de tissu propre.

En quelques paroles rassurantes, elle a décrit à Enric le bon progrès de ses blessures. Il s'est efforcé de lui sourire en dépit des élancements de sa mâchoire. Mais alors qu'il se figure avoir esquissé un sourire, il n'a grimacé qu'un rictus de douleur. Aloïs a compris. D'un signe, elle lui demande de ne point se fatiguer.

L'heure est venue pour elle de s'asseoir au bord de la couche afin de prendre conseil pour demain.

Tout à coup, dans la maison pétrie de silence et de nuit, un craquement résonne. Cela semble provenir de l'étage. Mais Aloïs a beau scruter les ténèbres, la pièce est trop sombre pour distinguer quoi que ce soit au-delà du halo tremblant de la lampe.

C'est à présent la porte en haut de l'escalier qui vient de grincer sur ses gonds.

— Qui est là ? souffle Aloïs à voix basse. Est-ce toi, Catou ?

Seul le silence lui répond tandis que gémissent, une à une, les marches de bois. Qui donc peut descendre à cette heure et pour quel motif ? Et surtout pourquoi personne ne répond-il à sa question ? Vaguement inquiète, elle jette un regard vers Enric dont les yeux sont eux aussi tournés dans la direction du bruit.

— Catou ? insiste-t-elle, un ton plus haut, alors que l'escalier est de nouveau silencieux.

Et soudain, tout près d'eux, émergeant de la nuit, une silhouette blanche, fantômale, s'approche à pas menus. Aloïs n'a plus peur. Elle vient de reconnaître l'enfant Guilhem, venant vers elle, pieds nus et vêtu d'une simple chainse qui lui tombe au genou. Il avance, souriant, droit vers la couche d'Enric.

— Mirgo et moi, j'avions fait un rêve, soupire-t-il en guise d'explication, sans même regarder Aloïs.

Ses deux mains sont jointes en forme de conque comme s'il priait. Mais il les ouvre brusquement au-dessus du lit. Sa souris en jaillit d'un bond, sautant sur la couverture et trottinant jusqu'à la barbe du blessé. Là, elle s'arrête, dardant vers lui les perles de ses yeux noirs pareilles à deux minuscules obsidiennes. Alors, l'enfant debout auprès du lit se met à parler. Ses lèvres vibrent imperceptiblement et les paroles qui en sortent sont si légères que c'est à peine si Aloïs en perçoit le frêle murmure :

— Fa… bre… za… Fa… bre… za… En… ric… ap… pétit… guer… re…

Il tend la main. Il se tait, mais a-t-il vraiment parlé ? Ce n'est plus qu'un fin sifflement qui fuse entre ses dents, pareil à un infime souffle d'air sous une porte ou au chuintement sourd d'une source enfouie.

Aussitôt, comme répondant à cet appel, la souris revient se nicher dans le creux de la main tendue. L'enfant fait demi-tour. Un sourire flotte encore sur ses lèvres. Il semble marcher d'un pas de rêve, entre la veille et le sommeil. Aloïs le regarde s'éloigner dans l'obscurité de la pièce, fragile apparition absorbée par la nuit. Elle retient son souffle tout le temps que les marches gémissent sous son pas léger remontant l'escalier. La porte grince un peu, puis le silence se referme sur elle. Et c'est comme s'il ne s'était rien passé. Aloïs s'ébroue, paraissant elle-même s'éveiller.

Mais tout cela est-il réellement advenu ? N'était-ce pas un rêve ?

La jeune femme se penche vers Enric qui l'observe, yeux grands ouverts.

— As-tu vu l'enfant Guilhem ?

Les paupières se baissent et se relèvent aussitôt.

— As-tu entendu ses paroles ?

Les yeux disent « oui » à nouveau.

— Fabreza… Y a-t-il quelque chose ou quelqu'un à Fabreza ?… Quelque chose ou quelqu'un qui te concerne ?

Et c'est la même réponse dans le regard du blessé. Oui, encore.

— Mais que veulent dire les mots « appétit » et « guerre » ?… C'est bien ce qu'il a dit, n'est-ce pas ?

Par deux fois les paupières battent, coup sur coup. Cela signifie « non ». Les lèvres d'Enric se sont mises à bouger. Il tente de former des sons, mais seul un souffle rauque, informe, sort de sa bouche. Il répète les mêmes mouvements. Quatre syllabes auxquelles il s'épuise à donner forme sans y parvenir. Il les répète encore et encore, tandis qu'Aloïs scrute l'imperceptible modification de ses lèvres souffrantes. On dirait que ces syllabes se réduisent à quatre voyelles, la dernière plus longue que les trois premières. Cela semble commencer par un « A », puis un « O », peut-être, suivi d'un « I ». La dernière syllabe est indéchiffrable.

— A, O, I... C'est bien cela ?

Et les paupières répondent « oui ».

Et Aloïs comprend. Elle éclate d'un rire clair. C'était tout bête ! Comment se peut-il qu'elle n'y ait pas pensé plus tôt ?

Elle se penche et murmure le mot qu'elle vient de comprendre à l'oreille d'Enric. Comme si cette parole toute simple était un secret de la plus haute importance qui ne devait être connu que d'eux seuls.

Il ferme les yeux et les rouvre dans un sourire.

Aloïs se redresse. Elle sait à présent ce qu'elle a à faire. Demain, ils iront à Fabreza.

Chapitre 22

JORDI DE CABESTAN

Petra-Talada

En dépit des oiseaux des bois qui menaient bien haut leur chanson dans la ramure toute rouie par l'automne, le soir s'était acheminé plus vite que le cheval du Maître de Cabestan. C'était pourtant une belle monture que lui avait prêtée l'abbé Forton Deltheil et qui allait d'un bon pas. Mais, un à un, les oiseaux s'étaient tus comme s'éteignent les étoiles au ciel de l'aube et l'ombre précoce avait envahi peu à peu le sous-bois.

Le Maître avait donné du talon pour accélérer l'allure du navarrin, tant et si bien qu'ils étaient sortis de la forêt au moment où la vraie nuit allait y entrer. Peu après, ils franchissaient à gué la petite rivière de la Corneille.

Petra-Talada est un mamelon escarpé auquel s'accroche un village sans remparts ni murailles. En cas de menace, son château au donjon élevé et aux fossés profonds lui tiendrait lieu de forteresse. La petite centaine d'habitants y pourrait résister à un siège à condition qu'il ne dure point trop longtemps. Mais qui songerait à envahir Petra-Talada ? Cela ne s'est pas vu depuis l'époque sarrasine.

Comme le cavalier escaladait le chemin pentu vers le village, les dernières lueurs du couchant s'étaient évanouies derrière les contreforts des Pyrénées toutes proches. Pour soulager le cheval, Jordi avait mis pied à terre dès l'abord des premières maisons. Il lui était inutile de presser le pas, car il n'y avait point de porte à franchir. Il connaissait bien les lieux. Sans hésiter, il s'était dirigé vers la cour de la ferme qui faisait aussi office d'auberge. Ballottant au bout de ses chaînes, une enseigne de bois peint annonçait en grandes lettres : « *Au Coq-Gaillard* ». La maison n'était pas bien riche. On n'y rencontrait guère que des hommes qui œuvraient dans les carrières voisines, à l'occasion d'un chantier particulier comme celui que l'imagier y avait mené avec ses compagnons. Deux chambres communes suffisaient amplement à accueillir les ouvriers qui n'avaient pas trouvé de place dans les petites loges des carrières. Fort rarement, on y croisait quelques marchands. La plupart du temps, si d'aventure leurs affaires les menaient par ici, ils préféraient pousser plus loin leur périple, jusqu'à Limoux, par exemple, où le commerce allait bon train.

Au bruit des sabots sur le pavement, l'aubergiste grassouillet et rougeaud est sorti sur le pas de la porte, brandissant une torche et maniant de l'autre main une forte canne de bois ferré. Mais, sitôt qu'il reconnaît le visiteur, il abaisse l'une et l'autre prestement. D'un mot, il rappelle le grand chien de troupeau qui s'approchait, babines retroussées, pour flairer le visiteur.

L'homme au visage congestionné s'incline avec respect.

— Maître Jordi ? s'étonne-t-il. À croire qu'à trop parler du loup il surgit hors du bois !

— Vous parliez donc de moi ?

— Pensez ! Depuis que nous est arrivée par le bouvier, notre voisin, la triste nouvelle de Saint-Hilaire, les langues sont à l'ouvrage et l'on dit moult choses.

Le Maître opine de la tête d'un air entendu.

— Vous a-t-on dit qu'il me fallait une place dans votre écurie pour mon cheval et une autre pour moi dans votre auberge ?

À la lueur de la torche, la trogne rubiconde de l'aubergiste affiche un grand sourire édenté. Il lance un tonitruant : « Victorin ! » qui se pourrait ouïr à plus d'une lieue à la ronde.

Presque aussitôt, un grand garçon efflanqué au museau de belette surgit de la maison.

— Empresse-toi de donner belle litière et bonne avoine au cheval de Maître Jordi !

Avant que le garçon de ferme s'empare de la bride, l'imagier détache de la selle les sacoches contenant son bagage, puis, à la suite de l'aubergiste et de son chien, il pénètre dans la demeure.

Basse de plafond, la longue salle commune n'est éclairée que par l'âtre où flambe un haut feu. L'aubergiste plante sa torche dans un anneau mural, ajoutant ainsi un peu de clarté.

— Mes amis, faites place au Maître de Cabestan qui nous honore de sa visite.

Quatre têtes se tournent vers le nouveau venu. Deux femmes, deux hommes. Dans la première femme à la figure de lune, nez retroussé, pommettes hautes, front bombé et prunelles de chatte, Jordi reconnaît l'épouse de l'aubergiste. L'un des deux hommes est aussi connu de lui. C'est le propriétaire de la carrière de Petra-Talada. Il s'est levé de son banc et s'incline avec respect devant le Maître. Impressionnés par cette marque de prévenance, les deux autres ont fait mine de l'imiter, soulevant vaguement leurs fessiers de leurs tabourets. D'un geste, Jordi de Cabestan leur fait signe à tous de se rasseoir.

Mais il a eu le temps, au moment où celui-ci s'est tourné vers lui, d'apercevoir le singulier visage de l'inconnu, qui semble fait de deux profils étrangers l'un à l'autre. Le côté gauche, bien dessiné, présentant les traits réguliers d'un homme à l'œil vif et le côté droit, effrayant, n'offrant plus rien d'humain. « De la glaise, songe le Maître, une motte de glaise pétrie par une main furieuse. » La chair de la paupière, masse informe, boursouflée, semble cousue à la joue, appuyant sur l'œil à demi clos tandis qu'une longue entaille tire la lèvre vers l'oreille en un sourire hideux. À voir ce visage à double face, ennemi de lui-même, on dirait qu'un sculpteur cruel s'est amusé à laisser son œuvre inachevée. Un monstre tel que Jordi de Cabestan n'en a jamais formé, même dans ses plus horribles figures du diable.

— Faut que vous n'ayez point peur des brigands, ni des loups-garous pour cheminer sous pareille pleine lune ! s'exclame la femme aubergiste tout en tendant au Maître une écuelle de pois enrichis de lardons.

— Il faisait jour à mon départ de Saint-Hilaire, répond-il en plongeant la cuillère dans sa potée. Et je n'ai point trop hâté mon cheval, car je ne redoute que la colère de Dieu.

Affamé par sa longue chevauchée, il s'applique à manger, le regard vers l'âtre, feignant un moment d'ignorer le trouble que son irruption soudaine a jeté dans la veillée interrompue. Mais le silence s'alourdit de tout ce qui s'est dit en son absence et de tout ce que l'on tait depuis qu'il est présent.

— Parlez, mes amis, parlez. Je serais fâché que, par ma faute, votre compagnie perde tout son babil !

C'est l'homme de la carrière qui le premier s'enhardit à demander :

— Est-ce vrai, ce que l'on raconte, qu'un méchant chrétien aurait tué votre ami ?

— Diantre ! que je sache, il ne se rencontre point de païens dans nos contrées. C'est donc bel et bien un chrétien qui a fait la chose. Et il faut que c'en soit un de fort méchant pour l'avoir accomplie de si hideuse façon.

Pour l'heure, Maître Jordi s'en tient au seul crime que ses hôtes semblent connaître. Il préfère leur celer le meurtre de son propre frère à l'abbaye de La Grassa.

Le carrier revient à la charge :

— Je parlais de ceux qui se nomment eux-mêmes « Bons Chrétiens », ces vilains bougres qui conchient l'Église de Rome… Il paraîtrait que l'un d'entre eux serait soupçonné.

— On a aussi soupçonné le diable, répond Jordi tout en reposant son écuelle vide. Mais on pourrait aussi bien soupçonner n'importe qui de Petra-Talada.

— Par tous les saints ! s'exclame l'aubergiste, pourquoi chercherait-on du côté de chez nous ?

— Parce que c'est ici, dans cette maison, que Thomas-le-Boiteux a été vu vivant pour la dernière fois. On m'a dit qu'il y était resté fort tard en compagnie du bouvier et de deux autres personncs.

Le tailleur de pierre feint de ne rien voir du trouble suscité par ses paroles et qui se lit sur les visages. Il se tourne fort courtoisement vers la femme de l'aubergiste :

— Ces pois sont excellents, mais ils donnent grand soif…

Aussitôt la femme s'empresse de lui tendre un cruchon d'eau fraîche auquel il boit à la régalade.

La porte s'ouvre à cet instant, livrant passage au valet à museau de belette. L'aubergiste l'interpelle :

— Victorin, file à l'étage préparer la seconde chambre pour le Maître de Cabestan. Veille à changer la paillasse et n'oublie pas de bien la couvrir.

— Je l'accompagne. Ce fangeux ne connaît rien aux choses du ménage, dit la femme en saisissant la torche fichée au mur.

Le carrier s'est levé lui aussi, comme si l'irruption du valet de ferme avait soudain produit l'effet d'un courant d'air.

— Il est tard et ma commère va s'inquiéter de moi… La bonne nuit à vous tous… Que Dieu vous garde, Maître Jordi.

Son salut est profond, mais tout aussi grande est sa hâte à quitter la compagnie. Derrière lui, l'aubergiste clôt la porte à l'aide du loquet de bois. « C'est donc, se dit le Maître, que les deux autres séjournent en la demeure. »

Depuis qu'il est entré, ceux-là n'ont pipé mot. L'homme au visage détruit s'applique à écorcer une baguette de buis à l'aide d'un fin couteau. La femme assise à ses côtés, coudes sur les genoux et menton dans les mains, paraît perdue dans la contemplation des flammes. Le Maître n'aperçoit que son profil à l'arête fine et aux joues lourdes à demi masquées par une ample chevelure que retient à grand-peine le touret qui lui encercle la tête. Sa cotte de grosse laine s'écroule autour d'elle en un drapé massif, empêchant de deviner ses formes. Elle s'échancre, en revanche, au niveau de la poitrine, laissant poindre les arrondis jumeaux de mamelles généreuses. Dans le rougeoiement de l'âtre, la chair paraît ferme bien que les ombres projetées sur son visage cernent son œil d'une flaque mauve. Sans doute n'est-elle pas aussi jeune qu'on le dirait de prime abord. Est-elle la femme de l'homme défiguré ? Sa façon de se tenir, muette à son côté, en donne l'impression.

Les pensées du Maître divaguent vers les deux ribaudes dont Peire lui a parlé. Cette femme silencieuse serait-elle l'une d'elles ?

Brusquement, l'homme au double visage se dresse sur ses pieds. Il balaie d'une main les épluchures d'écorce sur son bliaud, range le couteau dans le fourreau de sa ceinture et, la baguette à la main, s'éloigne sans un mot vers l'escalier de bois.

La femme semble aussitôt sortir de sa torpeur songeuse.

— Ursus ! crie-t-elle à l'homme monstrueux, attends-moi !

Et, sans le moindre salut à quiconque, elle empoigne sa cotte à deux mains puis file à son tour vers l'escalier, croisant au bas des marches le valet Victorin et la femme de l'aubergiste.

Celle-ci fait trois pas vers Jordi.

— Votre couche est prête, Maître. J'ai laissé dans la chambre une chandelle allumée. Vous y verrez en suffisance. C'est la porte de dextre, sur le palier... Que la nuit vous soit douce !

C'est à peine si Jordi a eu le temps de remercier d'un hochement de tête qu'elle disparaît, s'engouffrant dans la pièce voisine, le valet sur ses talons.

En un clin d'œil, la salle s'est vidée. Ils sont seuls, à présent, l'imagier et l'aubergiste, auprès du feu qui flambe encore haut. De la pointe du tisonnier, l'homme repousse un brandon. Il se redresse, la face encore plus rubiconde de s'être penché vers l'âtre.

— Vous n'avez point fait grande lippée, Maître. J'ai encore du pain dans la huche et du pâté aux épices, si vous le désirez...

— Le dîner était à ma juste mesure. Je n'aime pas à trop charger mon sommeil... Mais une goulée de vin ne serait pas pour me déplaire. À condition que vous la partagiez avec moi.

— Volontiers, répond l'aubergiste en ouvrant une petite niche murale proche de la cheminée.

Cependant, aux oreilles du Maître, ce « volontiers » sonne à rebours de ce qu'il dit. À l'évidence, son arrivée au *Coq-Gaillard* suscite plus d'inquiétude que de franche confiance. Mais peu lui chaut. Il est venu pour savoir. Il saura. Quoi qu'il doive en coûter.

— Tenez, voici du vin de noix de ma réserve, dit l'aubergiste en lui tendant un godet plein à ras-bord.

Jordi y trempe ses lèvres. Dès la première gorgée, de lourds effluves boisés envahissent ses narines. À la deuxième, c'est une chaleur bienfaisante qui se répand en tout son être.

Un tel régal est signe de bonne volonté de la part de l'aubergiste. Le Maître le remercie d'un compliment flatteur. Au moment où il lui tend le godet en partage, un cri terrifiant déchire le silence nocturne. De surprise, Jordi a failli renverser le précieux vin de noix. Un autre cri suit le premier, plus long, plus sourd et tout aussi inquiétant. Ce n'est point d'une gorge humaine qu'un tel grondement peut sortir mais de quelque gosier infernal surgi de l'autre monde.

Le chien qui dormait près de la cheminée s'est levé en sursaut, tremblant de ses quatre pattes. L'échine hérissée, les oreilles rabattues, il montre les crocs vers cette menace invisible, prêt à mordre la nuit.

— La paix, Pitcho ! ordonne l'aubergiste avant de se tourner vers Jordi : Ne vous inquiétez pas, Maître. J'aurais dû vous prévenir. C'est l'ours, ajoute-t-il en récupérant le godet.

— L'ours ?

— L'homme qui se tenait céans est montreur d'ours de son état. Il était déjà passé par chez nous l'année dernière. Mais cette fois on n'a point voulu de lui au château, c'est pourquoi il loge ici. Par chance, on avait saigné le cochon ; cela faisait de la place pour son ours dans la soue. La bête se plaint du mal d'amour, mais elle est solidement enchaînée. Nul risque qu'elle ne s'échappe.

— Sait-on d'où son patron tient si triste figure ?

— On raconte qu'une griffure d'ours en est la cause. Alors que tout jeune, déjà, il s'entraînait à dresser un de ces bestiaux, un mâle féroce lui aurait arraché la moitié du visage d'un coup de patte. D'ordinaire, il cache sa laideur sous un masque de cuir.

— La femme que j'ai vue est sa compagne ?

Les yeux de l'aubergiste errent un instant, comme s'il hésitait à regarder le Maître, puis il finit par lancer :

— C'est sa mère.

— Depuis quand sont-ils ici ?

— La femme est là depuis deux jours. Lui, il n'est arrivé que ce matin.

— Il faut qu'elle soit bien téméraire pour s'aventurer toute seulette par les chemins… Sait-on d'où elle vient ?

— Elle n'est point arrivée seule. Elle et sa fille voyageaient avec des marchands qui venaient du comté de Foix. Ils avaient mules et charrette. À ce qu'ils m'ont dit, ils étaient en route pour Narbonne. La fille est repartie avec eux hier matin, mais la mère est restée pour attendre son fils.

Plus sourd que les précédents, un grognement rauque traverse à nouveau les murs. Cette fois, le Maître n'y prend garde. Il a sorti sa bourse de cuir et en tire un denier qu'il tend à l'aubergiste. Celui-ci le regarde, étonné. Il y a là de quoi payer bien plus qu'une nuit et une potée aux lardons.

Tout en lui faisant signe d'empocher l'argent, Jordi s'assied sur le banc.

— Mon ami, je vais avoir besoin de votre aide.

— Tout salaire mérite sa peine, réplique l'homme dont la face congestionnée exprime une curiosité inquiète.

« Ce rougeaud a de la repartie, voyons s'il a de la franchise », songe le Maître en souriant.

— Votre voisin, le bouvier, s'est vanté d'avoir fait franche ripaille en votre auberge avec mon ami Thomas, au soir d'avant-hier.

— Sans mentir, messire, on ne vient point au *Coq-Gaillard* pour y faire carême.

— Nul doute à cet égard ; on m'a rapporté que la chère était bonne et j'ai pu constater qu'elle l'était… Mais le bouvier a dit aussi qu'ils avaient veillé fort tard en assez douce compagnie.

À ces mots, la trogne de l'aubergiste s'est rembrunie.

— C'est possible… Mais avec ces marchands qui faisaient grand tapage, mangeaient prou et buvaient davantage, je n'avais point l'œil à toutes les tables.

— Certes… Cela me fait penser que je vous dois encore le vin de noix…

Remettant la main à la bourse, le Maître pose sur la table deux sols de bon aloi qu'il pousse négligemment vers l'aubergiste.

— Peut-être vous souvenez-vous de ces dames qui ont tenu compagnie à Thomas et au bouvier ?

Et pour lui laisser le temps de consulter sa mémoire et, surtout, de peser le pour et le contre à servir la vérité, Jordi de Cabestan achève en une longue gorgée le contenu du godet.

L'homme a pris les deux pièces de monnaie et s'est rapproché de lui. Il jette un coup d'œil vers l'escalier ombreux, se mettant à parler à voix basse.

— La mère et la fille étaient avec Thomas et le bouvier. Mais celui-ci aurait dû se souvenir qu'ils étaient cinq et non point quatre.

— Comment cela ? Qui donc était le cinquième ?

— Un autre homme de votre atelier que je ne saurais nommer, car je ne connais point tous vos gens.

— Sauriez-vous le décrire ?

— Ma foi, je n'y ai pas prêté trop attention, mais il me revient qu'il était d'assez haute taille, la barbe courte et le cheveu bien dru… À peu près de la couleur du pelage de Pitcho ! ajoute l'aubergiste en pointant son chien du doigt. Et puis il portait autour de l'avant-bras un bracelet de force à nul autre pareil, tout de cuir épais, doublé de poil de lapin et bardé de fines plaques de cuivre martelé comme oncques je n'en avais vu.

« Teubald ! » se dit aussitôt le Maître. Lui seul porte pareil bracelet dont il ne se défait jamais depuis une méchante foulure qu'il s'est faite au poignet gauche. Et la description correspond d'assez près à son apparence. Mais, s'il s'agit bien de lui, pourquoi donc n'a-t-il rien dit de cette veillée avec Thomas et les deux femmes ? Aurait-il eu honte de sa débauche au point de taire ce qui s'est passé ce soir-là ? Cela ne lui ressemble pas. Teubald est d'humeur volontiers truculente et paillarde.

Il n'est pas homme à s'effaroucher de galanterie, tant en actes qu'en paroles. Alors pourquoi s'est-il tu ?

Le Maître veut en savoir plus :

— Le bouvier a raconté qu'il s'était attardé en compagnie de la plus âgée des deux femmes. Les deux compagnons seraient donc restés seuls avec la plus jeune ?

L'aubergiste réfléchit un court instant.

— Non point, messire. À ma souvenance, l'homme au bracelet s'en est allé le premier tandis que votre compagnon boiteux – Dieu ait son âme ! – a quitté la table un peu plus tard avec la mignonne agrippée à son bras. Je crois bien qu'ils avaient tiré aux dés lequel des deux irait avec elle.

— Avez-vous idée de l'endroit où ils sont allés ensuite ?

— Ma foi, la grange n'est pas loin et ce n'est pas la paille qui manque ! J'imagine qu'ils y ont trouvé leurs aises... Toujours est-il que la garce n'a pas été bien longue à conclure l'affaire, car je l'ai vue rentrer fort peu de temps après qu'ils étaient sortis. Ensuite, comme il se faisait tard, j'ai tiré le verrou et envoyé se coucher tout le monde.

Jordi de Cabestan s'est levé. Il sent que l'aubergiste lui a tout dit de ce qu'il savait. S'il paraissait rechigner, au début, c'est probablement qu'il ne voulait pas que le *Coq-Gaillard* eût réputation de lupanar. À deux pas du château et tout près de l'église, mieux vaut être bien famé. Mais, tout bien considéré, il n'est en rien responsable de ce qui peut se passer chez lui entre des hôtes de passage. Sans doute cela l'a-t-il fait opter pour la sincérité.

— Tenez, messire, prenez donc cette chandelle, vous monterez plus aisément, dit-il en tendant à Jordi une coupe dans laquelle brûle un bloc de suif planté d'une mèche.

Le Maître le remercie. Après lui avoir souhaité la bonne nuit, il ramasse son bagage et s'éloigne vers l'étage, encore tout ébaubi de ce qu'il vient d'apprendre. Le silence de Teubald est une énigme à laquelle il n'entrevoit pas de solution. Le compagnon a quitté l'auberge alors qu'il faisait déjà nuit, mais est-il remonté aussitôt à la carrière ? Le temps était doux, ce soir-là, et la lune bien claire. A-t-il attendu que Thomas en ait fini avec sa gueuse pour rentrer avec lui ? Et que s'est-il passé ensuite ? Seuls Teubald ou la fille de joie pourraient répondre à ces questions. Mais la putain est à Narbonne et Teubald à La Grassa. Une soudaine ire impatiente s'empare du Maître. Il se prend à songer à quelque enchantement qui pourrait le transporter là-bas sur-le-champ. Mais pareille merveille ne se rencontre que dans les contes pour enfants et les fées ne hantent point les alentours de Petra-Talada. Réduit à ronger son frein, il apaise son cœur courroucé et pousse la porte de la chambre.

La pièce aux senteurs de vieilles boiseries est dépourvue de fenêtre. Toute baignée d'ombre, on n'en distingue pas les confins. Posée sur un tabouret, la veilleuse laissée par l'aubergiste diffuse tout juste assez de clarté pour que Maître Jordi distingue le grabat qu'on lui a préparé. Or voici qu'approchant sa propre chandelle il croit voir se matérialiser sous ses yeux, comme formée par les replis de la nuit elle-même, une silhouette humaine assise sur la paillasse.

Ce n'est là ni vision ensorceleuse ni fantasme jailli de son esprit. À la lueur vacillante de la mèche, il la reconnaît tout à fait. C'est la femme de tout à l'heure. La mère du montreur d'ours ; autrement dit, la vieille ribaude.

— N'ayez point de crainte, messire de Cabestan, dit la femme d'une voix sourde. Je suis venue vous dire que ma fille n'est pour rien dans la malaventure survenue à votre ami le boiteux. Sans doute aimerez-vous apprendre de ma bouche ce qui s'est passé avant-hier ? Mais, avant que je vous narre comment tout est survenu, peut-être souhaiterez-vous goûter quelque délassement ?

Et joignant le geste à la parole, la femme détache son lacet de poitrine, laissant jaillir du corsage deux mamelles rebondies.

Chapitre 23

RAIMON DE TERMES

Abbaye de La Grassa

Les deux corps ont été cousus dans des linceuls de serge grossière. Ils reposent côte à côte devant l'autel sur un catafalque sans ornements. Aux quatre angles brûle la haute flamme des cierges. Sur eux ont été dites les prières des morts. On a chanté le *requiem* et les dépouilles ont été aspergées d'eau bénite. Mais l'encensoir qu'agite l'un des servants a bien du mal à dissiper l'odeur fétide qui se dégage déjà des sacs funéraires.

Au sortir du logis de l'imagier, Raimon s'était rendu à l'infirmerie où les frères lais s'occupaient de coudre les linceuls. L'abbé Robertus avait voulu que frère Matéu entrât dans l'éternité avec une sandale à chaque pied. Le chevalier avait donc rendu au mort ce qui avait appartenu au vivant. Il en avait profité pour jeter un coup d'œil à l'autre cadavre. Celui du tailleur de pierre qui avait pour nom Valerian de Cabestan. L'homme, dans la force de l'âge et portant beau visage, avait gardé dans le trépas une apparence de mâle sérénité. Sous la tunique blanche, outre ses braies de laine, il était vêtu d'une cotte en tiretaine verte sur laquelle était enfilé un coûteux surcot de peau de daim. C'étaient là des vêtements de jour de fort bonne facture que complétaient chaussures et ceinture de prix. À n'en pas douter, un voleur l'en eût certainement dépouillé. Le meurtrier visait donc un autre but. Au niveau de la poitrine, la tunique portait une bizarre trace rouge dessinant une espèce de crochet. Peut-être l'assassin avait-il essuyé sa main ensanglantée sur le corps de sa victime ?

À la vue des hameçons pointant au travers de la poitrine du mort, Raimon s'était ému.

— Est-ce ainsi qu'il a été tué ? avait-il demandé à l'un des moines.

— À vrai dire, je ne saurais l'affirmer, messire. Lorsqu'on l'a dépendu, il avait la nuque brisée. Sans doute lui avait-on tordu le cou, car ce ne pouvait être le résultat de la pendaison… Il était en effet accroché à la cloche par cet affreux appareil de fer auquel ses ailes étaient fixées…

De la main, l'homme avait désigné les ailes d'oie qui gisaient sur un tas de détritus, près de la table de travail.

— Pourquoi n'ôtez-vous pas cette ferraille ?

— Pour cela, il faudrait ouvrir le corps. Sans quoi, si l'on tirait dessus, les hameçons déchireraient les chairs et les entrailles. Or, voici deux ans que le concile de Tours a formellement interdit les autopsies, ainsi que la chirurgie, au motif que ce sont là des pratiques barbares.

Raimon s'était contenté de hocher pensivement la tête tout en se disant que, si l'assemblée des évêques avait porté tout cela au compte de l'hérésie, ce devait être pour de bonnes raisons, même si elles lui échappaient.

Il avait ensuite fait quelques pas vers la dépouille du jeune Matéu, évitant toutefois de trop s'attarder sur le beau visage en lambeaux.

— Et lui, à votre avis, comment a-t-il été tué ?

— Probablement de la même manière. Comme on tue un lapin : en lui brisant la nuque. Quand nous l'avons apporté ici, la *rigor mortis* était déjà bien avancée. Nous avons eu beaucoup de mal à lui positionner les bras sur la poitrine. Quant à la tête, elle faisait avec les épaules un angle qui ne se rencontre point dans l'état du vivant.

Raimon de Termes avait remercié le frère lai pour ces renseignements et, après lui avoir demandé le chemin des cuisines, l'avait laissé à son ouvrage mortuaire, sans insister davantage.

Dehors, alors qu'il marchait à une allure que la faim pressante accélérait à chaque pas, il avait appliqué son esprit à démêler la chronologie des événements. Pour lui, le meurtrier avait dû tuer Matéu peu avant le souper et avait ensuite attendu la nuit pour assassiner le tailleur de pierre. Probablement avait-il agi après complies, cette dernière prière que les moines partagent avant d'aller se coucher et qui prélude au grand silence nocturne imposé par la règle. Cela impliquait donc que l'assassin était dans la place avant la fermeture des portes, la veille au soir, et qu'il s'y trouvait encore à présent puisque nul n'avait quitté l'abbaye, hormis les deux émissaires de l'abbé que l'on devait considérer *a priori* comme étant hors de cause. En tout cas, celui que Raimon de Termes avait rencontré sur la route de Carcassonne, ce frère Léonce tout timoré et pétri de panique, semblait bien peu taillé pour tuer de ses propres mains deux hommes tels que Matéu et Valerian. Il y avait peu de chance pour que son confrère – parti pour Saint-Hilaire – fût d'une autre trempe. En revanche, Raimon avait croisé tout au long de l'après-midi une foule d'hommes, tant clercs que laïcs, dotés de la force nécessaire pour briser autant de nuques qu'ils l'auraient souhaité. À commencer par cet innocent forgeron dont l'étrange regard l'avait beaucoup intrigué alors qu'il passait près de lui dans la salle capitulaire. En voilà un qu'il aurait plaisir à interroger. L'homme, qui lui devait sa liberté, ne saurait se dérober devant son enquête. Il allait être plus difficile, en revanche, de contourner l'obligation faite à tous d'être toujours en compagnie – jamais moins de trois ensemble – afin de parvenir à lui parler seul à seul. Mais le chevalier se faisait fort de trouver une parade à cela, quitte à braver une fois de plus un interdit de l'abbé.

À son entrée dans les cuisines, Raimon avait été d'abord saisi par la dimension des lieux. On aurait pu faire tenir dans cette vaste salle au moins deux fois l'office du château de Termes, pourtant de belles proportions.

Deux imposantes cheminées ronflaient à pleins feux, auprès desquelles s'activaient plusieurs équipes de novices sous la houlette du maître des lieux, un moine presque aussi large que haut et plus sphérique qu'une pastèque. Cette rondeur majestueuse s'accompagnait d'une légèreté virevoltante comme si l'homme eût été rempli d'une matière volatile et non point fait de chair pesante comme tout un chacun. Il papillonnait d'un fourneau à l'autre, s'arrêtant tantôt ici pour soulever le couvercle d'une marmite, tantôt là pour plonger un doigt gourmet dans un potage et le porter à ses lèvres afin d'en vérifier la saveur.

Il semblait que la règle du silence s'arrêtât aux portes des cuisines. Il régnait ici une sorte de tapage feutré où, par-dessus le brouhaha des voix, le bruit des ustensiles donnait la mesure et le rythme général. Certes, ce n'étaient pas des conversations à haute voix, mais les novices – et leur jeune âge expliquait cette humeur dissipée – ne cessaient de parler entre eux à propos de ce qu'ils étaient en train de faire, ou de ce qu'ils avaient fait, ou encore de ce qu'ils allaient faire. De temps à autre, le chef des cuisines les rappelait à l'ordre sans trop de conviction ni d'autorité.

D'emblée, le chevalier de Termes s'était senti à son aise dans cette humeur écolière, au point d'en oublier sa propre chevalerie et son statut de noble enquêteur. Après son sinistre passage au pays des morts, les cuisines lui offraient un doux répit. Il lui semblait entrer de plain-pied dans la vie joyeuse. C'était comme une sorte de résurrection. Il s'était avancé, souriant, au milieu de ces garçons turbulents dont certains lui faisaient penser à son jeune frère.

— Ah, messire ! s'exclama le moine cuisinier quand il l'aperçut, c'est un bien grand honneur que vous nous faites en visitant notre antre.

Puis il frappa dans ses mains pour attirer l'attention des novices avant de lancer d'une voix forte :

— Frères, faites accueil au seigneur chevalier de Termes qui a mis son épée et sa pénétration d'esprit au service de notre malheureuse abbaye.

C'était dit sur un ton tellement enjoué que Raimon s'était demandé un instant si le moine n'avait pas glissé dans son annonce davantage de moquerie que de révérence. Cependant les novices s'étaient inclinés devant lui avec moult courtoisie, tandis que le maître des cuisines lui plaquait sur les épaules une accolade chaleureuse qui l'avait pris au dépourvu.

— On me nomme frère Sauveur, avait dit le moine qui dénoua son étreinte pour se présenter.

— Je suis le chevalier Raimon, seigneur du Terménès, avait-il répondu pour résumer d'un mot la litanie fastidieuse de ses nombreuses seigneuries et tout étonné encore que ce qu'il faisait à La Grassa fût déjà connu des cuisines.

« Rien de plus bavard, avait-il pensé, que ce monde silencieux des abbayes. Les nouvelles s'y répandent plus vite que sur la place de Carcassonne. »

— Que puis-je pour vous, chevalier ? avait demandé, toujours affable, le maître des cuisines.

— Depuis l'aube, je n'ai eu le temps d'avaler qu'une pomme. La faim me tenaille et mon estomac m'empêche de penser.

Le bien nommé frère Sauveur avait souri à cette déclaration sans ambages et s'était fait un plaisir de servir lui-même son hôte improvisé. Un pâté en croûte, une bolée de potage aux poireaux et un hanap de vin de l'abbaye avaient apaisé le désarroi gastrique du damoiseau.

Tandis qu'il se régalait, les cuisines s'étaient peu à peu vidées de la troupe des novices. La plupart d'entre eux avaient rejoint le réfectoire pendant que certains, commis au service, faisaient des allers et retours d'un lieu à l'autre. Entre les moines du chapitre, les convers, les laïcs et les novices, il se trouvait au moins une centaine de personnes dans l'abbaye, cela faisait autant de bouches à nourrir quotidiennement avec la même ponctualité soumise aux horaires impérieux des offices et des temps de prière. Frère Sauveur devait être souvent exempté de ces contraintes pour pouvoir sc consacrer au fonctionnement des cuisines et du réfectoire. À la vérité, il s'agissait d'un incessant labeur. C'était aussi un emploi fort stratégique pour connaître tout le monde.

Après s'être essuyé les lèvres d'un revers de main, Raimon avait interrogé le moine :

— Pourriez-vous me parler de frère Matéu ?... Il n'est point aisé d'enquêter sur la mort d'un homme, sans presque rien savoir de lui.

La mine joviale de frère Sauveur s'était soudain assombrie. Puis il avait tiré un tabouret auprès de celui de Raimon et, profitant de ce que les novices faisaient du bruit avec les poêlons, il avait lâché d'un trait :

— La beauté, quelle qu'elle soit, suscite bien des convoitises et bien des jalousies. Ce pauvre Matéu était trop beau pour ne pas être aimé. Trop aimé.

Raimon avait hoché la tête. C'était presque mot pour mot ce que frère Flavian lui avait déjà confié dans les écuries.

— Si vous voulez mon avis, Apollon fréquentait un peu trop Vulcain, avait ajouté le moine à voix basse avant de se relever et de s'éloigner, l'air préoccupé, vers un de ses fourneaux.

Le chevalier n'avait pas insisté. Cette dernière remarque était suffisamment éloquente pour quelqu'un comme lui dont l'enfance avait été bercée par les contes d'Ovide.

Les masques des dieux païens n'étaient que trop transparents. Si Matéu n'avait pas été l'amant du forgeron, il avait au moins été son aimé. Peut-être Raimon avait-il un peu rapidement abandonné la piste des sodomites ? À vrai dire, il n'y avait pas vraiment songé ou n'avait pas voulu y appliquer son esprit plus avant. Sans doute parce que tout cela était loin de lui et lui répugnait vaguement. Non point tant par viscéral dégoût de ces fornications entre hommes que par terreur du châtiment divin. En fait d'amour, le jeune chevalier n'en connaissait que trois catégories. Celui qui lui avait été inculqué à l'égard de Dieu, celui que la belle Lucia avait imprimé dans ses nerfs et celui que lui inspirait son cheval. Se sachant pécheur et n'étant doté que d'une imagination médiocre, Raimon n'éprouvait vis-à-vis des péchés d'autrui qu'une indulgente indifférence. Sans oser se l'avouer, il espérait pour lui-même une clémence identique au jour du Jugement dernier.

Pour l'heure, debout dans la grande nef, à quelques coudées du catafalque où reposent les deux corps, cousus dans leurs linceuls qui les font semblables à des nymphes d'insectes monstrueux, Raimon écoute sans l'entendre le *requiem* entonné par le chœur des moines. Tout au long de l'office, qu'il a suivi sans s'y abandonner vraiment, il a laissé son regard errer sur les visages des moines, face à lui, chacun assis dans sa stalle, tête nue, tous plus énigmatiques que jamais, verrouillés dans la concentration de la prière et comme inaccessibles aux choses terrestres.

À force d'observer leur assemblée compacte, faite du même tissu, des mêmes couleurs, des mêmes formes où la matière des coules semble modeler un unique drapé enveloppant tous les corps, cette masse presque indistincte qui tantôt se lève, tantôt s'assied et tantôt s'agenouille, prise dans un même mouvement de flux et de reflux, cela finit par lui figurer une même et unique créature. Une sorte de monstre fabuleux composé d'un seul corps et de quarante têtes obéissant à une seule volonté, une seule tension : la prière, afin de proclamer le règne du Tout-Puissant sur la Terre et de conjurer la survenue de l'Antéchrist que l'on dit pour bientôt.

Baigné dans la mélopée envoûtante du chant grégorien et la lueur tremblante des cierges, Raimon est pris de vertige. La voix de ces hommes qui entonnent le *requiem* lui fait l'effet de provenir du fond des siècles, comme si elle n'était pas seulement faite de ces dizaines de gorges vivantes, mais aussi de toutes les bouches à jamais muettes des milliers de moines défunts qui ont chanté le *requiem* entre ces mêmes murs depuis des centaines et des centaines d'années.

Raimon est à la fois subjugué et saisi de frayeur face à cet effacement des êtres où le collectif l'emporte sur les individus qui le composent, où le présent se dilue dans le sempiternel.

Son regard se pose maintenant sur l'abbé Robertus, l'infirme assis dans son trône à roues ferrées, corps à demi vif, à demi mort et plus sépulcral que jamais. À cet homme dont une partie est déjà dans la tombe, que peut importer le trépas de frère Matéu ? Pis encore, que lui chaut la mort du tailleur de pierre ? Un autre moine remplacera le moine disparu. Un autre ouvrier sculptera le futur tympan de l'abbatiale. Qu'attend-il de cette enquête dont il a investi le chevalier de Termes ? Peut-être a-t-il flairé, dans ce double crime, la main perfide de l'Hérésie, qui est, elle aussi, une bête aux multiples têtes. Ce serait donc là l'enjeu de ce siècle qui s'achemine vers sa fin. Le combat entre ces deux créatures ennemies irréductibles : l'Église et l'Hérésie. L'une, œuvre de Dieu, et l'autre, fabrique du diable. Et lui, Raimon de Termes, nouvel Hercule missionné pour trancher l'une des têtes innombrables de l'hydre hérétique, se sent tout à coup à bout de forces et aussi démuni qu'un enfant. L'adoubement, dont il fut l'objet hier, ne l'a point métamorphosé en héros invincible. Il n'est que l'homme qu'il était et non point celui qu'il rêvait, ce matin encore, de devenir. Sa fringante jeunesse est sans arme contre ce sentiment de harassante solitude qui l'envahit tout à coup. Est-il digne seulement de cette épée ballant à son côté ?

Il tourne la tête et ses yeux se posent à nouveau sur les grosses chrysalides allongées côte à côte sur le catafalque. Il songe à ces deux hommes qui n'étaient rien l'un pour l'autre et à qui la main d'un même bourreau a infligé un même trépas. Les voici unis dans la fraternité de la mort comme ils le seront tout à l'heure dans la promiscuité de la tombe. Ensemble à jamais. Que Dieu accueille leurs âmes jumelles ! Ce sont eux que Raimon vengera en démasquant leur assassin. Que l'Éternel lui accorde au moins cette grâce ! Un combat d'homme à homme, à l'épée ou à mains nues, peu importe, mais au moins ce serait une entreprise à sa mesure. Quant à la bête hérésiarque, que d'autres Hercule se chargent, s'ils le peuvent, d'abattre cette hydre sournoise.

Soudain, une odeur écœurante fait frissonner les narines du jeune homme. Jusque-là, il n'y avait point prêté attention. Voici qu'elle l'incommode au point de lui couper le souffle. C'est celle des cadavres dont la putréfaction a commencé. À cette puanteur insidieuse se mêlent les senteurs lourdes de tous les vivants assemblés dans la nef, relents de transpiration et d'haleines, de corps rarement lavés, de macérations entretenues au motif de pénitence, de linges sales et de pieds crasseux. Tout cela pue affreusement. Le servant, près de l'autel, a beau agiter l'encensoir en répandant un nuage parfumé, l'odeur est là, tenace, de plus en plus insoutenable depuis que Raimon en a pris conscience. La nausée lui vient, incoercible. Le cœur lui monte aux lèvres. C'en est trop. L'office touche à sa fin, mais il n'entendra pas frère Diego prononcer l'*ite missa est*. Il n'assistera pas non plus à la levée des corps dans leurs civières ni à leur inhumation au fond du cimetière, dans la lueur des torches que quatre servants viennent d'allumer.

Raimon fait une génuflexion hâtive, esquisse un signe de croix, se relève puis, d'un pas qu'il s'efforce de rendre le moins chancelant possible, remonte toute la longue travée de la nef. Peu lui importent les regards étonnés qu'il sent se poser sur lui. Si demain on lui demande raison de ce départ soudain, il dira la vérité. Mieux vaut partir maintenant que d'être cause d'un plus grand scandale en vomissant au pied du catafalque. Et c'est presque en courant qu'il sort de l'abbatiale.

Est-ce la fraîcheur de la nuit ? Est-ce la pureté de l'air aux effluves sylvestres ? À peine dehors, Raimon se sent mieux. Il s'adosse au mur de pierre et, par lentes inspirations, s'applique à refouler le haut-le-cœur qui l'étouffait. Lentement, il maîtrise les spasmes de son diaphragme. Peu à peu, il recouvre son souffle et les battements enfiévrés de son cœur vont s'apaisant. Il ne vomira pas.

Il a appuyé sa nuque contre une pierre. Visage vers le ciel, yeux clos, il s'abandonne un instant à la caresse de la pleine lune. Sans qu'il en ait conscience, sa main s'est crispée sur la garde de son épée. Au contact du métal ouvragé, incrusté de gemmes précieuses, son cœur se ragaillardit. Se peut-il qu'une simple odeur de charogne ait fait chanceler sa belle détermination ? Que penserait son père, s'il le voyait ainsi, plus timoré qu'une pucelle parce que son nez s'est empli de puanteur ?

Pour sa plus grande vergogne, la chanson du preux Roland lui revient en mémoire, et celle du Cid Campeador d'Hispanie, vainqueur des Maures sanguinaires, et aussi la vaillance du noble Lancelot et tous les hauts faits de tant d'hommes valeureux qui ont enchanté sa prime jeunesse et qu'il s'est choisis pour modèles. Lui qui rêvait d'en être un digne successeur, n'en serait-il qu'une grotesque caricature, la honte de sa lignée ?

« De par le monde, il n'y aura nul meilleur chevalier que vous », lui a dit la dame de Trencavel… Que diraitelle à cette heure ?

Mais déjà, provenant de l'église, résonne le *Deo gratias* prononcé par toute l'assemblée. L'office est achevé. Raimon n'a que le temps de se glisser derrière un contrefort de l'absidiole pour se dissimuler aux regards de ceux qui sortent.

Apparaissent d'abord les porteurs de torches, suivis par les deux civières sinistres tenues chacune par quatre moines. Derrière marchent les compagnons du tailleur de pierre, Teubald et León, défaits par le chagrin. Frère Diego, le moine aux yeux d'aigue-marine, clôt cette procession funèbre. C'est lui qui a célébré l'office. Il accompagnera les morts jusqu'à leur demeure dernière pour une ultime bénédiction. Lentement, les silhouettes s'éloignent, disparaissant au bout de l'esplanade dans la nuit bleutée.

À présent, les roues ferrées du trône de l'abbé crissent sur le dallage. Les membres du chapitre forment derrière lui un long défilé de coules sombres aux capuches baissées, dérobant les visages. Leur troupe fantômale prend le chemin du logis abbatial, glissant comme un flot noir le long du haut mur de pierres blanches. Un à un, ils disparaissent, absorbés par la façade.

Sortent enfin ceux qui composent le petit peuple de l'abbaye. Tous silencieux et graves ; jusqu'aux novices eux-mêmes qui ont perdu toute allégresse. Dans la foule disparate qui s'éloigne vers les dortoirs des communs, Raimon distingue la haute carrure du bon frère Flavian et, un peu plus loin, la silhouette courte et trapue du forgeron.

La nuit, la lune et le silence reprennent peu à peu leurs droits. Raimon quitte la niche d'ombre qui le dissimulait. Il n'a plus qu'une envie : retrouver son cheval. Un peu plus tôt, avant la messe des morts, il a refusé l'offre de l'abbé de dormir dans le logis que l'abbaye réserve à ses hôtes de passage, arguant que son Drac et son épée lui sont une meilleure garde que quelque compagnie humaine que ce soit.

Il a retrouvé sans peine le chemin de l'écurie. Un rayon de lune, qui se glisse par le soupirail, suffit à l'éclairer. Dans la rassurante odeur des bêtes, il fera bon dormir. Une botte de paille fraîche sera la plus douce des litières.

D'une main caressante, Raimon flatte le chanfrein de son cheval. À son approche, l'animal l'a salué d'un ébrouement. Dans la paix de l'écurie, le chevalier a senti son cœur se rasséréner. Mais à l'instant où il s'agenouille pour sa prière du soir, une tache claire attire son regard.

C'est un petit feuillet de parchemin, maintenu par un clou au bois de la mangeoire. Raimon le saisit. Quelques mots sont écrits dessus, qu'il peine à déchiffrer. Il lui faut s'approcher du soupirail pour parvenir enfin à lire le message sous la clarté lunaire : « Trouvez-vous à la minuit auprès des latrines des convers. »

TROISIÈME PARTIE

Chapitre 24

LA NUIT – 1
DAME ALOÏS

Narbonne

Le sourire aux lèvres, dame Aloïs a remonté l'escalier. « Apothicaire. » Voilà donc le mot mystérieux que l'enfant Guilhem n'arrivait pas à dire correctement, sans doute faute d'en connaître le sens. Mais comment l'a-t-il deviné ?

« Aimable Catou, pense dame Aloïs en poussant la porte de la chambre, elle a songé à laisser son caleil allumé exprès pour moi. »

Veillant à ne point faire craquer les lames du parquet, elle dépose ses vêtements sur le coffre, ne gardant pour dormir que sa chainse de lin. D'un souffle, elle éteint la lampe puis écarte sans bruit les pans de la courtine et se glisse sous la couverture.

— Je ne dors pas, Aloïs, murmure Catou, je t'attendais… As-tu pu parler avec Enric ?

La jeune femme se tait un instant. Elle ne dira rien de l'intervention magique du petit Guilhem. Elle craint que Catou ne s'en inquiète.

— Ce n'est pas vraiment parler que d'échanger avec lui dans l'état où il est. Mais il a pu, malgré tout, me donner une étrange consigne.

— Cela concerne-t-il le tueur d'anges ?

— Je ne crois pas… À moins qu'il ne désire, pour une raison qui m'échappe, nous détourner de cette recherche… Je crois qu'il veut que nous allions à Fabreza consulter un apothicaire. C'est le mot qu'il a prononcé.

— Maître Béneset ?

— Il n'a point évoqué son nom… Tu le connais ?

— Il est réputé pour être sans pareil dans la science des herbes et des minéraux. Je sais que le *mestre* Brémond le tient en haute estime. Sans être médecin, on le dit guérisseur et j'ai ouï dire qu'on le vient consulter de plus de vingt lieues à la ronde.

— Enric espère peut-être qu'il détient une médication qui lui rendra la parole…

— Tu ne l'as pas questionné ?

— Il était à bout de forces. Je n'ai pas osé pousser plus avant.

Aloïs se tait. Un courant d'air frais agite les courtines. D'instinct, les deux femmes se serrent l'une contre l'autre. Il faudra penser à poser ce tissu huilé. L'hiver s'annonce à la crête du vent.

Catou reprend la parole :

— Si Enric te mande d'aller voir l'apothicaire, il faut lui obéir.

— Il faut aussi trouver l'homme qui tue.

— Une tâche après l'autre, Aloïs. Rien ne sert de trop se hâter en besogne… As-tu déjà conçu un plan pour te rendre à Fabreza ?

— Pas le moindre.

— La ville est à six heures de marche de Narbonne. Vous ne pourrez vous y rendre sans quelque bagage.

— J'aurais aimé que Gari puisse m'accompagner.

— As-tu entendu ce qu'il a dit ? Son passé monacal à Saint-Hilaire le rend suspect aux yeux de certains. Mieux vaut qu'il ne se hasarde pas sur les chemins. Sait-on jamais ce qui pourrait advenir si les moines ont lancé quelqu'un à sa recherche ?… Et puis notre maison a besoin de lui. L'école, l'atelier, Enric qui ne peut se suffire à lui-même, tout cela est bien lourd à porter et ce n'est pas avec le doux Tierric, toujours perdu dans ses livres que je pourrai… Non ! Gari doit rester ici, je te l'assure.

— Alors, comment ferons-nous pour aller là-bas ?

— Sais-tu si le vieux Simian a toujours sa charrette et son âne ?

— Je crois bien que oui.

— Demande-lui de te les prêter. En plus de Rotland, prends avec toi le petit Guilhem, chargez deux ou trois ballots de laine dans la charrette, ainsi vous passerez aux yeux de tous pour une famille de paysans qui va par les chemins, comme tant d'autres.

— En dépit de son envie d'aventure, j'ai peur que Rotland ne soit trop jeune !

— Il est taillé en homme et tout à fait capable de vous défendre.

— Il est vrai… Mais pourquoi nous encombrer de Guilhem ?

— Tu l'as senti aussi bien que moi : ce garçon possède des dons mystérieux. Ce doit être une très vieille âme logée dans un corps d'enfant. Il n'est pas impossible que, de nous tous, il soit le plus proche de Dieu, même s'il l'ignore lui-même. Il peut être d'un grand secours dans certaines circonstances.

Les paroles doucement murmurées de Catou éveillent le remords d'Aloïs. Elle a honte de son mensonge, fût-il par omission.

— C'est Guilhem qui m'a transmis les pensées d'Enric. Il est venu, tout endormi, à son chevet et il a dit ce qu'Enric ne pouvait dire.

La réponse de la vieille femme ne tarde pas :

— Prends cet enfant avec toi et pars à Fabreza sous la protection de Rotland… Dieu le veut, j'en suis sûre.

Chapitre 25

LA NUIT – 2
JORDI DE CABESTAN

Auberge de Petra-Talada

La femme s'est laissée aller à la renverse sur le grabat. La lueur vacillante des lumignons pose des reflets mouvants sur ses mamelons dénudés comme un peu plus tôt le couchant nimbait de rouge les monts jumeaux des Pyrénées. Dans un geste de nonchalante lascivité, elle a relevé sa cotte au-dessus de ses cuisses, dévoilant leur chair laiteuse. À partir des genoux, ses jambes disparaissent, gainées dans la laine sombre des chausses, comme plongées dans une eau sombre.

Les yeux du Maître de Cabestan errent un moment sur les plis et replis aux innombrables cassures du tissu sculpté par le hasard d'où émerge l'offrande de son buste. Un peu plus haut, l'ovale de ses bras en corbeille encadre de blancheur son visage au profil détouré par l'encre de la nuit. Jordi est fasciné par cette image. C'est le visage exact de la Vierge tel qu'il l'a lui-même sculpté, entouré d'une mandorle, au tympan d'une église catalane. Les mêmes paupières lourdes et effilées, comme en ont certaines femmes du Levant, la même bouche à l'ourlet tendrement boudeur, le même modelé de la joue sortant du voile de sa coiffe semblable à un coquillage bordé de goémon.

— C'est trois sols, l'amour, messire, murmure la putain au visage de Madone. Trois petites pièces pour un peu d'amour.

Le Maître détache sa bourse et en tire, à tâtons, un denier qu'il dépose doucement dans le creux de la paume. Machinalement, la femme resserre ses doigts sur la pièce.

— Un denier, dit-il. Un denier pour l'amour de Marie.

D'une main délicate, il rabat sur la chair pâle les pans de lourde étoffe. Et son geste déploie dans sa mémoire les gestes du passé, quand sur les cuisses de Clara il rabattait les draps froissés après l'amour. Il se lovait alors près d'elle, le membre encore lourd du désir assouvi, blotti contre le nid douillet des fesses. Ses bras l'enserraient, toute frémissante, dans leur étau musculeux. Il aimait ensuite enfouir son visage dans la cascade fraîche de sa chevelure et, du bout de la langue, cueillir sur la nuque de Clara la dernière rosée du plaisir.

Clara qu'il avait follement aimée dans l'absolu de la jeunesse. Clara qui était morte en couches en mettant au monde leur enfant mort-né.

Dès lors, chacune des rares fois où une femme avait entrouvert devant lui le triangle sacré du jardin des délices, il avait cru revoir le sang et les humeurs infâmes de la parturition et la tête hideuse du bébé mort. Et chacune de ses tentatives d'étreinte s'était échouée dans l'infini naufrage de son amour défunt.

Depuis longtemps, Jordi de Cabestan n'a d'autre amante que la pierre. Depuis longtemps, son ardeur et sa vaillance de mâle n'ont d'autre exutoire que le marbre ou le grès.

La femme s'est redressée sur la couche. Ses yeux vont de la pièce dans sa main, petite lune d'argent, à l'homme debout devant elle, bloc de silence qui la regarde. Puis elle pose le denier près d'elle et, de ses doigts aux ongles abîmés, elle resserre sur sa poitrine les fronces de son amigaut[1].

— Un denier pour la Vierge ? dit-elle en relevant le visage vers Jordi. Mais où étaient-ils tous, la Vierge et

1. Fente pratiquée sur l'encolure d'une cotte pour l'enfiler facilement.

les saints du paradis et les anges de messire Dieu, le jour où notre maison a croulé dans les flammes ? Où étaient-ils, ce jour maudit où mon mari est mort écrasé sous la toiture effondrée ? Et cet autre jour, plus noir encore, où j'ai dû relever ma tunique en plein air pour que mes enfants ne meurent pas de faim ? Où étaient-ils, en ces temps-là, les beaux sauveurs du monde ?

La voix de la ribaude, sourde et éraillée, semble étouffée par une poignée de sable et cependant, malgré l'effroyable blasphème qu'elle prononce, aucune émotion ne la fait vibrer. C'est une voix atone et blanche pareille au bruit du ressac. Une voix morte.

— Femme, quel est ton nom ? demande le Maître.

— Il est perdu sous les gravats de ma maison. Les hommes me baptisent selon leur fantaisie. Je porte allègrement tous les noms qu'ils me donnent. « Chienne » est l'un des plus doux qui sortent de leurs lèvres.

— Femme sans nom, n'as-tu donc aucune crainte de l'enfer ?

Un rire rauque secoue les épaules de la ribaude. Il s'enfle comme une crécelle de lépreux puis s'arrête aussitôt.

— Je ne connais pas d'autre enfer que celui-ci.

Jordi de Cabestan est effaré. C'est un gouffre qui s'ouvre devant lui. De sa vie, il n'a entendu de tels propos énoncés d'aussi tranquille façon. Un être humain peut-il vivre dans un monde sans Dieu, sans au-delà ni pardon ? Est-ce seulement imaginable ? Cette femme est peut-être folle.

L'imagier se penche vers l'abîme et l'interroge :

— Pourquoi es-tu venu me trouver ?

— Pour innocenter ma fille. Elle n'est pour rien dans la mort du boiteux. En venant dans ta couche, je me suis dit que tu me croirais. Après le coït, les oreilles des hommes sont moins sourdes qu'à l'ordinaire.

— Je t'écoute et je saurai t'entendre. Mes oreilles ne sont point soumises aux caprices de ma verge… Dis-moi ce qui s'est passé dans le soir d'avant-hier quand ta fille est sortie de l'auberge avec mon ami Thomas.

La femme se redresse. Elle se tient face au Maître avec son visage de madone damnée.

— Écoute bien. Je ne parlerai qu'une fois... Voici : à peine étaient-ils dehors – ma fille et le boiteux – et tandis qu'ils se dirigeaient vers la grange, que l'autre homme a surgi de la nuit, le verbe haut et le geste menaçant, pour demander des comptes au boiteux.

— Quel homme ?

— L'autre joueur de dés qui est aussi compagnon de ton atelier. Celui au bracelet de cuivre.

— Et que s'est-il passé entre eux ?

— Ils se sont pris de querelle au sujet d'une dette que le boiteux avait envers l'autre. Ma fille n'a pas compris de quoi il retournait exactement. Leurs paroles étaient d'autant plus confuses que tous deux avaient bu, mais lorsqu'elle les a vus se saisir au collet et rouler au sol comme des furieux, elle a pris peur et s'en est retournée à l'intérieur de l'auberge. Peu de temps après, le bouvier qui avait fait son affaire avec moi s'en est allé à son tour ; mais alors la cour était vide. Les deux hommes avaient disparu. Voilà tout ce qui s'est passé : une dispute d'ivrognes. Rien de plus. Ma fille n'est pour rien dans ce qui est arrivé à ton ami.

Autant que le lui permet le voile d'obscurité qui le masque à demi, le Maître scrute avec attention le visage de la femme. Il possède une certaine science des regards humains. Celui-ci ne ment pas. Cette rixe que Jordi vient d'apprendre, survenue entre Teubald et Thomas, le trouble d'autant plus qu'il est convaincu qu'elle est réelle.

Il se penche pour saisir le denier que la femme a laissé sur le lit et le lui tend. Elle le regarde, l'œil teinté d'ironie.

— Pourquoi tiens-tu à me payer ? Je ne t'ai fait aucun bien.

— Alors je te paie pour le mal que tu m'as fait.

Chapitre 26

LA NUIT – 3
RAIMON DE TERMES

Abbaye de La Grassa

Claire est la nuit et profond le silence. Terrassé par une si longue journée, le jeune chevalier s'est endormi auprès de son cheval. Un songe est venu le visiter, où paraissait un ange à la tunique dégoûtant d'un sang noir plus épais que la poix. Et l'ange battait furieusement de ses ailes déchirées sans bouger de la porte où il était cloué, poussant moult cris de détresse d'une voix de volaille criarde. Et le visage de l'ange était son propre visage.

Raimon de Termes s'est réveillé en sursaut. Le front moite, la bouche sèche, il bondit sur ses pieds. Combien de temps a-t-il dormi ? Et quelle heure peut-il être ? Pourvu qu'il n'ait pas manqué le rendez-vous de l'homme au parchemin !

Par chance, il reste quelques gorgées d'eau au fond de sa gourde de peau. Il s'y abreuve jusqu'à la dernière goutte. Puis, s'enveloppant dans son mantel, il sort de l'écurie en veillant à ne pas faire grincer la porte.

À sa souvenance, les latrines se trouvent après les ateliers, sur le côté du potager. C'est un bâtiment bas et étroit, adossé à la muraille d'enceinte.

Le cœur tout enténébré par la vision funeste de son rêve, Raimon serre fermement la poignée de son épée.

Nul ne pourra le prendre par surprise, ni le changer en un ange monstrueux, serait-ce un démon. Mais, pour sûr, les démons ne donnent pas rendez-vous dans les lieux d'aisance. Le morceau de parchemin ne s'est point enflammé après qu'il en a pris connaissance. C'est un homme de chair, bel et bien, qui a écrit le message et qui l'attend, caché dans l'ombre.

À présent, la silhouette des latrines se dresse devant lui. Il ralentit le pas, évitant de heurter le moindre caillou, l'oreille aux aguets, comme à la chasse lorsqu'il épie le bruit le plus furtif pour débusquer le gibier. Encore quelques foulées et il s'immobilise face à la porte, scrutant la pénombre alentour en quête d'une présence. Mais il ne voit personne. Le lieu semble désert. Arriverait-il trop tard au rendez-vous ?

Alors qu'il s'apprête à faire demi-tour, une voix s'élève, toute proche :

— Ne bouge pas.

La voix, au timbre étouffé, provient de l'intérieur, assourdie par le panneau de bois. Mais, au moment où Raimon va tendre la main vers la poignée de bois, l'inconnu l'interrompt :

— Ne bouge pas, te dis-je ! Si tu tentes d'entrer, tu perdras tout.

Observant la porte, le damoiseau découvre l'ouverture par où lui parle son invisible interlocuteur. Un trou carré, à peine plus large qu'une paume et couvert d'un fin grillage. Il est impossible de voir au travers. Cela doit servir à ventiler la puanteur des lieux.

— Qui es-tu ?

— Tu le sauras le temps venu.

Tant de mystère irrite l'impatient Raimon. Il doit refréner l'envie qui le tient de débloquer la porte d'un coup d'épaule.

— Que me veux-tu ? Et pourquoi m'as-tu convoqué en pareil endroit ? lance-t-il, plein de courroux.

— Je ne veux que ton bien… Ici, nul ne nous dérangera. Écoute ce que j'ai à te dire. Sache que tu es un jouet entre les mains cupides de l'abbé Robertus. Ce vieux sanglier t'a pris au piège dans lequel tu t'es jeté toi-même comme un merle sur un bâton de glu.

— De quel piège, parles-tu ? L'abbé m'a chargé de trouver l'assassin des imagiers et de Matéu.

— Et il est convaincu que tu ne le trouveras pas.

— Qu'en sait-il ?

— Notre frère Albin est revenu de Saint-Hilaire peu avant l'office des morts. Il en a rapporté le nom de celui que l'on suspecte avec moult raisons. Il s'agirait d'un de ces hérétiques qui se disent « Vrais Chrétiens ». Un certain Gari Destarac… Mais tu as fort peu de chance de trouver cet homme, car un autre limier a été lancé sur sa piste.

Raimon est troublé. À la colère succède la stupeur.

— Pourquoi me dis-tu tout cela ?

— À travers cette enquête, dont il sait le résultat pipé, l'abbé vise autre chose. Il compte se servir de ta défaite et la mettre à profit pour régler un ancien différend qui oppose l'abbaye et la seigneurie de Termes.

Aussitôt le chevalier comprend de quoi il s'agit. C'est, à n'en pas douter, cette vieille affaire concernant la propriété des mines de Palairac. Du temps de son grand-père, déjà, il y eut maints conflits au sujet de cette possession litigieuse. Elle devint, au fil du temps, l'objet de querelles d'une si grande violence que le père de Raimon dut faire appel à son suzerain, le roi d'Aragon, pour calmer les prétentions de l'abbaye sur ce fief. Mais les temps ont changé. Le nouveau roi, Alfonse II d'Aragon, que l'on surnomme « le Chaste », est plus occupé de poésie que de batailles. En ce domaine, Raimon ne pourra compter que sur lui-même. Quel que soit le personnage caché dans les latrines, il doit se fier à lui.

— Je devine que tu parles des mines d'argent ?

— Ta seigneurie est fragile, seigneur chevalier. Si l'abbé s'empare de tes mines, tu peux dire adieu à toute ta puissance et même à tout ton bien. À moins que tu ne veuilles, digne héritier des temps jadis, te faire chevalier errant et mendier ta pitance de château en château ?

— Les menaces ne me font pas peur. Je défendrai mon bien à la force de l'épée. Mes vassaux me suivront.

— Est-ce bien raisonnable de vouloir mener combat armé contre une abbaye ? Veux-tu courir le risque d'être excommunié ? Que diront tes parrains ? Et que dira le roi des Francs ?

Raimon frémit. L'inconnu qui lui parle est dans le vrai. Une excommunication ferait s'écrouler tous ses rêves de belle fortune. Lui qui se veut chevalier du Christ, il ne peut imaginer pareille déchéance.

— Connais-tu le plan de l'abbé pour me nuire ?

— Il est fort simple. Demain, en présence de l'archevêque d'Arsac, il te proposera un marché. L'échange de la souveraineté sur les terres de Palairac contre la tête du criminel. Tout le monde louera la magnanimité de l'abbé et tu te retrouveras plus enferré qu'un damné.

Pour être à ce point-là informé de ce qui se trame, il faut que l'inconnu soit très proche de l'abbé. Serait-il un des trois qui forment son escorte permanente ? Et pourquoi trahit-il son maître ?

— Es-tu venu m'offrir ton aide ?

— Nenni, beau sire. Je suis venu te la vendre.

— À quel prix ?

— Attends un peu. Il te faut d'abord connaître la valeur de ce que je te propose pour que nous nous mettions d'accord sur son prix... Sache que l'abbé est en possession d'une pièce de cartulaire datant du duc des Francs, Charles Martel. Cette charte stipule que l'abbaye de La Grassa a droit de suzeraineté sur les terres qui s'étendent de l'Albigeois jusqu'à Zaragoza.

— Mais c'est précisément ce que conteste ma famille depuis plus d'un siècle. Et le roi d'Aragon nous a toujours confirmés dans la propriété du Terménès.

— Tu sais bien que le roi actuel ne te soutiendra pas. L'abbé compte tirer profit de sa faiblesse pour exiger de toi la restitution des mines de Palairac. Face aux prétentions de l'abbé, tu dois justifier d'un document prouvant le bien-fondé de tes droits.

Raimon ne peut s'empêcher de lâcher un rire plein d'aigreur.

— Et comment le pourrais-je alors que mon père lui-même s'en trouvait démuni ?

La voix, déjà assourdie par le ton du secret, reprend un ton plus bas :

— C'est précisément ce document que je puis te fournir. Une charte établissant les droits du sire de Termes sur les mines de Palairac par l'empereur Charles, signée de sa main et frappée de son sceau, « Carolus Magnus ». La charte du petit-fils l'emportera aux yeux de tous sur celle du grand-père, avec autant de force qu'un testament plus récent l'emporte sur celui qui l'a précédé.

Sur le coup, Raimon reste muet de stupéfaction. Jamais il n'avait entendu parler d'un pareil document. À l'évidence, son père en ignorait l'existence. Rien d'étonnant à cela puisqu'il devait être jalousement conservé au plus profond de l'abbaye, dérobé à l'un de ses ancêtres ou peut-être même jamais parvenu entre leurs mains. Si l'inconnu ne ment pas, cette charte conforterait Raimon à tout jamais dans son bon droit. Lui et toute sa descendance.

— Quel prix demandes-tu ? finit-il par articuler.

— Deux mille livres de bon argent.

— C'est une somme hors de mesure, pour un morceau de parchemin ! s'exclame Raimon, abasourdi par l'énormité du montant.

— C'est bien peu de chose au regard de ce que rapportent ces mines. Et encore moins si l'on considère le prix de la paix entre le Terménès et l'abbaye.

— Je ne dispose pas librement de pareille somme. Il me faut consulter les gens de ma famille, mes oncles, mon parrain… Ensemble nous pourrons la réunir, mais cela prendra du temps.

— Je suis pressé et l'abbé le sera bien davantage dans son désir de te confondre. Le délai qu'il te donnera pour découvrir l'assassin n'excédera pas trois jours. Quant à moi, je te propose de régler notre marché dès demain.

— Mais avec quoi te paierai-je ?

— Si l'archevêque d'Arsac t'a missionné ici, c'est qu'il te tient en haute estime. Il sera bientôt dans nos murs. Demande-lui de te prêter l'argent. Narbonne n'est pas loin. Il peut envoyer ses gens le quérir. Ne lui cèle rien de tes motifs. Une rancœur tenace l'anime contre l'abbé. Rien ne lui plaira davantage que de concourir à rabattre sa superbe et, surtout, à amoindrir la puissance de l'abbaye. Une fois la chose réglée avec l'archevêque, nous nous retrouverons, toi et moi, à quelques lieues d'ici pour procéder à l'échange.

— Où ? Quand ?

— Je te le ferai savoir le moment venu. D'ici là ne tente ni de me chercher ni même de savoir qui je suis. Ne songe qu'à notre marché. Il y va de ton avenir. Après que tu auras rencontré l'évêque, en signe de ton succès dans la négociation, noue un tissu bien visible à la garde de ton épée. Ainsi je saurai que nous pourrons conclure notre échange.

— Par ma foi de chevalier, je m'engage à faire ce que tu dis. Mais, qui que tu sois, ne redoutes-tu pas la damnation pour trahir ainsi le vœu de pauvreté ? Comment toi, qui fus nourri dans ces lieux de la plus haute perfection, peux-tu avilir ton âme dans la cupidité et la richesse ?

— La pauvreté n'est pas une perfection en soi. Elle est une voie vers la perfection. Quant à l'argent, je te le concède, il est un bon serviteur et un mauvais maître… Mais tu as vu notre abbé. La mort le tient piéça dans ses griffes. Il suffit qu'elle les referme un peu plus et nous nous prosternerons tous devant sa dépouille. Cela ne saurait tarder. Il y aura ensuite des élections pour nommer son successeur qui sera confirmé par le roi et par le pape. Autant dire par l'archevêque. Trop de monde intrigue déjà pour succéder à Robertus. Or, je sais que Dieu m'a choisi pour cette fonction vénérable parmi toutes. Il reste à obtenir que les hommes entendent le choix de Dieu. L'argent que tu me donneras m'aidera à persuader les réticents et à assurer les convaincus. Ce n'est pas moi qui ai besoin de deux mille livres. C'est le destin de l'abbaye qui est à ce prix-là… Lorsque tu auras rencontré l'archevêque et afin que je sache le succès de ton entretien, prends soin de nouer le ruban à la garde de ton épée… *Amen*.

De l'autre côté de la porte, la voix sourde s'est brusquement tue. Raimon est fort troublé par toute cette mécanique d'intrigue et de complot dont il n'imaginait rien quelques instants auparavant. Hier encore, innocent damoiseau, il croyait à la simplicité d'un monde bien ordonné, tel que ses maîtres, les chanoines de la cathédrale, le lui avaient décrit. Aujourd'hui, il découvre un univers retors fait de meurtres et de fourbes calculs. Est-ce cela, devenir un homme ? Ne peut-on vivre sans composer avec la noirceur du monde ? Il se sent tout à coup avili par sa propre compromission. La haute idée qu'il se faisait de sa vertu chevaleresque, voici qu'il vient de la traîner dans la fange en acceptant un pacte honteux. Sait-il seulement s'il ne vient pas de passer un contrat avec le diable ? Une rage soudaine le saisit. Quel que soit ce misérable, il va lui faire rendre gorge pour s'être laissé extorquer une promesse aussi honteuse.

Il se rue sur la porte, saisit la poignée qui, à sa grande surprise, s'abaisse sans résistance. Le panneau s'ouvre si aisément qu'il manque d'être déséquilibré par son propre élan. Stupeur ! Les latrines sont vides.

L'endroit est fort sombre. Raimon écarquille les yeux afin de percer l'obscurité qui l'entoure. Il n'y a nulle trace humaine. À sa droite se trouve la banquette de bois, percée du trou d'aisance, avec sa cuvette et son seau à eau. C'est à peine s'il distingue, en se penchant, la canalisation de terre cuite qui sert d'évacuation. Sans doute se prolonge-t-elle au-delà de la muraille, dans le vide du rocher. Ce n'est tout de même pas par-là que s'est enfui le démon ? Mais le démon a-t-il besoin d'une issue matérielle pour apparaître ou disparaître ? Chacun sait qu'il peut se matérialiser ou se dissoudre à sa guise à l'endroit qui lui convient sans le secours d'aucun autre subterfuge que sa malignité.

C'est en se redressant du trou fétide que Raimon comprend comment il a été joué. À présent, ses pupilles se sont un peu accoutumées à la pénombre. Il peut voir ce qu'en entrant il n'avait su distinguer. Une autre porte est ouverte en vis-à-vis de la première, dans le mur opposé. Il suffit au chevalier de la pousser pour se retrouver dans un étroit passage donnant d'un côté vers le verger en terrasse et de l'autre vers les bâtiments de l'abbatiale et les logis des moines. C'est par là que s'est enfui l'homme qui lui a parlé. Car il n'est plus question de diable – Raimon en est convaincu –, c'est bien à un moine qu'il avait affaire, et de la pire espèce. Il est bien tard pour s'élancer à sa poursuite. Raimon a trop longtemps tergiversé. Ainsi se joue la Fortune des cœurs crédules et naïfs.

Chapitre 27

DAME ALOÏS

En route pour Fabreza

— J'avions jamais été tant loin ! s'exclame Guilhem, le museau tout enluminé de rose sous l'air vif du matin.

À la première heure, suivant les conseils de Catou, dame Aloïs est allée emprunter le chariot du vieux Simian. De bon cœur, celui-ci a attelé lui-même son âne, Midas, et prêté la main aux préparatifs du voyage. Il a tout expliqué à Rotland du maniement de l'attelage et comment soulager la bête dans les montées. Lorsque Aloïs lui a annoncé qu'ils partaient chez l'apothicaire de Fabreza en quête d'une médication pour rendre la parole à Enric, il a dit qu'il prierait jusqu'à l'heure de l'atelier pour le succès de leur expédition. Il a même tenu à les suivre jusqu'au pont qui relie le Bourg à la Cité. Un fournier se tenait déjà à l'entrée avec son four ambulant et ses paniers pleins de croustades, prêt à accueillir les premiers chalands. À son étal, Simian a fait emplette de trois belles tranches de pain d'épices pour chacun des voyageurs. Ils se sont séparés dans les embrassades et les bénédictions.

Sans encombre, ils ont franchi la porte de la ville. Aux hommes de l'octroi, ils ont déclaré qu'ils partaient échanger leur chargement de laine contre des herbes médicinales.

— Veille bien sur ta femme ! a lancé l'un d'eux à Rotland. Mignotte comme elle est, il s'en pourrait trouver plus d'un qui lui voudrait conter fleurette !

— Toi, veille bien sur ta porte, il s'en pourrait trouver qui voudraient pisser contre ! a rétorqué Rotland en manière de virile plaisanterie.

Et tous deux sont partis d'un franc rire comme aiment à rire les mâles complices en grivoiserie.

Alors qu'ils s'étaient un peu éloignés du manant, le novice avait battu sa coulpe auprès d'Aloïs pour s'être laissé aller à cet écart langagier.

— Pardonnez-moi, dame Aloïs, et pardonnez à ma langue de s'être mal tenue ; mais il faut ressembler aux simples si l'on veut passer inaperçus. Leur langage n'est pas comme le vôtre, tout frotté des Écritures saintes. Il sent la viande crue et le crottin. Je le connais assez, car c'est ainsi qu'on parlait par chez moi.

Cette confession naïve avait suscité un sourire bienveillant de la part d'Aloïs. Mais elle n'avait rien répondu, toute songeuse qu'elle était de s'être entendue qualifier de « mignotte ». Voilà qui était à des lieues de l'image qu'elle se figurait d'elle-même. Au sortir de sa couche, afin d'être la plus discrète possible, elle avait pris la précaution de se vêtir d'une cotte grise en toile ordinaire et de se coiffer d'un rond de tête plat dont les pans dissimulaient sa chevelure et recouvraient pudiquement sa poitrine. Le compliment de l'homme de garde l'avait d'autant plus étonnée qu'elle usait d'ordinaire, en guise de miroir, d'un simple disque d'étain poli et ne s'attardait jamais au reflet de son apparence. Aussi ignorait-elle tout de ses propres attraits et, bien davantage encore, des effets qu'ils pouvaient produire sur le monde. Les viols dont elle avait été victime avaient éteint en elle non seulement l'attirance pour les hommes, mais encore tout intérêt pour les vanités de la séduction. Son abandon total aux préceptes de la religion nouvelle avait achevé de l'éloigner absolument de l'intérêt que les femmes éprouvent habituellement pour les douceurs de la coquetterie et les mignardises de la vêture. D'y penser, même, lui semblait péché.

Tout au rebours des pensées d'Aloïs cheminent celles de Rotland. Il sait distinguer une jolie fille d'un laideron et tient celle qui marche à ses côtés pour une des plus belles femmes de Narbonne. Peut-être même la plus charmante du comté. Que l'homme de garde l'ait prise pour sa compagne, voilà qui flatte au plus haut point sa fierté de damoiseau et le fait secrètement se dresser sur ses jarrets comme un coquelet sur ses ergots.

Voici presque un an que Rotland suit avec beaucoup d'attention les leçons de Gari et d'Enric pour se montrer digne de leur confiance et tous reconnaissent qu'il a accompli de gros progrès sur la voie de la sagesse. À table, il ne se jette plus sur la nourriture comme une bête affamée, non plus qu'il ne se venge sur les choses lorsque les choses lui résistent, ainsi qu'il le faisait naguère. Il a appris à corriger son langage et ne jure plus par le saint nom de Dieu en toute occasion. Il connaît aussi un grand nombre de prières par cœur. Mis à part ses propres vêtements et ses affaires de pêche, il ne possède rien en particulier et ne désire rien posséder. Il trouve même grande joie à se rendre utile aux autres sans en attendre d'autre salaire que la satisfaction d'avoir bien agi. Son habileté manuelle le rend utile en moult circonstances, qu'il s'agisse de réparer un siège bancal ou d'aider le vieux Simian à installer les fils sur le métier à tisser. D'agité et nerveux qu'il était, il se trouve aujourd'hui bien apaisé au contact de sa nouvelle famille. Gari lui a dit un jour cette chose étonnante : « Tu es comme l'eau d'un torrent, impétueuse et tourbillonnante, mais qui se trouve tout assagie quand on la verse dans un cruchon. » L'image lui a plu, même s'il n'est pas sûr de l'avoir tout à fait comprise. Elle l'inquiète aussi un peu, tant il lui arrive de ne pas toujours savoir ce qui l'emporte chez lui, du torrent ou du cruchon. Car s'il est prêt à revêtir tous les préceptes des Vrais Chrétiens, il en est un qu'il lui coûte beaucoup d'endosser et qui rend bien escarpé le sentier vers la Perfection. À vrai dire, cette question d'abstinence et de chasteté le met parfois à la torture. Se peut-il vraiment que tout ce qu'on l'on peut voir, toucher, sentir soit l'œuvre du Malin ? Et s'il lui plaît, à lui Rotland, d'empoigner au réveil sa virilité toute gaillarde et palpitante, est-ce vraiment contraire aux Évangiles ? L'affaire lui semble bien embarrassante car, s'il en est ainsi, devenir Parfait dans la nouvelle religion lui sera à jamais refusé. Ou peut-être n'y accédera-t-il que dans une autre vie. L'idée de revenir sur cette terre ne lui est pas désagréable. À condition que ce ne soit pas sous la forme d'un vieil âne pareil à ce Midas qu'il tient par la bride. Mais est-on sûr de rien ? Tierric lui a raconté que cela s'est vu dans le passé et qu'il existe même un livre d'un écrivain païen racontant telle mésaventure horrifique survenue à un certain sire Lucius[1]. Mieux vaut s'en tenir à ce que l'on est et faire en sorte de s'améliorer.

Tout en s'appliquant à éviter les ornières du chemin pierreux, Rotland jette par moments un coup d'œil discret du côté de dame Aloïs. Mais celle-ci ne semble pas le remarquer. Elle avance, tête baissée, attentive aux seuls cailloux de la route et toute plongée dans une méditation dont, à coup sûr, le jeune homme n'est pas l'objet. Mais combien est beau le pur dessin de son profil qui se détache sur les champs labourés, et combien souple sa démarche sous la longue cotte de drap ! Que serait-ce si elle dansait ?

1. *L'Âne d'or* d'Apulée.

Derrière eux, les remparts de Narbonne ont disparu depuis longtemps. Collines et vallons se succèdent sous l'immensité du ciel. De loin en loin, un toit de lauzes se détache, gris sur l'ocre rouge des labours, signalant une masure ou une grange. Il y a plus d'une heure de cela, ils ont entendu monter de la combe les cloches de l'abbaye de Fontfroide toute proche. Un peu plus tard, ce sont les sonnailles d'un troupeau venant à leur rencontre qui ont percé le silence des monts. Les moutons sont apparus les premiers, au détour du chemin, puis le chien et le pâtre fermant la marche. Auprès de l'homme, Rotland a pu s'assurer qu'ils étaient bien sur la bonne route.

— Passé le petit bois, vous trouverez une descente qui vous mènera à Villarubia. Ensuite, vous n'aurez qu'à prendre à dextre, Fabreza n'est pas loin.

Et l'homme, prudent et circonspect devant ces inconnus, s'est éloigné avec son troupeau dans un concert de bêlements.

Puis le silence est revenu, tout bruissant des mille murmures de la nature.

À l'orée du bois, ils se sont arrêtés, rompus par cinq bonnes lieues de marche.

— J'étions bien las, et Mirgo aussi, a déclaré Guilhem en s'affalant sur un tapis de mousse.

— Voyons, Guilhem, comment cette bestiole pourrait-elle être fatiguée alors qu'elle n'a pas bougé de sa cage depuis notre départ ? a demandé Aloïs.

Écartant les mains devant lui, comme si c'était là une évidence, le garçon a répondu :

— Il a quitté son pays, mais son rêve est encore là-bas. Tout mêmement que nous autres. Il faut attendre un peu que nos rêves nous rejoignent.

Puis il a ouvert la glissière de la petite boîte pour laisser sa souris baguenauder à son côté, jetant de temps à autre un regard vigilant vers le ciel, au cas où paraîtrait une buse.

L'étonnante remarque du gamin a laissé Aloïs songeuse. C'est vrai que, durant toute cette longue marche, elle-même n'a cessé de penser à Narbonne et à la maison tisserande qu'ils ont quittée. Insensible aux rochers, au moutonnement des collines, à ce vaste horizon nouveau qui se révèle autour d'eux, elle était encore soucieuse pour Enric, Catou et les autres. Pour sûr, ils se débrouilleront sans elle et sans doute s'inquiète-t-elle inutilement, mais il lui en coûte de s'en convaincre. L'enfant Guilhem a raison. Il leur faut regrouper leurs esprits, pour rompre les attaches et s'abandonner pleinement au voyage.

Aidée de Rotland, elle tire du chariot les provisions de bouche et les dispose sur un drap au pied du chêne vert où ils ont établi leur halte. Ils vont se régaler d'une tourte de panais, de carottes crues et du pain d'épices que leur a offert Simian, le tout arrosé de l'eau fraîche des gourdes.

Entre deux pierres, Guilhem éclate quelques noix pour sa souris et pour lui-même.

Rotland a dételé le baudet puis a attaché la longe au tronc d'un jeune hêtre. À son pied croissent des graminées dont l'animal fera pitance. Quelques chardons compléteront sa ripaille.

Sur un signe d'Aloïs, le novice et l'enfant s'agenouillent auprès d'elle pour rendre grâce à Dieu du repas qu'ils vont prendre. C'est un *Nostre Païre* en dialecte roman qu'ils récitent avec ferveur, les yeux baissés. Dissimulée dans un genévrier, une fauvette leur répond en son patois d'oiseau.

Leur oraison achevée, tous trois prennent place autour du drap posé sur la mousse. Les premières bouchées s'avalent en silence, puis, la faim s'éloignant, la parole revient.

— Où dormirons-nous ce soir ? s'enquiert Rotland, toujours animé d'un bon sens pratique.

— Gari m'a dit que nous trouverions asile chez le *mestre* apothicaire. Lui et sa fille sont de récents adeptes de la Vraie Foi. C'était chez lui que nos frères se rendaient lorsque Enric a été mis à mal. Le *mestre* a grande science des plantes et des pierres qui soignent.

— J'allions voir s'il y a des champignons, par là, décrète Guilhem, en passant le cordon de sa cage à souris autour de son cou.

— D'accord, mais ne t'éloigne pas.

Rotland regarde le gamin se faufiler derrière un bosquet de genêt, pas trop fâché de se retrouver seul un instant avec la belle Aloïs. Pareille chose ne s'est jamais produite depuis qu'il vit avec eux. Il se tourne vers elle :

— Avez-vous appris les pouvoirs des herbes, dame Aloïs ?

— Las ! je n'ai appris nulle autre chose que la leçon du tissage. Tout mon savoir est là et il n'est pas bien important.

Rotland sourit, car il n'en croit mot. Aloïs sait lire et écrire, ce qui est déjà grande merveille. Elle est habile aussi dans les différentes lunes qui servent à semer ou planter ou encore qui indiquent le moment de tailler les cheveux. Il l'a même vue, l'autre soir, disposer sur le rebord de la fenêtre, une grande jatte pleine pour fabriquer de l'« eau de lune » grâce aux rayons bénéfiques de l'astre bien rond. Car c'est là un breuvage qui donne force et énergie.

Le garçon aimerait dire à la jeune femme la très haute estime où il la tient et combien il l'admire, mais il n'ose le faire, de crainte de se montrer trop hardi.

— Et toi, Rotland, connais-tu le secret des plantes ?

Ses lèvres esquissent une moue de dépit.

— Ma mère éloignait les fièvres avec un bouillon d'armoise et, quand nous toussions trop, elle nous donnait une infusion de fenouil. Je me souviens aussi qu'elle se servait de bugrane pour cicatriser les plaies. Voilà tout ce que je sais pour l'avoir observé par moi-même… Mais elle ne m'a rien enseigné… Je crois qu'elle avait honte de m'avoir fait.

Il conclut son propos d'un léger haussement d'épaules et croque à belles dents dans sa tranche de pain d'épices. Cependant, Aloïs a deviné la part de tristesse sous la feinte désinvolture. Elle-même n'a pas grand souvenir de son enfance, car c'était aussi une enfance sans amour.

— Allons, assez bavardé. La route nous attend, dit-elle en rassemblant les reliefs du repas dans un panier d'osier.

— Je m'occupe de l'attelage ! lance Rotland, plein d'entrain.

Soudain, Aloïs s'inquiète :

— Où est Guilhem ?

Tous deux jettent un coup d'œil circulaire. Le garçon a disparu.

— Guilhem ! Guilhem ! crient-ils en écho. Nous partons ! Reviens !

La futaie voisine semble absorber les voix. Personne ne répond à leur appel. Ils insistent à nouveau, un ton plus haut. Ils attendent un peu. En vain. Un même masque d'effroi trahit leur inquiétude.

Chapitre 28

JORDI DE CABESTAN

En route pour La Grassa

Durant toute la nuit, les tourments n'ont cessé d'assaillir Jordi de Cabestan. Tantôt sous forme de rêves effrayants ; tantôt, issues de son insomnie alors qu'il se tournait et se retournait sur son grabat en quête du fuyant sommeil, les idées les plus noires ont hanté son esprit.

Pourquoi Teubald ne lui a-t-il rien dit de cette brouille survenue entre lui et Thomas ? Que lui en coûtait-il ? Même si la dispute a dégénéré en rixe, ce sont là des débordements qui peuvent arriver entre deux personnes prises de boisson. À moins que l'affaire n'ait mal tourné et qu'il n'y ait eu mort d'homme. Le Maître n'ose y croire. Si Teubald était l'assassin de Thomas, il faudrait qu'il soit aussi celui de Valerian, car les deux crimes offrent trop de similitudes pour n'avoir pas été commis par la même main. Peut-on imaginer plus parfaite vilenie ?

Et, cependant, les dents acérées du doute rongent le cœur de l'imagier. Après tout, que sait-il de Teubald ? Voilà un homme qu'il a rencontré il y a moins de deux ans alors qu'il œuvrait au portail de l'église d'El Volo[1]. Teubald était en ce temps-là ouvrier dans les carrières de Céret. Dans la pleine force de ses trente ans, l'homme possédait une grande habileté dans la taille du marbre qui l'avait fait remarquer par le Maître. Et lorsque celui-ci

1. Le Boulou (Pyrénées-Orientales).

lui avait proposé de rejoindre son atelier, il avait immédiatement accueilli son offre avec vive ardeur et force remerciements. Par la suite, il s'était avéré l'ouvrier le plus accompli et le compagnon le plus sûr dans toutes les tâches qui lui avaient été confiées. Que pouvait-on lui reprocher si ce n'est une humeur changeante passant souvent du taciturne à l'exubérance, doublée d'un certain penchant à rudoyer ceux de ses compagnons moins prompts que lui ou moins doués dans la taille de la pierre ? Rien de grave au regard des services qu'il rendait et de l'efficacité qu'avait gagnée l'atelier depuis son embauche.

Faisant le compte de tout le temps vécu dans la fréquentation de Teubald, Jordi se rend compte qu'il sait fort peu de choses sur son ouvrier ; mais dans tous leurs échanges passés, c'est à peine s'il trouve matière à d'insignifiants reproches. Le jour d'avant-hier encore, l'insistance avec laquelle Teubald l'avait interrogé sur la maîtrise du chantier de La Grassa n'était rien au regard des sujets de discorde qui l'opposait souventes fois à son propre frère Valerian. S'il pardonnait les gros écarts de l'un, il fallait bien qu'il excusât les peccadilles de l'autre. Le Maître s'était d'ailleurs fait une règle de traiter chacun sur un pied d'égalité et de ne privilégier personne parmi ceux qui travaillaient avec lui, fût-ce un membre de sa famille. La renommée qu'avait acquise leur atelier était telle que la gloire en rejaillissait sur tous et qu'il n'était pas un d'entre eux qui ne pût s'en prévaloir au même titre que les autres.

Il en était un, pourtant, qui dans l'estime du Maître occupait la première place : c'était l'apprenti Peire Brun. Mais l'imagier se gardait bien d'en laisser rien paraître au point que l'intéressé lui-même ignorait tout de la préférence dont il était l'objet.

Il y a mille façons de tailler une pierre et toutes sont bonnes si elles parviennent à leur fin, qui est de bien tailler. Toutes, aussi, se peuvent enseigner et transmettre. Il en est une seule cependant qui ne se peut apprendre, c'est celle qui donne vie à la pierre et lui confère l'âme même du sculpteur. Cette grâce ne dépend pas de celui qui brandit le burin. Celui qui la recherche ne la trouvera pas. Et il est rare que celui qui la possède la constate d'emblée.

Dès le premier jour où Jordi de Cabestan avait vu le jeune Peire manier une pierre, il avait compris que le garçon était doué de cette grâce divine. Il lui en avait coûté de retenir son enthousiasme devant un tel miracle, mais il fallait à tout prix le préserver de sa propre facilité – car l'art ne peut naître que de la contrainte –, de même qu'il fallait le mettre à l'abri de la jalousie de ses compagnons. Dès lors, le Maître lui avait assigné toutes les tâches obscures et sans grand intérêt qui sont le lot ordinaire des apprentis, sans jamais lui épargner critiques et remontrances. Au point qu'il s'était même attiré les reproches de Valerian, qui le trouvait par trop sévère avec le garçon. Au fil des mois, il l'avait laissé s'approcher des outils et lui en avait montré le maniement, allant jusqu'à lui confier le polissage final de certaines pièces délicates. Ce n'était que dans le secret des moments où il se trouvait seul à seul avec lui qu'il laissait transparaître un peu de l'immense fierté qu'il éprouvait à le voir travailler. Il le sait : de tous les compagnons qu'il a eus et aura, Peire est le seul apte à lui succéder à la tête de l'atelier. Le seul capable d'achever à sa place l'œuvre en cours, s'il lui arrivait de disparaître. Mais le garçon est bien jeune. Il faudra patienter encore de longues années avant qu'il puisse s'imposer aux yeux de tous.

Fasse Dieu qu'il ne lui arrive rien ! Fasse Dieu que Teubald soit innocent de tous ces crimes ! Fasse Dieu que la piste incertaine du moine renégat soit la bonne ! C'est beaucoup demander, mais il n'en faut pas moins pour rassurer le Maître.

Ce matin, avant son départ du *Coq-Gaillard*, il avait voulu interroger la maisonnée au sujet, cette fois, d'un homme se disant Vrai Chrétien et prêchant contre l'Église romaine. Mais le montreur d'ours au singulier visage et sa mère avaient quitté les lieux de bonne heure, en route pour Limoux. Quant à l'aubergiste, sa femme et leur valet à museau de belette, aucun des trois n'avait entendu dire qu'on eût vu pareil hérétique aux alentours de Petra-Talada.

Le Maître avait tout lieu de les croire. Ces gens ne pouvaient être que de bons catholiques à en juger par le crucifix accroché au mur de la chambre ou par la branche de rameau bénit fixé à la poutre de la cheminée. Le nom même que Jordi a évoqué était inconnu d'eux. Ce Gari Destarac, que suspecte l'archiviste de Saint-Hilaire, n'a laissé de trace dans aucune mémoire. Il va falloir le chercher en d'autres lieux.

À en juger par la position du soleil, cela fait plus de deux heures que le Maître chevauche par monts et plaines. Chaque fois que le terrain le lui a permis, il a poussé le trot de sa monture, tant il a hâte de rejoindre La Grassa pour y retrouver León et Teubald et s'entretenir d'homme à homme avec ce dernier. Rien ne lui importe davantage que de tirer au clair cette histoire de pugilat.

Le cheval que lui a généreusement prêté l'abbé Deltheil est un navarrin vigoureux et agile en dépit de sa petite taille. Il fait merveille autant sur les chemins rocheux que dans les sentiers de sous-bois, mais il faut le ménager si l'on veut parvenir à bon port avant le terme du jour.

À l'approche de la forêt de Roumi, le Maître a préféré ne pas s'aventurer sous la sombre futaie. Non qu'il redoute les brigands ; ceux-ci s'embusquent de préférence aux abords des routes de marchands ou de pèlerins, mais il craint les loups contre lesquels il n'est point armé et qui peuvent courir aussi vite qu'un cheval au galop.

Il a choisi de suivre le lit asséché d'un petit ru affluent du ruisseau de La Pouzanca. Pareil chemin, aplani par les flots, offre l'avantage d'une trouée claire, inondée de lumière et où la vue porte loin. Celui-ci le conduira sans trop de détours jusqu'à Villaris de Bella où il compte faire halte. Il se trouve là-bas de belles carrières de marbre où le Maître est connu de tous. Toute sa vie durant, il a tant parcouru ce pays qu'il n'est pas une percée dans la roche, pas un endroit de taille de pierre qu'il n'ait fréquenté de bref ou long séjour. S'il ne possédait cette parfaite connaissance des paysages, jamais il ne se serait aventuré sans escorte pour une pareille chevauchée. Seul un homme d'armes s'y risquerait. Encore ne serait-il pas assuré de ne point se perdre. Car rien ne ressemble plus à un mont qu'un autre mont et toutes les forêts ont semblable apparence. Aussi, par une prière particulière, le Maître a-t-il placé son équipée sous la protection de saint Christophe, ce personnage fabuleux que certains décrivent comme un géant à tête de chien quand d'autres le présentent sous forme humaine et qui est le saint patron des voyageurs. Aux yeux de Jordi de Cabestan, tout pétri de son instruction de clerc, Christophe est bien le Porte-Christ, ainsi que l'indique son nom grec de *Christophóros*, celui qui charge l'Enfant sur ses épaules pour lui faire traverser le fleuve, comme la tradition le rapporte.

Il sourit à cette évocation, car ici point de fleuve ni d'enfant. Rien d'autre qu'un cheval portant un homme vieillissant et marchant à pas léger sur le fond d'un ruisseau à sec. À cette allure paisible, les pensées ont tout loisir de s'égarer dans les détours de l'imagination. Une image en appelant une autre, Jordi songe au sarcophage de messire Sernin. À cette heure, Peire doit être en train de modeler le grand arceau de l'arche d'où sortira le corps supplicié de l'évêque. Même si la vision est violente et cruelle, Jordi s'y complaît avec douceur. L'œuvre ! Rien d'autre ne compte vraiment que l'œuvre qui vient au jour.

Or, voici qu'une soudaine bourrasque manque d'arracher son chapeau au cavalier. Il doit lâcher un instant la bride pour en assujettir les cordons. Le cheval lui-même s'est immobilisé, surpris par ce vent brutal. Sa crinière ondule comme une algue dans le courant. À dextre comme à sénestre, la ramée automnale, secouée fortement, disperse à pleines poignées son trésor de feuilles dorées.

Le Maître lève les yeux. À l'horizon, le ciel s'ourle d'une gigantesque vague mauve qui finit dans un dégradé anthracite. La beauté du spectacle n'en est pas moins lourde de menace. De la voix et des mollets, Jordi stimule le navarrin. Vite ! il faut aller plus vite que l'orage !

Chapitre 29

RAIMON DE TERMES

Abbaye de La Grassa

Sonnent les trompes et résonnent les cors. Par trois fois, les longs appels ont déchiré le silence, emplissant de leurs vibrations impérieuses tout l'espace entre les murs de l'abbaye. De lieu en lieu, de salle en salle, les têtes se sont levées de l'ouvrage en cours, les lèvres se sont immobilisées sur la prière interrompue, les mains sont restées en suspens dans l'élan d'un geste inachevé.

Le moine affecté à la porte est monté au sommet de son escabeau, collant l'œil au judas de bronze. Deux jeunes novices soutiennent de leurs épaules sa vieillesse chancelante. Ce qu'il aperçoit au travers du treillis, il peine à le croire.

Une foule chamarrée se presse sur l'esplanade, dans les piaffements et hennissements des montures et les claquements des bannières au vent. La piétaille composée de valets et de clercs s'étire le long du chemin d'accès en une double haie qui s'écarte pour laisser le passage à une litière attelée arborant les armoiries de l'archevêque de Narbonne.

Le portier plisse un peu les paupières pour ajuster sa vision sur l'homme qui s'approche de la porte. Le crâne entièrement rasé, le visage glabre, vêtu d'une somptueuse dalmatique couleur émeraude et les épaules recouvertes d'un mantelet doublé de vair[1], il avance d'un pas solen-

1. Fourrure d'écureuil.

nel. Son port est à la fois altier et tout empreint d'une retenue apprêtée. Tandis que le visiteur se penche vers le judas, les narines du portier s'emplissent des effluves de musc dont l'homme est parfumé tandis qu'il l'entend prononcer d'une voix melliflue :

— Angélus... De la part de notre Révérendissime Sire, Mgr archevêque Pons d'Arsac.

Aussitôt, le portier fait signe à ses suivants de l'aider à descendre et de retirer l'escabeau.

Derrière lui, la cour s'est déjà emplie des curieux alertés par les sonneries des souffleurs. Trois par trois – car tous ont obéi aux ordres de l'abbé –, moines et laïcs viennent grossir l'assemblée des badauds. Parmi eux se tiennent les imagiers Teubald et León avec le menuisier qui les accompagne depuis hier.

Raimon de Termes a été parmi les premiers à se hâter à l'appel des trompes. Depuis l'aube, malgré la brièveté de la nuit écoulée, il espérait avec impatience l'arrivée de l'archevêque. Aux premières heures, il a assisté à l'office de prime, se tenant avec discrétion dans le fond de la nef, priant la Vierge qu'Elle lui accorde la force et la sagesse nécessaires pour affronter les périls qui le menacent. Toute sa morgue et sa superbe l'ont désormais quitté, c'est la colère qui le tient depuis son entretien nocturne avec le moine félon. Longuement, il a tourné et retourné dans sa tête les arguments les plus contradictoires et puis il a tranché. Certes les intérêts du Terménès devraient primer sur toute chose et la possession de cette charte garantissant ses droits sur les mines d'argent lui serait le bien le plus précieux, mais le prix qu'on lui en demande est exorbitant et le but avoué du traître qui lui a proposé ce marché révulse sa conscience. Il a décidé qu'il ne paierait pas, de même qu'il est déterminé à s'emparer du vénérable document. Par la force, s'il le faut, au cas où la ruse échouerait. Et au lieu de s'en remettre à l'archevêque pour qu'il lui avance la somme exigée, il va tâcher de s'en faire un allié afin de confondre le comploteur.

À l'entrée, quatre hommes dégagent les lourds loquets et retirent les barres de blocage. Enfin, arc-boutés aux immenses vantaux bardés de fer, ils les font pivoter sur leurs gonds. La porte s'ouvre à deux battants. L'homme au vêtement précieux s'avance dans l'enceinte. Raimon le reconnaît aussitôt et lui adresse un salut profond. C'est le secrétaire de l'archevêque. Ce dernier lui rend sa révérence, soulignée par l'esquisse d'un sourire. Ce simple signal d'amitié fait chaud au cœur du chevalier. Ici, hormis Flavian le géant et frère Sauveur, l'aimable chef des cuisines, il n'a ressenti que méfiance ou dédain à son égard. Dans le meilleur des cas, une sorte de curiosité craintive émanant des plus jeunes.

Avec l'arrivée de l'archevêque, les choses vont changer. Au moins va-t-il renouer avec un monde dont il connaît les codes et les usages, alors que tout, dans l'abbaye, lui est étranger. Et puis les hommes de son escorte sont là, eux aussi. Il n'avait point voulu se faire accompagner par eux, la veille. Il n'est pas homme à s'encombrer d'une suite aux heures de l'action. À présent, l'idée de retrouver ses gens et parmi eux le précieux Lucas, son serviteur de confiance, lui est un véritable baume.

Sur un signe du secrétaire, les servants de la litière font avancer les chevaux. Raimon remarque que ce ne sont point ceux de la veille. Les lourdes bêtes de trait attelées au départ de Carcassonne ont été remplacées par des destriers à la robe noire, tout caparaçonnés d'or et de vermeil. Au lieu de leurs vêtements de voyage, serviteurs et hommes d'armes arborent eux aussi les tenues de parade qu'ils portaient lors de la fête de l'adoubement. À l'évidence, Mgr d'Arsac a tenu à paraître à La Grassa en grande pompe et solennel arroi. Aux yeux de tous, cela doit signifier qu'il n'est point ici pour une simple visite pastorale. En sa personne, ce n'est pas Narbonne qui se déplace, c'est Rome en sa toute-puissance.

Raimon constate aussi que, du côté de l'abbaye, le même cérémonial s'est mis en place que celui qui l'avait tant impressionné lors de son arrivée. Les moines se sont disposés en demi-cercle, selon les places qu'ils occupent dans la salle capitulaire. Capuches baissées sur le front, ils forment une vivante muraille noire face à la blanche muraille de pierre. Et si l'abbé Robertus est tout aussi absent qu'il l'était l'autre jour, frère Diego le remplace avec la même prestance. « Serait-ce lui le mystérieux comploteur des latrines ? » se demande le jeune chevalier.

Déjà, les flamboyants chevaux porteurs de la litière s'immobilisent au centre de l'esplanade. Un suivant ouvre la portière et vient poser en dessous une petite marche de bois. Le pied de l'archevêque apparaît, chaussé de cuir fin, le mollet gainé d'une chausse de soie mauve qui disparaît l'instant d'après sous la retombée de sa cotte vermeille. À son front, symbolisant les apôtres, les douze gemmes précieuses qui ornent sa mitre jettent d'éblouissants reflets. Mgr d'Arsac fait trois pas puis s'arrête, balayant l'assemblée d'un regard impérieux. De part et d'autre de l'attelage archiépiscopal, les sonneurs embouchent leurs instruments et lancent au zénith une neume puissante. Du clocher de l'abbatiale répond alors la cloche par une volée de bronze. Puis les instruments se taisent, emportés sur les ailes du vent.

Frère Diego met un genou en terre, imité aussitôt par toute la foule. Raimon est sorti des rangs d'un pas ferme, pour s'avancer à la hauteur exacte du moine et, tandis qu'il s'agenouille lui aussi, il lui semble percevoir une lueur d'ironie complice dans le regard de l'archevêque.

— Mes frères en Jésus-Christ, recevez ma bénédiction ! clame ce dernier d'une voix forte, l'index et le majeur dressés. *In nomine Patris, et Filii, et Spiritus Sancti.*

— *Amen !* répondent d'une voix unique les multiples bouches de l'assistance.

Puis l'archevêque tend son anneau à baiser, à frère Diego d'abord, ensuite à Raimon. Enfin, tous se relèvent et le moine aux yeux d'aigue-marine prend la parole :

— Notre Révérendissime Père Robertus supplie Votre Excellence d'excuser son absence. Il s'honore grandement de votre visite et se réjouit de recevoir Votre Grandeur après l'heure de sexte dans son propre logis.

— Fort bien, mon fils. Pour l'heure, je vous saurais gré de me conduire en mes appartements. Le voyage depuis Douzens a été exécrable.

Frère Diego s'incline sans paraître noter l'agacement de l'archevêque.

— Que Votre Excellence daigne me suivre.

— Rodéric ! lance le prélat avant de lui emboîter le pas, prends soin de l'équipage.

« C'est donc ainsi que se nomme le secrétaire », se dit Raimon tout en voyant s'approcher de lui son fidèle Lucas.

Tous deux échangent une accolade où il entre plus de tendre familiarité que de formelle courtoisie. Depuis la mort du père de Raimon, Lucas fait, auprès du jeune homme, office de soutien, de conseil et de guide bien davantage que son oncle ou ses parrains. Il était déjà le domestique personnel de feu le baron Raimon II, il est devenu l'homme de confiance du jeune Raimon III.

— Mon ami, apporte mon coffre dans l'écurie. C'est là que je réside en compagnie de Drac. Sors ma cotte de cérémonie, ainsi que des braies et des chausses propres, car j'ai hâte à présent de changer de vêture… Joins à cela un bout d'étoffe blanche d'environ un pied de long et trois pouces de large.

Sur l'esplanade de l'abbaye, un désordre turbulent a succédé à l'ordonnancement protocolaire de l'arrivée. On s'affaire à dételer les charrettes et décharger paquetages et malles qui renferment le nécessaire de chacun. Convers et laïcs affectés à ces tâches chaperonnent les nouveaux venus comme ils sont accoutumés à le faire lorsque l'abbaye héberge des pèlerins.

Parmi le tourbillon des allées et venues, Raimon n'a pas perdu de vue le secrétaire de l'archevêque. Il s'approche de lui et l'aborde avec moult déférence.

— Sire Rodéric, j'aurais une faveur à solliciter de votre bienveillance…

L'homme au visage glabre et à la senteur de musc se retourne vers lui, souriant de la plus avenante façon.

— Peut-on refuser quoi que ce soit au chevalier seigneur de Termes ?

— Las ! je ne me doutais pas que le titre de chevalier fut d'un poids si grand et il me semble, depuis que je le porte, que mes épaules ont rétréci.

Le sourire du secrétaire s'épanouit tandis qu'il darde son regard dans celui de Raimon.

— Dites-moi de quelle manière je pourrai vous rendre le fardeau moins lourd, messire. Si cela est en mon pouvoir, je m'y emploierai volontiers.

— Je souhaiterais m'entretenir au plus tôt avec Mgr d'Arsac. Si vous pouviez m'organiser une entrevue avec lui, je vous en serais le plus obligé du monde. L'affaire dont je veux l'informer est de la plus haute importance.

Face au sérieux de la voix de Raimon et à la tension qui se lit sur son visage, le sourire du secrétaire s'estompe.

— Vous avez entendu comme moi que l'abbé doit rencontrer Son Excellence après sexte. Cela pourrait se faire ensuite.

— Mieux vaudrait que Mgr d'Arsac sache ce que j'ai à lui dire avant que l'abbé lui parle.

— La chose ne peut-elle souffrir de délai ?

— Elle est d'une urgence extrême, sinon je ne me serais point donné licence de vous importuner.

Le secrétaire jette un rapide coup d'œil du côté des malles et coffrets devant lesquels les serviteurs patientent en attendant ses ordres, puis il revient vers Raimon.

— Accordez-moi, je vous prie, le délai qu'il faut pour mettre en ordre les affaires du voyage.

— J'ai moi aussi besoin de me préparer. J'attendais l'arrivée de mes vêtements pour me rendre au *balneum*. Je serai dispos en peu de temps.

— Fort bien. Son Excellence vous saura gré de ne point sentir mauvais en sa présence. Avez-vous remarqué combien tous ces moines puent ? C'est une infection. J'en étais moi-même incommodé.

Raimon se souvient de son propre malaise dans l'abbatiale, mais il ne sait comment réagir devant la crudité des propos du secrétaire. Il se contente de hocher pensivement la tête avant de prendre congé de cet homme singulier. Tout en lui est étonnant, depuis son timbre de voix aux inflexions flûtées jusqu'à son visage parfaitement lisse, comme exempt des épreuves du temps. Mais quelque étrange qu'il paraisse, Raimon a senti qu'il pourrait trouver en Rodéric un allié.

C'est d'un pas assuré qu'il s'éloigne maintenant en direction du bâtiment des bains. Déjà il commence à préparer dans sa tête le discours qu'il tiendra à l'archevêque. Il ne voit même pas le ciel qui se charge d'orage par-dessus les toitures de l'abbaye. Le vent qui se lève soudain, il ne le remarque pas.

L'entrée de la salle réservée aux bains jouxte celle des cuisines. Elle est bâtie en sous-sol, tout comme le cellier, mais pour des raisons inverses. La profonde cave du cellier protège de la chaleur les denrées fragiles tandis que les murs épais du *balneum* conservent longtemps la tiédeur dispensée par une vaste cheminée et par les torches de résine qui l'éclairent. Sur les conseils de frère Sauveur, Raimon a pris la précaution de commander son bain au sortir du déjeuner. Il faut un certain temps pour chauffer le lieu et remplir le baquet à la bonne température.

L'homme chargé de cet office est un laïc qui travaille auprès de l'herboriste de l'abbaye. Au bas des marches, il accueille le chevalier en lui tendant une brosse de crin et un morceau de savon noir.

— Le meilleur que l'on puisse trouver d'ici à Girona, messire. Nous le fabriquons nous-mêmes, selon la recette arabe, d'alcali et d'huile d'olive. Il est parfumé à l'essence de lavande, dit-il tout en soulevant la lourde courtine placée derrière la porte.

Plusieurs baquets ovales sont disposés près de l'âtre. Un seul est tapissé d'un drap blanc et rempli d'une eau nimbée de vapeur chaude.

Se découpant dans la lueur du foyer, une silhouette se retourne à l'entrée de Raimon. C'est l'écuyer Lucas.

— J'ai mis vos vêtements à tiédir, sire Raimon. Voulez-vous mon aide pour la toilette ?

— Je me débrouillerai tout seul, Lucas. Va plutôt de ma part aux cuisines mander à frère Sauveur de te préparer un repas. La journée menace d'être longue et toutes nos forces réunies ne seront pas de trop.

À peine le valet sorti, le jeune homme se défait de ses hardes et se glisse dans le baquet avec la volupté d'une loutre dans le courant d'un ruisseau.

La douceur du bain est telle qu'il semble à Raimon se dépouiller non seulement de la crasse des jours, mais aussi des noirs embarras de son esprit. Le savon des moines fait merveille au point de changer un simple bain en fontaine de Jouvence. Une sorte d'engourdissement le prend, entre veille et sommeil où mille images affluent et refluent, qui ne sont plus tout à fait des pensées, mais pas encore des songes. Bien loin des cruelles visions de son cauchemar nocturne, ce sont des figures plaisantes et enjôleuses qui le viennent visiter et, parmi toutes, le clair visage de Lucia tel qu'il était dans la splendeur de ce jour d'été, resplendissant comme un fruit du soleil. Songerie bien charmante à laquelle Raimon s'abandonne et, si l'eau ne refroidissait pas, il y tremperait volontiers tout le restant de l'heure. Mais il a forte partie à jouer, tant avec l'archevêque qu'avec l'abbé. En dépit de la douceur du moment, il lui faut quitter à regret le baquet bienfaisant et retrouver, avec ses habits, l'assurance et la charge de son rang.

À l'instant où, encore tout nu et ruisselant, il va s'approcher de la cheminée, la porte du *balneum* grince sur ses gonds.

Le secrétaire de l'archevêque se découpe dans l'encadrement.

Le damoiseau n'a point de gêne à se montrer devant lui tel que Dieu et sa mère l'ont mis au monde et, s'il s'empare du drap tiède, c'est moins pour voiler une nature de belle prestance que pour éviter le désagrément du courant d'air.

— Pardonnez-moi, messire, d'être entré sans prévenir, dit le secrétaire en refermant la porte. Je vous croyais encore au bain.

— Pardonnez-moi de m'y être un peu trop attardé, répond Raimon en s'étrillant avec vigueur.

L'énigmatique secrétaire le regarde un instant sans rien dire, l'air songeur.

— Quand je lui aurai narré comment je vous ai vu, c'est notre archevêque qui regrettera de n'être point descendu à ma place, lâche-t-il avec un petit rire sarcastique.

Le jeune homme marque un temps d'arrêt tout en enfilant ses braies. Il lève vers son visiteur un sourcil interrogateur :

— Que voulez-vous dire ?

L'homme fait quelques pas pour aller s'asseoir sur un tabouret, laissant échapper un soupir désabusé.

— Méfiez-vous de Mgr d'Arsac, chevalier de Termes… C'est un homme qui aime bien tenir les gens par les couilles. Au propre comme au figuré. Tout au moins ceux qui en ont. Pour ma part, je ne risque rien. J'ai perdu les miennes aux îles Baléares, sous le rasoir d'un chirurgien arabe.

Raimon ne peut réprimer un mouvement de stupeur. Il avait déjà entendu parler de ces razzias que font parfois les Barbaresques sur les côtes septentrionales de la Méditerranée pour fournir les marchés aux esclaves des pays du Sud, mais c'est la première fois qu'il rencontre une de leurs victimes chrétiennes. Qui plus est, un eunuque ayant fonction de chanoine.

Cependant, le secrétaire ne paraît éprouver nul malaise à évoquer son infortune. Tandis que Raimon achève de se vêtir, il poursuit son récit :

— J'avais treize ans lorsque je fus enlevé avec mes parents, sur une plage de Corse, par des pirates au service des princes almoravides. Ma mère fut envoyée directement vers la côte africaine, cependant que mon père et moi étions emmenés aux Baléares où ces pirates transforment l'anatomie des hommes pour le service des harems. Mon père mourut des suites de la castration. Quelque temps après, je fus embarqué avec d'autres garçons à bord d'un dromon où nous fûmes affectés à la manœuvre des rames. Alors que nous voguions vers les terres des Barbares pour y être vendus, un naufrage providentiel me permit d'échapper à ce funeste sort. Poussé par des courants favorables, le débris d'épave auquel je m'étais agrippé finit par s'approcher de la côte espagnole. Grâce à Dieu, un navire de marchands narbonnais frayait dans les mêmes eaux. L'équipage m'a recueilli et, une fois à Narbonne, après moult péripéties dont le récit vous lasserait, sachez que j'ai trouvé un emploi dans certaine maison de plaisir où je ne tardai pas à faire la connaissance de celui qui n'était encore qu'archidiacre de la cathédrale.

Tout en bouclant sa ceinture, Raimon relève la tête. Il n'est pas tout à fait sûr d'avoir bien compris :

— Mgr Pons d'Arsac ?

— Oh ! à cette époque, il n'en avait encore ni le titre ni la fonction. Mais il ne fut pas long à m'engager à son service personnel. C'est ainsi que je quittai la maison des filles de joie pour celle des hommes de prière. Et lorsqu'il y a trois ans mourut son prédécesseur, je lui fus de quelque service dans la lutte pour la succession à la tête de l'archevêché. Depuis lors, monseigneur m'en est particulièrement reconnaissant.

Raimon ne dit rien. Tant de choses contradictoires mènent bataille en son esprit qu'il préfère se taire, de crainte de passer pour un butor.

Il ne lui reste plus qu'à enfiler son mantel et fixer son épée au baudrier. Le secrétaire se lève et l'envisage d'un regard admiratif. Puis, tout en lui souriant avec douceur, il ajoute ces mots :

— Vous avez mis les pieds dans un nid de serpents, messire chevalier. Afin de mieux vous garder de leur venin, sachez que le prédécesseur de Pons d'Arsac, qui s'appelait Bérenger de Narbonne, avait été auparavant abbé de La Grassa. En bonne logique, la mitre d'archevêque aurait dû échoir à l'abbé actuel. Pons d'Arsac et Robertus de La Grassa se haïssent cordialement. Soyez donc très assuré, avant de paraître devant eux, que si vous faites allégeance à l'un, vous deviendrez à l'instant même l'ennemi de l'autre… Mais chaque chose en son temps. Nous devons d'abord rencontrer Mgr d'Arsac.

D'un geste fort courtois, le secrétaire s'efface devant Raimon de Termes pour le laisser sortir.

Alors qu'ils vont quitter le *balneum*, le chevalier se retourne :

— Pourquoi m'avez-vous dit tout cela ?

L'homme semble hésiter à répondre, puis son sourire se fait encore plus charmeur et sa voix encore plus caressante :

— C'est un spectacle bien affligeant que de voir un aveugle disputer une partie d'échecs.

Chapitre 30

DAME ALOÏS

En route pour Fabreza

Mauve est la montagne. À son sommet déferle la vague prodigieuse des nuées menaçantes.

Aloïs et Rotland crient à pleins poumons le nom de Guilhem. D'un œil affolé, ils inspectent les halliers voisins, marchant au hasard sous les arbres sans trop oser s'aventurer au cœur du bois. À chaque pas, ils manquent de trébucher sur une racine ou de se tordre le pied dans quelque fente traîtresse. Et puis quelle direction prendre ? Tous deux ont peur de s'éloigner de la piste qu'a pu suivre le garçon. Les ronces griffent leurs mollets, mais ils ne les sentent pas. Les feuillages bas soufflettent leur visage, mais leur gifle n'est rien, comparée à l'angoisse qui les étreint. Ils vont ici, puis là, changeant brusquement de côté tels les lièvres fuyant le chasseur.

Gari leur a bien recommandé de ne point se hasarder hors des sentiers battus, car la région est faite d'une roche fragile, parsemée de cavernes et de failles qui sont le repaire des vouivres et des dragons. Nombreux sont les récits qui rapportent la disparition de promeneurs imprudents engloutis à tout jamais dans des avens sans fond. Mais qu'importe la prudence, si Guilhem est tombé dans un de ces maudits trous ? Où qu'il soit, il faut le retrouver. Serait-ce au plus profond d'un gouffre. Que Dieu leur vienne en aide !

— Retournons sur nos pas ! lance Rotland. Il n'a pas pu s'éloigner autant. Et puis, si nous allons plus loin, nous risquons de nous perdre nous aussi.

Aloïs sait qu'il a raison, mais elle se refuse à déclarer forfait. La brutale disparition de l'enfant a ouvert en elle une plaie inconnue. Si elle avait pressenti que son arrivée changerait bien des choses dans leur vie, elle ne se doutait pas que cela bouleverserait à ce point la sienne. Guilhem est l'enfant qu'elle n'aura jamais et que son ventre désire ardemment. Depuis qu'il est entré dans leur maison, Aloïs est devenue mère sans oser se l'avouer et, tandis que Rotland lui saisit le poignet pour l'aider à remonter vers le chemin, c'est sa voix de mère éperdue qui lance vers la forêt un dernier appel angoissé :

— Guilhem ! Guilhem !

Soudain, dans la bourrasque de vent qui les environne, une voix aiguë répond :

— J'étions là-haut !

Tous deux ont levé la tête au même instant. Presque au-dessus d'eux, dans la dernière fourche d'un chêne vert, les jambes nues du garçon pendent au milieu de la ramée. Et c'est un miracle de chair rose contre le vert feuillage.

— Hâte-toi de descendre ! lui crie Rotland.

— Je pouvions pas... Mirgo et moi, je savions plus comment faire. C'est trop haut !

Aloïs et le jeune homme échangent un regard.

— J'y vais. Nous devons nous mettre à l'abri de l'orage au plus vite.

Et, d'un élan plein d'agilité, Rotland entreprend l'escalade du tronc. Par chance, c'est un arbre qui semble fait tout exprès pour que l'on y grimpe, tant son port de branches offre de points d'appui. Cela explique que l'enfant ait pu se hisser presque à la cime. En quelques mouvements, Rotland parvient à sa hauteur.

— Passe tes jambes autour de mes épaules et tiens-toi à mon crâne.

Prudemment, Guilhem abandonne son perchoir de bois pour se cramponner à son sauveteur.

D'en bas, Aloïs surveille la manœuvre, pleine d'admiration pour la force que déploie Rotland. Autour d'eux, le vent se déchaîne, secouant tout le houppier de l'arbre, tandis que la forêt entière s'agite, parcourue d'un frisson furieux. Bien qu'alourdi par le poids du petit, le novice descend avec l'agilité précautionneuse d'un acrobate, assurant ses prises une à une, tant des pieds que des mains. Encore un dernier effort et il parvient enfin au sol.

— J'avions perdu nos chaussures ! gémit l'enfant, les yeux gros de larmes.

— Elles sont ici, dit Rotland pointant du doigt au pied de l'arbre. Tu les avais laissées tomber en grimpant…

— Pardon… Pardon…

— Ce n'est point le moment de pleurer, il faut courir vers l'attelage et s'en aller d'ici au plus vite !

Saisissant chacun le gamin par une main, ils remontent à la hâte vers le chemin. En quelques enjambées ils atteignent le lieu de leur halte où l'âne salue leur retour d'un braiement déchirant. Le vent a augmenté encore en intensité. Ses rafales, par à-coups, plaquent la bâche contre le cerclage de bois. Sous la tourmente, le chariot est semblable à une énorme bête efflanquée dont les côtes saillent sous la peau.

En un rien de temps, les affaires sont emballées et l'animal, attelé.

— Dame Aloïs, montez vite à l'abri dans le chariot avec Guilhem, moi je vais courir à côté de Midas tout en le guidant. Il faut arriver à Villarubia avant que le ciel ne nous tombe dessus.

Commence alors une fuite éperdue au long du chemin chaotique. Grincent les roues et cliquettent les sabots tandis que hurle le vent mauvais. Midas y met du sien, trottant vaillamment pour suivre cet humain qui court auprès de lui. Jaillissant du taillis de sénestre, une compagnie de perdreaux affolés traverse devant eux pour se réfugier dans un roncier. Rotland y voit un signe favorable. Sa mère disait qu'un oiseau qui va de la sénestre vers la dextre est un présage de succès. S'il vole à rebours de ce sens, mieux vaut rentrer chez soi ; la journée sera mauvaise. Rotland veut prêter foi aux croyances de son enfance. Il semble d'ailleurs que la chance leur sourie, car il leur faut peu de temps pour trouver l'embranchement signalé par le pâtre.

À cet endroit, le bois s'achève au bord des pâturages. La vue, dégagée, porte au loin. Une vaste combe s'ouvre devant eux au fond de laquelle on distingue le clair ruban de gravier d'un ruisseau asséché. De l'autre côté du vallon, quelques maisons basses se blottissent autour du clocher d'une petite église. C'est le hameau de Villarubia. Une fois là-bas, ils seront à l'abri.

Ici, le chemin serpente en pente douce, jusqu'au fond du val. Rotland retient un peu le pas de l'âne. Il ne faudrait pas que le poids du chariot le pousse trop vite en avant. Tout autour, la grosse main du vent caresse à rebrousse-poil le pelage d'herbes folles des prairies. Mais il hurle moins fort et paraît s'apaiser un peu. Il faut se méfier de cette fausse accalmie. Le ciel s'est enténébré comme si la nuit devançait son heure. Les feulements du tonnerre ne vont pas tarder à se faire entendre.

À l'abri sous la bâche et dans la tiédeur des ballots de laine, Guilhem s'est lové contre Aloïs. Lui qui, hier encore, refusait sa caresse, le voilà qui se serre sous son bras comme le poussin sous l'aile de la poule. Il a placé la cage de Mirgo à portée de main et essuyé ses larmes d'un revers de manche. Aloïs n'a rien dit. Elle n'a pas posé de question, bien qu'elle brûle de savoir ce que le garçon faisait, perché en haut de son arbre, et pourquoi il n'a pas répondu à leurs appels inquiets.

Sans doute Guilhem a-t-il entendu sa question muette. C'est un enfant qui entend les voix des âmes. Alors, il se met à parler :

— Je pouvions pas répondre à cause de l'homme.

— Quel homme, Guilhem ?

— L'homme qui tue les anges.

À ces mots effrayants, Aloïs se retient de regarder le gamin. Elle ne veut pas le charger de sa propre inquiétude.

— Tu es sûr que c'était lui ? Tu l'as vu pour de bon ?

— Il était sur un grand cheval gris. J'étions vite monté dans l'arbre pour pas qu'il nous découvre et nous emporte.

— Que s'est-il passé ensuite ?

— Quand vous avez crié mon nom, il a fait demi-tour et il est parti. Mais je devions pas faire de bruit, Mirgo et moi, pour pas qu'il revienne... Et puis d'en haut je l'avions vu qui s'en allait fort loin. Alors, je pouvions vous appeler.

— Tu as bien fait, Guilhem.

Puis elle se tait, poursuivant le fil de ses pensées que l'enfant blotti contre elle déchiffre peut-être à sa façon mystérieuse. « Si ce cavalier a fait volte-face en nous entendant, se dit-elle, c'est qu'il ne voulait pas être vu... C'est donc qu'il se trouvait dans ces parages pour quelque motif coupable. Un voleur, peut-être ?... Mais pourquoi un voleur viendrait-il marauder en telle rase campagne où rien ne se trouve à dérober ? Et s'il s'agit bien de ce tueur d'anges que Guilhem dit avoir reconnu, pourquoi n'a-t-il pas fondu sur nous l'arme au poing ? Il aurait trouvé là des proies à sa portée... »

Soudain, un prodigieux coup de tonnerre ébranle la terre et le ciel. Une lueur blafarde, éblouissante, semble enflammer l'air tout autour du chariot violemment secoué.

— Dia ! Dia, Midas ! Dia ! crie Rotland, agrippé au licol de l'âne terrifié qui menace de s'emballer et pousse des braiements déchirants.

Par l'ouverture de la bâche, dame Aloïs voit le jeune homme arc-bouté de tous ses muscles pour tenter d'apaiser l'animal piaffant et ruant de tous côtés. L'attelage vient juste de franchir le gué du petit ruisseau. Il s'est arrêté au bas d'un sentier.

— Viens avec moi, Guilhem ! Rotland a besoin d'aide.

Aussitôt, tous deux se glissent hors du chariot et courent vers l'avant. Mais le novice a eu l'idée de recouvrir avec son mantel les yeux de l'âne affolé. Celui-ci, aveuglé, envoie encore une ou deux ruades dans le vide puis se calme aussi brusquement qu'il s'était affolé.

— Je vais me débrouiller tout seul, lance Rotland. Courez vite vous mettre à l'abri, il y a une grange un peu plus haut !

Du doigt, il montre un bâtiment, non loin, à flanc de coteau.

Après la chute aveuglante de la foudre, le ciel paraît encore plus sombre. Les roulements du tonnerre grondent dans toute la vallée. Déjà les premières gouttes s'écrasent au sol.

Main dans la main, Guilhem et Aloïs courent aussi vite qu'ils le peuvent. Derrière eux, ils entendent, soulagés, les roues du chariot se mettre en mouvement. Tout entêté qu'il soit, Midas a compris qu'il valait mieux chercher un abri.

C'est bien une grange, en effet, mais d'une forme étrange pour un bâtiment de ferme. Les murs en sont beaucoup plus hauts qu'il n'y paraissait de loin et percés par endroits d'étroites fenêtres obturées de l'intérieur par des volets de bois. La porte est solidement cadenassée. La grosse ferronnerie résiste aux efforts d'Aloïs. Sans clé, il est impossible d'entrer.

Et tout d'un coup, les vannes du ciel déversent leur déluge. La jeune femme et l'enfant n'ont que le temps de se précipiter sous l'auvent d'un appentis accolé à la grange.

Rotland, courant, et Midas, presque au galop, arrivent un instant plus tard sous des trombes d'eau. L'attelage brinqueballe, tressaute sur le terrain bosselé, mais il parvient à se hisser sans dommage sous l'auvent de tuiles. Par chance, l'endroit est assez vaste pour les contenir tous les quatre. Seul l'arrière du chariot dépasse un peu, mais qu'importe ! Ici, ils seront saufs.

Sur deux côtés, l'abri est fermé par un empilement de bottes de paille, nouées de liens de chanvre. Le côté gauche, constitué par le mur de la grange, est hérissé de coins de bois où pendent divers outils. Une vieille cape de berger a été oubliée là. Elle est sale et usée, mais sèche. Sans hésiter, Rotland se dépouille de sa tunique détrempée et enroule autour de ses épaules le haillon providentiel. Puis, saisissant une poignée de paille, il se met à bouchonner le pauvre Midas aux oreilles pendantes.

Dans un fracas infernal, un nouvel éclair blafard s'abat au-dessus de la forêt qu'ils traversaient tout à l'heure. Un instant, le paysage est illuminé d'une clarté monstrueuse et l'éclat tonitruant de la foudre résonne aux oreilles d'Aloïs comme une prémonition des trompettes de l'apocalypse. Ainsi s'ouvrira le ciel dans un formidable tumulte quand sonnera l'heure du combat de l'Agneau contre l'Antéchrist. On dit que c'est pour bientôt.

— J'avions pas peur de l'orage, nous autres, dit l'enfant Guilhem en s'approchant de l'entrée, fasciné par les éléments déchaînés.

— La foudre est dangereuse, Guilhem, lui répond Aloïs, tremblante de le voir si téméraire.

— Regarde là-bas, ajoute Rotland en pointant l'horizon.

Au milieu des arbres, une épée de feu s'élève contre le noir du ciel. La flamme rougeoyante grandit d'instant en instant. Ce doit être un résineux qui s'est embrasé, frappé par le dernier éclair. On dirait qu'un géant brandit une torche immense au-dessus de la forêt. Les yeux écarquillés, Guilhem contemple ce prodige.

— C'est beau, murmure-t-il.

Aloïs s'est approchée de lui. Elle aimerait le convaincre de retourner sagement au fond de leur refuge.

— C'est la beauté du diable, dit-elle. Toute la nature est son ouvrage et son triomphe est la destruction. Il faut s'en méfier, crois-moi.

L'enfant tourne alors vers elle son adorable visage. Il lui sourit.

— On risque rien, ici. On est dans l'abri de sire Enric et de sire Gari.

Chapitre 31

JORDI DE CABESTAN

En route pour La Grassa

C'est à bride abattue que Jordi a franchi la dernière lieue. Il a quitté le lit asséché du cours d'eau pour en suivre les berges au terrain herbeux plus souple sous les sabots ferrés. Sous la pression des talons, le navarrin a donné toute sa puissance. Il transpire tant et tant que son pelage sombre est ourlé de blanche écume.

Le premier coup de foudre est tombé dans le lointain alors que se profilaient devant eux les collines de Villaris de Bella. Une voûte anthracite voile maintenant le zénith. Par deux fois, l'éclair a zébré les ténèbres de sa griffe blafarde. Par deux fois, le cheval terrifié s'est emballé au risque de désarçonner son cavalier. D'une main ferme, Jordi l'a ramené au pas. Il lui flatte doucement l'encolure, lui disant tout ce qu'un homme peut dire à un cheval afin de lui donner confiance. Peu à peu l'animal s'apaise.

Enfin, ils arrivent sur la plateforme rocheuse qui fait une sorte de parvis naturel à la carrière de marbre. Le chantier est entouré d'une haute palissade de bois dont la porte est étrangement fermée. Pourtant des coups de masse résonnent contre la roche. En dépit de l'orage tout proche, des hommes travaillent encore. Levant la tête, le Maître aperçoit sur les hauteurs deux silhouettes frappant de leurs masses en cadence pour détacher un bloc de la paroi. Il lui semble reconnaître un ouvrier qui a travaillé à son service trois ans auparavant. Il se hausse sur ses étriers afin qu'on le puisse mieux voir de là-haut.

— Holà, compagnons !... Guibert, est-ce toi ?

— Holà ! qui m'appelle ? répond l'homme en se redressant, la main en visière.

— C'est moi, Jordi de Cabestan !... Je demande asile avant l'orage, pour moi et mon cheval... Y a-t-il quelqu'un pour m'ouvrir ?

— Passe ton chemin, Cabestan ! Nul ne t'ouvrira, ici !

Le Maître reçoit cette réponse comme un soufflet en plein visage. D'étonnement, il se laisse retomber sur la selle.

— Guibert, tu me connais ! insiste-t-il. Pour l'amour du Ciel, laisse-moi entrer !

— Le Ciel te damne, toi et tous ceux de ton engeance !

— Que t'ai-je donc fait pour que tu me refuses l'asile ?

L'ouvrier ne répond pas, mais son compagnon a déposé sa masse et se redresse à son tour, brandissant un éclat de roche dans son poing menaçant. Il se met à crier :

— On ne veut point de toi ici !... La mort marche avec toi. Tu es maudit !

D'un coup, son bras se détend. La pierre vole. Par chance, l'homme a visé trop bas, elle rebondit sur le bois de la palissade. Aussitôt il se baisse pour en ramasser une autre qu'il lance avec plus d'adresse. Jordi a paré le coup en plongeant vivement sur l'encolure. Pour un peu, il était touché à la tête.

Sans plus insister, il talonne son cheval et fait demi-tour. Un coup de tonnerre emplit la campagne au même instant, comme si la nature ajoutait sa colère à la méchanceté des hommes.

L'imagier ne comprend pas. Rien, par le passé, ne justifie un tel accueil, ni autant d'ire à son encontre. Il s'attendait à être reçu en ami et voici qu'on le chasse comme un malfaiteur. Il faut bien qu'il y ait une raison à cette folie soudaine. Mais il n'est point temps d'en rechercher la cause. Déjà, quelques gouttes pesantes commencent à tomber, prélude à la tornade qui s'annonce.

Poussant le trot, Jordi contourne la butée, remontant vers le petit hameau. Il y a là des masures dont les portes sont closes par crainte de l'orage. Troublé par ce qui vient de se passer à la carrière, il n'ose frapper à aucune. Savoir comment on l'y recevrait ? La pluie s'intensifie. Il faut en toute hâte trouver un abri sûr.

Si les hommes ne veulent pas de lui, c'est à la demeure de sire Dieu qu'il ira demander l'hospitalité. À l'arrière des maisons se dresse une petite chapelle, fort vieille et fort modeste. Un étroit auvent soutenu par deux piliers de bois mal équarris a été ajouté au-dessus de la porte. Voici le refuge providentiel.

À peine le Maître y a-t-il poussé son cheval qu'un véritable déluge s'écroule tout autour. En une minute, un rideau de pluie battante s'abat comme un voile opaque, effaçant les masures, les arbres et jusqu'au relief des collines. La vue ne va guère au-delà de quatre ou cinq coudées. La petite chapelle est tout ce qui reste de l'univers visible. Il vient à Jordi une vision de l'arche de Noé, ou d'une île perdue dans la tourmente au milieu de nulle part.

Il descend de cheval, prend la bride et l'attache à l'anneau d'un des piliers. Un grincement métallique le fait se retourner.

La porte s'est entrouverte sur un tout petit homme portant la coule sombre des bénédictins. Son visage est celui d'un enfant qui aurait cent ans. De l'enfance, il a le vaste regard émerveillé ; du centenaire, il a comme une écorce de chêne-liège qui lui tient lieu de peau. Il regarde le Maître et sourit :

— Frère, je t'attendais… Viens avec moi rendre grâce à notre Seigneur Dieu pour célébrer ton arrivée.

Il s'efface devant l'entrée afin de laisser passer son hôte, puis il referme doucement la porte derrière eux.

Jordi ôte son chapeau ruisselant et se signe, tout troublé par l'accueil qui lui est fait. Il lui faut un moment pour que ses yeux s'accoutument à la pénombre. La chapelle n'est éclairée que par un cierge fiché au sommet d'un candélabre à trépied qui semble être l'unique ornement du lieu. Derrière l'autel, fait d'une longue dalle de pierre posée sur deux autres, trois étroites ouvertures dans le chevet laissent entrer un peu de jour. Ce sont les trois lumières de la Trinité. Une croix de bois brut se dresse au-dessus du tabernacle de bois. Et rien d'autre. Rien que le vide contenu entre la voûte basse et les murs de moellons peints à la chaux. Saint Benoît de Norcia lui-même, s'il avait édifié une chapelle, ne l'aurait point conçue d'une autre manière architecturale, évoquant la rencontre d'une grotte et d'une barque retournée. Le plus parfait dépouillement tout empli de la seule présence de l'Esprit.

Sans dire un mot, le Maître a suivi le moine. Ils s'agenouillent côte à côte au pied de l'autel, puis ils récitent le *Gloria* :

— *Gloria in excelsis Deo, et in terra pax hominibus bonæ voluntatis...*

Dans le vaisseau de pierre, les voix lentes des deux orants s'accordent au sourd tambour de la pluie et la voûte muette, vibrant à l'unisson, semble prier avec les hommes. Enfin, après un moment de silence, le moine au visage d'écorce se relève et se tourne vers Jordi :

— Frère, es-tu clerc, toi aussi ?

— Je le fus... Mais pourquoi m'as-tu dit que tu m'attendais, si tu ne sais pas qui je suis ?

— Quel qu'il soit, connu ou inconnu, j'attends celui qui frappe à la porte de Dieu... Cependant, je vois que tu as fait un long chemin. Je suppose qu'un autre, tout aussi long, t'attend encore… Si tu le veux, je te propose de partager mon repas.

— Grâce te soit rendue pour cette offre que j'accepte de bon cœur. Mais je dois auparavant m'occuper de mon cheval. Il a transpiré plus que de raison. Aurais-tu quelque chose qui pourrait me servir d'étrille ?

— Attends-moi.

Le vieillard aux yeux d'enfant disparaît par une porte basse, pour revenir presque aussitôt, claquant des galoches sur le sol dallé. Il tend à Jordi une vieille lame de scie édentée et une toile de sac en lambeaux.

— Voilà tout ce que j'ai. Je m'en servais autrefois pour ma mule, mais elle est morte piéça… Quand tu auras fini, fais entrer ton cheval dans la chapelle. Il ne sert de rien de tenter une main malveillante… Tu n'auras qu'à l'attacher à la porte. Ensuite, rejoins-moi, la soupe sera chaude.

— Merci, frère.

Sitôt le seuil franchi, le Maître est assailli par le cliquetis furieux de la grêle qui s'abat à présent sur les tuiles de l'auvent. Dans un creux de pierre au pied du pilier l'eau a formé une flaque où le navarrin étanche sa soif. Tout autour, l'averse de grêlons est telle que le sol paraît ensemencé d'un tapis de perles blanches nacrées. Éphémère trésor qu'un rayon fera fondre.

En quelques gestes, Jordi desselle le cheval et se met à l'étriller du mieux qu'il peut, puis il le bouchonne tant bien que mal avec ses chiffons loqueteux. Sous la main bienfaisante de l'homme, l'animal s'ébroue de plaisir. Le travail achevé, Jordi lui flatte l'encolure et caresse son chanfrein étoilé. Il doit avoir faim, lui aussi. Faute d'un seau d'avoine, il faudra lui trouver un peu de foin avant de reprendre la route.

Finalement, les haillons de sac ont rempli leur usage et c'est le pelage bien sec que le cheval entre d'un sabot léger dans la maison du Seigneur.

Tout au bout de la nef, à la hauteur de l'autel, la porte pratiquée dans le mur de dextre est tellement basse que l'imagier manque de s'y cogner le crâne. Il doit presque se courber en deux pour la franchir.

Dans la petite pièce qui sert d'habitation au vieux moine, celui-ci est en train de retirer de l'âtre une cassole de purée de châtaignes. S'aidant des manches de sa coule pour ne pas se brûler, il la dépose sur un billot de bois faisant office de table.

Debout devant ce frugal repas, les deux hommes récitent le bénédicité. Puis le moine tire deux cuillères d'un coffre vermoulu, en tend une à Jordi en lui faisant signe de s'asseoir sur le grabat et s'installe à côté de lui, faute d'un autre siège. « Ce n'est plus du dépouillement, c'est du dénuement », songe le Maître en considérant ce réduit à l'aspect de cachot, éclairé par un minuscule oculus. Accrochée au mur constellé de salpêtre, une croix rouillée apporte un peu de consolation à ce lieu sans espoir.

À l'invite du moine, Jordi plonge sa cuillère dans la potée de châtaignes parsemée de quelques baies de genièvre censées en relever la fadeur. À coup sûr, son hôte lui offre là le meilleur de sa gastronomie. Sans doute qu'à son ordinaire le vieil homme se contente d'une simple farine de glands.

— Es-tu le prêtre de cette paroisse ? demande le Maître après avoir avalé sa cuillerée plâtreuse.

— Je suis le gardien de la chapelle. Son serviteur… J'ai vécu de nombreuses années dans une caverne, non loin d'ici. Mais l'âge arrivant, les moines de Saint-Hilaire, qui me venaient parfois visiter, m'ont proposé ce logement ainsi que quelques livres, en échange de l'entretien et du gardiennage de ce saint lieu. Grâce à leur générosité, je peux désormais consacrer le meilleur de mon temps à la prière.

— Pourquoi ne point les avoir rejoints en leur abbaye ?

— Mieux me sied la solitude que la communauté... Au regard de Dieu, une abbaye de chair vaut bien une abbaye de pierre.

Un vaste sourire édenté illumine la face du moine aux yeux d'enfant. À l'évidence, son antre misérable est pour lui comme une réminiscence du paradis terrestre et, peut-être, l'antichambre du vrai paradis. D'une voix toute feutrée, il reprend :

— Je goûte fort le silence. Ainsi que l'a dit le grand saint Benoît : « Une part de nous-même se trouve toujours flétrie dans le bavardage. » Mais, avec toi, il me plaît de parler. Dis-moi, frère, d'où viens-tu ?

— Je suis maître imagier, en chemin pour l'abbaye de La Grassa. Je me nomme Jordi de Cabestan.

Un voile d'inquiétude passe dans le regard du moine.

— Frère malheureux ! Ta renommée est venue jusqu'à moi ainsi que la nouvelle de ta récente infortune.

— Que t'a-t-on dit ?

— On rapporte que la mort frappe tes compagnons, l'un après l'autre, et qu'elle les abattra tous. On dit aussi qu'à présent tu portes malheur à ceux qui t'entourent parce qu'un méchant magicien a jeté un sort à ton atelier.

Le Maître ne peut retenir un soupir d'accablement.

— Le crois-tu, toi aussi ?

— J'entends ce que disent les langues inquiètes, mais je suis dans la quiétude de Dieu.

— Avant de me réfugier ici, je me suis présenté à la porte de la carrière où j'avais des amis. On m'y a reçu à coups de pierre !

— Les hommes dans la peur ne sont que la moitié d'eux-mêmes et leurs actes sont dénués de jugement... Il n'y a pas d'effet sans cause et j'imagine que tu as dû toi-même réfléchir à ces choses et au motif de ces morts violentes, n'est-ce pas ?

— Depuis deux jours et deux nuits, nulle autre pensée n'agite mon esprit.

— Y as-tu rencontré quelque lumière ?

Jordi replonge sa cuillère dans la potée, prenant le temps de déglutir avant de répondre.

— Pour ma part, je ne vois point de magie dans ces crimes, encore moins la main du diable. C'est bel et bien un homme qui a tué deux de mes compagnons, dont l'un était mon frère de sang.

— Suspectes-tu quelqu'un ?

— À Saint-Hilaire, on m'a parlé d'un ancien oblat devenu hérétique. Il aurait pris en horreur les images pour ce qu'elles ne seraient que des représentations de la chute !

— Mais le crois-tu capable pour autant de tuer ceux qui fabriquent ces images ?

— Je ne saurais l'affirmer tant que je ne l'aurai point rencontré… D'autant que, depuis cette nuit, j'ai quelque raison de porter mes soupçons sur l'un de mes compagnons. C'est pourquoi je suis dans la hâte de rejoindre La Grassa où celui-ci se trouve présentement.

Le moine marque un instant de réflexion avant de lancer :

— J'ai ouï dire que les corps avaient été déguisés en anges. Est-ce vrai ?

— Hélas !…

— As-tu déjà fabriqué des anges toi-même ?

— Par ma foi, je serais bien en peine de les compter ! J'en ai sculpté tant et tant que je ne saurais dire où il s'en trouve le plus. Des terres catalanes jusqu'au piémont d'Italie, j'ai transposé de tympan en chapiteau leur cohorte céleste afin que chacun puisse se figurer partout leur présence intangible.

Le vieux moine sourit, silencieux, tout en tendant à Jordi une gargoulette d'eau fraîche. Puis, portant son regard rêveur sur la croix accrochée au mur, il dit, comme pour lui-même :

— « Que font dans les cloîtres ces beautés d'une étonnante monstruosité ou ces monstres d'une étonnante beauté ? »

À cet énoncé, le Maître a sursauté, manquant de renverser le cruchon.

— Je connais ces paroles. Elles ne sont pas de toi. Je les ai lues sous la plume de Bernard de Clairvaux... Ainsi, professes-tu, à son instar, que les images sont mauvaises et qu'elles détournent l'homme de la méditation ?

— Je ne dis rien de tel, mon frère. Je m'efforce d'avancer à tes côtés dans la recherche de la vérité.

Jordi est troublé au plus profond de son âme. Ce que profère l'ancien ermite, lui-même l'avait déjà pensé. Une haine des images peut avoir armé le bras du criminel.

Dans un sursaut instinctif, le Maître fouille la doublure de son bliaud. Il en tire la bourse de toile contenant la petite fleur sculptée que lui a offerte Peire Brun à leur départ de la carrière.

— Regarde, frère, dit-il en la tendant au moine. Et dis-moi ce que tu vois.

Le vieil homme saisit dans sa paume flétrie la parfaite fleur de marbre.

— Une fleur inconnue dotée de sept pétales.

— À quoi cela te fait-il penser ?

— Aux sept jours de la genèse où l'Éternel créa le monde.

— Mais encore ?

Le moine ferme un instant ses yeux d'enfant pour mieux pénétrer dans sa mémoire d'homme. Puis, les rouvrant, il ajoute ces mots :

— Je pense aux sept vertus du catholicisme... Mais sept est aussi le nombre des têtes de la Bête de l'Apocalypse ainsi que le nombre des archanges du même livre.

— Aussi, tu vois bien qu'au rebours de t'éloigner de la méditation l'image de cette fleur qui n'existe pas te ramène à la pensée de Dieu qui existe... Bernard de Clairvaux s'est trompé et tous ceux qui l'imitent se trompent à sa suite. L'image de la Création est juste et bonne, car elle est le signe de l'omniprésence du Créateur. Celui dont le cœur est épris de vérité sera toujours affamé d'images.

Le moine hoche pensivement la tête. Il rend le marbre sculpté au Maître qui le range dans sa bourse.

— As-tu vu la chapelle de l'autre côté du mur ?

Jordi s'étonne de cette question. Comment n'aurait-il pas vu le lieu qu'il vient de traverser ?

— As-tu remarqué le vide qu'elle renferme ? poursuit le vieil homme.

Le Maître se contente de sourire.

— Toute parole, tout geste, toute image est un commentaire sur Dieu qui le repousse inexorablement... Car Dieu est le vide parfait.

Chapitre 32

RAIMON DE TERMES

Abbaye de La Grassa

Les doigts dégoulinant de sauce et la bouche mordant à belles dents dans un pilon de poulet, Mgr Pons d'Arsac a écouté avec grande attention le rapport que lui a fait Raimon de Termes de son enquête sur les assassinats ainsi que de son entretien nocturne dans les latrines avec le moine invisible.

Assis près du secrétaire Rodéric, le jeune homme a déroulé, sans rien omettre, le récit des troublantes heures qu'il a vécues depuis son arrivée à l'abbaye. Tout est dit. Il se tait.

Un sourd grondement de tonnerre a ponctué ses dernières paroles. Au-dehors, la tempête approche.

Dans les prunelles de l'archevêque, les chandelles jettent de fauves lueurs annonciatrices d'un autre orage.

— Dieu ait pitié de son âme, lorsque nous en aurons fini avec lui, lâche Pons d'Arsac d'une voix vibrante de colère.

Entre ses mains, l'os de poulet s'est cassé dans un bruit sec.

Cependant, de qui parle-t-il ? Du mystérieux comploteur ou bien de l'assassin de Matéu et du tailleur de pierre ? Raimon ne saurait trancher.

L'archevêque s'est déjà ressaisi. Ayant trempé ses doigts dans un bassin d'eau claire, il les essuie ensuite avec délicatesse, se mettant à parler d'un ton rasséréné.

— Il va de soi, chevalier, que le chantage dont vous êtes l'objet ne saurait en aucune façon compromettre la mission d'enquête dont je vous ai investi. Ma confiance vous est acquise. Ne la décevez pas. Il est de la plus impérieuse nécessité de démasquer le criminel. N'épargnez pour cela ni votre temps ni votre peine… Toutefois, je conçois que l'acquisition de cette charte – si tant est qu'elle existe – vous préoccupe grandement.

— Monseigneur, davantage que tout autre fief ou alleu, les mines de Palairac fondent la pérennité de la seigneurie de Termes. Je ne saurais négliger l'opportunité qui se présente d'en assurer l'avenir, non plus que je ne saurais céder à l'odieux marché qui m'est proposé en échange. Dans un cas comme dans l'autre, il en va de l'honneur de mon sang. Cette charte me revient de droit.

La franchise du damoiseau déconcerte l'archevêque. Un esprit retors est toujours pris au dépourvu devant une âme sans détours.

Cependant, Raimon n'a rien laissé affleurer des confidences que Rodéric lui a faites concernant la succession de l'abbé Robertus. Tout néophyte qu'il soit en matière de politique, le chevalier a compris que Pons d'Arsac voulait faire élire à la tête de l'abbaye un homme qui lui serait tout acquis. En dépit de ce qu'il vient d'affirmer, la tête du comploteur lui importe plus que celle du criminel. Et c'est bien à ce sujet que l'évêque revient à la charge :

— Deux mille livres ne se trouvent pas sous le sabot d'un cheval !

— Toutefois, mon « marchand » – faute de mieux le nommer – ne doute pas que Votre Excellence puisse rassembler assez vite cette somme et m'en faire le prêt.

— Votre « marchand » n'est point sot… mais il est imprudent. En effet, comment pourrait-il…

À cet instant, la porte de la chambre où se tiennent les trois hommes s'ouvre avec fracas, interrompant brutalement l'archevêque qui jaillit de son siège avec grand courroux. L'homme qui vient de faire irruption est un serviteur de l'escorte archiépiscopale. Il se jette, tremblant aux genoux de son maître.

— Monseigneur ! Pardonnez-moi… Un homme a disparu !

— Eh bien quoi ? Chaque jour, à toute heure, en tout lieu, des hommes disparaissent. Est-ce une raison pour ne point frapper aux portes ?

Au lieu de répondre à l'archevêque, le serviteur se retourne et, d'une voix tremblante, s'adresse à Raimon de Termes :

— Las, messire chevalier, il s'agit d'un des hommes que Votre Seigneurie avait sous sa protection.

— Que dis-tu ? frémit Raimon. Serais-je censé protéger à moi seul l'abbaye tout entière ? D'où tiens-tu cette folie et qui donc a disparu ? Parle !

— Un des hommes qui taillent la pierre… je n'ai point retenu son nom, mais Sa Grandeur messire l'abbé vous réclame en grande hâte en son logis.

Deux moines surgissent à leur tour dans l'encadrement de la porte. L'un d'eux s'incline vers Raimon :

— Chevalier, notre abbé vous mande…

— … de venir le rejoindre ! s'exclame l'archevêque. Nous en sommes informés… allons-y !

Les deux moines échangent un regard inquiet. À l'évidence, la convocation de l'abbé ne concernait pas Son Excellence Pons d'Arsac, mais force leur est de s'incliner face à la détermination du prélat. Ils s'écartent au passage des deux hommes puis, une fois la porte franchie, pressent le pas pour les guider au long de la galerie dominant le cloître.

Jetant un coup d'œil par-dessus la balustrade, Raimon a le temps d'apercevoir en bas le fauteuil à roues de l'abbé, sortant de l'office de sexte, poussé par ses servants habituels. Il traverse le carré de gazon et disparaît presque au-dessous d'eux. L'éclair qui déchire soudain le ciel est d'une telle violence et le hurlement des nuées qui l'accompagne, tellement assourdissant qu'on croirait entendre l'abbaye frémir de toutes ses pierres. Raimon lui-même n'a pu réprimer un sursaut. Après l'explosion aveuglante, c'est comme une nuit qui tombe d'un coup, puis, peu à peu, revient une clarté diurne qui n'est pas vraiment celle du jour, mais une sorte de crépuscule malsain où l'on ne saurait distinguer un loup d'un chien.

Dans la galerie haute, les deux moines se sont arrêtés. L'un d'eux désigne une porte à double battant.

— Notre Révérend Père va regagner l'étage. Nous l'attendrons ici.

Raimon s'attend à voir l'abbé porté à bras d'hommes par ses servants, peut-être dans une chaise à bâtons. L'infirme ne saurait monter tout seul les degrés qui mènent à la galerie. À son grand étonnement, il voit les moines écarter en grand les deux battants de porte. Or ce n'est pas une pièce qui s'ouvre face à eux, mais plutôt une sorte de puits carré béant, aux quatre angles duquel pendent de gros cordages comme on en peut voir à bord d'un navire. Soudain les cordes se tendent, mues par une même traction, tandis que le cliquetis d'un engrenage résonne dans la cage vide. L'archevêque lui-même semble stupéfait. Le moine le plus proche lui glisse à mi-voix l'explication de ce prodige :

— Il y a quelques années de cela, lorsque la maladie a privé notre Révérend Père de l'usage de ses jambes, il a commandé cette machine au Maître de Cabestan. Celui-ci, fort savant en mécanique, a conçu l'appareil que vous voyez céans, inspiré des treuils et des poulies qui permettent le levage des plus lourdes pierres. Ainsi, notre seigneur abbé a pu conserver la jouissance de son logis d'étage auquel il est fort attaché. Il nomme cet artifice *ascentor paralytici.* Un seul homme suffit à le manœuvrer d'en bas.

Raimon est bouche bée. Jamais il n'a assisté à pareil spectacle ni vu une telle machine. Lentement, sans la moindre secousse, apparaît une vaste cage de bois ouverte sur le côté leur faisant face. Puis, graduellement, émergent du vide les ferronneries du dossier du trône à roues, le crâne chauve de l'abbé et enfin le vieillard tout entier, plus statufié que jamais, drapé dans les plis de sa coule noire, pareil à quelque idole pétrifiée, surgie du fond des temps et des entrailles de la terre.

Captivés par cette fabuleuse apparition ni Raimon ni l'archevêque n'ont entendu arriver frère Diego, le moine aux yeux de pierre bleue. Celui-ci entre d'un pas assuré dans la cage de l'*ascentor* et va se positionner derrière le trône à roues. Ce n'est qu'à ce moment-là que l'abbé s'anime, comme si la vie lui revenait soudainement. Au fond de ses orbites creuses, ses pupilles dardent leur noir regard vers ses visiteurs à qui il lance en guise de salut un sépulcral :

— *Dominus vobiscum !*

— *Et cum spiritu tuo*, répond l'archevêque avec un geste de bénédiction.

Raimon, lui, n'a rien dit, se contentant de s'incliner respectueusement.

Frère Diego pousse le siège à roues hors de la cage dont les deux moines referment la porte, puis, faisant un signe de tête que l'on peut interpréter comme une invitation à les suivre, il s'éloigne dans la galerie avec son vénérable attelage.

L'archevêque et le chevalier lui emboîtent le pas.

La pièce principale qui constitue le logis privé de l'abbé est un quadrilatère parfait délimité par quatre colonnes se rejoignant sous une voûte en croisée d'ogive. L'un des murs est percé d'une haute verrière composée de petits losanges taillés dans un verre plus translucide encore que celui du château comtal de Carcassonne.

De part et d'autre de la croisée, deux fresques d'une exquise finesse retracent, à sénestre l'Annonciation, et à dextre l'Assomption de la Vierge, rappelant la dédicace de l'abbaye à la très sainte Mère de Dieu.

Dès l'entrée, Raimon a été frappé par l'impressionnante bibliothèque dont les rayonnages remplis de splendides reliures occupent tout un mur. Ce n'est là que la collection personnelle de l'abbé. La bibliothèque de l'abbaye est réputée recéler plusieurs centaines de *codices* et même un certain nombre de *volumina* sur d'antiques papyrus datant de l'époque de Moïse. Sur le mur opposé, une tenture aux riches coloris masque l'alcôve qui doit contenir le lit de l'abbé Robertus.

Frère Diego vient d'installer ce dernier derrière une vaste table dont la couverture n'est point de bure grossière mais faite d'un précieux velours aux motifs en damier. D'un geste, il indique à l'archevêque et au chevalier deux cathèdres aux dossiers finement sculptés, les invitant à s'asseoir.

Ils sont tous les quatre, à présent, et Raimon s'étonne sans en rien laisser paraître de l'absence des deux autres moines composant la suite habituelle de l'abbé. Cela signifie sans doute que ce qui va se dire ici ne doit être entendu que d'eux seuls.

Une averse portée par l'ouragan s'abat en crépitant contre la verrière. On croirait entendre une volée de flèches tirée par des bataillons démoniaques. Ce fracas semble ranimer l'abbé d'une énergie nouvelle. Il relève son crâne dodelinant et lance vers Raimon sa première pique :

— J'escomptais m'entretenir avec vous seul à seul, chevalier de Termes, mais il n'est point mauvais que Mgr d'Arsac, par qui vous nous fûtes envoyé, soit informé de votre échec.

Décontenancé par cette attaque directe, Raimon jette un bref regard vers l'archevêque. Celui-ci affiche un visage de marbre. Il devra donc se défendre tout seul.

— Révérendissime Père, il y aurait grande injustice à reprocher son échec à quelqu'un qui n'a rien entrepris.

La réponse du chevalier a piqué Robertus au vif.

— N'étiez-vous point censé mettre votre épée au service de notre sainte maison ?

— Je l'y ai mise, hormis le temps où Votre Grâce me l'avait confisquée.

— Ne vous l'ai-je pas rendue presque aussitôt ?

— Certes. Depuis lors, elle n'a point quitté mon côté. Et, que je sache, nous n'avons à déplorer aucun crime nouveau.

— Un de nos hôtes est porté disparu.

— Disparaître n'est pas mourir, Votre Grâce. Rien ne prouve qu'il lui soit arrivé quoi que ce soit de fâcheux et peut-être le verrons-nous réapparaître aussi soudainement… J'ajoute que l'abbaye est fort vaste, que je n'ai que deux yeux, et qu'ils ne sont point aptes à voir ce qui se passe hors de leur portée.

— Surtout si vous êtes occupé à barboter dans une cuve et que votre regard ne puisse porter plus loin que les murs du *balneum* !

Cette nouvelle pique clôt les lèvres du damoiseau. Cette fois, l'abbé n'a point tort. Sans doute, Raimon n'aurait-il pas dû s'attarder si longtemps à écouter les propos du secrétaire, si instructifs fussent-ils.

— Puis-je m'enquérir auprès de Votre Grâce, des circonstances de cette… disparition ? En quel lieu, depuis quand et par qui a-t-elle été constatée ?

En guise de réponse, l'abbé se tourne vers le moine aux yeux d'aigue-marine.

— Frère Diego, veuillez faire entrer le tailleur de pierre et le menuisier, afin qu'ils témoignent devant nous.

Aussitôt le moine sort par une porte proche de l'alcôve. Raimon profite de ce mouvement pour quêter une réaction de l'archevêque. Celui-ci abaisse les paupières en signe probable d'approbation. À l'évidence, il souhaite laisser les choses suivre leur cours.

Déjà, frère Diego est de retour, suivi par les deux témoins qui attendaient dans la pièce voisine. Tous deux s'avancent timidement jusqu'au centre de la salle.

Le menuisier, un homme au corps massif et à la barbe hirsute, fait meilleure figure que le tailleur de pierre. Celui-ci, blond et dégingandé, âgé d'une trentaine finissante, affiche un masque où la gêne le dispute à l'effroi. Cela lui donne une apparence étrange de tristesse forcée, car ses lèvres aux commissures remontantes semblent plus aptes au rire qu'au chagrin. Alors que le menuisier se tient bien planté sur ses jambes, bras croisés, attendant qu'on l'interroge, l'imagier se dandine d'un pied sur l'autre, se frottant les mains comme s'il avait froid.

À leur entrée, l'abbé a fermé les paupières. On ne sait s'il dort ou bien s'il médite ou encore s'il cherche à mettre de la distance entre lui et cette fastidieuse rencontre. C'est donc frère Diego qui, après un instant d'hésitation, prend la parole à sa place.

— Messires, dit-il aux deux ouvriers, on souhaiterait entendre ici, avec la plus grande exactitude, ce que vous nous avez rapporté tantôt.

Après un bref échange de regards dénonçant leur malaise, le menuisier lance un coup de menton impérieux vers l'imagier. L'homme commence son récit dans une élocution chaotique.

— C'est Teubald, qu'il se nomme… celui qui a disparu. Teubald Piémont car du Piémont il vient. Pour moi, j'ai été baptisé León. C'est ainsi, chez nous… León on est, de père en fils, depuis toujours… Le père, il est mort à la guerre contre Toulouse, durant l'année 1142 de notre Jésus, au service du comte d'Anduze… La mère, qui était lingère au château, elle est morte aussi quelques mois plus tard… Moi, j'ai trouvé de l'embauche comme apprenti à l'atelier du Maître de Cabestan… Mais lui, le

Teubald, c'est plus tard qu'il est venu à l'atelier… Cet homme-là, c'était un pierreux des carrières qui connaissait bien son affaire… Râleur comme pas deux et prompt à la vindicte, mais brave cœur dans le fond et puis bon ouvrier… Même que, quand Thomas-le-Boiteux, il a été tué, le Teubald, il a cru un moment qu'il deviendrait chef de l'équipe. Mais le Maître voulait que c'était le Valerian, son frère à lui, qui dirigerait le chantier de La Grassa… Les ordres du Maître, ça se discute pas… Pas un mot, qu'il a dit, le Teubald, mais je sentais bien qu'il en pensait pas moins, à rouméguer[1] tout au long du chemin, sans pas même nous parler de longtemps… Aussi quand, hier matin, le pauvre Valerian s'est retrouvé pendu à la cloche, je me suis pensé : « Voilà bien le malheur des uns qui fait le bonheur des autres !… » Mais j'étais tout à fond dans l'erreur… Faut dire : tant il avait de chagrin, le Teubald, qu'il songeait même plus au chantier à venir… Et puis la peur le tenait aussi… À plus rien, qu'il songeait, sauf de partir d'ici, où c'est que le diable, il niche partout, qu'il disait comme ça !

Le tailleur de pierre s'interrompt, le temps de se signer par trois fois de la dextre tout en empoignant ses génitoires de l'autre main.

Raimon profite de ce que le flot verbal s'est tari :

— Étiez-vous restés ensemble, tous les trois, conformément aux consignes de Son Excellence l'abbé Robertus ?

— Pour sûr, monseigneur. On ne s'est point quittés depuis la mise en terre du pauvre Valerian – Dieu ait son âme !

Le menuisier, qui jusque-là s'était contenté d'approuver les propos de son compagnon par quelques mouvements de tête, fait un pas vers le chevalier. Puis il se met à parler, d'une voix où roulent toutes les rocailles des Corbières :

1. De l'occitan, « râler en grognonnant ».

— C'est à l'arrrivée du corrrtège de Sa Seigneurrrie l'arrrchevêque que le Teubald a disparrru... Tout du moins, c'est aprrrès qu'on s'en est aperrrçus. Il y a eu un grrrand rrremuage de gens et de bêtes et j'ai prrrêté la main pour dirrriger le monde verrrs les logis et les écurrries.

— Moi, c'est un valet qui m'a demandé de l'aide pour tirer un gros coffre de sur une charrette, ajoute León.

— Faut voirrr que les uns étaient déjà dedans la courrr, quand y en avait encorrre qui se trrrouvaient au-dehorrrs.

— Le coffre, on l'a posé après la porte du logis des convers et, quand je me suis redressé, j'ai vu Serpette qui s'éloignait avec une mule et un des hommes du monseigneur.

— Serpette ?

— C'est la façon qu'on m'appelle, rrrapporrrt à l'instrrrument qu'on nomme ainsi.

— Et moi, je me suis dit comme ça que le Teubald était avec Serpette.

— Et moi, j'ai crrru qu'il se tenait avec León. Mais quand on s'est rrretrrrouvés tous deux, on a bien vu qu'il y était point.

— Avant de donner l'alerte, on s'en est allés aux latrines au cas où il s'y tiendrait... Ensuite, nous sommes montés avec un autre des convers jusqu'au dormitoire où on a trouvé toutes ses affaires, pareilles qu'il les avait laissées.

À n'en pas douter, les deux hommes disent la vérité. Si nécessaire, il sera aisé de vérifier leur témoignage auprès des serviteurs à qui ils ont prêté main-forte.

Raimon regarde le tailleur de pierre :

— Vous avez dit que votre compagnon Teubald voulait partir de l'abbaye. Du temps que la porte est restée ouverte, n'a-t-il pas pu en profiter pour s'enfuir ?

— S'en va-t-on par la campagne sans rien d'autre qu'une cotte sur soi ?... Surtout avec l'orage qui menaçait déjà. C'est courir bien grand péril !

L'objection est raisonnable. Raimon se tourne vers frère Diego.

— A-t-on commencé à fouiller l'abbaye ?

— Sous la direction de nos frères Albéric et Josep, une dizaine de convers ont été chargés des recherches… Jusqu'à présent sans aucun résultat.

Il n'y a rien à rajouter à cela. Dans le silence qui suit, chacun écoute s'éloigner en grondant l'orage coléreux. Le déluge qui frappait le vitrage s'est transformé en une pluie moins menaçante.

— Frère Diego, reconduisez ces gens… Nous avons à parler. Vous veillerez aussi à stimuler les recherches.

La voix caverneuse qui vient de prononcer ces mots est celle de l'abbé Robertus. Alors qu'on le croyait bel et bien endormi, rien ne lui a échappé de ce qui vient de se dire.

À peine León l'imagier et le menuisier Serpette sont-ils sortis qu'il pointe son regard de rapace sur Pons d'Arsac.

— Tant de tumulte et de chaos dans cette demeure vouée à la prière, au labeur et au silence ! Voilà qui ne sied guère au service de Dieu.

Aux yeux de braises de l'abbé, l'archevêque répond en plissant benoîtement les paupières, avant d'articuler d'un ton placide :

— Croyez bien que je compatis grandement au déplaisir qu'en éprouve Votre Grâce. Et soyez très assuré que, si nous n'avions pas été alertés par le désordre qui régnait dans cette abbaye, nous n'aurions point osé y rajouter l'embarras de notre présence.

— L'embarras sera de moindre nuisance à proportion de ce qu'il sera bref.

— Nous n'avons de plus cher désir que d'y mettre un terme. Croyez bien que nous lèverons le camp sitôt que nous vous verrons lavé de tous les soupçons qui pèsent sur Votre Grandeur.

À ces mots, l'abbé réagit, comme mordu par un serpent.

— Que dois-je entendre ?

— Rien de plus que ce que j'ai dit… En vérité, mes propos s'adressaient, davantage qu'à quiconque, au chevalier de Termes qui n'est peut-être pas bien informé des tenants et aboutissants de votre fonction non plus que des charges qui s'y attachent.

Raimon, qui ne s'attendait pas à être ainsi nommé, tourne un visage étonné vers l'archevêque. Celui-ci poursuit son explication :

— Bien qu'elle s'exprime par la voix des hommes, l'élection d'un abbé ne fait que rendre manifeste le choix de Dieu. Ce qui a pour conséquence de rendre l'élu responsable devant Lui de toutes les fautes commises par ses frères.

Une nouvelle fois, l'abbé frémit :

— Mes frères n'ont commis aucune faute qui n'ait été effacée par le sacrement de la confession.

— Devrais-je comprendre que l'un d'entre eux a reconnu les crimes perpétrés sous votre toit ?

— Bien sûr que non !

— Bien sûr que non, répète le prélat d'un ton paisible. C'est pourquoi nous resterons ici jusqu'à ce que soit découvert l'assassin et que soit retrouvé, mort ou vif, cet artisan qui a disparu… Que la faute soit d'un moine ou de qui que ce soit, nous devons faire lumière de toutes ces ténèbres.

Placé à égale distance entre Pons d'Arsac et Robertus, Raimon de Termes apprécie en homme d'action le duel sans pitié que se livrent ces hommes d'Église. Le choc des mots vaut bien celui des armes. Pour feutré qu'il soit, il n'en est pas moins redoutable. Mais Raimon se souvient du conseil que lui a donné le secrétaire de ne faire allégeance ni à l'un ni à l'autre. Il va donc tâcher de s'affranchir des deux à la fois. Profitant d'un instant de silence, il se lève de sa cathèdre et vient poser genou en terre devant l'archevêque.

— Monseigneur, hier Votre Excellence m'a demandé de protéger cette sainte abbaye. Or, par infortune, je n'ai pu prévenir la disparition d'un homme. D'autre part, l'arrivée des gens d'armes de votre escorte devrait, à présent, suffire à la sécurité de tous. Aussi, pour ces deux motifs, je prie Votre Excellence de bien vouloir me relever de mon engagement et de me rendre la liberté de mes mouvements.

Cette requête inattendue prend l'archevêque au dépourvu. Il ne comprend pas où Raimon veut en venir. Après tout, peu lui importe... Il sait que le damoiseau a besoin de lui.

— Chevalier, si tel est votre désir, j'y consens... *Amen*.

Raimon baisse la tête pour recevoir la bénédiction, puis il se relève, s'adressant à présent à l'abbé.

— Révérendissime Père, je supplie Votre Grâce d'oublier un instant mon imprudence à m'être trop attardé au *balneum*, mais qu'elle daigne, en revanche, se souvenir de la rapidité que je mis à résoudre l'énigme de la vermine dans le livre ainsi que celle de la sandale de frère Matéu.

— Je n'oublie rien. Y compris les qualités dont Dieu vous a doté, mon fils.

Raimon a choisi de n'entendre que la deuxième partie de la phrase de l'abbé.

— J'ose avancer que je ne serai guère plus long à percer le mystère de cette disparition. J'ai ouï dire que le frère que Votre Grandeur avait missionné à Saint-Hilaire serait de retour à La Grassa... Aurait-il rapporté quelque connaissance qui pourrait être utile à mes recherches ?

— Hélas ! pas la moindre.

L'abbé a accompagné son mensonge d'un air qui reflète l'affliction la plus sincère. Le chevalier crispe ses doigts sur la garde de son épée, mais son visage ne laisse rien transparaître de sa colère. C'est d'une voix très sereine qu'il poursuit :

— À l'écoute du récit de nos artisans, je suis convaincu que leur compagnon n'est pas mort et qu'à l'heure qu'il est il ne doit pas être bien loin.

— Fasse le Ciel que vous ayez raison.

— De même suis-je très assuré de trouver d'ici peu le coupable des crimes qui ont frappé Saint-Hilaire et La Grassa.

L'abbé Robertus a planté ses prunelles dans celles de Raimon. Une fois de plus, le jeune homme se sent scruté jusqu'au fond de l'âme par ce regard de ténèbres auquel il oppose son plus lumineux sourire.

— Votre jeunesse me fait excuser une si grande assurance que l'on pourrait prendre pour de l'orgueil.

— Révérendissime Père, il n'y a ni orgueil ni superbe à affirmer ce dont on est capable et que l'on sait pouvoir accomplir.

À l'instant même où Raimon a prononcé ces mots, quelque chose a filtré dans le regard de l'abbé qui semble une lueur de victoire et qui disparaît aussitôt.

— Eh bien, qu'il en soit ainsi. Et pour preuve de l'importance que j'attache à la capture du criminel, je m'engage à vous en donner récompense si vous y parvenez.

— Un chevalier trouve sa récompense dans le seul accomplissement de son devoir.

— Je ne voulais point vous offenser. Disons qu'il s'agira d'un échange entre nous… Voici ce que je vous propose : la tête de l'assassin contre les terres litigieuses de Palairac. Voilà qui mettrait un terme définitif à cette querelle qui n'a que trop duré entre notre abbaye et la seigneurie du Terménès. Je vous octroie trois pleines journées pour débusquer le coupable. Passé ce délai, vous serez relevé de tout engagement… Qu'en dites-vous ?

Raimon ne dit rien. Il pose une main sur son cœur, s'agenouille et incline la tête. Signe d'acquiescement, bien sûr, mais c'est aussi pour mieux cacher l'exultation qu'il peine à maîtriser. À présent, c'est une certitude : le moine des latrines est dans le secret de l'abbé. Or ce n'est pas frère Diego dont la voix bien timbrée ne ressemble en rien à celle du comploteur. Il s'agit donc d'un des deux autres : Albéric ou Josep. Ceux-là mêmes que l'abbé a chargés de diriger les investigations. Pouvait-on faire plus mauvais choix ? Mais, de la part d'un pareil fourbe, ne serait-ce point là une ruse de plus ?

Chapitre 33

DAME ALOÏS

En route pour Fabreza

Lorsque l'enfant Guilhem a déclaré tout à trac qu'ils se trouvaient dans « l'abri de sire Enric et de sire Gari », dame Aloïs et Rotland ont échangé un regard de stupeur. Est-il possible que le hasard les ait conduits à l'endroit même où Enric a été violenté ? Si tel est le cas, ce ne peut être que par le bon vouloir de Dieu. Mais comment l'enfant peut-il en avoir la connaissance, lui qui n'est jamais allé plus loin que les vergers de Narbonne ? A-t-il vraiment le don de double vue ? Passe encore que ses rêves lui montrent l'invisible, mais en plein jour et tout éveillé il faudrait qu'il soit la proie de quelque enchantement. Aloïs aime mieux chasser cette effrayante idée. Elle applique son attention à ce lieu où ils ont trouvé refuge. Il est vrai que cette grange aux dimensions inaccoutumées et à la porte close d'une serrure pourrait correspondre à la description qu'en a fait Gari. Mais moult granges peuvent ressembler à celle-ci. Quel dommage de ne pas lui avoir demandé davantage de détails !

Rotland, lui, ne s'encombre pas de tant de considérations. Il s'est approché de l'enfant qui joue avec sa souris, s'accroupit face à lui, tout en chatouillant Mirgo avec un brin de paille :

— Tu es sûr que nos amis sont venus ici ? demande-t-il, l'air de ne pas trop y attacher d'importance.

— Oui-da !

— C'est ta souris qui te l'a dit ?

Guilhem pouffe en haussant les épaules comme devant une absurdité.

— Mirgo ne parle pas… Seulement dans les rêves.

— Tu l'as deviné tout seul ?

— Que nenni !

— Mais alors, comment le sais-tu ?

— À cause de ça…

Négligemment, il pointe son index vers le sol, tout près d'une roue du chariot.

Il faut un peu de temps à Rotland pour découvrir ce que Guilhem a désigné. C'est un petit objet de bois en forme de fuseau dont la couleur le fait presque se confondre avec la paille répandue.

— Qu'est-ce que c'est ? interroge dame Aloïs qui a écouté discrètement leur échange.

Rotland tend vers elle sa paume où repose l'objet. Un cri de surprise lui échappe.

— C'est une perle de buis sculpté. Elle provient d'un sac de voyage qu'Enric a conservé de son ancienne vie de marchand. Le fermoir en est fait de quatre lanières tressées, terminées chacune par une perle identique. Il avait ce sac avec lui lorsqu'il nous est revenu blessé, mais je n'avais pas remarqué qu'il y manquait un fermoir.

— Vous êtes sûre de ne point vous tromper ?

— Regarde ce motif gravé tout autour du fuseau. Des perles de cette sorte, de ma vie je n'en ai point vu d'autres. Et d'ailleurs Guilhem – qui remarque tout – ne s'y est pas trompé… Il a raison, nous sommes bien à l'endroit où nos frères se sont abrités.

Songeuse, la jeune femme contemple un instant le fuseau de buis, puis elle le glisse dans sa ceinture.

Cette trouvaille la rend perplexe, bien qu'elle n'ose rien en laisser paraître. Rotland doit ressentir le même embarras car le voici qui s'interroge, formulant à haute voix le sujet même de leur trouble :

— Est-il possible que la perle se soit détachée toute seule ?

— Je ne le crois pas… les liens étaient de lin étroitement tressé et ne montraient point d'usure.

— Il faut alors que le sac ait été arraché vivement pendant l'attaque qu'a subie messire Enric.

— Sans doute, répond Aloïs qui ne sait que penser.

— Mais notre frère Gari ne nous a-t-il point dit que la bagarre s'était déroulée au-dehors tandis que lui dormait ici même, sous l'appentis, et qu'il n'avait rien vu ni ouï de ce qui s'était passé.

— C'est bien ce qu'il a dit.

— Alors, comment la perle peut-elle se trouver ici ? Elle ne peut avoir roulé, puisque la pente est dans l'autre sens.

— Elle a peut-être rebondi, hasarde Aloïs sans trop y croire, car la forme fuselée se prête mal au rebond.

À la vérité, elle s'en veut de n'avoir point questionné Enric davantage. Bouleversée par les conséquences de cette agression, elle ne s'était pas assez attachée à en connaître toutes les circonstances. Il est trop tard et le remords la serre en son cruel étau. Une affreuse pensée la tourmente aussi. Est-il possible que Gari ait menti ? Que le drame ne se soit pas passé ainsi qu'il l'a narré, mais d'une tout autre façon ? S'est-il enfui à l'approche des assaillants ? A-t-il eu honte ensuite de sa couardise ? Si tel était le cas, Enric lui-même n'en aurait rien dit, tant est grand son sens du pardon.

— Finie, la pluie ! lance joyeusement Guilhem qui s'est redressé, sa cage à souris en bandoulière.

La colère du ciel s'est apaisée. De vastes îles sombres s'éloignent dans la mer des nuées. Un pan d'azur effiloché s'esquisse à l'horizon.

L'arrière du chariot est détrempé, mais la bâche de lin huilé a protégé le chargement de laine. Rotland renonce à enfiler sa tunique mouillée. Elle séchera en cours de route. Avant de l'ôter, il avait pris la précaution de dissimuler le long de sa cuisse le couteau qu'il a dérobé la veille, à la maison. La lame emmaillotée d'un chiffon fait une grosseur suspecte. Aussi garde-t-il le haillon de berger dont il s'est enveloppé de crainte qu'Aloïs ne le découvre. Bien qu'il sache avoir commis là une faute, le garçon ne regrette pas de s'être armé secrètement pour le voyage. Si Guilhem a dit vrai, non loin dans les massifs montagneux rôde cet homme qu'il nomme « le tueur d'anges ». S'ils doivent l'affronter, tant vaut-il que ce ne soit pas à mains nues. Sans compter les autres dangers qui peuvent surgir au détour d'un sentier, bêtes féroces ou malandrins pour qui tout voyageur est une proie. À l'idée d'un possible combat, le cœur du jeune homme bat plus fort et s'enfle de fierté car telle est sa bravoure qu'il ne laissera personne mettre à mal l'enfant Guilhem ni la belle Aloïs vers qui il tourne son regard.

Pour ne point mouiller le bas de sa cotte, la jeune femme en a relevé les pans glissés dans sa ceinture. Alors qu'elle se penche pour ranger dans le chariot le sac contenant leurs provisions, Rotland ne peut se retenir de caresser des yeux le galbe des mollets, la fine attache des chevilles et la peau nacrée comme un coquillage qui doit être bien douce au toucher… Allons, il faut se mettre en route et chasser de son esprit ces pensées peccamineuses qui sont, d'après les Vrais Croyants, le plus court chemin vers la damnation.

Le petit convoi descend à pas prudents la prairie toute fumante de vapeur sous les premiers rayons du soleil. Du tumulte furieux de l'ouragan, il ne reste plus trace. Un parfum de terre mouillée emplit les narines. Quelque part, le chant d'un oiseau invisible orne de ses trilles les trouées du silence. En dépit de septembre, il flotte dans l'air une réminiscence de l'été.

Dame Aloïs et Guilhem suivent le chariot, veillant à éviter les mille éclats du ciel à l'envers dans le miroir des flaques d'eau. Rotland, la longe de Midas à la main, marche en tête. L'âne, rasséréné, agite doucement ses oreilles de velours. Il trottine bon train, sans qu'on ait besoin de le stimuler de la baguette.

Le ruisseau, qui était à sec une heure plus tôt, charrie à présent une eau terreuse. Heureusement qu'ils n'ont pas à le franchir. Bientôt, ils vont laisser à sénestre le hameau de Villarubia et piquer vers le septentrion où se trouve Fabreza. Bientôt, ils toucheront au but de leur voyage. Qui sait comment ils seront accueillis ? Leur offrira-t-on un lit pour dormir ? À la pensée de passer la nuit auprès d'Aloïs, l'imagination de Rotland lui présente mille images qu'il voudrait fuir. De la chair, il sait déjà maintes choses, mais il ignore tout de ce qu'amour signifie. Enfant, dans leur masure de pêcheurs, il entendait parfois les ébats de ses géniteurs sur leur paillasse et cela n'était guère différent de ce que font les bêtes. Plus tard, lorsque le poil lui vint et que la verge se mit à le démanger, il trouva à s'assouvir en quelques occasions auprès d'une fille des étangs de Bages qui s'offrait volontiers en échange d'une poignée de sardines pour peu qu'on la prît comme on prend un garçon. Hélas ! elle se refusait de toute autre manière, n'importe comment qu'on l'en priât. Tant bien que mal, Rotland y trouvait son compte, bien que le jeu ne fût guère différent de ce qu'il lui arrivait de faire avec d'autres fils de pêcheurs de son âge en appétit de fornication et tout autant que lui en manque de donzelles.

Ce n'est que peu à peu, à force de sermons d'église et de taloches paternelles, qu'il avait fini par se convaincre que le corps est aux ordres du diable et qu'un plaisir fugace se paie au prix d'une éternelle damnation. « Notre chair est une ânesse lubrique, qu'il faut châtier sans cesse ! » tonnait le prêtre à chaque messe.

Les craintes de Rotland s'étaient un peu apaisées quand, par la doctrine de la Vraie Foi, il avait appris que l'on peut se réincarner maintes fois jusqu'à telle fin que l'âme purifiée trouve à jamais son salut dans le giron de Dieu. Sans doute était-il une âme trop jeune. Il était prêt à patienter.

Cependant, dans la proximité quotidienne de dame Aloïs, Rotland avait senti naître en lui quelque chose de neuf. À l'emballement des sens se mêlait désormais une douce rêverie où le désir se trouvait presque satisfait d'un simple regard échangé, d'un frôlement impromptu ou d'un mot d'amitié prononcé dans un sourire. La tentation de la chair était toujours violente, mais il s'y ajoutait un supplément d'esprit qui, un jour peut-être, la maintiendrait sous le boisseau. Du moins l'espérait-il sans trop y croire.

Ces pensées trop agitées inquiètent le jeune homme. Saura-t-il refréner ses instincts en toutes circonstances ? Et que se passera-t-il cette nuit si, au contact de la femme désirée, son bas-ventre venait à s'enflammer comme il le fait à présent ? Il ne veut point courir un tel péril.

D'un geste vif sur la longe, il arrête Midas et lance vers l'arrière du chariot :

— Attendez-moi un instant !... Un besoin me presse de grande urgence !

Et, bondissant par-dessus le hallier, il gagne le sous-bois en quelques enjambées, dénouant à la hâte les cordons de ses braies. Quelques minutes suffiront. Le temps de laisser s'épancher sa nature et d'irriguer le tapis de verte mousse d'une montée de sève par trop impétueuse.

Chapitre 34

JORDI DE CABESTAN

En route pour La Grassa

Longue est la route et longues sont les heures à cheminer par ces drailles qui taillent dans la garrigue, tout en haut des monts. Jordi de Cabestan a choisi cette voie qu'empruntent pâtres et chevriers, car elle est la plus droite et offre à la vue une portée de plusieurs lieues. Sur ces hauteurs, le voyageur court moins de risque de s'égarer que par les sombres vaux ou les combes boisées.

Alternant le pas et le trot pour ne point épuiser sa monture, voilà plus de deux heures qu'il chevauche sans avoir rencontré âme qui vive. L'orage a terré chacun en son terrier. La menace s'éloigne maintenant vers le sud en direction des terres d'Hispanie.

Afin d'occuper son voyage, maintes fois Jordi s'est efforcé de fixer sa pensée sur le sarcophage de saint Sernin, imaginant les mains agiles du jeune Peire en train de travailler l'argile. À coup sûr, à l'heure qu'il est, l'apprenti doit être au tiers de la tâche.

Et cela, fatalement, ramène les pensées du Maître vers la remembrance des morts récents et l'accusation de malédiction qu'on lui a jetée au visage. Il en a le cœur tout dolent. Pareil ruminement de l'âme ranime en lui la colère qu'il voulait chasser. Il revoit Peire lui parlant de la corde qui a servi à attacher Thomas et disant : « C'est moi qui l'ai fabriquée… » Il revoit le visage de

Teubald s'assombrir quand il lui a appris que le chantier de La Grassa serait dirigé par Valerian. Comme s'il se sentait dépossédé d'un espoir. Mais comment Teubald, qui travaille avec eux depuis si longtemps, pourrait-il être devenu un « ennemi des images », impitoyable meurtrier de ses propres compagnons ? C'est impossible ! Mais qui d'autre que lui aurait pu dérober ce cordage ?… À la vérité, n'importe qui pouvait s'en emparer. Les carrières de Petra-Talada ne sont pas réservées au seul Maître de Cabestan. D'autres ateliers y travaillent aussi. Moult gens s'y croisent à toute heure du jour, ouvriers, maçons, commanditaires et manœuvres, sans que tous soient connus de chacun. De plus les entrepôts de cordes et de bois sont à ciel ouvert et quasi sans surveillance. « Oui, cette corde, n'importe qui peut l'avoir volée », se répète le Maître tant il veut innocenter son compagnon. Et puis, La Grassa n'est plus bien loin. Encore peu de temps et il pourra questionner l'ouvrier.

Tant il est préoccupé qu'un brusque écart de son cheval manque de le désarçonner. Le navarrin, les oreilles en arrière, lance une vive ruade et part soudain au triple galop. Par chance, le Maître est bon cavalier. *In extremis*, il s'est accroché au pommeau de la selle. Jouant du mors, de la voix et des jambes, il parvient à ramener peu à peu sa monture au trot, puis au pas, enfin il l'immobilise, le temps qu'elle s'apaise. Mais l'animal ne cesse de rabaisser ses oreilles tout en piaffant et renâclant nerveusement. Quelque chose lui fait peur.

Cernée de genévriers et de buis ras, la draille longe un ravin peu escarpé, mais d'une hauteur suffisante pour que l'on n'en voie pas le fond. C'est par ce ravin que le cheval paraît effrayé. Le Maître se hausse sur ses étriers sans rien distinguer d'autre qu'une sente naturelle à découvert faite d'un écroulement du massif rocheux. Un peu plus bas, la végétation s'épaissit jusqu'à former des bosquets au-delà desquels commence la forêt. C'est de là que vient la peur. Une menace dans l'air qu'a sentie le cheval mais qui reste indétectable pour un odorat humain. Le Maître a beau scruter le fond de la ravine et plus loin du côté des arbres, ses yeux sont impuissants à percer la nature touffue.

Entre ses jambes, le cheval frissonne. Il pousse un long hennissement et se cabre tout à coup. Et soudain Jordi voit et son sang se glace. C'est une sombre coulée de fourrure vivante qui jaillit au fond de la ravine à la vitesse d'un torrent. Des loups ! Une horde de loups déboulant d'entre les rochers et qui fonce droit sur eux, remontant le flanc du ravin. Il y a là sept ou huit bêtes de forte taille, peut-être davantage, courant et bondissant comme des créatures infernales, muscles bandés, échines hérissées. Les cailloux de la sente volent sous leurs griffes acérées. Ils sont encore à quelques toises de la draille, mais la distance diminue d'instant en instant. S'ils attaquent tous ensemble, il sera impossible d'échapper à leurs crocs. Et ce n'est pas son simple coutelas qui empêchera le Maître d'être dévoré vivant par la meute déchaînée. Que l'un d'entre eux s'agrippe à la gorge du cheval et c'en sera fini. Il est trop tard pour faire volte-face et tenter de leur échapper. Ils auront tôt fait de rattraper le navarrin déjà fatigué par sa longue marche.

Alors le Maître choisit la solution la plus folle sans doute, mais il n'en voit pas d'autre. Donnant des talons à toute force et poussant un cri de toute la puissance de ses poumons, il lance sa monture au triple galop, droit devant, au moment même où la horde leur fait face, surgissant de la ravine. L'instant d'après, c'est le choc et la stupeur. Les loups, courant à folle allure, n'ont pas vu venir le cavalier. La masse de muscles, fonçant sur eux, va les percuter de plein fouet. Pris d'un élan prodigieux, le cheval bondit au-dessus d'eux comme pour franchir un talus. Mais, trompé par la distance, il retombe sur l'une des bêtes fauves. La vitesse est telle que le ventre du loup, piétiné, éclate sous les sabots ferrés. Un autre est projeté sur le côté, le reste de la horde se fend en deux au milieu des glapissements, pareil à un courant furieux s'ouvrant sur la pile d'un pont.

Le cheval s'est remis d'aplomb en un rétablissement miraculeux sur ses antérieurs. Ils sont sauvés, mais le Maître le talonne encore pour fuir le plus loin, le plus vite possible. La meute désorganisée peut se ressaisir, faire demi-tour et se lancer à leur poursuite. Or, rien de tout cela ne se produit et, lorsque Jordi ose enfin se retourner, il ne voit derrière eux que la draille déserte à perte de vue. Les loups ont poursuivi leur course éperdue vers le sud. C'est donc qu'ils ne venaient pas sur eux pour les attaquer. Sans doute avaient-ils le vent dans le dos, aussi ne les avaient-ils peut-être même pas sentis. Mais pourquoi une horde de loups se hasarde-t-elle en terrain découvert presque au mitan du jour ? Et pourquoi fonce-t-elle à pareille vitesse droit devant soi ?

C'est au débouché d'un virage, alors que le sentier de plus en plus en plus escarpé les mène au sommet du plateau, que Jordi de Cabestan découvre la réponse. Au fond de la vallée, la forêt est en feu.

Chapitre 35

RAIMON DE TERMES

Abbaye de La Grassa

Raimon a laissé Robertus et Pons d'Arsac en tête à tête. Au sortir du logis de l'abbé, le chevalier n'a plus qu'une hâte : en finir au plus tôt avec cette affaire de charte. Pour cela, il doit faire savoir au comploteur que le marché est conclu et que l'argent lui sera remis ; même si rien de tel n'a été établi entre lui et l'archevêque. Son plan est d'attirer le traître dans un piège afin de le confondre et de mettre la main sur le document.

De sa cotte, il tire prestement le morceau de toile blanche que Lucas avait pris soin de déposer avec ses vêtements sur le banc du *balneum*. Et, suivant les consignes, il le noue à la garde de son épée. On ne peut qu'avoir l'œil attiré par cet étrange ornement qui se détache sur le fond bleu intense du vêtement.

Parvenu au bas des marches, Raimon emprunte le déambulatoire, faisant un tour complet du cloître, prenant le temps de s'attarder ici ou là dans la feinte contemplation des figures sur les chapiteaux historiés. Il sait que, quelque part, des yeux l'observent. Que quelqu'un l'épie dans l'attente du signal convenu. Désormais, il est sur le point de mettre un nom sur son mystérieux interlocuteur de la nuit passée. Il ne peut s'appeler qu'Albéric ou Josep. Il regrette de n'avoir pas davantage prêté attention à l'aspect de ces deux moines qui, avec frère Diego, forment l'entourage immédiat de l'abbé Robertus. Il faut dire que Diego, le plus jeune des trois, est aussi celui qui agit et prend la parole quand les deux autres se tiennent plus en retrait, le plus souvent cantonnés dans leur rôle de pousseurs du trône roulant.

Estimant qu'il s'est suffisamment exposé dans le cloître, Raimon poursuit sa promenade autour de l'abbatiale, puis vers les ateliers où chacun a repris son labeur. Il se rendra ensuite aux écuries. Il lui presse de seller Drac et de se mettre en quête de l'imagier Teubald ; mais il veut être sûr, auparavant, d'avoir été vu par l'homme des latrines.

De lieu en lieu, le damoiseau à l'épée enrubannée croise des convers allant par trois, l'air soucieux, échangeant entre eux quelques mots à voix basse. Certains le saluent au passage.

— Toujours rien ? interroge-t-il.

— Las ! Toujours rien, messire.

Ce sont les fouilleurs de cachettes, lancés sur ordre de l'abbé à la recherche de l'artisan disparu.

« Vaines démarches ! » songe Raimon pour qui la fuite du tailleur de pierre ne fait aucun doute. Si, comme l'a dit son compagnon, l'homme ne rêvait que de s'enfuir, l'occasion offerte par l'ouverture des portes à l'arrivée de l'archevêque n'était que trop belle.

— Chevalier !

Raimon se retourne. C'est frère Flavian, le géant au clair visage, qui vient de l'interpeller.

— Ah, chevalier ! je désespérais de vous trouver ! lâche-t-il dans un souffle. On ne doit point me voir tout seul en votre compagnie, aussi je vous prie de ne pas m'interrompre et d'écouter d'un trait ce que je vais vous dire tout à trac.

Sans cesser de parler, le géant presse l'allure, dépassant Raimon qui lui emboîte le pas, comme si tous deux allaient de conserve vers l'écurie.

— Je vous écoute, frère Flavian.

— Voici : hier, peu après que furent mis en terre les deux malheureux trépassés, notre frère Albin, le cellérier qui avait été missionné à Saint-Hilaire, est revenu porteur d'une nouvelle qui pourrait vous être de quelque utilité. Nous la tenons du portier à qui Albin en a parlé et qui l'a rapportée à frère Sauveur qui me l'a donnée pour très véritable. Il paraîtrait donc, au dire de l'archiviste de Saint-Hilaire, que le criminel serait un ancien moine ayant viré hérétique. Un certain Gari Destarac, dont on pense qu'il a trouvé refuge à Narbonne en quelque maison tisserande. Le Maître de Cabestan serait à sa recherche… Je ne saurais vous en dire davantage. Pardonnez-moi de ne pouvoir m'attarder plus avant en votre compagnie. Souvenez-vous de ce nom : Gari Destarac.

Et, faisant soudain volte-face, le moine revient sur ses pas et s'éloigne, la mine préoccupée, comme s'il venait de se souvenir à l'instant de quelque affaire importante.

Raimon a poursuivi son chemin, s'efforçant de conserver une allure naturelle et un visage impassible, alors même qu'une ire violente monte en lui. Son mystérieux interlocuteur des latrines ne lui a donc pas menti. La nouvelle qui vient de lui être confirmée renforce le camouflet que lui a infligé Robertus. Il soupçonnait l'abbé d'avoir l'esprit retors. Il a la preuve flagrante que celui-ci se joue de lui sans vergogne. Depuis la nuit dernière, Robertus connaît non seulement le nom du suspect, mais aussi celui de l'homme chargé de le retrouver. Voilà pourquoi il lui a proposé de si bonne grâce son marché de dupes. Le délai de trois jours qu'il lui a concédé n'est qu'une ruse de plus. Pendant que Raimon mènerait de son côté son enquête hasardeuse, l'abbé s'occuperait de faire arrêter lui-même l'hérétique sur qui pèsent les soupçons avec l'aide du Maître de Cabestan.

Le chevalier comprend mieux, à présent, pourquoi son interlocuteur sans visage lui a dénoncé la duplicité de l'abbé à son égard. S'il n'est pas jusqu'au responsable des cuisines qui n'ait entendu parler de Gari Destarac, c'est bien que l'abbaye tout entière est au courant et, au premier chef, celui qui en est le maître.

Raimon s'est arrêté. D'un œil furieux, il considère les hauts murs qui l'entourent. Tout lui semble hostile, jusqu'aux pierres qui le narguent de leur mutisme monacal. Bénis soient les frères Sauveur et Flavian ! Ce sont les seuls amis qu'il ait dans la place. Sans eux, il se jetait tête basse dans le piège tendu par l'abbé. Encore que rien ne garantisse que la piste de l'hérétique soit la bonne, mais il n'en existe pas d'autre pour l'instant.

Cependant, Narbonne est loin. Le chevalier n'y connaît personne. Son père, proche en son temps de la vicomtesse Ermengarde, fréquentait parfois son palais, mais lui-même était trop jeune pour avoir été invité à sa cour. Et puis la chasse et les expéditions dans les terres du Terménès l'occupaient par-dessus tout. Sans compter les années passées à Carcassonne pour y accomplir son temps de page et d'écuyer auprès du seigneur Trencavel.

À y bien réfléchir, le seul personnage de haut rang qui pourrait lui venir en aide est Pons d'Arsac. Si l'on en croit son secrétaire, Narbonne ne doit pas avoir beaucoup de secrets pour l'archevêque. Il est même fort probable, sachant la haine que le prélat voue aux hérétiques, qu'il détienne une liste exacte de ceux de son diocèse.

En quelques pas, Raimon se retrouve face à la porte des écuries. Lucas s'y tient, installé sur un banc, affairé avec deux autres serviteurs à graisser les harnais et licols du cheval de leur maître.

— Lucas, quand tu auras achevé ton ouvrage, selle Drac et prépare ma cotte de mailles ainsi que mon mantel de voyage.

— Messire, je m'allais tout à l'heure mettre en quête de vous, car on vient de me confier un message.

Joignant le geste à la parole, le serviteur tire de sa ceinture un étroit rouleau de parchemin noué d'un lacet de cuir.

— Qui t'a donné cela ? demande Raimon, tout en défaisant le rouleau.

— Un moinillon. Presque un enfant. Il m'a remis l'objet et a filé avant que j'aie le temps de lui demander son nom et de qui venait le message.

Le parchemin, très étroit, à peine long d'une palme, contient ces simples mots rédigés sur deux lignes : « Soyez seul demain après none, avec la somme convenue, à l'endroit qui se nomme la combe de l'Esquirol, près de Fabreza. »

Le chevalier glisse le message dans sa cotte et défait le ruban blanc noué à la garde de son épée.

— Lucas, remise ce tissu, je n'en ai plus besoin. Et ne tarde pas à seller Drac ; je serai vite de retour. Préviens aussi nos hommes qu'ils doivent se tenir prêts au départ.

Tout en regagnant le logis de l'archevêque, Raimon songe à l'inconnu qui lui a écrit. À n'en pas douter, le message avait été rédigé à l'avance, car le chevalier n'a erré que fort peu de temps dans l'abbaye, son épée enrubannée en évidence. Cela prouve combien le comploteur était sûr que l'affaire se réglerait au mieux de ses intérêts. Il s'est montré aussi fort astucieux dans le soin apporté à préserver son anonymat. Sans doute y avait-il encore un intermédiaire entre lui et le moinillon porteur du parchemin. Il faut que son influence soit bien grande au sein même de l'abbaye, pour que des moines lui obéissent au nez et à la barbe de l'abbé. Le complot pour la succession a dû être manigancé de longue date.

Alors qu'il vient de frapper à la porte de l'archevêque, c'est la voix du prélat qui l'invite à entrer. Le secrétaire est donc absent.

Son Excellence Pons d'Arsac semble de très bonne humeur. Il est attablé devant une pile de livres, tenant dans sa dextre un bloc de cristal de roche d'une merveilleuse pureté.

— Savez-vous, chevalier, interpelle-t-il Raimon dès l'entrée, que notre bon ami Robertus n'est point si teigneux qu'il en a l'air ? Après votre départ, il s'est montré à mon égard le plus aimable du monde et m'a même prêté certains ouvrages de sa bibliothèque. Celui-ci est le *Canon medicinæ* du grand Avicenne. Figurez-vous que j'y trouve la description très exacte de tous les maux dont je suis affligé, ainsi, probablement, que de ceux qui m'accableront bientôt. N'est-ce pas extraordinaire ?

— Certainement, concède Raimon qui a hâte de parler de tout autre chose.

— Et voyez-vous cette espèce de gros caillou translucide qu'il m'a confié ? Lorsque vous le posez sur la ligne d'un texte, cela a la propriété de grossir les mots et d'en rendre la lecture beaucoup plus aisée. N'est-ce point admirable ?

— Assurément.

— De retour à Narbonne, je tâcherai de m'en procurer un semblable… L'abbé m'a même raconté que l'empereur Néron, qui avait la vue fort mauvaise, utilisait une émeraude géante pour regarder au travers lorsqu'il assistait à des combats de gladiateurs. Regarder le sang couler au travers d'une pierre précieuse… ces païens avaient de ces délicatesses !

Le chevalier acquiesce du menton, réprimant un mouvement d'impatience.

— Je vous prie de me pardonner, monseigneur, de n'avoir point l'esprit aux plaisirs de la lecture. Il se trouve que l'on m'a donné diverses nouvelles dont il faut que Votre Excellence soit informée au plus vite.

L'archevêque hoche la tête avec complaisance.

— Avicenne peut attendre, dit-il en refermant le manuscrit. Je suppose que vous avez avancé dans votre enquête ?

Raimon n'a pas besoin d'un long discours pour résumer ce qu'il vient d'apprendre ainsi que le rendez-vous qui lui a été fixé par le moine comploteur.

L'archevêque l'a écouté avec beaucoup d'attention. De jovial qu'il était, son visage est devenu perplexe. Il marque à présent une féroce détermination.

— Savez-vous écrire, chevalier ?

— Oui, monseigneur.

— Mon secrétaire, Rodéric, est parti à l'office s'enquérir d'une tisane. Nous n'allons pas perdre de temps à l'attendre. Auriez-vous la complaisance de le remplacer un instant et d'écrire sous ma dictée ?

— Votre Excellence ne saurait m'honorer davantage.

L'archevêque pointe du doigt un lutrin près de la fenêtre.

— Sur ce petit meuble, vous trouverez une enveloppe de cuir contenant un nécessaire à écrire et divers rubans de fin vélin. Prenez-en deux.

Aussitôt, Raimon s'installe, sortant calame et flacon d'encre. Il y a fort longtemps qu'il n'a point écrit. Il s'applique à retrouver les gestes de l'élève qu'il a été. Cela lui rappelle le temps de son instruction à la cathédrale sous l'épiscopat du précédent archevêque, Bérenger.

Délicatement, il déroule la première bande de vélin, à peine plus large qu'un doigt et longue d'une paume et demie.

— N'ayez crainte, le message sera court, dit le prélat en le voyant froncer les sourcils. Êtes-vous prêt ?

— Je le suis.

— Écrivez : « Le sieur Gari Destarac, tisserand, doit être placé en sûreté et conduit au plus tôt sous bonne escorte en l'abbaye de La Grassa. Joignez de l'or pour deux mille livres. *Pax Christi.* » Et vous signez de mes initiales : « P.A. ».

À l'énoncé de ce texte, Raimon se retourne vers le prélat :

— Monseigneur ! Je ne saurais accepter ce prêt et encore moins céder à ce scélérat à qui mon épée demandera raison ! Sitôt qu'il…

— Écrivez ce que je viens de dicter, l'interrompt l'archevêque d'un ton impérieux. Je vous expliquerai ensuite quel est mon plan.

Puis il répète sa phrase, lentement, suivant le mouvement de l'outil qui crisse sur le parchemin. Raimon a choisi d'obtempérer. Rien ne sert de s'opposer ouvertement à la volonté de l'archevêque. Une fois le message expédié, le jeune homme agira à sa guise. Pour l'heure, il s'applique à tracer des lettres impeccables. Ce n'est pas une plume mais une pointe de roseau, remarquablement affûtée et montée sur un manche d'ivoire marqué au chiffre du prélat.

— Avez-vous fini ?

— J'y suis presque.

— Quand vous aurez terminé, recopiez la même chose sur la seconde bande de vélin… Puis, saupoudrez un peu de cendre afin d'accélérer le séchage.

Alors que le chevalier se dirige vers l'âtre, la porte s'ouvre, livrant passage au secrétaire eunuque encombré d'un plateau chargé d'une coupe et de plusieurs flacons d'épices.

— Ces moines mettent plus de temps à faire bouillir une cassole qu'à dépecer un mouton… C'est à croire qu'ils ont l'éternité devant eux ! s'exclame-t-il, avant de découvrir la présence de Raimon, penché dans la cheminée.

Celui-ci se redresse, amusé par le ton de cette intrusion :

— Je dirais, quant à moi, qu'ils savent accommoder l'éternité à leur avantage.

La pointe d'esprit tire un sourire à Pons d'Arsac.

— Nous autres, hommes du siècle, sommes hélas ! soumis à d'autres contingences !… Rodéric, dépose tout cela et hâte-toi au plus vite d'aller quérir notre volière. Un ordre important doit partir pour Narbonne.

Sans dire un mot, le secrétaire abandonne le plateau sur la table de son maître et disparaît aussitôt dans la pièce attenante.

Le mélange de déférence et de familiarité qui caractérise les relations entre Rodéric et l'archevêque ne laisse pas d'intriguer Raimon. Les confidences de l'ancien employé de lupanar ont fait tomber à ses yeux le masque d'impénétrable dignité dont s'affuble le prélat. À l'évidence, il existe entre les deux hommes une proximité qui n'a rien d'évangélique.

Le chevalier s'approche de la table, tendant les parchemins :

— Cela convient-il à Votre Excellence ?

Celui-ci s'en saisit effleurant au passage la main de Raimon du bout de ses doigts boudinés.

— On ne saurait mieux faire ! s'exclame-t-il en faisant glisser le cristal de roche tout au long du vélin. Vous maniez la plume aussi bien que l'épée.

— Celle-ci me sied davantage que celle-là, monseigneur. Et, pour vous le dire franchement, j'ai hâte d'en découdre avec un ennemi bien visible.

— Fasse le ciel que nous tenions cet hérétique et que vous démasquiez ce moine crapuleux… Ah ! voici nos chers oiseaux !

La cage de jonc tressé que porte Rodéric renferme deux splendides pigeons bisets au plumage gris marqué de reflets métalliques d'agate dorée.

— Castor et Pollux, frères de la même couvée, bien qu'ils ne soient pas nés d'un même œuf et que leur mère n'ait point été visitée par Zeus… À ma connaissance tout au moins !

Souriant complaisamment à sa propre plaisanterie, l'archevêque a plongé sa main dans la cage. Il saisit un des pigeons, le tend au chevalier :

— Maintenez-le sur le dos tandis que Rodéric fixera le parchemin à sa patte.

Tout en manipulant l'oiseau, Raimon a remarqué le vif intérêt avec lequel le secrétaire a lu le message. Le temps d'un éclair, une lueur d'intense satisfaction a brillé dans son regard.

C'est à présent au tour du second pigeon d'être équipé, la bande de vélin soigneusement assujettie à l'aide d'un fil de cuivre.

— Pourquoi deux messagers pour le même message ? interroge Raimon.

— Par crainte des rapaces, répond Rodéric. En procédant ainsi, nous multiplions nos chances de succès. Par bonheur, le ciel s'est dégagé. Si tout va bien, dans moins d'une heure, Castor et Pollux atteindront le colombier de la cathédrale.

— Et dans moins de deux heures, notre hérétique sera sous bonne garde, rajoute l'archevêque en ouvrant la verrière en grand. Allez ! Dieu vous garde, mes petits !

Sitôt lâchés, les oiseaux prennent leur essor, voletant d'abord au hasard, comme s'ils cherchaient leurs repères, puis filant soudain dans la direction de l'orient. En quelques battements d'ailes, ils ne sont plus que deux points qui s'estompent dans l'azur retrouvé.

Presque au même instant, le grondement du bronze emplit la chambre, faisant sursauter les trois hommes. Un coup, puis un deuxième, ébranlent l'atmosphère.

— Qu'est-ce donc ? demande Rodéric. Est-ce déjà l'heure de none ?

— Point du tout. C'est le tocsin.

Raimon se dirige vers la porte donnant sur la galerie. Une galopade de semelles résonne dans le cloître tandis que des voix confuses et précipitées crient pour donner l'alarme :

— Le feu ! Il y a le feu sur les hauteurs de La Grassa !

Chapitre 36

DAME ALOÏS

Fabreza

Au pont dessus l'Orbieu, personne n'était de guet. Mais à la porte de la ville, deux hommes assuraient la garde auprès de qui a fallu dire qui l'on était et s'affranchir du péage. Rotland allait devant, tenant Midas par la bride. Dame Aloïs et Guilhem marchaient derrière eux.

Avant de franchir le pont, Rotland a pris la précaution d'ôter sa cape délabrée pour revêtir sa cotte de meilleure apparence.

— On me nomme Rotland de Bages, a-t-il déclaré à l'homme qui l'interrogeait. Ma sœur, qui est veuve, m'accompagne avec son fils. Nous sommes marchands de laine.

Le mensonge, dont ils étaient convenus ensemble et qui n'était qu'une demi-vérité, devait leur éviter les tracasseries dont sont l'objet les étrangers toujours suspects d'intentions malveillantes.

Tandis que l'un des gardiens restait impassible, l'autre, qui détenait l'autorité, avait soulevé le pan de bâche, plongeant son buste à l'intérieur du chariot. Comme il allait fouiller les ballots à la recherche hypothétique de quelque marchandise frauduleuse, Dame Aloïs a eu la bonne idée d'intervenir :

— Nous arrivons de Narbonne, pour livrer une commande à *mestre* Béneset, l'apothicaire.

Sans même un regard vers la jeune femme, l'homme s'est aussitôt détourné du chargement, pour revenir vers Rotland.

— Mais que ne l'as-tu dit plus tôt que tu venais pour le *mestre* ?

— Je pensais que vous le saviez, a lancé Rotland avec aplomb.

L'homme a grogné :

— Il est vrai que le *mestre* reçoit moult marchandises de maintes provenances diverses, mais on ne nous tient pas au courant de tout.

— C'est la première fois que nous venons, a enchaîné Rotland. À la prochaine visite, vous nous reconnaîtrez.

Tout autant que le nom de *mestre* Béneset, qui avait eu les vertus d'un mot de passe, la mine franche et avenante du jeune homme avait apaisé les soupçons des gardes.

Une fois payés les quelques sols du droit d'entrée, il ne leur restait plus qu'à remonter la rue principale. « C'est la dernière maison, tout auprès du château. Vous ne pourrez pas la manquer », leur avait indiqué le sergent.

En effet, la demeure de l'apothicaire, toute de pierre de taille contrairement à ses voisines, est la plus imposante de la rue. Ses deux étages surplombent un vaste portail d'entrée doublé d'une porte cloutée plus étroite qui doit être celle de la boutique, car elle jouxte une large fenêtre aux vitrages sertis d'étain.

Une enseigne de fer en forme de mortier pend au-dessus de la rue tandis qu'un blason sculpté sur la façade présente une sorte de rocher d'où sort un arbre entouré d'un serpent.

— Sais-tu ce que cela signifie, Rotland ? demande Aloïs en désignant le blason.

— Faut-il que les images signifient quelque chose ?

— Si elles n'avaient pas de sens, il ne servirait de rien d'en fabriquer… Ici, arbre, serpent et rocher sont les symboles des trois états de la nature. Le végétal, l'animal et le minéral.

— Mais n'est-ce pas l'œuvre du Malin ?

— Certes, mais en toutes ces choses se trouve une vertu cachée, une part d'âme que l'apothicaire s'efforce de libérer de la matière pour l'œuvre du Bien.

Rotland en reste bouche bée. Une fois encore, la somme de ce qu'il lui reste à apprendre le submerge. Une vie entière peut-elle suffire à connaître la vérité de l'univers ?

Mais alors qu'il s'interroge, la porte s'ouvre sur une jeune fille et, baste de l'univers et de ses insondables mystères ! car c'est un ange qui vient de paraître sur le seuil.

Oui-da ! Seuls les anges peuvent avoir le teint si délicat, le visage si parfaitement dessiné, les yeux de telle forme qu'un faon n'aurait si doux regard et la bouche si délicatement ourlée que mille baisers n'en pourraient user la perfection.

À la vue de Rotland, la merveilleuse apparition s'est figée elle aussi, comme pétrifiée de surprise. Et davantage est grande encore la stupeur du garçon en entendant ses lèvres adorables prononcer ces mots :

— Raimon ?... Mais que fais-tu céans ?

Sans bien comprendre ce qui se passe, il s'entend répondre tout de gob :

— Las ! damoiselle, je ne me nomme point Raimon ! C'est Rotland qu'on m'a baptisé. Mais Raimon veux bien être si c'est pour votre plaisir.

Entendant cela, la jeune fille éclate d'un rire si clair qu'on dirait le matin qui se lève à nouveau.

— Pardonne ma méprise, Rotland, mais ta semblance avec mon ami Raimon est si grande qu'un miroir s'y laisserait prendre... Encore qu'à bien y regarder, tu me paraisses un peu plus jeune que lui.

— On dit que j'ai dix-sept ans, mais je n'en suis point sûr.

— Je suis sûre, moi, que le Raimon que je connais en a vingt et un. À ceci on ne peut, pour l'heure, rien ajouter ni retrancher.

Devant l'embarras de Rotland qui a perdu toute superbe, dame Aloïs s'avance vers la pucelle.

— Je suis Aloïs de Malpas, compagne en l'Esprit de sire Enric de Malpas. Nous arrivons de Narbonne pour quêter aide et assistance auprès de *mestre* Béneset.

À ces paroles, par trois fois la jeune fille met un genou en terre et, par trois fois, Aloïs pose sur son front nacré la main de la bénédiction. Puis les deux femmes échangent, bec à bec, le baiser de paix. De même fait l'adolescente avec Rotland qui sent lui venir aux joues la couleur du coquelicot. Oncques lèvres si douces ne se sont posées sur les siennes.

— Je me nomme Lucia. *Mestre* Béneset est mon père. Il est en son atelier. Je vais le prévenir de votre visite. Patientez devant le portail, quelqu'un va vous ouvrir pour faire entrer votre attelage.

La demeure de *mestre* Béneset est une caverne aux mille senteurs. Dans la vaste pièce du premier étage où il reçoit ses hôtes, d'innombrables bouquets ont été mis à sécher, pendus aux solives, créant une sorte de jardin à l'envers où les plantes pousseraient tête en bas. D'innombrables boîtes et coffrets, disposés sur les meubles à étagères qui tapissent les murs, répandent les parfums de toutes les épices, les résines, les encens et les graines connus sur la terre. Auprès des boîtes sont d'autres récipients, pots de céramique ou fioles de verre, marqués d'inscriptions en langue grecque, latine ou arabe, indéchiffrables pour le profane.

Lucia a fait asseoir les visiteurs sur un banc tendu de lainage d'une douceur telle que jamais ils n'en ont touché de pareil.

Puis le *mestre* est entré, imposant le respect par sa seule présence tout imprégnée de sagesse amicale. Il est vêtu d'une longue robe damassée et coiffé d'un bonnet plat où sont brodés les mots *terra, aqua, aer, ignis.* Sa démarche est celle d'un roi, sa barbe, d'un prophète et son regard pétri d'intelligence et de bonté est celui d'un père aimant. À son approche, Aloïs, Guilhem et Rotland se sont levés spontanément s'apprêtant à le saluer avec toutes les marques de la déférence. Or, c'est lui qui s'est agenouillé le premier, par trois fois devant Aloïs ainsi que l'avait fait sa fille quelques instants plus tôt. Pareillement, elle l'a béni trois fois, prononçant les paroles rituelles du salut des Vrais Chrétiens. Le *mestre* a ensuite pris dans ses mains la main de Guilhem puis celle de Rotland, déposant sur chacune le baiser de paix. Mais à l'instant où il a relevé ses yeux sur le visage du jeune homme, il n'a pu retenir un furtif mouvement de stupeur. L'instant d'après, il avait repris son expression de sereine quiétude. « Lui aussi, a pensé Rotland, il m'a pris pour Raimon. »

Déjà, le *mestre* s'adresse à eux.

— Parfaite dame Aloïs, et vous, enfant et damoiseau, notre maison s'honore de votre visite.

— Parfaite, point ne suis, messire, se défend modestement Aloïs. Il s'en faut encore de beaucoup sur ce très long chemin.

— Vous y êtes de fort loin plus avancée que moi, qui n'ai ouvert mon âme et mon esprit que depuis bien peu de temps à la lumière de la Vraie Foi… C'est seulement il y a un an passé, après la mort de ma femme, que la Fortune a placé sur ma route le très vénérable Fils Majeur Enric de Malpas et son diacre Gari Destarac. J'étais alors plongé dans les plus noirs tourments pour n'avoir su, malgré toute ma science, guérir ma douce épouse du mal qui l'emporta. Moi qui, sans être médecin, avais soigné tant de maux, remis en place tant de membres tors et pansé tant de plaies, au point de me croire l'égal du grand Hippocrate, je découvris toute la fatuité de mon art et la démesure de ma propre vanité. Dans l'état de perdition où j'errais sans espoir, Enric sut prononcer à l'égard de ma peine les mots qui trouvent la voie du cœur. Grâce à lui, je revins à la vie, à l'amour de ma fille et à la réconciliation avec Dieu.

Pensive, Aloïs hoche la tête en écoutant les propos du *mestre*. À ses yeux, on ne saurait mieux peindre le portrait d'Enric. La bonté faite homme doublée de l'intelligence la plus fine. Mais à la pensée du corps souffrant qu'elle a laissé à Narbonne, une pâleur soudaine lui vient au visage. Le *mestre* s'en aperçoit.

— Lucia, dit-il à sa fille, va prévenir nos gens de dresser la table et de préparer le souper. Nos invités ont fait un long voyage. Leurs corps doivent reprendre force pour mieux se reposer ensuite.

Dans le mouvement que fait la damoiselle en se levant, le fin tissu de sa tunique l'enveloppe comme une vague de soie. À cette simple vision, Rotland frémit de tout son être. Lui qui redoutait de ne pouvoir résister au charme d'Aloïs, le voici énamouré d'une beauté nouvelle en l'espace d'un battement de paupières. Honte à lui de montrer si peu de constance dans les emballements de son cœur ! Mais aussi, ce regard, qu'elle a planté dans le sien sur le seuil de la maison, n'était-il pas le regard même de l'amour ? Et qui est ce maudit Raimon à qui il a la chance ou la malchance de ressembler ? Un prétendant, peut-être ? À coup sûr un concurrent et qui paraît avoir sur lui plusieurs longueurs d'avance dans la course au bonheur. Que ne le tient-il face à lui pour l'étrangler proprement !

La douce voix d'Aloïs vient le ramener à la réalité du temps présent et au motif d'inquiétude qui les a conduits à Fabreza.

— C'est à cause d'Enric, *mestre*, que nous sommes venus jusqu'ici. Il est en grand péril et implore votre secours.

L'expression de l'apothicaire se rembrunit.

— Quel que soit son tourment, je tenterai ce qui est en mon pouvoir pour l'en sauver… Le mal vient-il de l'âme ou de sa tunique de peau ?

Il ne faut pas longtemps à Aloïs pour raconter la malaventure d'Enric et de Gari et comment leur frère s'est retrouvé tout dolent des coups portés par un agresseur inconnu. La description des symptômes que présente le blessé lui demande davantage d'efforts.

Les yeux dans le vague du côté de sa collection de pots, *mestre* Béneset l'écoute attentivement, passant de temps à autre ses longs doigts dans les poils de sa barbe comme pour les lisser.

Enfin Aloïs achève :

— Ainsi ne peut-on rien comprendre à ce qu'il essaie de nous dire.

— Si ! moi et Mirgo, je l'avions compris !

Guilhem, qui n'avait ni bougé ni parlé jusque-là, vient de déplier ses jambes qu'il avait croisées sous lui. Il se redresse et, l'air très fier de lui, insiste :

— J'avions tout compris.

L'apothicaire, qui n'avait guère prêté attention au garçonnet, tourne vers lui un regard amusé.

— Qui est Mirgo ?

— C'est lui ! répond Guilhem en exhibant fièrement sa petite cage de métal d'où pointe le museau rose. C'est un souris apprivoisé.

— Tu es sûr que ce n'est pas une souris, plutôt ?

— Que nenni !… Avec lui, je pouvions tout comprendre. Moi le jour et lui la nuit dans les rêves.

— Et que disait le pauvre Enric ?

— Disait qu'il avait soif et disait « Fabreza » et aussi « apothicaire », mais je comprenions pas bien le mot.

— C'est l'entière vérité, intervient Aloïs. J'ai assisté à ce phénomène étonnant. Mais je ne voudrais pas que cela s'ébruite. Je crois que Guilhem est capable de lire les pensées des gens qui l'entourent. Certains pourraient imaginer qu'un tel pouvoir lui vient du diable.

— Je lisions pas les pensées !... Mirgo, oui. Tous les souris font ça.

Pour le coup, le *mestre* scrute ce singulier garçon dont la façon de s'exprimer est des plus étranges.

— Et toi, comment fais-tu ?

— Je regardions, répond Guilhem sur le ton de l'évidence.

— Tu regardes ? Et que regardes-tu ?

— La danse de la bouche... Les paroles... Elles existent même si on les entend pas.

L'apothicaire ne peut retenir un « ha ! » d'étonnement. Au même instant, son visage s'éclaire :

— Ainsi regarde bien, Guilhem... Je vais te dire quelque chose que personne ne pourra entendre. Toi, tu devras me montrer que tu as compris.

Alors Rotland et Aloïs assistent à ce spectacle sidérant du *mestre* en train de remuer ses lèvres sans qu'aucun son n'en sorte, tandis que Guilhem le fixe de ses prunelles écarquillées.

Or soudain, voici que la face de l'enfant s'illumine et qu'il part d'un rire éclatant. Jamais encore on ne l'a vu en proie à une joie pareille. Si grande est son hilarité qu'il en tressaute des épaules au point que la cage de Mirgo, ballottant sur sa poitrine, menace de se décrocher.

D'un doigt levé qu'il place devant ses lèvres, *mestre* Béneset l'invite à s'apaiser. Peu à peu Guilhem retient ses hoquets. Il reprend lentement son souffle. Un large sourire flotte encore, en silence, sur son visage radieux.

L'apothicaire a recouvré lui aussi son sérieux. Il s'adresse à Aloïs d'un ton empreint de gravité :

— Il ne faut point voir le diable où il n'est pas. Le jeune Guilhem est doué d'une capacité d'observation hors du commun. Cela provient, sans doute, d'une âme exceptionnelle qui est un don de Dieu. Peut-être même est-il en train de réaliser à son insu le Grand Œuvre de l'alchimie qui n'est pas – comme le croient les cupides – la métamorphose en or des métaux ordinaires, mais qui réside au contraire en la transmutation de la matière corruptible vers l'or pur d'une âme accomplie.

— Cela se peut-il hors du secours des Évangiles ? interroge Aloïs qu'une telle idée inquiète.

— Le texte évangélique est un outil pour déchiffrer la vérité du monde… Il existe des âmes dessillées qui n'ont point besoin d'outils pour lire le monde à livre ouvert… Guilhem est dans l'harmonie de tout ce qui est.

— Aurait-il le pouvoir de rendre Enric à lui-même ?

— Le très vénérable Enric de Malpas est navré dans sa chair, non dans son âme… Les coups qui lui ont été portés à la tête que vous m'avez décrits sont, à mon avis, la cause de l'empêchement de parler.

— C'est aussi ce que pense le mage Brémond qui est venu à son chevet.

— Le *mestre* Brémond est, avec son confrère *mestre* Raoul, l'un des meilleurs médecins que je connaisse. Vous pouvez faire confiance à son art… Pour ma part, je confectionnerai après dîner une décoction à base de pavot que vous administrerez à Enric dès votre retour.

— Cela lui redonnera la parole ?

— Cela lui redonnera la paix.

Chapitre 37

JORDI DE CABESTAN & RAIMON DE TERMES

Abbaye de La Grassa

Les sombres nuages que Jordi avait pris pour l'arrière-garde de l'orage sont les noires volutes de fumée que le vent raréfié peine à dissiper. L'incendie a dû partir d'un arbre foudroyé. Malgré la pluie, les résineux alentour ont pris feu comme une coulée de poix. Un gigantesque brasier s'étend sur plusieurs lieues, dévorant peu à peu la montagne, lançant au ciel ses terrifiantes draperies couronnées de gerbes d'étincelles.

Les dorures des derniers feuillages fondent dans la fournaise. Les arbres suppliciés tordent au milieu des flammes leurs branches calcinées, pareils à la troupe misérable des damnés dans les chaudrons de l'enfer. Au loin résonne la vibration des cloches sonnant le sinistre tocsin, comme une supplique gémissante que la terre lancerait vers le ciel indifférent. Les voix de la terre, des animaux et des hommes unies dans une même bouche de bronze qui implore et se lamente en vain.

Cependant, tout au creux des monts, l'Orbieu oppose sa frontière liquide aux flammes déchaînées. Au moins la rive droite sera sauve.

Du promontoire d'où il observe le désastre, Jordi de Cabestan croit distinguer une langue de terre épargnée elle aussi, sur la berge opposée. Ce sont les limons retournés par le soc des récents labours. Ici, le feu mourra de faim, de même qu'il ne pourra dévorer tout entières les rangées de la vigne qui s'étage sur les terrasses de pierres sèches. C'est par là que le Maître pourra mener son cheval jusqu'à l'abbaye de La Grassa qu'il aperçoit très loin derrière le rideau de flammes, masse confuse et tremblante déformée par les mouvances de l'air brûlant.

Ici, il doit quitter le chemin des crêtes. Il faut tâcher de descendre, presque à flanc de falaise par une pente malaisée pour reprendre la bonne direction.

Le Maître met pied à terre pour soulager le navarrin. Inutile à présent de hâter le pas. Lentement, l'homme et la bête amorcent leur descente. Au-dessus d'eux tournoie un vol de choucas affolés, chassés de leurs trous de roche par l'incendie. Et tandis qu'ils s'enfoncent dans la combe, ils voient s'étendre le feu sur leur gauche. Déjà leur parviennent les claquements secs des arbres qui se fendent et, de temps à autre, le bruit terrible et mat d'un grand tronc qui s'effondre dans le ronflement de la fournaise.

À l'âcre odeur de cendre qui prend à la gorge se mêlent d'autres puanteurs de choses brûlées dispersées par les fumerolles au gré du vent. C'est au-delà des vignes, sur l'adret de la colline que l'incendie a dû prendre. Du côté de l'ubac, en revanche, les terrasses étagées et détrempées par l'orage ont été épargnées, ainsi que le pensait Jordi de Cabestan.

Il avance prudemment au pas, tendant l'oreille à des bribes de voix affolées qui lui parviennent par instants. Des ordres ou des appels lancés sur l'autre versant. Au débouché d'un virage, il en comprend soudain l'origine. Une double colonne d'hommes et de charrois de toutes sortes s'étire en désordre depuis le bas du village de La Grassa jusqu'aux abords de la forêt dévastée. Les attelages sont chargés de barriques et de tonneaux tandis qu'hommes, femmes et enfants charrient des seaux ou des jarres, autant qu'ils en peuvent porter. Une file de charrois monte vers la forêt, une autre descend sur la berge de l'Orbieu puiser l'eau dans le courant grossi par l'orage. À la quasi-totalité du personnel de l'abbaye se sont joints la plupart des habitants du village, tous solidaires face au péril. Moine ou paysan, chacun s'évertue à remplir son seau aussi vite qu'il le peut pour le porter ensuite au sommet de la colline, dans le complet désordre d'une fourmilière dispersée. Dans la précipitation, les corps se bousculent, les récipients se renversent, certains dérapent dans la boue, d'autres perdent leur seau dans la rivière, les nouveaux venus ajoutant encore du chaos au chaos.

Au-dessus de la cohue, le Maître aperçoit un cavalier qui se dirige vers lui. C'est un damoiseau de belle prestance monté sur un magnifique destrier et paré de tous les attributs d'un noble chevalier. Avant même d'arriver à la hauteur de Jordi, il lui lance :

— Messire ! aidez-moi, je vous prie !

— Que voulez-vous faire ?

— Il faut organiser une chaîne, vite !... Faites se ranger ceux qui sont au bas de la pente jusqu'à la rivière. Qu'ils se passent les seaux de main en main sans bouger de leur place... Moi, je monte positionner ceux qui sont au-dessus !

Un homme à cheval en impose toujours à la piétaille. Plus encore s'il est armé. Raimon n'a pas hésité à dégainer son épée. Non pour s'en servir d'arme, mais pour désigner à chacun l'endroit où il sera le plus efficace. Le Maître, quant à lui, peut compter sur son autorité naturelle et sur la puissance de sa voix, habituée à lancer ses ordres sur des chantiers bruyants. En quelques minutes, la bousculade est maîtrisée ; une organisation se met en place de lieu en lieu, tant bien que mal. Jordi a choisi trois hommes parmi les mieux bâtis pour prendre appui sur la berge et remplir les seaux. Frère Flavian est de ceux-là et la puissance de ses muscles de géant fait merveille pour puiser l'eau à tour de bras. Cinq autres, dont le menuisier Serpette, s'occupent de remplir les tonneaux. Le reste des secours est réparti en deux chaînes ordonnées, ascendante et descendante. Les directives du Maître ont été d'autant mieux acceptées que certains l'ont reconnu et salué avec déférence. Et lui-même s'étonne d'être parvenu à un tel résultat sans même connaître la raison de ce vaste labeur.

Derrière la crête de la butte se dresse une colonne torse d'épaisse fumée noirâtre pareille à quelque monstrueux serpent dont la tête se dissoudrait dans le ciel tandis que son corps interminable surgirait sans cesse du sol. L'ennemi à abattre est cette bête impalpable se contorsionnant sur elle-même en de massives volutes qui se dissolvent et se reforment sans jamais s'épuiser.

Jordi pousse son cheval vers la hauteur où se découpe la silhouette de l'autre cavalier. Sitôt qu'il l'aperçoit, celui-ci vient à sa rencontre, menant son destrier assez près du navarrin pour pouvoir saisir de sa main dextre celle du Maître en un chaleureux salut.

— Grâce vous soit rendue pour votre aide, messire.

— Remercions plutôt la Providence qui m'a fait prendre tel chemin.

— Je suis Raimon, troisième du nom, chevalier de Termes.

— Je suis Maître Jordi de Cabestan, humble imagier devant Dieu.

Ni l'homme mûr ni le damoiseau ne se connaissent, mais l'éclat de leurs noms respectifs suffit à leur estime. Raimon, faisant pivoter son cheval, dégage la vue sur le contrebas.

Aussi loin que porte l'œil, la désolation est absolue. De la forêt il ne reste qu'une armée de troncs calcinés tendant leurs moignons dérisoires au-dessus d'un tapis de cendre. Détruits sont les nids, les terriers et les rabouillères. Mortes sont les bêtes qui n'ont pu prendre la fuite ou l'envol. Stérile est la terre brûlée, à laquelle moult saisons nouvelles seront nécessaires pour reprendre vie.

Il y avait là, dans un creux de la colline, un petit hameau fait de plusieurs masures de torchis et de deux granges jumelles, propriété de l'abbaye.

Un grand pin en feu s'est effondré sur les maisonnettes, abattant leur frêle toiture dans sa chute et transmettant l'incendie aux charpentes. La première grange a brûlé tout entière. C'est de la seconde, en partie debout, que s'élève la gigantesque torsade de fumée noire. C'est là que convergent tous les efforts de tant de bras pour tenter de sauver ce qu'il reste des provisions de paille. La moitié de la récolte de l'année est partie en fumée. Un brasier encore vif se cache au plus profond d'un immense empilement, s'éteignant ici pour ressurgir un peu plus loin, attisé par le vent sournois. Les mains qui ne sont pas occupées à déverser les seaux d'eau s'affairent à transporter les balles intactes au plus loin du foyer. Peu à peu, des monticules se forment, créant de petites collines jaunes, seules touches de couleur dans le paysage tout peint de noir et de gris.

— Les masures renfermaient la porcherie et l'habitation du porcher, explique Raimon en désignant les ruines fumantes. J'ai mandé que l'on y déverse autant d'eau que possible afin de pouvoir s'en approcher. Descendons, voulez-vous ?

— Des braises peuvent encore gésir sous la cendre. Mieux vaut y aller à pied que de risquer de blesser nos chevaux.

Le chevalier opine de la tête. Il hèle son valet qu'il vient d'apercevoir parmi les hommes déblayant les décombres.

— Lucas ! viens tenir les chevaux !

En quelques enjambées, celui-ci les a rejoints. Les deux hommes mettent pied à terre et descendent vers le lieu du désastre, pataugeant dans une affreuse boue de cendre et de terre.

Frère Diego est là, dirigeant la manœuvre pour ôter les restes de poutres et les blocs de torchis. Pour une fois, il s'est départi de son habituelle solennité. Son visage et ses gestes ont perdu cette apparence hiératique qu'il affiche d'ordinaire au sein de l'abbaye. Le drame a fait apparaître l'homme fragile derrière le masque imperturbable. Cela le rendrait presque aimable aux yeux de Raimon. À la vue de Jordi, le moine s'incline respectueusement. Le Maître lui rend son salut.

— Un corps se trouve prisonnier des décombres. Ce doit être le porcher. Nous essayons de le dégager.

Des hommes armés de leviers de fer s'efforcent de mouvoir la poutre maîtresse à demi calcinée de sous laquelle émerge une paire de jambes nues. Le malheureux a été tué net, écrasé par la chute du toit lorsque l'arbre en feu s'est abattu. Pouce après pouce, la poutre pivote lentement, mais elle finit par se bloquer sous les pierres écroulées. Un convers a réussi à enjamber le tas de bois et de tuiles, passant du côté où se trouve le haut du corps. Il se penche, disparaissant un instant à la vue de tous, puis se redresse et lève les mains dans un geste d'impuissance.

— La poitrine est entièrement écrasée sous la poutre ! On ne peut pas tirer le corps de ce côté.

— Il faut la scier ! crie un homme vers frère Diego.

— Je m'en occupe !

Aussitôt il s'éloigne vers la chaîne humaine qui descend vers la rivière, demandant qu'on transmette l'ordre de rapporter une scie du village. De bouche en bouche, on se passe le mot en même temps que les seaux glissent de main en main.

De la pièce qui jouxte l'habitation du porcher, il ne reste qu'un vague espace délimité par deux pans de mur épargnés par les flammes. Une dizaine de pourceaux gisent, aux corps emmêlés, à demi recouverts de gravats et de charbons. Des chairs en partie grillées monte une écœurante odeur de couenne carbonisée.

La grange voisine, quant à elle, a été entièrement ravagée par l'incendie. En plus de la paille, on y resserrait des bûches et des fagots bien secs. Autant dire qu'il a suffi d'une simple étincelle pour tout enflammer.

Côte à côte, Jordi et Raimon parcourent le triste spectacle d'un œil pareillement désolé. Et soudain, le jeune homme se souvient de la fâcheuse nouvelle dont le Maître n'est point informé : la disparition de son compagnon Teubald, à la recherche de qui Raimon devait partir lorsque le glas s'était mis à sonner, requérant d'urgence l'aide de tous. Pris dans l'effervescence du sauvetage, ni lui ni frère Diego n'ont songé à avertir Maître Jordi. Il est plus que temps, à présent, de le faire, quoi qu'il en coûte.

— Maître, commence-t-il, il faut que je vous dise…

— À l'aide ! le coupe une voix frémissante. Il y a un corps, par ici ! Un autre mort !

La voix provient du fond de la grange, du côté opposé où tous s'affairent pour circonscrire le feu. Raimon et le Maître se précipitent.

De cette partie-là non plus, il ne reste pas grand-chose. On y entreposait des outils dans un petit réduit cloisonné de planches grossières. Seuls tiennent encore debout les montants des cloisons sous la forme de quatre colonnes de charbon piquetées de clous tordus. Le sol, en plancher lui aussi, a brûlé entièrement. Le moine qui vient de faire la macabre découverte roule des yeux horrifiés, pointant le doigt vers le cadavre. C'est à peine si l'on reconnaît une forme humaine dans ce corps presque entièrement carbonisé. Voilà pourquoi on a déjà dû passer plusieurs fois près de lui, sans même le remarquer au milieu du tas de charbons avec lequel il se confond. À plat ventre, face contre le sol, les membres recroquevillés sous l'effet de la chaleur, il ne reste du malheureux que quelques lambeaux de chair noircie attachés au squelette.

— Quelqu'un habitait avec le porcher ? interroge Raimon.

Le moine secoue la tête en signe de dénégation et finit par articuler :

— Nenni, messire. C'était un de nos frères qui se voulait ermite. Il s'était fait porcher en signe d'humilité… Il aimait à vivre au milieu de ses bêtes, dans la plus parfaite solitude.

— Mais alors, qui est celui-ci ?

— Je ne sais… Peut-être un vagabond… Ou bien un bûcheron qui travaillait dans la forêt… La grange était ouverte à tous les vents… Il se sera réfugié ici pour se protéger de l'orage… Dieu ait son âme !

Le Maître s'est approché du moine pour lui porter assistance, tant il semble proche de défaillir sous le coup de l'émotion. Il pose son regard au sol pour éviter les pitoyables restes humains et se retourne soudain vers Raimon. Son visage est devenu livide. Ses lèvres tremblent alors qu'il peine à articuler ces mots :

— Teubald !… C'est mon compagnon, Teubald !

Chapitre 38

DAME ALOÏS

Fabreza

— Mirgo peut manger le pain de Jésus, lui aussi ?

Tous venaient de s'asseoir après la bénédiction. La question de Guilhem a fait fleurir des sourires amusés. Puis les visages se sont tournés vers dame Aloïs, la plus férue parmi les convives dans le domaine de la Vraie Foi.

— Mirgo est un animal, Guilhem. Tout animal, tu le sais, peut renfermer une âme en quête de salut. C'est pourquoi nous ne devons point leur faire de mal... Quant au pain sacré, il représente les actes de Jésus, de même que le vin représente ses paroles. Aussi nous partageons le pain et le vin pour nous ressouvenir que nous devons faire nôtre le sens de cette nourriture... Il me semble que Mirgo pourra tirer profit de quelques miettes.

La réponse a ravi le garçonnet qui s'est aussitôt empressé de poser un bout de croûte dans le creux de sa main pour que la bestiole en fasse ripaille.

Durant tout le repas, Rotland a eu grand-peine à maîtriser son envie de dévorer des yeux la belle Lucia qui s'était installée en vis-à-vis comme par hasard. Tout juste s'il était capable de prêter une oreille aux passionnants propos que le *mestre* échangeait avec Aloïs au sujet de ses expériences sur les plantes et les minéraux, les méthodes qu'il employait pour en tirer la quintessence et les divers effets qu'il en obtenait. Entre autres découvertes merveilleuses, il avait, disait-il, fabriqué un briquet dont l'amadou entre en combustion dès la première étincelle. Cela raccourcissait considérablement le temps d'allumage d'une chandelle. Il a promis à ses hôtes de leur en faire la démonstration après dîner.

Enfin, désireux de ne point lasser son auditoire, il avait ramené leur échange sur un terrain plus léger. C'était du moins ce qu'il pensait lorsqu'il s'était penché vers sa fille en l'encourageant à prendre la parole :

— Certainement, Lucia, notre ami Rotland aurait contentement à savoir de quelle méprise il a été l'objet, tant de ta part que de la mienne, lorsqu'il a paru devant nous.

Aussitôt, Rotland a levé son bol, faisant mine de boire afin de dissimuler l'empourprement soudain de ses joues.

— Je suis sûre que Rotland nous pardonnera cette équivoque quand il saura que Raimon, à qui il ressemble au point que nous l'avons pris pour lui, est noble seigneur de Termes et qu'il vient d'être fait chevalier… La confusion est plutôt flatteuse, n'est-ce pas ?

Bien loin de consoler Rotland en quoi que ce soit, les paroles de la jeune fille sont un coup de plus porté à l'emballement de son cœur. Comment lui, misérable fils de pêcheur, élevé dans la fange des étangs, pourrait-il en quoi que ce soit relever le défi de la séduction face à un chevalier de noble race ? Ce que dit ensuite Lucia parachève sa douleur :

— À dire vrai, j'attends la visite de Raimon, car il a promis qu'après son adoubement il viendrait me demander en mariage.

La bouche de Rotland est trop sèche pour qu'il puisse prononcer le moindre mot. Il se contente d'adresser à Lucia un sourire, lèvres closes, qu'elle interprétera à son gré.

Ce mutisme soudain étonne dame Aloïs. Elle ne voudrait pas que le silence du damoiseau offense l'hospitalité de leurs hôtes. Aussi s'adresse-t-elle à sa place à la jeune fille :

— Je te croyais de notre religion, Lucia. Ton salut, à notre arrivée, était d'une Vraie Chrétienne.

— Je respecte votre foi, dame Aloïs et j'en observe la plupart des préceptes auxquels mon père m'a initiée. Cependant j'ai fait vœu de vivre auprès de Raimon de Termes à qui je dois de n'être point morte noyée et pour qui j'éprouve le plus tendre attachement.

Cet aveu, fait sur le ton de la plus grande simplicité, terrasse Rotland. Il est lui-même fort bon nageur. Si le destin l'avait voulu, il aurait pu sauver la damoiselle de mille noyades.

Aloïs, pour sa part, reste interloquée par les propos de Lucia.

— Je n'avais jamais vu qu'une fille pût disposer d'elle-même et penser librement en dépit de son père.

— Ce n'est point en dépit de moi, intervient le *mestre*. C'est avec mon aval tout entier que Lucia s'exprime ainsi. Il n'est pas bon d'affecter des mœurs que notre cœur désapprouve ni de contraindre notre esprit à des pensées qui nous sont étrangères... Je vous l'ai dit, je ne suis moi-même venu à la Vraie Religion que fort tard. Lucia aura le temps de s'y rallier un jour, si sa raison l'y conduit. Nous ne devons pas reproduire en nos rangs les violences de l'Église romaine. Une âme ne se développe harmonieusement que dans son propre sens. Et qui sait si l'on ne peut aller au Bien par des chemins singuliers ?... J'ai aimé la mère de Lucia d'un tendre amour. Notre fille est le fruit de cette tendresse partagée. Nous eûmes deux enfants avant elle, que le Ciel nous reprit aussitôt. Lorsque nous l'avons vue grandir, saine et bien portante, nous avons décidé qu'elle serait notre unique enfant. Ma connaissance des herbes médicinales nous a aidés dans ce choix... Sa mère lui a enseigné la musique, le chant et l'art de broder. Je lui ai appris à lire, à écrire et un peu de ma science des plantes… La vie lui apprendra le reste.

— Le chevalier de Termes est-il catholique ?

La question d'Aloïs s'adressait à Lucia, mais c'est *mestre* Béneset qui répond :

— Je sais que Raimon a étudié auprès de prêtres romains. Il n'est venu ici qu'une fois, à la fin de l'été et fort brièvement. Nous n'avons parlé que de Lucia. Cependant son parrain, le seigneur de Fabreza, est des nôtres, en secret, comme le sont de plus en plus de nobles en ce pays. J'ajouterai que son père l'avait placé comme page chez le vicomte de Trencavel qui, lui aussi, est en train de basculer du côté de la Vraie Religion. Ce sont eux qui l'ont adoubé… Je suis très assuré que Raimon naîtra tôt ou tard à la Vérité.

— Ne craignez-vous pas que le venin de Rome n'ait été instillé dans ses veines ?

— À tout poison, son antidote, réplique gaiement Lucia, très sûre d'elle. Mais je ne voudrais pas qu'il devînt trop vite Vrai Chrétien.

Pour Aloïs, qui oncques n'a connu d'amoureux transport, la réaction de la jeune fille est aussi incompréhensible que le serait neige en juillet. Mais tant de choses, récemment, ont pris son innocence au dépourvu qu'elle se retient d'en rien conclure.

Pour Rotland, en revanche, c'en est trop. Le repas est achevé. Il peut se lever de table sans paraître impoli.

— *Mestre*, qu'en est-il de ce briquet dont vous nous avez parlé ? J'ai grande hâte de le voir.

— Je vais vous conduire dans mon atelier… J'en profiterai pour composer devant vous l'élixir destiné à Enric de Malpas.

S'étant levé, il se retourne vers sa fille :

— Lucia, du temps que nous sommes dans la cave, prépare, s'il te plaît, deux chambres pour nos hôtes et dis à nos gens d'entretenir le feu pour la veillée.

— J'allions avec Lucia, déclare Guilhem plein d'une énergie soudaine. Mirgo et moi, j'étions très habile pour les tanières.

Lucia et Guilhem sortent tous deux et Rotland se désole soudain de n'être point à la place du garçon. Quelle sotte idée lui est venue de demander à voir ce briquet ? Y a-t-il mieux à faire que de jouir des précieux instants qu'il pourrait passer auprès de Lucia ?

Mais voici que le Mestre a saisi sur une étagère trois récipients de céramique. On dirait des sortes de pichets avec une anse plate et un couvercle de métal. Il les dispose sur la table, les remplit tous trois de l'eau de l'aiguière. Enfin, approchant sa main au-dessus du premier pichet, il ôte de son majeur une bague au gros chaton, en dévisse le sommet et verse sur l'eau quelques fines particules de la poudre noire qu'il contenait.

À la stupeur d'Aloïs et Rotland, l'eau paraît s'enflammer aussitôt, formant chaleur et lumière comme si dix chandelles s'étaient allumées au même instant.

— Êtes-vous magicien ? interroge Aloïs avec quelque inquiétude.

— Point du tout. Demande-t-on à la foudre si elle est magicienne ? répond le *mestre* en souriant. Je ne suis que le serviteur des forces contenues dans la matière minérale et végétale.

Tout en poursuivant son explication, il saupoudre le deuxième pichet d'un peu de cette matière inconnue. Le même résultat se produit. La surface de l'eau s'enflamme spontanément.

— Ce que vous voyez là s'appelle le « feu grégeois ». Autrement dit le feu grec, *πῦρ ἐνεργόν*[1], ou feu énergique. Il fut, dit-on, inventé il y a fort longtemps par l'architecte Kallinikos… La recette en avait été perdue. Il m'a

1. *Pûr énergon.*

été donné de la retrouver. Ici, sa forme est à peu près inoffensive, mais cela peut se transformer en une arme capable de causer d'immenses dégâts. Aussi ai-je décidé que le secret de sa fabrication s'éteindrait avec moi.

Du même geste précis, *mestre* Béneset allume le troisième pichet. Puis il referme sa bague avant de tendre un luciphore à chacun de ses deux invités.

— Maintenant, nous sommes équipés pour nous rendre sous terre. Tenez votre feu grégeois loin de vous. Bien qu'il soit apprivoisé, cela reste du feu.

Chapitre 39

RAIMON DE TERMES

Abbaye de La Grassa

La colère qu'il peine à contenir a donné à Mgr d'Arsac une vigueur qui l'étonne lui-même. Il arpente la chambre à grandes enjambées, tournant et retournant avec nervosité son anneau épiscopal.

— J'ai connu des bordels qui étaient mieux tenus que cette abbaye ! On y entre et on en sort comme dans un moulin et on y ramasse les cadavres comme s'il en pleuvait !

En telle circonstance, Rodéric fait le dos rond. Il sait qu'il ne sert à rien de vouloir calmer la tempête. Autant s'efforcer de convaincre la grêle de ne pas tomber. Cela s'apaisera tout seul. Aussi s'applique-t-il à ranger méticuleusement le nécessaire d'écriture qui avait été oublié au moment de l'alarme.

Après un dernier mouvement d'aller et retour véhément, l'archevêque se plante devant Raimon.

— Le Maître de Cabestan est-il bien assuré qu'il s'agisse de son ouvrier ?

— Le corps était à ce point abîmé par les flammes qu'il en avait perdu toute figure humaine, mais il portait à l'avant-bras certain bracelet de métal que le Maître a reconnu au premier regard.

— Fort bien. L'affaire est entendue. Qu'a-t-on fait du corps ?

— Pour l'heure, il a été transporté à l'infirmerie pour y être apprêté avant les funérailles. De même que celui du porcher. L'abbé Robertus a ordonné qu'ils soient enterrés tous deux dans le cimetière de l'abbaye. Je suppose que l'on doit être en train de coudre les linceuls.

— Crime ou accident ?

— Accident, Votre Excellence.

— Comment pouvez-vous en être sûr ?

— Contrairement à ce que j'ai pu constater chez frère Matéu, la nuque n'a pas été brisée et, pour autant que l'état du corps carbonisé le permettait, je n'ai observé sur celui-ci aucune trace de blessure… J'ajoute qu'il n'était pas affublé de l'horrible paire d'ailes avec lesquelles l'assassin a déguisé ses deux autres victimes. Or, si l'on a trouvé deux imagiers assassinés, transformés en anges, en toute logique il devrait en être de même pour le troisième. Ce qui me confirme dans l'idée que notre tueur n'est pour rien dans cette mort, car elle ne porte point son sceau.

— Mais alors, que s'est-il passé ?

— Selon moi, Teubald sous l'emprise de la panique s'est bien enfui comme nous l'avions imaginé, profitant du moment de confusion qui a suivi l'arrivée de Votre Excellence. Une fois hors de l'enceinte et alors qu'il devait suivre la rive de l'Orbieu – ce qui est le meilleur moyen pour n'être point vu, ni de l'abbaye ni du village –, l'orage a éclaté… Sans doute a-t-il trouvé refuge dans la grange sur laquelle l'arbre en feu s'est abattu peu après. L'endroit était en bois et entièrement rempli de paille et de fagots. Le feu a certainement pris très vite. Il est probable que l'imagier est mort asphyxié avant d'être brûlé par l'incendie.

Raimon s'est tu. En d'autres circonstances, il se serait senti plutôt fier de sa démonstration. Mais, à présent, trop d'événements sinistres l'ont accablé de toutes parts pour qu'il ait le cœur de s'abandonner à la moindre gloriole.

L'archevêque s'est détourné de lui pour s'approcher de son secrétaire.

— Et toi, Rodéric, es-tu satisfait par ce récit ?

— Monseigneur, je n'étais point sur les lieux ; aussi serais-je fort en peine d'en proposer une autre version. Celle-ci me paraît très vraisemblable, même si rien ne garantit qu'elle soit vraie.

— Fort bien. Nous nous arrêterons donc à celle-ci.

Puis, revenant vers Raimon :

— Maintenant que l'on a retrouvé le disparu, que comptez-vous faire, chevalier ?

— Le délai de trois jours que m'a octroyé le Révérend Père Robertus court toujours. Je vais me rendre avant ce soir à Fabreza dans la demeure de mon parrain. J'y attendrai l'heure du rendez-vous de demain avec mon vendeur de charte et je lui ferai rendre gorge.

— Rodéric, apprête-toi à accompagner le chevalier de Termes avec deux gens d'armes à cheval.

— Non !

La réponse a fusé de la bouche de Raimon avant même que le secrétaire ait eu le temps d'acquiescer à l'ordre de son maître.

Suffoqué d'une telle outrecuidance, le prélat dévisage le jeune homme. Mais celui-ci insiste :

— Non, monseigneur... Dans le message qu'il m'a fait parvenir, le comploteur a expressément stipulé que je devais me rendre seul à notre rendez-vous. Lorsqu'il me verra venir escorté de vos gens, il y a fort à parier qu'il fera volte-face sans même se présenter devant moi. Or, s'il est véritablement détenteur de ce document garantissant mes droits, il n'est pas dans mon intention de laisser échapper pareille chance de museler à jamais les prétentions de l'abbaye sur mes terres.

— Quant à moi, je ne veux pas laisser échapper une chance de confondre un moine coupable de forfaiture. Il faut que le pendard soit pris la main dans le sac. Voilà pourquoi j'ai demandé que l'on apporte de l'or. Une fois qu'il l'aura en sa possession, nous l'arrêterons et le déférerons devant notre justice… Comment pouvez-vous garantir, en étant seul, que notre homme ne vous échappera pas ? Certes, je vous ai vu accomplir moult belles prouesses à cheval, mais cela suffira-t-il ?

Les objections de l'archevêque sont celles que Raimon s'était opposées à lui-même. Force lui est de dévoiler son plan.

— Votre Excellence dit vrai… Aussi avais-je imaginé de placer un de mes hommes en embuscade dès le matin, non loin du lieu de la rencontre. Il s'agit de Lucas, mon écuyer, qui est fort habile dans le maniement de l'arc et sait se rendre invisible du gibier le plus inquiet.

— Nous ne sommes pas à la chasse, messire, et votre maraud n'est pas un lièvre. S'il venait à être navré d'une flèche, il ne nous serait plus d'aucun profit.

— Mon plan était de blesser le cheval, non de tuer le cavalier.

Toute ire semble avoir quitté le prélat. Il a écouté avec attention les arguments de Raimon.

— Avez-vous imaginé que l'homme en question pouvait, lui aussi, se faire accompagner ? S'il vous a demandé d'être seul, vous a-t-il assuré qu'il le serait lui-même ?… Songez, s'il venait avec un complice, combien il serait facile à celui-ci de vous attaquer par surprise et de vous dérober le parchemin que vous auriez acquis. Ainsi le traître serait doublement gagnant en ayant le paiement de son forfait et en récupérant le document. Il pourrait alors le remettre à la place où il l'a dérobé sans que quiconque, jamais, puisse le soupçonner en aucune façon.

C'est au tour de Raimon d'apprécier les objections de l'archevêque. Après tout, en cette affaire délicate, mieux vaut prudence que témérité. Et puis, tout bien réfléchi, le secrétaire eunuque s'est montré plus que prévenant à son égard. Il pourrait s'avérer un adjoint précieux.

— Montez-vous à cheval, messire ? lui demande-t-il tout de gob.

— Point trop mal, chevalier.

— Rodéric est un cavalier qui pourrait en remontrer à bien d'autres, ajoute l'archevêque avec un sourire de fierté. Et je vous sais gré de choisir la voie de la prudence.

Dans un ample mouvement de robe, il retourne s'asseoir à sa table, ayant recouvré sa sérénité d'homme de commandement. Les deux mains posées à plat devant lui, il a toute l'allure d'un capitaine dressant un plan de bataille.

— Nous allons procéder ainsi : vous, chevalier, partirez tout à l'heure comme vous en aviez le projet, accompagné de votre écuyer.

Raimon acquiesce d'un signe de tête.

— Rodéric, quant à lui, vous rejoindra à Fabreza demain avant sexte. S'il partait en même temps que vous, cela pourrait éveiller les soupçons. Il ira seul au-devant du convoi qui arrivera de Narbonne avec le prisonnier hérétique. Il se fera remettre l'or en mon nom et vous l'apportera aussitôt au castel de votre parrain. Entre-temps vous aurez positionné votre guetteur à l'endroit convenu… Où est-ce, déjà ?

— Non loin de Fabreza. Un endroit que l'on nomme « la combe de l'Esquirol ».

Le chevalier se tourne vers Rodéric.

— Je ne le connais point encore, mais je vous en indiquerai l'emplacement exact au retour de ma randonnée.

— Ne vous mettez pas en peine de cela. Il me semble me souvenir d'y être passé jadis.

L'archevêque s'est mis à tapoter la table du bout des doigts.

— Chevalier, ne tardons pas. Fabreza est à deux lieues d'ici. Si vous voulez y arriver avant la fermeture des portes, mieux vaut vous en aller au plus vite.

— Je me dois, avant tout, d'aller prendre congé de l'abbé.

— Inutile. Vous êtes ici sous ma juridiction et non sous la sienne. Rome, que je sache, a plus de poids qu'une abbaye. Je me chargerai moi-même de lui transmettre votre respectueux salut… Partez, avant qu'il ne vous fasse perdre davantage de temps. Que Dieu vous ait en Sa sainte garde !

Tout est dit. Raimon s'incline.

Chapitre 40

JORDI DE CABESTAN & RAIMON DE TERMES

Abbaye de La Grassa

Les sangsues sont gorgées de sang frais. Cela fait plus d'une heure qu'elles sont à leur besogne curative. À présent, elles ne frétillent plus sur le dos de l'abbé Robertus. Le vieillard est à plat ventre sur sa couche, le haut du corps dénudé et, sur sa peau blafarde, les sangsues, accrochées sous les omoplates saillantes, semblent de gros bubons.

Un peu plus tôt, lorsqu'on lui a rapporté les dégâts causés par l'incendie et la mort des deux hommes, l'abbé a été pris d'un violent accès de suffocation. En l'absence de Diego, parti combattre le feu avec Albéric, frère Josep qui était resté à ses côtés a bien cru qu'il allait trépasser. Et puis, alors qu'il reprenait souffle, Robertus a prié qu'on lui appliquât les sangsues qu'il jugeait moins douloureuses qu'une saignée pratiquée avec la lancette du barbier.

— Votre Grâce, les bêtes ne devraient point tarder à se décrocher. Souhaitez-vous que je les ôte plus vite avec un peu de sel ?

— Non, point. Laissez faire la nature. Dieu connaît mieux que nous la mesure des choses. Il leur ordonnera de tomber quand le temps sera venu. Prévoyez les champignons pour arrêter l'hémorragie.

— Tout est prêt, Votre Grâce.

— Bien… A-t-on prévenu le maître imagier de ce que je voulais m'entretenir avec lui ?

— Je suis ici, Révérendissime Père, répond Jordi de Cabestan qui se tenait à l'écart avec frère Diego, attendant qu'on le priât d'approcher.

— Venez, venez donc au plus près, messire. Et vous aussi, frère Diego. Je n'ai point la force de porter la voix jusqu'à vous.

Frère Josep a tiré un tabouret bas vers la tête du lit. Jordi de Cabestan y prend place.

Dépouillé de sa coule et réduit à lui-même, le puissant abbé Robertus n'est plus qu'un corps décharné, semblable à quelque misérable bestiole marine qu'une main cruelle aurait extirpée de sa coquille. L'effort qu'il fait pour tourner sa tête vers le Maître tend les veines violacées de son cou, tout en faisant saillir l'épine dorsale où sont encore fixées les sangsues.

— Messire de Cabestan, dit le vieillard de sa voix épuisée, je vous ai mandé de m'entendre, car je ne pense pas que les anges de Dieu aient bien longtemps à m'espérer. Le froissement de leurs ailes bat déjà à mon oreille.

Le Maître ébauche un geste de la main.

— Ne m'interrompez pas. Ce que j'ai à vous dire est de bien plus grande importance que mon propre trépas… J'ai tenu à ce que frère Josep et frère Diego assistent tous deux à cet entretien pour ce qu'il concerne l'avenir de notre chère abbaye. J'ai désigné frère Diego pour me succéder à la charge que je sers. Et je ne doute pas que nos fils bien-aimés me suivent dans ce choix. Ce sera donc avec lui que vous achèverez l'ouvrage que nous avons décidé ensemble. Cependant, trop de troubles se sont abattus sur nous, ces derniers jours, pour qu'il soit raisonnable de mettre en œuvre le chantier. Il faut à ce genre d'ouvrage, où la main et l'esprit vont de conserve, un minimum de sérénité et de quiétude. Nous devons attendre d'avoir recouvré l'une et l'autre. J'ordonne donc que soient suspendus les travaux du portail de l'abbatiale. Vous aurez tout loisir de les reprendre sitôt que l'assassin sera tombé entre les mains de notre justice… J'ai appris de notre frère Albin que vous étiez sur la piste d'un hérétique. Pouvez-vous m'en donner des nouvelles ?

— Notre frère archiviste de Saint-Hilaire, Anselme de Montlaur, soupçonne en effet cet homme, le tisserand Gari Destarac de Narbonne. J'ai porté mes recherches dans ce sens, mais n'ai point trouvé trace de sa présence dans les lieux que j'ai visités. Chemin faisant, il m'est arrivé, avec quelques raisons, de soupçonner aussi mon ouvrier Teubald. C'est pourquoi j'ai décidé de venir ici afin de le questionner… Las ! Votre Grâce sait de quelle affreuse manière il a péri.

— J'ai demandé qu'il soit accueilli dans notre cimetière au côté de votre frère. Nous prierons particulièrement pour le repos de son âme.

— Je, Jordi de Cabestan, reçois, au nom de mon atelier, l'honneur auquel Votre Grâce élève nos compagnons.

Une des sangsues s'est décrochée du dos de Robertus et roule sur le carrelage. Frère Josep s'empresse de poser sur la plaie saignante des tranches de champignon, tandis que Diego ramasse l'animal à l'aide d'une pince en bois.

Épuisé par l'effort qu'il a fourni, l'abbé a laissé sa tête retomber sur la couche. Il parle d'une voix hachée, entrecoupée de longues expectorations.

— Il est trop tard pour que vous partiez à présent, mais je vous demande de vous mettre en route pour Narbonne dès demain à l'aube, afin de retrouver cet hérétique au plus tôt. Je vous confierai une missive adressée à la vicomtesse Ermengarde, la priant de vous accorder une escorte de gens d'armes… Un de nos frères m'a informé qu'il avait vu des pigeons s'envoler de la fenêtre de Mgr d'Arsac… Je crains que cet envol ne soit de mauvais augure…

Jordi de Cabestan a compris.

— Je ne chevauche point Pégase, Révérendissime Père, mais je promets à Votre Grâce de m'empresser à ce service autant que je le pourrai.

L'abbé a fermé le lourd rideau de ses paupières. Le Maître s'incline en un profond salut.

Une à une, les sangsues tombent sur le carrelage avec un bruit mat.

Sur l'esplanade devant l'abbatiale, Raimon de Termes lève les yeux vers le ciel désormais limpide. De l'autre côté de la muraille, par-delà les vignes en terrasses, la grosse hydre de fumée noire a été vaincue.

Maintenant, les convois s'organisent pour transporter dans l'enceinte de l'abbaye les monceaux de paille que l'on a pu sauver du désastre.

Raimon descend vers les écuries qui ont accueilli la cavalerie des visiteurs. Pour faire de la place aux nouveaux venus, ânes et mulets ont été rassemblés dans un enclos. Les chevaux, nerveux, piaffent et s'ébrouent, flancs frissonnants. Certains ont encore l'œil dilaté par la peur de l'orage. Tous ont été gagnés par l'agitation fébrile des hommes partis combattre l'incendie.

Le chevalier a donné ses ordres. Les gens de sa suite regagneront demain le château de Termes avec tout le bagage emporté pour les cérémonies de l'adoubement. Il ne reste plus à Lucas qu'à seller Drac et son propre cheval pour qu'ils s'en aillent tous deux à Fabreza.

Une pensée continue d'obséder Raimon tandis qu'il balaie du regard l'esplanade grouillante d'hommes. Lequel de ces moines retrouvera-t-il demain au lieu du rendez-vous ? Frère Josep, qu'il avait un moment soupçonné, lui paraît hors de cause. Affecté au chevet de l'abbé, il est peu probable qu'il le quitte tant que celui-ci n'aura pas recouvré toutes ses forces. De même, frère Albéric, qui a en charge l'organisation des convois de paille et du déblayage des ruines, ne saurait se soustraire à cette tâche. Tous deux sont pourtant les mieux placés pour avoir accès à la bibliothèque. La charte de Carolus Magnus ne peut se trouver ailleurs que dans la section consacrée aux archives de l'abbaye. Seul un lettré peut y accéder et seuls les clercs sont lettrés. Le traître ne peut donc être qu'un tonsuré.

— Chevalier de Termes !

Le jeune homme a sursauté. La voix qui vient de l'interrompre dans ses réflexions est celle de Jordi de Cabestan.

— Pardonnez mon abord qui trouble vos pensées.

— Je vous en prie, messire. Y a-t-il quelque chose que je puisse pour vous ?

— La confusion des événements m'a empêché de m'entretenir plus tôt avec vous, mais une question m'inquiète, dont vous avez peut-être la réponse.

— Si je le puis, je vous la donnerai sans faillir.

— Étiez-vous céans, hier, lorsque mon frère Valerian fut porté en terre ?

— J'y étais, mais je n'assistai point à l'inhumation.

— Vous a-t-il été donné de voir son corps auparavant ?

Un pli amer marque les lèvres du chevalier au souvenir de ce cadavre odieusement supplicié.

— Je l'ai vu.

— N'avez-vous point remarqué quelque chose dessus son vêtement ?

— Oui-da, messire. Il portait une trace sur le devant. Une marque rouge qui devait être du sang.

— Je doute fort qu'il s'agisse de sang. Le corps de la première victime, à Saint-Hilaire, portait une trace semblable. À l'examen, elle s'est révélée faite d'une teinture dont la couleur ne s'oxyde pas. Vous souvenez-vous quelle forme avait celle que vous avez vue ?

— Je m'y suis peu attardé, mais il me semble qu'elle dessinait une sorte de long crochet.

Pensif, le Maître fronce les sourcils puis, tendant son couteau vers Raimon :

— Pourriez-vous en reproduire le dessin, je vous prie ?

Surpris par la demande du Maître, le chevalier comprend à son regard que se joue là quelque chose d'important qui lui échappe. Saisissant le couteau, il s'accroupit et s'applique à tracer sur la terre meuble la figure la plus fidèle à son souvenir.

Il s'écarte ensuite pour laisser le Maître se pencher sur le schéma représentant une barre terminée par une sorte de boucle ouverte.

— Chevalier, pardonnez à mon interprétation de contredire la vôtre. Ceci n'est pas un objet, mais une lettre. Il s'agit d'un « b », malhabile, certes, mais reconnaissable malgré tout.

Face à la mine dubitative du damoiseau, le Maître se baisse à son tour pour tracer, en avant de la première forme, une marque de taille semblable.

— Voyez, ceci était peint sur la tunique de mon compagnon Thomas-le-Boiteux. Un alpha majuscule… Il est vrai que chacune des inscriptions, prise séparément, peut induire en erreur mais, en les plaçant côte à côte, on ne peut plus douter qu'il s'agisse de lettres… Un « a » et un « b ». L'assassin les a écrites à la hâte, dans l'obscurité. Cela explique l'incertitude de leur contour.

Tout en se redressant, le Maître a effacé les lettres de la pointe de sa chaussure.

— Pensez-vous qu'il ait l'intention d'énumérer, de crime en crime, l'alphabet tout entier ? demande Raimon.

— Je ne le crois pas. Il s'agit très certainement du début d'un mot ou d'un nom.

— Faudra-t-il un nouveau crime pour que nous en sachions davantage ?

— Fasse Dieu que nous trouvions l'assassin bien avant.

Le Maître rengaine son couteau, étonné d'avoir employé un pluriel, comme si Raimon de Termes était lui aussi en quête du criminel. À la vérité, Jordi ignore pourquoi ce jeune noble se trouve ici. Il n'a guère l'habitude de frayer avec les seigneurs du pays. Lui, l'ancien clerc, s'est toujours tenu à l'écart des hommes de guerre. Non qu'il s'en méfie, mais ils sont trop éloignés des églises ou des abbayes qui constituent son quotidien depuis de longues années. Leurs mœurs ne sont pas les siennes. Il s'est même demandé un instant si le chevalier possédait la moindre notion d'écriture. Or, contrairement à la plupart de ceux de sa caste, le damoiseau semble instruit. Son allusion à l'alphabet en est une preuve. Aussi l'imagier se permet-il d'insister :

— Avez-vous ouï parler d'un certain Gari Destarac ?

Ainsi, frère Flavian ne s'était pas trompé. Le Maître de Cabestan était bien sur la piste de l'hérétique. Sur le coup, Raimon est tenté de répondre par la négative – la mission dont l'archevêque l'a chargé ne regarde que lui –, mais il tient le mensonge en dégoût et ne veut point se sentir soumis à la tutelle du prélat.

— L'homme dont vous parlez sera bientôt mis aux fers, sur ordre de Mgr d'Arsac.

Jordi ne peut retenir un soupir de dépit. Ainsi, tout amoindri qu'il était, l'abbé avait vu juste.

— Votre sincérité vous honore, chevalier. Il est donc inutile que je m'aventure plus avant dans la quête de cet homme. Il ne me reste plus qu'à en informer le Révérend Père Robertus.

— N'en faites rien, je vous prie !

D'un geste spontané, Raimon a posé sa main sur l'avant-bras du Maître.

— Pour quelle raison ?

— Il se joue entre l'archevêque et l'abbé une fort méchante partie dont je suis l'otage. Je dois me libérer de l'étau où ils me tiennent tous deux si je veux conserver mon rang et l'honneur de mon nom.

La détresse soudaine qui se lit dans les yeux du chevalier fait fléchir le cœur du Maître. Il ne connaît que trop bien les luttes intestines qui se livrent au sein de l'Église romaine dans la quête du pouvoir. La réforme du pape Grégoire VII et de ses successeurs a mis un peu d'ordre dans les pratiques, mais elle n'a point modifié le cœur des hommes.

— Courez sans crainte à votre fortune, chevalier. Mon silence vous est acquis.

— Grand merci à vous, messire de Cabestan. Ma reconnaissance ne faillira point.

Un large sourire accompagne le salut de Raimon. Jordi s'incline à son tour. Les deux hommes reprennent chacun leur chemin.

Un peu plus bas, devant la porte des écuries, Lucas attend son jeune maître entre les chevaux prêts au départ. Frère Flavian, le moine géant au clair visage, se tient auprès de lui. Il fait trois pas timides à la rencontre de Raimon.

— Chevalier, votre valet vient de m'apprendre que vous quittiez l'abbaye.

— Je ne tarderai point à y retourner.

— Certes, certes. Mais sommes-nous jamais sûrs des projets de la Providence ?... Aussi, je ne voulais pas que vous partiez sans savoir certaines choses.

Tout en détachant la bride de son cheval de l'anneau qui la retenait, Raimon fait signe à Lucas de patienter encore un peu et, manœuvrant Drac, il entraîne le géant à l'écart, loin des oreilles indiscrètes.

— Je vous écoute, frère Flavian.

— Cela touche à la fin du pauvre Matéu… Hier matin, avant de sonner l'angélus et de faire la terrible découverte dans le clocher, je m'étais rendu aux latrines. Or, tandis que je m'en retournais, je vis que la porte basse du jardin des simples était grande ouverte.

— Je ne comprends pas… Je vous ai vu ouvrir cette porte, à ma demande.

— En effet, mais la vérité est que je l'avais refermée moi-même quelques heures plus tôt.

— Quel rapport cela a-t-il avec la mort de frère Matéu ?

Le doux visage du géant se voile de tristesse. Il détourne son regard sous le poids d'une gêne obscure.

— Depuis quelque temps, Matéu rencontrait quelqu'un hors de l'abbaye.

L'embarras du géant est tel qu'il clôt soudainement ses lèvres. Raimon a compris ce dont il s'agissait. Il vient à sa rescousse :

— Un homme ?

— Il n'y avait point d'autre femme dans la vie de Matéu que la très sainte Vierge Marie, lâche frère Flavian dans un soupir.

— Est-ce Matéu lui-même qui vous a parlé de cet homme ?

— Nenni, messire chevalier. Notre novice était très discret… Mais j'ai surpris, par hasard, une dispute entre lui et Ebrard.

— Ebrard ?

— Ainsi se nomme notre forgeron… Ebrard était fort énamouré du beau Matéu. Des rumeurs couraient à leur sujet ; mais nul n'avait la preuve de cette liaison hideuse. Moi-même je refusais d'y prêter foi, jusqu'à ce jour fatal où je les ai entendus se quereller. Je me trouvais alors en train de ranger des sacs d'avoine dans le grenier de l'écurie. Ils ne se doutaient pas de ma présence au-dessus d'eux. Et c'est bien malgré moi que j'ai entendu ce qu'ils se disaient au travers des lattes du plancher… Devant l'insistance lubrique que manifestait le forgeron, Matéu a répondu qu'ils devaient mettre un terme à leur commerce honteux, car il ne pouvait être le giton de deux hommes à la fois. Ce sont ses propres mots. Ebrard, alors, s'est emporté, menaçant de battre le novice s'il se refusait à lui, mais l'autre s'est défendu en disant que l'homme qu'il connaissait était très puissant et que le forgeron aurait à s'en repentir s'il lui faisait quelque mal… Là-dessus, il s'est soustrait à l'étreinte d'Ebrard et il a pris la fuite.

— Quand cette algarade s'est-elle produite ?

— Il y a quatre jours de cela.

Un doute affreux s'empare soudain de Raimon. Aurait-il fait fausse route dans sa belle démonstration pour innocenter le forgeron ?

— Pensez-vous que le jaloux ait pu assassiner frère Matéu ?

— Nenni, messire. Si cela était, je n'aurais point trouvé la porte ouverte… J'ai bien réfléchi à tout cela. Pour moi, la chose s'est passée ainsi : c'est Matéu lui-même qui a ouvert à son assassin avec qui il avait rendez-vous. Et c'est par lui que l'homme a su où logeaient les imagiers. Dès lors, il ne lui restait plus qu'à se débarrasser de Matéu pour accomplir le second crime en toute quiétude et accrocher son ange mort à la corde de la cloche.

Raimon revoit la cellule isolée où dormait Valerian de Cabestan. Malgré l'heure tardive, l'imagier devait être encore à sa table de travail lorsque l'assassin était entré pour lui briser la nuque. Il n'avait plus eu ensuite que quelques coudées à franchir pour atteindre le clocher, le cadavre sur ses épaules.

Le récit du moine a balayé toutes les incertitudes de Raimon.

— Puis-je savoir, frère Flavian, qui est votre confesseur ?

— Ce n'est point un secret. Pour sa réputation de sagesse et d'équité, frère Diego est le confesseur que nombre d'entre nous ont choisi.

— Sait-il ce que vous venez de me dire ?

— On confesse ses propres péchés, messire, et non point ceux des autres.

— Mais en taisant ce que vous savez, vous laissez la suspicion et la crainte s'emparer de tous vos frères. Depuis hier, chacun s'inquiète de chacun et il a fallu ce terrible incendie pour que la solidarité renaisse entre vous.

Le géant baisse piteusement la tête, puis il relève son regard tout nimbé d'innocence :

— Regardez-les, messire chevalier…

Du menton, il désigne la file des charrois lourds des monticules de paille descendant à pas mesurés vers la grange. L'œil vigilant, clercs et convers en surveillent les oscillations pour empêcher qu'ils ne versent.

— Voyez comme ils sont appliqués à leur tâche et oublieux de tout le reste. L'inquiétude du jour d'hui a chassé celle du jour passé. Bientôt, ils auront oublié jusqu'à leur propre peur… Mais si je disais ce que je sais sur notre forgeron, c'en serait fait de lui. Il serait perdu aux yeux de tous, livré au bras séculier et le bûcher serait son lot… Le trouble passager de quelques-uns compte bien peu en regard de la perte d'un homme… Dieu me pardonnera d'avoir partagé avec vous une vérité qui m'était trop lourde à porter tout seul, mais Il n'exige pas de moi que je la divulgue auprès de tous.

Frère Flavian s'est tu. Avec une grande douceur, il regarde Raimon de Termes puis lance à mi-voix :

— Dieu vous bénisse, messire chevalier.

L'instant d'après, il disparaît à l'angle de l'écurie.

Chapitre 41

DAME ALOÏS

Fabreza

Entre les alambics enserrés dans leur gangue de terre cuite et les cornues de verre aux longs becs de cigogne, dame Aloïs et Rotland ne savent où donner du regard. L'atelier de *mestre* Béneset, tapissé de carreaux de céramique aux motifs alchimiques, leur semble davantage l'antre d'un magicien que celui d'un simple apothicaire. Diverses représentations de Mercure et d'Hermès alternent avec des formes géométriques ou des symboles zodiacaux. Ailleurs sont figurés des instruments de mesure ou des outils inconnus. Un des carreaux porte un labyrinthe tracé dans un octogone. Tout autour sont inscrits les noms de la Lune, du Soleil et des autres planètes.

D'ordinaire, fort peu de gens sont admis en ce lieu où, à moins d'être initié aux arcanes alchimiques, personne ne comprendrait le sens de ce qui s'y passe. Nul doute que le *mestre* se livre ici à des recherches que l'Église de Rome verrait d'un œil plus que suspicieux. Mais il est à des lieues de s'inquiéter du pape et de ses interdits. Et s'il ouvre en toute confiance son domaine à ses coreligionnaires, c'est qu'il est sûr de leur silence respectueux. Devant leur émerveillement, il affiche la satisfaction de l'honnête artisan faisant partage non de ses secrets mais de leurs résultats.

— Ici, c'est l'athanor, dit-il d'un ton empreint de majesté.

De la main, il flatte le flanc d'une sorte de cylindre en briques qui pourrait sembler la base d'une vaste colonne si celle-ci n'était dotée d'une porte de métal et couronnée d'une sorte de gril circulaire surmonté d'un trépied forgé. Juste au-dessus, une vaste canalisation de terre cuite s'enfonce dans le mur pour évacuer les fumées.

— Ici, le feu transmute toute matière en sa quintessence, explique le *mestre*. Le feu y devient principe de vie. Élément de destruction, il est aussi créateur.

— Mais il est éteint ! objecte Rotland.

— Point tout à fait. Il dort sous la cendre, attendant que je le réveille. Pour l'heure, nous avons mieux à faire… Veux-tu bien me passer les pots dont je vais te donner les noms ?

Du doigt, il désigne un meuble où sont alignés des pots de maintes sortes, semblables à ceux qui tapissent les murs de la pièce où ils ont dîné. Et tout en énumérant les ingrédients dont il aura besoin, il installe sur le plan de travail un mortier de marbre et un pilon de bronze.

— Mandragore… valériane… fleurs d'aubépine… pavot.

Puis il place une petite coupe d'argent sous le bec d'une cornue.

Le nez presque collé aux différentes inscriptions, Rotland met un point d'honneur à se débrouiller tout seul. Pour la première fois, ses leçons de lecture vont lui servir à quelque chose de pratique. Jamais il n'avait imaginé que lire pût être utile ailleurs que dans les livres. Il se dit que, désormais, il prêtera attention aux inscriptions sur les enseignes des échoppes et plus seulement aux objets qui y sont représentés. Sur les façades de Narbonne on trouve mille choses écrites qu'il n'a encore jamais songé à lire. « Honte à moi », se dit-il.

Le premier mot qu'il a pu aisément déchiffrer est « pavot ». Les autres lui ont donné davantage de mal.

De son côté, le *mestre* a ouvert un tiroir d'où il sort certaines graines dangereuses qu'il manipule à l'aide d'une pince en bois.

Finalement, Rotland aligne avec fierté sur le plateau de travail la liste complète des pots qui lui ont été demandés. Dame Aloïs le récompense d'un regard approbateur. Pour un peu, il en oublierait la belle Lucia.

L'apothicaire a maintenant fini d'élaborer son mélange. Il a dosé avec science chacun des éléments qui composeront le philtre destiné à Enric. Feuilles, fleurs et tiges séchées ont été finement émiettées et versées dans le mortier contenant les graines, sous l'œil attentif des visiteurs.

Cependant que *mestre* Béneset se met à réduire tout cela en poudre, Aloïs ose enfin lui parler :

— Il est une chose, *mestre*, que nous ne vous avons point dite encore… Et bien qu'il n'ait été en état de s'exprimer, je sais que, si Enric nous a envoyés chez vous, ce n'est pas seulement dans l'espoir d'une médication… Depuis hier, un autre sujet d'inquiétude tourmente nos esprits.

— Je suppose que vous voulez parler des anges morts ?

Sur le coup, la phrase de l'apothicaire stupéfie Aloïs plus fortement encore que le jaillissement du feu grégeois ne l'avait fait quelques minutes auparavant.

— Les anges, dites-vous ? Nous n'avions connaissance que d'un seul.

— Deux cadavres ont été découverts pareillement déguisés. L'un à Saint-Hilaire et l'autre tout près d'ici, à La Grassa. La rumeur court les rues, depuis hier, que les moines cacheraient d'autres morts afin d'empêcher la terreur de se répandre.

Rotland et Aloïs se regardent, sidérés. Ce nouveau crime dont ils ignoraient tout confirme les révélations du père du jeune Guilhem. « Des anges vont mourir. »

— Et je sais aussi que d'odieux soupçons pèsent sur notre communauté, conclut le *mestre* d'un ton grave.

— Notre maisonnée est convaincue que nous devons nous affranchir de cette menace et dénoncer le coupable, dit Aloïs. Nos frères ont pensé qu'une femme pouvait, plus facilement qu'un homme, faire se dénouer les langues et recueillir des témoignages. C'est pourquoi ils m'ont demandé d'entreprendre ce voyage.

Le *mestre*, silencieux, s'applique à transvaser le contenu du mortier dans le col ouvert d'une cornue. Cela fait, il lève son visage vers Aloïs.

— L'idée ne serait point mauvaise, à la condition de savoir qui l'on cherche.

— Il est vrai que nous ignorons qui est ce meurtrier, mais l'enfant qui est avec nous le connaît. Il l'a même aperçu, sans que nous-mêmes ayons pu nous en rendre compte, du côté de Villarubia.

— Si Guilhem l'a vu, on peut lui faire confiance. Ce garçon voit tout.

L'apothicaire a pris un flacon de verre dont il verse, goutte à goutte, le contenu dans la cornue.

— Vous en a-t-il donné une description précise ?

— L'homme aurait une trentaine d'années, le cheveu châtain clair, la barbe courte, habillé de vêtements coûteux et il chevaucherait une monture à robe grise.

— Cheval ou mulet ?

— Guilhem a dit « cheval », mais j'ignore s'il est capable de distinguer l'un de l'autre.

— Il sait distinguer le sexe d'une souris. Il ne doit guère se tromper en matière d'équidés.

Tout en répondant à Aloïs, *mestre* Béneset a sorti d'un petit boîtier de corne un étrange instrument qu'il montre à Rotland.

— Voici le briquet dont je t'ai parlé… Regarde bien comment il fonctionne.

D'une pression du doigt sur le double manche de l'appareil, actionnant une molette de métal, l'apothicaire fait jaillir du premier coup une étincelle de silex. Aussitôt s'enflamme la mèche d'amadou disposée juste en dessous dans un fin tube de métal.

Rotland est bouche bée. Il regarde le *mestre* approcher la flamme bleutée du vase positionné sous la cornue. À l'instant, une autre mèche prend feu.

— Il ne reste plus qu'à laisser faire l'alchimie, dit le mage en repliant le manche sur lui-même. Tiens, essaie à ton tour.

D'un geste plein de respect, Rotland saisit le briquet tandis que *mestre* Béneset se tourne vers Aloïs.

— Un cheval de couleur grise est un indice qui peut nous être utile. C'est peu de chose, mais ce n'est pas rien… Seuls les nobles ou certains membres du clergé romain ont les moyens de posséder un cheval. Bien que je craigne que cela ne nous entraîne sur une piste dangereuse.

— N'est-il pas plus dangereux de ne rien tenter et de nous laisser accuser d'une infamie dont nous sommes innocents ? rétorque Aloïs.

— Regardez, *mestre* ! s'écrie Rotland qui brandit d'un air de triomphe le briquet surmonté de sa flamme. J'ai fait cela tout comme vous, du premier coup !

— Fort bien… Tu es habile ! Mais garde-toi de laisser la mèche brûler trop longtemps. Elle aurait vite fait de fondre. Sache qu'elle est imbibée d'un produit très précieux. Le même que celui qui chauffe la cornue. C'est de l'huile de pierre distillée. En latin, cela s'appelle *petroleum*. Il m'a été rapporté d'Orient par un homme qui avait suivi la dernière croisade. Hélas ! je n'en possède qu'une amphore bien petite et il ne serait pas très sage de susciter une nouvelle croisade sous le seul motif d'aller nous approvisionner en *petroleum* !

Tout en souriant, l'apothicaire a repris le briquet des mains de Rotland pour le remettre dans son étui de corne. Puis il revient vers Aloïs.

— Oui, nous sommes innocents, dit-il la mine grave, mais cette innocence même est une charge de plus pour nos ennemis, qui haïssent tout ce qui n'est pas à leur stricte ressemblance. À leurs yeux, nous sommes coupables d'innocence. Ils ne nous le pardonneront jamais.

Le *mestre* s'est tu. Il observe attentivement le contenu de la cornue qui s'est mis à bouillonner. La vapeur tapisse la paroi de verre d'une buée aux reflets irisés.

Captivée un moment par l'élaboration du philtre, Aloïs s'en détourne.

— Ainsi, vous nous conseillez d'abandonner nos recherches ?

— Je n'ai rien dit de tel... Je vous conseille la prudence. Dès demain, j'irai informer notre voisin, le seigneur de Fabreza, de ce que vous m'avez appris. Je vous l'ai dit : il est secrètement des nôtres. Je ne doute pas qu'il s'attachera à démasquer le criminel... Un cheval à la robe grise n'est point chose si courante qu'on ne le remarque pas. Arnaud de Fabreza dispose de gens d'armes qui lui sont dévoués. En multipliant les yeux, nous multiplierons les chances d'apercevoir ce cheval, ici ou là. Et si nous arrivons à rallier Raimon de Termes à notre cause, je ne doute pas que nous parvenions à quelque résultat. Vous savez que nous attendons sa visite.

Dans le bec de la cornue, la buée forme de mouvants ruisselets qui viennent perler, goutte à goutte, au-dessus de la coupelle d'argent.

L'air satisfait, le *mestre* se redresse.

— De votre côté, vous n'aurez qu'à poursuivre vos recherches parmi les fermes à l'alentour. Vous direz que vous travaillez pour moi. Je vous fournirai des paniers d'herboristes. Aux personnes que vous croiserez, dites que vous cherchez aussi un cheval gris qui m'appartient et qui s'est échappé. La quête d'un cheval inquiète moins que celle d'un cavalier. Et si quelqu'un sait quelque chose, il en sera plus disposé à parler.

D'une inclinaison de tête, Aloïs approuve ces propos pleins de sagesse. Enric savait bel et bien ce qu'il faisait en les envoyant ici. Ce soir, elle priera pour lui. Les paroles de l'apothicaire ont rempli son cœur d'un nouvel espoir. Demain lui tarde comme une promesse.

— Rotland !

À l'appel de son nom, le jouvenceau, qui contemplait les dessins sur les carreaux de céramique, s'est retourné vers *mestre* Béneset.

— Dis-moi, poursuit celui-ci, possèdes-tu dans la doublure de ta cotte une poche un peu large ?

— Regardez, *mestre*... dit le novice en soulevant un pan de sa tunique. Avant notre départ, notre vieille Catou a cousu ce petit sac à la ceinture de mes braies. À part quelques sols, il est vide pour l'heure, mais on y peut glisser maintes choses.

— Fort bien. Tu y glisseras ceci... dit l'apothicaire en lui tendant l'étui de corne qui renferme le précieux briquet.

Les yeux écarquillés devant un tel cadeau, Rotland ne sait que dire. C'est à peine s'il ose tendre une main tremblante pour le recevoir.

— Prends-le donc. Il te sera plus utile qu'à moi. Et puis je peux en fabriquer un autre. Il s'usera, bien sûr, car rien ne dure à jamais. Quand la pierre en sera finie ou la mèche consumée tout entière, reviens me voir. Je les changerai. À moins que, d'ici là, tu ne sois devenu alchimiste à ton tour et que tu n'en aies percé le secret.

Tout en refermant ses doigts sur l'objet merveilleux, Rotland quête du regard l'approbation d'Aloïs. Il sait qu'il n'est pas bienséant, chez les Vrais Chrétiens, de rien posséder en propre, mais la jeune femme a souri.

— Songe à Catou, dit-elle, qui peine tant, parfois, pour allumer le feu… Tu l'aideras.

S'efforçant de maîtriser sa joie, Rotland met un genou à terre pour remercier le *mestre*. D'une tape légère sur l'épaule, celui-ci le fait se relever.

— Tu me feras penser aussi à te donner un fourreau de cuir pour protéger ce couteau bien mal caché le long de ta cuisse et qui pourrait te blesser.

Rotland se mord les lèvres. Il se sent percé à jour par cet homme qui voit tout, sent tout et doit savoir tout ce qu'il est possible de connaître.

— C'est un couteau… pour le poisson, tente-t-il de s'excuser en bafouillant.

— Certainement, approuve le *mestre*, mais il serait dommage qu'un faux mouvement lui fasse te traverser la jambe.

Et sans plus accorder d'importance à la chose, il revient vers la table d'alchimie où les dernières gouttes d'élixir s'écoulent dans la coupelle.

— Voici l'œuvre accomplie ! s'exclame-t-il après avoir éteint le feu sous la cornue.

Puis, à l'aide d'un entonnoir de métal, il transvase délicatement le contenu de la petite coupe dans une fiole de verre bleuté. Enfin, il en obture l'étroit goulot avec un long bouchon de bois et la tend à Aloïs.

— L'élixir est puissant. Ses effets doivent être maîtrisés avec grande précaution. Le bouchon vous aidera à compter précisément les gouttes à mélanger dans un bol d'eau pure. Trois suffisent à provoquer un sommeil bienfaisant et régénérateur. Six gouttes font apparaître dans l'esprit du dormeur des images illusoires tantôt ravissantes, tantôt horribles selon l'état de celui qui croit les voir. Ces images peuvent persister longtemps après l'éveil et montrer avec toute la puissance de la réalité des choses qui ne sont point… Mais si vous versez douze gouttes dans le bol, assurément, ce sera la mort.

— Que Rotland garde la fiole dans sa poche, répond Aloïs. Je n'ai ni sac ni bourse sur moi.

Le *mestre* enveloppe alors le flacon dans un morceau d'étoffe et le remet au jouvenceau, plantant son regard dans le sien.

— N'oublie pas que tu tiens la vie et la mort dans ta main.

— Père ! Père !

C'est la voix de Lucia qui vient de faire sursauter tout le monde.

Essoufflée d'avoir couru, la jeune fille se tient à mi-hauteur de l'escalier, une main cramponnée à la rampe, le petit Guilhem sur ses talons.

— Père, venez vite, je vous prie ! Il passe, dans la rue, un bien sinistre défilé ! Venez voir, venez voir !

Chapitre 42

JORDI DE CABESTAN

Abbaye de La Grassa

Dans le logis de bois aménagé pour les imagiers, rien n'a été touché depuis la mort de Valerian. Le Maître a décidé qu'il dormirait là, sur cette couche que son frère n'a pas eu le temps d'utiliser. Cependant, à peine franchi le seuil, une bouffée de tristesse l'a saisi. Ses forces ont fléchi soudain, de même que sa volonté. Il s'est laissé tomber à genoux. Ainsi tombent les bêtes qu'on abat d'un coup de massue. Les malédictions des ouvriers à Villaris de Bella, la forêt en feu, la découverte du corps de Teubald et, pour finir, les confidences du chevalier de Termes sur les noires machinations de l'archevêque et de l'abbé, tout cela a ruiné son cœur et sapé sa détermination.

Les coudes sur la paillasse, mains jointes, il voudrait prier. Que Dieu daigne lui redonner joie et vaillance !

Mais en lieu et place des mots de la piété, seuls lui viennent aux lèvres les vers d'un poème entendu il y a fort longtemps dans la bouche de Thomas-le-Boiteux. L'ancien jongleur le tenait d'un troubadour qui lui-même l'avait appris d'un autre qui en ignorait l'origine. À l'écoute de ce poème, le plus sombre qui fût jamais écrit, Jordi avait été saisi d'effroi. Cela lui avait paru comme une sorte d'hymne au néant, dénué de tout espoir de salvation. Un tel abîme s'était ouvert devant lui qu'il en avait retranscrit le texte dans le cahier où il conservait ses notes d'architecte. Sans doute pour apprivoiser sa propre frayeur. Et à cette heure de solitude, dans la chambre de son frère assassiné, ce sont ces paroles de ténèbres qui lui reviennent en mémoire :

Mort !
Tu abats d'un seul coup aussi bien le roi dans sa tour
Que le pauvre sous son toit.
Tu marches continuellement, sans t'arrêter,
Tu lèves sur tous ta bannière.
Tu ne trouves personne pour te résister
Par la parole ou par la force
Tant ton visage est effrayant...

Un coup vif frappé à la porte interrompt le Maître. Il se redresse aussitôt, refusant que quiconque le voie en cet état de détresse. Le temps de franchir l'espace qui le sépare de la porte, il s'est recomposé un visage de sérénité à présenter à son visiteur.

Ils sont deux. Deux hommes dont les figures, en revanche, ne font aucun effort pour cacher leur inquiétude. Il y a là León, le rieur qui ne rit plus, et le forgeron Ebrard qui porte un objet enveloppé d'un chiffon sale.

— Maître... Il faut que vous voyiez cette chose-là, prononce León d'une voix fébrile.

Jordi s'écarte pour les laisser entrer puis referme la porte derrière eux.

— Qu'est-ce donc ?

— La preuve que votre compère Teubald n'est point mort.

C'est le forgeron qui a parlé. Prestement, il déballe l'objet emmailloté. Sous l'œil éberlué du Maître apparaît le bracelet de force de Teubald. Celui-là même qui lui a permis d'identifier le cadavre calciné dans la grange, quelques heures plus tôt.

Jordi ne comprend pas. D'un regard furieux, il interroge León. Dans son parler embrouillé, le compagnon s'efforce d'être clair :

— Je ne sais pourquoi l'envie m'est venue de dire adieu à notre ami avant qu'il soit cousu dans le linceul… Mais trop tard il était… Un moine qui avait pris soin de son corps m'a dit comme ça que c'était impossible de le voir. « Tenez, qu'il m'a fait, si vous voulez garder un souvenir, prenez ceci qui s'est détaché de son bras. » Alors, le bracelet, il me l'a remis comme une pieuse relique… Et quand je l'ai eu dans les mains, longtemps je l'ai contemplé. D'abord tout ému, car pour moi c'était Teubald que j'avais sous les yeux au lieu d'un morceau de cuir et de métal… Et puis, à force de le regarder, je me suis dit qu'il y avait là quelque chose de pas vrai.

— Que veux-tu dire ? s'emporte le Maître. Y a-t-il rien de plus vrai que le malheureux cadavre que nous avons trouvé dans la grange ? N'as-tu pas vu, tout comme moi, son corps presque réduit à l'état de charbon ?

— Bien sûr… bien sûr, bredouille León.

— Dans la grange incendiée, j'y étais moi aussi, intervient le forgeron. Et, sur le coup, je n'ai pas prêté attention à cela. Mais c'est quand votre ouvrier est venu me trouver avec le bracelet que j'ai compris qu'il avait vu juste… Un incendie pareil, cela dégage une chaleur telle que les fournaises de l'enfer doivent sembler bien tièdes en comparaison. Croyez-moi, le feu, je m'y entends mieux qu'en toute autre chose… Or, observez attentivement ce bracelet : les plaques de cuivre qui l'ornent sont fixées au cuir par des rivets d'étain. Et c'est à peine si l'étain est fondu par endroits. Quant au cuir lui-même, les poils de la face intérieure ont été brûlés, mais guère plus que lorsqu'on fait roussir une couenne de porc au-dessus d'une flamme.

Le Maître a écouté les explications du forgeron tout en palpant les diverses parties du bracelet. Ce que dit l'homme est exact. Il ne lui est pas difficile d'en tirer les conclusions.

— À votre avis, le bracelet a donc été placé sur l'avant-bras du mort après que le feu a été éteint ?

— Il ne peut pas en être autrement. Pour moi, j'imagine que votre compagnon a promené un moment cet objet dans le feu, juste le temps qu'il faut pour que les poils se consument, puis il l'a attaché sur le corps carbonisé afin de faire croire à sa propre mort.

— Mais pourquoi cela ?

— Parce que les morts ne peuvent plus se faire tuer, Maître, dit León. Depuis l'assassinat de sire Valerian, le Teubald, c'était à peine s'il pouvait avaler sa salive, tant la peur lui nouait la gorge. Il ne pensait qu'à fuir d'ici pour échapper au tueur. Sans doute il s'est dit que la nouvelle de sa mort le mettrait à l'abri.

— Mais qui est ce cadavre que nous allions porter en terre à sa place ?

Incapable de répondre, León se tourne vers le forgeron. L'homme promène un instant ses doigts dans sa barbe avant de se lancer :

— Je n'ai point entendu dire que quelqu'un ait disparu parmi les gens du village, mais je sais qu'il est arrivé au porcher d'offrir asile dans la grange à quelque voyageur en peine de litière. Ce peut être un de ceux-là… Ou encore un des vagabonds qui errent en lisière des forêts, mendiant ou brigand, que l'orage a surpris. Le malheureux aura pensé trouver là un refuge alors qu'il y aura rencontré son tombeau.

Le Maître approuve de la tête. L'hypothèse du forgeron est certainement proche de la vérité.

— Il faut que l'abbé Robertus soit informé de ces choses. Je doute néanmoins qu'il soit en état de les entendre. Demandez, en mon nom, à parler à frère Diego. Montrez-lui le bracelet de Teubald et exposez-lui ce que vous m'avez dit… Pour ma part, je suis las de trop d'événements dans une même journée. Je n'aspire, à présent, qu'à la solitude et au repos.

Les deux hommes saluent et se retirent de la cabane sans ajouter un mot.

Malgré lui, Jordi de Cabestan laisse alors échapper un long soupir habillé d'un sanglot. Il ne retourne pas s'agenouiller près de la couche pour se livrer à une impossible prière. Il reste un moment immobile, bras ballants, le regard dans le vide tandis que tournent encore dans sa tête des bribes du poème triste.

Mort, ce sont les sages qui ont coutume de te craindre.
Aujourd'hui chacun court à sa perte.
Qui n'y peut aller au pas
Y va au galop...

Ainsi de Teubald que la mort n'a point encore emporté. S'en est-il allé à sa rencontre par d'autres chemins ? Est-ce au pas ou au galop qu'il s'y rend à présent ? Il faudrait, en toute hâte, se mettre en quête du fuyard. Non point tant pour le questionner sur sa brouille futile avec Thomas que pour le protéger du péril qu'il veut fuir.

La nuit ne va pas tarder à tomber. Il est trop tard pour envisager de partir à sa recherche. Et quand bien même le soleil serait plus haut dans sa course, le Maître n'aurait plus la force de s'y lancer. Demain, oui, demain, il ira. En espérant qu'il ne soit pas trop tard. Peut lui chaut, désormais, la capture de cet hérétique narbonnais. D'autant qu'il a promis au chevalier de Termes de ne point s'en mêler. Et puis qu'importe celui des deux qui l'emportera sur l'autre : de l'orgueilleux archevêque ou de l'abbé moribond.

Il se rendra pourtant à Narbonne, mais ce sera pour donner à la femme de son frère son nom de veuve et à ses enfants leur nom d'orphelins.

Machinalement, Jordi s'approche de la table sur laquelle son frère Valerian avait déroulé le *volumen.* À cet instant, la conscience lui vient qu'il n'a même pas eu le temps d'aller se recueillir sur sa tombe. Mais son frère demeure en son cœur, pour toujours enseveli avec toutes ses brassées de gestes bien vivants et la musique de ses mots qui vibre encore en sa mémoire silencieuse. Un cœur endeuillé est une tombe que chacun porte en soi, à jamais.

Les poings en appui sur le plateau de bois, le Maître laisse errer son regard sur les plans du futur portail. Ces dessins harmonieux, c'est lui qui les a tracés dans un moment d'enthousiasme. Car s'enthousiasmer, c'est entrer en Dieu. Cependant, à cette heure, il doute que ce beau projet voie jamais le jour. Dans sa sagesse, l'abbé en a différé la mise en œuvre. Si le chantier devait s'ouvrir bientôt, peut-être vaudrait-il mieux en confier l'exécution à un autre atelier. Former de nouveaux ouvriers prend du temps. Et puis l'ardeur du Maître est restée tout entière du côté de Saint-Hilaire, auprès de ce sarcophage où le jeune Peire demeure seul à œuvrer. Cette heureuse pensée devrait pouvoir consoler de tout. Voilà ce dont il tente de se convaincre en ce moment où ses yeux s'embuent au point de rendre illisible les traits d'encre sur le parchemin.

« Allons, finissons-en avec ce poème, songe-t-il, et que son point final nous guérisse de toute vaine espérance. » Car voici ce qu'il proclame en sa chanson dernière :

La mort est la fin de la bataille
Et l'âme et le corps retournent au néant.

Et lui, Jordi de Cabestan, qui fut clerc et formé dans le giron des hommes de Dieu, lui qui n'eut jamais d'autre labeur qu'au service du Ciel, lui qui a fait avouer à la pierre elle-même l'éternité de l'Esprit, voici qu'il vient de prononcer le mot de « néant ».

Alors il devient le frère de la putain sans espoir de Petra-Talada. Les larmes qu'il ne retient plus sont le sel de l'exil. La détresse qui l'envahit est celle de tous les abandonnés. Jamais il n'a connu pareille tristesse.

Jamais il ne s'est trouvé, sans le savoir, aussi proche de Dieu.

Chapitre 43

RAIMON DE TERMES & DAME ALOÏS

Fabreza

— Place ! Place, au seigneur Raimon de Termes !

Lucas a crié à pleins poumons alors que la porte sud de la ville de Fabreza était en train de se fermer pour la nuit. Le chevalier et lui ne se trouvaient pourtant qu'à une dizaine de toises et bien en vue des hommes du guet. Poussant son cheval au galop et criant comme mille diables, l'écuyer a forcé à l'entendre ceux qui ne voulaient pas les voir. À contrecœur, le sergent de faction a fait signe à son adjoint de l'aider à repousser l'un des lourds vantaux.

Il est vrai que les deux cavaliers n'arborent point de bannière, mais l'écu que brandit Lucas aux couleurs de son maître ainsi que la tunique brodée doublée du chatoyant mantel que porte le chevalier ne sauraient laisser place au moindre doute sur leurs qualités respectives.

Le valet a mis son cheval au pas, obligeant ainsi Drac, qui le suit, à adopter la même allure. Il n'a pas échappé à Raimon que Lucas a tiré encore sur les rênes pour ralentir davantage au moment de franchir majestueusement la porte, tout en affectant la plus parfaite indifférence devant les deux manants qui s'inclinaient à leur passage. Le chevalier sourit malgré lui. Ce n'est pas la première fois qu'il remarque combien les domestiques tiennent plus que leurs maîtres aux marques de déférence dues à ces derniers.

Une fois dans la ville, Raimon hésite. Ou plutôt aime-t-il à se laisser croire qu'il hésite alors que son choix est tranché depuis qu'ils ont quitté La Grassa. Une seule presse le tient : retrouver sa Lucia qu'il n'a pas vue depuis trop de lunes.

— Lucas, il n'est point encore trop tard pour certaine visite que je dois faire. Rends-toi sur-le-champ au château afin d'annoncer ma venue à mon parrain. Qu'il place un veilleur à sa porte. Je ne serai pas long à y frapper.

Et, tandis que l'écuyer pique droit en direction du donjon, Raimon, le cœur battant, bifurque dans la première venelle. À peine a-t-il fait quelques pas que le bruit d'un tumulte de voix et de hennissements mêlés vient couvrir le cliquetis des sabots de Drac. Il lui faut encore franchir un pâté de maisons pour se retrouver dans la rue de l'église et découvrir l'origine de cet inquiétant tapage.

Six hommes d'armes à cheval entourent une charrette bancale dont une roue s'est coincée dans une profonde ornière entre les pavés disjoints. L'incident pourrait prêter à rire, si ce n'est que la charrette porte une cage de fer pareille à celles destinées au transport des bêtes fauves, mais qui renferme un être humain en place d'animal. Le malheureux a le cou ceint d'un carcan de fer d'où partent deux chaînes rivées au sol métallique. Ainsi ne peut-il ni se lever ni s'agripper aux barreaux, mais seulement s'efforcer de rester assis, ballotté au gré des secousses, le cou meurtri à chaque chaos.

Raimon a tout de suite compris. La tenue des hommes d'armes est celle des gens qui appartiennent à l'archevêque Pons d'Arsac. L'homme dans la cage ne peut être que cet hérétique dont il a écrit le nom sous la dictée du prélat. Les pigeons ont dû faire très bon voyage pour que tout soit allé plus vite que prévu et les valets de l'archevêque ont dû mener le convoi à bride abattue. On ne les attendait pas avant le lendemain.

En dépit des efforts du meneur d'attelage, la roue reste bloquée. Fouetter les chevaux ne servirait à rien. Il faut soulever la charrette pour la dégager de son logement de pierre. Le capitaine de la troupe a ordonné à ses hommes de quérir de l'aide alentour. Mais les portes du voisinage restent closes bien qu'ils tambourinent dessus à coups redoublés et appellent à l'aide au nom de l'archevêque. On est ici sur les terres de la vicomtesse Ermengarde et non sur celles du prélat. L'autorité de Rome semble avoir peu d'emprise en ces lieux.

Une porte, cependant, s'est entrouverte quelques toises plus bas dans la rue, mais les gens d'armes n'y ont pas prêté attention, tout obstinés qu'ils sont à vouloir se faire aider des maisons voisines.

Raimon, lui, a tout de suite repéré la façade de l'apothicaire. Il entrevoit trois visages pointant le museau au-dehors, entre crainte et curiosité. Malgré le jour qui décroît, il est sûr d'avoir reconnu dans l'un d'eux celui de sa bien-aimée. Et c'est comme si le crépuscule du matin succédait à celui du soir. Sa joie et son bonheur sont à portée de main, dans l'entrebâillement d'une porte. Son devoir cependant passe avant toute chose.

D'un talon impérieux, il pousse Drac jusqu'au lieu de l'accident. Tout à leur affaire, les hommes de l'archevêque ne l'ont pas entendu venir. Son surgissement les surprend.

— Capitaine, je suis le chevalier de Termes. J'arrive de La Grassa, missionné par Mgr l'archevêque. Son secrétaire a le projet de vous rejoindre ici demain matin. Où comptiez-vous aller si tard ? lance-t-il d'une voix pleine d'assurance.

Le chef de la troupe s'incline dans un profond salut, imité par ses hommes.

— L'ordre était pressant, messire. Nous avons pensé satisfaire au mieux la volonté de Mgr l'archevêque en nous hâtant le plus possible. Nous espérions trouver assistance pour la nuit auprès du seigneur de Fabreza.

— Vous l'y trouverez. Mon écuyer est déjà dans la place et le seigneur de Fabreza est de mes proches. Présentez-vous en mon nom au château. Je vous y rejoindrai plus tard.

— Pour l'heure, il nous faut dégager la roue, mais nul ne daigne nous venir en aide. C'est à croire que cette ville est peuplée de morts !

Sans relever la remarque du capitaine, d'un geste Raimon lui désigne l'endroit d'où il vient.

— Un peu plus haut, le long du rempart, vos hommes trouveront près de la poterne quelques outils abandonnés par des pierreux et un tas de sable. Faites-en porter un plein seau que vous viderez dans l'ornière. La roue devrait mordre aisément dessus. Vous n'aurez plus qu'à pousser l'attelage.

Aussitôt, l'ordre est transmis. Deux gens d'armes s'éloignent au galop. Le chevalier n'a cure du succès de leur entreprise. Tandis qu'il parlait avec le capitaine, il a vu disparaître les visages derrière la pierre d'angle au portail de l'apothicaire. L'a-t-on reconnu ? A-t-on eu peur de lui ? Pourvu qu'on veuille bien lui ouvrir ! Déjà, il s'avance vers la maison de l'Amour, espérant d'y être encore aimé.

Il ne peut s'empêcher au passage de jeter un regard vers le prisonnier tassé dans sa cage. Voici donc ce Gari Destarac qui n'était pour lui qu'un nom tracé sur un bout de parchemin ; une abstraction qualifiée d'hérétique et soupçonnée de crimes épouvantables. Grande est la distance entre l'idée vague qu'il s'en faisait et la réalité de ce corps mis à mal par l'affreuse condition où il est réduit. Avait-on besoin de l'enchaîner comme un ours ? L'homme paraît indifférent à tout ce qui l'entoure. Les paupières closes et le visage tourné vers le ciel autant que l'y autorise le cercle de fer qui enserre son cou, il prie.

Et, bien plus que l'image du repentir, c'est celle du martyre qui s'impose à l'esprit de Raimon. Un tel homme peut-il avoir accompli ce dont on l'accuse ? N'est-il pas plutôt victime que bourreau ?

Cependant, voici le chevalier arrivé devant le portail de l'apothicaire et sans qu'il ait manifesté en rien sa présence, celui-ci s'ouvre comme par enchantement.

— Entre, lui souffle une voix qu'il reconnaîtrait entre mille.

La cour enténébrée paraît déserte, mais sitôt a-t-il franchi la pierre de seuil que le vantail se referme derrière Drac dans un bruit sourd. Une ombre est là, ajustant le verrou. Et c'est elle.

Le chevalier se laisse glisser à bas de la selle. Il fait trois pas vers l'ombre qui vient vers lui. L'instant d'après, ce ne sont plus que deux ombres emmêlées qui s'étreignent sous les étoiles.

Les lèvres de Raimon sont aussi chaudes, aussi gourmandes, aussi sucrées que celles du souvenir. Tout un jour d'été renaît dans ce baiser de septembre. Pour Lucia, c'est comme si le jouvenceau la sauvait de la noyade une seconde fois. Noyée dans l'attente de lui, noyée dans la tension du désir, noyée dans le doux ennui des longues semaines passées à rêver à ce corps lointain, à cet « amour de loin » que chantent les troubadours qui savent ne rien perdre pour attendre. Serrée contre lui, la voici renaissante et reprenant couleurs de joie.

Les mains du chevalier se font pressantes. Elles veulent dénouer les cordons de l'amigaut, se glisser sous l'étoffe à la recherche des tétons durcis.

— Attends, souffle-t-elle. Attends… Il se passe quelque chose de grave. Mon père reçoit des hôtes qui veulent te voir.

— C'est toi que je veux voir. Personne d'autre.

— Mon père doit te parler.

— Moi aussi… Je dois lui parler de nous.

— Je ne doute pas qu'il t'écoute, à la condition que tu l'aies d'abord écouté.

Lucia s'est détachée de Raimon, le repoussant du bout des doigts en manière de taquinerie, mais avec une fermeté qui n'échappe pas au jeune homme. Il a senti le sérieux sous la feinte légèreté. Son œil s'assombrit.

— Qu'y a-t-il, Lucia ?

— Tu le sauras bientôt. Suis-moi… dit-elle en s'éloignant vers la porte qui donne sur l'escalier.

Puis, se ravisant soudain, elle fait volte-face :

— Ne m'as-tu point dit que coulait dans tes veines un sang aussi ardent que celui de ton père ?

— Sans doute… je te l'aurais prouvé si tu m'avais laissé faire.

Lucia réprime l'envie de rire qui la prend bien que ce qu'elle ait à dire ne soit point drôle du tout.

— Tu m'as raconté qu'il n'avait pas toujours été fidèle à ta mère, n'est-ce pas ?

— Qu'importe ce que fit mon père en son temps !… Si mon sang est le sien, mon cœur n'est point semblable. Je te jure, moi, fidélité plus grande encore qu'à mes suzerains, au roi ou à Dieu Lui-même !

— Il ne s'agit pas de cela, Raimon. Je ne doute de toi en aucune façon. J'ai foi dans le serment que tu m'as fait, mais je te demande une chose… par amour pour moi.

Lucia a tendu les mains pour saisir dans leur corolle celles de Raimon. Et ce geste de tendresse augmente encore l'inquiétude du garçon.

— Quelle que soit ta demande, par amour pour toi, je te l'accorde… Parle, je t'en prie !

— Promets-moi que tu ne te mettras en colère contre rien de ce que tu entendras ni rien de ce que tu verras céans.

— Je te le jure !

Au regard du chevalier, Lucia reprend confiance. Il n'est d'or plus franc que ces deux yeux-là. Elle pose au creux de sa paume un baiser plus léger qu'un pétale de rose et s'élance dans l'escalier.

— Mais qu'entendrai-je de si terrible ? dit-il en montant prestement à sa suite.

— Des choses contre Rome, répond-elle sans se retourner.

— Si ce n'est que cela, j'en pourrais rajouter une pleine louche !... Et que verrai-je ensuite de si inquiétant ?

— Ton frère.

Lucia vient d'atteindre la dernière marche. Cette fois, elle s'est retournée. Trois degrés en dessous, Raimon s'est immobilisé aussi.

— Mon frère ? Mais n'est-il point au château, sous la tutelle de mon parrain ?

— Ce n'est pas du jeune Benoît de Termes que je parle... C'est d'un autre frère que tu ne connais pas et qui ne te connaît pas non plus.

Le chevalier retient un geste d'agacement.

— Un frère que je ne connais pas ? Quelle farce me joues-tu, Lucia ? Pourquoi se gausser ainsi de moi ?

— Je ne me moque point, Raimon... Souviens-toi de la promesse que tu viens de me faire.

Sans rien ajouter, elle se détourne, abaisse la poignée de la porte d'étage et pénètre dans la pièce.

Hautes sont les flammes dans l'âtre près duquel dame Aloïs est allongée sur la banquette au doux lainage. *Mestre* Béneset tient son poignet pour en vérifier le pouls tandis que Rotland, accroupi auprès d'elle, promène sous son nez un flacon au parfum poivré.

Un peu plus tôt, répondant à l'appel de Lucia, tous trois étaient remontés de la cave pour voir ce qui se passait dans la rue. Ils n'avaient fait qu'entrouvrir la porte tant le fracas des armes, des chevaux et de la charrette bringuebalante sonnait lourd de menaces. Et il avait suffi d'un instant pour qu'Aloïs et Rotland reconnaissent leur frère Gari dans le misérable prisonnier au col serti de fer. Devant cette vision terrible, Aloïs avait perdu connaissance. On l'avait transportée à l'étage afin que le *mestre* pût s'appliquer à la ranimer. À force d'onguents sur les tempes, de massage aux huiles médicinales et d'eau de fleur d'oranger avalée à grand-peine, elle était revenue à elle pour retomber, quelques instants plus tard, en profonde pâmoison.

— Le pouls est en train de se rétablir, déclare l'apothicaire en reposant doucement le gracile poignet au bord de la banquette.

Il s'est redressé et marche vers Raimon qui se tient, interdit, sur le seuil.

— Que Dieu bénisse le chevalier de Termes ! dit-il en étreignant le jeune homme d'une accolade paternelle.

— Que Dieu bénisse cette maison et vous-même, *mestre* Béneset, répond Raimon qui lui rend l'accolade.

Puis, d'un geste à sa ceinture, il détache son épée et la dépose sur un coffre en signe de paix.

C'est alors que Rotland qui était de dos se redresse, pivotant sur ses talons pour faire face au nouveau venu. À peine a-t-il vu Raimon que son geste se fige, tout comme se fige le chevalier à son tour.

N'étaient la folle danse des flammes dans la cheminée et le crépitement des étincelles, on pourrait croire qu'un enchanteur a suspendu le temps par quelque sortilège. Pareillement immobiles se tiennent Lucia et son père. De même le jeune Guilhem qui, un instant plus tôt, jouait avec sa souris sur le plancher et reste à présent bouche bée au spectacle des deux damoiseaux face à face. Mêmes yeux surlignés de sourcils volontaires, même dessin du profil, même forme de visage auréolé d'une chevelure identiquement brune et rebelle. Il n'est jusqu'au menton creusé d'une fossette semblable qui ne participe à l'illusion du double. Vit-on jamais pareille ressemblance entre deux inconnus ? Chacun des deux regarde l'autre, aussi stupéfait que si un miroir venait de surgir devant lui. Un miroir qui jouerait à brouiller les images, changeant le seigneur en manant et le manant en seigneur.

— Eh bien, n'avais-je pas raison ? Et n'êtes-vous point frères ? dit Lucia, brisant le silence.

Mais ni l'un ni l'autre ne trouve mot à la juste mesure de sa propre stupeur.

Rotland le premier s'avance vers Raimon, devant qui, en geste d'hommage, il pose un genou en terre. Presque aussitôt Raimon agit de même, renonçant à son titre et abolissant, d'un coup, toute idée de préséance. De la dextre, chacun saisit l'avant-bras de l'autre en un geste amical.

— Je savions point qu'il y avait deux Rotland ! s'émerveille Guilhem.

À ces mots, les jouvenceaux éclatent d'un rire clair. Car si grande est leur émotion qu'ils ne peuvent s'en échapper d'aucune autre manière.

— À moins que ça ne soit deux Raimon, renchérit Lucia, l'œil malicieux.

— Ce serait un bien curieux prodige, réplique le chevalier.

Ensemble ils se sont relevés, l'enfant des étangs et le fils des châteaux. Ils ne se toisent ni ne s'affrontent mais s'envisagent, désemparés tous deux face à l'image du destin de l'autre. Avec la simplicité qui lui vient de nature, Rotland est le premier à rompre le silence :

— Pour moi, le prodige n'est pas bien grand... Tant et tant de fois mon père m'a jeté au visage qu'il n'était pas mon père !

— Quant au mien – mais je ferais peut-être mieux de dire : quant au nôtre –, rien ne lui agréait davantage que de battre campagne des jours durant et toutes leurs nuits avec !

En dépit de son clair regard, la voix de Raimon a vibré d'une onde d'amertume.

Une autre voix lui répond. C'est Aloïs qui a repris toute sa conscience. Son teint livide, ses lèvres tremblantes trahissent le gouffre béant de son âme :

— Il n'y a point de merveille dans l'ouvrage du démon. Il ne trame ses fils que pour tisser les pièges où il nous prend. Frères infortunés, il ne faut ni vous lamenter ni vous réjouir d'une faute qui n'est pas la vôtre, mais si vous le pouvez, sachez unir vos cœurs pour contrarier le Malin.

Raimon de Termes la regarde, sans comprendre. Que veut dire cette femme ? Admirable est son visage et tout, dans sa personne, est marque de grandeur en dépit de son accoutrement de pauvresse. Qui donc est-elle ?

— Noble dame, dit-il, mon cœur et mon épée sont au service de notre Seigneur Dieu.

— Noble je ne suis point, répond-elle, mais fasse le ciel, chevalier, que votre Dieu soit aussi le mien.

« Quel sens donner à ces paroles ? se demande le damoiseau. Y a-t-il d'autre Dieu que Dieu ? »

Mestre Béneset s'approche de lui et pose une main sur son épaule en un geste rassurant que son âge autorise.

— Dame Aloïs de Malpas ainsi que Rotland et l'enfant Guilhem sont tous trois adeptes de la nouvelle religion. Ils sont venus en ma demeure chercher secours contre le mal qu'on leur a fait.

Raimon plante dans le regard du *mestre* ses yeux où l'effroi le dispute à l'incrédulité.

— Vous aidez des hérétiques ?

Le vieil homme a laissé retomber sa main.

— Hérétiques est le nom que nous donnent les serviteurs du pape, mais nous sommes les serviteurs de Jésus. Nous sommes les Vrais Chrétiens.

L'aveu de l'apothicaire sonne aux oreilles du chevalier comme le glas de ses propres croyances. Déjà son séjour à La Grassa a fait vaciller en lui nombre de ses certitudes. Voici le dernier coup de boutoir. Il y a trois jours de cela, au matin de son adoubement, il a juré de protéger l'Église. Mais quelle Église ? Celle de cet archevêque pétri de vices, infatué de son rang et ennemi déclaré des pauvres ? Celle encore de ces moines orgueilleux, félons et corrompus ?

Un à un, Raimon parcourt les visages qui l'observent. Celui du *mestre*, nimbé d'intelligence et de bonté. Celui de sa fille Lucia, irradié de l'amour qu'elle lui porte. Celui de cette grande dame en habit de misère, tout auréolée de sainteté. Celui enfin de ce garçon du peuple dont les veines, à n'en point douter, charrient un peu de son propre sang. Tous attendent sa réponse.

Alors d'une voix nette, s'appliquant à détacher chaque mot comme un juge énoncerait sa sentence, il se met à parler :

— Sachez l'homme que je suis et connaissez ce dont je suis capable… C'est moi qui de ma propre main ai écrit l'ordre d'arrestation de votre frère Gari Destarac.

Sans laisser le temps à personne de réagir à ces mots redoutables, Raimon se détourne, va jusqu'au coffre où il a déposé son épée, s'en saisit et tendant sa dextre au-dessus d'elle, il proclame haut et fort :

— Que Dieu et vous tous puissiez me pardonner. Car toujours je serai le champion du droit et du bien contre l'injustice et le mal… Cette épée, je la voue, désormais, à votre cause.

Chapitre 44

JORDI DE CABESTAN

Abbaye de La Grassa

Frère Flavian relâche la grosse corde. Les derniers tintements de l'angélus du soir résonnent dans l'air mat du jour qui s'achève. Les portes se sont refermées sur l'ultime chargement de paille sauvé de l'incendie. Des villageois venus prêter main-forte, nul n'est resté dans l'enceinte de l'abbaye. Le calme est revenu. Par instants, le grégal, ce vent marin qui vient de l'est, apporte des bouffées de cendres, des relents de choses brûlées. De-ci de-là, il soulève quelques fétus de paille tombés des chariots. À ceci près, on pourrait croire qu'il ne s'est rien passé.

Par ordre de l'abbé, les corps du porcher et de l'inconnu ont été ensevelis dans une fosse commune. Nulle messe particulière ne sera dite pour eux. Frère Diego a récité la prière des morts sur le tumulus fraîchement retourné. Ensuite, accompagné du fossoyeur et de ses aides, il a rejoint l'abbatiale pour le dernier office. La terre se tassera. L'érosion, peu à peu, finira par effacer la trace de ce qui fut, sur les rivages palimpsestes du temps.

« *Memento, homo, quia pulvis es, et in pulverem reverteris*[1] », songe le Maître de Cabestan tout en roulant le *volumen* de parchemin portant les dessins d'architecture.

1. « Homme, souviens-toi que tu es poussière et retourneras à la poussière. »

Il le range ensuite dans son tube de cuir puis remet dans leur boîtier tous les outils d'écriture avec les pigments pour les encres. Longuement il a réfléchi. Les pierres nécessaires au portail ont été livrées un mois plus tôt. Le carrier a été payé. Il faut donc que le projet soit mené à son terme. Cependant, même si Teubald réapparaissait, lui et León ne suffiraient pas à la tâche. Jordi a tranché. Il fera réaliser l'ouvrage par un atelier concurrent. Quitte à venir lui-même, plus tard, peaufiner les détails du tympan. Il n'a pas son pareil pour rendre dans la pierre la fluidité d'une chevelure et le plombé d'un drapé ou encore marquer l'éclat d'un regard par un coup de poinçon à l'angle des paupières. Et pourtant peut lui chaut que l'abbaye de La Grassa porte sa marque, comme tant d'autres, pour les siècles à venir. Y aura-t-il seulement des siècles ? Trente-cinq ans encore, et celui-ci finira. Peire sera devenu un homme mûr, maître en son métier et lui, Jordi de Cabestan, redevenu poussière. Mais il sait qu'en hissant la pierre – comme il l'a fait – du chaos de la matière brute vers l'harmonie de la pensée, il aura contribué à marier à jamais la Terre et le Ciel. Fi donc du néant ! La vie accomplie est là, tangible et durable. Seul importe d'en achever les promesses.

Le Maître s'en veut de s'être abandonné au désespoir quelques heures plus tôt. L'épuisement en est la cause. Allons, il faut oublier ce poème malsain. Et puisque Teubald est vivant, on le retrouvera. Demain, dès l'aube, il partira à sa recherche avec l'aide de León.

Jordi trempe ses mains dans la cuvette d'eau claire pour s'en frictionner le visage. La fraîcheur lui fait du bien. Par trois fois, il recommence, finissant par y plonger sa tête tout entière. Barbe et cheveux ruisselants, il s'ébroue comme un animal.

Une pellicule grise a terni la surface de l'eau. Crasse des poussières de l'incendie et des larmes, crasse du voyage, peau morte du doute et de l'accablement.

À deux mains, il empoigne la cuvette pour en vider le contenu au-dehors.

Une voix retentit soudain, venant des écuries.

— Au voleur ! Au voleur !

L'immense silhouette d'un moine court en direction du réfectoire. C'est frère Flavian. Son cri a alerté d'autres moines qui apparaissent sur le pas de la porte.

Jordi les rejoint.

— Frères, dit le géant essoufflé par sa course, on nous a volé un cheval !

Sorti parmi les premiers, frère Albéric s'étonne :

— Es-tu sûr de ce que tu avances ? Les écuries sont pleines de tous les chevaux de nos hôtes. Peut-être auras-tu mal compté ?

— Non, non, je ne puis me tromper. Celui-ci est toujours dans la première stalle. C'est notre vieux roncin. Il y était encore avant que j'aille sonner la cloche pour l'incendie. Nul ne l'a fait sortir. Il n'y a que les ânes et les mulets qui ont servi aux attelages… Et plus encore, on nous a dérobé des piquets. De ceux dont on se sert pour le palissage des vignes. Il y en avait une brassée contre le mur de l'écurie. Elle a disparu tout comme le cheval.

— Seul un homme du village peut avoir fait le coup. Un de ceux qui nous ont aidés à rapporter les chargements de paille.

Oubliant la règle de silence, chacun y va de son commentaire ;

— Quelqu'un a dû le voir ! Un cheval, ça n'est pas une souris, tout de même !

— Il y avait tant de gens et tant d'allées et venues !

— Le roncin, il n'est guère plus grand qu'un âne, je ne sais pas si j'y aurais prêté attention.

— Des piquets de vigne, voilà qui est étrange. Qui peut s'occuper de palisser si tôt dans la saison ?

— La nuit n'est point trop sombre. Prenons des lanternes et des torches et allons au village. Nous trouverons notre voleur.

— Alertons les gens d'armes de l'archevêque. Ils nous viendront en aide !

— Non !

Frère Albéric a presque crié pour couvrir le brouhaha des autres. Sa haute taille lui permet d'agiter une main impérieuse au-dessus des têtes.

— Non, frères ! Nul de nous ne sortira avant demain. Ce serait là une expédition bien hasardeuse. Rien ne nous assure que ce soit quelqu'un du village. Quel intérêt un de nos serfs aurait-il à s'emparer d'un cheval ? Est-ce là chose si facile à vendre ? Le pouilleux se ferait tout de suite prendre. M'est avis que c'est plutôt quelqu'un de l'abbaye.

— Comment l'un de nous aurait-il fait pareille vilenie ? interroge un convers, la mine scandalisée.

— Je n'ai point dit l'un de nous, réplique frère Albéric, mais quelqu'un parmi nos hôtes.

Disant cela, il s'est tourné vers le Maître qui écoutait, à quelques pas du groupe, sans se mêler à la discussion.

Le moine insiste d'un ton brusquement insidieux :

— Qu'en pensez-vous, messire de Cabestan ?

— Que dois-je penser, frère Albéric ?

— Eh bien, ne pensez-vous pas, comme moi, que votre compagnon Teubald pourrait avoir commis ce vol ?

L'attaque inattendue du moine prend le Maître au dépourvu. Il en est tellement étonné qu'il bredouille :

— Teubald ?... Mais... Comment pouvez-vous imaginer...

— Il me semble qu'un homme qui est capable de déguiser un cadavre afin qu'on le prenne pour lui ne doit pas avoir grand scrupule à s'emparer d'un cheval.

À ces mots, un murmure parcourt le groupe des moines. Frère Albéric promène sur eux un regard victorieux en quête d'approbation auquel certains semblent répondre.

Jordi est suffoqué. Le visage émacié du moine qui lui fait face, lui paraît déformé par une haine à peine retenue. Jamais auparavant, il ne l'a vu ainsi. De l'œil, il cherche frère Diego en qui il ne doute pas qu'il trouverait un appui. Mais celui-ci doit encore se trouver au chevet de l'abbé avec frère Josep.

— Que répondez-vous à cela ? insiste l'accusateur.

Le Maître plante ses yeux dans ceux du moine, tout en lui souriant aussi sereinement qu'il le peut.

— Je prierai cette nuit pour l'apaisement de votre âme, frère Albéric, dit-il d'une voix ferme.

Puis, tournant les talons, il s'en va d'un pas vif.

— Je prierai, moi, pour qu'on nous rende ce cheval ! lance le moine d'un ton vindicatif.

Mais son apostrophe retombe dans le silence de la nuit.

Chapitre 45

NUIT – 1
DAME ALOÏS & RAIMON DE TERMES

Fabreza

— À la bonne heure, messire ! Je languissais de vous voir paraître ! Une partie de plus et j'abandonnais mes braies à ce maraud !

Le vieux Lucas s'est levé à l'approche de son maître, reposant sur le plateau de bois les dés et le cornet de cuir. L'homme avec qui il jouait est un des soldats d'Arnaud de Fabreza. Une de ses jambes est restée sur le champ de bataille lors de la guerre entre Toulouse et Narbonne, tranchée net par la hache d'un Toulousain. Voilà plus d'une heure qu'ils attendaient ensemble au poste de garde l'arrivée du chevalier, confiant leur ennui au hasard du jeu.

Lucas s'incline devant cette étrange dame toute vêtue de gris qui accompagne son maître. Mais, n'osant se montrer indiscret, il s'inquiète de l'absence de Drac.

— Il est en de bonnes mains dans une maison voisine. À deux pas d'ici. Je le récupérerai en raccompagnant notre amie.

Voilà qui est fort beau, mais, pour Lucas, cela signifie qu'il va devoir patienter encore selon la fantaisie du chevalier avant de pouvoir se coucher.

— Ne tardons pas, conduis-nous jusqu'à mon parrain.

Décrochant une torche de sa fixation, le valet s'engage sous la voûte de l'entrée. Raimon et Aloïs lui emboîtent le pas. Resté assis à sa place, l'homme à la jambe perdue secoue le cornet à dés en les regardant s'éloigner. Double six, affichent les dés. Dommage que ce soit un coup pour rien.

Chez *mestre* Béneset, Aloïs a pris le temps de raconter au chevalier la cruelle mésaventure d'Enric et de Gari et comment il est impossible que ce dernier soit coupable de ce dont on l'accuse. Ce récit a conforté l'intuition qu'avait eue le jeune homme à la vue du prisonnier enchaîné. Il n'a plus qu'une hâte : faire triompher la justice.

Alors qu'ils traversent la cour, Aloïs lui a saisi l'avant-bras dans un geste compulsif. La funeste charrette est là, dételée. La cage est vide. Raimon a senti un frisson parcourir la jeune femme. Mais déjà ils arrivent devant la porte de la salle où se tient le maître du logis.

À peine entré, Raimon doit résister à l'assaut d'une bête énorme qui se rue sur lui et manque de le renverser. C'est Argos, le chien d'Arnaud de Fabreza. Un mâtin ibérique au tempérament folâtre avec lequel le jeune homme a l'habitude de jouer. L'animal somnolait devant la cheminée, auprès de son maître. Celui-ci vient de quitter son fauteuil.

— Au pied, Argos ! ordonne-t-il d'une voix ferme.

Aussitôt le chien, penaud, retourne s'asseoir devant l'âtre, tandis que sire Arnaud s'approche de ses visiteurs.

Du premier regard, il a reconnu dame Aloïs, pour l'avoir rencontrée à Narbonne, lors d'une assemblée de Bons Chrétiens. Par trois fois, il s'agenouille devant elle qui, par trois fois, pose sur son front une main bénissante.

La veille encore, pareille vision aurait laissé Raimon pantois. Son propre parrain rendant hommage à une « hérétique ». À cette heure, il se contente de l'observer comme un signe de plus de l'adieu à son innocence. Un peu plus tôt, il a appris de la bouche de *mestre* Béne-set qu'Arnaud de Fabreza a adopté, lui aussi, cette foi nouvelle, concurrente de l'Église de Rome. Si tant de personnes estimables tournent leur cœur vers elle, c'est peut-être que Dieu Lui-même l'a en estime ?

La jeune femme et le seigneur de Fabreza se sont donné le baiser fraternel. Mais, alors qu'Arnaud et le chevalier échangent l'accolade, Aloïs s'inquiète :

— Sire Arnaud, dites-moi, je vous prie, des nouvelles de notre frère Gari. Nous l'avons vu tantôt en grande détresse !

— Dame Aloïs, soyez sans crainte. Il se porte le moins mal possible dans la condition où il est. Face aux hommes de l'archevêque et dans l'ignorance de ce dont on l'accuse, j'ai dû donner le change. Aussi l'ai-je placé sous la surveillance de mes propres gardes dans le cachot du donjon.

— Puis-je le voir ?

— Sur l'heure, si vous daignez me suivre. Les hommes de l'escorte font ripaille au logis des soldats. Certains sont déjà couchés… Nul ne nous importunera.

Au bruit du verrou que l'on tire, Gari a sursauté. Le surgissement soudain des flambeaux dans les ténèbres de sa geôle l'éblouit. Vient-on le torturer ?

À l'instant où il reconnaît Aloïs qui s'approche de lui, il s'élance et l'embrasse dans une étreinte éperdue, plongeant contre son épaule un visage baigné de pleurs.

— Frère, je t'en prie, dis-moi ce qui s'est passé à Narbonne et quel est le sort de nos amis ?

Gari ne répond pas. Lentement, il se détache de la jeune femme tout en gardant ses mains dans les siennes. Le silence du cachot paraît celui d'une tombe. Seuls grésillent les flambeaux de poix brandis par Raimon et Lucas. Puis Gari se met à parler, d'une voix blanche, comme privée d'émotion :

— J'étais seul en la demeure. Tierric avait accompagné Simian pour livrer une commande. Catou était à quelque affaire au fond du verger. Je me trouvais, quant à moi, à l'étage, absorbé par l'étude. Lorsque j'ai entendu frapper à la porte, j'ai pensé qu'un client nous venait voir… Mais presque aussitôt il s'est fait un grand bruit de choses qu'on renverse et des cris ont éclaté, poussés par des voix inconnues. J'ai entendu mon nom prononcé plusieurs fois. J'ai lâché mes livres et couru vers le palier. Tout s'est passé très vite…

Gari s'est interrompu. Il baisse les yeux comme s'il rentrait en lui-même.

— Courage, frère, ne me cèle rien de ce qui est advenu. Je saurai tout entendre. Crois-moi, j'ai une certaine expérience du malheur.

La fermeté d'Aloïs fait honte à Gari de sa propre faiblesse. Alors il poursuit son récit de fureur et de sang :

— Du haut de l'escalier, j'ai vu les hommes d'armes secouer Enric pour le faire parler. Ils l'avaient pris pour moi et, l'ayant tiré violemment de sa couche, ils voulaient l'obliger à se nommer. Face à son silence dont toi et moi connaissons la raison, leur colère s'est muée en rage féroce. L'un deux a saisi un cruchon et l'a frappé à la tête. Le sang a jailli de sa tempe déjà meurtrie. Alors j'ai hurlé : « Je suis Gari Destarac ! » Se retournant, ils ont lâché Enric dont le corps est retombé lourdement sur le sol. Lorsqu'ils se sont emparés de moi, j'en ai vu deux qui le reposaient sur sa couche… mais il était trop tard. Notre frère Enric était mort.

Et voici que l'espoir n'a plus de nom ni de sens. Car l'espoir participe du vivant et non de ce qui n'est plus. Au seul énoncé de ces mots, Aloïs semble anéantie. Elle ferme les yeux. Mais ni larmes ni tremblements, pas même un soupir ne l'anime. A-t-elle épuisé sa faculté à s'émouvoir en voyant Gari dans sa cage ? À moins que la potion que lui a fait boire *mestre* Béneset au sortir de son évanouissement ne l'ait dotée d'une force surhumaine. Raimon de Termes, qui l'a vue choir par deux fois dans les pâmes, s'apprêtait à la soutenir. Il retient son geste tandis qu'il la regarde poser une main paisible sur l'épaule de Gari.

— Frères, dit-elle, si notre foi ne nous soutient pas à cette heure, c'est qu'elle ne compte pour rien. Je vous en conjure, retenons nos sanglots et nos lamentations. En vérité, je sais qu'Enric de Malpas est en Dieu, à présent. Plus rien de la damnation de la Terre ne saurait l'atteindre, car son âme est sauve pour l'éternité. Gardons notre compassion pour ceux de nos compagnons qui sont encore la proie des tourments du monde et pâtissent dans leur tunique de chair. Puissions-nous mener nos âmes par le même sentier de perfection qui fut celui de notre frère ! Et, à l'image d'Enric, puissions-nous être capables d'aborder dans la Foi Parfaite aux rivages de la mort !

Aloïs se tait. Elle s'agenouille, imitée par Gari et Arnaud de Fabreza. Tous trois, d'une même voix empreinte de confiance, se mettent à dire le Notre Père.

Leurs flambeaux à la main, Raimon et Lucas contemplent sans bouger cette image de piété. Un trouble profond s'est emparé du chevalier. N'y a-t-il pas, dans ce cachot misérable, davantage d'Esprit qu'au sein d'une grandiose abbatiale ? Et Jésus qui, dit-on, naquit dans une étable, n'est-il pas mieux honoré dans la paille d'une geôle qu'au milieu des ors d'une cathédrale ? Lui reviennent en mémoire les propos que son parrain avait échangés avec l'archevêque, le soir de son adoubement. Ses paroles emplies de bienveillance à l'égard des pauvres. Comment se faisait-il qu'il n'en eût pas saisi le sens profond ?

Le damoiseau n'a pas loisir de pousser plus avant sa réflexion. Leur prière achevée, les trois orants se sont relevés.

— Sortons d'ici, dit Arnaud de Fabreza, et arrêtons ensemble ce qu'il convient de faire.

Quelques minutes plus tard, tous sont réunis autour de la cheminée où flambe un tronc de chêne.

Avant toute chose, dame Aloïs veut que la moindre part d'ombre soit exposée au grand jour de la vérité. Plus rien ne doit subsister des doutes qui l'ont assaillie pendant leur voyage.

— Gari, dit-elle, je sais que l'agression dont Enric a été la victime ne s'est pas déroulée exactement comme tu nous l'as présentée à votre retour… Aujourd'hui, alors que nous cheminions avec l'âne, la soudaineté d'un orage nous a surpris à quelques lieues d'ici, nous forçant à trouver refuge à l'endroit même où Enric et toi vous étiez arrêtés. Une perle de buis arrachée du sac de notre frère nous a raconté le drame autrement que tu ne l'avais fait. Mais je pressens que ce travestissement n'est pas né de ta fantaisie. Je te demande seulement de nous en donner les raisons. Et avant même que tu parles, sache que ton mensonge est déjà pardonné. Enric n'aurait point voulu qu'il en soit autrement.

Assis à côté d'Aloïs, sur le même banc, Gari se mord les lèvres. Il passe une main sur son col endolori par le collier de fer, mais c'est une souffrance plus profonde qui l'étreint.

— Je n'ai rien voulu dissimuler d'autre que ma propre couardise… Fatigués par une longue marche, comme je vous l'ai dit, il est exact que le sommeil nous a pris sous l'auvent de cette grange. Or, m'étant réveillé le premier, je m'étais éloigné dans un taillis pour satisfaire un besoin pressant. C'est alors que j'ai entendu des chevaux qui montaient vers la grange. Si le buisson me dérobait à la vue des cavaliers, je pouvais les apercevoir très distinctement au travers du feuillage. La peur me saisit quand je reconnus l'un d'eux. C'était l'homme dont je vous ai parlé et qui fut mon maître en l'abbaye de Saint-Hilaire. Le maudit archiviste Anselme de Montlaur. Je ne sais quelle affaire l'amenait dans ces parages, ce devait être quelque vile transaction pour laquelle il ne voulait pas de témoin. Et voilà qu'au bruit des chevaux Enric s'est réveillé. Sortant innocemment du sommeil, il s'est avancé vers les cavaliers pour les saluer. Mais, sitôt avaient-ils mis pied à terre que, sans le moindre motif de courroux, ils se sont jetés sur lui et l'ont tous deux frappé. Le moine de ses poings, l'autre à l'aide d'une sorte de canne ferrée qui lui fit le grand dol que tu sais. Plus il demandait grâce, plus les coups redoublaient… C'est ainsi que j'assistai, démuni, impuissant, au martyre de notre frère. Que pouvais-je faire sans armes ? Anselme de Montlaur n'aurait pas hésité à assouvir sur moi sa vengeance… Je suis persuadé qu'il est à l'origine de mon arrestation d'aujourd'hui et qu'il n'aura de cesse de me faire payer au plus haut prix la déception que je lui ai causée dans le passé… Pour en finir avec le jour de la malaventure, j'ai vu l'archiviste et son complice, leur forfait accompli, entrer dans la bâtisse dont ils ont gardé la porte fermée tout le temps qu'ils y étaient. De ma cachette, je pouvais voir Enric gisant au sol, comme mort. En proie à la plus grande peur, je n'osai sortir du taillis, espérant que les deux hommes s'en iraient bientôt. Mais ils furent très longs à réapparaître. D'interminables minutes s'écoulèrent avant que je les voie enfin quitter la grange, en verrouiller la porte et s'en aller sur leurs montures, chacun de son côté. Alors, seulement, je me précipitai auprès d'Enric… Voilà la véritable histoire, telle qu'elle est advenue. À présent, vous pouvez pardonner au poltron que je suis. Rien, cependant, ne m'excusera jamais à mes propres yeux.

Tous ont écouté Gari sans l'interrompre. Chacun se disant, à part soi, qu'en semblable circonstance il n'aurait sans doute pas mieux agi. Telle pleutrerie est commune à quiconque craint pour sa propre vie.

Arnaud de Fabreza promène une main machinale dans le pelage d'Argos.

— Je ne serais point étonné, dit-il, que cette aventure ait quelque lien avec les crimes survenus dans les deux abbayes. La présence de l'archiviste de Saint-Hilaire me paraît une coïncidence bien suspecte... Où se situe cette grange ?

— Dans un vallon tout proche de Villarubia, répond Gari. C'est une construction à la conformation étrange : plutôt élevée pour un bâtiment de ferme et dotée d'étroites ouvertures qui ressemblent davantage à des meurtrières qu'à de véritables fenêtres.

— Je connais cet endroit. Une légende rapporte qu'il fut, à l'origine, une tombe wisigothe au temps du roi Alaric II. Vers la fin du siècle dernier, le vicomte Pierre voulut y faire édifier une église pour contrecarrer le pouvoir de l'abbaye, mais sa mort mit un terme au chantier. Son neveu, Aymeri Ier, abandonna le projet et, quelques années plus tard, il se mit en tête de le transformer en bastion pour y établir une garnison. Il mourut, hélas ! avant la fin des travaux. Par la suite, son fils, Aymeri II, en fit un entrepôt à grains, mais il était trop éloigné de Narbonne et on finit par l'abandonner tout à fait. Ouverte à tous les vents, envahie d'herbes folles et de ronciers, la bâtisse était devenue le lieu de rencontre des malandrins, des ribaudes et autres vagabonds de passage. Sa mauvaise réputation était telle que les bonnes gens s'en tenaient prudemment à l'écart. On m'a dit qu'elle avait été rachetée, il y a un an ou deux, par un notaire de Narbonne pour le compte d'un marchand. Des ouvriers ont remis le bâtiment hors d'eau et placé les fermetures nécessaires, mais nul n'y a jamais vu entrer ou en sortir la moindre marchandise. Aujourd'hui encore, ce lieu est mal famé. Il se raconte dans le pays qu'il porte malheur à ceux qui s'en approchent. L'histoire que vous venez de narrer pourrait bien confirmer cette malédiction... L'endroit se nomme la combe de l'Esquirol.

— Qu'avez-vous dit, parrain ? La combe de l'Esquirol ? s'exclame Raimon.

— Ce n'est là qu'une appellation très ordinaire. Qu'y trouvez-vous d'étonnant, mon filleul ?

— Je dois m'y rendre demain pour une affaire dont je vous parlerai plus tard... Mais réglons tout d'abord la question de la sécurité de nos amis.

Raimon s'est tourné vers Gari.

— Si l'archevêque a lancé l'ordre de vous arrêter, messire, c'était pour gagner de vitesse les abbés de La Grassa et de Saint-Hilaire. Le Maître de Cabestan et moi-même avons aussi mission de trouver l'assassin qui terrifie les abbayes. Faute d'autre suspect, votre nom a été évoqué plusieurs fois... Vous l'ignorez certainement, mais deux autres crimes ont été perpétrés à La Grassa, dont vous êtes bien sûr innocent. Et si vous l'êtes de ceux-là, c'est bien la preuve que vous êtes étranger au premier assassinat.

Gari s'est pris la tête dans les mains.

— Serions-nous Vrais Chrétiens si nous venions à manquer au sixième commandement ? Comment peuvent-ils imaginer que nous soyons capables de tuer nos semblables ?

— La vérité est qu'eux-mêmes n'hésitent pas à le faire, réplique Arnaud de Fabreza. Pour l'heure, vous êtes sous ma protection. Demain, je me porterai garant de votre innocence devant l'archevêque d'Arsac. Vous irez prendre, cette nuit, quelque repos chez *mestre* Béneset et, dès l'aube, mes hommes d'armes iront vous chercher pour vous escorter jusqu'à Narbonne. Je vous chargerai d'une missive pour la vicomtesse Ermengarde, lui demandant de veiller à votre sécurité. Par son secours, nul ne vous importunera.

Les apaisantes paroles du seigneur de Fabreza ont soulagé tout le monde, comme il arrive parfois quand raison et bon sens l'emportent sur folie et fausseté.

Dame Aloïs, qui jusque-là était restée songeuse, s'adresse à Raimon :

— Messire chevalier, sachez que Rotland, Guilhem et moi sommes venus chez *mestre* Béneset non seulement pour notre frère Enric, mais aussi afin d'enquêter comme vous-même sur ces crimes. Tant que le coupable ira librement, le poids du soupçon pèsera sur notre communauté. Avez-vous découvert quelque chose qui permettrait de l'identifier ?

Raimon hausse les épaules en signe d'impuissance.

— Las, ma dame ! Tout ce que je sais avec quelque certitude, c'est que l'homme tue ses victimes en leur brisant la nuque. Il doit donc être assez jeune et vigoureux… J'ai aussi appris, par Jordi de Cabestan, qu'il trace à l'encre rouge des signes sur les vêtements des cadavres. Selon le Maître, il s'agirait de lettres. Nous en ignorons le sens. Il semblerait de plus qu'il se déplace à cheval. Ce serait donc un homme riche et lettré.

— L'enfant Guilhem l'a rencontré. D'après lui, ses cheveux sont châtain clair, il est en effet richement vêtu et monte un cheval gris.

— Gris, dis-tu ? sursaute Gari.

— Guilhem nous l'a assuré. J'ai grande confiance en son témoignage.

— J'ai vu un cheval gris, moi aussi. C'était à la combe de l'Esquirol. Anselme de Montlaur était sur un alezan au chanfrein étoilé de blanc, mais l'homme qui l'accompagnait avait un cheval à la robe uniformément grise, comme jamais auparavant je n'en avais vu.

En entendant Gari, Raimon a bondi de son siège.

— L'archiviste de Saint-Hilaire serait donc complice de l'assassin !

— Ne nous précipitons pas en besogne, mon filleul, tempère sire Arnaud, se levant à son tour. S'il s'agit bien du même cheval, tout ce que l'on peut dire, c'est que les deux hommes se connaissent et traitent ensemble d'affaires secrètes. La charge est déjà lourde. Mais gardons-nous d'en tirer des conclusions par trop hâtives… Cependant, il se fait tard et la journée sera longue. Je propose que nous allions dormir.

L'épuisement se peint, en effet, sur les visages. Lucas se retient de bâiller. Le chien Argos, le museau entre les pattes, dort déjà. C'est à peine s'il entrouvre un œil au bruit des sièges que l'on repousse.

Raimon saisit le flambeau des mains de son valet.

— Reste ici, Lucas. J'accompagne moi-même nos amis. Garde la porte jusqu'à ce que je revienne. Je ne tarderai pas.

Chapitre 46

NUIT – 2
JORDI DE CABESTAN

Abbaye de La Grassa

Aux humains rompus par le labeur, la nuit offre son manteau de ténèbres afin qu'ils y trouvent l'oubli réparateur. Pour les bêtes sauvages, elle sonne l'heure de la chasse et du sang.

Mais les loups ne glapiront pas cette nuit. Non plus que ne hululera la chouette aux yeux perçants. L'impitoyable loi du feu les a bannis de leur terre dévastée. Les bêtes ont emporté dans leur fuite les mille bruissements de la vie.

Jordi de Cabestan tend l'oreille à ce silence inaccoutumé. Allongé sur sa couche, il songe aux propos accusateurs de frère Albéric. Se pourrait-il qu'il ait raison et que Teubald soit bien le voleur du cheval ? Ce serait une tache sur l'honneur de l'atelier. L'achat d'un nouveau cheval réparerait le vol mais n'effacerait point la tache. Cependant, ne vaut-il pas mieux qu'il en soit ainsi ? Si Teubald a pu sauver sa peau, après tout, qu'importe le prix à payer. Avec un cheval, à condition d'être parti assez tôt, il a eu le temps de regagner Narbonne. Il connaît là-bas quelques personnes susceptibles de l'héberger. Mais ensuite que fera-t-il ? On ne peut fuir sans cesse.

Au refus de León de venir dormir avec lui dans la cabane prévue pour deux, le Maître a pu jauger du degré de terreur où les crimes ont plongé ses compagnons. L'ouvrier avait peur d'un logis isolé, derrière l'abbatiale. Il a argué qu'il ne se sentait en sécurité que dans le dortoir des convers, auprès du menuisier et des autres, entouré de beaucoup de gens.

Et lui, Jordi, aurait-il peur ? Est-ce pour cela qu'il ne peut trouver le sommeil ? Est-ce la raison qui l'a poussé à ne point souffler la mèche de la lampe à huile et à poser auprès de lui la petite fleur de pierre aux sept pétales ?

Dans la lueur pâlotte de la flamme, il observe au plafond les mouvements d'une araignée, allant en lignes brisées pour bâtir sa toile à l'angle d'une poutre. L'ouvrage de la bestiole suit un plan régulier tout en s'adaptant aux aléas de son parcours. Tantôt les fils tracent des angles identiques, tantôt leur écartement s'accroît ou bien il diminue, en tirant parti du moindre relief du bois, écharde ou fragment d'écorce. Insoucieuse des obstacles, l'araignée s'en sert pour poursuivre sans relâche la construction de son piège. Aucune mouche ne se doute qu'elle finira dans ces rets. L'araignée sait pourtant qu'elles seront nombreuses à s'y prendre.

« Est-ce ainsi que procède l'assassin ? » se demande Jordi. Depuis combien de temps a-t-il projeté son dessein criminel ? Tout cela doit dater d'il y a longtemps, soigneusement réfléchi dans les moindres détails. L'homme a d'abord volé le cordage à Petra-Talada afin que les soupçons se portent sur quelqu'un de l'atelier comme l'a fait le Maître au sujet de Teubald. Il a ensuite profité du chantier de La Grassa, qui a scindé l'équipe des ouvriers, pour commettre son deuxième crime. Cela prouve qu'il était au courant des projets de l'atelier. De quoi va-t-il tirer parti, maintenant ? Car il n'y a aucune raison pour qu'il mette un terme à son œuvre de mort.

Toutefois, il est fort peu probable qu'il tente quoi que ce soit entre les murs de l'abbaye où séjourne la troupe armée de l'archevêque. Il agira plutôt en un lieu où on ne l'attend pas. León peut dormir tranquille. Cette nuit, il ne lui arrivera rien.

Brusquement, Jordi se prend à tressaillir. Une affreuse inquiétude l'envahit à la pensée du jeune Peire. L'apprenti est seul à Saint-Hilaire. Bien sûr, il est sous la protection de l'abbé Deltheil et puis frère Lluc, le bègue au grand cœur, a promis de veiller sur lui. Mais sont-ils tous deux un rempart suffisant contre la folie meurtrière qui anime l'assassin ?

Le Maître se retourne. Il saisit la petite fleur de marbre et la contemple avec toute la ferveur dont il est capable, priant Dieu et tous les saints de protéger son apprenti.

Un frôlement soudain contre sa porte l'interrompt. Il se redresse sur son séant, prêt à empoigner le couteau encore glissé à sa ceinture. Il tend l'oreille, incertain d'avoir bien entendu. Un nouveau bruit écorche le silence.

Cette fois, on a frappé à l'huis. Trois coups légers mais clairement audibles.

— Qui va là ?

— C'est moi, Maître Jordi, souffle la voix. Frère Josep. Je vous prie de m'ouvrir.

Le Maître a dégainé. Il n'est pas bien sûr d'avoir reconnu le timbre du moine, déformé au travers du panneau de bois. D'une main prudente, il retourne le loquet, s'apprêtant à bondir en arrière. La porte s'ouvre et c'est bien la frêle silhouette du vieux moine qui apparaît sous la clarté lunaire.

— Puis-je entrer ? demande-t-il tout en se faufilant dans la cabane sans attendre la réponse.

« Il faut que l'homme ait des yeux de chat pour s'aventurer ainsi sans lanterne, songe Jordi qui referme la porte, mais il est vrai qu'il habite ici depuis si longtemps que le moindre pavé doit être familier à son pied. »

— Pardonnez ma visite impromptue, dit-il d'une voix toujours retenue. J'étais encore avec notre Révérendissime Père, espérant que le sommeil vienne le visiter.

— Comment va-t-il ?

— Mieux, bien mieux, beaucoup mieux, je vous remercie. Oui, oui… enfin, aussi bien que puisse se porter un homme que tout le monde s'apprête à enterrer… Mais ce n'est point de lui que je voulais m'entretenir avec vous.

— Je vous écoute, frère Josep.

— Oh ! oui, oui, vous allez m'écouter, je n'en doute pas. Car ce que j'ai à vous apprendre vous intéressera grandement.

Jordi ne peut retenir un sourire tant la façon de parler du vieil homme est particulière, soulignée de tics et de hochements de tête, comme s'il approuvait lui-même tout ce qu'il est en train de dire.

— Voilà donc que j'étais dans la chambre de notre abbé Robertus, lorsque j'ai ouï que l'on criait : « Au voleur ! » Je me suis aussitôt approché de la croisée d'où j'ai pu voir toute cette agitation autour de frère Flavian et puis vous-même qui étiez pris à partie par frère Albéric… Oh ! oui, oui, j'ai bien entendu ce qu'il vous disait.

— Je crois que tout le monde l'a entendu. Il ne faisait aucun effort pour retenir sa vindicte à mon encontre.

— Oh ! oui, oui. Et je sais bien qu'il a fait ainsi car il sait, tout comme je le sais moi-même, lequel de nous sera bientôt élu abbé.

Le Maître ne peut s'empêcher de marquer son étonnement face à l'affirmation du moine.

— Je croyais que votre abbé avait désigné frère Diego comme successeur.

— Oh ! oui, oui. Robertus a fort bien préparé sa succession, et avec la plus grande sagesse. Mais ce sera quelqu'un d'autre qui lui succédera et non pas celui qu'il a imaginé.

— Comment pouvez-vous être aussi péremptoire en ce qui concerne un sujet tellement hasardeux ?

— Il n'y a rien de hasardeux dans les rouages d'une abbaye. Il peut survenir un accident, oh ! oui, oui. Mais point du tout de hasard…

Plus il écoute frère Josep, moins Jordi comprend où celui-ci veut en venir. Ce qu'il dit est peut-être fondé, mais en quoi cela le concerne-t-il ?

— Après tout, que m'importe lequel d'entre vous succédera à l'abbé.

— Je crois que cela vous importe plus que vous ne le pensez, messire de Cabestan. Car certains de nos frères ont toujours désapprouvé le projet d'un nouveau portail pour notre abbatiale. Le futur abbé partage cet avis contraire à vos plans. Et lorsqu'il sera élu, il annulera purement et simplement la commande.

— Qui ?… Pouvez-vous seulement me dire de qui il s'agit ?

— Il vous appartient de le découvrir par vous-même. Car si je vous le disais, à coup sûr, je signerais ma perte. Oh ! oui, oui !

À l'écoute de pareilles sornettes, Jordi doit réprimer un mouvement d'impatience.

— L'abbé Robertus et moi avons dressé devant témoins l'engagement qui nous lie pour ce portail. Ni l'atelier ni l'abbaye ne saurait s'en dédire sans qu'il en coûte cher autant à l'un qu'à l'autre. Son successeur aurait grand tort de l'annuler… J'y avais songé moi-même, à la suite de la mort de mes compagnons, mais j'ai décidé de le mener à bien. Cela se fera sans doute avec d'autres ouvriers que les miens. Peu importe… D'ailleurs, si Robertus a décidé d'en suspendre la réalisation, il n'a aucunement renoncé à ce qu'elle se fasse.

— Oh ! oui, oui… Cependant, chaque mort qui survient est une voix de plus vers l'élection du frère ennemi des images… Il se murmure que Notre-Seigneur Jésus, tout comme Sa très sainte Mère, n'aurait pas véritablement envie de ce nouveau portail… Nos frères sont davantage portés à la prière qu'au débat de la pensée. Ils ont tendance à interpréter les signes dans un sens qui leur ressemble… Imaginez-vous ce qu'ils viendraient à penser si, par grande infortune, on venait à découvrir un nouvel ange mort ?

Chapitre 47

NUIT – 3
RAIMON DE TERMES

Fabreza

Dans la maison de l'apothicaire, déjà dort Aloïs, l'enfant Guilhem blotti contre elle avec Mirgo la souris. Le courant d'air d'un rêve furtif fait bouger les moustaches de la bestiole. Déjà dorment aussi dans la pièce voisine Rotland et Gari, l'un et l'autre harassés par une journée sans pareille. Nul songe ne les vient visiter.

Lorsque Aloïs et Gari, en présence du *mestre* et de sa fille, lui ont appris la mort d'Enric, Rotland a été envahi d'une bouffée de haine qu'il a cachée aux yeux de tous. Ses amis ont beau dire et beau faire, ce ne sont pas les Évangiles qui les protégeront des méchants. Lui qui sait à peine lire, lui qui a grandi au cœur de la nature sauvage, il a compris d'instinct qu'aucun livre, jamais, ne servira de bouclier. L'épée du noble Raimon, son presque frère, ou l'humble couteau de cuisine dont il s'est lui-même armé sont de meilleurs secours que tous les écrits savants et toutes les prières du monde. Tandis qu'il écoutait, frissonnant d'horreur, le récit de Gari évoquant l'intrusion meurtrière des gens d'armes dans leur paisible maison, sa décision n'a pas été longue à mûrir. Demain, à l'heure où les soldats d'Arnaud de Fabreza viendront chercher les Bons Chrétiens pour les raccompagner à Narbonne, il ne partira pas avec eux. Raimon a dit qu'il était sur la piste du criminel par la faute de qui tout avait commencé. Il paraît même qu'il s'est engagé auprès de l'abbé Robertus à lui apporter la tête du monstre. Voilà qui plaît au bouillonnant Rotland. Demain, il rejoindra le chevalier. À eux deux, ils traqueront la bête immonde. Et si Dieu le veut, ce sera lui, Rotland, qui portera le coup fatal. En son cœur, cette ardeur du sang a balayé la douce rêverie d'amour. Que la belle Lucia appartienne au noble Raimon de Termes, puisque la Fortune aveugle en a décidé ainsi, mais la mort du tueur d'anges sera la victoire et la gloire de Rotland, le misérable pêcheur de Bages.

Dans la salle où sèchent les fleurs, tête en bas, Raimon s'est un peu attardé en compagnie du *mestre* et de Lucia. Ensemble, ils ont commenté les événements tragiques des derniers jours. *Mestre* Béneset n'était point au courant de l'incendie sur les hauteurs de La Grassa, non plus que de tout ce qui s'était passé ces derniers jours dans l'enceinte de l'abbaye. Le conflit feutré entre l'archevêque et l'abbé n'a pas étonné l'apothicaire. Ces luttes d'intérêt opposant le clergé séculier aux moines ne datent pas d'aujourd'hui. Et cela n'a que peu d'importance en regard du combat impitoyable que l'Église romaine tout entière va engager contre la Vraie Religion. Cette guerre sera, selon lui, d'autant plus violente que la noblesse est de plus en plus nombreuse à rallier les préceptes de la foi nouvelle.

— Cette croyance serait-elle donc la vraie Vérité ? a demandé Raimon.

— Je me garderai bien d'affirmer qu'elle est plus vraie que l'ancienne, mais il est très assuré qu'elle est plus juste et plus proche de l'enseignement de sire Jésus... J'ajoute que cette religion ne demande rien, ne veut rien posséder et ne prélève pas de dîme. On peut aisément comprendre que de tels arguments parlent aux simples et aux pauvres. Et voyez quel avantage cela représente pour la noblesse ! Tout l'intérêt des seigneurs est de n'être plus inféodés à Rome et de s'affirmer enfin comme uniques maîtres en leurs terres. Cela, l'Église catholique ne le tolérera jamais.

Sur ces paroles, qui avaient rendu Raimon bien songeur, le *mestre* s'était retiré dans sa chambre, laissant les jeunes gens tête à tête.

Le chevalier l'a honoré d'un profond salut. Lucia l'a gratifié d'un tendre sourire qui était aussi un grand merci. Bien peu nombreuses sont les damoiselles à pouvoir se flatter d'avoir un père aussi compréhensif.

Sous le plafond qui est un jardin, les fleurs retiennent la couleur de l'été. Devant le flamboiement de l'âtre, les deux amants sont face à face. La lueur mouvante des flammes habille leurs corps de caresses tremblantes, prélude à celles de leurs doigts impatients. Ils sont nus tous deux, autant que pouvaient l'être en leur paradis Adam et Ève avant la faute. C'est Lucia qui a tenu à ce qu'ils se dépouillent de tous leurs vêtements. « En souvenir de la rivière et du rocher sous le soleil », a-t-elle dit tout en aidant Raimon à se défaire de sa tunique. Et le lent abandon de chaque pièce d'habillement est devenu entre ses mains délicates le geste d'un rituel sacré. À son tour, le damoiseau a dénoué avec ferveur les liens qui retenaient sa chainse de soie. Jamais sculpteur ne fit plus joli socle de statue que n'en dessinent les replis du fin tissu écroulé à ses pieds. Un instant immobiles, dans la tension du désir retenu, le garçon et la fille se contemplent l'un l'autre, pareillement émus de leur juvénile beauté.

— Je ne puis croire que ce soit le diable qui nous offre cela, murmure Lucia dans un sourire, mais je suis sûre que c'est lui qui nous le reprendra un jour.

— Alors, mort au diable ! répond Raimon de la même voix souriante.

Il fait un pas vers elle. Contre son torse pointent les seins ardents de la jeune fille. Contre son ventre à elle palpite cette racine de chair qu'elle empoigne et dirige lentement en son jardin secret. Et le baiser qui fleurit sur leurs lèvres en cet instant est le plus beau printemps du monde.

QUATRIÈME PARTIE

Chapitre 48

ANGÉLUS III

« Chaque matin est celui de la Résurrection ! » songe frère Flavian en s'agrippant à la corde. Il sourit à cette pensée joyeuse et tire de toutes ses forces pour faire chanter le bronze au plus haut des cieux.

Du village de La Grassa, le clocher de l'église lui répond aussitôt, tandis que, sur le toit d'un poulailler voisin, un coq fervent entonne à son tour l'angélus.

Ce matin, de cruels rhumatismes ont cloué sur sa couche le vieux moine portier. C'est un jeune frère lai qui fera sentinelle auprès du grand portail. Fort peu délié de la cervelle, mais plein d'habileté dans le maniement des objets pratiques, il s'est vu confier toute une panière de sandales usagées avec un nécessaire de cordonnerie pour les réparer. Ainsi son temps ne sera pas tout à fait perdu. Il est vrai que les allées et venues de la veille, à piétiner dans les cendres boueuses et les charbons, ont mis à mal moult semelles. Le garçon a de l'ouvrage pour toute la journée.

Cela fait à peine une poignée de minutes qu'il s'embesogne de la brosse et du grattoir quand un piétinement de sabots lui fait dresser l'oreille. Quelqu'un s'approche du mur d'enceinte. Mais qui peut bien se présenter à l'abbaye à cette heure matutinale ? Le moinillon pose ses outils et ouvre le fenestron taillé dans le portail.

— Grand saint Michel ! Ou saint Jordi ! Ou qui que vous soyez… ayez pitié de moi ! manque-t-il de s'étrangler en bafouillant.

Agrippé des deux mains aux ferronneries, il ne peut détacher son œil de la vision terrible. Voici que s'avance sur la plateforme un des cavaliers de l'Apocalypse. Ses trois frères ne sont pas avec lui, mais ils ne tarderont pas à déboucher du sentier. Sa formidable silhouette se découpe sur l'azur ourlé d'or. Il avance, sur son cheval hennissant, ses ailes majestueusement déployées, vêtu de sa longue tunique blanche.

La panique finit par s'emparer du jeune moine. Bousculant semelles et outils, la coule retroussée, il dévale vers les ateliers, hurlant à pleine gorge :

— Apocalypse ! Apocalypse ! L'Antéchrist est parmi nous ! Pitié ! Pitié !

S'il avait appliqué un peu plus son attention à ce qu'il vient de voir, il aurait pu noter que l'ange redoutable, tout dressé qu'il soit sur sa monture, se tient les bras ballants et dodelinant de la tête et que ce n'est point lui qui guide son cheval, mais bien l'animal qui le mène.

L'image du Jugement dernier n'est rien d'autre qu'un vieux roncin qui a senti l'odeur de l'écurie et retourne au bercail, un cadavre sur le dos.

Chapitre 49

JORDI DE CABESTAN

Abbaye de La Grassa

Ils ont ouvert la porte et fait entrer le cheval. À son approche, tous ceux qui s'étaient précipités à l'appel vociférant du moinillon ont eu un recul d'effroi. Le menuisier Serpette a été le premier à se ressaisir et à empoigner la bride. Il a fallu ensuite quérir une échelle et deux hommes ont été nécessaires pour décrocher le corps de l'appareillage fait de piquets de bois assemblés qui le tenait en selle.

Jordi de Cabestan, qui s'était levé de bonne heure dans l'idée de partir au plus tôt, s'est trouvé parmi les premiers spectateurs de l'insoutenable.

Sans doute y a-t-il des limites à la quantité d'horreur qu'un homme est capable de supporter. Au-delà, la harpe des nerfs ne vibre plus. L'émotion se trouve comme prisonnière d'une carapace qui la tient à distance.

Du premier coup d'œil, le Maître a reconnu Teubald. Le compagnon, mort une première fois dans l'imagination de tous, puis ressuscité par le témoignage du forgeron, le voici mort à nouveau, pour de bon, dans le monde réel où il n'est pas d'échappatoire.

Jordi de Cabestan se tient immobile, à l'écart, assistant sans broncher à ce qui ressemble à une descente de croix sans gloire ni rédemption. Tout cela ressemble tellement à ce qu'il redoutait qu'il n'éprouve rien d'autre qu'une absolue consternation.

Au fil des minutes, tous les moines sont arrivés dans la cour, à l'exception de l'abbé Robertus, encore trop affaibli.

Au moment où Albéric passe à la hauteur de Jordi, celui-ci l'interpelle d'un ton glacial :

— Eh bien, frère Albéric ! Vous pouvez remercier le Ciel d'avoir exaucé vos prières. Votre cheval a été retrouvé ainsi que vos piquets de vigne… Voyez comme le voleur a été touché de repentance : c'est lui-même qui vient vous les rendre.

— Nous devons tous voir, là, l'expression de la volonté divine, répond le moine d'une voix mal assurée.

Son goitre semble avoir pris, ce matin, une teinte violacée. En d'autres temps, le Maître en eût éprouvé de la compassion pour le malheureux disgracié, mais il lui vient brusquement à l'idée qu'Albéric pourrait bien faire partie du complot contre l'édification du portail. Pis encore : ne serait-ce pas lui qui briguerait la place de Robertus ?

— Certainement… Je doute fort, cependant, que Dieu veuille faire de ce cadavre une marche de plus dans votre ascension au trône de l'abbé, lance-t-il, glacial.

La cinglante repartie du Maître a pétrifié Albéric. D'un coup, le sang s'est retiré de son visage. Son goitre a pâli. Un tremblement agite le coin de sa paupière.

— Que voulez-vous dire, messire de Cabestan ? interroge frère Diego à qui cet échange n'a pas échappé.

— Rien de plus que ce que j'ai dit… Je laisse à frère Albéric le loisir de commenter mes paroles, s'il en éprouve le besoin. Permettez, quant à moi, que je me recueille en silence devant le corps de mon compagnon assassiné.

Il tourne le dos et s'éloigne vers le cadavre de Teubald que les ouvriers ont déposé au sol en attendant une civière, mais son ouïe est assez fine pour percevoir ce que confie, à mi-voix, Albéric à Diego.

— Je crains que le maître imagier n'ait eu l'esprit bouleversé par toutes ces morts effrayantes… Depuis hier, je l'entends soupçonner chacun et déceler des complots partout. Nous devons l'entourer de compassion et prier pour qu'il recouvre la paix en lui-même.

Le Maître n'a pas jugé bon de se retourner pour moucher l'hypocrite. Chaque chose en son temps. Pour l'heure, il regarde ce qu'il aurait voulu ne jamais voir.

L'assassin a habillé Teubald d'une ample tunique de drap blanc. Probablement pour donner à son cadavre une plus grande prestance une fois placé sur le cheval. Sur le linge clair se détache une lettre rouge vif, tracée au pinceau. Un « a » parfaitement dessiné. Jordi pense aux deux autres : l'alpha majuscule et le « b » peints sur Thomas et sur Valerian. La lettre initiale semble prouver que le meurtrier écrit dans un ordre précis, afin de tracer un nom. Cependant « Aba » ne signifie rien. Combien de morts encore pour comprendre le message ? Plus il applique son esprit à cette énigme et plus Jordi vient à penser que le monstre s'adresse à lui. Sinon, les compagnons de son atelier n'auraient pas été les seuls à porter parure d'ange. Même si les crimes ont pour objet de semer la terreur, ils visent aussi un autre but. Quelque chose qui concerne Jordi et l'assassin. Une chose du passé qui remonte aujourd'hui des profondeurs du temps. Mais quelle chose ? S'il s'agit d'une vengeance, il ne voit pas laquelle. Non que sa mémoire soit exempte des mille petits dégoûts de soi dont est faite toute vie humaine, mais il n'y trouve rien qui puisse justifier les abominations commises. Des jalousies entre confrères, des brouilles ou des frictions dues à la contradiction de tempéraments opposés, des disputes d'atelier ou des fâcheries sans importance ; si l'on mettait tout cela ensemble, cela ferait moins que l'ombre d'un remords.

Bien peu de poids dans la balance où tant de cadavres commencent à peser lourdement.

Tandis qu'il retourne en tous sens ces stériles idées, les mystérieuses lettres « A.b.a. » folâtrent dans sa tête, pareilles à de vilaines mouches noires cherchant où se poser. Il pense à des mots : abattoir... abaque... abaisser... abandon... Soudain, ce mot éveille en lui une ressemblance, comme un neume, dans un accord, en fait résonner un autre : Abaddon ! Ce n'est pas un simple mot mais un nom. Abaddon, le nom apocalyptique de l'ange de la destruction. Assurément, c'est cela que le fou meurtrier dessine, lettre par lettre. S'identifierait-il à cet ange mortifère ?

Un gémissement sourd détourne l'attention du Maître. C'est son ouvrier, León, qui vient de s'effondrer au pied du mur d'enceinte. Tassé en boule sur lui-même, les fesses sur les talons, León-qui-ne-Rit-Plus écarte d'un bras rageur la main bienveillante de Jordi.

— Vous ou moi ?... Vous ou moi ? ne cesse-t-il de répéter, obsédé à l'idée que l'un d'eux sera la prochaine victime.

Il faut le renfort de deux convers pour le persuader de se relever. Tant ils s'évertuent, du geste et de la parole, qu'ils finissent par le convaincre de se réfugier dans l'herboristerie. Il y sera en plus grande sécurité qu'ici, exposé aux yeux de tous. Une décoction d'herbes bénéfiques calmera ses tremblements.

— León, je te fais serment de trouver l'assassin. Nos amis seront vengés, tente de le rassurer Jordi, tandis que les moines l'emmènent.

— Prenez garde qu'il ne vous trouve le premier, répond-il.

Et sous sa frange blonde, ses yeux sont ceux d'une bête aux abois.

Tout en le regardant s'éloigner, soutenu par les moines, le Maître ne peut s'empêcher de penser qu'il a raison.

Rien ne semble infléchir la volonté de destruction du tueur. Se sent-il invincible au point d'oser dérober en plein jour un cheval dans une abbaye ? Il faut qu'il ait bénéficié d'une complicité dans la place car, malgré l'affolement qui a suivi l'incendie, la chose ne devait pas être si simple. Peut-être s'est-il servi d'un autre moine, ainsi qu'il l'a fait pour le meurtre précédent. À moins que son intrépidité ne lui autorise toutes les audaces.

Le bras gauche de Teubald pend hors de la civière où on vient de le déposer. La marque plus claire laissée par le bracelet de force se détache sur la peau sombre de l'avant-bras. Sous la tunique blanche, ses chaussures et ses chausses sont maculées de cendres boueuses, signe qu'il a marché dans le terrain incendié. Tout a dû se passer ainsi que le forgeron l'avait imaginé : Teubald se débarrassant de son bracelet de cuivre sur le cadavre de la grange et s'enfuyant ensuite dans l'espoir d'échapper au tueur. Savait-il que celui-ci était déjà à ses trousses ?

— Voici un bien horrifique théâtre !

L'exclamation émane de l'archevêque qui arrive au moment précis où les hommes soulèvent le corps. C'est que Mgr d'Arsac a mis quelque soin à sa toilette avant de paraître en public. Il est de ces hommes qui, même dans un tremblement de terre, songeraient à rajuster les cordons de leur chapeau.

— Un bien horrifique théâtre, répète-t-il sans que l'on puisse trancher s'il le déplore ou s'en délecte.

« Sans doute les deux à la fois », se dit Jordi tout en le saluant.

— Je me demandais quelle apparence pouvaient bien avoir ces anges assassinés… Me voici renseigné. Mais qu'est-ce donc que ces ailes ? Du cygne ?

— C'est de l'oie, monseigneur, répond le secrétaire Rodéric.

— C'est dommage.

On ne saura jamais si le prélat regrette qu'une oie ait été gâtée à pareil usage ou si, à son goût, des ailes de cygne eussent produit meilleur effet.

— Eh bien, que dites-vous de ce nouveau mystère, messire de Cabestan ?

L'archevêque l'observe, les paupières mi-closes, l'air matois.

— L'Incarnation, la Trinité et la Rédemption sont autant de mystères, monseigneur... En revanche, l'obscurité où nous sommes plongés n'est rien d'autre qu'une énigme.

— Bien habile qui la résoudra.

— Sans être trop habile et bien que ne pouvant, pour l'heure, nommer l'assassin, je connais néanmoins le coupable.

Jordi de Cabestan a prononcé ses mots avec un accent d'amertume désabusée.

Pour le coup, les yeux du prélat ont perdu leur expression narquoise.

— Vous connaissez le coupable ? demande-t-il, stupéfait.

— Monseigneur, il est une erreur commune qui consiste à se montrer à soi-même un monde conforme à nos désirs... Ainsi le cupide trouvera-t-il partout matière à profit, tandis que le voluptueux ne verra autour de lui que sujets à satisfaire sa concupiscence.

D'un geste nerveux, l'archevêque fait tourner son anneau tout en scrutant le regard du Maître. Celui-ci enchaîne après un moment d'hésitation :

— Il en est de même de ce qui nous inquiète. Pour ma part, j'ai cru que l'assassin était un ennemi des images et qu'il s'en prenait à ceux qui les fabriquent. C'était une erreur, vous-même, monseigneur, avez prêté foi à un soupçon qui courait au sujet d'un hérétique. C'était une autre erreur... L'homme que vous avez fait arrêter

Il ne peut rien répondre tant l'émotion le submerge. Elle s'approche de lui et, bec à bec, ils échangent le baiser fraternel. Pour la première fois, les lèvres de Rotland rencontrent celles d'Aloïs. Il ferme les yeux pour s'interdire toute larme. Comment peut-on être à la fois envahi d'un indicible chagrin et d'une telle bouffée de joie ?

Déjà, le panneau de bois s'est refermé. La jeune femme est rentrée dans la chambre.

Rotland dévale l'escalier. Il était venu, pétri d'anxiété ; il s'en va, rempli d'allégresse. Le long de sa cuisse bat le couteau dans la gaine de cuir que le *mestre* lui a offerte. Il se hâte à franchir la porte de la maison, à courir dans la rue entre les façades ensommeillées vers ce haut donjon qui lui fait signe. Il n'est point de répit dans l'impatience du destin.

Aloïs vient de s'asseoir au bord du lit. Ce départ de Rotland, elle l'a imaginé dès qu'elle l'a vu face au chevalier de Termes. Elle a pressenti la fringale irrésistible du damoiseau à se prouver à lui-même sa propre valeur. La plupart des mâles sont ainsi, songe-t-elle, tout brûlants de se forger un malheur qui les révèle. Enric lui-même fut de ceux-là – et pire fut-il encore –, avant de devenir le meilleur des hommes.

Une pensée en entraîne une autre dans le sillage de la rêverie. Aloïs imagine l'aube qui se lève à Narbonne, sur Catou, Tierric et Simian ainsi que sur le corps déserté de leur frère Parfait. Elle sait qu'ils ne l'ont pas veillé cette nuit. Ils ont tiré une simple couverture sur son absence. À quoi bon s'attarder devant une enveloppe vide ? C'est là l'usage des catholiques pour qui la mort est synonyme d'effroi et de fascination.

Dans la maison tisserande, chacun doit s'occuper des affaires des funérailles. Peut-être Aloïs arrivera-t-elle après qu'ils l'auront enterré. Cela sera très bien ainsi.

Elle détourne son regard vers le côté du lit où dort le petit Guilhem, sa souris lovée au creux de son cou. Dans quelques minutes, les hommes d'armes d'Arnaud de Fabreza frapperont à la porte pour les escorter jusqu'à Narbonne. Ces quelques minutes sont un cadeau de Dieu.

Elle a beau s'être habillée et coiffée, elle s'allonge tout doucement à côté de l'enfant, approche son visage de son épaule dénudée. Une fois encore l'étrange parfum la saisit, mélange de lait, de transpiration boisée, de sucre et d'herbe écrasée. Le parfum le plus envoûtant qu'elle ait jamais senti. Cette fois, elle ne s'en écarte pas, ni ne le fuit comme un sortilège fatal. Une soudaine certitude l'envahit. Brutale comme une révélation mais plus légère qu'une plume d'ange. C'est pour cela qu'elle est venue à Fabreza. Elle croyait s'être mise en route en quête d'un élixir pour Enric et dans la recherche d'un assassin. Or, Enric n'est plus et l'enquête est inutile. D'autres s'y emploient, bien mieux armés qu'elle-même. La vérité est qu'Aloïs a trouvé l'odeur d'un enfant au bout du chemin. La senteur même de la paix. Elle n'est venue jusqu'ici, à l'issue du plus long voyage de sa vie, que pour apprivoiser cette fragrance sauvage. Non pour se réconcilier avec la création d'un mauvais démiurge, mais pour découvrir la part d'éternité dans le provisoire de la matière. Car, si les âmes ont une odeur, elles ne peuvent en avoir d'autre que celle de Guilhem. Fasse Dieu que jamais ne la quitte le parfum salvateur de l'enfance !

Chapitre 51

RAIMON DE TERMES

Fabreza

Le conil de Lucia est un petit animal plus suave que l'écume du lait tout fraîchement tiré du pis. Son duvet est plus caressant sous la joue qu'un coussin de mousse au rebord d'une source. Et le cantique d'amour que Raimon est en train d'écrire, la tête enfouie au creux le plus secret de sa belle, est mille fois plus enchanteur que celui du Livre saint.

— Messire chevalier, lui dit une voix lointaine, la part de vous qui dort encore devrait imiter celle qui est déjà debout.

En sursaut, Raimon se redresse sur sa couche. Aussitôt son doux rêve s'estompe dans l'oreiller comme la vague dans le sable du ressac. Il n'est point avec sa chère Lucia qu'il a quittée hier après leur délicieuse étreinte, mais sa réalité charnelle l'a suivi jusque dans l'imaginaire de ses songes.

Maintenant, il est bien réveillé et rit avec Lucas de l'état glorieux de sa nature dans lequel le valet l'a trouvé, endormi au milieu du désordre des draps.

La mine sérieuse, Lucas lui présente ses vêtements.

— Il est grand temps, messire, de brandir une épée autrement tranchante que celle-ci. La journée qui s'annonce sera de fer et non de roses… J'ajoute qu'il se trouve derrière cette porte quelqu'un à qui il tarde de vous voir.

Intrigué par cette annonce, Raimon a sauté dans ses braies. Il enfile d'un même mouvement la chainse toute propre que lui tend le valet.

— Fais donc entrer ce visiteur, tu vois bien que je suis prêt !

La voix du chevalier a porté jusqu'à la porte entrebâillée qui s'ouvre avant même que Lucas ait eu le temps de faire trois pas vers elle.

— Rotland !... Comment es-tu entré céans ? s'étonne Raimon en voyant paraître son presque frère accompagné de son vrai petit frère Benoît et du baron Arnaud.

Il y a foule soudain dans cette chambre où son rêve solitaire vient à peine de se dissiper. Sans laisser à Rotland le temps de répondre, Lucas intervient.

— Il se trouve, chevalier, que notre jeune sire Benoît est plus matinal que vous. J'étais avec lui dans la loge de la herse en train de l'initier au noble jeu de dés, quand votre visiteur s'est présenté à la porte, demandant à vous voir.

— Les gardes m'ont insulté et menacé de me rouer de coups, interrompt Rotland encore mortifié de sa mésaventure. Sans Benoît, je ne sais comment je me serais tiré d'affaire, ajoute-t-il avec un regard amical vers le garçonnet.

— J'ai crié : « Laissez entrer mon frère, ou le seigneur Arnaud vous fera donner le bâton ! » clame le petit Benoît, tout fier de lui.

Davantage habitué à son chien qu'aux enfants, le baron lui passe dans les cheveux une main bourrue qui se veut caressante.

— La ressemblance est si forte que moi-même ai failli m'en trouver abusé... Et lorsque je vous envisage tous deux côte à côte, je me demande s'il n'y a pas là quelque étrange enchantement.

— Sachez, mon parrain, que Rotland est natif de Bages... Vous-même m'avez souventes fois raconté combien mon père aimait à chevaucher du côté des étangs. Sait-on si je ne trouverais pas là-bas une fratrie plus grande encore ?

Un hochement de tête d'Arnaud de Fabreza répond au sourire lourd de sous-entendus de Raimon.

— Mais je présume que Rotland est venu pour s'entretenir avec moi... Permettez-nous de vous rejoindre bientôt pour déjeuner.

On ne saurait donner plus élégant congé. Le seigneur du lieu se retire, suivi par Lucas qui a pris le petit page Benoît par la main.

Une fois la porte close, Raimon fait signe à Rotland de s'asseoir tandis que lui-même achève de se vêtir.

— Je te croyais parti pour Narbonne avec les autres.

— Je ne serai point long à y retourner.

La réplique a fusé, directe, sans hésitation.

Tout en laçant ses épaisses chaussures, Raimon jette un coup d'œil vers son demi-frère qui, malgré son invitation à prendre un siège, est resté planté au milieu de la pièce. L'œil rond, il promène son regard sur le lit aux lourdes courtines de velours, sur le plafond polychrome peint de frises délicates, sur les murs de belles pierres que réchauffent des tentures rapportées des croisades. De sa vie il n'a vu nulle part luxe aussi écrasant.

— Cela te plaît ?

— Je ne sais pas, répond Rotland. Mes parents habitaient une masure de torchis. Le toit était fait de roseaux. Il pleuvait parfois dedans, alors la terre battue se transformait en gadoue. Chaque été, nous aidions l'homme qui me servait de père à rebâtir ce que l'hiver avait détruit... Je ne veux plus de cette vie, mais je ne crois pas que je voudrais de celle-ci non plus.

De la main il balaie le décor seigneurial.

Raimon est en train d'enfiler sa cotte. Par le nez, il pousse un léger soupir. Rotland, dans sa candeur de simple, aurait-il deviné de quel prix se paient le confort et le rang ?

— Sache, si tel est ton désir, qu'il peut y avoir pour toi une place au château de Termes ou dans l'une quelconque de mes seigneuries. Et puis le titre de bâtard n'est infâme qu'aux yeux des médiocres. Il y eut des bâtards royaux qui furent glorieux.

— Je te sais grand merci de tout ce que tu me dis, Raimon, mais ce n'est point pour cela que je suis venu.

— Qu'attends-tu donc de moi ?

— Que tu acceptes mon aide… Je n'ai qu'un couteau à vider le poisson en guise d'épée, mais ma vaillance vaut tous les aciers du monde.

Le chevalier se retient de rire. Il se reconnaît dans ces propos pleins d'assurance, tel qu'il était lui-même au sortir de son adoubement. Ils ont bien tous deux le même sang impétueux et la même témérité.

Rotland daigne enfin s'asseoir face à Raimon. Ce qu'il a dans le cœur, il le lui dit sans rien omettre :

— Par les crimes qu'il a commis, un homme a causé grand tort à mes frères. Je me suis promis de venger le mal qu'il nous a fait. Je n'aurais de repos qu'après lui avoir ôté la vie.

— N'est-ce pas contraire à vos principes ?

— Je ne suis que novice… Plus tard, peut-être…

Rotland s'est interrompu. À son âge « plus tard » est une date fort lointaine. D'ici là, tous les possibles sont à portée de rêve.

— Sache, Rotland, que je suis moi-même en quête de ce criminel. Hier, j'ai fait serment devant vous tous de défendre votre cause. Je ne me dédirai pas. Ce jour d'hui, cependant, une autre affaire requiert ma ruse et mon courage.

— Je t'aiderai dans celle-ci, tu m'aideras dans l'autre.

En dépit du ton convaincu de Rotland, le premier réflexe de Raimon est de le renvoyer d'où il vient. À quoi bon s'encombrer d'un damoiseau qui n'entend ni le langage des armes ni celui de la diplomatie ? Ne serait-ce pas l'exposer inutilement à un péril hors de sa mesure ? Mais déjà Rotland questionne :

— Que dois-tu faire ?

— Échanger un certain document contre une certaine somme d'argent, je n'ai toutefois aucune confiance en l'homme qui me propose ce marché. Il pourrait bien s'agir d'un piège. Il m'a demandé de me rendre seul au lieu du rendez-vous.

— C'est dangereux.

— Lucas doit aller s'y poster en vigie dès ce matin pour surveiller discrètement les alentours… Il y a aussi l'archevêque qui m'a proposé l'aide de son secrétaire.

— Peux-tu te fier à lui ?

À dire la vérité, Raimon ne s'est pas posé la question. Tout s'est décidé très vite dans la chambre de Pons d'Arsac. Trop vite, peut-être. Certes, l'eunuque Rodéric s'est montré plutôt prévenant et affable, mais peut-on se fier à un homme qui vous dévoile tout à trac ce qu'on ne lui demandait pas ? Sous couvert d'amicale franchise, ses aveux dans le *balneum* n'avaient-ils pas pour but d'endormir la méfiance du chevalier ? Maintenant qu'il y songe, tout cela paraît à Raimon plus calculé que sincère. Lui revient aussi en mémoire le regard du secrétaire à la lecture du message envoyé par pigeons voyageurs. Un regard un peu trop aigu.

— Je crois cet homme tout aussi capable de loyauté que de félonie. Il a trahi pour moi certains secrets de son maître. Il peut donc me trahir pour servir d'autres intérêts.

— Tu ne dois pas lui faire confiance.

— Il est trop tard. Dans quelques heures tout au plus, il sera ici pour recevoir des mains du capitaine des gens d'armes qui sont venus de Narbonne la somme destinée à payer le document que je suis censé acheter. C'est de l'or que l'archevêque met en jeu pour démasquer le moine félon.

— Et ensuite ?

— Muni de cet or, je dois me rendre dans un lieu nommé la combe de l'Esquirol où doit s'effectuer l'échange. Cet endroit a mauvaise fame. C'est là que votre frère Enric de Malpas a été mis à mal. S'il faut en croire le témoignage de Gari Destarac, il aurait vu là-bas un moine de sa connaissance en compagnie de l'assassin.

— Je connais cette combe et la grange qui s'y trouve. Nous y avons fait étape avant d'arriver ici… Le secrétaire de l'archevêque doit y aller avec toi ?

— Nous sommes convenus qu'il se tiendrait à l'écart avec Lucas, prêt à intervenir. Ils doivent arrêter le moine porteur du document et récupérer l'or. Je comptais le faire moi-même, mais rien ne garantit qu'il viendra seul.

Rotland s'est levé brusquement. Il arpente la chambre, l'air soucieux. Il est de ces tempéraments actifs à qui les idées viennent par les mollets. Être assis ne leur vaut rien. Soudain, il fait volte-face et se plante devant Raimon.

— Si cet homme a l'intention de te tendre un piège, tu dois lui en préparer un plus imparable que le sien.

— Lucas s'y entend fort bien pour se confondre avec les buissons et c'est un homme d'armes redoutable.

Rotland secoue la tête en signe de dénégation.

— Tu disposes d'un piège bien plus subtil. Un piège que nul ne pourrait imaginer.

Raimon lève vers lui un sourcil dubitatif. Rotland, l'air radieux, écarte les mains comme devant une évidence :

— Ton piège, c'est moi.

Chapitre 52

JORDI DE CABESTAN

Entre La Grassa et Fabreza

« Le coupable, c'est moi », remâche pour lui-même Jordi de Cabestan. Mais, devant la perplexité de Pons d'Arsac, il ne peut se contenter d'une assertion aussi brutale.

— Si Votre Excellence veut bien m'accompagner chez l'abbé Robertus, je déroulerai en sa présence le cheminement de ma pensée.

À leur entrée dans la chambre aux livres précieux, le prélat ainsi que l'imagier ont retenu leur stupeur. « Peut-on vieillir autant en une seule nuit ? » se sont-ils demandé à la vue de Robertus.

Si l'abbé est parvenu à quitter sa couche pour s'asseoir sur son trône à roues ferrées, ce n'est que par une extrême tension de sa volonté. D'un vivant on peut dire que le corps abrite son âme. De l'abbé, il semble que ce ne soit plus que l'âme qui anime encore un fantôme de corps. Le teint grisâtre de sa peau accentue la ressemblance avec une tête momifiée. Ce matin, le crâne perce encore davantage sous ce qui fut un visage. Sur ses mains qui tremblent, les veines saillantes dessinent un entrelacs végétal. On dirait que la mort au travail hésite dans sa métamorphose. Fera-t-elle de lui un arbre ou un caillou ?

— Révérendissime Père, a dit le Maître en s'inclinant devant lui, je suis venu saluer Votre Sérénité et prendre congé de l'abbaye.

La tête appuyée au dossier du trône, l'abbé répond d'une voix sépulcrale un énigmatique :

— *Flectamus genua*[1] !

Cela pourrait s'interpréter de nombreuses façons, compte tenu des circonstances. Le Maître a choisi celle qui lui convient le mieux. Il s'agenouille devant l'abbé.

— Oui, Votre Grâce, je plie les genoux devant le nouveau malheur qui accable mon atelier. Et je plie les genoux pour implorer le pardon de la divine miséricorde.

— Souhaitez-vous être entendu en confession, mon fils ? demande l'abbé, doutant du sens de ces paroles.

— Ce n'est point le moment, car j'ignore encore la nature de ma faute.

— Voulez-vous dire que vous avez l'intention de commettre un péché ?

— Certes non ! Peut-être faut-il que je descende en moi-même pour découvrir celui que je commis jadis. Car c'est là que se trouve l'origine du mal. J'ignore tout à fait la chose dont il s'agit… Où, quand, comment elle survint ? Je ne sais… Ma mémoire a couvert tout cela d'un voile d'obscurité, mais je suis très assuré que l'homme qui tue aujourd'hui fut autrefois mêlé à ma vie. Il me punit, à présent, d'un tort lointain que j'ai eu l'infortune de lui causer.

L'abbé aussi bien que l'archevêque se sentent émus par cet aveu. Il est vrai que tant de choses du passé s'effacent au fil du temps que chacun se retrouve davantage fait d'oubli que de souvenir. Dans le silence qui suit, le prélat interroge :

— Les anges morts seraient donc l'effet d'une vengeance ?

— Je le crois car, si l'assassin n'était qu'un simple ennemi des images, il aurait dû s'en prendre aussi à d'autres ateliers que le mien. Or, seuls mes compa-

1. « Plions les genoux ! »

gnons ont été tués. Ce n'est pas un hasard, mais une volonté de me nuire. Ces crimes cachent une vengeance et, lorsque j'en aurais découvert le motif, je pourrai nommer l'assassin.

Le Maître s'est tu. L'abbé dresse au-dessus de lui les doigts consacrés. Il prononce les paroles rituelles :

— *Levate !*

Moins d'une heure s'est écoulée depuis que Jordi a quitté la chambre de Robertus.

Alors qu'il se dirigeait vers l'herboristerie pour dire son au revoir à León, il a croisé le secrétaire Rodéric en partance pour Fabreza. L'homme était méconnaissable. Il avait troqué sa somptueuse chlamyde chamarrée pour un épais surcot de drap et des chausses de laine couleur de terre cuite. Avec ses bottes et son baudrier où pendait une dague, on aurait pu le prendre pour un homme d'armes. Le chanoine de la cathédrale avait cédé la place au soldat en mission au point qu'il en avait perdu l'expression lisse et affable qui était son visage ordinaire. Sur son masque sans âge, un pli entre les sourcils trahissait une détermination farouche. C'est à peine s'il a salué le Maître, au passage, avant de talonner les flancs de son destrier.

Au sortir de l'abbaye, Jordi de Cabestan a d'abord fait le tour du mur d'enceinte. Après le vent de panique qui a suivi l'incendie et le rapatriement de la paille, les alentours ont été piétinés par tant de pieds et de sabots qu'il est impossible de tirer le fil d'une piste au milieu des empreintes et des ornières emmêlées.

Dans l'air flotte encore un amer relent de cendres froides et mouillées. Tournant le dos à cette odeur écœurante, Jordi dirige le navarrin vers les collines épargnées par l'incendie. Ici monte encore la sève dans le cœur des arbres. Ici, des senteurs d'herbier flattent les narines. Ici, les oiseaux pépient au miracle du jour qui se lève.

Du haut du mont, l'abbaye et le village, séparés par le mouvant ruban de l'Orbieu, semblent à peine plus grands qu'une maquette d'argile. L'ocre jaune des murs et celui plus rouge des toitures signalent la rupture entre pierre et tuile. Fermant un œil, l'imagier a l'impression qu'il lui suffirait de tendre le bras pour saisir ce petit décor dans le creux de sa paume. Un modèle réduit d'architecture pareil à celui auquel travaille le jeune Peire sur le sarcophage de Saint-Hilaire.

Songer à l'apprenti ranime aussitôt l'inquiétude du Maître. Pourvu qu'il ne lui arrive rien ! Mais, presque en même temps, un sentiment confus lui vient que Peire ne court, pour l'heure, aucun danger. Il se trouve qu'en poussant son cheval vers le sommet de la colline il a ressassé tout du long les étapes de sa propre vie. Le décompte des époques et des lieux traversés l'a ramené à la conscience de son âge. Le voici vieux de quarante-six années. Non plus sur le faîte de sa maison, mais sur la pente descendante, tandis que Peire, du haut de ses treize ans, amorce à peine l'escalade.

À cette pensée, Jordi a tiré d'un coup trop vif sur le mors du navarrin, comme s'il voulait arrêter non pas le cheval mais la course même du temps. L'animal a piaffé. « Treize ans, se dit le Maître, tout en plongeant une main apaisante dans la crinière de sa monture. Que faisais-je moi-même, à cet âge ? »

Il cherche à évoquer cette année treizième de sa vie où il débutait son apprentissage auprès du maître chargé de lui enseigner les arts du *quadrivium* et particulièrement l'arithmétique et la géométrie. Ce clerc de grande intelligence pensait que l'esprit ne doit point se former au détriment de la main. Il avait donc tenu à ce que son élève l'accompagnât sur le chantier que dirigeait un grand architecte en la ville de Saint-Gilles, au bord du Gard. Plus encore qu'aux peintures des *Beatus* catalans, c'est aux sculptures du tympan de cette église que Jordi devait la révélation de lui-même. Toujours il garderait en lui son émerveillement devant les imagiers ciselant leurs figures de pierre.

Et voici que les sensations lui reviennent. Avec elles, les bruits, les couleurs, les mouvements et leur cortège d'émotions oubliées ou plutôt rangées dans les coffrets de la mémoire.

Les ciseaux et les masses cognant, les burins, les bouchardes, les rifloirs et les râpes allant de main en main dans les éclats du minéral et la poudre de pierre, il les revoit avec la précision d'images aussi fraîches que des enluminures.

Et soudain, comme surgissant du fracas du métal contre la roche, une autre image apparaît et c'est la clé de l'énigme. L'horrible souvenir que sa mémoire avait occulté durant tant d'années le frappe de plein fouet avec la violence d'un coup de maillet en pleine poitrine.

Cet an de grâce 1131 de l'Incarnation de Notre-Seigneur, à Saint-Gilles-du-Gard, ce soir de printemps, à l'heure où sonnait l'angélus, un garçon de treize ans nommé Jordi de Cabestan allait commettre l'irréparable.

Chapitre 53

RAIMON DE TERMES

Fabreza

À la table de son parrain, Raimon de Termes est seul, avec son valet Lucas, à faire ripaille de viandes. Le seigneur Arnaud et Rotland respectent, quant à eux, la règle végétarienne des Vrais Chrétiens. Le maître des lieux a chargé le jeune Benoît du service des plats. Le petit page s'acquitte de sa tâche avec grande fierté. Potées, purées et tourtes habilement cuisinées ont été disposées en abondance sur la table à tréteaux autour de laquelle le déjeuner prend une allure de plan de bataille.

— Il n'est de proie plus difficile à piéger que l'homme. Et parmi les hommes, les plus coriaces à capturer sont ceux qui appartiennent à l'espèce des prédateurs, dit Arnaud de Fabreza tout en rinçant ses doigts dans un bassinet d'eau de rose.

— Le moine simoniaque qui m'a donné rendez-vous me paraît être plutôt de la race des goupils que de celle des loups, tempère Raimon.

— Simoniaque, est-ce un ordre religieux ?

La question de Rotland fait sourire sire Arnaud.

— Point du tout, lui répond-il. Encore que la simonie soit à ce point répandue dans l'Église romaine qu'elle pourrait en devenir un. Cela consiste, la plupart du temps, à vendre des messes pour le repos des âmes, mais ce commerce touche aussi au trafic des reliques, vraies ou fausses, ou de toutes choses qui se peuvent monnayer jusqu'au plus haut niveau des charges ecclésiastiques. Encore récemment, du côté de Montpellier, un curé a été surpris à vendre des objets liturgiques dans une porcherie… Tout me porte à penser que la grange sise à la combe de l'Esquirol pourrait abriter de semblables pratiques.

— Selon vous, le tueur aurait à voir avec cela ? interroge Raimon.

— Souvenez-vous, mon filleul, que Gari Destarac a affirmé avoir vu en ce lieu un moine de Saint-Hilaire traiter en secret avec l'homme au cheval gris. Voilà bien une coïncidence qui prête à interrogation. Et, lorsque vous me dites que votre marchand vous a donné rendez-vous là-bas, je ne saurais trop vous recommander la prudence.

— Mgr Pons d'Arsac partage votre avis, mais je me méfie de l'homme qu'il envoie ici pour m'assister. Il s'agit de son secrétaire. Les gens de l'archevêque doivent lui remettre l'or de la transaction. Il est censé me suivre ensuite discrètement jusqu'à la combe de l'Esquirol afin de me venir en aide au cas où l'affaire tournerait mal… C'est un secours dont j'aimerais mieux me passer. Lucas suffira amplement à cet office. Sans compter l'aide de Rotland.

— Je propose qu'Argos vous accompagne aussi. Il vous connaît et vous obéira aussi bien qu'à moi. C'est un chien d'attaque de grande valeur. La puissance de ses crocs est redoutable. Je l'ai vu déchirer un ours sans que le fauve ait eu le temps de se défendre.

À l'écoute de son nom, le mâtin a dressé les oreilles.

— Qu'en dis-tu, Argos ? Aurais-tu envie de croquer du moine simoniaque ?

Aussitôt, le chien accourt auprès de Raimon et pose sa lourde patte sur la cuisse du chevalier.

— Vit-on jamais plus sincère allégeance ? plaisante sire Arnaud.

Tout en flattant l'échine du molosse, Raimon se tourne vers son parrain.

— Auriez-vous quelque moyen de retenir céans le secrétaire de l'archevêque, le temps que l'affaire soit réglée ?

À son habitude, face à une question préoccupante, le seigneur de Fabreza caresse un moment les poils de sa barbe.

— Ma foi, je ne saurais retenir quelqu'un contre son gré sans lui faire violence. Et je ne saurais faire violence sans raison à un homme d'Église… La chose me paraît bien embarrassante, mon filleul.

L'argument est fondé, mais l'inquiétude de Raimon l'est tout autant.

— J'ai le moyen qu'il vous faut ! intervient Rotland d'un ton plein d'enthousiasme.

Toutes les têtes se sont tournées vers lui. Il retrousse sa cotte, plonge la main dans le sac cousu à ses braies et en sort le flacon de verre.

— Voici un élixir composé par *mestre* Béneset. Il était destiné à notre frère Enric. À présent, il ne nous est plus d'aucun usage et je suis parti trop vite de la maison du *mestre*, sans songer à le lui rendre.

Le seigneur de Fabreza observe le contenu du flacon d'un œil intrigué.

— En connais-tu l'emploi et les effets ?

— Trois gouttes dans une coupe d'eau suffisent à endormir. Trois gouttes de plus font voir des choses qui ne sont pas et une dose plus forte encore provoque la mort. C'est ce qu'a dit le *mestre*.

— Eh bien ! s'écrie sire Arnaud, se tournant vers Raimon, je crois, mon filleul, que nous attendrons l'émissaire de l'archevêque pour boire ensemble au succès de votre entreprise !

De retour avec Lucas dans la chambre du donjon, Rotland-le-pêcheur et Raimon-le-chasseur ont élaboré leur piège avec la méticulosité de braconniers dressant un leurre ou camouflant une fosse. Tout sera en place avant l'arrivée de Rodéric au château.

Le chevalier a souscrit d'emblée à l'idée de son demi-frère qui consiste à paraître à sa place pour que Raimon puisse récupérer l'or en jouant sur l'effet de surprise.

Tandis que Lucas démonte les bois d'une arbalète pour la glisser dans un sac, Raimon a pris dans son propre bagage de quoi revêtir Rotland en preux chevalier.

— À la combe de l'Esquirol, quand tu te présenteras devant le moine pour effectuer la transaction, parle le moins possible. Ce n'est que par la parole que l'on pourrait nous distinguer… Après qu'il t'aura remis le document en échange de la somme convenue, tu le laisseras s'en aller comme il s'en est venu. Ensuite, au détour du chemin, alors que toute méfiance l'aura abandonné, Lucas et moi le prendrons en étau. La stupeur de me voir paraître face à lui alors qu'il vient de me quitter devrait être assez grande pour éviter l'usage de la force. Une fois que nous l'aurons arrêté, nous aurons beau jeu de faire éclater son forfait aux yeux de tous.

Tout en enfilant son surcot de fine laine, Rotland s'efforce de comprendre les dessous de l'affaire.

— Si ce document a tant de valeur, pourquoi refuses-tu de le payer ?

— Il s'agit d'une charte qui appartient à ma famille. Je ne sais comment elle est arrivée en possession des moines qui l'ont cachée jusqu'ici afin de servir leurs intérêts au détriment des nôtres. Ce moine félon l'a dérobée à son profit, mais nul ne me fera payer quelque chose qui me revient de droit.

Face à ces motifs qui le dépassent, Rotland ne doute pas que Raimon ait raison. Chacun souffre à sa hauteur. Les malheurs des riches lui semblent d'un autre monde.

— Qui est ce moine ? demande-t-il.

— Je l'ignore… Le traître agit dans l'ombre. Il me connaît, mais il ne s'est jamais présenté devant moi à visage découvert.

Bien qu'il ait eu lui-même l'idée de leur subterfuge, Rotland s'inquiète soudain :

— S'il te connaît, es-tu bien certain qu'il me prendra pour toi ?

Sans rien dire, Raimon tend le bras vers un buffet pour y saisir un petit boîtier en bois précieux. Il l'ouvre et présente face à Rotland un miroir d'étain poli couvert d'une feuille de verre.

— Regarde-toi, dit-il. Ou plutôt, regarde-nous.

Coiffé d'un camail complété d'un gorgerin de métal et le torse corseté d'un magnifique surcot brodé, Rotland peine à détacher son regard de cette image qui le fixe dans le miroir. De lui-même, il ne connaît que son reflet incertain à la surface des flaques d'eau ou dans la grande bassine de Catou. Images vite entraperçues et sitôt brouillées. La découverte de son propre visage le laisse muet de stupéfaction. Oncques il ne s'était imaginé de si jolie prestance et de si plaisant minois.

— J'ai belle mine ! s'exclame-t-il, radieux.

Raimon, qui replie le miroir, s'amuse de son étonnement.

— Eh quoi, mon frère à moitié ! penses-tu que l'on te confondrait avec moi si tu avais figure de crapaud ?… Allons, ne perdons pas de temps. Ajuste ce baudrier à ta ceinture et glisses-y le fourreau de ton couteau. Ensuite, tu enfileras ces bottes avec quoi il te faudra apprendre à marcher.

Rotland n'a conservé de sa vêture ordinaire que ses braies où est cousu le sac contenant le précieux briquet, cadeau de l'apothicaire. Il ne s'en déferait à aucun prix et peu lui chaut que la toile en soit un peu élimée. Il suffit que le reste de son habillement attire le regard. Un mantel de velours achèvera l'illusion.

L'unique défaut de leur stratégie, c'est que Rotland n'est point cavalier.

— Qu'à cela ne tienne, déclare Raimon. Tu monteras en croupe. Mon Drac est assez râblé pour nous porter tous deux. D'autant plus qu'il n'y a pas grand chemin à faire. Le rendez-vous est après l'heure de none, mais mieux vaut que nous soyons dans la place le plus tôt possible. Lucas partira maintenant, nous deux le rejoindrons dès que le secrétaire se sera endormi.

Un bruit de sabots résonne à cet instant dans la cour, amplifié par les hauts murs du château. Raimon s'approche de la croisée. Un coup d'œil lui suffit. Quoique le visiteur ait changé d'apparence, c'est bien l'homme qu'ils attendaient.

Chapitre 54

JORDI DE CABESTAN

Entre La Grassa et Fabreza

Sur la colline verdoyante où chantent les oiseaux, le Maître est descendu de son cheval. Au tronc d'un chêne vert, il a noué la bride, se laissant lui-même glisser pesamment le long de l'écorce rugueuse pour s'asseoir entre les racines, aussi prostré, aussi défait que l'était León au pied de la muraille.

« *Jordi de Cabestan ! Si j'en réchappe, où que te mènent tes pas, un jour ils te conduiront jusqu'à moi. Ce jour-là, je détruirai ta vie.* » Cette phrase, il la croyait effacée à jamais de sa mémoire et voici qu'elle vient hurler derechef à ses oreilles avec la même violence que si la bouche qui l'a proférée se tenait à nouveau devant lui.

Tout avait commencé à Saint-Gilles où Jordi et son maître étaient arrivés quelques jours avant les fêtes de Pâques. Les auberges et les chambres disponibles avaient été prises d'assaut par la foule des pèlerins venus honorer le saint et célébrer la Résurrection.

Par amical privilège, Jordi et son professeur avaient été admis dans l'abbaye. Ils y logeaient avec les maçons qui achevaient de construire l'escalier le plus étonnant de toute la chrétienté. L'architecte avait eu l'idée de bâtir son ouvrage à l'intérieur d'une tour selon un plan hélicoïdal. Suivant le schéma de l'enroulement d'un coquillage, les marches de l'escalier tournaient autour d'une colonne centrale, desservant ainsi plusieurs étages jusqu'au clocher de l'abbatiale. Véritable chef-d'œuvre de précision géométrique, il faisait à juste titre la fierté de son concepteur, passé maître dans l'art de la stéréotomie[1]. Auprès de lui, Jordi avait approfondi ses connaissances théoriques et, chose plus émerveillante, il avait appris à les mettre en œuvre dans l'asservissement de la matière. Mais, plus encore que l'architecture, le charmait le travail des imagiers à l'œuvre dans le cloître. Fasciné, le jeune garçon passait de longues heures à observer comment naissent des figures et des corps à partir de blocs de roche brute. Un des ouvriers lui avait même permis, pour son plus grand bonheur, de poncer un feuillage sur l'abaque d'un chapiteau.

C'est au cours de ces mêmes journées des calendes de mars 1131 qu'un homme à la renommée sulfureuse était venu semer le trouble au cœur de la pieuse cité. Ce « suppôt de Satan », ainsi que le nommaient les moines, était un ancien ecclésiastique à l'origine d'un mouvement d'hérésie comptant de nombreux adeptes dans tout le royaume d'Arles. Son nom véritable, qui deviendrait bientôt synonyme d'abjection, était Pierre de Bruys.

Un jour de congé, à l'occasion d'une promenade en ville, Jordi et son maître étaient tombés sur l'hérésiarque en train de prêcher. Grimpé sur une petite estrade, il haranguait en ces termes les passants effarés :

— Ne bâtissez point d'églises ! Au contraire, détruisez celles qui sont debout ! Qu'ont à faire les chrétiens de lieux saints pour prier ? Un cabaret est assez bon pour cela et une écurie vaut tout autant qu'un autel ! Écoutez la véritable parole : Dieu entend et exauce en tous lieux ceux qui L'invoquent et Le prient. De même, détruisez les croix et brûlez-en les morceaux, car nous devons

1. Art de la découpe et de l'assemblage des pierres de taille.

avoir en horreur les instruments de la passion et de la mort du Sauveur ! Que penserait le Christ s'il nous voyait vénérer les outils de sa torture ?

Tandis qu'il vitupérait contre l'Église, ses pratiques et ses représentants, un jeune adolescent installé au pied de l'estrade détruisait des croix de diverses tailles à grands coups de hachette.

À la fin de la péroraison, le tas de bois avait atteint une bonne hauteur. L'homme, aidé de l'adolescent, alluma le bûcher.

À l'écoute de pareils blasphèmes, nombreux étaient ceux qui s'étaient enfuis en se signant ou en couvrant d'insultes le prédicateur démoniaque. Certains, cependant, étaient restés, semblant approuver ses dires et partager sa fureur. On vit même un homme arracher d'une main rageuse sa croix pectorale et la jeter au milieu des flammes.

Outré par ce spectacle, le maître de Jordi avait entraîné au loin son élève.

Le soir, à la veillée, moines et compagnons débattirent de l'événement. Quelles que fussent leurs sensibilités, tous s'accordaient à dire que la ville de Saint-Gilles ne pouvait tolérer plus longtemps pareil scandale. Il fallait mettre un terme aux agissements démoniaques de Pierre de Bruys.

Ce fut le lendemain que le drame éclata. Jordi se trouvait alors dans le cloître, non loin d'une étroite porte faite d'une grille qui donnait sur une venelle cernée de hauts murs. Cette issue, peu utilisée, était fermée par une barre de fer. Comme il passait à proximité, Jordi fut attiré par un bruit de pas précipités venant du dehors. En s'approchant de la grille, il vit venir vers lui le prédicateur de la veille qui semblait blessé à une jambe. Devant lui courait l'adolescent. Celui-ci, comprenant qu'ils s'étaient engagés dans une impasse et qu'ils ne pourraient échapper à leurs poursuivants, jetait des regards affolés alentour.

Au bout de la venelle déboucha une foule vociférante, brandissant des bâtons. Elle avançait d'un pas tranquille, sûre que les fuyards ne lui échapperaient pas.

L'adolescent se jeta sur la grille.

— Ouvre ! Par pitié, ouvre-nous !

Au même instant, une voix s'éleva derrière Jordi :

— Jordi ! Éloigne-toi de là !

C'était son maître qui, alerté par le tumulte, traversait en diagonale le jardin du cloître.

Agrippé aux barreaux, le garçon haletant dont Jordi sentait le souffle sur son visage, implora une nouvelle fois :

— Ouvre, je t'en supplie ! Ils vont nous tuer, mon père et moi !

À l'instant où Jordi posait sa main sur la barre de fer, la voix impérieuse cria dans son dos :

— Jordi de Cabestan ! Éloigne-toi de cette grille !

Jordi eut un instant d'hésitation. Puis il fit un pas en arrière.

Déjà, dans la venelle, une pluie de coups de bâton s'abattait sur le prédicateur qui avait roulé à terre.

Fou de panique, l'adolescent se cramponnait à la grille. Des mains brutales s'employaient à dénouer ses doigts serrés sur les barreaux. Un coup porté sur ses phalanges le fit hurler de douleur et lâcher prise. Alors qu'on l'entraînait, il eut le temps de crier :

— Jordi de Cabestan ! Si j'en réchappe, où que te mènent tes pas, ils te conduiront jusqu'à moi. Ce jour-là, je détruirai ta vie !

À toute volée sonnaient les cloches de l'angélus du soir, noyant la voix du désespéré.

Quelques heures plus tard, toute la population de Saint-Gilles, habitants et pèlerins, se pressait jusqu'à la porte de la ville pour accompagner au bûcher la créature satanique. Son fils, jugé trop jeune pour être condamné, fut forcé d'assister au supplice afin que cela lui servît de leçon. Un tailleur de pierre rapporta plus tard la phrase qu'il avait entendue dans la bouche d'un des bourreaux :

— Regarde bien, petit. Ce n'est pas tous les jours que le fils du diable a la chance de voir son papa brûlé vif !

Devant le bûcher, la foule exultait et faisait de cette mise à mort une fête de famille. On riait, on applaudissait devant les contorsions du malheureux jusqu'à ce qu'il s'affaissât sur lui-même, asphyxié par les fumées brûlantes.

Jordi avait été obligé de suivre son maître et les moines venus assister au châtiment divin. Mais, face à cet homme aux jambes brisées qu'on avait dû hisser sur le bûcher comme un quartier de bœuf, et plus tard, à la vue de ses traits boursouflés par les flammes, de ses cheveux cramés, de ses membres recroquevillés sous l'effet de la chaleur, le garçon s'était senti mal au point qu'il avait fallu l'emmener.

Pendant les jours qui suivirent, Jordi resta hanté par cette vision horrible. « Était-ce là vraiment la volonté de Dieu ? se demandait-il sans oser en parler à quiconque. S'Il voulait châtier l'hérétique, pourquoi ne l'avait-Il pas foudroyé Lui-même plutôt que de l'abandonner aux mains de ces hommes sans pitié ? Après tout, il n'avait prononcé que des mots. Il n'avait tué personne. » Longtemps ces questions avaient habité l'esprit de Jordi sans qu'il pût leur trouver de réponse. Longtemps, l'affreuse bête du remords lui avait rongé le cœur.

Mais quand bien même il aurait eu le courage d'ouvrir la grille, était-ce pour autant que l'asile de Dieu aurait été accordé à ces mécréants ? À cela non plus, il ne savait quoi répondre.

Et puis le temps avait passé. Les années, le labeur et la foi avaient fini par enfouir l'atroce souvenir dans les cryptes profondes de la mémoire. Jordi de Cabestan avait oublié sa lâcheté.

Aujourd'hui terrassé par la culpabilité, le Maître s'est effondré au pied du chêne vert, sur les hauteurs de La Grassa. Une autre image lui vient, qu'il croyait effacée. Cette tunique de lin blanc dont les bourreaux avaient revêtu Pierre de Bruys avant de le conduire au supplice. Une tunique de lin blanc sur laquelle une main ironique avait tracé à la peinture rouge ce nom épouvantable : « Abaddon ».

Le nom de l'ange de l'Apocalypse. Le nom de l'Antéchrist. Et c'est bien cette inscription, dont le Maître s'était souvenu sans pouvoir en nommer l'origine, que le justicier marque à présent, lettre après lettre sur les victimes de sa vengeance. L'impitoyable logique des crimes saute aux yeux du Maître. « A » pour Thomas, « b » pour Valerian, « a » pour Teubald.

Il est saisi d'un frisson à l'idée qu'il existe quelque part quatre autres tuniques qui attendent leur cadavre : une pour León, une pour Peire, une autre pour lui-même ; mais à qui le tueur destine-t-il la septième ?

Pris de rage, Jordi se relève. Maintenant, il connaît l'assassin. Ce ne peut être que le fils de Pierre de Bruys. L'adolescent de Saint-Gilles, devenu dément sans doute, après la mort de son père. Plus de trente ans se sont écoulés. À quoi ressemble-t-il aujourd'hui ? Le Maître pourrait-il seulement le reconnaître ? Est-il devenu cet hérétique sur qui pèsent les soupçons ? Quoi qu'il en soit, Jordi ne le laissera pas aller plus avant dans sa vengeance meurtrière.

Tandis qu'il détache la bride du navarrin, Jordi remarque dans le lointain une silhouette à cheval sortant de l'abbaye. La distance est trop grande pour qu'il puisse distinguer le visage du cavalier, mais son vêtement est celui d'un moine. Qui peut bien quitter La Grassa à cette heure ? Et pour quelle mission ? Ce doit être un motif d'importance, car nul n'a le droit de sortir de l'enceinte sans une autorisation ou un ordre exprès du père abbé.

Le cheval s'est engagé sur le pont qui conduit au village. Sans le quitter des yeux, Jordi saute en selle et talonne sa monture.

À présent, le cavalier contourne les maisons et, au lieu de prendre la grande route en direction de Riba-Alta, il bifurque par un petit sentier un peu plus vers l'est.

Malgré l'avance qu'il a prise, Jordi doit pouvoir le suivre. Il n'y a pas tant de chemins praticables de ce côté-là.

D'un sabot sûr, le navarrin entame la descente vers la vallée.

Chapitre 55

RAIMON DE TERMES

Fabreza

Arnaud de Fabreza est descendu dans la cour afin d'accueillir l'émissaire de l'archevêque. Tandis que celui-ci met pied à terre, un valet s'empresse de saisir les rênes de son cheval, étonné que l'animal, caparaçonné de pourpre, soit mieux vêtu que son cavalier. En dépit de sa tenue d'homme d'armes, le secrétaire possède toutes les manières courtoises d'un clerc raffiné. Il s'incline avec cérémonie devant sire Arnaud.

— Que Dieu vous bénisse, noble seigneur de Fabreza, ainsi que toute votre maisonnée… Je, Rodéric Appiettus, vous apporte le salut de mon maître, Son Excellence l'archevêque Pons d'Arsac.

— Je, baron Arnaud, le reçois de bon gré et vous retourne le salut de ma suzeraine, noble dame Ermengarde.

Sous couvert de civilités, les deux hommes ont clairement établi le lien d'échange entre eux ainsi qu'il sied aux vassaux de suzerains différents. Tous deux savent qu'ils se doivent égal respect. Rodéric reprend :

— Je suis venu céans rejoindre le chevalier de Termes afin de recevoir certain convoi arrivant de Narbonne et menant un prisonnier.

— Mon filleul est en nos murs, il vous attend, messire. Hier, peu avant la nuit, nous avons accueilli les gens que vous espériez pour le jour d'hui.

Une lueur de surprise passe dans le regard de Rodéric.

— Le capitaine et les gens d'armes ont pris logis au bâtiment des gardes. Ils ont eu bon repos et fait bonne chère.

À la vue de la charrette portant sa cage vide, le secrétaire s'inquiète :

— Qu'avez-vous fait du prisonnier ?

— Nous l'avons relâché, car il n'était pour rien dans ce dont on l'accuse. C'eût été grande injuste de le garder aux fers après le dol qu'il a subi à mal escient.

— L'erreur est de notre fait et monseigneur m'avait donné ordre de le libérer moi-même, dit Rodéric, agacé.

— J'ai eu l'heur de vous épargner cette peine, réplique sire Arnaud en voilant sa fermeté d'un sourire poli.

— Je doute que cela agrée à monseigneur.

— Il lui déplaira davantage d'apprendre qu'au cours de l'affaire narbonnaise ses hommes ont tué un innocent.

— Comment cela ? bondit le secrétaire.

— Le plus maladroitement du monde. En la maison qu'ils ont forcée, ils se sont d'abord trompés de personne, s'en prenant à un malheureux alité. Et pour avoir trop violenté ce malade empêché de parler, il paraît qu'ils l'ont à mort navré… Mais, mieux que moi, ils vous narreront par le détail comment la chose s'est produite.

À cette nouvelle, grande est l'ire de Rodéric. Plus grande encore sera celle de l'archevêque. Passe que l'on ait arrêté un innocent, mais en tuer un autre par violente sottise, voilà qui portera préjudice à l'autorité épiscopale.

— Menez-moi, je vous prie, près de ce capitaine, que je lui dise son fait.

Il n'est pas dans les mœurs du sire de Fabreza de prendre part à des querelles qui lui sont étrangères. Par naturelle discrétion, il mande à un de ses valets de conduire à sa place leur visiteur jusqu'au logis des soldats.

— Je vous attends au donjon, messire. Mon filleul y sera.

Puis, prétextant quelque ordre à donner, il se retire dans son appartement.

Dans la grande salle, Raimon de Termes fait les cent pas. Il arde que l'heure vienne de confondre le moine félon. Par précaution, il a laissé Rotland à l'étage en compagnie d'Argos, afin de dérober son sosie à la vue du secrétaire. Sitôt que l'élixir aura produit son effet, une fois Rodéric endormi, tous deux s'en iront à la combe de l'Esquirol. Lucas y est déjà parti pour dresser l'embuscade.

De la croisée ouverte sur la cour, le chevalier a assisté à l'arrivée de Rodéric. Plus il y songe et plus la prévenance de l'eunuque à son égard lui paraît suspecte. Quelle confiance accorder à un ancien compère de maquereaux et puterelles ? Il est grand temps de se défaire de lui.

L'entrée de son parrain le fait se retourner.

— L'homme de l'archevêque n'est point avec vous ?

— Il passe sa mauvaise humeur sur les gens d'armes de son maître, mais il ne saurait tarder à nous rejoindre.

D'un œil précautionneux, Arnaud s'assure que tout est bien en place pour accueillir son hôte.

Sur les beaux tréteaux moulurés, une table nouvelle a été dressée, tendue d'un fin drap damassé. Dessus est apprêtée une collation. Pommes au miel, rôti de faisan, pâté en croûte et confitures à foison composent un piège gustatif auquel nul ne saurait résister. Un carafon de vin épicé ainsi qu'une cruche d'eau fraîche apaiseront la soif du secrétaire. Trois hanaps ciselés d'argent attendent qu'on y porte les lèvres.

Arnaud de Fabreza saisit le plus précieux des trois, au piètement incrusté d'émaux. Puis, débouchant le flacon de verre que lui a remis Rotland, il laisse tomber au fond du hanap trois lourdes gouttes d'élixir. Le vase est assez profond pour qu'elles disparaissent au fond de la corne, donnant au récipient un air d'innocence.

À peine a-t-il eu le temps de remettre le flacon dans sa cotte que la porte s'ouvre sur le valet annonçant :

— Messire Rodéric Appiettus !

Pour hautes que soient les marches, la montée de l'escalier n'a en rien altéré l'énergie du secrétaire. L'homme est de ces tempéraments bilieux qui puisent une force nouvelle dans leur propre colère et savent la parer d'une feinte sérénité.

— Que Vos Seigneuries pardonnent la rudesse de mon langage, mais ces gens d'armes sont une truandaille de la pire engeance et valent moins que truies ladres ! lâche-t-il avec une moue de dédain.

Raimon et son parrain sourient à ce débord d'insultes prononcé d'une voix aussi mélodieuse que si l'eunuque avait chanté un vers de troubadour.

— Encore estimons-nous heureux que ces malotrus n'aient point oublié la finance dont on les avait chargés ! poursuit-il.

Tout en parlant, il a déposé sur la table un objet qui semble fait d'un bloc compact de marqueterie. Les losanges d'ivoire et d'ébène en damier qui le composent y sont disposés de si astucieuse façon qu'on n'y peut distinguer la moindre ouverture.

— Regardez, chevalier, dit-il à Raimon. Nul ne soupçonnerait qu'il s'agit d'un coffret… Cependant, il faut que vous puissiez l'ouvrir devant votre marchand… Le dessus se distingue du dessous par une coloration plus claire. Le mécanisme en est fort ingénieux.

Positionnant ses pouces de part et d'autre du boîtier, il presse sur deux losanges noirs dont l'enfoncement déclenche l'ouverture.

— Voyez comme notre argentier a bien fait les choses ! Il a pris la précaution d'envelopper le lingot en un vulgaire sac de chanvre. Ainsi vous donnerez le sac à votre vendeur de charte et conserverez le coffret par-devers vous. Notre archevêque y tient beaucoup.

D'une main habile Rodéric a défait les cordonnets du sac. Un splendide lingot tout d'or pur apparaît dans la lumière, marqué du sceau de l'archevêque et de sa valeur en monnaie melgorienne[1].

Raimon, tout comme Arnaud, ne peut retenir une exclamation émerveillée.

— Il faut que vos mines, messire chevalier, soient d'un bien grand rapport pour être estimées à si haut prix, commente le secrétaire, tout en remballant le précieux minerai.

— Je comprends mieux que notre bon archevêque ait tenu à ce que vous me prêtiez assistance. Il ferait beau voir que le malandrin nous échappe ! réplique Raimon en évitant de répondre au sujet des mines.

Rodéric a refermé le coffret à secret. Il le tend au jeune homme.

— Votre parrain est témoin que je vous l'ai remis, *brevi manu*[2].

— Il sera témoin que je vous le rendrai de même, répond Raimon en souriant.

— *Amen*, conclut le secrétaire tout en jetant un œil gourmand vers la table.

— Messire, je propose que nous buvions à la bonne fortune de cette entreprise, dit le seigneur Arnaud qui a surpris son regard.

De la main, il invite Rodéric à s'approcher de la table.

— Grand merci, messire. La chevauchée m'a séché le gosier et fort ouvert l'appétit, déclare le secrétaire en s'emparant d'autorité du hanap qui lui était destiné.

Aussitôt, Arnaud de Fabreza y verse une généreuse rasade de vin parfumé, puis il remplit les deux restants.

1. Sol melgorien : monnaie courante dans toute l'Occitanie de l'époque.
2. « De la main à la main ».

En l'honneur de Mgr Pons d'Arsac, les trois hommes lèvent leurs hanaps, souhaitant longue vie à l'archevêque.

En dépit qu'il en ait, Raimon doit refréner son impatience. Rodéric Appiettus s'est attablé avec la nette intention d'honorer la collation préparée pour lui. Imitant son parrain, le chevalier tire un siège, en affectant du mieux possible la posture de quelqu'un qui a tout son temps.

Le secrétaire repose le hanap qu'il a vidé goulûment. D'un revers de main, il s'essuie les lèvres, tout en tranchant de l'autre un beau morceau de pâté.

— Comment avez-vous su que Gari Destarac était innocent ? l'interroge sire Arnaud.

— De la plus vilaine façon qui soit. Ce matin même, un nouvel ange mort est apparu à cheval devant la porte de l'abbaye.

— À cheval ? s'écrie Raimon, stupéfait.

— Le tueur s'applique à faire de chacun de ses crimes un spectacle épouvantable. Il avait appareillé l'animal d'un triangle de bois qui maintenait le cadavre assis sur la selle comme un cavalier bien vivant… L'effet en était fort saisissant.

— Qui a été tué ?

— Un autre des compagnons du Maître de Cabestan. Un certain Teubald, me semble-t-il. C'est lui que l'on avait cru mort dans l'incendie des granges.

À l'annonce de ce crime nouveau, le cœur de Raimon se serre. Il songe avec tristesse à Jordi de Cabestan qu'il tient en respectueuse amitié. Plus grande encore est sa détermination à trouver l'assassin.

— Comment a réagi le Maître ?

— Il se trouvait encore à l'abbaye lorsque j'en suis parti. Je crois qu'il s'est mis en tête de découvrir le tueur… mais je crains qu'il n'ait guère plus de chance que vous-même dans cette chasse improbable.

Le secrétaire a accompagné ses derniers mots d'un petit rire saccadé qu'il tente aussitôt de changer en une toux forcée.

Par-dessus la table, Raimon et sire Arnaud échangent un regard. Puis le chevalier se retourne vers Rodéric, le fixant droit dans les yeux :

— J'ai fait serment devant l'abbé Robertus de lui rapporter la tête de ce criminel.

Dans un étrange mouvement de bascule, le secrétaire s'adosse à son fauteuil, puis se penchant en avant, la main tendue, il laisse échapper le morceau de pâté et pointe l'index vers Raimon.

— Où donc avez-vous vu, orgueilleux damoiseau… où donc avez-vous vu que quiconque ait jamais tranché la tête du diable ?

Dans le même instant, il s'écroule, le buste sur la table, son visage écrasé dans un plat de tourte.

Chapitre 56

JORDI DE CABESTAN & RAIMON DE TERMES

Vers la combe de l'Esquirol

Roulent les cailloux sous les sabots du cheval et siffle le vent aux oreilles de Jordi de Cabestan. Le cavalier qu'il poursuit galope loin devant, à plusieurs jets d'arbalète. Par chance, le sentier qu'il a emprunté semble un passage tracé par les pastoureaux et leurs bêtes. Il forme une entaille unique au travers des cultures, des prés et des bosquets sauvages. Aucun carrefour ne l'interrompt. Aucune bifurcation n'en perturbe le tracé étroit et sinueux. On ne peut le quitter, à moins de pénétrer dans un roncier ou de se risquer dans la glèbe d'un labour.

C'est à peine si, parfois, un petit ru le coupe à la perpendiculaire, que le cheval enjambe d'un saut léger sans même mouiller ses paturons.

Son séjour à l'écurie a donné au navarrin des envies de galop. Il faut que le Maître le retienne s'il veut rester à quelque distance de celui qui le précède et ne point se faire entendre de lui.

Chevauchant entre combes et crêts, tantôt il s'en rapproche, tantôt il le laisse s'éloigner.

De loin, le moine et sa monture ne sont qu'une même masse mouvante que le Maître ne peut identifier. À l'évidence, l'homme semble se hâter d'arriver à son but. S'il a choisi pareille route de traverse, c'est qu'il veut éviter d'être vu.

Le paysage maintenant s'évase en plaine entre les monts. L'étroit sentier de bergers s'élargit peu à peu en un chemin que peuvent emprunter les chariots.

À dextre se distinguent les maisons de Villarubia tandis qu'à sénestre pointent le donjon et le clocher de Fabreza. Tout en bas, dans le val où serpente le ruisseau de Nigella, s'étendent pâturages et labours. Un peu plus loin commence la forêt.

Le moine s'est arrêté au bord du ruisseau que l'orage de la veille a grossi. Il n'hésite qu'un bref instant avant d'opter pour l'amont où doit se trouver un gué de sa connaissance aisément franchissable. Ce n'est donc pas la première fois que l'homme suit ce parcours.

Au même moment, à moins d'une demi-lieue de là, Drac, d'un trot fringant, conduit Raimon et Rotland vers la combe de l'Esquirol.

Serré contre le dos du chevalier, la main sur son épaule, Rotland lui indique la bonne direction, suivant à rebours le chemin qu'il connaît pour y avoir mené l'âne Midas. Il scrute chaque endroit avec grande vigilance, car les choses, vues à contresens, n'ont point même apparence.

À leur côté musarde le chien Argos. Happé tantôt par une sente de sanglier, tantôt par quelque fumet de lièvre, il baguenaude au hasard de son flair. Brusquement, d'une course effrénée, il rattrape les cavaliers et s'en revient trotter au rythme du cheval.

Au départ du donjon, les jeunes gens ont laissé Rodéric dans le plus profond sommeil. Le seigneur Arnaud a, de ses propres mains, nettoyé son visage tout barbouillé de tourte, lui reposant ensuite la nuque avec délicatesse au dossier du fauteuil. Ainsi, à son réveil, tout lui paraîtra normal et semblera n'avoir duré qu'un instant. Si grande que soit sa méfiance, il ne pourra accuser la boisson puisque tous ont bu du même vin.

Raimon ne s'est pas encombré de la précieuse boîte de marqueterie. Il serait dommage qu'elle soit gâtée au cours de la confrontation avec le moine. Le sac de chanvre sera bien suffisant.

— Voici la grange ! s'écrie soudain Rotland.

Non loin, au sommet d'un tertre, la bâtisse dresse ses hauts murs de pierre. De ce côté, on n'en voit que le dos avec son appentis. L'endroit est désert. Nul bruit ne résonne, hormis les cris des choucas et, par instants, le tintement diffus de grelots venant d'une draille.

— Nous allons contourner la butte, dit Raimon. Je rejoindrai Lucas. Toi, tu monteras à pied par le chemin d'accès en tenant Drac par la bride. Tu n'auras qu'à l'attacher sous l'auvent.

Au bas du chemin s'élève un grand chêne qui marque l'orée de la forêt. D'épais taillis ont dévoré la pente de la butte jusqu'au bord de la grange. Au milieu d'herbes folles, un vague sentier sinue vers le sommet. Une impression d'abandon désolé se dégage de l'endroit, rendue plus forte encore par les traces récentes de l'orage. La tourmente a éparpillé partout branchettes brisées et feuilles déchiquetées. Pliées sous la bourrasque, de grandes jonchées d'herbes se mêlent à la boue.

Rotland revoit alors leur équipée de la veille, sa pénible montée dans la pluie battante avec Midas et le chariot, dame Aloïs réfugiée sous l'appentis et l'enfant Guilhem indifférent à la tempête.

Alors qu'il saute à bas du cheval, une émotion lui noue le cœur. C'était hier et tout cela lui semble infiniment lointain.

Auprès de lui, Raimon scrute les alentours d'un œil méfiant. Rien ne bouge, pourtant son instinct de chasseur lui dicte la prudence.

La truffe à l'air, Argos vient de flairer quelque chose. Il s'approche d'un buisson, les oreilles dressées. Or voici que le buisson se met à parler :

— Rappelez le chien, messire. Il est en train de me compisser.

— Lucas ! s'exclame Raimon en se retenant de rire. Est-il possible qu'un magicien t'ait changé en broussaille ?

— Prenez garde à n'être point changé en pire que cela, si nous tombons sur le tueur d'anges, réplique le buisson à mi-voix. Derrière le chêne se trouve une déclivité entre deux grosses racines. Cela fait une cache assez grande pour vous recevoir. De là, on a vue sur le chemin autant que sur la grange. Hâtez-vous de vous y loger, j'entends un bruit de sabots.

En effet, provenant de l'autre côté de la forêt, le martèlement d'un trot rapide se précise, tantôt confus, tantôt plus net, car le chemin doit aller en lacets.

— Où as-tu caché ton cheval ? demande Raimon.

— Plus loin, au cœur d'un bosquet, si bien qu'on ne peut le voir de nulle part… Mais, de grâce, hâtez-vous, messire !

Obéissant à Lucas, vite, Raimon tire des fontes de la selle le sac de chanvre contenant le lingot d'or. Il le tend à Rotland avec un sourire grave.

— À toi de jouer, chevalier de Termes, lui dit-il.

Les deux jeunes gens s'étreignent dans une embrassade muette où chacun sent contre sa poitrine battre le cœur de l'autre. Frères, ils le sont à cet instant plus qu'ils ne l'ont jamais été.

Puis Rotland se détourne. Le sac au bout de son bras ballant, la bride de Drac dans l'autre main, fièrement, il va.

De la cache où il a plongé, rabattant son mantel par-dessus sa tête, Raimon l'observe. Il a forte émotion à regarder son double, son autre lui-même, gravir la pente avec cette même noblesse dans la marche, ce même port altier de la tête qui sont les siens et la marque même de leur sang. À cet instant, Raimon n'en doute plus. Il va convaincre Rotland de rester près de lui. Il l'établira dans ses droits et fera éclater leur fraternité aux yeux du monde. Ensemble, ils accompliront moult prouesses et la seigneurie du Terménès connaîtra sa plus grande gloire.

Pour l'heure, sous l'auvent, Rotland passe la bride de Drac dans l'anneau d'un pilier.

Au même instant, les sabots d'un cheval résonnent dans le dos de Raimon. D'instinct, il a serré ses doigts sur l'échine d'Argos, tapi à côté de lui. Monture et cavalier passent à moins de trois coudées de leur cachette. C'est un moine dont la capuche recouvre entièrement la tête. D'où il est, Raimon n'a pu voir son profil masqué par le tronc du chêne. À présent, il n'en distingue que le dos et la coule noire battant au vent tandis que le cheval escalade la butée. Qu'importe ! Qui qu'il soit, ce moine sera bientôt démasqué.

Le cavalier est arrivé devant la grange. Il saute à bas de son cheval, tire un objet de sa selle et s'approche de Rotland qui fait un pas vers lui et le salue d'un bref mouvement de tête.

Depuis le moment où il a vu surgir le cavalier au bas du chemin, Rotland n'a pas bronché. Il l'a regardé monter vers la grange, s'arrêter tout près de la porte, descendre de cheval et sortir de ses fontes un court étui de cuir.

L'homme en coule noire vient vers lui. Rotland s'est avancé.

— Chevalier de Termes, dit le moine. À présent vous me reconnaissez.

Et Rotland, qui serait bien en peine de mettre un nom sur ce visage qu'il n'a jamais vu, a soudain cette belle trouvaille :

— Mieux vaut que je ne vous reconnaisse pas.

Aux oreilles du félon, cela sonne comme un pacte de silence. Il sourit tandis que son regard s'abaisse sur le sac que tient Rotland.

— Vous avez raison. Ne gardons point mémoire l'un de l'autre. Je propose que nous entrions ici pour procéder à notre échange. Nous y serons à l'abri des regards et vous aurez tout le temps qu'il faut pour lire cette charte. Vous verrez que je ne vous ai point trompé… Ensuite, je m'en irai avant vous de sorte que nul ne puisse témoigner de nous avoir vus ensemble… Il se trouve toujours quelque paysan à rôder dans la campagne.

Rotland acquiesce d'un simple mouvement de tête.

Tandis qu'il parlait, le moine a tiré de sa ceinture une clé qu'il glisse dans la serrure. Un tour suffit pour dégager le pêne de la gâche. La porte s'ouvre. Le moine s'efface, le temps de laisser passer Rotland, puis, se faufilant à sa suite, il la referme à la hâte derrière eux.

Tout en bas de la butte, Raimon amorce un geste pour se hisser hors de sa cachette. Aussitôt la voix de Lucas l'interrompt dans son mouvement.

— Restez caché, messire ! Quelqu'un vient derrière nous.

Le mantel rabaissé sur sa tête, Raimon se tasse à nouveau entre les racines, intimant à Argos l'ordre de ne pas bouger.

En effet, tout près de lui, un marcheur s'approche. Sous ses pas crissent les feuilles mortes. Un caillou qu'il heurte du bout du pied roule dans le bas-côté, rebondit et finit sa course presque sous le nez de Raimon.

Mais l'homme qui marche n'a rien vu. Il avance droit devant lui, le visage tendu vers la grange abandonnée au sommet du tertre.

Chapitre 57

DAME ALOÏS

Fabreza

Mais comment se fait-il, par Dieu,
Qu'au moment de chanter
Il me vient de pleurer ?
Serait-ce Amour qui m'a vaincue ?
Amour pourtant doit donner Joie
Et c'est vrai qu'il m'en a donné
Alors pourquoi suis-je attristée
Et pleine de mélancolie ?
Pourquoi faut-il que je soupire
Sans raison, je ne saurais dire...

Assise en bout de table où les hôtes ont achevé leur déjeuner, la douce Lucia fait chanter en une longue plainte les cordes de son rebec. Entre pouce et index, elle tient le plectre de métal, suspendant son geste jusqu'à ce que s'éteigne, sous le plafond fleuri, la dernière vibration de la musique.

Autour de la table, chacun est encore sous le charme de cette chanson mi-gaie mi-triste où la voix de la jeune fille s'est si bien fondue dans la mélodie qu'on aurait cru entendre chanter quelque fée magicienne. Tel est le cadeau d'au revoir que Lucia a voulu faire à Gari et Aloïs et aussi pour consoler Guilhem, fort chagriné du départ de Rotland.

Tout au long de la chanson, l'enfant s'est tenu les coudes sur la table, le menton posé dans la corolle de ses mains. Yeux grands ouverts et bouche bée, il semblait fasciné de voir naître la mélodie entre les mains de Lucia.

— Cela t'a plu ? demande-t-elle en rompant le silence.

— Je savions pas qu'il y avait de la musique dans un morceau de bois, répond-il en pointant son doigt vers le rebec.

— Ce n'est pas l'instrument qui fait la musique, c'est le musicien. Cette chanson a été écrite par Giraut de Bornelh, c'est un grand troubadour, ami de mon père. C'est lui qui me l'a enseignée.

— Quand je serons grand, je serons grand troubadour aussi.

Gari et dame Aloïs n'ont pu se tenir de sourire devant une telle assurance. Mais chacun d'eux s'avoue, en son for intérieur, grandement ému de ce qu'il vient d'entendre. Est-ce l'effet de la musique qui les plonge chacun dans une rêverie douce-amère ? Gari ne saurait dire pourquoi, au gré de la chanson, lui sont revenues en mémoire certaines lettrines qu'il peignait dans sa prime jeunesse. Et avec cette remembrance, le souvenir de la joie qu'il avait à les peindre. Pourquoi donc s'était-il mis soudain à haïr son propre plaisir ? Était-il si convaincu que la beauté fût affaire du diable ? Ou bien était-ce la faute de certains moines dont la duplicité lui avait montré la noirceur du monde ?

Le songe d'Aloïs est d'une autre nature. Les paroles de la chanson dansent encore dans sa tête. Oncques elle n'en avait ouï de pareilles, ni si charmeuse musique. Elle s'interroge sur cet amour dont Lucia vient de célébrer les cruelles douceurs avec tant de grâce et d'abandon qu'elle en semblait transfigurée. Ce sentiment d'amour dont elle, Aloïs, ne sait rien, posséderait-il quelque vérité ? Ou bien n'est-il qu'une chose mensongère que l'on se raconte à soi-même pour couvrir de jolis mots la hideur du coït ? Elle aurait bien aimé confier son trouble au savant Enric. Il aurait, sans faillir, départagé pour elle le vrai du faux et montré la voie du salut. À présent qu'il n'est plus, c'est en elle-même qu'il lui faudra trouver les réponses à ce qui n'en a peut-être pas.

Mais la porte vient de s'ouvrir sur *mestre* Béneset.

— Amis, lance-t-il, Midas est attelé à son chariot et les gens d'armes du baron Arnaud se tiennent à présent à notre porte pour vous accompagner. L'heure est venue de prendre congé.

Chacun, alors, se lève et s'apprête au départ, car rien ne dure, ni joie ni peine, et tout moment à vivre chasse l'autre, vécu, dans le gouffre du temps.

Chapitre 58

RAIMON DE TERMES & JORDI DE CABESTAN

Combe de l'Esquirol

Sur eux, la porte s'est refermée trop vite. La salle où viennent d'entrer Rotland et le moine goitreux ne s'est éclairée qu'un trop bref instant. C'est à peine s'il a eu le temps de distinguer le mur qui coupe la grange en deux avec une porte en son milieu.

Dès l'entrée, une forte odeur d'écurie l'a saisi aux narines. Ses yeux peu à peu s'accoutument à la semi-pénombre que deux flambeaux de résine peinent à repousser. Il doit y avoir une stalle, quelque part vers le fond, car on entend renâcler un cheval. On ne garde pas des flambeaux allumés pour qu'un cheval puisse voir sa litière. S'il y a de la lumière en ce lieu, c'est que quelqu'un y séjourne. Celui qui habite ici doit se tenir dans la pièce voisine, de l'autre côté du mur. Le moine a donc menti à Raimon. Certes, il est venu seul au rendez-vous, mais il savait qu'il avait un complice dans la place.

Rotland, pourtant, n'a point peur. Si l'aventure tournait mal, Raimon ne tarderait pas à lui venir en aide.

— Puis-je voir le contenu du sac, chevalier ? s'enquiert le moine d'une voix pleine de componction.

— Puis-je voir le document ? répond Rotland du même ton.

— Certes !

De main à main, les deux hommes procèdent à l'échange. Le moine a du mal à dénouer les cordons que Raimon a pris soin de fort bien attacher. Rotland, lui, a déjà eu le temps de retirer le vieux parchemin de son étui de cuir. Il le déroule et le parcourt, plissant les yeux.

— Vous verriez que je ne vous ai point menti si seulement vous le teniez à l'endroit, ricane le moine. Où donc avez-vous appris à lire, chevalier ?

— Le soleil du dehors m'a ébloui, se défend Rotland tout en retournant le document qu'il approche d'un flambeau.

Mais c'est en vain qu'il parcourt les fines lignes tracées dans une encre brunie par le temps. Le texte est écrit en latin. Il n'en peut déchiffrer un seul mot. Et puis quelle importance ? Le document n'est pas pour lui. Il suffit qu'il donne le change et s'en déclare satisfait.

Cependant, le moine est venu à bout des cordons. L'œil brillant, il tire du sac le lingot d'or. À son tour, il l'expose à la lumière, ne pouvant résister à l'ivresse de contempler un tel trésor.

— À présent, le destin de La Grassa est scellé.

Et tout en replongeant le lingot au fond du sac, il ajoute d'un ton fielleux :

— Quelle pitié que le vôtre le soit aussi !

Rotland recule de quelques pas.

— Peut-être moins que vous ne le pensez ! répond-il sans trembler, prêt à l'attaque.

Il jette un furtif coup d'œil de dextre et de sénestre, sans distinguer personne. Ses pupilles se sont acclimatées à la pénombre. Il a eu le temps d'apercevoir le cheval dans un enclos délimité par des bat-flancs de bois. Un magnifique destrier à la robe uniformément grise.

Le moine n'a pas bronché. Il fixe Rotland de ses prunelles glaciales :

— Ne gâchez point de temps en de vaines bravades, chevalier de Termes. Il est si court, celui qui vous reste à vivre ! Écoutez plutôt ce que j'ai à vous dire, car rien n'est plus triste que de mourir sans savoir pourquoi l'on meurt.

— Qui te dit que je veuille t'entendre, charogne de moine !… Allons, dégage cette porte et restons-en là !

Tenant toujours fermement le rouleau de parchemin, Rotland a dégainé de sa main libre le couteau qu'il portait à la ceinture.

D'un geste menaçant, il avance.

Le moine pousse un cri :

— Abaddon !… À toi de jouer !

À l'instant, comme tombant du ciel, un vaste filet plombé s'abat sur Rotland, l'emprisonnant dans ses mailles. Et presque en même temps, une masse s'écroule sur ses épaules. La surprise du choc lui a fait lâcher son arme ainsi que le parchemin. Il tente de se débattre aussi vainement qu'il a vu tant de fois les poissons essayant de fuir le filet où il les avait pris.

Son agresseur, doté d'une force prodigieuse, l'oblige à plier les genoux. L'homme est dans son dos. Agrippant ses coudes, il le fait rouler au sol et l'entortille étroitement dans le treillis de lin. Impuissant à se défendre, Rotland sent qu'on est en train de lui lier les chevilles. Le genou de la brute presse contre sa tempe pour maintenir sa tête contre terre. Dans cette position affreuse tout ce qu'il parvient à distinguer, c'est la galerie de bois, à mi-hauteur du mur, d'où le traître a plongé sur lui.

De la pointe de sa chaussure, le moine expédie au loin le couteau de Rotland. Puis il se penche et ramasse le rouleau de parchemin qu'il approche d'un des flambeaux. Très vite, la peau desséchée par les ans s'enflamme. Il ne peut s'empêcher de commenter sa victoire d'un ton de délectation :

— Ainsi finissent les mines de Palairac, propriété des seigneurs de Termes… Ici commencent les mines de La Grassa, propriété personnelle de son nouvel abbé, Albericus Ier.

Il lâche le parchemin en feu qui achève de se consumer sous le nez de Rotland. En un instant, il ne reste plus qu'un rouleau de cendres que le moine écrase sous sa semelle.

— À présent, tout est dit. Tue-le, Abaddon.

— Plus tard, répond la voix du tueur. L'heure viendra quand les cloches sonneront. L'angélus ne va point tarder.

Et sans que Rotland ait pu distinguer encore son visage, il ramasse la corde qui lui lie les pieds et l'entraîne vers la porte du fond comme on tire une pièce de gibier.

De sa cache au creux de l'arbre, Raimon vient de reconnaître l'homme qui monte vers la grange. C'est Jordi de Cabestan. Il est impossible qu'il soit venu à pied jusqu'ici. Sans doute a-t-il caché son cheval un peu plus loin pour ne pas être entendu comme Lucas a fait avec le sien.

Alors qu'il parvient au sommet du tertre, le Maître ramasse une baguette feuillue arrachée par l'orage, puis il s'approche doucement du cheval que le moine a attaché près de la porte, à un anneau scellé dans le mur. Une fois l'animal libéré, il l'oriente dans la direction de la pente, le contourne et, levant la baguette, il en cingle son arrière-train d'un coup violent.

Sous la douleur, le cheval envoie une ruade et détale au triple galop, la bride flottant au vent, les étriers battant ses flancs. En un instant, il a disparu au fond de la combe.

À l'évidence, le Maître ne se doute pas de la présence de Drac, attaché sous l'auvent et que dérobe à sa vue le mur de paille. « Il lui aurait certainement fait subir le même sort », songe Raimon. Au lieu de cela, le chevalier voit le Maître contourner la grange du côté opposé et se poster en affût à l'angle de sénestre. À peine s'est-il dissimulé que la porte du bâtiment s'entrouvre, livrant passage au moine dont le visage apparaît enfin au grand jour. Raimon est sidéré de reconnaître en lui frère Albéric, le goitreux. Mais pouvait-il en être autrement ? Il fallait que l'homme des latrines fût un lettré, proche de l'abbé et au courant de tout.

Sitôt sur le seuil, le moine s'affole de la disparition de sa monture. Il pose une main incrédule sur l'anneau de fer, puis se retourne, jetant de tous côtés des regards où l'inquiétude le dispute à l'incompréhension. Très vite, il se ressaisit et court en toute hâte sous l'auvent. Raimon le voit presque aussitôt ressortir de derrière le mur de paille, tenant Drac par les rênes. Un geste, et il fourre le précieux sac dans les fontes de la selle. Un bond, et il est en selle.

Au même instant, Jordi de Cabestan surgit à l'angle de la grange.

— Frère Albéric ! Inutile de fuir ! Descendez de ce cheval !

Mais, sourd à la voix du Maître, le moine paniqué talonne Drac.

C'est plus que n'en peut tolérer Raimon. Il se redresse de toute sa hauteur et, du bas de la pente, lance un de ces coups de sifflets stridents auquel il a accoutumé son cheval de répondre. Insoucieux des coups de talon de son cavalier, l'animal s'arrête et dresse les oreilles. Raimon module trois sifflements brefs. C'est le signal pour un tour de dressage destiné à impressionner les foules lors d'un tournoi.

Drac se dresse alors sur ses postérieurs et, se cabrant de toute sa hauteur, mouline dans le vide, frappant l'air de ses antérieurs. La posture est fort belle et fort impressionnante mais, pour qui ne s'y attend pas, c'est la chute assurée. Désarçonné, frère Albéric roule au sol.

Jordi se précipite sur lui. D'un coup d'épaule, le moine se débarrasse de son étreinte et dévale la pente en courant. Moins rapide, et moins bien chaussé, le Maître peine à courir après lui. Il trébuche contre une motte de terre et s'affale de tout son long.

C'est l'instant que choisit Lucas pour ajuster son arbalète.

— Laissez-moi faire, messire ! crie-t-il à Raimon qui s'apprêtait à lâcher Argos sur le fuyard.

Le tir part avec une effrayante précision. Plus foudroyant que l'éclair, le carreau d'arbalète se fiche dans la cuisse d'Albéric qu'elle traverse de part en part. Hurlant de douleur, le moine roule au sol. En trois enjambées, Raimon est sur lui, le saisit au collet et lui crache au visage.

— Raimon de Termes ? s'écrie le misérable, saisi d'horreur à la vue de celui qu'il vient de quitter dans la grange, prisonnier du tueur.

— Traître, fourbe, voleur ! Où as-tu mis la charte ? crie le chevalier en le secouant de vive force.

À ses côtés, le chien Argos, babines retroussées sur ses crocs redoutables, émet un grognement féroce.

— Ce n'est pas moi… Ce n'est pas ma faute… Je n'ai fait qu'obéir… C'est Rodéric qui a tout manigancé… Tout ! Je le jure ! bafouille-t-il.

— Qu'as-tu fait de mon frère ? hurle Raimon sans cesser de le secouer.

Mais déjà les yeux du félon se troublent. De souffrance et d'effroi, il perd connaissance et tombe en pâmoison.

D'une main experte, Lucas arrache la pointe de métal qui lui perce la cuisse. Le sang gicle de la blessure.

— Il ne faut point qu'il meure ! s'exclame le chevalier. Il a encore moult choses à nous dire.

Jordi de Cabestan est arrivé auprès d'eux. D'un geste prompt, il dénoue sa ceinture et la tend à Raimon.

— Faites un garrot au-dessus de la plaie. Cela arrêtera l'hémorragie… Mon cheval n'est pas loin d'ici, dans le bois. J'ai, dans la selle, de quoi lui lier les mains.

Sans attendre de réponse, il s'éloigne déjà vers les bosquets.

Tout en attachant la ceinture autour du membre blessé, Raimon lève la tête vers Lucas. À l'aide d'une touffe d'herbe, celui-ci est en train d'essuyer son carreau d'arbalète, ainsi qu'il le fait à la chasse.

— Tu as entendu ce qu'a dit le félon ? Il a obéi aux ordres de Rodéric. C'est donc le secrétaire qui est à l'origine de tout. Je ne sais combien de temps mettent les effets de l'élixir à se dissiper. Avec un peu de chance, il dort encore. À bride abattue, fonce sans tarder jusqu'à Fabreza. Préviens mon parrain de se rendre maître de lui. S'il est déjà en route pour nous rejoindre, alors arraisonne-le par tous les moyens que tu pourras. Il nous le faut, mort ou vif. Quant à moi, je vais au secours de mon frère.

Ayant parlé, il arrache la clé qui pend à la taille de frère Albéric.

Alors qu'il s'éloigne vers la forêt, Jordi de Cabestan se retourne :

— Attendez-moi, chevalier ! Nous irons ensemble.

À l'intérieur de la grange, le tueur a traîné son fardeau humain jusque dans la seconde salle. Une fois dedans, il l'abandonne sur le sol et referme la porte.

La pièce ne dispose d'aucune fenêtre. Il y règne une obscurité de tombe. Les pieds liés, entortillé dans le filet que son agresseur a noué étroitement dans son dos, Rotland peut à peine bouger. Il gît, à plat ventre, le corps meurtri, l'âme défaite. Est-il possible que s'achève ainsi son rêve de gloire ? Pourquoi l'assassin ne l'a-t-il pas tué ? Pourquoi son presque frère ne vient-il pas à son secours ? Que lui est-il arrivé ? Que s'est-il passé dehors ? Il lui a semblé entendre hennir un cheval, puis un bruit de galop. Est-ce le moine qui s'est enfui ? Leur piège était pourtant bien préparé. Et Lucas, qu'a-t-il fait ?

Tandis que sa pensée divague d'une question à l'autre, Rotland s'efforce de ramper tant bien que mal. Si seulement il parvient à prendre appui contre un mur, alors il pourra se retourner, peut-être même se hisser et bouger un peu son bras pour atteindre le sac au fond duquel se trouve le précieux briquet de *mestre* Béneset… Y voir !

Au moins y voir et savoir dans quel tombeau on l'a jeté vivant.

De l'autre côté du mur, le tueur s'inquiète. Malgré l'épaisseur de la porte bardée de fer, il a cru entendre un cri au-dehors. Son instinct lui souffle qu'il s'est produit quelque chose d'anormal. Ses années d'errance, de maraude et de crime ont affûté ses sens. Toujours, il a vécu aux aguets. Il doit à cette acuité animale d'avoir déjoué tous les dangers et d'être toujours en vie.

En quelques enjambées, il rejoint l'étroite échelle meunière reliant la passerelle de bois d'où il a jeté le filet sur sa proie. Vite, il escalade les marches et, longeant le mur, il parvient jusqu'à une haute meurtrière obturée d'un volet. Il y a fort longtemps qu'on ne l'a pas ouvert. Le crochet en est rouillé et résiste à ses doigts. Il tire sa dague d'acier et, à force de pression, réussit à faire sauter le bout de ferraille. Prudemment, il écarte à peine le panneau de bois.

À cette hauteur, la vue domine toute la pente du tertre et bien au-delà, jusqu'aux confins de la forêt.

Ce qu'il découvre par l'interstice du volet confirme ses craintes. Le moine est par terre, inanimé. Deux hommes l'entourent. Un chien est avec eux. Les hommes n'inquiètent guère le tueur. À deux contre un, il en fera son affaire, mais il a les chiens en horreur. Celui-ci est de la race redoutable des mâtins, sûrement dressé à l'attaque. Le seul moyen de s'en débarrasser sera de le clouer au sol d'un jet de dague. Pour les hommes, qui semblent faiblement armés, sa canne cloutée et son épée suffiront largement.

Dans son cachot de ténèbres, Rotland est enfin parvenu à se traîner jusqu'au pied d'un mur. Au prix de douloureuses contorsions, il s'est mis à genoux, s'appuyant d'une épaule à la paroi de pierre. Ce sera suffisant. Les pieds liés, il serait trop risqué de tenter de se mettre debout. Creusant le ventre, il arrive à bouger son bras droit que le filet comprime contre sa hanche. Peu à peu, pouce par pouce, il descend sa main le long de sa cuisse. Encore un effort et il sent du bout de ses doigts fébriles, le sac cousu par Catou. Un peu plus bas encore et il finit par enserrer le briquet. L'extirper de sa poche de tissu sans le laisser choir est une autre prouesse.

D'une seule main, entre pouce, index et majeur, il lui faut dégager l'instrument de son étui de corne. Moins d'une minute s'écoule et c'est chose faite. L'étui roule au sol. Il faut, à présent, glisser la tige du briquet entre les mailles du filet, s'assurer qu'il soit dans le bon sens, retrouver à tâtons le petit déclencheur d'acier qui tend le ressort du silex et, précautionneusement, actionner le mécanisme. Par chance, l'objet avait tellement fasciné Rotland que le moindre de ses détails s'est gravé dans sa mémoire. Un petit claquement fait vibrer le briquet. La mèche aussitôt s'enflamme par la magie de ce mystérieux *petroleum*.

Jamais lumière ne fut plus radieuse au cœur du garçon. La mèche éclaire autant que trois chandelles réunies.

Faute de pouvoir éloigner de lui le briquet, Rotland détourne la tête pour ne point être aveuglé par la vive lueur. C'est de biais, gardant toujours le mur pour appui, qu'il découvre la pièce où le tueur l'a abandonné.

Un empilement de coffres, de malles, de caisses de toutes tailles et de toutes formes en occupe la majeure partie. Sur la dextre, une large table de bois scellée dans la pierre s'étire sur tout un pan de mur. Elle croule sous un amoncellement d'objets de culte. Ostensoirs, calices, ciboires, crucifix, patènes se mêlent à des bracelets, des colliers en vrac ou encore des pièces de tissu brodé. L'or, l'argent, les gemmes et les pierreries scintillent de tous leurs feux, renvoyant en mille éclats brillants la lumière du briquet.

Jamais Rotland n'a vu pareil trésor. « C'est donc cela, le produit de la simonie dont parlaient Raimon et son parrain ! » La grange désaffectée est bien cet antre de trafiquants qu'ils avaient soupçonné.

Veillant à ne pas lâcher le manche d'ivoire, malgré la maille du filet qui lui scie les doigts, le damoiseau tourne la tête vers l'autre mur. Là sont une paillasse et des couvertures de peau. Une jarre et une écuelle portant les reliefs d'un repas témoignent de la récente occupation des lieux. Plus singulière est une sorte de potence où sont accrochées des tuniques comme sur un étendoir. Elles semblent de lin blanc et portent chacune une inscription à la peinture rouge. Rotland n'en est pas tout fait certain, mais il lui paraît que ce sont là des lettres. Deux « b », un « o » inscrits sur les trois premières et, sur celle du bout, quelque chose qui ressemble à la lettre « n » dont une jambe se perd dans un pli du tissu. Enfin, dans un angle du mur, tout près de la paillasse, s'entasse un bizarre entrelacs de ferrailles. Ce ne sont ni des outils, ni des armes, ni des instruments domestiques, et Rotland se fatigue à en deviner l'usage. Quand soudain lui revient une image : celle qu'avait tracée l'enfant Guilhem avec des arêtes de poisson. Leur forme est exactement celle-ci. Aucun doute n'est possible. Ce sont bien là les « fabriques pour tuer les anges ».

Sur la passerelle de bois, l'œil collé à la fente du volet, le tueur observe les mouvements au bas de la pente herbeuse. De son poste élevé, il ne peut distinguer les visages que le contre-jour rend diffus. Mais il voit parfaitement les deux hommes transporter le moine, qui paraît inconscient, jusqu'à l'orée du bosquet et l'attacher solidement au tronc d'un arbre.

Ensuite, tous deux se retournent et, d'un pas décidé, se mettent à gravir le raidillon en direction de la grange. L'un d'eux brandit une épée, l'autre semble tenir un coutelas. Le molosse redoutable marche à leur côté.

Très vite, le tueur traverse la passerelle. Il dévale l'échelle. Il court vers le fond de la grange. À tout prix, il doit empêcher l'ennemi d'entrer. Plutôt que de risquer tout de suite l'affrontement, mieux vaut faire semblant de négocier la fuite. Après tout, il possède une bonne monnaie d'échange en la personne de son prisonnier. Tandis qu'ils s'occuperont de le libérer du filet, cela lui laissera le temps de tuer le chien. Ensuite il leur réglera leur compte à tous les trois.

Ouvrant la porte en trombe, il marque un instant de stupeur à la vue de Rotland, le briquet à la main, en train d'essayer de brûler les mailles du filet qui l'enserre. D'un violent coup de pied, le tueur fait voler l'instrument en éclats. Rotland crie de douleur. Le coup lui a brisé une phalange. L'autre le projette au sol, puis il empoigne la corde qui relie ses pieds et l'entraîne vers la stalle où se tient son cheval.

Doté d'une force herculéenne, il saisit le prisonnier comme un vulgaire sac de grains et le projette sur l'encolure du cheval, en avant de la selle. La violence du choc à l'abdomen est telle que Rotland en perd la respiration. Le sang lui monte à la tête. Il ferme les yeux pour oublier la douleur et reprendre son souffle.

Déjà, le tueur est en selle. Il chausse les étriers et, manœuvrant sa monture, il se dirige vers l'entrée.

Au même instant, la porte s'ouvre avec fracas. Les silhouettes des deux hommes et du chien se découpent dans l'encadrement.

La première chose qu'ont vue Raimon et Jordi, c'est la robe uniformément grise du destrier. Puis Rotland, prisonnier du filet, le corps pendant de part et d'autre de l'encolure. Enfin le visage effrayant du cavalier au-dessus de lui. Mais parle-t-on encore d'un visage humain quand il ne s'agit plus que d'un masque de pure haine ?

Argos lui-même, sitôt qu'il l'a vu et flairé, a commencé à montrer les crocs comme devant une bête fauve. Raimon le maintient fermement par son collier.

— Bruys, fils de Bruys ! s'écrie le Maître avec force. Je sais qui tu es.

De s'entendre apostropher par son nom frappe la brute de stupeur. Son nom, il l'a perdu voilà plus de trente ans dans les flammes du bûcher de Saint-Gilles.

— J'ignore de qui tu parles ! répond-il frémissant de colère. Je me nomme Abaddon et je suis l'Antéchrist !

— Abaddon n'était qu'un mot tracé sur la tunique de ton père.

Aussitôt, le tueur comprend qui est l'inconnu qui lui fait face. Le contre-jour le cachait à son entendement. Ce n'était pourtant pas faute de l'avoir espionné tout au long des derniers mois écoulés.

— Jordi de Cabestan ! Tu arrives trop tôt.

— J'arrive à temps pour t'empêcher de tuer ce qui reste de mes compagnons. J'arrive à temps pour mettre un terme à tes crimes.

— Nul ne peut arrêter Abaddon ! éructe-t-il avec fureur.

N'était l'épée brandie à la hauteur du poitrail de son cheval, il aurait déjà foncé sur ses adversaires. Et puis, il y a le chien, dont il doit se méfier. Il lui faut détourner l'attention, le temps de sortir sa dague qu'il n'a pu dégainer.

— Rien ne m'arrêtera, Cabestan ! reprend-il. Sache qui est Abaddon et connais sa vengeance ! Après la mort de mon père, j'ai pu m'enfuir du monastère où l'on m'avait enfermé. J'ai erré jusqu'aux confins du monde, accomplissant mille tâches pour assurer ma vie. J'ai vendu mes mains, mes bras, ma sueur et fait commerce de mon corps tout entier. Je suis devenu loup avec les loups, aigle avec les aigles. La mort est devenue mon métier favori. Sache que je suis la mort faite homme. Je suis ta mort, Cabestan !

Tout en parlant, avec un geste d'une infinie lenteur, il a saisi la poignée de son arme. Nul ne l'a remarqué.

— Tu n'es ni loup ni aigle. Tu n'es ni la mort ni le diable. Tu n'es que l'enfant fou de Pierre de Bruys ! lui lance le Maître avec dégoût.

— Je suis celui qui n'a cessé de penser à toi, jour après jour, année après année, mais tu avais disparu, caché dans ces abbayes que je hais, au milieu de ces moines que je hais.

Tout doucement, il commence à tirer sur la lame.

— Comment m'as-tu retrouvé ? demande Jordi qui lui aussi tente une manœuvre, cherchant à s'approcher du cheval gris, insensiblement.

— C'est grâce aux anges que tu as sculptés d'abbaye en abbaye que Rodéric l'eunuque m'a mis sur ta piste. C'est lui qui m'a engagé pour servir son complot. En échange, il m'a dit où je te trouverai. Mon cher ami Rodéric à qui je destine ma dernière tunique et qui sera le dernier ange que je t'offrirai.

Dans les yeux du tueur brille soudain un éclat de démence. Encore un demi-pouce et la dague sera hors du fourreau. Une bouffée de triomphe monte en lui. Afin de masquer son geste de lanceur, il soulève de la dextre le corps de Rotland, comme pour s'en faire un bouclier. Dans le filet qui l'étrangle, celui-ci roule des yeux effarés. Il voudrait se laisser glisser au bas de l'encolure, mais le tueur le bloque d'une main d'acier.

Au même instant, une volée de cloches s'élève du lointain de la combe. Le clocher de Villarubia entonne l'angélus.

Les yeux du fou se détournent à l'appel du bronze. Une seule pensée le hante : « Tuer. »

Raimon, qui ne l'a pas quitté des yeux, attendant le moment propice pour frapper, voit alors cette chose affreuse : la pointe d'une lame sortir lentement de la poitrine de Rotland qui se tend de douleur. Il hurle :

— Argos ! Attaque !

Comme un ressort détendu, crocs en avant, le molosse bondit sur le cavalier. Tous deux retombent de l'autre côté du cheval, qui hennit de peur. Ils roulent aux pieds de Jordi. Ils se tordent au sol, furieuse boule de poil et de vêtements emmêlés. Le chien a saisi l'homme par la nuque, il enfonce ses crocs. L'homme hurle.

Raimon s'est précipité. Dans ses bras s'écroule le corps de Rotland. Vite le chevalier dénoue les liens, vite il ôte le hideux filet, mais tandis qu'il s'affaire, il ne peut quitter des yeux la dague enfoncée jusqu'à la garde dans le dos du jeune homme. Il n'ose la retirer et, quand il le retourne, une sueur d'agonie perle déjà sur son front. Une écume de sang mousse au coin de ses lèvres.

Cloué au sol par l'énorme masse du chien, le tueur se débat encore. Soudain l'animal abandonne sa proie. L'homme enfonce ses ongles dans la terre en un geste impuissant. De longs jets de sang fusent de son cou déchiré. De sa bouche s'échappe un ignoble gargouillis. La carotide tranchée crache les dernières pulsations de son cœur.

Dans les bras de Raimon, Rotland sent la vie le quitter.

— Je meurs, frère, dit-il dans un souffle.

Un cri s'échappe de la bouche du chevalier :

— Non !... Non, frère, non !

Rotland voudrait répondre, mais la force lui manque. Il lui semble qu'un gros tampon d'étoupe s'enfonce dans ses oreilles, et les bruits du monde s'effacent.

Il lui semble que son nez s'emplit de neige, et les parfums du monde s'estompent.

Il lui semble que la douleur abandonne sa poitrine, et c'est le monde qui l'abandonne.

Le visage à la renverse, la nuque reposant dans le coude de son presque frère, Rotland perçoit encore le doux sourire de Raimon. Et tandis que la mort étire sur ses yeux son noir manteau, il se dit que, de sa vie, jamais pareil regard d'amour ne s'est posé sur lui. L'instant d'après, il ne le sait plus.

Au loin, l'angélus vient de se taire.

Pétrifié, forcé de s'adosser au mur pour soutenir ses jambes défaillantes, le Maître a assisté à la scène. À ses pieds gît le cadavre du monstre. L'échine hérissée, Argos s'en écarte en grognant.

À quelques pas, Raimon ôte la dague du corps de Rotland avec une infinie douceur. Puis il l'allonge lentement comme on couche un enfant endormi.

Un moment il le contemple, silencieux, et son silence est une forme de prière.

Ensuite il se redresse, l'épée à la main. D'un pas tranquille, il s'approche du tueur. De la dextre, il l'empoigne par les cheveux et, d'un seul coup, achève de trancher la tête. Lourdement, le buste décapité s'écroule dans la poussière.

Sans un mot, Jordi de Cabestan le regarde s'éloigner puis s'arrêter, planté sur ses jambes au sommet du tertre.

Devant lui s'étend le paysage mordoré de la combe automnale. Tout au fond, le disque rouge du soleil commence à glisser par-delà les montagnes.

Là, dressé vers le couchant, Raimon brandit bien haut la tête coupée du monstre. Alors, phénoménal, immense et déchirant, un hurlement traverse sa poitrine.

Jamais le Maître n'a entendu pareil cri sortir de gorge animale ou humaine.

Vibrant de tout son corps et de toute son âme, le chevalier de Termes hurle sa peine à la face du Ciel pour faire honte à Dieu.

Chapitre 59

JORDI DE CABESTAN & RAIMON DE TERMES

Fabreza

« Je n'aurais point dû manger si goulûment ni boire tant de vin ! se dit le secrétaire Rodéric en se réveillant. Allons, il est grand temps de se mettre en campagne », pense-t-il en achevant d'ouvrir les yeux.

Ce n'est point le visage enchanté de Méduse qui le transforme soudain en statue de pierre. Non, ce n'est pas la méchante Gorgone auréolée de sa coiffe de serpents qui le fixe, les yeux dans les yeux. C'est pire encore. C'est la tête sanguinolente de son complice Bruys qui le regarde de ses yeux vitreux, pendue par les cheveux aux barreaux d'une cage de fer.

Un cri de panique lui échappe. Au même instant, il sent le carcan de métal qui enserre son col et le poids des chaînes qui le maintiennent assis de force au fond de la cage. Il sent les liens qui entravent ses mains dans son dos, lui interdisant tout mouvement. Il referme les yeux, comme si, d'un battement de paupières, le cauchemar pouvait se dissiper. Mais, lorsqu'il les rouvre, ce sont les mêmes images terribles, les mêmes sensations affreuses et la même panique, car la réalité n'est point un songe qui se peut gommer d'un battement de cils.

Lorsqu'elle se sent perdue, la bête prise au piège ne tente plus de fuir. Si la velléité l'a prise de vouloir s'échapper, ses vaines tentatives l'en ont dissuadée. Elle se terre alors au fond de la trappe et s'en remet à la fatalité. Mais l'homme, lui, croit toujours à l'impossible. Sa force est là, et sa faiblesse aussi.

De l'autre côté des barreaux, Rodéric vient de découvrir les visages impassibles qui le scrutent.

Sont là Arnaud de Fabreza, le chevalier de Termes et le Maître de Cabestan. Le valet Lucas se tient un peu en retrait. Entre ses doigts se trouve un lourd maillet de bois qu'il tripote nerveusement. Aucun d'eux ne dit mot, attendant, sans doute, que la conscience revienne au secrétaire.

Alors, Rodéric parle et, malgré sa misérable condition, sa voix altière est encore toute pétrie de superbe et de hardiesse.

— Seigneur de Fabreza, au nom de Mgr l'archevêque Pons d'Arsac, je vous somme de me libérer sur-le-champ.

La réplique du baron fuse sans tarder :

— Rodéric Appiettus, au nom de Sa Seigneurie la vicomtesse Ermengarde de Narbonne, je te somme de reconnaître tes crimes devant Dieu et de les énoncer ici à haute et intelligible voix.

D'emblée, le tutoiement de sire Arnaud a ravalé l'orgueilleux homme d'Église au rang de simple manant. Il le reçoit comme un soufflet et, n'étaient les chaînes qui le paralysent, il se dresserait de toute sa dignité outragée pour toiser l'impudent. Hélas ! c'est accroupi, dans une pitoyable posture, qu'il est contraint de répondre :

— J'ignore ce dont on m'accuse et le tiens d'ores et déjà pour mensonge et fausseté.

Arnaud de Fabreza se retourne et lance à un homme de sa garde :

— Faites céans paraître le moine !

Le secrétaire tente alors d'apercevoir dans la cour quelque homme de la troupe de l'archevêque capable de lui venir en aide. Mais, parmi les gens d'armes rassemblés, pas un visage n'est connu de lui. Tous appartiennent à Fabreza. Il ne peut en soudoyer ni convaincre aucun pour qu'il se risque à son secours.

Déjà leurs rangs s'écartent pour laisser passer frère Albéric, entravé de liens étroits et soutenu par deux soldats qui le traînent davantage qu'ils ne le portent.

Sous ses fesses, on glisse un tabouret sur lequel on l'assied d'autorité, face à la cage. La blessure de sa jambe lui cause grande douleur.

À présent, c'est le Maître qui interroge :

— Frère Albéric, connaissez-vous l'homme à qui appartenait cette tête ? demande-t-il en pointant l'index vers la cage.

— Je le connaissais, dit le moine en relevant le nez hors des plis de sa coule.

— Qui est-ce ?

— Il se faisait appeler Abaddon, mais son nom véritable était Étienne de Bruys.

— En quelle occasion l'avez-vous rencontré ?

Le moine répugne à répondre. Il a serré les lèvres et secoue la tête en signe de dénégation.

Sur un geste discret de Raimon, Lucas s'approche alors de lui et lui assène un coup de maillet sur la cuisse. Albéric se tord de douleur.

— En quelle occasion avez-vous rencontré Étienne de Bruys ? répète le Maître d'un ton indifférent.

Une sueur froide mouille les tempes du moine. Ses mains ligotées dans le dos l'empêchent de s'éponger. La sueur ruisselle dans ses yeux. Peu à peu, il s'efforce de reprendre souffle.

— Tout a commencé il y a dix ans, à la mort de notre frère Bernard de Clairvaux. Notre communauté entière s'est trouvée bouleversée par sa disparition. Quand certains éprouvaient grand deuil et tristesse, d'autres affichaient au contraire leur soulagement à l'idée de secouer ce qu'ils appelaient son « joug d'austérité outrancière »… Je faisais partie des premiers. En suivant l'exemple détestable de l'abbé Suger qui avait bâti la basilique de Saint-Denis, nombre de nos abbés ont commencé à pervertir la pureté de nos monastères par toutes ces sculptures, ces ornements dispendieux où éclatait leur orgueil. C'est par amour de notre pureté en perdition que quelques-uns d'entre nous ont décidé de s'opposer de toute force à ces vains débordements qui trahissent le message de Jésus… Mais que pouvait notre parole ? Et que pouvions-nous faire, pauvres moines démunis, face à la puissance de ces abbés tout dévoués à leur propre gloire ? Nous sommes devenus la risée de nos chapitres qui ne voyaient en nous que les survivants d'un passé révolu. Partout, dans nos monastères, nous avons vu ces bruyants imagiers venir troubler le cours de nos méditations à grands coups de marteau et défigurer les maisons de Dieu par leurs images impies… Mais lorsque Rodéric Appiettus est apparu dans l'entourage de l'archevêque, nous avons alors rencontré une occasion d'espérer.

Le moine s'est tu. Lui, naguère tout gonflé de vindicte, n'offre plus que le spectacle de son effondrement.

L'imagier insiste :

— De quelle espérance parlez-vous ?

— Au fil du temps, à l'occasion des visites pastorales où il accompagnait son maître, Rodéric a su créer des liens de confiance avec nous. Il nous a fait entendre qu'il partageait nos craintes et soutenait notre juste colère. Peu à peu, nous avons établi un réseau secret, à l'insu de l'archevêque et de nos abbés.

— Vos abbés ?

— Vous connaissez aussi bien que moi les échanges qui se pratiquent en permanence entre les abbayes. Notre mouvement est parti de La Grassa et il ne lui a pas fallu longtemps pour se répandre. Fontfroide, Saint-Hilaire, Saint-Michel-de-Cuxa, Saint-Papoul… longue est la liste ! Partout nous avons des frères intègres scandalisés par la dégénérescence de notre ordre.

Le Maître échange un regard atterré avec Arnaud de Fabreza. C'est une véritable conjuration que le moine est en train de dévoiler.

— Mais quel était le but de ce… mouvement ?

— La pureté !

— Comment pensiez-vous établir le règne de cette prétendue pureté ?

— En prenant le pouvoir à la tête des abbayes et des évêchés. Une fois nos frères élus abbés et Rodéric devenu archevêque, nous pourrions rétablir l'ordre sacré du divin Benoît de Nursie, réduire au silence les moines réformateurs et éradiquer à tout jamais l'hérésie qui empoisonne nos contrées.

— Mais il faudrait un ost pour cela ! l'interrompt sire Arnaud.

— Notre trésor, caché dans la grange de l'Esquirol, allait servir à lever cette armée du Christ… Étienne de Bruys devait en être le chef. Il nous a été présenté par Rodéric comme un valeureux guerrier, tout dévoué à notre cause.

Un cri vigoureux s'élève de la cage, interrompant Albéric :

— Mensonge !… Mensonge que cela ! Je ne connais point cet homme ! crache le secrétaire.

Sur son tabouret branlant, le moine redresse le buste autant qu'il le peut pour lui répondre :

— Ami Rodéric, à quoi sert, à présent, de nier l'évidence ? Nous avons perdu la partie… Vous et moi serons livrés bientôt à la hache ou à la corde du bourreau. Bientôt nos cendres seront dispersées au vent. N'offrons pas à nos ennemis la satisfaction d'une honteuse lâcheté.

— Je ne connais pas cet homme !

— Que saint Pierre, qui par trois fois renia le Christ, ait pitié de vous ! bredouille Albéric.

Et malgré la gêne de ses poignets liés dans le dos, il se détourne en un douloureux effort vers sire Arnaud et son filleul.

— Nobles seigneurs, interrogez après moi l'archiviste de Saint-Hilaire, Anselme de Montlaur. Il vous dira la vérité et comment Rodéric nous a présenté pour très fidèle ami celui qui voulait qu'on l'appelât Abaddon. Certes, l'homme avait quelque chose d'effrayant, mais il nous fallait un bras de cette trempe pour accomplir les basses besognes qui sont, parfois, le mal nécessaire dans l'établissement du Bien… Demande-t-on à une épée d'être nette de toute souillure ?

Le Maître de Cabestan intervient à nouveau.

— Ainsi vous étiez au courant du meurtre de mes compagnons !

— Que valent quelques misérables existences au regard du règne de la pureté ?

— Est-ce vous qui avez ouvert l'abbaye au meurtrier de Valerian ?

— Non. C'est frère Matéu qui était son compagnon d'infamie.

— Est-ce vous qui avez dérobé le roncin qui portait le cadavre de Teubald ?

— Oui. En tirant avantage de la grande confusion à la suite de l'incendie. Robertus m'avait confié l'organisation des chargements de paille. J'en ai profité pour sortir le cheval et les piquets de bois, ainsi que me l'avait demandé Abaddon.

— Qui devait être la prochaine victime ?

— Celui de vos compagnons qui s'appelle León. Le menuisier Serpette, qui a feint de se lier d'amitié avec lui, avait charge de le surveiller jusqu'à ce que son sort fût réglé.

Au comble de l'écœurement, le Maître se détourne.

— J'en ai assez entendu.

— Non ! Tu n'as pas tout entendu !

C'est le secrétaire qui vient de rugir en secouant ses chaînes. Il dévisage Albéric :

— Toi non plus, moine breneux et puant, tu n'as pas tout entendu !

La face lisse de l'eunuque s'est déformée soudain comme pétrie de haine. Oublieux des fers qui meurtrissent la chair de son cou, il écume de rage. Les murailles de son cœur s'effondrent. Il en jaillit un flot d'amertume et de fiel :

— Oui, nobles sires qui n'êtes que la fange de l'humanité quand vous prétendez en être les maîtres ! Oui, infâmes profiteurs de la soumission des peuples ! Oui, je connaissais Étienne de Bruys ! Oui, trois fois oui, et que la vérole du diable emporte messire saint Pierre et son reniement de maquerelle aux abois !

— Depuis quand, en quels lieux, comment vous êtes-vous connus ? demande sire Arnaud, insensible aux vitupérations du frénétique.

— Il y a dix ans de cela, il se trouvait avec moi à bord du dromon où j'étais prisonnier. Ensemble, nous nous sommes sauvés du naufrage où a péri, au large de Majorque, l'embarcation qui m'emmenait comme esclave des Maures. Ensemble, nous avons traversé mille vicissitudes et survécu d'autant d'expédients jusqu'à ce que je rencontre cet archevêque pétri de vices et dont j'ai su tirer le meilleur parti... J'avais appris de Bruys lui-même son histoire funeste. Il m'avait confié sa soif de vengeance. Alors, ensemble, nous avons juré de nous venger des hommes et de Dieu !

— Était-il châtré, lui aussi ? interrompt Raimon que le récit de Rodéric concernant sa propre castration avait épouvanté.

À cette question, l'eunuque part d'un rire sarcastique s'achevant en un rictus de dépit.

— Satan seul peut avoir plus beau membre que le sien et génitoires plus glorieuses !

— Alors, que faisait-il à Majorque ?

— Sa force et son épée étaient au service des expéditions barbaresques. Depuis le supplice infligé à son père par les chiens catholiques, il s'était pris d'une détestation sans bornes pour toute la chrétienté. J'ai vu moult mercenaires, baptisés comme lui, remettre leur vaillance aux ordres des princes sarrasins.

— Entrait-il dans ses projets de rétablir les infidèles sur les terres narbonnaises ? s'inquiète sire Arnaud.

Si les chaînes ne l'en empêchaient, le secrétaire hausserait les épaules comme devant une évidence :

— Il abhorrait, autant que je l'abhorre, tout ce que représente la secte immonde de Rome, mais sa haine était aussi vive envers le dieu des Sarrasins. Il voulait être l'Antéchrist de la terre entière, contre tous les prophètes et leurs adorateurs. La terreur des croyants de toute sorte. J'ai pris grand soin d'attiser cette haine qui pouvait servir mes propres intérêts.

— Et toi, quel but poursuivais-tu ?

— Le trône de saint Pierre, car il n'est plus grande jouissance que de régner absolument sur ce que l'on méprise le plus. Une fois pape, je me serais débarrassé d'Étienne de Bruys. Ce fou n'avait point compris qu'il n'est meilleur outil du pouvoir que l'exploitation de la foi. Je comptais me servir de lui pour asseoir ma toute-puissance et, une fois Rome pliée à ma main, mon premier soin aurait été de l'occire. L'armée que nous devions lever ferait taire toute velléité de révolte. Il n'est jusqu'au roi de France et à l'empereur du Saint-Empire que j'aurais fait plier les genoux devant moi. Mais il faut un chef unique à la tête d'un ost si puissant. Bruys était de trop.

Le Maître de Cabestan, qui jusque-là s'était tenu à distance de la cage, s'en approche et darde son regard dans ceux du prisonnier :

— Sache qu'il comptait aussi se défaire de toi. Tu devais être le dernier ange de sa fabrication.

Soutenant son regard, Rodéric lâche avec un infâme sourire :

— Deux amis peuvent-ils se ressembler davantage ?

Ayant dit cela, il crache un long jet de salive vers la tête coupée.

Le Maître coupe court à ce spectacle ignoble. Il retourne auprès d'Arnaud et de son filleul, les saluant tous deux avant de regagner le logis des hôtes.

— Il me semble que tout a été dit... Permettez-moi de me retirer, à présent. Mon esprit a besoin de se laver de ces choses.

Tant le seigneur que le chevalier lui rendent son respectueux salut.

Déjà Jordi de Cabestan s'éloigne. Il serre dans sa main la petite fleur de marbre. Peire ne mourra point. Le sarcophage de saint Sernin sera leur chef-d'œuvre.

Tout à l'heure, l'imagier posera la fleur au pied de sa couche. Il s'agenouillera et il priera.

Arnaud de Fabreza vient d'ordonner que l'on remette le moine Albéric dans sa cellule. Quant au secrétaire, c'est en cage et dans la cour qu'il passera la nuit. C'est la place des bêtes.

La lune, au-dessus du donjon, s'est voilée d'un nuage. De lieu en lieu, on allume des torches. Chacun se prépare pour la nuit.

— Mon parrain, je ne dormirai point ici, ce soir... Demain je partirai pour Termes. J'emporterai le corps de mon demi-frère, car je veux qu'il repose dans la crypte de notre famille, pour ce qu'il fut preux et loyal comme oncques le fut quelqu'un de notre sang.

Arnaud de Fabreza pose sa dextre sur l'épaule du chevalier. Et c'est comme s'il l'adoubait une seconde fois.

Raimon poursuit :

— Quand vous serez à La Grassa, remettez, je vous prie, de ma part, la tête du tueur à l'abbé Robertus et dites-lui toute ma reconnaissance pour l'abandon de ses prétentions sur les mines de Palairac.

Arnaud lui sourit.

— Mon beau filleul, tout sera fait à votre satisfaction.

Hier encore, Raimon aurait couru en toute impatience vers la maison de *mestre* Béneset.

Ce soir, pourtant, il ne se hâte point. Inutile de courir au bonheur, car il n'est de plus grand bonheur que d'y songer.

La lune espiègle a retiré son masque nuageux. L'ombre portée des toitures départage la rue entre clair et obscur. Comme lorsqu'il était enfant, Raimon s'amuse à poser ses pas tantôt d'un côté, tantôt de l'autre.

Et c'est ainsi qu'il va, d'une allure qui boite.

Un pied dans le chagrin, un autre dans la joie.

Chapitre 60

DAME ALOÏS

Du côté de Narbonne

— Arrêtons-nous, messires… Arrêtons, je vous prie !

Dame Aloïs a levé sa main vers l'homme à cheval qui dirige le convoi. Elle regarde les deux autres soldats de l'escorte montés sur des mules. Elle regarde Gari qui mène par la longe le vieil âne Midas tirant son petit chariot.

Tous se sont arrêtés. Elle tend maintenant le bras vers la colline proche.

— N'est-ce point là le bois de Fontfroide ? demande-t-elle à l'homme de tête.

— Oui-da, ma dame, répond celui-ci, en hochant du chef.

— C'est bien, messires. Cela signifie que nous avons parcouru les deux tiers du trajet vers Narbonne, n'est-ce pas ?

— Encore un peu plus d'une lieue et nous verrons paraître les remparts de la ville.

— N'allons pas plus loin, je vous prie.

— Voulez-vous que nous fassions une halte ?

— Non… Non, point de halte. Je veux que vous rentriez à Fabreza, à présent.

Le sergent lance vers Gari un regard lourd d'interrogation, mais celui-ci observe Aloïs sans rien dire.

— Notre seigneur nous a mandé de vous conduire jusqu'en votre demeure, objecte le soldat désemparé.

— Nous y sommes, car notre demeure est en tout lieu où Dieu se trouve et il n'est nul endroit où Il ne soit point. Quant à nous, si d'aventure nous devons aller plus loin, nous irons par nous-mêmes. Telle est ma volonté.

Aloïs s'est tue. Gari ne dit rien. Il comprend que quelque chose se passe en elle qui ne se peut expliquer. Le chef de l'escorte promène sur sa joue une main dubitative.

— Ne tardez pas, messires, à rebrousser chemin, insiste Aloïs. En vous hâtant un peu, vous serez au castel avant la tombée du jour.

Gari vient appuyer ses propos :

— Nous avons passé la forêt. Il n'y a plus de danger à présent. Nous arriverons saufs à Narbonne... Dites au sire de Fabreza que nous avons décidé de notre sûreté et donnez-lui notre merci pour sa prévenance.

La proposition agrée aux hommes d'armes qui n'avaient guère envie de dormir à Narbonne. Tous trois sont d'accord là-dessus. Ils suivaient, jusque-là, la mission assignée par leur maître. Maintenant qu'on les en prie, ils sont tout aise de changer de consigne. Quelques mots, entre eux partagés, suffisent à les convaincre.

Sans autre forme d'insistance, les saluts échangés, ils tournent bride. Un trot rapide les emporte. Une minute après, l'escorte n'est plus qu'un nuage poussiéreux qui s'éloigne à rebrousse-chemin.

Une petite main soulève la bâche du chariot. C'est Guilhem pointant son nez hors des ballots de laine.

— J'avions soif, Mirgo et moi !

— Regarde, dit Aloïs, en ce ruisseau, nous pourrons remplir nos gourdes d'onde pure.

D'un bond, l'enfant saute à bas du chariot et file vers le ru qui coule en contrebas du chemin.

Aloïs et Gari se font face. Dans les yeux de l'homme, elle peut lire toutes les questions qu'il ne lui pose pas.

Dans les yeux de la jeune femme, il voit poindre deux larmes jumelles. Elles roulent le long de ses joues sans qu'elle fasse un geste pour les effacer. Puis, d'une voix très douce, empreinte d'une profonde paix, elle lui parle :

— Je suis revenue chez moi, Gari.

Elle marque un silence et détourne son visage vers le paysage.

— Ce rocher, c'est le mien... Cet arbre, c'est le mien... Je suis la fille de ce ruisseau et de cette lande abandonnée.

Gari promène son regard sur cet endroit du monde qu'il traversait sans le voir.

Un orme immense plonge ses racines tortueuses dans le lit du ru étroit. Tout près se dresse une roche étrange, haute silhouette habillée de lichens, pareille à une dent de géant.

— À cent pas d'ici, je l'ai vu, le rocher d'autrefois. Et l'arbre au pied duquel je déposais les cailloux précieux pour les *rapatous*[1].

— Je connaissions pas les *rapatous* ! s'exclame Guilhem, surgissant de la berge.

— Ce sont des êtres fort petits qui vivent sous les racines des grands arbres. La nuit venue, ils sortent de leurs demeures souterraines pour dérober les objets dans les maisons. Si on leur offre quelque chose, ils l'emportent et restent chez eux.

— J'allions leur donner de la laine, déclare Guilhem en retournant au chariot.

— Il ne faut point honorer les créatures démoniaques, l'arrête Gari. Les Anciens croyaient que des divinités habitaient dans les écorces, sous les pierres ou dans les cours d'eau. C'est qu'ils ne savaient point nommer les diables et les prenaient pour des dieux. Mais nous savons que tout cela est l'œuvre du Malin.

1. Créatures fantastiques dans l'imaginaire occitan.

— Et si nous étions dans l'erreur, Gari ?
— Que veux-tu dire ?

Sur les joues d'Aloïs, les larmes ont séché. Elle se détourne, marche vers le ruisseau et s'assied sur les herbes de la berge. Là, très paisiblement, elle délace les cordons de ses sandales et plonge dans le courant ses pieds tout encrassés par les lieues parcourues.

Guilhem hésite un instant, se dandinant d'une jambe sur l'autre. Mais comme Gari semble moins préoccupé de lui que d'Aloïs, il retourne à son intention première et file droit vers le chariot.

— Qu'appelles-tu « erreur », Aloïs ? s'entête Gari tout en descendant vers elle.

La jeune femme pointe un index vers la friche envahie de ronces et d'orties où quelques arbres rachitiques ont poussé de travers sous la main du vent.

— Vois-tu ce monticule recouvert de broussailles ?...

Gari plisse les yeux, s'efforçant de distinguer la masse herbeuse des autres plissements du terrain.

— Je le vois.

— C'est tout ce qu'il reste de la maison où je suis née. Elle était de briques sèches. Après l'incendie, j'imagine qu'elle a fondu sous les pluies... J'avais tout oublié. Mais tout est revenu sitôt que j'ai revu l'arbre et la pierre.

— Qu'est-ce qui est revenu ?

— C'était un jour d'été. J'étais partie là-bas, derrière la colline avec les moutons. On me les confiait souvent à mener pâturer... Ce soir-là, comme je m'en retournais, je me suis attardée sur la hauteur à cause d'une bête qui s'était égarée. Les soldats, je les ai entendus arriver. Cela faisait sur la route grand tapage de chevaux, de ferraille et de cris. Ils ont ralenti leur allure à la vue de cette bâtisse isolée. Ils ont sauté le ruisseau et sont allés jusqu'à l'enclos du potager. Mon père et ma mère travaillaient tous les deux. De là-haut, j'ai vu mon père poser son outil et s'avancer vers eux. Sans descendre de cheval, un des hommes a fait avec sa lance un grand geste que je n'ai pas compris. Mon père est tombé à genoux, puis il s'est abattu sur le côté quand le soldat a retiré sa lance. J'ai entendu ma mère hurler. Alors les soldats ont mis pied à terre. Leurs voix et leurs rires montaient jusqu'à moi. Je m'étais réfugiée, à plat ventre derrière une roche. J'avais peur qu'ils me trouvent. Ma mère a crié longtemps, longtemps. J'espérais que la terre allait m'avaler, me prendre et se refermer sur moi pour me protéger, mais la terre ne voulait pas de moi. Les soldats étaient piéça partis et la maison finissait de brûler que j'entendais encore ma mère gémir et appeler au secours. Moi, j'étais toujours allongée derrière la roche. Je ne voulais plus descendre de la colline. J'ai creusé le sol avec mes doigts et j'ai parlé dans le trou pour demander aux *rapatous* que ma mère s'arrête de crier. Ils ont exaucé ma prière. Je n'ai plus entendu la voix de ma mère et la nuit est enfin descendue sur la campagne et sur ma joie.

Gari s'est assis dans les herbes à côté d'Aloïs. Il a écouté son récit sans rien dire, en regardant passer les feuilles mortes au fil de l'eau. Maintenant, il l'envisage avec tristesse.

Elle lui sourit paisiblement et tend vers lui, dans une infinie lenteur, son doigt sur lequel une libellule s'est posée. L'insecte plie et déplie le fin tube annelé de son corps comme pour questionner ce perchoir inconnu. Ses ailes diaprées prennent dans la lumière des lueurs d'arc-en-ciel. Un fin trait d'or brille au long de son dos. Vit-on jamais joaillier capable d'une telle merveille ?

— Et si c'était là la preuve de notre erreur, saurions-nous seulement la reconnaître ? dit la jeune femme en fixant la libellule.

— Le monde est mauvais, Aloïs. Tu le sais.

— Non, Gari, je ne sais pas… Ce sont les mots que l'on m'a dits. Et je les ai crus parce que cela faisait plaisir à ma douleur.

— Le diable est en toute chose créée.

— Crois-tu vraiment que cette libellule soit le diable ?

Gari ne répond pas. Il contemple l'admirable profil qui l'interroge. Il se dit que, jusqu'à cet instant, il ne l'avait encore jamais vu. Peut-on ainsi vivre des saisons entières à côté des gens sans les voir ?

Aloïs souffle sur le bout de son doigt. Aussitôt le vivant bijou s'envole. Elle reprend d'un ton plus vif :

— Je ne sais pas si les hommes étaient meilleurs du temps où les dieux habitaient les rivières, les arbres et les rochers, mais je crois qu'ils sont pires à présent que nous avons mis le démon partout.

Gari se lève brusquement. Aloïs s'inquiète de l'avoir blessé en sa foi de Vrai Chrétien. Elle le voit faire trois pas, se pencher et ramasser quelque chose.

Il se retourne et c'est une poignée de saponaires qu'il vient d'arracher. Elle s'étonne. Est-ce ainsi que l'on fait un bouquet ? Mais Gari ne lui offre pas les fleurs. Il s'en vient dans le ruisseau pour s'agenouiller devant elle. D'une main infiniment douce, il lui entoure la cheville, élevant son pied au-dessus de l'eau, tandis que de l'autre il se met à le frictionner à l'aide des fleurettes mauves. Une légère mousse blanche se forme peu à peu entre les orteils de la jeune femme. Gari les masse et les caresse, un par un, lentement et, quand il replonge le pied dans le courant, la mousse se dissipe révélant une peau d'une roseur parfaite, nette de toute souillure. Le savon des pauvres a fait grande merveille. Alors il soulève l'autre pied et recommence avec ce qu'il a gardé du bouquet de saponaires.

Aloïs s'est laissée aller à la renverse sur un oreiller de joncs. À présent, ces mains d'homme sur sa peau ne lui font point horreur. Bien au contraire. Leur contact est pur délice. Et ces doigts légers qui maintenant effleurent ses mollets soulèvent en elle une vague de frissons exquis. Une onde de douceur l'envahit jusqu'au creux des cuisses.

Au-dessus d'elle, dans le ciel dégagé, passent de fins nuages. Sont-ils promesse de beau temps ou de pluie ? Sont-ils de brume ou de grêle ?… Aloïs ferme les yeux car à cet instant peu lui chaut de quoi sont les nuages.

À quelques coudées de là, sa souris perchée sur l'épaule, l'enfant Guilhem s'est accroupi au pied de l'orme géant. À l'aide d'une poignée de laine, il a confectionné plusieurs petites boules blanches qu'il dispose méthodiquement entre les racines. L'air satisfait, il contemple un moment son ouvrage. Enfin, prenant appui sur ses mains, il approche sa bouche d'un creux dans l'écorce et murmure à l'oreille de l'arbre :

— *Rapatous*, *rapatous*… cette laine est pour vous. *Rapatous*, *rapatous*, je voulions que la mort s'en va.

Entre les doigts du vent, les flocons de laine s'envolent. Un grand sourire victorieux éclaire le visage du garçon. Il sait que tout le mystère du monde appartient à celui qui le rêve.

REMERCIEMENTS

Je remercie de tout cœur mes éditrices, Vanessa Gennari et Elsa Delachair, qui ont permis à cet *Angélus* de prendre son envol ; ainsi que ma vigilante correctrice Delphine Judith qui l'a aidé à sonner juste jusqu'au bout de son chant.

F.-H. Soulié

MIXTE
Papier issu de sources responsables
FSC® C003309
www.fsc.org

10/18, une marque d'Univers Poche,
est un éditeur qui s'engage pour
la préservation de l'environnement
et qui utilise du papier fabriqué à partir
de bois provenant de forêts gérées
de manière responsable.

Imprimé en France par CPI

N° d'impression : 155994
X07448/01